Diogenes Taschenbuch 170/2

de
te
be

Jeremias Gotthelf

Ausgewählte Werke

in zwölf Bänden

Herausgegeben von

Walter Muschg

Zweiter Band

Jeremias Gotthelf

Uli der Pächter

Diogenes

Veröffentlicht als Diogenes Taschenbuch, 1978
Lizenzausgabe mit freundlicher Genehmigung
des Birkhäuser Verlags, Basel

80/78/8/1
ISBN 3 257 20562 7

Einleitung des Herausgebers

In den letzten Monaten des Sturmjahres 1847, mitten in den Wirren des Bürgerkrieges, schrieb Gotthelf eine Fortsetzung des «Uli». Sie war «ein Sonderbundskind, in Zorn und Weh geboren». Ihr Plan war aber schon im Frühling 1842 entstanden, als Antwort auf die hämische Kritik eines frommen Basler Blattes, das den Verfasser des «Uli» vom christlichen Standpunkt aus angegriffen hatte. Später soll Gotthelf noch an einen dritten Teil gedacht haben, der «Uli der Bauer» heißen sollte, aber nicht ausgeführt wurde. Es ist sinnlos, darüber zu klagen, daß er ihn ins Grab mitnahm, weil das Lebenswerk, das er hinterließ, so überreich ist. Immerhin hätte es durch ein solches Triptychon einen Mittelpunkt erhalten, der ihm jetzt fehlt.

Schwerer ist es zu verschmerzen, daß er bei der Niederschrift des zweiten Bandes auf das reichsdeutsche Publikum Rücksicht nahm, da ihn sein Berliner Verleger stets dringlich darum ersuchte. «Uli der Pächter» ist im wesentlichen schriftdeutsch geschrieben; die mundartlichen Salzkörner, die er noch enthält, schmecken eher nach einer Kuriosität. Bernische, schweizerische Wörter und Wendungen sind ins Berlinerische übersetzt, allerdings wohl meist erst durch den norddeutschen Korrektor. Es will etwas heißen, daß die Fortsetzung trotzdem und trotz der späten Niederschrift ein großes Kunstwerk geworden ist. Nach Jahren konnte Gotthelf die Handlung seines klassischen Buches noch einmal aufnehmen, wie wenn nichts dazwischen läge, und in direktem Anschluß, am Morgen nach Ulis und Vrenelis Hochzeit, an ihr weiterspinnen. Der Glücksstern dieser ersten bäuerlichen Idealdichtung blieb ihm treu. Aber er ließ keine einfache Weiterführung der Fabel zu; sie wurde vertieft und in ganz neue Sphären geleitet. Die Luft, in der die Gestalten stehen, ist im zweiten Teil eine andere, und daran trägt kaum mehr jene alte Kritik, sondern die Veränderung von Gotthelfs eigener Stimmung und der Welt um ihn herum die Schuld.

Zwei Dinge fallen besonders stark ins Auge: die stärkere Betonung des religiösen Moments in Ulis Werdegang und die härtere Verurteilung der irreligiösen Welt.

Als Pächter der Glungge fällt Uli noch einmal in die Irrtümer und Sünden seiner Knechtezeit zurück. Was er als Bauer und als Christ gelernt hat, wird von ihm vergessen und muß noch einmal erworben werden. Diesmal steht ihm kein Bodenbauer mehr zur Seite, er handelt ganz auf eigene Faust; dafür aber behütet ihn Vreneli, sein Weib mit seinen Kindern, und weiß ihn aus seinem tiefen Fall aufzurichten. Diese veränderte menschliche Konstellation ermöglicht es Gotthelf, jede Wiederholung zu vermeiden. Sie bedeutet außerdem eine große Verinnerlichung der Fabel. Der symbolische Zug dieses Knechteromans tritt jetzt zum vornherein im ersten Kapitel hervor, das von den drei Kämpfen im Leben des Mannes handelt. Den ersten, den Kampf um ein Weib, hat Uli hinter sich. Als Bauer muß er nun den zweiten, den mit der Welt außer ihm, und als Christ den dritten, den mit der Welt in sich selber, siegreich führen. Er droht auch in ihnen lange zu unterliegen, wodurch das neue Buch auf weite Strecken zur Darstellung von bedrückendem Unglück wird, das aber in eine desto hellere Beseligung ausmündet.

Im harten Kampf um die Behauptung als Pächter fällt Uli willenlos dem Geizteufel in die Hände. Er, der als Knecht das Sparen lernen mußte, gerät jetzt in die Geldsucht, dieses Hauptlaster des Bauern, hinein. Der Wunsch, bald reich zu werden, beginnt ihn ausschließlich zu beherrschen und treibt ihn in die innere Verödung. Er spart an den Dienstboten, zu denen er eben erst selber noch gehört hat; der ständige Gedanke an Gewinn und Verlust, dieser Sinn der Weltkinder überwuchert sein Herz so sehr, daß er es schließlich am liebsten mit den Halunken und Spöttern hält und den abgefeimten Fuchs Joggeli zu seinem Orakel macht. Der Sonntagsglanz, der Glanz des Glücks, verschwindet und glimmt nur ganz verborgen im traurig gewordenen Herzen Vrenelis weiter.

Uli arbeitet ohne Frieden und mit schlechtem Gewissen, sein guter Name nimmt Schaden, ohne daß er sich darum kümmert. Verstockt und verbissen zwängt er sich in der falschen Richtung weiter, um sein Ziel zu erreichen. Es kommt so weit, daß er mit einem betrügerischen Prozeß gegen ein armes Bäuerlein vor Gericht geht, wie es die Reichen mit den harten Herzen machen. Das ist der Punkt seiner größten Verdüsterung, der zweite Wendepunkt in seinem Leben und ein Höhepunkt der Erzählung. Uli gewinnt, seiner eigenen Befürchtung zum Trotz, den schlechten Handel, mit dem er in die Niederung des rein weltlichen Denkens zurückgesunken ist. Die Szene vor Gericht mit dem Treiben der verlogenen Richter und gaunerhaften Rechtsagenten, die Verfluchung Ulis durch den betrogenen Gegner und der faule Zuspruch, den ihm ein lumpiger Wirt in seiner Gewissensunruhe spendet, schildern diese Niederung auf unvergleichliche Weise. Als Dichtung betrachtet enthält das Kapitel «Ein Gericht und zwei Sprüche» ein Bild der entseelten Welt und ihrer im Wahn lebenden Kreaturen, wie Gotthelf es selten gemalt hat.

Aber die Gerechtigkeit der Menschen ist nicht Gottes Gerechtigkeit. Der ungerechte Spruch wird zum Anlaß, der Uli die Augen öffnet. Das unmittelbar darauf folgende Hagelgewitter, das die Erntefelder der Glungge erschlägt, scheucht ihn von der Bahn in den Abgrund zurück und leitet seine Bekehrung ein. Hier vernimmt er Gottes selbsteigene Stimme und erkennt, was wahrhaft gerecht und wahrhaft ungerecht ist. Er nimmt das Unglück, das ihn finanziell ruiniert, als göttliche Strafe für seine Sünde. Es vollzieht sich die große Umkehrung aller Dinge, die zum christlichen Denken führt, und sie vollzieht sich wie im «Bauernspiegel» und im «Schulmeister» als eine den ganzen Menschen ergreifende lebensgefährliche Krise. Uli fällt in schwere Krankheit des Leibes und der Seele und genest langsam als ein Wiedergeborener. Die Tiefe des Sturzes erinnert an Peter Käsers Zusammenbruch, das Erwachen aus ihm an die feierlichen Heiligungsszenen in «Geld und Geist». Erst jetzt wird Uli aus einem Weltkind ein wahrer Gottsucher – «das Reichwerden wollen wir aufgeben, was hat man davon als Angst und Not und Zorn und Streit?» Er läßt sich durch Vreneli aus der Bibel unterweisen und findet an seiner Hand als ein vor Gott demütig Gewordener wieder den Weg in die Kirche. Die Zuchtrute Gottes weist ihm den Weg zu der Weisheit, die in den Augen der Welt eine Torheit ist. Er ist jetzt darauf gefaßt, alles zu verlieren, nur nicht sein Weib und seine Kinder und den im schweren Leid erworbenen Glauben an die himmlische Gerechtigkeit. Im Augenblick, wo er so denkt und handelt, wird ihm ein Glück zu teil, das so groß ist, daß er es nicht auf einmal erfahren darf. Er wird durch Vreneli zum Besitzer der Glungge, zum Erben eines märchenhaften Vermögens, eines nicht auszudenkenden inneren und äußeren Segens.

Wie im «Bauernspiegel» und im «Schulmeister» steht auch hier die Frau dem irrenden Mann als guter Engel im Weltlabyrinth zur Seite. Als Geschichte zweier Gatten, die sich verlieren und wiederfinden, ist der «Pächter» auch ein Eheroman, der das Thema von «Geld und Geist» neu abwandelt. Etwas von der heiligen Stimmung jenes Werkes ist in die Ehekapitel des zweiten «Uli» eingegangen, in denen sich die Verirrung und Läuterung des Christen Uli abspielt. Seine Fehlgriffe als Bauer sind ja nur die Folge seiner seelischen Verkümmerung. Die Ehe wird für ihn zur hohen Schule des Umgangs mit der Welt, die er als Herr über einen Hof mit vielen Menschen durchlaufen muß, um sich seine höhere soziale Stellung innerlich zu verdienen. Er muß aus einem guten Bauern ein frommer Bauer werden, wie der Bodenbauer einer ist. Aus diesem Mittelpunkt des Frommseins, der sich im Heiligtum der Ehe bildet, strahlt zuletzt auch über die Glungge das Licht der Verklärung aus, das den Hof des Johannes und den von Liebiwyl auszeichnet. In dem Ärgernis, das der junge Ehemann Uli zuerst an Vrenelis Wohltätigkeit gegen die Armen nimmt, berührt sich der «Pächter» auch motivisch unmittelbar mit «Geld und Geist». Dort wie hier wird als Grund alles Glücks und Unglücks das menschliche Herz aufgedeckt, dort und hier ist es die Frau des Hauses, die den Sinn für das Heilige des Lebens in sich bewahrt.

Vreneli ist schon im ersten Teil, im Unterschied zu Uli, ein von Natur aus adeliges Wesen. Es hat «einen nobeln Sinn», «eine echt aristokratische Natur» und besitzt die drei Dinge der Bäuerin, die selten ein Mann erringt: «einen verständigen Sinn, einen goldenen Mund und eine offene Hand». Wie sehr liebt Gotthelf dieses «Feldherrliche», den Stolz des Menschen von natürlichem Adel, besonders an den Frauen und Mädchen! Aber in der strengeren Luft des «Pächters» genügen diese natürlichen Anlagen nun nicht mehr, sie müssen auch vergeistigt und im Schmerz geläutert werden. Im duldenden Ausharren neben Uli reift das lustige Vreneli zu einer fast heiligmäßigen Güte und Sanftheit heran, die an das verklärte Meyeli Jowäger erinnert. Es erlangt die «Gelassenheit» des weisen Weibes; erst sie gibt ihm die Kraft, den Kampf mit Ulis bösem Geist siegreich zu bestehen. Als adeliges Wesen ist es freilich vor diesem geschützt. Es wird nie «eintönig»; ein Blick in die Armut der Freundin, bei der es zu Gevatter steht, genügt ihm, um die Heiterkeit der Seele zurückzugewinnen und wieder «von den allezeit strömenden göttlichen Offenbarungen umflossen» zu sein.

Mit Hagelhans im Blitzloch, als dessen Kind sich Vreneli zuletzt herausstellt, tritt das Geheimnis des Bauernadels noch in einer andern Gestalt hervor, die in Gotthelfs Dichtung einen Gipfel bezeichnet. Hagelhans, der verrufene, einsame, mit den Menschen zerfallene alte Riese lebt wie der unbekannte König des Landes, wie der Geist der Vergangenheit selber auf seinem schönen, aber unheimlichen Hof. Er läßt seine Boten durchs Land gehen, die ihm von allem Kundschaft bringen; er selber hat die Schlechtigkeit der Menschen so gründlich erfahren, daß er sich nicht mehr mit ihnen abgeben mag. Nur die Tiere und Pflanzen sind ihm zugetan. Er erinnert an Stifters Hagestolz, auch seine Absichten mit Uli sind ähnlich wie die jenes Sonderlings mit seinem jungen Erben. Aber der Name von Vrenelis Vater erinnert noch mehr an eine heidnische Gottheit. Das Heidnische an ihm ist durch seine Abneigung gegen die Kirche noch besonders unterstrichen, ebenso dadurch, daß er immer wieder mit einem «alten Turm aus der Römerzeit», einem «übergebliebenen Riesen» verglichen wird. Das Gottähnliche erhält er durch seine allwissende Überlegenheit und durch die Begleitumstände, unter denen er stets erscheint. Wie ein höheres Wesen prüft er Uli zweimal unerkannt auf Herz und Nieren, bevor er sich entschließt, aus seiner Verborgenheit hülfreich vor ihn zu treten. Mit alldem wirkt er auch wie eine gewaltige Vergrößerung des Wehrdi im «Schulmeister». Wehrdi ist der ewige Widerspruch des Lebens gegen alle Schulmeisterei, Hagelhans die dämonische Steigerung der bäuerlichen Gelassenheit. Seine Absonderung und Lieblosigkeit lassen auf ein höheres Schicksal schließen, seine Bösartigkeit ist das Unverstandensein einer mächtigeren Natur. Dieser Unheimliche verkörpert nichts anderes als den uralten, naturgegebenen Adel des Bauerntums, den Vreneli von ihm geerbt hat – alles, was den Bauern zu einem Urbild des Menschen macht: die Segenskräfte des Landes, den urtümlichsten Beruf und eine vieltausendjährige Überlieferung. Hagelhans ist weder gut noch böse, er ist eine ungeheure Kraft und trotz seiner Sünden und Fehler undurchschaubar weise und beängstigend groß. Wer ihn zum Freund, gar zum Vater hat, braucht sich in dieser Welt nicht mehr zu fürchten. Der Geist der Heimat steht leibhaftig in ihm da. Es ist denkwürdig, daß Gotthelf auch in dieser tief christlich gedachten Dichtung noch einen solchen Schutzherrn seines Paares heraufbeschwor. Die wahren, jenseits aller Moral und Theologie entspringenden Quellen seines Dichtertums werden darin sichtbar. Die Gestalt des Hagelhans ist vielleicht der tiefste und ergriffenste Dank, den er als Dichter dem Bauerntum dargebracht hat. Der Unfriede, in dem dieser Alte haust und den erst Vreneli aufzuhellen vermag, beeinträchtigt seine Größe nicht, sondern macht sie nur noch mysteriöser. Etwas Unerklärliches und

Unaussprechliches ist immer da, wenn er auftritt. Es rührt auch davon her, daß ihn Gotthelf sicher auch als ein Sinnbild für sein eigenes Wirken unter den Menschen aufgefaßt hat.

Der überraschende Schluß ist also nichts weniger als romanhaft. Er enthält ein letztes Gleichnis für Ulis Verhältnis zu Gott und der Welt. Hagelhans als wahrscheinlicher Vater Vrenelis: das ist die Gotteskindschaft des guten Menschen, mit allem Beseligenden und aller Unsicherheit, die sie umschließt. Die Enthüllung einer geheimnisvollen höheren Verwandtschaft diente auch andern großen Dichtern – etwa Goethe im «Wilhelm Meister» oder Kleist im «Käthchen von Heilbronn» – als Symbol einer höchsten Wahrheit. So ist auch der Reichtum des Hagelhans eine dichterische Darstellung des vollkommenen Glücks, das Uli zuteil wird. Er erlangt die Gelassenheit, die große Ruhe des königlichen Menschen, die durch nichts zu erschüttern ist. Er tritt in den Schatten der Ahnen, die das Land behüten und die in der Wässerbauernszene vor dem Gewitter sichtbar auf den Feldern zu stehen scheinen. Aber er ist jetzt kein bloßes Gattungswesen mehr, sondern ein Mensch mit gereifter, geadelter Seele, ein Mann mit unantastbarem Namen: mehr als zufällig, unersetzlich, ein notwendiger Eckstein. Diese Würde erlangt auch Vreneli erst hier; sie ist am schönsten in seiner Fahrt zum Bodenbauern veranschaulicht, den es, nur von seinen Kindern begleitet und nur auf seinen menschlichen Wert vertrauend, um Hilfe angeht.

Dieser Vertiefung des religiösen Motivs entspricht im «Pächter» eine Verschärfung des Gegensatzes zwischen der glücklichen und der unglücklichen Menschheit. Joggeli und die Glunggenbäurin, die im ersten Teil nur humorvoll gezeichnete Charaktertypen waren, sind jetzt Illustrationen des menschlichen Schicksals: die Base eine tief fromme, durch Schuld weise und gütig gewordene Frau, Joggeli der Typus des «eintönig» gewordenen, vom Weltsinn überwältigten, sich und andere betrügenden Toren, dem schließlich sein irdischer Besitz in Nichts zerrinnt. Noch schärfer werden die eigentlichen Vertreter des «Zeitgeistes», Joggelis Kinder mit ihren Ehehälften, aus der bloßen Parodie ins tiefernst Satirische gesteigert. Besonders der Wirt Johannes spielt jetzt die Rolle einer durch und durch verdorbenen, großmäulig-hohlen «modernen Natur», eines Vertreters des «Lügengeistes, der im Paradiese sein heillos Amt begann». Dieses Unwesen hatte Gotthelf inzwischen im «Geltstag» und anderswo geschildert, aber er lieferte trotzdem keine Wiederholung. Das Wirtshausthema war für ihn unerschöpflich, weshalb er hier gleich noch einen zweiten Wirt von dieser Sorte auf die Beine und an den Pranger stellt.

So läuft auch der Uli-Roman auf die Darstellung des unendlichen Abstandes zwischen weltlichem und christlichem Leben hinaus, wie Gotthelf es versteht. Den Höhepunkt dieses Widerspruchs ersteigt wohl die Gerichtsszene, die ein vernichtendes Urteil über die «Welt» enthält. Aber er wird auch in andern großartigen Eingebungen direkt dargestellt: in Ulis Kirchgang, wo alles dem geplagten Glunggenpächter ausweicht und ihn für einen verlorenen Mann hält, während er in Wahrheit soeben seine innere Rettung erlebt hat, oder dort, wo sich Uli und Vreneli vor der Versteigerung der Glungge voll Gottvertrauen in den Verlust ihres ganzen Besitztums fügen, tatsächlich aber ihr wunderbares Glück schon vor der Türe steht. Diesen Grundzug des Buches verstärkt noch der viel heftiger gewordene Ton des Predigers in den Ausfällen gegen den Zeitgeist. Sie richten sich mit äußerster Schärfe gewaltig wahr und mutig gegen den Mißbrauch des Kapitals, gegen die Korruption der Justiz und den Niedergang der Staatsmoral, gegen das Überhandnehmen der Juristen im öffentlichen Leben, gegen die Auswüchse der Schule auf allen Stufen. Der schwere Ernst dieses Widerspruchs gegen eine ganze Zeit erschüttert uns heute unmittelbar durch seine Aktualität. Gotthelf spricht auch hier vom Standort des christlich erleuchteten Dichters und Propheten, der nicht der Standpunkt der Tagespolitiker ist. Wie wenig er dabei den Vordergrund des Zeitgeschehens im Auge hatte, geht schon daraus hervor, daß er mit keinem Wort auf die Ereignisse des Sonderbundskrieges anspielt, der die Schweiz aufwühlte, während er den «Uli» noch einmal zu Ende schrieb.

Auch vom «Pächter» ist kein Manuskript vorhanden. Der Text des Berliner Erstdrucks von 1849, dem wir folgen, wurde offenbar nachlässig gesetzt und weist z. T. krasse Versehen auf, die nicht alle beseitigt werden können, weil die handschriftliche Unterlage fehlt. Gegenüber der kritischen Ausgabe von Hans Bloesch in den «Sämtlichen Werken» ist an der unsern, neben den Änderungen in der Schreibung, wieder die Tilgung der überreichlichen Strichpunkte und Ausrufszeichen zu erwähnen; auch die Texteinschnitte wurden da und dort anders gelegt.

Der Berliner Druck, der allen seitherigen Ausgaben zugrunde liegt, zeigt aber außerdem unverkennbare Spuren der Überarbeitung durch eine fremde Hand. Es ist undenkbar, daß sich Uli und Vreneli in Gotthelfs Manuskript wegen eines «Paten» für ihr Kind «die Köpfe kraus gedacht» haben oder daß er schlechte Meisterleute «von Spandau bis Magdeburg» verrufen sein ließ. Das Sprichwort «Selbst getan, selbst haben» zitiert er anderswo als «Selber ta, selber ha»; «auf meine arme teure» heißt bei ihm «uf my armi türi», wie er auch Fische nicht «ins Netz», sondern «in die Bähre» jagen läßt. «Langeweile» heißt bei ihm stets «Längizyti», «Teufelsüchtelei» kennen seine Leser als «Tüfelsüchtigi». Er hat sicher auch diesmal nicht «Grummet», sondern «Emd», nicht «Uteufel», sondern «Utüfel», nicht «Junge», sondern «Bub», nicht «Butter», sondern «Anken», nicht «Sonnabend», sondern «Samstag», nicht «Dünger», sondern «Mist», nicht «Jauche», sondern «Bschütti», nicht «Gewirre», sondern «Ghürsch» und immer «bsunderbar» und «bräver», nicht hie und da «bsonderbar» und «braver» geschrieben, und in Ulis Kopf werden nicht «Mucken» oder «Mücken», sondern «Muggen» gewesen sein. Der Ausdruck «schirmen» (= vor dem Regen Zuflucht suchen) ist ohne Zweifel aus «schermen» entstellt (desgleichen «Schirmtanne» aus «Schermtanne»). Auch Ausdrücke wie «Weibchen», «Dirnchen», «Steigerung», «verleihen» (= verpachten) und viele andere stimmen mißtrauisch.

Nicht alle diese falschen Töne können mehr ausgemerzt werden, weil nicht mehr zu entscheiden ist, wo Gotthelf selber etwa sich von der Rücksicht auf das reichsdeutsche Publikum leiten ließ. Es gibt aber solche, bei denen mit hoher Wahrscheinlichkeit der Eingriff eines Fremden vermutet werden kann, weil ihnen eine feste Gewohnheit des Dichters gegenübersteht. Ich habe mich entschlossen, einige der störendsten unter diesen zu beseitigen. Da seine Werke weniger als je ein Museumsgegenstand sind, ist nicht einzusehen, weshalb das heutige schweizerische Empfinden für seinen Stil hier untätig bleiben sollte, weil vor hundert Jahren ein Berliner Korrektor so unbedenklich an seinem Text herumgedoktert hat. Eine spätere Zeit wird darin vielleicht noch weiter gehen, wenn einmal allgemeiner erkannt ist, wie wenig die normalen Regeln der Textkritik den Aufgaben der Gotthelfphilologie gerecht werden. Das sorgfältige Studium seiner Sprache kann hier noch wichtige Resultate erbringen und die Grenze zwischen Erlaubtem und Unerlaubtem genauer ziehen helfen. Um sie nicht zu überschreiten, habe ich mich wie gesagt auf einige besonders ärgerliche Fälle beschränkt, bei denen ein sicherer Rückschluß auf Gotthelfs Ausdrucksweise möglich ist. Regelmäßig korrigiert wurden «Butter» in «Anken», «Pate» und «Patin» in «Götti» und «Gotte» (jedoch nur in der Einzahl, da Gotthelf den Plural «Paten» auch früher schon mit einiger Regelmäßigkeit verwendet), «Grummet» in «Emd», «Uteufel» in «Utüfel», «Tagelohn» und «Tagelöhner» in «Taglohn» und «Taglöhner». Bei andern verdächtigen Wörtern und Wendungen wurde von Fall zu Fall entschieden und die allfällige Änderung in den Anmerkungen verzeichnet.

Uli der Pächter

****

Vorwort

Der erste Teil dieses Buches enthielt die Geschichte eines Knechtes, welcher durch Treue aus einem Knechte zum Meister wurde. Dieser zweite Teil enthält die Geschichte eines Meisters, welcher in den Banden der Welt lag und welchen der Geist wirklich frei machte. Der erste Teil war den Einen zu weltlich; was nun dieser Teil den Einen oder Andern sein wird, läßt der Verfasser dahingestellt. Der Verfasser behauptet nicht, das Rechte getroffen, sondern bloß das: mit ehrlichem Willen nach dem Rechten gestrebt zu haben. Ob das Publikum billig und damit zufrieden ist, weiß der Verfasser nicht. Mag es aber nun so oder anders sein, so ist das sein Trost, daß ihm, so Gott will, nirgends ein gedankenloses oder feiles Segeln mit herrschenden Winden wird nachgewiesen werden können.

Lützelflüh, den 13. Oktober 1848. *Jeremias Gotthelf*

****

ERSTES KAPITEL

Eine Betrachtung

Drei Kämpfe warten des Menschen auf seiner Pilgerfahrt. Drei Siege muß er erkämpfen, will er dem vorgesteckten Ziele sich nahen, bei seinem Scheiden sagen können: Vater, es ist vollbracht, in deine Hände befehle ich meinen Geist. In einander hinein schlingen sich die drei Kämpfe, doch bald der eine, bald der andere drängt sich in den Vordergrund, bald nach dem Lebensalter, bald nach den Umständen.

Wenn der Frühling des Lebens blüht, die Kräfte sich entfalten, das Herz von Wünschen schwellt, die Seele zum Fluge nach oben die Flügel regt, aus dem sichern Hafen des väterlichen Hauses hinaus ins Leben, hinaus auf des trügerischen Meeres Höhe das Schifflein strebt, da wenden die reinsten und edelsten Kräfte sich dem Suchen einer Seele zu, im Ringen nach ihrem Besitz erglänzt zum ersten Male des Mannes göttliche Gestaltung. Es lebt ein tief Gefühl im Manne, und Gott hat es gepflanzt in den Mann, daß er, um zu kämpfen mit des trügerischen Meeres wilden Wellen, um zu besiegen die andringende Welt, eine zweite Seele bedürfe, daß er ein Weib bedürfe, um sich in dieser Welt zu schaffen und zu gründen ein bleibend Denkmal, die schönste Ehrensäule: eine tüchtige Familie, fest gewurzelt in der Erde und kühn und fromm hoch zum Himmel auf die Häupter hebend. Hat er die Seele gefunden, mit welcher vereint er sich getraut ein Haus zu erbauen, eine feste Burg gegen die lockende, andringende Welt, dann will er diese Seele an sich fesseln durch der Ehe heilig Band, welches nur Gott lösen soll. Nur wer des Lebens Bedeutung und seinen Ernst verkennt, das Leben hält für ein Schaukeln auf den Wellen der Lust ohne Ziel und Zweck, nur der verkennt der Ehe hohe Bedeutung, verhöhnt sie als veraltet, als eine morsche Schranke gegen wahre Kultur. Der ist dann aber auch kein Sohn der Ewigkeit, sondern ein Kind des Augenblicks; wie ein Irrlicht hüpft im Moor, so ist sein Wandel durchs Leben, wie ein Irrlicht versinkt im Moor, so sein Leben im Schlamme der Welt.

Hat er das Gefundene errungen, mit sich vereint durch der Ehe heilig Band, dann hat er den ersten Sieg erkämpft. Aber wehe dem, der mit dem Siege allen Kampf zu Ende glaubt. Das Wahren des Sieges ist oft schwerer als desselben Erringen, wie ein rascher, kühner Anlauf leichter ist als ein fest und standhaft Ausharren; diesen Wahn hat mancher Sieger mit Schmach und Tod gebüßt. Jetzt gilt es, die Ungleichheiten der Seelen auszugleichen, vor der Selbstsucht sich zu hüten und das innere geistige Band, die Liebe, zu wahren, die da langmütig ist und freundlich, sich nicht aufbläht, nicht ungebärdig stellt, nicht das Ihre sucht und sich nicht verbittern läßt.

Dem Ehemann beginnt so recht eigentlich der Ernst des Lebens, der Kampf mit der Welt. Wahrscheinlich hat er schon lange mit ihr gehändelt, manch Scherzspiel mit ihr getrieben, aber so recht mit Bewußtsein beginnt doch erst jetzt die ernste Schlacht.

Dem Feldherrn vor beginnender Schlacht gleicht der Hausvater am Morgen nach geschlossener Ehe. Wenn bei grauendem Morgen am Schlachttage aus seinem Zelte der Feldherr tritt, ist ernst bewegt sein Herz, prüfend schweift sein Auge durchs Gefilde, ermißt die Höhen, erforscht die Schluchten, erwägt die Kräfte, die ruhen hier und dort, schlummern vielleicht den letzten Schlaf, die bald sich messen werden in graulichem Gewühle. Er überschlägt den Anfang und denkt an das Ende. Während er sinnt und denkt, erwacht um ihn die Welt, Schildwachen rufen, Tritte rasseln, Pferde wiehern, Bajonette blitzen in der aufsteigenden Sonne, Rauch steigt auf, und zum Aufsitzen ruft die Trompete die Reiter. Des Tages Getöne verbreitet sich, es erwacht aus seinen Sinnen der Feldherr. Er rafft sich zusammen, ordnet die Kräfte, ruft zur Schlacht. Über dem Gewirre wacht sein Auge, mit starker Hand lenkt er dasselbe, rollt es auf, zieht es zusammen einem Netze gleich, in welchem der Fischer seine Fische fängt. Er beginnt den Kampf, die Kräfte messen sich, wie ein Wirbelwind wirbelt die Schlacht durch Schluchten, Felder und Berge. Der Donner der Kanonen erfüllt die Luft, blutrot färben sich die Waffen, schwarz und dunkel, ein grausig Leichentuch, legt der Rauch sich über Leichen und Lebendige, verhüllt den Augen der Gebietenden das Wogen der Schlacht. Da bedarf der Feldherr ein scharfes Auge, eine feste Seele, um mit starker, sicherer Hand die Wirbel der Schlacht zu schürzen und zu lösen nach seinem Sinne, sie zu behalten in seiner Macht, daß das Ende der Sieg ist und gebunden und ohnmächtig der Feind zu seinen Füßen liegt.

Glänzt endlich auf des Siegers Haupt des Sieges Krone, so gilt es, sie zu bewahren, nicht ein Opfer seiner Siege zu werden, schmählich zu enden. Es ziehen Siege und Kronen gar zu leicht ins Herz hinein, schwellen das Herz, regieren das Herz, trüben den Blick, lähmen die Hand, jagen den Sieger in den Untergang, das Ende so vieler Sieger.

Wie der Feldherr vor die Schlacht, trittet vor die Welt der junge Hausvater. Er will ihr abringen eine sichere Stätte, Platz zu einer Ehrensäule; er prüft die Welt, mißt seine Kräfte, beginnt endlich den Kampf mit den vorhandenen Kräften und im Vertrauen auf sie. Tausende werden rasch niedergerannt von der Welt, verlieren alsbald Mut und Leben; sie waren nicht befähigt zum Kampfe, ihr Dasein war und ist ein trostloses. Viele ringen immer und kommen nimmer zum Siege. Ihr Dasein ist ein mühseliges, das Schöpfen in ein durchlöchertes Faß, das Rollen des Steines, der immer wieder niederrollt, den Berg hinan; zu einem festen Sitz kommen sie nicht, die Krone der Ehre schmückt ihre Scheitel nicht, der Welt ringen sie nichts ab, eitel und voll Mühe war ihr Leben, und keine Beute ward ihnen, weder eine äußere noch eine innere. Andere dagegen scheinen glücklich, siegreich zu kämpfen mit der Welt, große Beute von allen Seiten fällt ihnen zu, aber diese Beute ist eben das trojanische Pferd, welches die Mauern ums Herz sprengt, dem verräterischen Feind den Zugang öffnet. Wie die Siege dem Sieger zieht sie ein in des Eroberers Herz, wirft dort zum Herrn sich auf; zum Knechte wird der Mensch, zu immer neuen Kämpfen hetzt sie den armen Sklaven, jagt ihn gleichsam alle Tage Spießruten; was er auch erbeuten mag von der Welt, ihren Schätzen und Genüssen: Ruhe und Genügen findet er nimmer, jeder neue Gewinn ist Öl in die alte Gier und Glut, neue Jagd durch die Wüste beginnt an jedem neuen Morgen, bis er endlich elendiglicher verendet als der, welcher der Welt nichts abgewonnen hat. Und so wird es jedem ergehen in höherem und geringerem Grade, augenscheinlicher und minder bemerklich, in welchem nicht ein dritter Kampf sich erhoben hat und siegreich, nicht zu Ende geführt, aber doch dem Ende zugeschritten ist. Er ist der höchste der Kämpfe, aber auch der schwerste, es ist der Kampf mit dem eigenen Herzen, der Kampf des neuen Menschen mit dem alten, der Kampf des Geistes mit der Materie. Glücklich gefochten, bringt er aber auch den höchsten Lohn: hier ein Genügen, welches über allen Verstand geht, drüben die Krone der Gerechtigkeit, die Kampfgabe des ewigen Jerusalems.

Im Herzen steckt von Anfang an und von Natur der alte Mensch, der da böse ist und verkehrt, Gott und den Nächsten haßt, sich allein liebt, lüstern ist nach der Welt, ihren Genüssen und Schätzen, der da einen Boden hat für alles Unkraut empfänglich, nicht für die Lust allein, absonderlich auch für Neid, Zorn, Haß und Rachgierigkeit. Dieser alte Mensch, vom Fleische geboren, ist es, der von der Welt sich locken läßt und gefangen genommen wird dem Affen gleich, dem man in einer Flasche Nüsse beizt; in den engen Hals der Flasche zwingt wohl der Affe die leere Pfote, aber die mit Nüssen gefüllte bringt er nicht durch den engen Hals, die Nüsse fahren lassen will er nicht, läßt lieber Freiheit und Leben. Dieser alte Mensch ist der Zwillingsbruder der Welt draußen; je mehr derselbe der Schwester abgewinnt, desto üppiger schwillt er auf, desto üppiger wird die Welt drinnen, desto größer ihre Gewalt, desto grausiger ihre Tyrannei über die arme Seele, wenn nämlich der dritte Kampf nicht entbrannt ist um die Emanzipation der Seele oder des neuen Menschen, der Kampf um das Himmelreich. Im dritten Kampfe soll eben nämlich der Himmel gewonnen und dieser gezogen werden ins Herz hinein, daß die Welt nicht Platz habe darin, daß man sie hat, als hätte man sie nicht, sie genießt, als genösse man sie nicht, übrig haben davon und Mangel leiden kann daran und beides unbeschwert.

Der alte Mensch ist der erste, der erstgeborne, wenn man will. Es schlummert aber im gleichen Gehäuse ein zweiter Mensch, geschaffen nach dem Ebenbilde Gottes, aber gefesselt in dunkler Höhle, gefangen gehalten durch den alten Menschen, dem alten Barbarossa ähnlich, der da auch schlummern muß in dunklem Bergesschoße, bis ihn ein junger Tag zu frischem Heldentume weckt. Der neue Mensch muß eben auch geweckt werden und zwar durch den Geist, dessen Brausen man wohl hört, aber von dem man nicht weiß, woher er kommt noch wohin er fährt. Auf ihm liegt, schwerer als der schwerste Stein auf märchenhaften Schätzen, Moder und

Schutt von Welt und Sünde. Gewaltiger als das Wehen der Winde, welche das Gebirge sprengen wollen, das auf den himmelstürmenden Riesen liegen soll, muß der Hauch des Geistes sein, welcher wegfegt Moder und Schutt von Welt und Sünde, hebt den Stein vom engen Gehäuse, in welchem gefesselt liegt der neue Mensch, ihn kräftigt, daß er sich erhebt, den Kampf mit dem alten Menschen beginnt um den Besitz des Herzens, um des Lebens Ziel und Richtung.

Ohne Gott kann hier nicht gekämpft werden, am allerwenigsten glücklich, aber wo Gott mitkämpft, muß der Kampf zum Siege führen. Doch nie zum vollständigen, solange in sterblichem Gehäuse die Seele wohnt; erst im Grabe, das ist des Christen Hoffnung, versenkt er mit dem Leibe auch Sünde und Sündhaftigkeit. Der alte Mensch, wenn auch vom Throne gestoßen, ergibt sich auch in Fesseln nicht, erhebt alle Tage sich neu, gleich dem Satan, gegen Gott, wie hoffnungslos das Beginnen auch ist. Mit dem letzten Atemzuge erst legt er sich in ewige Ohnmacht. Darum bleiben fort und fort so bedeutsam die Worte: Wachet und betet, daß ihr nicht in Versuchung fallet! Je schwächer der Bruder darum ist, desto mehr verliert die Schwester, die Welt draußen, ihre Macht über den Menschen, sie hat nicht mehr Platz im Herzen, sie regiert nicht mehr, sondern wird regiert. Der Kampf mit ihr nimmt in dem Maße ab, als der gegen den alten Menschen sich dem Siege nähert. Wer also kämpfet, der ist ein guter Kriegsmann Jesu Christi, darf hoffen, gekrönt zu werden; des Lebens Bestimmung hat er erfüllt, das ewige Leben ergriffen, darf befehlen seinen Geist in des Vaters Hände.

Oh, groß und wunderbar ist des Lebens Bedeutung und eng und schwer durch das Leben der Weg, der zum Ziele führt! Oh, und wie leichtfertig und vermessen schlendern die Menschen durchs Leben, als ob sie weder Ohren noch Augen hätten, keinen Verstand, die Tage mit Weisheit zu zählen, als ob sie hundert Leben hätten, hundertmal von vornen wieder beginnen könnten, wenn eins in Liederlichkeit, Torheit und Sünde schmählich zu Ende gelaufen, als ob der Glaube abgeschafft sei und erlaubt, nach vieltausendjähriger Erfahrung erst sich zu bekehren, durch hundert verlorne Leben endlich klug geworden.

Heil denen, welchen in diesem Leben Augen und Ohren aufgehen und das rechte Verständnis kommt, daß mitten in der Welt der Himmel errungen werden muß, wenn wir die Liebe bewahren, die Welt überwinden, den Himmel jenseits schauen wollen, daß wir Gott hienieden finden, unser Herz seine Herberge werden muß, wenn er droben uns herbergen, unser Teil werden soll in alle Ewigkeit!

ZWEITES KAPITEL

Der Antritt der Pacht

Dieses alles dachte Uli nicht, als er am Morgen nach seiner Hochzeit vor das Haus trat, unwillkürlich am Brunnen vorbei hinter das Haus schritt, von wo man einen großen Teil des Hofes übersah, aber Ähnliches regte sich doch in ihm. Ein Weib hatte er errungen, ein besseres gab es nicht, das wußte er. Aber vor ihm stund nun die Welt, an dieser besaß er so viel als nichts; das bedachte er, und bange ward es ihm. Er hatte sie angefaßt, diese Welt, den Kampf mit ihr begonnen, die Pacht um ein großes Gut war geschlossen, in wenig Tagen mußte er sie antreten, übers Jahr mehr als achthundert Taler Zins ausrichten, und diese achthundert Taler überstiegen sein Vermögen. Woher sie nehmen, wenn das Glück nicht auf seiner Seite stund, wenn die Welt stärker war als er, ihm nichts ablassen wollte von ihren Schätzen, ihm entriß, was er bereits hatte? Bangen kam über ihn, des Bangens Unruhe fuhr ihm in die Glieder, trieb ihn durch die Ställe, trieb ihn ums Haus herum, bis er wieder stillestund hinter demselben, Äcker und Wiesen rechnend übersah, rechnete und rechnete, daß ihm Hören und Sehen verging darob, daß er nicht wußte mehr, stund er auf dem Kopfe oder auf den Füßen, die Rechnungen sich verschlangen in einander, daß er nicht mehr wußte, wo der Anfang war, geschweige daß er das Ende finden konnte.

Plötzlich wurde er umschlungen; hochauf fuhr er, als ob es wirkliche Schlangen wären. Es war auch eine an Klugheit, aber eine ohne Gift und Galle, wie wir jedem Christen eine ins Haus wünschen möchten; es war Vreneli, das freundlich vor ihn trat, traulich ihm ins Auge sah, beide Hände ihm auf die Schultern legte und sagte: «Aber Uli, Uli, hast die Ohren verloren? Das Frühstück steht auf dem Tische, dreimal rief ich dir und allemal lauter und allemal umsonst. Uli, lieber Uli, fange mir nicht schon an mit Sinnen und Rechnen, weißt nicht, wie leicht man sich erst verrechnet und dann hintersinnet? Laß uns beten und arbeiten, das Andere auf Gott stellen, der soll unser Rechenmeister sein. Der wird schon rechnen, daß es gut kömmt, und der böse Kummer und das plaghafte, ängstliche Wesen, welches immer auf dem Trocknen ertrinken will und an der Sonne erfrieren, kommen nicht an uns. Uli, lieber Uli, wollen wir?» frug Vreneli fast wehmütig und streckte ihm die Hand dar. Uli schlug ein, folgte zum Frühstück, aber heiter ward doch sein Gesicht nicht.

Wahrscheinlich wußte er auch kaum so recht, was er seinem Weibchen versprochen hatte. Es gibt gar viele Menschen, welche sich von einem Gedankenzuge, der sich ihrer bemächtigt hat, kaum mehr losmachen können. Der Gedankenzug reißt sie dahin, und wenn sie schon Rede und Antwort geben, so wissen sie doch nicht worauf und was. Sie sind wie Solche, die in einem Eisenbahnzug dahinfahren und ihre Lieben schreien ihnen nach und sie schreien den Lieben zurück, aber Keines weiß, was geschrieen wird.

Es ist aber wirklich dem guten Uli zu verzeihen, wenn seine Gedanken gefangen und unwillkürlich in einer Richtung dahingerissen wurden, seine Lage war auch darnach. Vor ihm stund in nächster Nähe der Tag, wo er, wie man heutzutage zu sagen pflegt, ein Geschäft übernehmen sollte, welches weit, weit über sein Vermögen, das er so schwer und langsam erworben, ging, ihn in Jahresfrist ohne Wunder und absonderliche Greuel zugrunde richten konnte. Nun, Vielen hätte dieses nichts gemacht. Hunderte springen, wenn sie nur irgendwie ein Geschäft erblicken, mit beiden Beinen hinein, Tausende gar mit dem Kopf voran, ohne sich zu kümmern, mögen die Beine nach oder nicht. Uli gehörte nicht zu dieser Rasse. Uli hatte eine der bedächtigen Berner Naturen und war nicht demoralisiert durch den Zeitgeist, das heißt durch den Schwindelgeist der Zeit. Er besaß tausend Gulden, zirka sechshundert Taler. Vermögen legt der Berner gerne auf solides Unterpfand an, ehedem bloß auf dreifaches, jetzt nimmt man schon mit nur doppeltem vorlieb. Uli aber setzte das seine auf Regen und Sturm, auf Hagel und Dürre, auf Blitz und Seuche. Nicht bloß konnte ihm alles verloren gehen, sondern namentlich wenn Unglück in die Ställe brach, konnte er zwei-, dreimal mehr verlieren, als er besaß. Dann war nicht bloß der beste Teil seines Lebens scheinbar verloren, sondern der Rest desselben schien kaum hinreichend, sich dürftig von dem Schlage zu erholen. So ist es wohl erlaubt, daß es einem bange wird ums Herz, daß Vertrauen und Sorgen mit einander ringen. Wem es nicht so geht, der müßte wirklich sehr leichtfertig, neumodisch genaturt sein.

Die Vorbereitungen zur Übernahme wurden allmählich getroffen. Joggeli und seine Frau ließen nach und nach in den Stock schleppen, was sie behalten wollten, und Vreneli half treulich der Base einhausen, war ihr Kind nach wie vor, und wenn es auch das Eigene darob versäumen mußte, verzog es doch keine Miene. Es fanden sich eine Unmasse von Dingen vor, welche Uli nicht brauchte und Joggeli nicht. Diese wurden sämtlich in eine große Kammer zusammengetragen und aufgestapelt. An einer Steigerung hätte man daraus eine Summe gelöst, welche eine herrliche Erquickung für den Baumwollenhändler gewesen wäre. Aber auf der Glungge sollte keine Steigerung abgehalten werden. Überhaupt in allen soliden Häusern liebt man das Alte mehr als das Neue, Kleider verkauft man nicht. An jedes Stück knüpfen sich Erinnerungen, und an diese Erinnerungen knüpfen sich Lehren und Erfahrungen, und gar mancher Bauer zieht aus seiner Rumpelkammer und allen Winkeln seines Hauses weit mehr Weisheit ein als englische Lords und deutsche Gelehrte aus den kostbarsten und größten Bibliotheken, angefüllt mit Büchern, gebunden in Schweinsleder oder halb oder gar ganz Franzband.

Das Inventar von dem Geräte und dem Viehstand war groß, und die Schatzung, obgleich alles äußerst billig, machte Uli die Haare zu Berge stehen. Man denke sich zum Beispiel nur acht Kühe und jede durchschnittlich zu sechzig Talern. Dieses Inventar überstieg mehr als um das Vierfache Ulis Vermögen, mußte zu vier Prozent verzinset und später allfälliger Abgang ersetzt werden. Uli hatte großen Vorteil dabei, aber bedenklich war es doch in alle Wege.

Endlich kam der verhängnisvolle fünfzehnte März, an welchem, wie man zu sagen pflegt, Uli Nutzen und Schaden angingen. Es war ein schöner, heller Märztag, und doch kam er allen trüb und unheimlich vor. Es tat allen weh, die Alten ausziehen zu sehen. Als man ihr Hinterstübchen ausräumte und namentlich das große Bett hinüberschleppte, war es fast, als trage man ihnen einen großen doppelten Sarg voran. Die

Base hatte den ganzen Tag das Wasser in den Augen, aber lauter heitere, aufmunternde Worte im Munde, sie hatte eine Gewalt über sich, welche allen Gebildeten zu wünschen wäre. Man sah es ihr an, sie betrachtete dieses Überziehen aus dem großen Hause in das kleine als eine Vorübung auf das Beziehen des allerkleinsten Häuschens, welches Armen und Reichen aus wenig Brettern zusammengeschlagen wird. In diesem kleinen Häuschen schläft man auch, doch wie wohl oder wie übel, das weiß Gott.

Als aber das alte Ehepaar zum erstenmal in ihrem großen Bette im Stocke schlafen wollte, da wollte der Schlaf nicht kommen; er war nicht gewohnt, sie hier in diesem Stübchen zu suchen. Ob Joggeli es zürnete, wissen wir nicht, es schien fast, als sei die Nacht ohne Schlaf ihm willkommen, um seiner Alten alle ihre Sünden bis weit in die Urwelt hinauf vorzuhalten und sie für alle Folgen derselben verantwortlich zu machen, nicht bloß bis auf Kinder und Kindeskinder, sondern bis drei Tage nach dem Jüngsten.

Die gute Alte schwieg lange, endlich lief es ihr doch über. «Ich hoffte,» sagte sie, «wenn dir die Last abgenommen werde, so werdest du einmal mit Gott, dir selbst und der Welt zufrieden. Aber wie ich leider sehen muß, bleibst du immer der gleiche Stürmi. Du hättest eigentlich zu einem armen Mannli, einem Korbmacher oder Besenbinder geraten und dreizehn oder neunzehn lebendige Kinder haben sollen, dann hättest du klagen können, vielleicht daß Gott es gehört hätte. Aber jetzt ists nur ein böser Geist, der dich immer klagen läßt, und der ist mit mir hinübergekommen und wird bei uns bleiben sollen. Ich muß mich versündigt haben, daß ich mich damit muß plagen lassen. In Gottes Namen, ich muß es so annehmen. Unser Herrgott wird doch hoffentlich bald finden, jetzt sei es Zeit. Warum ich nicht von dir lief, als ich noch junge Beine hatte, die laufen konnten, und so weit weg, als sie mich tragen mochten, das begreife ich noch auf die heutige Stunde nicht. Jetzt trüge Fortlaufen nicht viel mehr ab, und meine alten Beine trügen mich kaum so weit, daß mir dein Stöhnen und Klagen um nichts oder wieder nichts nicht noch zu Ohren käme, besonders wenn der Wind ein wenig ginge.» Das wollte Joggeli doch fast gemühen. «Wer laufen will, kann,» sagte er, «ich will niemand dawider sein, und mit Nachlaufen werde ich niemand plagen. Wenn ich schon wollte, täten es meine Beine nicht; wenn andere ausgestanden hätten, was sie, sie wären auch froh, an die Ruhe zu kommen.» Ihm wäre es je eher je lieber, Gutes hätte er nie viel gehabt, und was ihm noch warte, könne denken, wer Verstand habe. Jetzt vermöchte er doch noch seinen Sarg schwarz anstreichen zu lassen, gehe es länger so, sei es wohl möglich, daß man froh sei, wenn man noch so viel bei ihm finde, um die ersten besten rohen Bretter zu bezahlen. «Du bist doch immer der Wüsteste, wirst dich versündigen wollen, daß es keine Art hat», sagte seine Frau. «Schweigen wird am besten sein, es weiß sonst kein Mensch, was du noch stürmst.» Darauf drehte die Mutter sich gegen die Wand und blieb stumm, Joggeli mochte gifteln und klönen, so stark und so lange er wollte.

Drüben im großen Hause ging es anders zu. Die Bauart des Hauses brachte es mit sich, daß die Meisterleute im Hinterstübchen wohnen mußten. Dasselbe war gleichsam des Hauses Ohr, jeder Schall aus Kammern und Ställen, von vornen und hinten, schien dort landen zu müssen; das ist kommod für einen rechten Hausmeister!

Uli und Vreneli mußten dieses Stübchen auch beziehen, aber sie taten es ungern, sie schämten sich fast, als Knecht und Magd nun zu schlafen, wo früher der Meister und die Meisterfrau. Sie kamen sich wirklich im Stübchen als so gar nichts vor, und auch bei ihnen wollte der Schlaf nicht einbrechen.

«Ja, ja,» stöhnte Uli, «es wäre schön hier und im Winter bsonderbar warm, da ließe sich sein. Wenn es nur immer währte, aber das Ändern tut weh. Wenn man am Ende doch wieder in eine kalte Kammer muß, so wäre es hundertmal besser, man hätte sich nie an ein warmes Stübchen gewöhnt.» Aber zwängt sei zwängt, und jetzt müsse man es nehmen, wie es sei. So jammerte Uli ähnlich wie Joggeli, der Unterschied war bloß der, daß sein Jammer nicht aus einem zähen, verhärteten Herzen kam, sondern aus einem jungen, warmblütigen, demütigen, welches sich in seine höhere Stellung nicht finden konnte. In einem solchen finden gute Worte noch gute Stätte. An solchen ließ es auch Vreneli nicht fehlen, tröstete, so gut es konnte, sprach vom Werte des Hofes, von seinem guten Willen, von dem Vertrauen zu Gott, der alles wohl machen werde, daß Uli die Ruhe kam und er andächtig mit Vreneli beten konnte; darauf kam leise der Schlaf gezogen, hüllte die Beiden in seinen dicksten Schleier, und als die Sonne kam, schlummerten Beide noch süß und fest darin, und lange ging es, bis ihre Strahlen die Schläfer zu wecken vermochten.

Hui, wie Beide auf die Füße fuhren, als vor ihren langsam sich öffnenden Augen plötzlich der helle Tag stund in vollem, sonnigem Gewande! Draußen polterte das Gesinde, prasselte das Feuer, gackelten bereits die Hennen, und Meister und Meisterfrau hatten sich noch nicht gerührt. Wohl, da schämten sie sich und durften fast nicht aus dem Stübchen. Sie hatten sich wohl schon mehr als einmal verschlafen, aber so ungern es wirklich doch nie gehabt als heute. Wie die Leute das auslegen würden, dachten sie.

Der Frühling ist eine herrliche Zeit, eine ahnungsreiche, wonnevolle. Darüber werden doch wohl die Parteien von allen Farben einig sein, wie weit sie sonst auseinandergehen mögen! Wie prosaisch und trocken ein Bauer auch sein mag, im Frühling wird ihm doch das Herz größer und er denket weiter als die Nase lang. Er hat es seinen Äckern, Wiesen und Gärten gegenüber wie ein Vater, der mitten in einem Dutzend blühender Kinder steht. Was wird aus ihnen werden, was werden sie für Früchte tragen? muß er unwillkürlich denken. Wie der Kinder Gesichter blühen, Gesundheit ihre Glieder schwellt, blühen und schwellen Freude und Hoffnung in seiner Seele. So hat es auch der Landmann, besonders der junge, welcher noch nicht manchen Frühling auf eigene Rechnung erlebt hat. Jede Pflanzung wird ihm zum Kinde, und je üppiger sie grünt und blüht, desto üppiger grünen und blühen seine Hoffnungen.

Der Frühling, von welchem wir sprechen, war ein ganz eigen von Gott gespendeter, als wollte er die Probe machen, ob die Menschen so weit in der Aufklärung gekommen, daß sie zu begreifen imstande seien, sie selbst könnten keinen solchen machen, auch sei es unmöglich, daß er von ungefähr käme, sondern daß er von Gottes väterlicher Hand müsse gegeben sein.

Mit Fleiß und Kunst bestellte Uli Saat und Acker, und Vreneli machte nicht bloß fast alleine seine schwere Haushaltung, sondern half doch noch draußen, daß männiglich sich wunderte, sorgte für den Garten, daß Kraut darin wuchs und Salat nebst allerlei Kräutlein, welche einer vernünftigen Suppe wohl anstehen und sonst in gesunden und kranken Tagen gut zu gebrauchen sind.

Vrenelis rührigem Treiben sah die Base mit der größten Freude zu. Alle Tage war sie im Garten oder guckte wenigstens über den Zaun, besah die andern Pflanzungen, und häufig kam sie, setzte sich zu Vreneli, half ihm das Essen rüsten oder sagte: «Gehe nur, wenn du was zu machen hast, ich will dir zum Feuer sehen und sorgen, daß das Essen nicht anbrennt.» Wollte Vreneli sich wehren oder danken, so meinte sie: «Ich habe Ursache zu danken, daß du es annimmst. Was meinst, müßte die Langeweile mich nicht töten, wenn ich auf einmal von allem käme und nichts mehr anrühren dürfte?» Kam sie dann heim, hatte sie zumeist ein lachend Gesicht (denn daß es drüben so gut ging, freute sie sehr, und was sie im Herzen hatte, zu verbergen, war ihr nicht gegeben) und sagte wohl zu Joggeli: «Gottlob, es geht da drüben gut, besser noch, als ich gedacht. Wenn die es nicht zu was bringen, so gelingt es niemanden mehr. Vreneli läuft, als wenn es Räder unter den Füßen hätte, und Uli schafft, als sei er aus lauter Uhrenfedern zusammengesetzt. Es ist mir ein recht schwerer Stein ab dem Herzen, hätte mir ja mein Lebtag ein Gewissen machen müssen, wenn es nicht gut gegangen wäre.»

Joggeli, welcher wohl auch herumgetrippelt war an seinem Stocke und hinter Zäunen und Bäumen hervor dem Treiben zugesehen hatte, zog auf solche Reden sein grämliches Gesicht und meinte: «Glaub es, wie sollte es anders sein, wenn ihnen alles hilft, die Fische in das Netz zu jagen, sogar das Kraut in den Hafen. Hätte man für mich halb gearbeitet und gesorget wie für sie, ich wäre noch einmal so reich. Aber mir hat niemand helfen wollen, ja wenn man mich hätte auf die Gasse bringen können, man hätte es getan und dazu noch den Hals voll gelacht und dazu noch die, denen es dabei am übelsten gegangen wäre, und zuletzt hätte ich denn doch an allem schuld sein sollen. Ja, die Welt ist bös. Trau, schau, wem, heißt es nicht umsonst.» «Ja, da hast einmal recht,» antwortete die Base, «die Welt ist wüst und Trauen bös, aber von den Allerwüstesten bist du, und wegen Trauen solltest schweigen. Wenn das Gewissen nicht wäre und deine Frau, weiß Gott, was du für ein Unflat geworden wärest. So alt bist schon und wirst doch noch alle Tage wüster, denkst nicht an deine arme Seele und was Gott mit ihr anfangen soll.»

So verschiedene Gedanken wachsen bei gleicher Witterung

in den Herzen der Menschen, es ist aber eben der Grund der Herzen verschieden. Giftkräuter wachsen auf dem einen, Heilkräuter treibt der andere. Du mein Gott, wie sollte es dem Menschen, welcher den Gärtner vorstellen sollte, in seines Herzens Garten so himmelangst werden, wenn er in seinen Garten kömmt und es weht ihm entgegen ein giftiger Hauch und gleich Schlangenaugen glitzern ihm lauter Giftkräuter entgegen! Ach Gott, nein, denen wird gar nicht himmelangst, die bleiben kaltblütig, ja sie haben noch Freude und Spaß an den giftigen Kräutern, lassen sie nicht bloß nach Belieben wuchern, sondern pflegen sie noch sorgsamst, als obs die kostbarsten Pflanzen wären, und je üppiger sie aufschießen, mit desto größerem Behagen weisen sie als große Raritäten dieselben vor allen, welche sie zum Betrachten herbeibringen können.

Fröhlich wie im Fluge rannen die Tage dem jungen Ehepaare dahin, wie es zu gehen pflegt, wenn voll Arbeit die Hände sind, voll Sinnen der Kopf, die Arbeit wie ein Uhrwerk läuft und das Erdachte zur Tat wird ohne Säumnis und Hindernis. Es war, als ob der liebe Gott erst nachsehe, was Uli meine und Vreneli sinne, ehe er das Wetter mache, regnen lasse oder die Sonne scheinen. Dachte Uli, jetzt wäre ein warmer Regen gut, so kam ein warmer Regen, man wußte gar nicht woher, und wenn er dachte: Jetzt ists genug, die Sonne wäre wieder gut, so ging der Regen, man wußte nicht wohin, und die Sonne war da. Wer auf Sonne und Regen nur des Spazierens wegen achtet und nicht weiß, welche Bedeutung beide für den Landmann haben, der weiß gar nicht, welch Unterschied, wir wollen nicht sagen im Gedeihen der Pflanzen, sondern im Betrieb der Arbeit ist bei günstigem oder ungünstigem Wetter.

Es gibt Jahre, in welchen man bei gedoppelter Anstrengung und Kosten nirgends hinkömmt, immer im Rückstand ist, alles pfuschen muß, wenn man das Dringlichste machen will, ehe der Winter wieder da ist, und wiederum Jahre, wo alles geht wie auf einer Eisenbahn, nirgends ein Rückstand ist, Hasten und Jagen nie nötig sind, man Zeit zu allem hat und keinen Kummer vor dem Kommen des Winters, wo alles wohl gerät und wo es ist, als sei Meister der Mensch, seine Hand ein Zauberstab, sein Mund allmachtsvoll; er streckt die Hand aus, so springt der Schoß der Erde auf, er gebietet, und es stehet da. Es sind gefährliche Jahre, diese Jahre, sie füllen wohl Spycher und Scheuren, aber sie leeren das Herz von Demut und Gottvertrauen, darum müssen dann wiederum böse Jahre kommen, wo der Mensch mit allem Fleiß und aller Kunst nichts machen kann. Sie leeren wohl Spycher und Scheuren, aber dafür füllen die Herzen sich wieder mit Demut und die Augen gewöhnen sich wieder, nach oben zu sehen und das Gedeihen von Gott zu erwarten.

Uli wuchs sein Glück fast über das Haupt, daß er vor lauter Bäumen den Wald nicht mehr sah, das heißt vor lauter Hoffnungen und Erwartungen sein Glück nicht mehr berechnen konnte, weil es seine Rechenkunst zu übersteigen anfing; wie aber Manchem über dem Essen der Appetit kommt und das Begehren nach immer Mehrerem, so ging es auch Uli.

Uli hatte Ställe voll Pferde und Kühe übernommen um eine sehr billige Schatzung. Bei allfälligem Abgeben der Pacht mußte er wieder für die gleiche Summe Ware einliefern oder den Abgang ersetzen oder hatte den Mehrbetrag zu fordern. Er konnte also mit der übernommenen Ware ganz schalten und walten nach seinem Belieben; was bei seinem Abgang in den Ställen stund, wurde wieder geschätzt, und je nachdem es sich fand, fanden Vergütungen von der einen oder andern Seite statt.

Joggeli hatte auf dem Handeln nicht viel gehalten und selten zu rechter Zeit abstoßen können. Uli kalkulierte anders;

er hatte namentlich zwei Pferde und drei Kühe übernommen, welche auf dem höchsten Punkte ihrer Reife stunden; behielt man sie länger, fielen sie stetig im Preise, verkaufte er sie, kaufte dagegen junge Tiere, so stiegen diese im Preise, bezahlten neben der Nutzung noch ihre Fütterung. Uli entschloß sich alsbald zu diesem Handel, Vreneli wehrte: «Recht hast,» sagte es, «aber merkt es Joggeli, so gibt es böses Blut, das muß man verhüten so lange als möglich; übrigens sind die Tiere so geschätzt, daß sie nach einem Jahre noch die Schatzung gelten, du also jedenfalls dazumal noch nichts daran verlierst.» Geld hätten sie eben auch noch nicht so nötig, und im Fall es gegen Herbst rarer werden sollte, so könnte man immer noch verkaufen, nur nicht jetzt gleich, wo Joggeli es als eine absichtliche Prellerei ansehen könnte, wenn Uli vielleicht hundert Taler in Sack mache oder doch fünfzig. Uli hatte recht, aber Vreneli noch rechter, und wie es geht in der Welt, das Beste geschieht am seltensten. Uli gewann ein Erkleckliches und meinte, Joggeli vernehme es nicht.

Aber die Leute, welche früher Joggeli alles zugetragen hatten, lebten noch, und wären sie gestorben gewesen, so wären aus ihrem Grabe herauf alsbald neue aufgewachsen, von wegen diese Sorte stirbt nie aus. Joggeli wußte richtig alsbald bei Heller und Pfennig, was Uli gelöst, das gab böses Blut. Die Base und Vreneli mußten viel leiden deretwegen. Uli hätte das nicht tun und den Frieden auch für etwas rechnen sollen, da Gott es so gut mit ihm meinte und er es so wenig nötig hatte.

Das Frühjahr ist für den Landmann, welcher nicht Vorräte hat, sonst eine Zeit, welche Geld frißt oder zu Schulden nötigt; das war bei Uli nicht der Fall, seinen Handel nicht gerechnet. Vreneli löste aus Butter und Milch viel Geld, so daß nicht bloß die Hauskosten bestritten wurden, sondern hie und da noch ein großes Silberstück beiseitewanderte, um bei der Hand zu sein, wenn der Pachtzins gezahlt werden mußte. Ferner wurde er mit einigen Prachtkälbern beschenkt. Diese mästete er, bis sie nahe an zwei Zentner wogen, half zuweilen sogar mit Eiern nach, welche er entbehrlich glaubte. Solche Kälber sind rar, gehen in die Bäder, nach Basel usw. und werden schwer bezahlt, so daß Uli wirklich Glück in allen Ecken hatte, das Geld nicht von ihm wollte, sondern immer vermehrt zurückrann, einer guten Taube gleich, welche nie ausfliegt, ohne mit einem neuen verlockten Tauber zurückzukehren.

DRITTES KAPITEL

Das Erntefest oder die Sichelten

Dennoch setzte sich Uli ein Wurm ans Herz, von wegen was er einnahm, das gehörte ihm, versteht sich, was er ausgeben mußte, das verstand sich nicht von selbst; er kehrte es siebenmal um, bis er sicher war, daß er es schuldig sei. Es ist eine eigene Geschichte, wenn ein großes Bauernhaus sich umwandelt in ein bloßes Pächterhaus. Ein großes Bauernhaus, welches seit hundert und mehr Jahren im Besitz der gleichen Familie war und absonderlich, wenn gute Bäurinnen darinnen wohnten, ist in einer Gegend fast was das Herz im Leibe; drein und draus strömt das Blut, trägt Leben und Wärme in alle Glieder, ist, was auf hoher Weide eine vielhundertjährige Schirmtanne den Kühen, unter welche sie sich flüchten, wenn es draußen nicht gut ist, wenn die Sonne zu heiß scheinet, wenn es hageln will oder sonst was im Anzuge ist, was die Kühe nicht lieben; ist der große, unerschöpfliche Krug, welcher nicht bloß einer Witwe und ihrem Söhnelein das nötige Öl spendet, sondern Hunderten und abermal Hunderten Trost und Rat, Speise und Trank, Herberge und manch warmes Kleid jahraus jahrein. Ein solches Haus ist das Bild der größten Freigebigkeit und der sorglichsten Sparsamkeit. Da liest man die Strohhalme zusammen und zählt die Almosen nicht, da findet man die Hände, welche nie lässig sind im Schaffen und im Geben, denen zur Arbeit nie die Kraft ausgeht und nie die Gabe für den Bedrängten. So ein Haus ist ein wunderbar Haus, aber darum ist es auch eine Art heiliger Wallfahrtsort, wohin wandert, wer bedrängten Herzens ist, Not leidet am Leibe oder an der Seele. Zieht aber nun aus einem solchen Hause die Seele, das heißt die Bäurin oder der Bauer, so bleibt das Haus, und wie Kinder immer wieder zum toten Körper ihrer Eltern zurückkehren, forschen, ob die Seele nicht zurückgekehrt, so kommen die Leute immer und immer noch zum Hause, klopfen an die alte Türe, horchen, ob die alte treue Hand, die nie leer ward, nicht wieder da sei, Gaben spendend, begleitet von einem freundlichen Worte. Sind Bauer und Bäurin auch nur neben dem Hause in den Stock oder das Stöcklein gezogen, so gehen doch nur die Bekanntern oder die Bettler von Profession dahin, denn das Stöcklein ist kein Haus, es ist kein Stall daran und acht Milchkühe drinnen, sind nicht Keller, nicht Kammern, gespickt mit allen möglichen Vorräten. Zum Stöcklein gehört der Hof nicht, gehören die unzähligen Obstbäume nicht, gehören alle die reichen Quellen nicht, welche einer guten Bäurin Hand unerschöpflich machen. Es sind wohl Zuflüsse da, aber in bestimmten Grenzen und nach kleinerem Maßstabe. Zieht nun ein Pächter in das Haus ein, in die Schatzkammer des Hofes, den Wallfahrtsort der Armen und Bedrängten, so erlischt des Hauses Heiligenschein nicht alsobald; die Menge wallfahrtet noch immer zu demselben nach alter Gewohnheit, achtet nicht der geänderten Verhältnisse, macht ans Haus die nämlichen Forderungen. Die Menge nimmt an, die Guttätigkeit des Hauses sei Pflichtigkeit, welche jeder Bewohner, sei er wer er wolle, zu übernehmen habe. Geschieht dieses nicht vollständig, so spricht eine bedeutende Anzahl: «Ach Gott, da hat es auch böset! Gottlob, daß ich so alt bin! Müßte sonst noch erleben, daß die guten Leute alle aussterben.» Eine andere Anzahl aber wird erbittert im Gemüte als wie über versagte Rechte und sagt: Das werde gehen und gehen, bis es endlich zu dem komme, wovon man immer rede, wie man auch von der Fasnacht rede, bis sie komme, daß man selbst zugreifen müsse, wenn man etwas erhalten wolle.

Ähnliches geschah in der Glungge. Vreneli war schon unter der Base Almosnerin gewesen, hatte dabei wohl auch unverschämten Bettlern einen Zuspruch gegeben, der ihnen ins Leben ging. Vreneli war jetzt seine eigene Almosnerin, machte wohl die Stücke Brot etwas kleiner als früher, und Kleider oder Leinenzeug konnte es nicht austeilen; in einer neuen, jungen Haushaltung findet es sich nicht. Das ging bös an. Eine Bettlerin sagte Vreneli ins Gesicht: «Du warst von je ein Wüstes und gönntest keinem Armen was und wirst eher zehnmal schlimmer als einmal besser, von wegen es wird noch immer sein, wie es im Sprichwort heißt: Es ist keine Schere, die schärfer schiert, als wenn ein Bettler zum Herren wird.» Die Meisten jedoch sagten Vreneli ihre Gedanken nicht an den Kopf heraus, aber sie verlästerten es desto jämmerlicher hinterwärts. Da sie nichts Böses wußten, ersannen sie um so Greulicheres; namentlich machten sie geltend, wie sie den Hof fast um nichts hätten, den Kindern das Brot von dem Munde wegstöhlen; da sei es kein Wunder, wenn sie auch gegen die Armen wären wie Türken und Heiden. Schlecht sei schlecht und schlechte Leute habe es immer gegeben, aber Leute wie die, ohne Religion, seien doch noch nie erlebt oder erhört worden. Das alles tat Vreneli sehr weh, denn begreiflich wurden ihm alle diese Reden wieder hinterbracht und wahrscheinlich von denen selbst, welche sie gehalten, nur daß sie dieselben dann Andern in den Mund legten. Doch sagte es davon Uli nichts, es verarbeitete das in seinem eigenen tüchtigen Sinn. Es dachte, Klagen trage nicht viel ab, warum ein zweites Herz betrüben, wenn man imstande sei, es alleine zu verwinden; Hülfe leisten könne ihm Uli nicht, und alle Armen diese Wehtat entgelten lassen wollte es nicht. Uli war wenig zu Hause und hatte den Kopf so voll von Geschäften und Gedanken, daß er gar keine Augen für diese Dinge hatte. Er war es gewohnt, Leute an den Türen zu sehen oder bei Vreneli in der Küche, achtete sich derselben nicht, frug nicht, was sie wollten, dachte gar nicht daran, daß es jetzt über ihn ausging und um seine Sache, ließ Vreneli also ganz gewähren nach seinem Belieben.

Der Heuet war vorbeigeflogen wie gewünscht, die Kirschen mit den Sperlingen im Frieden geteilt worden und die Ernte vor der Türe, ehe man sich dessen versah.

Die Ernte ist dem Landmann eine wichtige Zeit, eine heilige Zeit, von ihrem Ertrage hängt sein Bestehen ab oder wenigstens sein Wohlergehen. Er erkennt dieses auch an, und als Zeichen dieser Erkenntnis richtet er am Schlusse derselben eine Art von Opfermahlzeit aus, er speiset Arme, speiset und tränket Knechte, Mägde, Tagelöhner, deren Weiber und Kinder und den Fremdling, der da wohnet innerhalb seiner Tore. Solche Mahlzeiten bilden die Glanzpunkte in dem Leben so Vieler; würden sie aufhören, wäre es über dem Leben gar Vieler, als wenn alle Sterne erlöschen würden am Himmel. Es ist traurig, wenn über einem Leben keine andern Sterne stehen als Mahlzeiten, aber es ist dumm, wenn man ihnen Wert, Bedeutsamkeit absprechen will.

Die Ernte war prächtig, das Wetter schön, der Acker reich. Uli war glücklich, Joggeli knurrte. Er schrieb des Ackers Fülle Uli zu, der im Herbste dichter gesäet, besser hätte arbeiten lassen und im Frühjahr stark gewalzt. Einen solchen Acker voll Korn habe er sein Lebtag nie gehabt. Dicht wie die Haare einer Bürste stünden die Halme, und doch sei nicht einer gefallen. Der arme Joggeli bedachte nicht, daß säen und wässern der Mensch kann, aber nicht das Gedeihen geben. Ob dicht oder dünn das Korn auf dem Acker steht, ob aufrecht oder ob es auf dem Boden liegt, das ist Gottes Sache. Wer es zu treffen wüßte allezeit, wüßte, ob viel oder wenig säen gut sei, ein kalter Winter käme oder ein milder, der wäre eben ein Hexenmeister, aber solchen gibt es nicht; es ist ein Einziger, der dieses weiß, und der ist eben der, der kalte oder milde Winter macht, und der ist Gott.

Bei allem Segen hatte Vreneli das Herz voll Angst. Niemand besser als es wußte, was jene Opfermahlzeit, Sichelten genannt, verzehrt hatte unter Joggelis Regiment. Im ersten Teile vom Uli steht auch was darüber zu lesen. Daß sie dieselbe nicht nach dem gleichen Maße auszurichten vermöchten, das wußte Vreneli wohl, aber wieviel Uli abbrechen wolle und wieweit es das Verlästertwerden zu fürchten hätte, das wußte es nicht. Vreneli war tapfer, das wissen wir, aber es fürchtete sich doch vor böser Weiber bösen Zungen; es wußte, daß weiter, als die Blitze fahren, weiter, als die Winde wehen, böser Weiber böse Töne tönen. Einige Wochen vorher hatte Vreneli Uli Milchgeld eingehändigt mit dem Bemerken, es werde eine Zeitlang nicht mehr viel geben; was es immer erübrigen könne an Milch, müsse zu Butter gemacht werden für die Sichelten. Darauf hatte Uli gesagt: «Allweg wird es was brauchen, aber den Narren wirst nicht machen wollen, ich bin nicht Joggeli und du einstweilen keine Bäuerin.» «Weiß wohl», sagte Vreneli. «Zu tun wie sie, kömmt mir nicht in Sinn, aber wenn man es nur gering macht, so wird es dir grauen. Du weißt gar nicht, was es braucht an solchen Tagen.» «He,» sagte Uli, «so macht man es noch geringer, bis es einem nicht mehr darüber graut. Gesetz darüber, wieviel einer ausrichten müsse, wird keines sein.» Dieses

Gespräch hatte Vreneli nicht vergessen, darum war ihm so bange. Es sah voraus, daß Verdruß kommen müsse. Uli wollte es nicht gerne böse machen, abbrechen ganz und gar brachte es nicht übers Herz, auszuhausen im ersten Jahre begehrte es auch nicht, da wars fast noch böser als anderwärts, die rechte Mitte zu treffen. Es suchte mit Sparen abzuhelfen, brach sich die Milch am Munde ab, und doch ward ihm fast schwarz vor den Augen, wenn es seine Vorräte musterte und dann dachte, wie manchen Kübel voll geschmolzener Butter ehedem an diesem Tage die Base verbacken hatte.

Eines Tages nun, als Vreneli im Schweiße seines Angesichts haushaltete und eben dachte, kommod wäre es ihm, wenn es vier Hände hätte, mit zweien könne es kaum alles beschicken zu rechter Zeit, kam die Base, setzte sich aufs Bänklein und frug: «Kann dir was helfen, so sags. Die Leut werden hungerig, wollen lieber früher essen als später, und eine alleine kommt fast nicht zurecht, habs oft erfahren.» «Wahrhaftig, Base,» sagte Vreneli, «Ihr kommt mir akkurat wie ein Engel vom Himmel; wenn ich Euch nicht hätte, ich wüßte wahrhaftig nicht, wie ich es machen sollte. Will die Erdäpfel vom Brunnen holen, Ihr seid dann so gut und beschneidet mir diese.» Flugs war Vreneli wieder da, stellte das Körbchen der Base dar samt einem Kessel mit Wasser, in welchen die zerschnittenen und gerüsteten Kartoffeln zu werfen waren, und half ab- und zugehend der Base. «Habt ihr es abgeredet mit der Sichelten, wie ihr es machen wollt?» frug diese. «Nein,» sagte Vreneli, «aber sie macht mir großen Kummer. Es ist Gottlob ein gesegnetes Jahr, und wir können Gott nicht genug danken, daß wir einen solchen Anfang haben, aber Uli ist doch ängstlich wegem Zins, und ich kann es ihm nicht verargen. Es ging ihm gar schwer, bis er hatte, was er hat, und daß er nicht gerne plötzlich darum kömmt, ist begreiflich. Ich fürchte daher, er werde nicht Geld brauchen wollen, sagen, es trage nichts ab, und schuldig sei man niemand was; man solle zufrieden sein, wenn man am Ende des Jahres alles ausgerichtet habe, was man schuldig sei. Aber es käme mir schrecklich vor, wenn wir im Trockenen sitzen, an Käs und Brot kauen müßten und dies noch an einem solchen Orte.» «Selb nicht, daran wird er nicht denken», sagte die Base. «Ich dachte auch daran, die Sache mache euch Ungelegenheit. Daß ihr es nicht haben könnt wie wir, versteht sich; es machte mir manchmal fast übel, wenn ich zwei Tage lang küchelte und unter den Händen gingen mir die Küchli an den Türen weg, daß mir für uns keine bleiben wollten. Aber ungerne hätte ich es doch, wenn auf einmal alles aufhörte, alle Leute umsonst kämen und z'leerem fortgewiesen würden. Du weißt, wie Meiner ist, sonst könnte ich im Stöcklein küchlen und den Armen ausrichten, was üblich und bräuchlich. Darum will ich dir was an die Kosten steuern, viel nicht; seit uns der Tochtermann, Gott behüte uns davor, ausgeplündert hat, ist das Geld auch rarer geworden bei mir. Rede dann mit Uli, wie ihr es ausrichten wollt, anständig, nicht übertrieben. Lieb wäre es mir, ihr lüdet Meinen auch ein; vielleicht kommt er, vielleicht nicht, aber er sieht doch den guten Willen.» «Allweg,» sagte Vreneli, «und Ihr fehlt auch nicht, es wäre sonst wie ein Tag ohne Sonne oder eine Nacht ohne Sterne, es freute mich nicht, dabeizusein.» «Bist immer ein Narrli,» sagte die Base. «Und Uli tut sonst gut?» frug sie; «wenigstens arbeitsam ist er, daß ich nie einen so gesehen.» «Ja, Base,» sagte Vreneli, «und wenn ich klagen wollte, so wäre es, daß er es zu ängstlich nimmt und daß ich Kummer haben muß, er mache es nicht lang, sondern arbeite sich zu Tode.» «Bist ein Tröpfli,» sagte die Base lachend, «das Mannevolk stirbt nicht so bald, und besser, er tue zu nötlich, als er sei zu gelassen. Sieht er, daß er auskommen mag, so bessert es ihm von selbst, aber ist einer zu gelassen, da ists nicht zu machen. Brennt das Haus, so ist ein Solcher imstande, er stopft erst die Pfeife und zündet sie an, ehe er Anstalt macht, das Haus zu verlassen.» Vreneli lachte, sagte jedoch mit einem kleinen Seufzer: «Zu wenig und zu viel verderben alle Spiel,» nahm die Erdäpfel und setzte sie übers Feuer.

Noch selben Abend eröffnete Vreneli die Verhandlungen mit Uli. Uli sagte, es sei ihm schon lange zuwider gewesen, nur daran zu denken. Schon als ihn die Sache nichts angegangen, sondern alles über den Meister ausgegangen sei, habe er sich darüber geärgert, wie so viel durchaus unnütz und überflüssig draufgehe. Wenn er einmal was dazu zu sagen haben sollte, so müßte es ihm anders gehen, habe er immer gedacht. Viel wohler sei man bei Wenigem, und daß jeder arme Mensch an diesem Tage Küchli essen müsse, bis sie ihm zum Mund heraushingen, selb stehe nirgends geschrieben. Wenn sie Küchli haben wollten, so möchten sie sehen, wo sie welche bekämen, sollten zu Joggeli gehen, der könne den alten Gebrauch fortsetzen. «Rede mir nicht so, Uli,» sagte Vreneli, «das ist ungut. Sieh, der liebe Gott speiste von deinem Acker auch seine Vögel. Wie lustig waren sie nicht dabei, es war ihre gute Zeit im Jahre und du mußtest es geschehen lassen. Und nun, wie viel besser sind doch Menschen als Spatzen, und die sollten nicht einmal einen guten Tag haben, und wenn Gott sie dir vor die Türe schickt, um deinen guten Willen zu sehen, zu erfahren, ob du weißt, wer dir den guten Anfang gibt, denen willst du dann nichts geben? Selb, Uli, wirst du nicht machen!» «Bin ich denn Pächter geworden, um Bettlern zu küchlen? Was brauchen die solche Speise? Brot, wenn was sein muß, tuts. Oder meinst etwa, man solle auch den Vögeln küchlen und Schüsseln voll in den Acker stellen?»

«Lieber Uli, rede dich doch nicht in Zorn hinein, denn das ist dein Ernst nicht. Christenbrauch ists ja, daß man die

Armen wie Brüder hält und nicht wie Hunde abspeiset, und gibt man ja selbst den Hunden Brosamen vom Teller, jagt sie nicht mit ungesättigten Gelüsten vom Tische weg. Sollte man dann einem armen Fraueli oder einem armen Kinde, welches das ganze Jahr durch nichts Gutes hat, kaum Salz zu den Kartoffeln hat, nicht eine gebackene Brotschnitte geben oder sonst ein Küchli? Soll es umsonst den ganzen Tag, wohin es kommen mag, den Duft der in der Pfanne brodelnden Butter in der Nase haben? Denke doch an die Geschichte vom reichen Manne und vom armen Lazarus.» «Soll ich jetzt etwa noch gar der reiche Mann sein?» frug Uli nicht sanft. «Aber Uli,» sagte Vreneli, «versündige dich doch nicht, ich kenne dich ja gar nicht wieder. Bist du nicht der reiche Mann, so bist du doch ein gesegneter Mann. Welch gut Jahr haben wir nicht, und das hat Gott gemacht. Leicht hätte er die Hälfte weniger geben können, und damit hätten wir auch müssen zufrieden sein. Willst du nun mutwillig die Armen erbittern, machen, daß ihre Flüche ums Haus fliegen wie die Schwalben, willst nicht lieber, sie wünschen uns alle Gottes Glück und Segen? Was haben wir ja nötiger als dies? Denn ohne dies wären wir nichts, ohne dies werden wir nichts.»

«Das wäre alles gut, und bös meine ich es ja nicht, das weißt du,» sagte Uli. «Aber fangen wir einmal an mit Großtun und Austeilen, so müssen wir so fortfahren; ist denn jedes Jahr ein gesegnetes, daß es es ertragen mag? Sollte man nicht gleich anfangs so anfangen, wie man zu jeder und aller Zeit fortfahren kann?» «Ja sieh,» sagte Vreneli, «verstehe mich recht; nicht wie ehedem begehre ich es zu machen, dies wird kein vernünftiger Mensch uns zumuten. Man kann die Schnitten ungleich groß abschneiden, sie ungleich backen, kann das Pack abweisen. Ich kenne seit Jahren die Leute, welche kommen, glaube, mit Wenigem will ich weit reichen, zudem sieh, die Base hat mir vier Taler gegeben; sie hätte es ungern, hat sie gesagt, wenn die Leute alle umsonst kämen und z'leerem wieder fort müßten.» «Das wäre wohl gut, wenn es mit dem gemacht wäre; aber denk, was wir noch alles kaufen müssen für die eigenen Leute und denen dann auch noch jedem ein Tuch voll heimgeben. Die Weiber der Tagelöhner werden wir noch einladen müssen, und einige davon sind imstande, sie bringen uns noch die Kinder mit. Schlachte ich ein Schaf, so braucht man kein anderes Fleisch, mit dem Weine mache ich es kurz. Wenn ich auf zwei Personen eine Maß rechne, die Maß vier Batzen höchstens, so kostet mich das schon ein Sündengeld.»

«Das tue nicht,» sagte Vreneli, «es wäre unser eigener Schade. Vergiß nie, wie es uns war, als wir noch dienten, was wir gesagt hätten, wenn man uns die Sichelten so spärlich zugemessen hätte. Die Arbeiter haben, solange Joggeli lebt, nie so angestrengt gearbeitet, können nichts dafür, daß wir nur Pächter sind, und eine Mahlzeit ist immer eine Mahlzeit, macht auf Fromme und Nichtfromme, auf Reiche und Arme einen seltsamen Eindruck. Der Arme, welcher Monate lang weder Fleisch noch Wein sieht, freut sich darauf wie ein Kind auf Weihnacht, und warum sollte er nicht? An einer Mahlzeit will man genug haben, von allem satt werden; was man noch möchte und nicht bekömmt, das kömmt viel höher in Anschlag als das, was man erhält. Mahlzeiten sind im Leben, was Sterne am Himmel in mondloser Nacht, und nicht bloß wegen Essen und Trinken. Es tauen auch die Herzen auf, es wird einmal wieder Sonntag darin, es bricht die Liebe einmal wieder hervor; wie aus den Wolken die Sonne und wie aus Holland der Nebel, flieht aus mancher Seele der böse Kummer, das Elend wird vergessen, sie wird einmal wieder froh, faßt frischen Mut und danket einmal wieder Gott von Herzen. Nein, lieber Uli, zu mager mach es nicht, mach es um der Menschen willen nicht! Gott hat uns so große Ursache zu Lob und Dank gegeben, gib du jetzt deinen Leuten nicht

Ursache zu Groll und Widerwillen, sondern zu Lob und Dank, zu Mut und Freude. Vielfältig bringen wir dieses ein, denn wenn bei allen guter Wille ist, so wird rasch viel wieder eingebracht, während bei bösem Willen unendlich viel zuschanden geht. Das hat Joggeli viele tausend Gulden gekostet, bei ihm habe ich gesehen, wie das gehen kann. Schlechten Wein nimm nicht, er freut niemand, wird getrunken wie Wasser und ist also der teuerste. Nimm guten Wein, der erfreut die Herzen, sie rechnen ihn dir hoch an und trinken weniger als vom Wein, der keine Tugend hat, als die Köpfe bös zu machen. Denke doch, es ist mir so gut daran gelegen, daß wir mit Ehren bestehen, als dir; es geht auch mich was an, denn gewöhnlich soll die Frau daran schuld sein, wenn der Mann zugrunde geht, aber Sparen und Sparen sind zwei. An einer Kuh, welche Milch geben soll, das Heu, an einem Pferde, welches springen soll, den Hafer sparen wollen, hat noch niemand großen Nutzen gebracht, wie man Beispiele von Exempeln an manchem Bauer sehen kann.»

Uli begriff Vreneli und hatte sogar Glauben zu ihm, aber gegen Glauben und Verstand stritten Geld und Angst, trieben Uli vielen Schweiß und manches Aber aus. Indessen siegten doch die Erstern, denn Vreneli half ihnen mit all seiner Liebenswürdigkeit. Uli schaffte guten Wein an und so viel, daß er nicht bei jeder Flasche, welche er aus dem Fäßlein zog, Kummer haben mußte, es möchte die letzte sein, und in Versuchung kam, Käsmilch aufzustellen in Ermangelung des Weines, ein bös und dünn Surrogat desselben. Ein Schaf wurde geschlachtet, indessen auch dem Rind- und Schweinefleisch die landesüblichen Stellen angewiesen.

Nun war Vreneli hellauf, es glaubte alles gewonnen, aber die Angst kam ihm wieder und zwar am Tage der Sichelten selbst und nicht von Uli her. Als das Sieden und Braten anging, die Feuer prasselten, die Butter brodelte und zischte, die

Bettler kamen, als schneie es sie vom Himmel herunter, die Pfannen zu alles verschlingenden Ungeheuern wurden, Vreneli, wie viel es auch hineinwarf, immer frisch wieder angähnten mit weitem, ödem, schwarzem Schlund, da kam die Angst über ihns, aber sie half ihm halt nichts; wie die Sperlinge den Kirschbaum wittern, welcher frühe Kirschen trägt, weither gezogen kommen mit ihren raschen Schnäbeln und nimmersatten Bäuchlein, so kamen die Bettler daher, vom Duft der brodelnden Butter gezogen, schrieen heißhungrig von weitem schon: «Ein Almosen dr tusig Gottswille!» und trippelten ungeduldig an der Tür herum, weil sie vor süßer Erwartung die Beine nicht stillehalten konnten. Vreneli begann Schnittchen zu backen, daß es sich fast schämte, so klein und so dünn die Kruste, und alles half nichts; es war, als ob sie Beine kriegten und selbst zuliefen einem Schreihals vor der Tür. Es ward ihm immer himmelängster, für die eignen Leute könnte es gar nicht sorgen.

In der größten Not erschien die Base unter der Küchentüre, wahrhaftig wie ein Engel und zwar einer von den schwereren, denn sie wog wenig unter zwei Zentnern. «Es dünkt mich, es sei noch nie so gegangen mit Betteln,» sagte der dicke Engel, «es ward mir himmelangst für dich; die Leute haben doch je länger je weniger Verstand, und wenn es nicht die Halben versprengt vom Küchlifressen, so meinen sie, es sei ihnen übel gegangen. Da habe ich dir eine kleine Steuer, denn Viele werden meinen, wir seien noch auf dem Hofe, und kommen unsertwegen, und vielleicht kann ich dir sonst noch helfen.»

Sie stellte einen bedeutenden Butterkübel, den sie hinter Joggelis Rücken aus ihrem Keller stibitzt hatte, dem besten Schmuggler zum Trotz, auf den Küchentisch.

«Aber Base, Base, nein, das hat doch wirklich keine Art, jetzt noch so viel Butter! Ihr seid doch gewiß die beste Base unter der Sonne! Was kann ich Euch dagegen tun? Vergelts

Euch Gott zu hunderttausend Malen!» «Tue nicht so nötlich,» sagte die Base, «und sag, wo ich dir helfen soll. Es wäre ja unsere Pflicht, auszurichten, was üblich und bräuchlich ist, und daß ihr schon zum erstenmal aufgefressen werdet wie das Kraut von den Heuschrecken, selb meinte sicher selbst Joggeli nicht. Bloß daß ihr scharf gebürstet werdet, das wohl, das möchte er euch gönnen.» «Base, glaubt nur, geben tue ich gar gerne; ich fühle es recht, daß Geben seliger ist als Nehmen. Es kommt mir dabei immer vor, als sei ich Gottes selbsteigne Hand, welche er öffnet zur Stunde, damit sich sättigt, was da lebt. Aber wenn es dahergeflogen kömmt wie Krähen im Winter über einen spät gesäeten Acker, dann wird es einem doch angst ums Herz, man kömmt in Versuchung und versündigt sich fast, wird ungeduldig, wenn die Zeit verrinnt, der Abend kommt und unsre Leute hungrig kommen und nichts finden.» «Allweg,» sagte die Base, «aber wart, ich will dir helfen.»

Nun half die Base, sie machte die Schaffnerin und Spenderin nun wirklich so, daß Vreneli Zeit und Stoff für seine Leute die Fülle blieb. Ging jemand unzufrieden weg, so fiel der Groll auf die Bäuerin, deren bekannte Gestalt unter die Tür stund und ihn abgefertigt hatte.

Wie Vreneli in der Küche, schwitzte Uli auf dem Felde. Es war ein Tag, in welchen sich fast mehr Arbeit drängte, als hinein mochte. Zweitausend Garben sollten eingeführt werden. Mit zwei Stieren führte er den Wagen auf dem Acker, war er geladen, so fuhren vier Pferde denselben heim. Eine Partie lud zu Hause die Garben ab, eine andere band Garben, die dritte lud sie. Zu dieser gehörte Uli, er gab alle Garben selbst auf den Wagen, alles griff in einander, ward in halbem Lauf getan, Uli hatte keinen Augenblick zum Verschnaufen. Aber Uli hatte zwei Augen und die sahen einen bedeutenden Teil der Bettler, welche bei dem Hause ab- und zugingen. Anfangs achtete er sich nicht so viel derselben. Erst als einer sagte: «Es geht heute aber stark, so wie noch nie,» ward er aufmerksam, wollte sie zählen; aber zugleich sollte er die Garben zählen, welche er auf den Wagen gab, und Bettler und Garben kamen ihm untereinander, daß er nicht mehr wußte, woran er war. Dies machte ihn noch giftiger, auslassen durfte er seinen Grimm nicht, höchstens den Stieren konnte er rauhere Worte geben als sonst und unsanfter sie zerren an ihren Hörnern. Aber sie nahmen keine Notiz davon und fraßen gemütlich das vorgelegte Gras und ließen sich behaglich durch einen Knaben Fliegen und Bremsen wehren. «Wart nur bis ich heimkomme,» dachte Uli, «dann will ich sehen, was übrig geblieben. Hoffentlich gibt es Gelegenheit, die Narrheit ein für alle Male abzustellen.»

Indessen bis er mit dem letzten Wagen heim konnte, stund er eine Hitze und Ungeduld aus, daß er von nun an vollkommen wußte, wie es den Menschen im Fegfeuer zumute sein muß. Auf dem Wege begegnete ihm Joggeli. «Führe nur brav ein,» sagte ihm dieser, «hast es nötig, Bettler und Mäuse bedürfen viel und das Jahr ist lang.» Uli antwortete nicht, aber wer sich auf das Knallen einer Peitsche versteht, konnte an demselben dessen Gedanken abnehmen. Es war viel, daß er den Wagen nicht umwarf oder keinen Abweisstein umfuhr, aber Gewohnheit macht viel. Aber sobald die Pferde stillestunden, übergab er das Abspannen dienstbaren Geistern und ging der Küche zu. Gewaltig nahm er sich zusammen, um nicht mit der Türe ins Haus zu fallen, sondern gemäßigt aufzutreten mit dem Anstand, welcher dem Meister ziemt. Gepolter und Aufbegehren an diesem Tage würde sein Ansehen bedenklich geschädigt haben. Das bedachte Uli. Als er unter der Küchentüre erschien, stieß er auf die Base, vor welcher er auch Respekt hatte, so daß er fast kleinlaut frug: «Wie stehts? In einer halben oder ganzen Stunde höchstens sind wir fertig!»

Freundlich kam Vreneli aus Rauch und Qualm ihm entgegengesprungen, glühend von Schweiß und Arbeit. «Gut,» sagte es, «kommt wann ihr wollt, es ist alles zweg, und lieb ists mir gar sehr, wenn es mit der Arbeit nicht geht bis tief in die Nacht hinein; habe es an diesem Tage sehr ungern, denn gewöhnlich geschieht noch was Ungeschicktes. Aber zu tun haben wir gehabt, du glaubst es nicht; wäre die Base nicht gekommen und hätte mir geholfen, ich darf nicht sagen wie, du hättest mich nicht mehr gefunden, ich wäre davongelaufen, so weit mich die Beine hätten tragen wollen. Komm und sieh, was wir geschafft.» «Muß gehen und helfen,» sagte Uli, «die Pferde sind nicht ausgespannt, müssen noch geputzt und abgerieben sein.» «Wärest mir ein schöner Meister, wenn du immer dabeisein müßtest, wenn der Wagen laufen soll, und nicht einen Augenblick Zeit hättest zu sehen, was dir deine Frau zeigen will. Komm,» rief Vreneli schalkhaft, «Base, seht zur Pfanne!» und sprang die Kellertreppe hinab, daß Uli folgen mußte, er mochte wollen oder nicht. Weit sperrte Vreneli die Kellertüre auf, und drinnen auf dem üblichen Tische sah er mit großem Erstaunen Berge von Küchlein von allen Sorten. «Sieh, hier diese sind für diesen Abend, diese für morgen mittag, jene dort für nach Hause zu geben, und für Unbestimmtes backen wir noch, man weiß nie, was es geben kann. Was meinst, haben wir genug?»

Ganz verstaunet stund Uli vor den hohen Türmen, machte Augen wie Pflugsräder, und doch konnten sie das Wunder nicht fassen; fast wäre er davongelaufen, weil er dachte, dieser Segen könne nur durch den Rauchfang heruntergekommen sein, endlich sagte er: «Gott behüt uns davor! Woher dies alles und so viel Bettler!» «Bst! Bst!» sagte Vreneli schalkhaft, «das frägt man nicht und darfs nicht sagen; wenn es die Erdmännchen hörten, sie zürnten es, denke, wie kommod, wenn man nur ein Küchlein auf eine Schüssel zu legen braucht, um handkehrum noch sieben andere darauf zu haben.» «He ja, kommod wärs,» sagte Uli, «aber vielleicht, daß du das Hexli warest,» machte aber dabei doch ein Gesicht, dem man es ansah, daß er nicht wußte, was er glauben sollte, wandte sich und wollte wieder die Treppe auf. «Nit, nit,» sagte Vreneli und faßte ihn am Arm, «es ist noch was anders da, welches du auch sehen mußt, es wartet dir schon lange.» Hinter einer Schüssel voll Küchli holte es eine Flasche und ein Glas hervor, schenkte ihm ein und sagte: «Weißt nicht, daß es Brauch ist, daß der Meister an heißen Erntetagen zuweilen selbst ein Fuder nach Hause fährt und dann was Kühles im Keller findet? Ein andermal vergiß es nicht; aber nicht wahr, du wolltest kommen und sehen, ob ich noch was hätte, hattest Angst, die Bettler hätten alles vorweggegessen, wolltest mörderlich aufbegehren und hättest fast Freude daran gehabt, wenn ich in Schmach und Schande gekommen wäre. Da, du wüster Kerli du, da nimm noch eines und schäme dich; nicht wahr, bist halb böse, daß alles anders ist, als du dachtest und du nicht Freude haben kannst an meiner Schmach? Komm und gib mir ein Müntschi, aber nur leise, daß es die Base nicht hört, und denke daran, du hättest dich an mir versündigt und wollest nicht mehr so tun und so sein.» «Sagte ja kein Wort,» meinte Uli, «kam nur, zu sehen, ob du fertig seiest.» «Meinst,» erwiderte Vreneli, «ich kenne dein Gesicht nicht und wisse nicht am Trappen deiner Füße, wie das Herz dir schlägt, und am Ton der Worte, was hinter denselben steckt? Arme Weiber sind wir, aber schlauer, als ihr denkt, und was euch durch den Kopf fährt und was ihr brütet im Herzen, das merken wir von weitem; jetzt weißt es, kannst dich hüten, und in einer halben Stunde ist das Essen fertig, mach, daß wir nicht warten müssen,» und husch war es die Treppe auf und schon mitten in der Küche.

Uli war guten Mutes geworden. Er zog die Kellertüre zu

mit lachendem Gesichte, und lustig pfeifend ging er den Ställen zu. Er dachte, ein solch Weibchen sei doch kommod und rar, fleißig und lustig, immer mehr gemacht, als man gedacht, und immer gute Worte und ein hell Gesicht, daß man auch ein solches machen müsse, man möge wollen oder nicht.

«Was hat er gesagt?» frug droben die Base. «Augen hat er gemacht wie Pflugsräder und weiß noch jetzt nicht, ists mit rechten Dingen zugegangen oder nicht. Aber Gottlob zufrieden ist er, und das ist die Hauptsache,» antwortete Vreneli.

Es steht einem Bauernhause nichts schlechter an, als wenn abends, wenn Feierabend gemacht ist, oder Sonntag mittags oder an einer Sichelten die Leute stundenlang herumlungern müssen, ehe sie zum Essen gerufen werden. Es gibt Häuser, in welchen dieses Verspäten regelmäßig ist. Die Weiber in diesen Häusern müssen eine wahre Hausplage sein, es nimmt einem recht wunder, was die für ein Eingericht in ihrem Kopf haben und was sie auch denken? Wahrscheinlich werden sie erst das Roß beim Schwanz zäumen, dann lange es betrachten hinten und vornen, endlich wird es ihnen langsam kommen: eigentlich zäume man ein Roß beim Kopf und nicht beim Schwanz, und dann wird es ihnen kommen und wiederum langsam, das Beste wäre, sie täten den Zaum hinten wegnehmen und brächten ihn nach vornen, dann endlich schreiten sie zur Ausführung dieser Einsicht, aber langsam, begreiflich. Was während dieser Zeit in den Magen und Köpfen der hungrig Harrenden vorgeht und zwar nicht langsam, daran zu denken haben sie nicht Zeit, begreiflich. Eigentlich wäre es interessant zu untersuchen, ob solche Weiber wirklich denken? Wir glauben, sie bringen es höchstens nur zu einem Quasidenken und auch dieses nur ein- oder zweimal des Jahres, etwa wenn sie den Schneider ins Haus kriegen oder Schweine zu ringen sind.

In der Glunggen ging es aber nicht so, in Kopf und Beinen

hatte Vreneli ein ander Eingericht. Kaum hatten die Leute die Arbeit beendigt, Staub und Schweiß sich abgewaschen, erscholl der willkommene Ruf zum Essen. Dieser Ruf kommt nicht vom Himmel her noch ruft er in den Himmel, aber am Wohllaut desselben mag der arme Sterbliche abnehmen, wie herrlich und süß einmal der Ruf dorthin klingen wird. Diesmal zögerten die Leute nicht so unerträglich, wie es sonst der Fall ist, es war etwas, welches sie schneller in Bewegung setzte. Sie hatten alle ein gutes Vorurteil für Vreneli, es war allen lieb, ein solcher Verstand bei einer so Jungen sei selten, hieß es. Uli schien ihnen dagegen wohl streng und allzusehr den Meister zu machen. Sie meinten, einer, der selbst Knecht gewesen sei, sollte Verstand haben und begreifen, daß man sich nicht gerne zu Tode arbeite, das heißt nichts darnach frage, in einem Tage zu schaffen, woran man füglich zwei Tage trödeln könne. Es nahm sie nun aber doch sehr wunder, und darüber war die ganze Ernte durch gesprochen worden, wie Vreneli aufwarten und aufstellen werde: ob gehörig, daß man dabeisein könne, oder Speise und Trank apothekermäßig ihnen zugeteilt werden würden?

Als so rasch gerufen wurde, dachten sie: Von zweien ist eins; entweder geht es verdammt mager zu, oder verdammt brav hat Vreneli sich gestellt, denn fast die ganze Last lag ihm alleine ob. Die Neugierde, welches von den zweien der Fall sei, machte ihnen so rasche Beine. Sie kamen fast in die Stube wie Kinder ins Zimmer, wo zu Weihnachten ihnen beschert wird, bemerkten aber nichts Besonderes; es schien alles akkurat wie ehedem, so daß es ihnen ganz traulich und heimelig ward ums Herz und Einer zum Andern sagte: Er hätte geglaubt, das ändere hier, von wegen was einem recht und gut sei, das ändere, das Schlechte könne man behalten. Es sei aber nichts als billig, daß es einmal umgekehrt gehe. Das Beste und Schönste, was zu sehen war, war Vreneli, welches mit Freundlichkeit und Sicherheit alles ordnete, für jeden ein gutes Wort hatte, jeden mit dem Hauche der Heiterkeit berührte, welches ein wunderbar Ding ist, aber die allerbeste Würze, ohne welche das reichste Mahl nichts ist als eine schädliche, gefährliche Abfütterung. Uli war es eigen zumute, es war das erstemal, daß er so gleichsam präsidierte und als Gastgeber eine Gesellschaft bewirtete und mit selbsteigenen Speisen; wer es gewohnt ist, tut es mit einem eigenen Behagen und einem gewissen Selbstgefühl, welches wir nicht Stolz nennen möchten. Uli tat noch linkisch, das Behagen kam erst später, aber er zeigte Geschick dazu, die Leute waren mit ihm zufrieden. Sie freuten sich auch der alten Frau, welche mit einer großen Schüssel Fleisch erschien und dann zu ihnen sich setzte. Besonders erquickte ihr Anblick die alten Tagelöhner, welche seit Jahren auf dem Hofe gearbeitet und in gesunden und kranken Tagen ihre milde Hand erfahren hatten. Da war keiner, der ihr sein Glas nicht brachte, wollte, daß sie ihm Bescheid tue. Wenn sie jedem seinen Willen hätte tun wollen, so wäre sie nicht bloß zwei Zentner schwer geblieben, sondern so schwer geworden, daß wenigstens zweimal vierundzwanzig Stunden lang ihre Beine sie nicht mehr hätten tragen können.

Da kam in die Herrlichkeit hinein die Botschaft, die Base solle heimkommen, Joggeli lasse es sagen. Diese Botschaft machte ungefähr den Eindruck, wie wenn in eine prächtig dampfende Fleischsuppe, nach welcher alle Löffel sich ausstrecken, plötzlich eine Kröte plumpsen würde. Nach Joggeli war schon mehreremal gesandt worden, aber Joggeli liebte es, Pfeffer in die Milch zu rühren; hintendrein hätte er ihn wohl wieder herausgefischt, aber dies ist nicht allemal mehr möglich. Als die Base aufstehen wollte, kam Vreneli und sagte: «Nit, nit, Base, was denket Ihr doch. Ich will hinüber zum Vetter und ihm die Mucken ausklopfen. Was gilts, in wenig Minuten bin ich mit ihm da.»

«Bist immer die gleiche Hexe,» sagte die Base und lachte herzlich, und ein alter Tagelöhner sagte: «Frau, nicht für ungut, aber dem Alten wäre zu gönnen gewesen, Ihr wäret vor ein paar Jahren gestorben und er hätte Vreneli geheiratet. Wohl, die hätte ihn tanzen lassen, bis er gelernt hätte nach Gott schreien und es ihm verleidet wäre, andere Leute zu plagen und ihnen die Freude zu verderben.» Es war wirklich sonderbar, wie Joggeli Vreneli so wenig leiden mochte und doch durch niemand so regiert werden konnte wie durch Vreneli.

Es ging wirklich lange nicht zehn Minuten, so hatte das Fraueli den Alten knurrend und brummend auf den Beinen. «Warte,» sagte er, als er zur Türe des Stöckleins aus war, und ging in den Keller, welcher unter demselben war, kam mit einer großen Strohflasche herauf, welche mehrere Maß faßte, gab sie Vreneli und sagte: «Nimm die und schenke mir davon ein, habt heute Schmarotzer genug, möchte nicht auch noch euch in den Kosten sein.» «O Vetter,» sagte Vreneli, unwillkürlich oft von Mutwillen gestachelt, «das laßt euch nicht kümmern; der Hof mag das alles ertragen, und Vetter Joggeli kann einen Pächter erhalten, welcher alles auszurichten vermag, was einem stolzen Bauernorte wohl ansteht. Wenn der Pachtzins verfallen ist und das Geld ist nicht da, so vermag Vetter Joggeli zu warten oder gar zu schenken. Indessen, den Wein nehme ich doch gerne und mit gar großem Danke, allweg ist er viel besser als der unsere und es hat mir Kummer gemacht, wir könnten dem Vetter nicht recht aufwarten. Uli hat zwar angewendet und meint, er habe recht guten Wein, aber aufwarten könnten wir Euch doch nicht so recht damit, Johannes hat Euch allzusehr verwöhnt.» «Du hast immer das gleiche Schlangenmaul,» sagte Joggeli. «Aber warte du nur, dir wird es schwer werden, wenn du abweinen mußt, was du gelacht hast, und vergehen werden dir deine Flausen vor der letzten Weihnacht.» «Nehmts nicht für ungut, Vetter,» sagte Vreneli, «weiß wohl, daß die Flausen vergehen werden, aber vertreiben soll man sie nicht, so wenig als die Muttermäler, sonst gehen Haut und Knochen damit weg. Aber kommt, alle verlangen nach Euch, alle fragen, wo der Bauer sei, ob krank oder sonst nicht recht im Strumpf, daß man ihn nicht sehe?» Was Joggeli hinter Vreneli her brummte, verstand es nicht, machte die Türe auf und sagte: «Seht, da hab ich ihn!» Nun entstand Lärm und Lachen, sehr fröhlich wurde Joggeli empfangen und von allen Seiten begrüßt und mit Gläsern bestürmt, daß er fast nicht wußte, wo wehren. Anfangs wußte er nicht recht, wie er das Lachen deuten solle, als aber alle so freundlich blieben und ihn als eine Respektsperson bewillkommneten, da ward ihm auch wohl; er fühlte sich als der Glunggenbauer, ließ sich obenansetzen und hart nötigen, bis er nach Speise griff, und wenig war, was er aß; er ließ es bei jedem Bissen durchblicken, daß er sie doch nicht in zu große Kosten bringen möchte.

Die Leute hatten tapfer gearbeitet, aßen nun auch tapfer und nicht mit der angebornen Gemächlichkeit, nicht viel anders als das Klappern der Löffel und Teller ward gehört. Doch nicht lange, so kam ihnen die Besonnenheit; sie gedachten, daß sie die ganze Nacht zum Essen hätten, und je langsamer sie es täten, desto mehr möchten sie und desto länger könnten sie. Da begann das Reden, und zwischendurch scholl Gelächter. Die Jüngern wechselten Witze, trieben Nekkereien, die Alten erzählten die Heldentaten ihrer Jugend: wie Viele sie geprügelt und wie manchen Bauer, der gemeint, er sehe das Gras wachsen und höre die Flöhe husten, sie angeschmiert, und was der Dinge mehr waren. Dann schwatzten auch die Honoratioren unter einander, doch so laut wie drüben ging es nicht her. Lange machte hier Joggeli den Hauptredner und erzählte eine Menge Geschichten, wie es

Pächtern ergangen, ungesinnt Seuchen ihnen die Ställe geleert, Hagel die Ernte zerschlagen, daß ihnen nichts übrig geblieben sei, als in den Wald zu gehen und sich zu hängen an den ersten besten Baum. Er erzählte von andern, welche den Pachtherren bestohlen, die Milch von der Kuh, welche sie ihm futtern sollten, nicht halb gegeben, alles auf das Allerschlechteste ausgerichtet, hinterrücks Holz aus dem Walde verkauft, bis ihnen endlich der Bauer über die Schelmerei gekommen und sie mit Schimpf und Schande weggejagt, und wie sie Bettelleute geworden und ihr Brot vor den Türen hätten suchen müssen, da ihnen niemand mehr eine Pacht habe anvertrauen wollen. So erzählte Joggeli, legte ein Gedächtnis an den Tag wie eine Heuscheuer, bis ihm endlich seine Frau sagte: «Jetzt schweig mir bald mit deinen Lausgeschichten, du könntest einen zu fürchten machen, daß sie einem im Traum vorkämen.» Vreneli aber, welches dem Vetter, seit er in der Stube war, auch nicht eine witzige Antwort gegeben hatte, sondern die artige Wirtin machte, als ob es in einer sechshunderttalerigen Pension gewesen, sagte: «Laßt den Vetter reden, Base, ich habe ihn lange nicht so kurzweilig gesehen, ich könnte ihm zuhören bis am Morgen, es schläferte mich nicht.» Jä, so hatte es Joggeli nicht gemeint, an Vrenelis Kurzweil war ihm wenig gelegen; er brach daher mit seinen Höllengeschichten ab und machte sich zu den ältern Tagelöhnern. Hier hörte er eine Zeitlang zu, gab selbst Einiges zum Besten, freilich keine Heldentaten, denn von einem Helden hatte Joggeli kein Haar an sich, aber pfiffige Streiche: wie er sich aus der Patsche gezogen und Andere hineingestoßen. Er erregte viel Gelächter, daß selbst die Jüngern ihre Ohren ihm zuwandten, denn Fuchsenstreiche sind leider eine beliebte Speise für alte und junge Ohren von je gewesen und werden es bleiben, leider.

«Ach ja,» sagte er endlich, «selbe Zeit war eine lustige Zeit, da hatte man noch Zeit hie und da zu einem lustigen Lumpenstücklein und meinte nicht, es müsse alles in einem Tage erhastet und erjagt sein.» Er erinnere sich noch an die Zeit, in welcher man mit der Sichel das Korn geschnitten; langsam sei es gegangen, aber lustig. Schnitter und Schnitterinnen seien aus dem Berglande gekommen scharenweise wie Rinderstaren im Herbst. Ganze Haufen hätte ein einziger Bauer angestellt und doch so drei bis fünf Wochen zu ernten gehabt. Da sei man nicht so müde geworden wie jetzt, wo man am Abend kein Glied mehr rühren möge. Er wisse, daß man oft nach dem Feierabend noch bis gegen Mitternacht getanzt hätte im Grase oder in der Tenne. Unter der Schar sei immer einer gewesen, der ein Tänzlein hätte pfeifen können auf dem Blatte oder sonst, und nicht selten hätten die Schnitter neben der Sense eine Geige mitgebracht oder eine Zither. «Jetzt ists mit Pfeifen und Tanzen aus und es kommt noch die Zeit, wo man in einem Tage alles macht. Ja ja, die Leute werden alle Tage gescheuter und abgerichteter auf ihren Nutzen. Wann habt ihr angefangen, und seid schon fertig?» frug Joggeli mit einem andächtigen Seufzer. Auf erhaltene Antwort sagte er: «Das ist nie erhört worden, und wenn man das früher jemanden gesagt hätte, er hätte gesagt, es fehle einem im Kopfe. Aber Uli ist auch ein Ungeheuer zum Arbeiten, es geht ihm von der Hand, ich habe noch niemand so gesehen. Wenn ihr es von ihm lernet, so kömmt es euch in alle Wege kommod.» Nun schlug er Ulis Ruhm auf dieser Saite in allen möglichen Variationen an, bis ihm die Base, welcher es katzangst dabei ward, rief, sie möchte ihn was fragen. Ob es nicht Zeit wäre heimzugehen, meinte sie, es sei über Mitternacht? Als Joggeli nicht Lust bezeigte (wahrscheinlich hatte er wieder was Neues, Interessantes im Kopfe), warf sie so hin: Man könne nie wissen, aber es gebe schlechte Leute in der Welt und zwar immer mehr; wenn die merkten, daß der Stock leer und alles hier sei, so könne sie die Lust ankommen, nachzusehen, ob sie drinnen nicht was fänden, welches ihnen anständig sei. Jä wohl, das wirkte und machte Joggeli Beine. Wenn sie es erzwungen haben wolle, so sei es ihm am Ende gleich. Obgleich nun Uli und Vreneli einredeten und von seiner Flasche mit Wein sprachen, welche noch nicht halb leer sei usw., so hatte er doch kein Bleiben mehr; die Alte hatte ihm den schwachen Punkt berührt, sie kannte den so gut wie ein Husar den Fleck an seinem Pferde, wo man es nicht anrühren darf, wenn es nicht hinten und vornen ausschlagen soll.

Nachdem Beide abgegangen, ward es einförmiger am Mahle, wenn auch lärmender mehrere Stunden lang. Zuweilen legte einer den Kopf auf die Arme und schlief; wachte er wieder auf, so trank er erst ein Glas Wein, dann begann er zu essen, als komme er neu zum Tisch. Andere gingen hinaus; was sie trieben, wissen wir nicht, aber kamen sie wieder, so aßen und tranken sie ebenfalls so, als hätten sie noch sehr wenig gehabt. Wenige blieben sitzen, als wären sie da fürs ganze Leben angenagelt; es waren die Veteranen, welche an fünfzig Sichelten sich die kaltblütige Ruhe erworben hatten, welche imstande ist, vierundzwanzig Stunden lang, wenn es sein muß, zu essen und zu trinken, ohne je zu viel zu kriegen. Aber furchtbar langweilig wurden sie und schienen nur darauf zu horchen, ob sich die verschluckte Masse nicht setzte, so daß sie einen Bissen hinunterschieben und einen Schluck nachtrinken könnten. Dazu kam nun allgemach der Tag herauf, und nicht leicht was Grausigeres gibt es, als wenn der Tag durch die Fenster kömmt, hinter welchen herabgebrannte Lichter glimmen, Tabaksqualm schwer über grauen, blassen Menschen mit gläsernen Augen liegt, über Menschen, welche essen, trinken, rauchen, reden, singen, aber alles in unsäglicher Schwerfälligkeit und Langsamkeit wie im Traume, zu nichts mehr tauglich sind, nicht einmal zum Aufstehen und zu Bette zu gehen. Ja das ist wüst, aber nicht bloß so einfach wüst, sondern gleichzeitig eine Geduldprobe; für den Wirt, und besonders wenn er bloß Pächter ist, kann kaum eine ärgere erdacht werden. Er muß also aushalten, vielleicht geht auch seine Frau ins Bett, da sie zur Zeit wieder auf dem Platz sein muß, um das Mittagsmahl zu bereiten, während der Mann schlafen kann, bis es auf dem Tische steht. Er ist müde von der Arbeit, schläfrig von kurzem Schlafe in vergangener Zeit, hat Wein getrunken, eine Nacht ganz durchwacht und sitzt da und sieht den Tag kommen, sehnt sich nach dem Bette, dorthin zieht es ihn mit Himmelsgewalt, aber da herum sitzen noch die Angenagelten und nageln auch ihn fest.

So wie der Tag kam, kam es Einen nach dem Andern an wie die Eulen: er suchte die Finsternis, nachdem er noch in sich geschafft hatte, was die Haut ertragen mochte; aber die alten verpichten Häute bleiben und der Wirt muß auch bleiben. Es sieht der Gastgeber, daß sie sich offenbar Gewalt antun, dazubleiben, zu essen, zu trinken, daß sie es ihm offenbar zum Trotz tun, nicht bloß um ihm so wenig als möglich übrig zu lassen, so viel als möglich abzuessen, sondern um ihn zu peinigen mit dem Dableiben, ihn zu versuchen, daß er ungeduldig wird, endlich in die Worte ausbricht: «Es dünket mich, ihr solltet einmal genug haben und euch ins Bett packen, das würde euch wohl anstehen, und schöner als dort seid ihr nirgends.» Dann hätten sie, was sie wollten, würden einige spitzige Worte sagen, gehen, aber dann während ihrer ganzen übrigen Lebenszeit an jeder Sichelten und sonst noch bei jedem Anlasse es rühmen, wie sie es einmal dem Meister gemacht, was er gesagt und was sie gesagt.

Das Aushalten in Ruhe und Würde hat etwas Ähnliches mit dem gelassenen Aushalten eines indianischen Häuptlings, welcher von einem feindlichen Stamme langsam dem Tode entgegengemartert wird, um schließlich skalpiert zu werden. Was dabei das Unerträglichste, ist, daß solche Peiniger sehr oft nicht etwa die schlechtesten Arbeiter sind oder die feindseligsten, sondern die fleißigsten, mit denen man das Jahr durch im besten Verhältnisse gestanden hat, von denen man freundschaftliche Rücksichten erwarten sollte, ein Eingehen in des Meisters Pein. Aber es ist, als ob sie einmal des Jahres genießen wollten, Herren zu sein, den Meister zum Knecht zu haben, ihn ihre Laune empfinden zu lassen so recht bis auf den Grund. Ein ganz ähnliches Gefühl herrscht da vor, welches bei den Römern das merkwürdige Fest erzeugte, wo die Herren ihre Sklaven bedienten, als seien diese zu Herren, sie zu Sklaven geworden. Darin lag Sinn und Witz und beide tief; die Herren sollten ein ganzes Jahr lang nicht vergessen, daß ein Sklave fühlt und wie er fühlt, die Sklaven sollten im Glücke dieses Tages ihr Elend vergessen, nicht vergessen, daß sie Menschen seien und den Göttern angehörten so gut als ihre Herren. Nun, so an einer Sichelten erfährt auch der Berner Bauer, was es heißt, von Launen abhängen, aus der Haut fahren mögen und es nicht dürfen.

Uli mußte aushalten bis morgens halb sechs. Da erst sagte der Letzte: Wenn niemand mehr bleiben wolle, so werde er auch gehen müssen, sonst müsse er aber der Unverschämteste heißen und wäre ihm doch noch wohl da. Es dünke ihn, er sei erst abgesessen. Indessen ging er und zwar so, daß man wohl sah, er müsse eine geraume Zeit abgesessen gewesen sein, denn er fand die Türe kaum, und als er sie endlich hatte, sah er die Türklinke nicht, obgleich die Sonne daran schien. Uli hatte die Geduldprobe männlich bestanden, aber nicht aus selbsteigener Kraft. Der liebe Gott hatte zur Geduld den Schlaf gesandt; dieser, wenn in Uli der Zorn aufbrennen wollte, drückte ihm rasch die Augen zu, lähmte die Zunge, gaukelte ihm ein klein Traumbild vor, dann wich er wieder.

Uli fuhr auf, aber erfrischt, als hätte er ein kühlend Bad genommen. Die Nerven hatten sich abgespannt, das Sieden des Blutes sich gelegt, eine halbe Stunde konnte er sich wieder halten, dann brannte es wieder in ihm, dann kam der Schlaf wieder, kühlte ihn rasch ab; so gings, bis er endlich vom letzten wüsten Gaste erlöset war.

VIERTES KAPITEL

Wie zwei Säemänner an zwei Äckern stehn und wie verschiedenen Samen sie aussäen

Den folgenden Tag wollen wir nicht beschreiben, denn dieser ist schauerlich langweilig. Allen ists, wenn er nur vorüber wäre, verschiedene Mittel werden angewendet, ihn vorbeizubugsieren. Schlafen, Essen, Trinken und wieder Schlafen, das sind die Hauptfaktoren, welche angewendet werden. An einigen Orten kommen noch Tanzen und Mädchen dazu. Jedenfalls sind diese beiden Bugsiermittel nur auf die Jugend berechnet, und da, wo das Erntefest meist in die Häuser eingegrenzt ist, ziehen beide auch nicht sonderlich, sondern bloß da, wo das Wirtshausleben in vielen Beziehungen das häusliche überragt.

In der Glunggen ging es nicht kurzweiliger. Als der Letzte das Schlachtfeld verlassen hatte, konnte Uli nicht einmal ins Bett, er mußte sich seines Viehs erbarmen. Als es Mittag war, hatte man große Mühe, die Schläfer aus Löchern und Winkeln zusammenzutrommeln und zu -schleppen. Als sie mal saßen, saßen sie wieder, doch nun diesmal nicht so lange, besonders da es ein schöner Tag war. Als Uli nach aufgehobener Tafel vor das Haus trat, um seine Sonntagspfeife zu rauchen, rief ihn Joggeli. «Willst hineinkommen und eine Flasche trinken mit mir,» sagte er, «oder bist genug gesessen?

Wenn selb ist, so komm mit mir nach Gramslige, hätte dort was zu verrichten, kriegen morgen den Schuhmacher und haben noch keine Nägel.» Uli war das anständig; er kannte diese ehrbaren Vorwände der Männer, wenn sie zu einer guten Flasche kommen wollen, bei einer solchen und allfälliger Gesellschaft verdämmert man am besten die langen Stunden. Zu Gramslige, setzte Joggeli hinzu, bekomme er das Tausend Nägel drei Kreuzer wohlfeiler als hier, und dabei seien sie auch noch recht gut. Kreuzer seien freilich nur Kreuzer, aber wenn man viele derselben beisammen habe, gebe es auch einen Haufen, und wer zu ihnen nicht Sorge tragen könne, komme auch nicht zu den Talern. «Dir braucht das freilich keinen Kummer zu machen, du hast einen Anfang wie selten einer. Du kannst es dir und Andern gönnen, und allweg nehmen es die Leute je besser desto lieber, wie sie aber auch recht haben. Du hast gestern es laufen lassen, es hätte es mancher Bauer nicht vermögen, und mit den Heischleuten ist es gegangen, es hat mir selbst anfangen wollen zu grausen, wenn es mich schon nichts anging. Das Vreni wird wohl wissen, was es erleiden mag, und wenn es es nicht weiß, so ist es doch schwer anders zu brichten; was das einmal im Kopfe hat, das bringt man ihm mit einem Dutzend Purganzen nicht mehr raus. Das hat ein Köpflein, wohl, es weiß es niemand, als wer es erfahren hat! Nun, jetzt macht es sich; im Sommer ist es eine gute Zeit, besonders bei solchem Wetter, da geht nur ein, Ausgaben hat man keine. Die kommen erst im Winter: Zinsen, Steuern, Dienstenlöhne; dann ists freilich kommode, wenn man nicht leere Hände hat. Die Dienstlöhne werden dir zu Weihnacht eine tüchtige Lücke machen, von wegen du hast kostbare Knechte, mancher Bauer vermöchte sie nicht so teuer. Man meint sonst, wenn der Meister immer mit und dabei sei, könne er es mit wohlfeilen Knechten auch machen.»

So sprach Joggeli im Verlauf der Zeit, entwickelte eine

große Unterhaltungsgabe, legte Weisheit und Gutmeinen an den Tag fuderweise, zahlte nicht bloß eine, sondern zwei Flaschen Wein, wahrscheinlich aus den auf den Schuhnägeln ersparten drei Kreuzern, und ein Herz und eine Seele, wie Vater und Sohn, wanderten sie zusammen heim. Schon ging die Sonne nieder, aber nicht in den klaren Hintergrund der Berge, sondern hinter eine schwarze Wolkenwand, welche sich über den Kamm der Berge gelagert hatte.

«Es ist gut, sind wir fertig,» sagte Uli, «das Wetter ändert, hinter Wolken geht die Sonne nieder.» «Ja,» sagte Joggeli, «Pressieren ist gut, und bei den Löhnen, welche man jetzt den Dienstboten gibt, kann man wohl pressieren, es mags ertragen. Und wie man sie jetzt speisen muß, potz Sacker, es hat keine Art mehr, und sind doch niemals zufrieden, und ehedem hätte ein Bauer gemeint, er lebe wie ein Herr, wenn er es gehabt hätte, wie jetzt der schlechteste Knecht leben will. Ich mag mich noch erinnern, daß man Kaffee selten sah auf einem Tische und Brot selten. Man hatte Rüben, Kraut, Obst, grünes, solange es dauerte, dann gedörrtes, Hafermus, Haferbrei und Milch; das aß man, und dabei war man wohl und mochte arbeiten wohl so gut als jetzt. Fleisch hatte man an den meisten Orten bloß den dritten Sonntag. Schon beim Frühstück stellte man es auf, ließ es den ganzen Tag auf dem Tische, daß jeder gehen und nehmen konnte, so oft es ihm beliebte. Aber zu Tode aß sich Keiner, grünes Fleisch war es selten, sondern dürres, gut gesalzen, oft drei Jahre alt, und mit Einlegen ins Wasser gab man sich nicht große Mühe. Brav Durst gab das, der Bauer ging in den Keller und löschte ihn mit Milch, das Gesinde hing den ganzen Tag an der Brunnenröhre, daß man hätte glauben sollen, es müßte jeder zur Feuerspritze geraten, und dabei waren alle wohl zufrieden, man wußte nichts anders. Dann erst vom Bettlervolk wußte man wenig oder nichts. Es waren kaum halb so viel Leute und zu essen für alle da. Zur selben Zeit meinte es unser Herrgott noch gut mit den Menschen und nahm zuweilen den Zehnten mit Pestilenz oder Krieg. Aber jetzt muß ihm das erleidet sein, er läßt alles aufwachsen; es dünket einen, das schwächste Kind könne nicht mehr sterben, es müsse leben, und so kommt es dann, daß man sich die Haut abreibt und zuletzt noch einander fressen muß, wie die Ratten es machen sollen. Und wie muß man den Menschen noch dazu aufwarten! Brot darf auf dem Tische nie fehlen, Kaffee wollen sie wenigstens zweimal im Tage, Kraut sehen sie kaum mehr an, und wenn man ihnen mehr als dreimal des Jahres mit Rüben kömmt, so schreien sie zu Gott, sie seien ganz erkältet und wenn er sie nicht von den Rüben erlöse, müßten sie zu lebendigen Eiszapfen werden. Alle Sonntage muß Fleisch sein per se und grünes noch, welches man kaufen muß, wovon einer, wenn er noch drei gute Zähne im Maul hat, in einer halben Stunde ein ganzes Pfund frißt, wenn er es kriegt nämlich. Ja jetzt wollen sie morgens um neun Uhr noch was, wollen um drei Uhr wieder was, wollen nichts mehr als liegen und fressen und sind doch nie zufrieden, wie man es auch machen mag, man wird den Löffel ganz aus der Hand geben sollen. Wenn mein Vater selig wüßte, wie es ginge jetzt, er kehrte sich noch im Grabe um, und wer weiß, ob er nicht aufstände und versuchte, Ordnung wieder zu schaffen, von wegen das war ein Mann, der nicht meinte, er müsse alles annehmen, wie es kommt, und über sich ergehen lassen, was jedem Maulaffen gefalle. Der wollte zu allem, was ihn anging, ein Wörtlein sagen, ließ sich die Ordnung nicht machen, sondern machte sie selbst, und nicht bloß so eine auf dem Papier, sondern eine, nach der er ging, und eine, die er hielt. Ja, ich bin froh, daß ich daraus bin, es wird je länger je böser, und wer erst anfangen muß, kann mich dauern, begehre nicht an seinem Platze zu sein, wüßte nicht, wie machen.»

Joggeli war zu einem Einheizer geboren, namentlich würde er auf einem amerikanischen Dampfboote, wo man bekanntlich liebt, die Kessel zu heizen, bis sie springen, die vortrefflichsten Dienste geleistet haben. So heizte er allenthalben ein, wo er an einen Menschen kam, und wie es schien, um so heißer, je älter er ward. So heizte er auch Uli ein, daß derselbe zu dampfen begann, doch sprang der Kessel, der Kopf, ihm nicht, denn nun begann ein Anderer das Heizen und zwar bei Joggeli. Der liebe Gott rollte mit seiner Hand den mächtigen Donnerwagen durch des Himmels unendliche Räume gewaltig und hehr. Es war, um sich menschlich auszudrükken, als ob der Herr über seinen Fluren dahinfahre, zu schauen, was seine Kinder machen, ob heilige Sabbatsruhe sei auf Erden oder ein wüst heidnisch Getümmel, oder ob irgendwo ein töricht Menschenkind sich beigehen lasse, sein Korn, welches des Herren Hand ihm wachsen ließ, vor des Herrn Wettern zu bergen, als ob man irgendwo hinfliehen könne vor des Herrn Macht. Nun begann Joggelis Herz zu beben, und seine Stirne rauchte, denn er fürchtete das Donnern sehr; er fürchtete es mehr als den Herrn selbst, denn erst wenn es donnerte, gedachte er an seine Ohnmacht und seine Sünden, an des Herrn Wort und Macht. Er war ein Kind geblieben sein Leben lang, aber der Art eines, welche hinter dem Rücken der Eltern alles sich erlauben, nie ihrer gedenken, sobald dieselben außerhalb dem Bereich ihrer Sinne sind, aber in die Knie fallen zitternd und bebend, wenn unerwartet sie derselben Stimme hören, und bitten und betteln um Schonung und Milde oder in Ecken sich zu bergen und zu sichern suchen, Adam und Eva gleich, als sie des Herrn Stimme hörten. Als ernst und feierlich des Herrn Stimme aus den Wolken brach, da strebte Joggeli mit schwachen Beinen vorwärts und sagte: Er helfe pressieren. Aber die Wolken riefen dem Sturme, und schneller reiten auf des Sturmes Flügeln die Wolken, als so ein Joggeli mit schwachen Beinen höpperlet. Das komme streng daher, sagte er, wenn sie nur irgendwo schirmen könnten; Bäume wären wohl, aber bei solchem Wetter hülfen sie wenig und seien sehr gefährlich. Wilder, gewaltiger schmetterte der Donner, blendend fuhren die Blitze, rot glühte die Straße, und doch wars noch heller Tag, groß und schwer fielen Tropfen nieder und tief beugten die Bäume sich. Es war, als ob sie die Nähe des Herrn fühlten. Er würde was geben, wenn er zu Hause wäre, sagte Joggeli, es blende ihn gar in den Augen, das möge er nicht ertragen. Der Mensch sei doch dumm, zu laufen, wenn er zu Hause auch sein könnte. Wegen drei Kreuzern bringe ihn niemand mehr fort. Kreuzer hin, Kreuzer her, am Ende sei ihm das Leben lieber, und was man an den Kleidern verderbe, wenn man so naß werde, an einen Regenschirm hätte er gar nicht gedacht. «Ein schöner Regen schadet allweg nichts,» sagte Uli, «wenn es nur nicht hagelt, mein Korn habe ich Gottlob unter Dach.» Gewaltig prasselte der Regen nieder, jeder Regenstrahl einen Finger dick. «Naß, naß wird man, und du mein Gott, wie das donnert, so habe ich es lange nicht gehört! Ja, du hättest deines unter Dach, aber denk an Andere! Gewiß war noch Mancher dumm genug und machte heute nicht Garben, weil es Sonntag ist. Es gibt Leute, welche nie weise werden; was wird das doch unserm Herrgott machen, ob einer Garben macht oder nicht am Sonntag? Die Leute sind doch noch so» – und ein glühender Blitz zuckte vorüber, geblendet schlossen sich ihre Augen, und ein Donner krachte nach, als ob der Himmel geborsten wäre wie eine gläserne Decke und in Millionen Scherben zur Erde rieselte. «Das walte Gott,» sagte Joggeli, «wir kommen nicht lebendig heim; wenn ich nur den Brief bei mir hätte, welchen einst die Mutter Gottes zur Erde fallen ließ. Ich kaufte ihn einem Luzerner ab für zwei Gulden. Wer den bei sich trägt, dem tun die Elemente nichts und der Blitz nichts und das Wasser nichts, aber ich dachte heute nicht daran, daß es gut sein könnte.»

Fortan ward Joggeli stille, wahrscheinlich sagte er den Brief her, den er vom vielen Lesen auswendig wußte, und glaubte, er werde im Munde so gut sichern und schirmen als in der Tasche. Er tat es wirklich auch, sie kamen lebendig heim, aber so naß, wie sie ihr Lebtag wohl nie gewesen. Uli meinte, wenigstens einen halben Fuß tief durch die Haut in den Leib hinein habe es ihm geregnet. Er wird wohl übertrieben haben, denn wenn dies auch bei Joggeli der Fall gewesen wäre, so hätte es in der Mitte zusammengeregnet und sicher eine Wassernot abgesetzt, und wir haben nichts davon vernommen. Hingegen schlotterte Joggeli bedenklich, brachte vor Zittern die nassen Kleider kaum vom Leibe, kroch so schnell als möglich zu Bett, zog den Umhang fest zu, damit er das Leuchten der Blitze nicht sehe, und hütete vier Tage das Bett, dieweil er Fieber zu haben glaubte. Noch viel länger aber als vier Tage brummte er, wie das ein sauber Eingericht sei in der Welt, daß wer sparen und hausen wolle, von unserm Herrgott beregnet werde, daß er fast ums Leben komme. Sein Lebtag versetze er wegen Schuhnägeln und drei Kreuzern keinen Schritt mehr. Daß ihm noch ganz was anderes im Kopf gestochen als Schuhnägel und drei Kreuzer, als er den Uli nach Gramslige gelocket, daß er dem Uli Kopfnägel einklopfen wollte und daß unser Herrgott mehr als recht gehabt hätte, wenn er ihn nicht bloß beregnet, sondern auch behagelt hätte, das dachte Joggeli nicht von ferne. Er war nicht bloß von denen einer, die nimmerdar zur Wahrheit kommen können, sondern von den Unglücklichen einer, welche Menschen, Gott und sich selbsten immerfort belügen und es nicht einmal merken.

Es gibt Worte, sie gehen in den Kopf wie Splitter ins Fleisch: man merket es nicht. Erst nach einer Weile fangen sie an zu schmerzen und zu eitern, und oft hat man seine liebe Not, ehe man sie wieder rauskriegt.

Im August ist die Zeit, wo man die Dienstboten und namentlich die Knechte frägt, ob sie bleiben wollen oder nicht, oder wo man, wenn man sie nicht mehr will, andere sucht und dingt. Der Wechsel findet erst auf Weihnacht statt oder eigentlich nach dem Neujahr. Die zwischen beiden Tagen liegende Zeit gibt man meist frei, besonders den Mägden zum Zurechtmachen ihrer Kleider, und weil sie doch das ganze Jahr gearbeitet, will man sie nicht um das Neujahren, das heißt eine ähnliche Mahlzeit wie die Sichelten, bringen. Rechte Meister und rechte Dienstboten versehen sich in dieser Zeit, machen, daß sie wissen, woran sie sind. Was leichtere Ware ist, läuft noch lange herum um Meister aus oder läßt auf den Zufall es ankommen oder verspricht einer Dienstbotenmäklerin einige Batzen, wenn sie ihm einen Platz zuhanden habe. Spekulative oder kaltblütige Meister warten auch oft bis zuletzt. Sie sagen, es gebe Leute genug, warte man bis zu Weihnachten, so kriege man die, welche noch keine Plätze hätten, ganz wohlfeil, wie man ja auch auf Viehmärkten zumeist das Vieh zuletzt am wohlfeilsten kriege, weil es den Leuten zuwider sei, dasselbe unverkauft wieder nach Hause zu treiben. Die Leute kalkulieren verschieden, und fast jeder Mensch hat nicht sowohl eine andere Rechnungsweise, sondern er wertet die verschiedenen Faktoren anders und auf seine Weise. Und das ist eben eine Kunst, welche Wenige verstehen, jedem Faktor den wahren und echten Wert beizulegen, und dies allein schützt doch vor dem fatalen Verrechnen.

Es war August und Uli sagte nichts von Dingen oder Wechseln, es ward Vreneli ganz angst dabei, und doch fing es nicht gerne davon an. Es gibt in jeder Ehe Punkte, von welchen das Eine oder das Andere nicht gerne anfängt, Punkte, wo man fürchtet, man möchte verschiedener Meinung sein,

Punkte, wo dem Einen oder dem Andern sein Gewissen sagt, es sei auf dem Holzweg, während es diesen Holzweg dem Andern zulieb nicht verlassen mag, Punkte, wo das Eine oder das Andere den Schein vermeiden möchte, als wolle es meistern und regieren. So zum Beispiel regieren alle Weiber für ihr Leben gerne, aber die sind selten, welche es eingestehen und den Namen, daß sie regieren, haben wollen. Vreneli fürchtete eben diesen Schein auch. Es kam ihm oft dazu, einen Entscheid geben zu müssen in aller Liebe oder für dieses oder jenes reden zu müssen, da Ulis Kopf für die Meisterschaft und das Rechnen und Sorgen ums Auskommen fast nicht groß genug war und er alle Tage klagte, er glaube, es komme nicht gut mit ihm, er werde gar vergeßlich. Der gute Uli dachte nicht daran, daß jeder Kopf sein Maß hat, daß man Weniges leicht fassen und behalten kann, aber von gar zu Vielem einem eine Menge entfallen muß, ohne daß deswegen das Gedächtnis schwachet. Zu viel ist zu viel. Äpfel kann man in einem guten Korbe behalten, aber häuft man sie zu sehr auf, so rollen sie herab, und will man es zwingen, so kann man seine ganze Lebenszeit mit Auflesen und Drauftun und wieder Auflesen zubringen. Das wäre was für Pädagogen, wenn die noch was lernen könnten, aber eben sie haben mit dem Auflesen mehr als genug zu tun. Vreneli wollte nicht gerne der Treiber Jehu sein, auch nicht gerne etwas zur Sprache bringen, wo es eine geheime Ahnung hatte, Uli möchte an etwas denken, was ihm nicht anständig sei.

Doch einmal war Vreneli mit seiner bessern Magd alleine zu Hause, sie hatten Flachs und Hanf gekehrt und fochten jetzt in den Bohnen. Es ist nun nicht bald ein vertrauter Plätzlein und geschickter zu vertraulichen Mitteilungen als ein Bohnenplätz. «Los Vreneli,» sagte die Magd, «du sagst nichts, ich muß dich doch fragen: kann ich bleiben oder muß ich weitersehen?» «Ich weiß nichts anders,» sagte Vreneli, «es wäre mir zuwider, wenn du gehen wolltest; ich muß noch mit Uli reden, aber es wird ihm auch das Rechte sein, wenn du bleibst, er weiß am besten, was man beim Ändern gewinnt und was das fördert, wenn man an einander gewöhnt ist und weiß, wie man es gerne hat.»

Am Abend, als sie im Allerheiligsten des Hauses waren, sagte Vreneli: «Mädi hat mich gefragt, ob es bleiben könne oder weitersehen müsse? Ich habe ihm gesagt, ich wüßte nichts anders, wolle aber erst mit dir reden, ehe ich bestimmten Bescheid gebe.»

«Ja,» sagte der Uli, «das ist eine Sache, sie hat mich schon lange zu sinnen gemacht,» und kratzte dabei am Kopf, als ob er einen Splitter aus dem Fleische ziehen wollte; es war einer der Kopfnägel, welche Joggeli unvermerkt ihm eingetrieben. «Sieh, wir sind gar zu teuer drin. Für die Dienstenlöhne, welche ich zahlen muß, könnte man ein ordentlich Gut in Pacht nehmen; denke, zweihundert Taler, die Taglöhner nicht gerechnet, und Schmied und Wagner und Schneider und Schuhmacher nicht. Ich weiß weiß Gott nicht, wo ich all das Geld auftreiben soll. Da habe ich gedacht, ich könnte es mit wohlfeilern Diensten ebenso gut machen und wenigstens fünfzig Taler an einem Punkte ersparen. Daneben, wenn du Mädi behalten willst, so habe ich nichts dawider. Vielleicht daß es mit etwas weniger Lohn auch zufrieden ist, denk, es hat vierundzwanzig Taler im Jahr, ein Paar Schuhe und zwei Hemden, das ist ja ein Knechtenlohn.» «Zweifle, daß es weniger nimmt,» sagte Vreneli, «ein Mädchen im besten Alter schlägt mit dem Lohne eher auf als ab, und Mädi verdient ihn wirklich besser als mancher Knecht, der einen doppelt so großen Lohn hat.» «Habe nichts dawider, aber mit einem Mindern könnte man es auch; denk, vierundzwanzig Taler ohne Zugaben!»

«Aber Uli,» sagte Vreneli, «was denkst und wie rechnest!

Ja, das Jahr geht vorbei, habe man gute oder schlechte Dienstboten, und alle Tage hat man dreimal gegessen, geheuet, geerntet und geemdet; aber wie ging alles und wie viel Zorn und Galle hat man geschluckt und wie selbst schaffen müssen! Und am Ende für was? Um zu erfahren, daß man nicht alles alleine machen kann und erzwingen, so wenig als ein Hauptmann ohne Soldaten keine Schlacht gewinnt.» «Ja, alleine wollen wir diesen Hof auch nicht arbeiten,» sagte Uli, «so dumm, wie du meinst, bin ich doch nicht, aber mit wohlfeilern Leuten. Wenn man diese recht anführt und brichtet, so sind sie oft besser als die teuersten, welche Köpfe machen und alles besser wissen wollen. Der beste Soldat war einmal Rekrut.» «Lieber Uli, disputieren unnütz wollen wir nicht, du weißt ja am besten, wie ich es meine, du weißt am besten, wie man so mit halbbatzigem Zeug daran ist. Auf alles muß man ihm die Nase stoßen, ist man nicht immer dabei, so ist nichts gemacht. Was sie im Stall beim Füttern, kurz überall verwahrlosen können, weißt, mußt das Meiste selbst machen, bleibst in allen Arbeiten zurück, und wenn man am Ende zusammenrechnen würde, ohne noch zu rechnen, was man für das Abtreiben der Galle gebraucht, so hat man sicher mehr als doppelt so viel Schaden, als man am Lohn erspart hat, du würdest es erfahren.»

«Das frägt sich noch,» sagte Uli, «wenn man recht zur Sache sieht und jedes von uns tut, was es kann. Man kann die Leute dressieren; sieh, Großtun ist lustig, aber es kömmt bei reichen Leuten nicht gut, geschweige bei armen. Was würden die Leute sagen, wenn wir fortführen groß tun mit kostbaren Dienstboten? Da erst würden die Bettler kommen und uns fressen von Haus und Heim, die Leute glauben, wie eine geringe Pacht wir hätten. Joggeli hat mir das schon um die Nase gerieben, und er ist imstand, er läßt sich aufweisen, kündet uns die Pacht unter irgend einem Vorwand.» «So, ist der alte Schelm dahinter, dachte ich es doch,» sagte Vreneli. «Der kann sein Lebtag nichts anders als Unheil stiften. Das ist einer, der einmal dem Teufel ab dem Karren fiel, als derselbe eine Ladung heimkutschierte. Indessen mach, was du willst, ich will nicht regieren, am Ende mußt du dabei sein; der Leute wegen würde ich es weder so noch anders machen, sie helfen dir doch nicht, wenn du nicht kommen magst, sei es mit der Arbeit, sei es mit dem Gelde. Hast du mich aber lieb, so laß mir Mädi. Wenn ich dahinten bleiben muß, wer sollte die Haushaltung machen? Mädi ist treu wie Gold und weiß alles; wenn ich einer Fremden alles in die Hände geben sollte, ich wäre keine Stunde ruhig im Bette.» «Wider Mädi habe ich nichts, daneben wäre es für ein paar Tage nicht gefochten,» antwortete Uli. «Du weißt nicht, wie es gehen kann,» sagte Vreneli, «manchmal geht es ein paar Wochen, und manchmal kann man sterben und ist dann aller Not und Elend ab.»

«Bist bös?» sagte Uli, endlich aufmerksam werdend. «Bös wollte dich nicht machen. Zürn mir nicht, ich meine es für mich und dich gut. Wäre es dir anständig, wenn im ersten Jahre wir mit dem Schelmen draus müßten, wie es schon so Vielen ergangen, wie Joggeli an der Sichelten erzählt hat? Ja, und die Sichelten, was die gekostet hat, weißt du; wenn wir nicht so fortgefahren hätten, im Gleichen mit den gleichen Dienstboten, so wären die Bettler auch nicht so dahergekommen. So hätte er es nie gesehen, hat Joggeli mir gesagt, er hätte ein rechtes Bedauern mit uns bekommen, es hätte ihm übel gegraust.»

«So, das alles hat dir der alte Schelm gesagt? Ich wollte, daß der wäre z'hinderst am hintersten Stern, wo nirgends eine Seele mehr ist, nicht einmal ein Teufel. Wenn Teufel dort wären, so hätte er noch seine Freude, er könnte ihnen die Haare zusammenknüpfen und sie hintereinander bringen. Wo aber niemand ist zum Aufweisen, wo er alleine ist, da ist seine Hölle und er der einzige Teufel darin, der Unflat was er ist, der Allerweltsvergifter!»

Vreneli war zornig, und wenn Vetter Joggeli in der Nähe gewesen wäre, so hätte er Sorge tragen können zum Rest seiner Haare. Uli besänftigte, aber es gibt wenige Leute, welche, statt zu besänftigen, nicht Öl ins Feuer gießen. Besänftigen ist eine rare Kunst; um sie zu üben, muß man das Herz, welches man besänftigen will, vollständig kennen und aller seiner Schwingungen Meister sein. Uli rühmte den Joggeli, wie er es gut meine, ein erfahrener Mann sei, von allem einen guten Begriff habe, und wie man ihn in Hulden behalten müsse, denn er sei ihre eigentliche Stütze. Man müsse nicht so sein und einen Menschen, wenn er es so gut meine, mit Händen und Füßen von sich stoßen, man könnte sich einst reuig werden.

«Das meine ich auch,» sagte Vreneli, «man könnte reuig werden, wenn man einfältig genug ist, wegen ein paar guter Worte und einiger Gläser Wein zu vergessen, was man an einem Menschen seit Jahren oder wie ich von Kindesbeinen auf erfahren hat, und einem zu glauben, der keinem Menschen traut und nur daran Freude hat, alles hintereinander zu hetzen. Wie hat er es gehabt mit seinen Leuten? Hätte er einen guten Begriff gehabt vom Bauern und wie man es machen müsse, um vorwärtszukommen, es wäre ihm besser gegangen. Weißt du schon nicht mehr, wie du es angetroffen hast und wie er es dir gemacht?»

«Nun, du weißt, jeder Meister kann mit seinem Gesinde bös zwegkommen, und ist einmal ein böser Geist eingerissen, so hat man es damit wie mit dem Schwamm in den Häusern, man bringt ihn nicht weg, wenn man schon ein- oder zweimal ändert. Daneben mußt du denken, die Menschen können sich ändern. Joggeli weiß, wer wir sind, darum hat er uns den Hof gegeben. Ein Mann, der so viel betrogen worden ist wie er, der darf wohl mißtrauisch sein, aber sieht er einmal, daß man es gut mit ihm meint, so kann er ganz anders auch sein. Gegen mich, ich muß es sagen, hat er sich ganz geändert, er ist fast wie ein Vater gegen mich, ich muß es sagen, ich hätte nie gedacht, daß er so sein könnte!» Solche lange Rede tat Uli dar.

«Nun so dann, so halte ihn als Vater, dann kömmt es gut. Kratzen wirst du einst in den Haaren, aber es wird zu spät sein. Lebt wohl, Friede und Einigkeit! Wo der Teufel dazu kann, da ists vorbei damit, und daß du so verblendet werden könntest, hätte ich nie geglaubt! Ach, ach, ich wollte lieber, es wäre uns die Ernte verhagelt worden, es wäre ein kleines Unglück gewesen!» Und bitterlich weinte und schluchzte Vreneli.

Uli ward sehr mißstimmt, fast böse. Hatte er doch so vernünftig und sachgemäß geredet, hatte zum Frieden ermahnt, wie es einem Christen ziemt, und Vreneli wollte keinen Verstand brauchen, sich nicht begütigen lassen. Daß es so aus dem Häuschen fahren könnte, hatte er gar nicht geglaubt, und eine Frau alles erzwingen lassen dürfe man doch nicht, am wenigsten mit Wüsttun, dachte er. «Ja,» sagte Uli, «wenn du so tun willst und nicht Verstand brauchen, so kann man nicht mit dir reden. Gut Nacht!» Vreneli schluchzte laut auf, konnte nicht einmal «Gute Nacht auch» erwidern.

Das war das erste Ehegewitter, welches bei ihnen stattfand. Kleine Stäupeten oder Schauer hatte es wohl schon gegeben, aber war die Wolke vorübergezogen, schien die Sonne wieder. Das erste Gewitter dagegen zieht gerne trüb und namentlich kalt Wetter nach sich, denn es verzehrt allzu viel Wärme, und die wäre der frisch erwachten Erde so nötig, sie vermißt sie so schmerzlich! Trübe wars auch am folgenden Morgen an ihrem Ehehimmel, daß das Gesinde sich fragte: was es wohl gegeben zwischen der Meisterfrau und dem Meister? Sie hätten sich heute noch nicht angesehen, geschweige ein Wort zu einander gesagt.

Vreneli war am Morgen im Garten und zog Salat aus. Es hatte seit jenem Gewitter nicht geregnet, es war sehr trocken; wahrscheinlich glaubte Vreneli, ein weicher, warmer Regen, komme er nun aus dem Himmel oder aus eines armen Weibes Augen, täte dem Kraut wohl. «Bist fleißig?» erscholl hinter ihm der Base währschafte Stimme. «Muß den Salat nehmen, er stengelt sonst auf, und wenn es so heiß ist, essen die Leute nichts lieber als Milch und Salat, süß und sauer durcheinander, wie es auch geht in der Welt,» entgegnete Vreneli, sah aber nicht auf. «Ja, warum ich komme,» sagte die Base, «habe was Merkwürdiges vernommen, muß es dir erzählen, aber mach nur. Wenn du genug Salat hast, so will ich dir ihn rüsten. Denk, diesen Morgen war ein Besenmann da aus dem Emmental, wo die guten Birken wachsen, und sagte, was da oben einem Bauer, der Gott und Menschen nichts nachfrägt und bloß nach dem eigenen Kopf fahren will, begegnet ist. Am Sonntag nach eurer Sichelten, wo unser Alter so naß geworden ist, daß er drei Tage im Bette lag und immer klagte, er könne nicht erwarmen und nicht ertrocknen, am selben Sonntage hatte bei ihnen oben ein Bauer viel Korn draußen liegen gehabt. Als er nachmittags an den Bergen die Wolken gesehen und die nasse Brunnröhre, die ordentlich tropfte, da habe er das Gesinde zusammengerufen und gesagt: Rasch hinaus, gehäufelt und gebunden! Es wettert auf den Abend, bringen wir tausend Garben trocken ein, so gibts darnach Wein genug. Das habe seine Großmutter gehört, die sei achtzig Jahre alt und gehe an zwei Krücken; die sei mühsam dahergekommen und habe gesagt: Johannes, Johannes, was denkst doch auch? So lange ich mich zurückerinnern mag, ward hier am Sonntag nie eine Handvoll eingeführt, und meine Großmutter hat mir gesagt, sie wisse auch nichts darum, und doch sei immer Segen bei der Sache gewesen und von Mangel habe man hier nichts gewußt. Und wenn es noch Not am Mann wäre, Johannes, ein naß Jahr! Aber trocken wars bis dahin und trocken wird es wieder werden, und naß werden schadet dem Korne nichts, und würde es ihm schaden, so hast du zu denken, der Herr, der das Korn gegeben, gibt auch den Regen, und wie ers gibt, hast du es anzunehmen. Johannes, tue es nicht, ich halte dir dringlich an. Das Gesinde sei umhergestanden, die Alten hätten ernsthafte Gesichter gemacht, die Jungen gelacht und unter sich gesagt, das Altväterische sei abgetan, jetzt sei es eine neue Welt. Großmutter, habt nicht Kummer, hat der Bauer gesagt. Alles muß einmal zum erstenmal geschehen, und deretwegen ists nicht bös. Unserem Herrgott wird das nicht viel machen, ob wir heute schaffen oder schlafen, und ebenso lieb wird ihm das Korn am Scherm als am Regen sein. Was drin ist, ist drin, man braucht deswegen nicht Kummer zu haben, denn wie es morgen sein wird, weiß niemand. Johannes, Johannes, drin und draußen ist die Sache des Herrn, und wie es diesen Abend sein wird, weißt du nicht; aber das weißt, daß ich deine Großmutter bin und dir den tusig Gottswille anhalte, laß heute dein Korn draußen! Ich will, wenn du es sonst nicht machen kannst, ein ganzes Jahr kein Brot mehr essen. Mutter, hat darauf der Johannes gesagt, deretwegen sollt Ihr nicht desto weniger Brot haben, aber eine Zeit ist nicht alle Zeit, es gibt alle Jahre neue Bräuche und dSach sucht man alle Tage besser zu machen. Aber Johannes, hat die Mutter gesagt, die Gebote bleiben die alten und kein Düpflein wird daran vergehen, und hast du dein Korn unter dem Dache, was hilft es dir, wenn du Schaden leidest an deiner Seele? Für die kümmert nicht, Mutter, hat der Johannes gesagt, und jetzt, Buben, auf und gebunden, was das Zeug hält! Die Zeit wartet nicht. Johannes, Johannes! hat die

Mutter gerufen, aber Johannes hörte nicht, und während die Mutter betete und weinte, führte Johannes Garben ein, Fuder um Fuder, mit Flügeln schienen Menschen und Tiere behaftet. Tausend Garben waren unter Dach, als die ersten Regentropfen fielen; schwer, als wären es Pfundsteine, fielen sie auf die dürren Schindeln. Jetzt, Mutter, sagte Johannes in die Stube tretend mit seinen Leuten, jetzt ists unter Dach, Mutter, und alles ist gut gegangen; mag es jetzt stürmen, wie es will, und morgen schön oder bös Wetter sein, ich habs unter meinem Dach. Johannes, aber über deinem Dach ist des Herrn Dach, sagte die Mutter feierlich, und wie sie das sagte, ward es hell in der Stube, daß man die Fliegen sah an der Wand, und ein Donner schmetterte überm Hause, als ob dasselbe mit einem Streich in millionenmal Millionen Splitter zerschlagen würde. Herrgott, es hat eingeschlagen, rief der Erste, der reden konnte, alles stürzte zur Türe aus. In vollen Flammen stand das Haus, aus dem Dache heraus brannten bereits die eingeführten Garben. Wie stürzte alles durch einander! Wie vom Blitz geschlagen war jede Besonnenheit. Die alte Mutter alleine behielt klare Besinnung, sie griff nach ihren beiden Stecken, sonst nach nichts, suchte die Türe und einen sichern Platz und betete: Was hülfs dem Menschen, wenn er die ganze Welt gewönne und er litte Schaden an seiner Seele? Dein und nicht mein Wille geschehe, o Vater! Das Haus brannte ab bis auf den Boden, gerettet wurde nichts. Auf der Brandstätte stand der Bauer und sprach: Ich habs unter meinem Dach! Aber über deinem Dache ist des Herrn Dach, hat die Mutter gesagt. Und seit dieser Stunde spricht er nichts mehr als: Ich habs unter meinem Dach! Aber über deinem Dache ist des Herrn Dach, hat die Mutter gesagt. Gar grausig soll das anzusehen sein. Viele Leute gehen hin und nehmen ein Exempel daran, daß alles in des Herrn Hand ist, sei es auf dem Acker oder unter einem Dache, daß was man vor dem Regen geflüchtet, vom Blitz ereilt werden könne, wohin man es auch geflüchtet.»

So sprach die Base. Unterdessen hatte Vreneli den Salat ausgezogen; wie langsam es auch machte und wie andächtig und gsatzlich die Base erzählte, so mußte es doch endlich aufstehen, und wenn es schon nicht die Augen aufschlug, so sah die Base doch alsbald, daß es geweint hatte.

«Was hast? Meitschi, hätte ich bald gesagt, du und weinen! Was zum Tütschel hast du Unebenes? Oder etwa Kummer, du kommest mit dem Leben nicht davon? Du Tröpflein, alte Soldaten gibt es ja mehr als genug und erst alte Weiber ganze Dörfer voll, du dummes Tröpflein! Aber das wird wohl was andres sein. Was hast? Wenn du Glauben an mich hast und ich dir helfen kann, so sags. Meinst, du könnest es alleine verwerchen, so schweige, sag es aber auch sonst niemanden!»

«Base,» sagte Vreneli halblaut, «es kam ein Jemand zwischen uns.» Da fuhr die Base einen Schritt zurück und rief: «Was du nicht sagst! Mädi?» «Nein, Base, was denkt Ihr! So schlecht ist Uli nicht, deretwegen habe ich nichts zu fürchten und kann ruhig sein.» «Wer dann,» frug die Base, «wenn es nicht selb ist?» «Sollte es nicht sagen,» entgegnete Vreneli, «aber kann weiß Gott nicht anders, waret Ihr doch immer Mutter an mir. Euer alter Gnäppeler ists, der hat Uli über Ort gebracht.»

Da lachte die Base, daß es sie schüttelte über und über, und sagte: «Oh, wenn ich ein so jung, hübsch Fraueli wäre, wegen einem ganz grauen und halblahmen Mannli wollte ich nicht aus der Haut fahren; wäre es ein hübsch Dirnchen, selb wäre eine andere Geschichte, du Babeli, was du bist! Uli kennt ja den Alten so gut als du; du wirst ihn unrecht verstanden haben, da hat er den Kopf gemacht und du hast ihn gemacht, aber das kommt schon alles wieder gut. Glaube mir, es ist nicht das erstemal, daß das so gegangen ist in der Welt.»

«Kommt, Base,» sagte Vreneli, «Ihr seid meine Mutter gewesen von je, Euch darf ich es wohl klagen, sonst vernimmt es niemand in der Welt.»

Nun erzählte ihr Vreneli, wie der Vetter sich an Uli gemacht, ihm den Kopf groß gemacht wegen vielem Brauchen und kostbaren Dienstboten und ihn eingenommen, daß Uli auf einmal das beste Zutrauen zu ihm habe, glaube, es meine es niemand auf der ganzen Welt so gut mit ihm als der Vetter Joggeli, und alles vergessen habe, was er vorher an ihm erfahren. So dumm und leichtgläubig hätte es sein Lebtag Uli nicht geglaubt, wenn das so sei, so könne jedes alte Weib ihm den Kopf kehren, und so komme es wahrhaftig nicht gut. Es habe ihm sagen wollen, wie die Sache sei, da habe er ihm abgeputzt und den Vetter erhoben, als ob er ein Seraphim oder gar ein Cherubim wäre, das alte Giftbecherli! «Und daß er glaubt, so einer meine es besser mit ihm als ich, selb will mir fast das Herz abdrücken.»

Erst ward die Base bös und sagte: «Dä Tüfels Alt, kann der das nicht lassen! Ich glaube, er wäre imstande, die Engel im Himmel hintereinander zu bringen.» Doch, erfahren im Besänftigen, sagte sie: «dSach würde mich auch böse machen, daneben danke Gott, daß es nur das ist, es könnte leicht was anders sein, welches hundertmal schlimmer wäre.» «Aber Base, wenn Uli mit wohlfeilen Dienstboten fahren will, kommen wir in ein Wesen hinein, daß ein Wespennest ein Himmelreich dagegen ist, und wenn Uli andern Leuten mehr glauben will als mir, so begehre ich gar nicht mehr dabeizusein,» eiferte Vreneli.

Da lachte die Base und sagte: «Zürne nicht, daß ich lache, das Weinen wäre ja freilich anständiger, aber ich kann nicht anders. Was meinst, wenn alle Weiber sich hängen oder ersäufen wollten, deren Männer andern Leuten zuweilen mehr glauben als ihren Weibern, was meinst, Vreneli, wie manches lief lebendig herum? Meinst nicht, es hingen mehr Weiber an den Bäumen als Kannenbirnen, schwämmen mehr in den Flüssen als Hechte und Forellen? Die Sache ist auch nicht halb so schlimm, als man meinen möchte, wenn man sie nur so von ferne ansieht; hab es selbst erfahren, kann davon reden. Meinte es auch so wie du, hatte auch Ursache dazu; war eine Bauerntochter, von Jugend auf bei der Sache, und kam nicht mit leeren Händen, daß Joggeli hätte meinen können, es ginge bloß um seine Sache. Aber ich mußte mich anders gewöhnen, es hielt hart und war doch gut. Es ist nicht gut, wenn man sich gewöhnt, alles nach seinem Kopfe erzwingen zu wollen. Das gibt am Ende einen Zwang, unter dem die Andern leiden, alles versteht man doch nicht, und wenn es nicht gut kommt, so muß man dann auch alleine an allem schuld sein. Wenn die Andern auch ihr Recht haben, ihrem Kopf nach fahren oder anderer Leute Räten und es kommt nicht gut und sie sagen, daß es gut gewesen, wenn sie nur geglaubt, so ist das kommod für ein andermal, es stärkt das Vertrauen. Denn sieh, liebes Kind, man muß nie glauben, das Vaterland hänge an einem Haar und alles Heil daran, daß es so und nicht anders gehe. Man wird gar unglücklich, wenn man so den Kopf macht, und zuletzt wird man auch mit dem lieben Gott unzufrieden und hadert mit ihm alle Tage. Nein, lieb Kind, so den Kopf machen muß man nicht. Denken, sagen, tun muß man so gut als möglich, aber dann daran festhalten, daß, es geschehe was da wolle, es denen, die Gott lieben, zum Besten und zur Seligkeit dienen müsse, und dies ist am Ende doch die Hauptsache. Man muß sich nur nie lassen verbittern, nie rachsüchtig werden oder schmollsüchtig, sondern sanftmütig bleiben und demütig, grad zu machen suchen, was Andere krumm gemacht. Die Sache mag sein, wie sie will, wenn man nur kann zufrieden bleiben dabei mit einander, das Hauptglück ist doch immer im Gemüte. Es ist freilich eine schwere Sache, und manchmal kam es mir vor, ich hätte einen halben Zentner Pulver im Leibe, es gehe an und ich müsse bolzgrad auf in die Luft, und kein gut Wort wolle ich mein Lebtag mehr einem Menschen geben. Am Ende wurde ich wieder zufrieden, die Sache machte sich auch nicht so schlecht, als ich dachte; es ging nicht ums Leben, nicht um Hab und Gut, und allweg lernte ich was, ward weiser und erkannte von Tag zu Tag besser die Hand Gottes in allem und wie er alles zum Besten leitet. An den mußt du denken, wenn es dir übers Herz kommen, dich dünken will, es werde dir schwarz vor den Augen, und vor den Füßen sei dir die Hölle. Bete und lasse nicht ab, zähle darauf, es wird dir wieder heiter vor den Augen und leicht werden dir die Füße, daß es dich dünkt, du könnest springen eines Satzes über die Hölle hinweg in den Himmel mitten hinein. Was ich ausgestanden, weißt du nicht, und Uli ist noch lange nicht Joggeli. Es ist allweg dumm von Uli, wenn er mit halbbatzigem Zeug fahren will, es wird ihm schon erleiden, er ist am meisten plaget damit, aber z'töten geht es doch allweg nicht, und ist man genug dabei gewesen, so kann man das wieder ändern. Ach Gott, es gibt Sachen, welche man nicht mehr ändern kann, und wenn man das Leben dafür geben wollte; da ists böse, sich hineinzuschicken, und doch muß man, was will man anders! Mach nur kein so trübes Gesicht, tue, als sei gar nichts vorgefallen, schmollen tut nie gut.»

So sprach die Mutter, ward selbst gerührt und fuhr oft mit der Hand über die Augen, besonders als sie davon sprach, daß es Dinge gebe, welche man nicht ändern könne. Sie dachte an Elisi und daß sie da auch etwas habe machen helfen, welches bodenbös sei.

Vreneli hatte manchmal dreingeredet, endlich sagte es noch: «Ach ja, Base, recht werdet Ihr haben, mehr als recht, aber wer wollte das können, so sich in alles schicken wie ein Lamm, besonders wenn man genaturt ist wie ich und so heißes Blut hat!»

«He, Kind, für was bist auf der Welt? Etwa für Lehenmannin auf der Glungge zu sein, ein Dutzend Kinder aufzustellen und ein paar tausend Gulden an einen Haufen zu kratzen? Eben um dich zu ändern, zu lernen, was du nicht kannst, statt der alten Natur nach einer neuen zu trachten, dafür bist du da, dafür bist du getauft und unterwiesen. Sieh, ich rede von solchen Dingen nicht gerne, die gehören in das innerste Herzkämmerlein. Wie ein jung Mädchen nicht gerne von seinem Schatz redet als mit der allerbesten Freundin und allemal rot wird, wenn es dessen Namen hört, so habe ich es mit dieser Sache und mit dem, der mich allein selig machen kann. Dir will ich sagen, daß er mein einziger Trost ist im Leben und im Sterben, und ohne ihn hätte ich es wahrhaftig nicht ausgestanden hier auf der Welt. Am Morgen Verdruß und am Abend Verdruß. Da hätte ich unsern Herrgott fragen müssen: Herr, warum bin ich da, woran habe ich mich so schwer versündigt, oder ist die Welt ein Narrenspiel? Aber so fragte ich nicht, ich erkannte, warum ich da war: ich sollte Gott erkennen, seinen Willen tragen lernen, mich ändern und bessern, daß ich geduldig und sanftmütig aushalten könne vom Morgen bis zum Abend, wie Gott ja auch alle Menschen ertragen muß und doch langmütig bleibt, was uns wohl kommt. Als ich das einmal begriffen hatte, ward das, was mir vorher Hauptsache war, Nebensache, und woran ich nicht gedacht, ward mir zur Hauptsache. Butter- und Milchgeld am Abend zu zählen, war nicht mehr meine größte Freude, sondern zu rechnen, was ich an der Seele gewonnen und gewerchet. Von da an ward mein Leben anders; ich konnte es aushalten, konnte wieder lachen, konnte Gott danken für alles, was er tat, stach er mich oder hieb er mich. Aber was ich dir da sage, sage niemanden, ich schämte mich, wenn jemand wüßte, wie es mir wäre im Gemüte. Dir wollte ich es sagen, du lachst mich nicht aus und willst, was recht ist, und hast du mal was ergriffen, so lässest du es nicht los. Du erbarmtest mich, als ich dich über Kleinem so trostlos sah, du armes Tröpfli, dir werden wohl noch ganz andere Punkte warten. Da dachte ich, es möchte ein Gotteslohn dabei zu verdienen sein, wenn ich dich an den wahren Tröster weisen würde. Aber hörst: was ich dir sagte, behalt für dich.»

«Base,» sagte Vreneli, «ganz habe ich nicht vergessen, was Ihr mir sagtet, als ich zum erstenmal zum Nachtmahl ging. Der liebe Gott wolle es Euch vergelten, daß Ihr mich daran mahnet zu rechter Zeit, ich will es nicht mehr vergessen. Aber die Welt will immer obenauf, und je weniger man von der Welt hat, desto mehr will sie einem den Kopf füllen und stellt sich vor die Augen, daß man gar nicht darüber weg mehr sehen kann. Was man sinnen sollte, sinnet man nicht, und was man nicht sinnen sollte, das liegt einem Tag und Nacht im Sinn, läßt nicht einmal den Schlaf kommen, damit man es nicht etwa vergesse oder seiner los werde. Man kanns nicht erwehren, und dann kömmt die Natur, versündigt sich an Gott und Menschen und will Meister sein und bleiben. Wäret Ihr abermal nicht wie ein guter Engel gekommen, so wäre ich wohl unwirsch geworden und finster in meinem Gemüte. Aber Base, ists nicht seltsam, daß der liebe Gott mir und Uli so gleichsam zwei Engel zum Geleit gegeben, einen guten und einen bösen, mir den guten und ihm den bösen? Und warum hat er Euch Beide zusammengetan und Euch eine solche Qual geordnet, daß Ihr mit so einem zusammengebunden gehen müßt durchs Leben? Ich habe einmal gehört, daß man auf den Galeeren immer Zwei und Zwei zusammenschmiedet, daß sie Tag und Nacht nicht von einander können; da geschehe es oft, daß man unschuldig Verurteilte mit den größten Bösewichtern zusammenschmiede, und das sei das Schrecklichste für die Besten oder gar Unschuldigen, denn die Andern quälten sie teuflisch und hätten noch große Freude dran. Gerade daran mahnt Ihr mich, und was der liebe Gott damit gewollt, begreife ich nicht.»

«Kind, schweige, versündige dich nicht an Joggeli und am lieben Gott; du bist noch gar zu rasch mit dem Urteilen und Verdammen und weißt doch, daß ein Einziger ist, der das kann und will. Begreifst du nicht, daß wenn ich schon schrecklich ungeduldig werde und bitterlich mich auslasse, wenn er seine Art an Andern ausläßt, ich ihn doch eigentlich als einen guten Engel betrachten und Gott für seine Sendung danken muß? Er hat mich zum wahren Tröster geführt, denn wenn ich ein so gutes Mannetoggeli gehabt hätte oder einen währschaften Bauer, so wäre es mir kaum je in Sinn gekommen. Hätte ja gemeint, keinen Trost nötig zu haben. Darum wird es gewesen sein, daß ich den Joggeli vorzog und haben wollte. Der liebe Gott schickt keine bösen Engel, lauter gute, denn wer ihn liebt, dem ist jeder Mensch ein guter Engel, der ihn zum Guten führt, es kommt eben nur auf das Herz an. Der arme Joggeli ist nicht halb so bös; er kann mich oft von Herzen dauern, daß er es nicht anders nehmen kann, daß er so mißtrauisch ist, er lebt selbst am übelsten dabei. Wenn er mich am bösten gemacht hat, daß es mich dünkt, es sei mir nicht mehr zu helfen, so muß ich doch sagen, sobald ich wieder bei mir selbst bin, ich hätte den bessern Teil und gegen ihn eine ganz leichte Bürde. Von wegen er hat ein gar großes Leiden, nie zufrieden zu sein und immer mißtreun; warum ihm das Gott auferlegt habe, sinnete ich schon oft und mag es doch nicht ergründen. Helfen kann ich ihm nicht, und das plaget mich. Wollte ihm schon drauf deuten, wo es fehle, aber er spottet mich aus, und mit Johannes und Elisi ists noch ärger, und das ist das große Leiden, welches ich habe. Ich habe die Hoffnung, daß Gott gnädig ist, ihm tue ich sie anbefehlen, und ansehen wird er mich wohl.»

«Ja, Base, ich stünde es bei Joggeli nicht aus, ich wunderte mich oft, wie Ihr es könnet. Aber Ulis böser Engel ist er doch, er gibt ihm das Gift ein, welches alles verderben wird.» «Das weißt du nicht,» sagte die Base, «so darfst nicht urteilen, den Ausgang kennst nicht; Joggeli kann auch Ulis guter Engel sein, das kömmt auf Uli an, und wenn er sein böser Engel bleibt, ist Uli selbst schuld; wehr du auch, was du magst, daß ers nicht bleibt.» «Ach Mutter,» sagte Vreneli, «es ist mir so bange. Es ist mir, es stehe ein schwer, groß Unglück vor, und bald ists mir, wenn ich nur sterben könnte, und bald muß ich weinen, wenn ich denke, ich müßte sterben, denn gerne stürbe ich doch nicht.» «Du hast es wie die Andern auch, das bessert von selbst; wollte Gott, jeder Plage würde man ein so bestimmtes Ende sehen. Doch potz, wie habe ich mich verschwatzt, schon läutet es zu Kuhwyl Mittag. Es gibt noch nicht ander Wetter, wenn man es dort läuten hört.»

Vreneli sah der rasch dahin sich schiebenden Base nach und sagte für sich: O Base, du hast recht, das böse Wetter hat erst angefangen, es wird seine Zeit haben wollen wie alles in der Welt. Du hast geredet wie ein Engel und deine Worte waren Samen vom rechten. Aber Base, der Same ist noch nicht Frucht, erst muß er verwesen, dann keimen, dann grünen, dann blühen, dann reifen. Ach Base, wie lange wird es gehen, bis er Früchte trägt bei mir, von wegen meine Natur ist hitzig und wild, und wenn die Sonne höher steigt, wird das Beste verwelken.

Vreneli bangte nicht umsonst, seine Natur war eine echt aristokratische, sie hatte große Anlagen zum Regieren. Solchen Naturen wird die christliche Ergebung und das Unterordnen unter einen Willen, der eng ist, kleinlicht, vielleicht auch verderblich, gar zu schwer, gar zu schwer, sich selbst

Gott zu fügen in allen Dingen und zu sagen: Vater, nicht mein, sondern dein Wille geschehe. Schmutzige Naturen haben heiße Reinigungsfeuer nötig, bis sie christliche Naturen geworden sind, aber edle, großartige Naturen haben nicht weniger schwere Prüfungen zu bestehen, bis sie zu Kindern Gottes sich aufgeschwungen haben. Satan war nicht der niedrigste der Engel.

Doch wohl verstanden, wir reden von aristokratischen Naturen, welche auch im Zwilchkittel zu finden sind, nicht von aristokratischen Angewöhnungen und einem gemachten aristokratischen Äußern. Es gibt solche gemachte Figuren, welche zu den aristokratischen Gebärden noch die christlichen annehmen. Dann ist es aber ein wunderlich Zusehen, wie bald eine Sorte von Gebärden und Redensarten sichtbar wird, bald die andere, wie im Umgang mit der einen Klasse von Menschen die christlichen Gebärden vorstehen, bei einer andern die aristokratischen. Als Regel kann man annehmen, daß das Christliche vorherrscht, solange weder Befürchtung äußerer Beeinträchtigung der Ansprüche oder Widerspruch stattfinden. Über beide erhebt das Christliche sich nicht, sondern gegen sie werden die aristokratischen Manieren und Gebärden Meister. Überhaupt werden in solchen gemachten Figuren Aristokratisches und Christliches nie sich verschmelzen, sie treiben sich abgesondert im Leibe herum wie Kraut und Rüben in einer Bettlersuppe. Es gibt aber auch eine gewisse Sorte Christentum, welches sich für das aristokratische hält, welcher die Plätze zur Rechten und zur Linken im Himmelreich gehören. Die Christen, welche zu dieser Sorte gehören, mühen sich auch ab mit Gebärden, welche fast wie aristokratische aussehen, diese ihre Meinung von sich selbst auszudrücken. Sie sollten es nicht tun, es steht so übel.

FÜNFTES KAPITEL

Kraut und Rüben durcheinander, wie es sich gibt in einer Haushaltung

Uli wurde von so freundlichem Winde nicht angeweht, sondern blieb sich selbsten überlassen. Ihn dünkte, er hätte nicht bloß recht in der Sache, sondern er müsse einmal zeigen, daß er auch jemand sei und zwar eigentlich der Mann, der die Hosen anhabe. Wenn er das immer so gehen ließe, so könnte seine Frau zuletzt ein Recht daraus machen wollen und meinen, er solle zu keiner Sache was sagen. Zu solchen Ansprüchen berechtige sie doch endlich ihr Vermögen nicht; was sie eingebracht, habe an einem kleinen Orte Platz. Er nahm daher das Gespräch über das Gesinde nicht wieder auf, nahm Vrenelis Freundlichkeit mit dem Mißtrauen, als ob es auf diesem Wege probieren wolle, was es auf dem andern nicht zuwege gebracht. Da er sich auf dieser Seite schwach fühlte, so verpalisadierte er sich mit desto düstererer Miene.

Noch ungerner als mit Vreneli sprach Uli mit dem Gesinde selbst darüber, nur daran zu denken war ihm zuwider. Es waren eine gewisse Schüchternheit und eine gewisse Unbehülflichkeit bei einander, von wegen nicht bloß Meister zu sein, sondern sich auch als Meister darzustellen auf die rechte Weise und in allen Dingen, ist eine Kunst, zu welcher viele alte Bauern nie gelangen; wie sollte man sie von einem jungen Pächter fordern können, der erst noch selbst Knecht gewesen? Darüber wurden die Knechte ungeduldig. «Hat er mit dir gesprochen?» frug einer den andern, «dich gefragt, ob du bleiben oder gehen wollest?» Der eine der Knechte sagte: «Ich halte ihm nicht an, mein Brauch war es nie, daß ich um den Dienst fragte; der Meister mußte mich fragen, und frägt er mich bis Sonntags nicht, so sage ich dem Kabismüller zu. Es ist ein schwerer Dienst, aber der Lohn auch darnach, und verdienen muß man, während man jung ist.» Ein anderer sagte: «Wollte nicht pressieren, er wird das Maul schon noch auftun; mir wäre es zuwider fort, wechsle nicht gerne.» «Wartet, am Samstag soll ich mit dem Meister Spreu holen, da gibt vielleicht ein Wort das andere.» «Meinethalb,» sagte der andere, «aber daß es mir viel machen würde, weiterzudingen, kann ich nicht sagen. Er ist nicht mehr der Gleiche. Man kann nicht genug schaffen, und doch ist er nie recht zufrieden. Es dünket mich, er habe schon vergessen, was ein Knecht gerne oder ungerne hat, und meint, er müsse aus Äckern und Wiesen, Vieh und Menschen das Äußerste, das letzte Tröpflein Saft herauspressen, damit er ein reicher Mann werde. Bloß wegem Zins hätte er das nicht nötig. Wie ich habe merken mögen, ist der so, daß er deswegen keinen Kummer zu haben braucht. Warum nun alle bös haben sollen, um einen zu mästen, weiß ich eben auch nicht, es wäre ein Anderes, wenn Not am Mann wäre.» «Oh,» sagte der Erste, «so viel wirst doch nicht zu klagen gehabt haben, einmal wegen der Speise nicht, die ist, wie man sie nicht an allen Orten antrifft.» «Einstweilen wohl,» sagte der Erste, «aber ob es so bleibt, frägt sich. Was ich merken mochte, nimmt man aus der Metzg alle Samstag ein Pfund bis zwei weniger Fleisch, und in letzter Woche hatten wir zweimal keine Milch auf dem Tisch, und bin ich recht berichtet, so mußten sie vorgestern dem Brot erst den Bart abmachen, ehe sie es auf den Tisch stellen konnten. Wenn es so käme, so wäre dies mir nicht anständig, von wegen ein Jahr ist lang und aus dem Jahr zu laufen, ist nicht meine Sitte.» «Man muß nicht immer das Bösere glauben, und mit dem grauen Brot kann das allenthalben geschehen; am Geschmack merkte man nichts, und der Müller kann vielleicht auch noch daran schuld sein.

Die Haglen netzen manchmal das Mehl, daß man Schneeballen daraus machen kann oder es als Mehlsuppe brauchen, ehe es noch in der Pfanne ist,» entgegnete der Erste.

Am Samstag also fuhren sie nach Spreuer aus und luden in Bern an der Matte ein gewaltig Fuder. Spreuer war sehr wohlfeil und die Müller froh, wenn er ihnen aus dem Wege kam. Manchmal wird er rar, ist schwer und teuer zu bekommen, wenn man ihn am nötigsten hätte. Mit dem Spreuer unter den Menschen ists umgekehrt, da wird er am teuersten, wenn er am zahlreichsten ist, da schätzt er sich dann selbst und zwar wie ein Jude seinen lumpichten Trödel. Obgleich Uli wohlfeilen Spreuer kaufte, so war er doch sehr übler Laune. Der Müller hatte ihn aufgezogen, wie wohlfeil der Bauer das diesjährige Korn werde geben müssen; da sollten sie nicht Kummer haben, daß sie die Zeit versäumen müßten, Müller in ihre Spycher zu führen, um das Korn zu zeigen. Da versetze wahrlich kein Müller einen Fuß. «Die Bauern können zu uns kommen, es vor das Haus bringen, das beste wollen wir auslesen, uns noch sehr bedenken, ob wir für das Malter drei Taler geben wollen.» Uli wollte das in Abrede stellen, behaupten, die Preise würden eher steigen als fallen. «Pah, pah, Junge, belehre einen Alten nicht, stehe zuerst ein paar Jahre an der Sonne und lasse dich trocknen hinter den Ohren,» sagte der Müller. «Die Spycher sind ganz voll altes Korn, neues wird es geben, es weiß kein Mensch wie viel, und auf der Straße nach Deutschland hanget ein Schwab am andern, jeder hat einen vierspännigen Wagen voll Korn und man sagt, sie würden bald den Leuten anhalten, um Gottes willen umsonst es ihnen abzunehmen, nur damit sie Platz kriegten für das neue draußen im Schwabenland. Jetzt wollen wir den Bauern die Preise machen, sie haben uns lange genug das Blut unter den Nägeln hervorgepreßt.»

Wer mit Metzgern, Müllern und Schweinhändlern Umgang zu haben das Glück gehabt, kennt diese Sprache wohl und weiß sie zu erwidern in ähnlicher Tonart. Indessen macht sie doch Eindruck. Ein alter Pfiffikus weiß alsbald, was an der Sache ist, bleibt kaltblütig und richtet sich darnach. Jüngere, zartere Gemüter, wie zum Beispiel Uli noch eins hatte, die empfinden den Eindruck solcher Reden nicht bloß, sondern sie können ihn auch nicht verbergen. Je weniger sie das können, desto größere Freude hat so ein alter Müller oder Metzger, ihnen recht heiß, sie so ganz klein zu machen, daß er sie füglich in einen Darm stoßen und als Bratwurst präsentieren könnte. So machte es auch der Müller Uli, daß der ganz mürbe und klein von ihm wegging und dachte, wie er doch der Unglücklichste sei und das doch so schrecklich sich treffen müsse, daß er eine Pacht übernommen, jetzt wo das Korn nichts gelte, ja Schwaben es ins Land brächten und anhielten um Gottes willen, daß man es ihnen abnehme, nur damit sie daheim Platz kriegten für das neue.

Daß es nicht halb so schrecklich sei, zu ernten hundert Malter statt nur fünfzig und die hundert Malter einen Drittel wohlfeiler zu verkaufen, daran dachte Uli nicht. Uli dachte nicht, daß das das Schrecklichste ist, wenn man nichts geerntet, nichts hat als einen Tisch voll hungriger Leute und doppelt so teuer als sonst das Brot ist. Er kalkulierte wie die Meisten und dachte nicht, wie töricht, ja sündlich ein solcher Kalkul ist. Er kalkulierte, daß er am weitesten kommen täte, wenn er recht viel Korn mache und es recht teuer verkaufen könnte. Um die, welche es kaufen müßten, kümmerte er sich nicht, aber daß es nun nicht gehen wollte, wie er dachte, nicht alles Wasser alleine auf seine Mühle laufen wollte, das zürnte er schrecklich an Gott und Menschen.

Der arme Knecht, welcher in diesem Augenblick sein Nächster war, mußte es zuerst entgelten. Es ist sonst Sitte, daß man bei solchen Gelegenheiten sich und dem Knechte so einigermaßen gütlich tut, ein ordentlich Mittagessen macht, ohne sich eben aufwarten zu lassen. Der Knecht erwartete auch nichts anders, besonders da man den Spreuer fast umsonst erhalten. Da kann man denken, wie ein lang Gesicht er machte, als Uli, gefragt, was er verlange, hastig sagte: «Eine Flasche Wein und Suppe!» «Und Fleisch nachher?» fragte die Wirtin. «Ho,» sagte Uli, «wenn man eine gute Suppe hat, so kann man es schon machen, es wäre Mancher zufrieden, wenn er alle Tage eine hätte!» Die Wirtin hatte schon mehr mit Bauern zu tun gehabt, sie trat nicht weiter ein, sondern fragte: «Was für Wein soll ich bringen?» «Sechsbatzigen», sagte Uli, «der ist gut für den Durst und es macht heiß!» «Potz,» dachte der Knecht, «das geht mager zu,» stopfte sein Pfeifchen, um nachzubessern, und machte ein tiefsinniges Gesicht. Wein und Suppe kamen; mit eingestützten Armen wartete die Wirtin, bis die letztere halb gegessen war, dann fragte sie: «Fleisch werde ich doch auch bringen sollen? Hätte Voressen, bsunderbar schöns Rindfleisch und Speck zum Kraut, wie es üblich und bräuchlich ist, wenn man weit herkommt, weit heim muß. Wenn man läuft, so ist so ein Süpplein gleich runter, und so z'leerem z'laufen oder z'fahren ist nicht gut, man ist gar übel dabei.» «Magst, so sags,» sagte Uli zum Knecht. «Es ist nicht an mir zu befehlen,» sagte der Knecht, «wer zahlt, der befiehlt.» Auf dieses Wort hin machte die Wirtin rechtsum und sagte: «Ich hole, Ihr seid gewiß nicht reuig. Daneben könnt ihr immer noch nehmen oder nicht, wie es Euch beliebt.» Nun machte Uli ein tiefsinnig Gesicht, und als die Wirtin brachte reichlich, gab es ein seltsam Hin- und Herschieben der Herrlichkeiten. Keiner wollte zuerst nehmen. «Kannst nehmen, wenn du magst,» sagte Uli. «Es ist nicht, daß es sein muß, kann es sonst auch machen. Allweg nehme ich nicht zuerst,» sagte der Knecht, und das Ende vom Lied war, daß Beide böse wurden: Uli, weil er mehr gebraucht, als er gedacht, der Knecht, weil er sah, wie ungern es ging.

Es ist sehr leicht, bei solchen Gelegenheiten an einem Knechte drei Batzen zu ersparen, aber sehr schwer zu berechnen ist es, wie groß der Schade werden kann, welcher aus drei ersparten Batzen erwächst.

Der Knecht muckelte stark im Gemüte und war anfangs willens, dem Meister das Wort nicht zu gönnen, denn wenn es so seinen Fortgang haben solle, so sei am wohlsten, wer am weitesten davon weg sei. Indessen der Abend war so mild und lieblich, daß sein Schimmer unwillkürlich die düstersten Gemüter verklärte, wie ja auch die untergehende Sonne die schwärzesten Berge vergoldet. Uli hatte die Zeche verwunden und sprach mit dem Knechte erst über die Rosse, dann über die Arbeit der nächsten Woche, die vorzunehmende Ansaat usw. Dem Knecht war es auch nicht mehr so säuerlich ums Herz; der Wüstest sei er doch noch nicht, dachte er. «Und, Uli,» sagte er, die Pfeife ausklopfend, «was bist Vorhabens wegen den Dienstboten? Solls beim Alten bleiben, oder willst ändern?» Da fuhr eine Wolke über die Sonne, und Uli sprach: «He nun, weil du davon anfängst, so will ich dir sagen, was ich gedacht. Ein Bauer und ein Pächter sind zweierlei, selb weißt. Anständig wäret ihr mir, gegen Keinen habe ich was, aber mit den Löhnen mag ich nicht gfahren, besonders wenn das Korn nichts giltet und ein Schwab am andern hängt vom Bodensee bis nach Zürich, wie mir der Müller gesagt hat. Wenn ich es, weil die Zeitläufe bös sind, mit weniger Lohn machen könnte, so begehrte ich nicht zu ändern.» «An selb denk nicht,» sagte der Knecht, «mehr arbeiten und weniger Lohn reimt sich nicht, und zu uns selbst müssen wir auch sehen, es tuts niemand anders. Eher solltest du noch mit dem Lohn nach; wenn man jung ist, so muß man sehen, daß man zu etwas kömmt, und für den alten Mann sorgen, selb hast du uns oft gesagt und wie dich dein früherer Meister darüber berichtet.» Er habe nichts dagegen, sagte Uli, aber das Gleiche gelte für ihn auch. Er müsse sehen, wie er den Zins aufbringe, daneben Steuer und Brauch ausrichte, da helfe ihm auch niemand, und was das heiße, stelle sich niemand vor, als wer es erfahren. Wenn das Korn nicht mehr gelten solle als drei Taler das Malter, so wüßte er nicht, wie das gehen solle. «Aber meinst du dann, mit wohlfeilen Knechten gewinnest du was?» antwortete der Knecht. «Zwischen einem Schuhmacher, der des Tages einen Schuh macht, und dem, der ein Paar macht, ist ein Unterschied, und so auch zwischen einem Weber, welcher zehn Ellen, und dem, welcher sechs Ellen wibt, selb weiß man. Aber bei einem Knechte will man das nicht wissen, man sieht nur den Unterschied im Lohn und meint, der Unverschämtest fordere auch am meisten, und doch ists ebenso wie bei den Handwerkern. Auch in der Arbeit ist ein Unterschied, denn Weben und Weben sind zwei, und zum Beispiel Mähen und Mähen auch. Daneben mach, was du willst, es ist deine Sache; du wirst bald genug erfahren, wie es gehen kann, wenn du es schon vergessen hast.» «Mit Schein rechnest du den Meister nichts,» sagte Uli gereizt. «Ein guter Meister macht mit wohlfeilen Knechten mehr als ein schlechter Meister mit guten Knechten. Es ist schon aus manchem Klotz ein rechter Bursche geworden, wenn ihn ein guter Meister recht auseinandernahm.» Darwider hätte er nichts, sagte der Knecht, wenn er es probieren wolle, so solle er es machen. Gehört hätte er zwar nie, daß einer aus einem Zwilchsack einen Sammetrock gemacht oder aus einem Kalbe einen Hengsten.

Hier wurden sie unterbrochen, und das Gespräch ward nicht wieder angeknüpft. Die Folge davon ward, daß die zwei besten Knechte andere Plätze annahmen, welche ihnen längst angeboten waren. Uli vernahm dieses alsbald, denn es ist eine gar rege Aufmerksamkeit unter dem dienenden Volke um diese Zeit, sie visieren und gucken nach guten Plätzen schärfer noch als auf ihren Sternwarten die Astronomen nach neuen Kometen und derlei Dingen. Da kamen die Bursche daher, und einer gab sich für einen Karrer aus, ein anderer für einen Melker, redeten, als kämen sie vom Himmel her, und gebärdeten sich, als seien alle Fürstentümer und Gewalten über Kühe und Pferde unter ihre Füße getan. Von diesen hörte dann Uli, der sich über das Geläufe für bestimmte Plätze wunderte, sein Karrer hätte zum Kabismüller gedungen und sein Melker in den Krautboden. Das machte ihn böse, daß sie dieses getan, ohne mit ihm zu reden, ihm das Wort zu gönnen. Er dachte nicht daran, daß er es akkurat so gemacht hatte, daß gute Knechte ihr Bewußtsein haben, sich weder am Lohn abbrechen lassen noch um Plätze betteln. Er hielt es ihnen nicht vor, aber gab ihnen kein gut Wort mehr und suchte andere Knechtlein, aber so wohlfeil als möglich.

Wer Landmann ist, weiß, welche verhängnisvolle Zeit der Herbst ist, wie man alle Hände voll zu tun hat, eigentlich gar nicht in das Bett sollte oder es machen, wie man von reichen Bauern zu Raxligen erzählt: sie hingen, wenn sie zu Bette gingen, ihre Hosen an die Stange auf, welche um den Ofen läuft, aber sobald die Hosen aufhörten zu blampen, stünden sie wieder auf und machten sich frisch an die Arbeit. Im Herbst ists nun Not, daß alles flink sich rührt und geschickt in die Hände arbeitet, Menschen und Vieh. Schmollen aber Meister und Dienstboten, gönnen sich die Worte nicht, dann hat es gefehlt, dann harzet es überall und es ist, als ob die Glieder der Arbeitenden mit Blei gefüllt wären. Vreneli machte gut, so viel es konnte, mußte aber oft die Augen trocknen, wie Uli unwirscher wurde, damit aber die Arbeit nicht förderte.

Es wäre sonst ein so gesegneter Herbst gewesen, aber was

ist aller Segen des Landes, wenn die Gemüter nicht gesegnet sind mit Frieden! Es war viel Obst, und da Uli das Holz zum Dörren nicht zu kaufen brauchte, sondern Holz nach Notdurft zur Pacht hatte, so ward ein reicher Vorrat für Fehljahre gesammelt. Erdäpfel gabs, daß man sie kaum unterzubringen wußte, Rüben und Möhren wie sonst selten. Man hätte ganze Fuder zu Markte führen können, wenn man entbehrliche Leute und Rosse gehabt hätte. Indessen löste Uli doch schön Geld aus der sogenannten Stümpelten, weit mehr, als er sich vorgestellt hatte. Auf jedem Gute sind nämlich Hauptprodukte, auf welche man hauptsächlich und alle Jahre zählt: Heu, oder wo das Heu abgefüttert wird, Käs oder Milch oder Korn oder Vieh. Dann gibt es noch eine Menge Nebensachen, welche zugleich zufällig sind, Obst zum Beispiel und Erdspeisen, das heißt Speisen, die in der Erde wachsen: Erdäpfel, Kohl, Rüben usw., Hanf, Flachs, in unsren Gegenden auch Ölpflanzen, welche anderwärts zu den Hauptprodukten gehören. Je besser nun ein Gut bewirtschaftet wird und je besser namentlich die Frau ist, desto mehr wird auf diese Weise gleichsam so nebenbei gewonnen. Es wird gar manche Frau hoch gerühmt über ihr Geschick, aus der Stümpelten ein bedeutend Geld zu machen, indem sie alles zu Ehren zu ziehen weiß und es zu Nutzen bringen kann, während andere Weiber nichts zu machen wissen, das Entbehrliche weder bemerken noch an Mann zu bringen wissen, es brauchen, wenn und wie der Gebrauch es mit sich bringt, oder es sich selbst überlassen, wenn sie es nicht selbst brauchen können. Das sind die Weiber, denen das Denken eine Pein ist oder die ihre Gedanken allenthalben haben, nur nicht bei ihrem Hauswesen. Dies macht natürlich einem Mann einen bedeutenden Unterschied, ob seine Frau die Kleinigkeiten alle zu verwerten verstehe oder nicht. Auf größern Gütern kann es in die hundert Gulden gehen.

Vreneli nun verstund das Ding vortrefflich und machte es dem Uli doch nicht ganz recht; es ging nach dem Sprüchwort, daß über dem Essen der Appetit wachse. Uli freute sich des schönen Geldes, aber er hätte lieber noch einmal so viel gehabt. Vreneli war eine von den altväterischen Seelen, welche gerne Vorräte haben im Hause auf mehr als einen Tag, welche gerne die Schränke füllen mit Leinenzeug, Andenken guter Jahre. Vreneli meinte, sie sollten anfangen zu sorgen, daß sie eigenes Bettzeug hätten in alle Spiel, nicht an Joggelis gebunden seien, oder wenn sie einmal hier wegkämen, dann alles auf einmal anschaffen müßten. Fange man frühe an, so komme man weit, und anfangen müsse man in guten Jahren, wie sie jetzt eines hätten, da merke man es nicht, weil man sonst kommen möge mit dem Gelde.

Aber Uli ärgerte sich fast an allem, was über das Notwendige hinaus im Hause blieb. Geld zu machen, daß man sich in alle Spiele kehren könne, selb sei die Hauptsache, meinte er. Für das Haus könne man noch lange sorgen, wenn Gott einem das Leben lasse; das wäre gut, daß man sein Korn nicht verkaufen müsse, wenn es so wohlfeil sei, sondern den Zins sonst machen könne. Nun gab Vreneli etwas nach, und etwas machte es nach seinem Kopf. Da ist aber keine rechte Freudigkeit, wenn Eines hieraus zerrt, das Andere dortaus, das Eine als Beute betrachtet, was es erzerrt, das Andere als Raub, was man ihm abgezerrt.

Vreneli zog die Base zu Rat, ob es nicht gut wäre, einmal verflümert abzustellen und aufzubegehren, daß Uli wüßte, woran er sei, und daß es sich bei solchem Schaffen und Sorgen doch nicht meistern lasse wie ein klein Kind. «Mach es nicht,» riet die Base. «Was trägt es dir ab? Kannst etwas an Vorräten erobern und etwas an Bettzeug, und wenn dir dann die Mäuse darüber kommen, was hast du dann davon? Hundert Jahre, wenn ihr das Leben habt, mußt du es noch hören.

Fahre in Gottes Namen fort, wie du angefangen hast, und verkauft er dir noch mehr, so lasse es auch geschehen; denke, an einigen Ellen Leinenzeug und einigen Metzen Obst hängen Heil und Seligkeit nicht.» Während die Base so sprach, strich Joggeli um ein Wägelchen herum, welches geladen wurde, um auf den Markt gefahren zu werden. «Ja, ja,» sagte er, «so ist es recht, das müßte mir auch verkauft sein, und je mehr je lieber; die Weiber sehen es freilich nicht gerne, wollen Vorräte haben, aber wofür? Um die gute Frau zu machen oder einen Kreuzer Geld, von dem der Mann nichts weiß. Meine Frau hat mir damit geschadet, es weiß kein Mensch wie viel, und Vreni wird wohl von ihr was davon gelernt haben. Daher hast recht, gleich anfangs zu zeigen, wer Meister ist und welchen Weg es gehen muß. Das Geld wirst brauchen können, allweg fressen es die Mäuse nicht, und die Motten kommen nicht darein.» Solche Reden gefielen natürlich Uli wohl, stärkten seinen Glauben an Joggelis Wohlmeinenheit, an die Notwendigkeit, den eigenen Willen durchzusetzen, und in der Ansicht, Geld machen sei unter allen Künsten die erste und dringlichste.

Als Weihnacht kam, hatte Uli wirklich ein schön Stück Geld aus all der Stümpelten gelöst, weit, weit über den Bedarf zu den Gesindelöhnen, und doch war es keine fröhliche Zeit, und das Neujahr war ebenfalls kein heiteres. Es ist oft der Fall, daß wenn man Dienstboten ändert, man den Wendepunkt, wo die alten aus-, die neuen einziehen, nicht erwarten mag und zwar beidseitig nicht. Das Verhältnis ist so giftig geworden, daß man sich nicht bloß kein gut Wort mehr gibt, nicht bloß zornig wird, wenn man sich sieht, sondern sogar, wenn man sich aus der Ferne husten hört. So war es aber in der Glungge nicht, im Gegenteil; als der Zeitpunkt rückte, wo geschieden werden mußte, mochten beide Teile nicht gerne daran denken, hätten gerne dem Rade der

Zeit den Hemmschuh untergelegt. Selbst Uli kam es jetzt, er hätte sich doch vielleicht den unrechten Finger verbunden, allweg habe er sich eine schwere Bürde aufgeladen und Jahre werde es gehen, ehe er aus den Klötzen, welche er angestellt, ordentliche Knechte herausgehauen und zurechtgemeißelt. Begreiflich gestand er es nicht, nicht einmal vor sich selbst wollte er so recht den Namen haben, daß es ihm so sei. Den Knechten ging es ähnlich, sie verließen ungern die Glunggen, zeigten es jedoch nur Vreneli, wie es ihnen war und daß sie wohl wüßten, wenn es nach seinem Kopfe gegangen, sie beisammen geblieben wären. Äußerlich hatten alle das Aussehen, als ob sie sich bitterlich haßten, aber innerlich war bloß ein Grollen, und zwar ein Grollen, daß man voneinander mußte und zwar ohne Notwendigkeit, sondern weil jeder einen aparten Kopf hatte und Uli den allerapartesten, gespickt mit Joggelischen Brocken.

Abgehende Dienstboten feiern, wie bekannt, das Neujahrsmahl noch mit, es ist das Abschiedsmahl, nach welchem sie weiterziehen auf ihrer Pilgerreise nach einer neuen Station. Viele essen und trinken da noch zum Platzen, um die alten Meisterleute zu ärgern und von ihren Rechten den ausgedehntesten Gebrauch zu machen, und leben doch am besten am Gedanken, wie zornig sie ihre Meisterleute verlassen. Das ist auch ein wüst Zeichen der verkehrten Natur der Menschen, eine wahre Teufelsüchtelei. So gings in der Glungge nicht, man war karg mit den Worten, mit Essen und Trinken ging es auch nicht recht, wie sehr Vreneli nötigte. Daher kam die Offenheit nicht, welche der Wein manchmal bringt, die frostigen Bernernaturen tauten nicht auf, kurz machte man die Sache und düster zog das Jahr auf der Glungge ein, und als am folgenden Morgen die Abgehenden Abschied nahmen und sagten: «Lebet wohl und zürnet nüt», waren die Gesichter auch düster, doch war keine Stimme, die nicht gebebt hätte, wenn sie Vreneli sagte: «Leb wohl und zürne nüt.» «Leb wohl», sagte dann Vreneli, «und wenn du vorbeigehst, so komme ins Haus und berichte, wie es dir geht. Hörst, und vergiß es nicht, ich zürnte es, wenn du es nicht tätest. Je besser es dir geht, desto mehr wird es mich freuen. Aber es ist keine Gefahr um dich; stellst dich gut, so gehts dir gut; gibts dir etwas Ungesinnetes und können wir dir helfen, so vergiß uns nicht und denke an uns.» Selbst Uli sagte: Sie sollten ihm nicht zürnen; wenn sie einmal selbst in seine Lage kämen, so würden sie ihn begreifen. Wenn einer einen Anfang hätte wie er, so müsse er sich sturm sinnen, woher er die Kreuzer alle nehmen wolle. So schieden sie im Frieden auseinander, und dies ist allemal schön. Wer aus allen Häusern im Frieden scheidet, darf hoffen, einst auch im Frieden zu scheiden aus dieser Welt und einzuziehen mit Freuden in Gottes himmlisches Haus.

Am Nachmittag und am folgenden Tage zogen die neuen Dienstboten ein, und Vreneli ward es ein um das andere Mal übel.

Es ist ein wunderlich Geschöpf, so ein Menschenkind, und noch wunderlicher krabbelt es ihm im Kopf herum, noch viel wunderlicher, als in einem chinesischen Wörterbuche die achtzigtausend Schriftzeichen, welche die chinesischen Gelehrten ersonnen haben sollen, krabbeln mögen. Ja, müssen noch ganz andere Gelehrte haben, die Chinesen, als wir, haben aber auch um so längere und dickere Zöpfe, begreiflich!

Was so in eines Knechtleins Kopfe krabbelt, stellt sich selten ein Mensch vor, und wäre es auch ein Gelehrter, selbst ein deutscher. Sie kamen daher wie Dampfkessel, auf zwei schlechte Beine gestellt zwar, aber aus allen Löchern pfiff und schurrte der Dampf, sintemalen sie aufgeblasen waren, was die Haut ertragen mochte. Erstlich bildeten sie sich schrecklich viel ein, daß sie wirklich einen Platz hatten und noch dazu an einem so berühmten, großen Bauernorte. Wer ihnen begegnete, frugen sie, wie weit es noch bis zur Glungge sei, und jeder mußte vernehmen, dies sei der Berühmte, man werde schon davon gehört haben, der dort als Melker oder Karrer einziehe oder gar als Meisterknecht, denn so genau nahmen sie es nicht. Sie bildeten sich auch wirklich ein, Solche wie sie seien noch nie diese Wege gewandelt, denn sie gingen nicht, sie wandelten. Als sie endlich an Ort und Stelle angewandelt kamen, mußten sie natürlich zeigen, wer da angewandelt käme, und so kamen sie wirklich wie aufrechte Dampfkessel auf zwei Beinen. Vreneli weinte zuletzt, doch bloß für sich. Uli stunden die Haare bolzgerade auf vor Zorn, er verwerchete ihn jedoch auch im Stillen. Joggeli saß hinter dem Fenster und verwerchete nur Galgenfreude, jedoch auch im Stillen, er fürchtete sich doch zuweilen vor den Kernsprüchen seiner Frau.

Nach und nach langte auch die Bagage an; die war traurig, es war, als käme sie aus dem siebenjährigen Kriege und hätte alle Schlachten mitgefochten. Mädi wars, welche rekognoszierte und sichere Berichte darüber brachte. Mädi war also geblieben, Vreneli zu Lieb und Ehr. Uli konnte es nicht verzeihn, daß er die Andern zum Abzug gebracht. Mädi hatte keinen Liebhaber unter den Abgehenden, aber das Ehrgefühl rechter Mägde, welchen alles daran gelegen ist, daß es gut gehe da, wo sie dienen, daß es heißt: da werde recht gearbeitet und bessere Ordnung sehe man nirgends. So viel Verstand hatten zur selben Zeit die Dienstboten, daß die Ehre des Orts auch auf die fiel, welche zu dieser Ordnung beitrugen. Mädi hatte Schadenfreude und sagte, es geschehe Uli recht, daß er solchen Zeug gekriegt, der werde das Jahr über für mehr als zweihundert Taler Zorn und Verdruß zu schlucken haben. Nur sei es nicht recht, sagte es zornig, daß die Unschuldigen mitleiden müssen. Das werde eine Zuversicht geben, daß man vor Zorn nicht mehr werde die Augen auftun mögen. Aber was ihns am zornigsten mache, sei, daß man die Lumpen alle Wochen werde waschen müssen und dann die halbe Woche ums Haus herum werde zu hängen haben, das werde doch der Glungge wohl anstehen! Die Leute werden glauben, es sei da ein Lumpensammler eingezogen und trockne an den Zäunen, was er naß zusammengetragen. Es hasse nichts mehr, als so verhudelte Hemdchen zu waschen. Anrühren dürfe man sie nicht, das Wasser ertrügen sie nicht, an der Sonne führen sie auseinander und das leiseste Lüftchen trage die Fetzen dem Teufel zu, und wenn dann nichts mehr sei, so müsse man alles gestohlen haben. Am besten sei es, Uli wasche selber, Vreneli solle es ihm sagen, Mädi wolle damit hell nichts zu tun haben. Vreneli sagte nichts, aber Mädi konnte sich nicht enthalten, Uli zu fragen: «Sag, Uli, in der hintern Kammer sind noch zwei große alte Tröge; soll ich diese etwa ausputzen, damit die neuen Knechte Platz haben für ihre Sachen?» «Wenn es nötig ist, so will ich es dir schon befehlen,» schnauzte Uli. «Einstweilen siehe nur zu dir und mache, daß du immer Platz hast.» «Jä so,» sagte Mädi, «ist das so gemeint? Das wird eine strenge Obrigkeit geben sollen, wo man nicht mehr das Maul auftun soll und sagen, was einem dreinkommt.» «Höre, Mädi,» sagte Vreneli, «schweig und laß der Sache den Lauf.» «Aber darf man dann kein Wort mehr sagen hier? Soll das so streng gehen?» «Reden kannst, so viel du willst, aber Öl ins Feuer schütten, selb tue mir nicht, selb ist nie erlaubt und war es zu keinen Zeiten. Aber es ist halt eine böse Zeit; was klar war, wird finster, und je mehr die Menschen sich einbilden auf ihre Weisheit, desto dümmer gehen sie mit allem um, und was gesetzlich beschränkt war, soll jetzt gesetzlich erlaubt sein, Gift und Feuer in jedes Kindes Hand zu freiem Gebrauch gestellt werden.»

Es war in der Tat nicht nötig, bei Uli Öl ins Feuer zu schütten, es brannte ohnehin sattsam in ihm. Uli hatte sich vorgestellt, wenn er wohlfeile Knechtlein dinge für seine hö-hern Stallstellen, so kämen die demütig daher im Gefühl, wie ihre dermaligen Kräfte ihrer Aufgabe nicht gewachsen seien, und mit dem Vorsatz, das Fehlende baldmöglichst zu ergänzen. Aber potz Himmeltürk, wie gröblich hatte Uli sich geirrt! Den Bürschchen kam nicht von weitem in Sinn, daß sie noch was zu lernen hätten; so wie sie ihre Posten hatten, hatten sie auch das Bewußtsein vollständiger Vollkommenheit. Sie hätten es immer so gemacht, sie seien es so gewohnt, allenthalben, wo sie gewesen, sei es so recht gewesen, sie wüßten nicht, warum es hier nicht auch recht sein sollte. Das war ihre Antwort, mit welcher sie bei jeder Zurechtweisung bei der Hand waren. Um so trotziger gaben sie diese Antwort, weil sie Uli als ihresgleichen betrachteten. So einer, der auch nur erst Knecht gewesen, solle nicht kommen und sie dressieren wollen; von einem, der nicht mehr sei als sie, ließen sie sich nicht kujonieren, dem wollten sie es zu merken geben, daß sie wohl wüßten, wer er gewesen, wenn er es etwa vergessen wolle; solche liebliche Gedanken hatten sie. Man kann sich denken, welch lieblich Dabeisein Uli hatte, und durfte nicht klagen. Selbst getan, selbst haben, mußte er denken.

Aus der Tenne war viel Korn getragen worden, was nicht immer der Fall ist, wenn auch viel Garben eingefahren worden sind. Aber aufschlagen wollte es nicht, die Müller taten sehr wählig und selten sah man einen bei einem Bauernhause. Dagegen schneite es mächtig, regnete drein, fror wieder zu, schneite wieder, so daß Uli dachte, es lege sich eine Eiskruste über die Äcker, unter dieser ersticke der Samen oder die Mäuse täten ihn fressen. Im Frühling oder gegen den Sommer müsse das Korn allweg aufschlagen, und da sei es doch hart, unter dem Preise verkaufen zu müssen, um den Zins zahlen zu können, den Joggeli durchaus nicht nötig hatte.

Die Pachtherren haben es gar verschieden gegenüber ihren Pächtern. Es ist hier nicht von irländischen, nicht von englischen Pachtherrn die Rede, sondern von schweizerischen, begreiflich. Einem Pachtherrn, der noch lebt, brachte einmal ein Pächter den Zins gleich am Verfallstage. Der Pachtherr fuhr ihn schrecklich an: «Meinst, ich habe das Geld so nötig wie so ein Lumpenbub von deinem Kaliber?» Und fast hätte er den armen Teufel vom Hofe gejagt. Der Pächter hatte gemeint, wie gut er es mache, hatte das Geld in allen Ecken zusammengelesen, kam stolz daher im Hochgefühl freudiger Erwartungen und wurde angefahren, daß ihm die Knie noch lange nachher wackelten. So kann man sich täuschen in seinen Erwartungen, wenn man die Menschen nicht kennt; der kam aber sein Lebtag nie mehr am Verfalltage mit dem Zins daher. Ein anderer Pächter kam zu seinem Pachtherren auch ohne langes Warten mit dem vollen Zins und meinte, was er tue und wie wohl er ankäme. «Es scheint,» sagte der Pachtherr, «die Pacht sei gut, daß Ihr den Zins so schnell machen könnt. Ja, ja, die Zeiten sind gut für die Pächter, alles gerät wohl und gilt viel, ein Birnstiel ist wie bar Geld. Apropos, was ich habe sagen wollen: ich gönne Euch die Pacht, aber per Jucharte muß ich zwei Taler Zins mehr haben, anders tue ich es nicht. Für mich sind die Zeiten bös, alles ist teuer, ich muß sehen, wie ich mich durchbringe.» Wart, du alter, verfluchter Schelm, dachte der Pächter, der auch nicht dumm war, dir bin ich schlau genug für die Zukunft, wenn du mich jetzt nicht kriegst. Und demütig tat er, rutschte fast auf den Knien herum und redete verblümt von einem Erblein, welches ihn in den Stand gesetzt, die Pacht zu zahlen, kurz er brachte es dahin, daß der Herr bei dem gleichen Pachtgelde blieb. Von da an kriegte selber

Herr den Zins nie schnell und ganz, sondern erst auf langes Mahnen hin verstückelt und unter hundert Seufzern und Bitten, doch abzulassen, dieweil der Zins nicht zu erschwingen sei, das Blut unter den Nägeln hervorgepreßt werden müsse, um ihn aufzubringen. Das freut dann den Herrn gar sehr, daß er sein Land so hoch angebracht, den Pächter so hart gepreßt, läßt aber nicht ab, schlägt aber auch nicht auf, und er und der Pächter sind herzlich wohl zufrieden mit einander. Sind doch zuweilen kuriose Leute, die Menschen!

Uli wußte aber, daß Joggeli weder zu der einen noch zu der andern Sorte gehörte. Er war zu mißtreu, um gerne lange Geld ausstehend zu haben, hatte es zu gerne in den Händen und trieb Kurzweil mit Zählen, als daß er es gerne lange mißte. Sollte er also verkaufen um geringen Preis, um den Zins zu machen, sollte er sein Geldlein einziehen und das Korn sparen? Das ging ihm im Kopfe herum, daß er oft aussah akkurat wie eine wandelnde Brummelsuppe.

Das dritte Ding (an zweien wäre es mehr als hinreichend gewesen, um einen Uli rappelköpfig zu machen) war Vrenelis Zustand. Vrenelis Zustand war eben kein besonderer, aber es war das erstemal, daß Vreneli darin war, Uli so was erlebte, und da meint man dann wunder, wie apart alles sei und das Allerschrecklichste vor der Türe stehe. Je inniger die Liebe, desto größer auch die Angst. Und Uli hatte Vreneli von Herzen lieb, er sah gar wohl, was er an demselben hatte, aber seine Liebe war halt nicht besser als ein Diamant, derselbe läuft im Nebel der Welt auch an, ja sogar mit irdischem Kote kann man ihn bedecken.

Wie sehr Uli Vreneli auch liebte, den rechten Verstand in solchen Dingen und Zuständen hatte Uli doch nicht, bei aller Angst. Die Weiber haben es gerne, wenn man sie an Ruhe mahnt und die Arbeit ihnen wehrt, sie tun dann gerne noch einmal so viel als sonst und ohne sich zu beklagen. Uli kannte das nicht, und wenn Vreneli nicht immer bei allem war wie sonst, so vermißte er es, frug ihm nach, fragte, ob ihm was fehle, dies und jenes sollte gemacht sein; wenn man nicht immer hinten und vornen sei, so sei nichts gemacht usw. Er merkte in seiner Hast nicht, daß er damit Vreneli weh tat; er meinte es gut, hatte aber halt den Verstand nicht. Wer ihn halt nicht habe, dem müsse man ihn machen, meinte die Base. Sie hielt Uli eine scharfe Predigt, machte ihm himmelangst und die Hölle heiß, er versprach das Beste. Fortan, wenn er fragte: «Wo ist Vreneli? Vreneli, das und das sollte gehen, das und das solltest machen», so setzte er allemal hinzu: «Oder magst etwa nicht, so sag es, ich will dann sehen, wer es macht oder wie es geht.» Die Base sagte oft: Ein Kalb sei dumm, aber so mit einem jungen Mann sei es doch noch lange nicht zusammenzuzählen. «Selbst mit manchem alten nicht», brummte sie manchmal nachsätzlich. So geduldig die Alte mit dem lieben Gott war, so sehr sie überzeugt war, daß alles komme aus seiner väterlichen Hand zu unserm Besten, Käfer sogar und Mäuse, so geduldig war sie auch mit dem Mannevolk; aber sie betrachtete es eben wie Käfer und Mäuse, wie eine Art Ungeziefer, welches man in Geduld und Langmut zu ertragen habe, weil es eben von Gottes väterlicher Hand geordnet sei. Ihre Ansicht darüber freimütig auszudrücken, hielt sie erlaubt. Es war Uli aber auch etwas zu verzeihen. Wo er nicht war, ging was Krummes, bald was mit den Rossen, bald was mit den Kühen. War er im Walde, so gabs daheim was Dummes, war er daheim, so kam man aus dem Walde mit einem zerbrochenen Wagen heim oder einem blessierten Rosse. Da kommt dann gerne so eine allgemeine Ungeduld in die Glieder. Wie es gehen solle, wenn Vreneli ganz dahinten bleiben müsse, das begriff Uli nicht. Indessen so was muß man begreifen lernen, man mag wollen oder nicht.

SECHSTES KAPITEL

Ein Kindlein kommt und wird getauft

Unwiderstehlich rücken die Tage vor, einer nach dem andern, unerwartet kommt der rechte, der die Entscheidung bringt, Leben oder Tod, Weh oder Freude hält in seiner Hand und eben darum ein so banger ist, weil man nicht weiß, welches von beiden er birgt in der verschlossenen Hand. So kam er auch unerwartet auf der Glungge, eben als Vreneli noch eine kleine Wäsche abtun wollte, damit die Knechtlein wieder was Sauberes am Leibe hätten. Er brachte weder Weh noch Tod, sondern ein klein Mägdelein, das mörderlich schrie, den Mund aufriß bis hinter die Ohren, von welchem jedoch die Base versicherte, daß sie ein so hübsches nie gesehen hätte. Elisi sei auch hübsch gewesen und kein Mensch würde gedacht haben, daß es am Ende nur so zu einem dürren Birnenstiel auswachse, aber gegen dieses sei es doch nur ein Schatten gewesen. Die Freude war groß bei Uli und Vreneli, doch konnte Uli sich nicht enthalten, merken zu lassen, wie er lieber einen Buben gehabt, wegen der Hülfe. So ein Bub könne man gar früh brauchen und glaube nicht, wie kommod er einem Vater komme. «Warte nur, du wirst noch Buben genug kriegen, darum hat dir Gott das Kindermädchen vorausgesandt,» sagte die Base. «Mit den Buben ist es halt nichts, als daß sie in allem sind und man ganze Tage ihnen abwehren muß. Mädchen hangen der Mutter an der Schürze, und wie sie auf den Füßchen stehen können, hat man Hülfe von ihnen; sie heben was auf, sie tragen was nach, sie sehen zur Milch auf dem Feuer, daß sie nicht überläuft, zum Kraut im Hafen, daß es nicht anbrennt. Klein können sie es, groß vergessen sie es manchmal,» setzte sie seufzend bei.

Die Base war der Wächter über Mutter und Kind. Sie sorgte, daß Beide das Nötige erhielten zu rechter Zeit, Vreneli sich nicht selbst darum mühen mußte oder sonst zu früh in Anspruch genommen würde. Da Mädi bereits bei der Base gedient, so gab es keine Kompetenzstreitigkeiten, wie sie bei ähnlichen Gelegenheiten sonst nicht selten sind, namentlich zwischen einer allfälligen Frau Schwiegermutter, welche in solchen Fällen eigens herkommt, und dem Gesindepersonal. Es mußte schon mancher arme Schwiegersohn taufen lassen über Hals und Kopf, damit er der mit aller Welt im Kriege liegenden Schwiegermutter los und wieder zu Frieden käme. Solch ein vernünftiger Wächter täte jeder Wöchnerin wohl, aber eben ein friedlicher, der nicht mit Krieg und Kriegsgeschrei sie in neue Nöten und gefährliche Fieber bringt. Diese Wächter müssen sich aber freiwillig eben in befreundeten Personen finden, fremde irren, allfällige Vereine sind auf dem Lande was Treibhauspflanzen, versetzt in bäuerische Gärtchen. Solche Wächter finden sich auf dem Lande unter den älteren Frauen, soweit es ihre Geschäfte erlauben. Wie alte Offiziere immer bereit sind, Freiwillige vorzustellen, und wenn das nicht mehr möglich ist, doch gar zu gerne ihre alten Kriegszüge repetieren und sich dieselben so recht lebendig vergegenwärtigen, so lieben Weiber, welche die Zeit unbarmherzig über die Tage der Kindbetten hinausgetragen, die Betten junger Weiber und erquicken sich dabei an der Vergegenwärtigung der eigenen Feldzüge.

Die Base war wirklich da wie der gute Engel, und wenn Joggeli schon brummte, sie täte dümmer als eine Großmutter, und wenn er sterben täte, sie merkte es kaum, so nahm sie es kaltblütig hin und tat, was ihr not schien. Mehr ärgerte sie sich über Uli, der ihr alles zu kaltblütig nahm und so in seinem Treiben und Jagen befangen war, daß er weder Zeit nahm zu besonderen Vaterfreuden noch recht Zeit, der Sache, wie man zu sagen pflegt, nachzulaufen, und doch war es Winter. Kaum daß er Zeit hatte, die Taufzeugen auswählen zu helfen. Begreiflich war Patin die Base, des Bodenbauern Frau die zweite, mit der Wahl des Paten hatte es Not. Endlich ward dazu ein alter Vetter erwählt, von dem die Base sagte: Der müsse doch einmal auch herbei, wüst getan habe der sein Lebtag. Es nehme sie wunder, was der für ein Gesicht mache und ob er daran denke, eins zuwege zu bringen, welches er dem lieben Gott zeigen dürfe, von wegen in Sinn werde es dem doch kommen, daß wenn man siebenzig Jahre alt sei, das Abmarschieren nicht mehr fern sein könne.

Vreneli schüttelte den Kopf dazu, dies Gesicht hätte es lieber nicht gesehen. Von diesem Manne hatte es immer nur mit dunkeln Worten reden gehört als wie von einem Gespenst, und wenn es weiterfragen wollte, so hatte man gesagt: «Das ist ein Wüster, am besten ists, man rede nicht von ihm.» «Ein Unflat war er, du hast recht,» sagte die Base, «und ich werde das Unservater auch zweimal statt nur einmal beten an selbem Tag, wo ich ihn sehen muß. Aber sieh, vielleicht kommt es ihm in Sinn, gut zu machen, vielleicht denkt er dabei an seine Sünden und an ein Gesicht, welches unser Herrgott gerne sieht, und es fehlt ihm die Gelegenheit dazu; die wollen wir ihm geben, er hat doch dann keinen Vorwand, wenn der Richter ihn frägt: Hans! Und Vreneli? Tut er dann nicht darum, je nun so dann, so haben wir doch das Unsere getan.»

«Aber Base,» sagte Vreneli, «wer soll ihn zu Gevatter bitten?» «Uli, versteht sich,» sagte die Base. «Nein, Base,» sagte Vreneli, «dies darf ich Uli doch wirklich nicht zumuten, er könnte mich dauern, das Gevatterbitten ist ihm ohnehin schrecklich zuwider. Sehet nur, was er für ein Gesicht macht, wenn er Euch die Sache vorbringt, und sieht Euch doch alle

Tage und hält Euch fast für die Mutter. Auch zu Bodenbauers Frau zu gehen, macht ihm Kummer. Erst dann noch zu dem Vetter, den er nicht kennt, der sein Lebtag nie was von mir wissen wollte, der jagt ihn mit dem Stock vom Hause weg. Jahrelang vergißt mir Uli das nicht, wenn wir ihn an einen solchen Ort schicken.» «Schweige nur, er muß gehen, das tut ihm nur wohl; die Manne müssen nicht meinen, daß sie nur das zu machen hätten, was ihnen anständig ist und für gut dünkt,» sagte die Base. «Wofür hätte man sie sonst, die Tabakstinker, wenn man sie nicht zuweilen an etwas hinschicken könnte, welches man nicht selbst anrühren mag?» «Aber Uli geht Euch nicht, Base, und warum ihn böse machen so für nichts und wieder nichts?» sagte Vreneli. «Das verstehst du nicht,» sagte die Base. «Uli geht, man muß es nur machen wie der Tüfel mit den Menschen, zu guten Sachen wird das wohl erlaubt sein. Man muß ihn bei der schwachen Seite nehmen. Da kömmt er. Will dir gleich zeigen, wie man das macht.»

Vreneli wollte noch einreden, wie das ihm auch nicht anständig sei, aber Uli trat schon ein, und die Base sprach: «Du hast mich noch nicht zu Gevatter gebeten, und die Leute sagen doch, ich solle Pate sein; laß doch sehen, wie kannst du das und was für ein Gesicht machst du dazu?»

«Wenn Ihr das verrichten wolltet, so wäre es mir grausam anständig, und daß Ihr Euch deretwegen gar verköstigen solltet, selb meinten wir nicht,» sagte Uli. «He nun, kurz und gut, es ist immer besser als so ein Gestürm, wo man nicht weiß, was hinten, was vornen ist,» sagte die Alte. «Die andern Male machst es schon besser, besonders beim Pate mußt anwenden.» «Wenn wir nur schon einen hätten,» sagte Uli, «das Andere würde sich schon machen. Wir haben uns schon die Köpfe kraus gedacht, und Keinen brachten wir heraus, bei dem nicht ein Wenn oder ein Aber war.» «So geht es gerne beim

Ersten,» sagte die Base, «später nimmt man es schon nicht halb so genau mehr. Wir haben schon an einen gedacht, rate mal.»

Uli riet, aber erriet nichts. «Hagelhans im Blitzloch,» sagte endlich die Base, «nicht wahr, an den hättest nicht gedacht?» «Ihr vexiert, Base,» sagte Uli, «das soll ja der größte Unflat sein, und mit dem werdet Ihr nicht begehren zu Gevatter zu stehen.» «Euretwegen wohl,» sagte die Base. «Er ist eigentlich Vrenelis nächster Verwandter, hat keine Kinder, und man weiß nie, was solchem Menschen am Ende noch ins Gewissen kommt. Man hat Beispiele von Exempeln, wie die Wüstesten lind wurden, wenn es zum Abfahren ging. Man ists seinen Kindern schuldig, den Verwandten sich zu zeigen und daß man noch an sie denkt. Und wer weiß, wenn er dich mal kennt, könnte er dir auch noch kommod kommen mit seinem Gelde, man kann nie wissen, was so einem grauen Hagelhans durch den Kopf fahren kann. Daneben ists auch möglich, daß er dich mit dem Stock vom Hause wegjagt, aber fressen wird er dich nicht, und wenn er in Kurzem sterben sollte, so brauchst doch nicht in den Haaren zu kratzen und zu sagen: Wer weiß, wenn ich gegangen wäre, käme jetzt auch was an mich. Aber ich machte den Kopf, bin jetzt reuig, gefressen hätte er mich allweg nicht, und einen Verwandten zu Gevatter bitten ist noch lange nicht gebettelt.»

«He ja, wenn Ihr meint, Base,» sagte Uli zu Vrenelis großer Verwunderung, «so könnte ich probieren. Zuwider ists mir, aber der Kinder wegen wird man sich noch Manches gefallen lassen müssen, habe ich mir sagen lassen, und wenn dies das Ärgste wäre, so wollte ich nicht klagen; es ist mir nur, daß ich deretwegen einen ganzen Tag versäumen muß.»

«Ach Base,» sagte Vreneli, als Uli nach abgemachter Sache wieder gegangen war, «ich sollte lachen und das Weinen ist mir zuvorderst. Das hätte ich von Uli nicht erwartet, und daß das arme Kindlein den Hagelhans zum Paten haben soll, das, Base, ist doch wahrlich nicht recht, von ganzem Herzen erbarmt es mich; sehen mag ich ihn nicht, ich bleibe im Bett.»

«Dies wäre kurios, wäre das erstemal, daß du vor einem Menschen dich nicht zeigen dürftest. Der liebe Gott gibt ganz schlechten Eltern Kinder, daß man es gar nicht begreifen kann, warum er das den armen Würmchen zuleide tut. Man muß sich damit trösten, daß er am besten weiß, warum er es macht, aber darum wird es wohl erlaubt sein, einem Kind einen Paten zu geben, der nicht der Sauberste ist; bin doch ich noch da und die Bodenbäuerin, du, Uli, da wird doch Hagelhans am Kind wenig machen können, und läßt Gott es zu, nimmt er die Gevatterschaft an, so weiß niemand, für was das gut ist, vielleicht daß es Hagelhans herumführt und zum Frieden bringt. Darum laß es jetzt gehen, wie es angesponnen ist, mach mir Uli nicht etwa abwendig, hörst!»

Vreneli gehorchte, Uli ging. Das Blitzloch, wo Hagelhans wohnte, war von der Glungge ungefähr fünf Stunden entfernt und lag in einer Gegend, welche ziemlich unbekannt ist, aus einem großen Hügelknäuel besteht, durch den keine Heerstraße führt, aber von Metzgern, Fürkäufern, Hühnerträgern, Taubenkrämern und Haberhändlern fleißig besucht wird, denn da kriegt, wer Geld hat, zu kaufen, was er an Landesprodukten sucht, zum Handel oder eignen Gebrauch. Uli war noch nie in der Gegend gewesen, geschweige denn im Blitzloch selbst. Anfänglich marschierte er wie ein Pfarrer, der seiner Predigt noch nicht recht sicher ist und sie auf dem Kirchweg noch einmal probiert, halblaut und mit Händeverwerfen. Er studierte seine Gevatterbitte ein, sagte die Worte bald so, bald anders, und war er hinten aus, so wußte er nicht, wie er angefangen hatte, mußte frisch an das Studieren. Nun kennt ein Pfarrer seinen Kirchweg, die Steinchen alle sind ihm wohlbekannt, er verirrt sich nicht, er stolpert kaum mit den Beinen. Uli aber kannte weder den Weg noch viel weniger die Steine auf demselben, daher er tapfer stolperte, seine Nase bedenklich gefährdete und am Ende noch verirrte. Er war genötigt, sein Studieren zu lassen und auf den Weg zu achten, denn wo keine Heerstraße ist, da laufen desto mehr kleine Wege durcheinander, und in einem Hügellande verliert man auch die Richtung leicht.

Das Blitzloch war ein großer Hof, lag, wie es sich von selbst versteht, in einem Loch und hatte seinen Namen daher, weil vor hundert Jahren, als der Hügel gegen Westen abgeholzt war, fast alle Jahre der Blitz dort eingeschlagen hatte, so daß man sich lange nicht mehr getraute, ein Haus daselbst aufzurichten. Hagelhans war ein Bauer, groß von Statur und reich an Geld, hatte Knochen wie ein Ochs, ein Gesicht wie ein Löwe und Augen wie eine Katze, wenn weder Sonne, Mond noch Sterne am Himmel stehen. Lieb war er, so weit man wußte, niemanden, kam er in einen Stall, so schlotterte das Vieh, sah ihn ein armer Mensch auf der Straße, so floh er über alle Zäune weg, kam er in ein Wirtshaus, so floh das Stubenmädchen auf den Estrich und rief den Wirt, als täte es am Messer stecken; einen Hund hatte er, groß wie ein vierteljährig Kalb, der begleitete ihn Tritt für Tritt, und Tauben trippelten furchtlos um seine Füße.

Uli kannte ihn nicht, aber was er von ihm gehört, veranlaßte ihn, stillezustehen und sich bestmöglichst zu fassen, als er auf der Höhe stund, wo man ihm das Blitzloch zu seinen Füßen gezeigt. Er repetierte seine Rede, aber er mußte zwischendurch auch seinen Augen Gehör geben, welche das Blitzloch musterten, und darum kam er mit dem Repetieren nicht weit. Im Blitzloch sah es schön aus, das heißt für eines Landmanns Augen, nicht für Herren- oder eines Dämchens Augen. Die Gebäulichkeiten aller Art waren nicht elegant, aber Uli sagte für sich: Verdammt kommod. Was er sah an Äckern und Wiesen, Bäumen und Zäunen, war so, daß er sagte: Da könnte man noch was lernen. Er vergaß endlich seine Rede ganz und gar und schaute sich das Ding da unten an wie ein Künstler ein Gemälde, ein Liebhaber eine Dame.

«Wo willst?» erscholl plötzlich eine tiefe Stimme neben ihm. Erschrocken fuhr er auf, sah sich um, sah hinter einem Haselzaun eine Gestalt, welche die seine fast um Kopfslänge überragte, und zwischen den grünen Blättern ein grau Gesicht, mächtig wie ein Löwengesicht. Zollang stund ein grauer Bart im Gesichte, nicht nach Wiedertäuferart, sondern weil es dem Eigentümer beliebte, denselben bloß alle Monate oder alle sechs Wochen herunterzuholen. «Wo willst, oder hast im Sinn, das Gschickli zu kaufen?» frug noch einmal das graue Gesicht, und ein großer Hund legte seine vordern Tatzen auf den Zaun, tat das Maul auf und sah seinen Herrn an.

Da fand Uli, es sei Zeit zu reden, und sagte: Er habe sich umgesehen, ob er wohl recht gegangen sei? Er wolle ins Blitzloch zum Bauer.

«Was willst bei ihm?» frug das graue Gesicht und überblitzte Uli mit seinen kuriosen Augen, daß Uli alsbald wußte, wen er vor sich hatte. «Seid Ihr ihn etwa selbst?» frug er. «Was willst?» frug der Alte, dumpf knurrte der Hund. «Ich hätte einen Paten gemangelt und hätte fragen wollen, ob Ihr die Sache verrichten wollet?» sagte Uli erschrocken und ganz außer allem Gestudierten. «Du Hagels Lümmel! Habe ich den Leuten dies noch nicht sattsam vertrieben?» sagte er. «Ist immer noch einer dumm genug und kommt mit der alten Bettelei?» sagte der Alte mit einer Stimme wie dumpfer Donner; laut schlug der Hund an und rüstete sich zum Sprung.

Das fuhr Uli in die Glieder, er stellte sich fest, denn er gehörte zu den Leuten, welchen der Mut mit der Gefahr kömmt, und nicht zu denen, welche Helden sind, solange keine Gefahr da ist, denen es aber geht, sobald die Gefahr kommt, wie Schönen, welche eine ungeheure Keuschheit zu Felde tragen, solange keine Gelegenheit zur Sünde sich zeigt. Uli stellte sich fest und sagte: Er sei nicht zum Betteln da, sondern um einen Paten zu suchen, wie es üblich sei unter Verwandten.

«Verwandten?» sagte der Alte, «wer bist?» «Bin Pächter auf der Glungge, habe dort das Mädchen geheiratet, welches sie auferzogen,» antwortete Uli. «Die Base läßt Euch grüßen, Ihr werdet sie wohl noch kennen, hat sie gesagt.» «So, erinnert sich die noch an mich?» sagte der Mann, nachdem er Uli scharf betrachtet hatte, «und du willst dem Mädchen, welches sie auferzogen, sein Mann sein, so? Wenn du doch ein Vetter sein willst und nicht ein Bettler, so kannst hinunterkommen.»

Somit stellte der Alte seinen Stock über den Zaun, ergriff zwei Zaunstecken, und ohne mit einem Fuß den wenigstens fünf Fuß hohen Zaun zu berühren, hob er sich hinüber, wie kaum ein Zwanzigjähriger es ihm nachgetan hätte; in hohem Satze sprang der Hund ihm nach. Wie ein alter Riese wandelte Hagelhans schweigend seinem Gehöfte zu, Uli unbehaglich hintendrein, ungewiß, ob er als Vetter oder Bettler behandelt werden solle. Ein andermal, dachte er bei sich, könne die Base selbsten gehen; das sei gar kommod, zu befehlen und dann daheim zu bleiben.

Der Weg, fest und eben, wie man bei Schlössern sieht, führte durch einen prächtigen Baumgarten, wo die Bäume in guter Ordnung sauber und reinlich stunden, schöner als manch Regiment, wenn es zur Musterung zieht. Ungewöhnlich groß war das Haus und still wie das Grab lag es da, kein Leben schien dasselbe zu bergen, wenn nicht Tauben es rings umflattert hätten. Tauben saßen auf dem Dache an der Sonne, Tauben stunden auf dem Brunnen und nippten den köstlichen, süßen Trank, Tauben beinelten rund ums Haus. Uli sah Mägde spinnen in der Stube, aber keine drehte ihre neugierige Nase dem Fenster zu oder streckte sogar das ganze Gesicht durch das Schiebfensterchen; sie spannen emsig, wußten es, daß es sie hell nichts anging, kam einer oder ging einer.

Blank wars im Hause, aber düster sah es aus; keine Art von Schmuck war in der weiten Stube, in welche Hagelhans ihm voranging, kein Glasschrank, kein Geräte irgend einer Art, nicht einmal der große Ofen trug einen Zierat, einen eingebrannten Spruch oder ein eingehauen Bild. Da hieß Hans ihn absitzen, klopfte mit dem Stocke; ein Gesicht erschien unter der Türe, nach einem kurzen Befehl ging es, kam bald wieder mit Brot, Käs und Schnaps, verschwand dann wieder, ohne einen Laut von sich gegeben zu haben.

«Also Pächter auf der Glungge bist?» unterbrach der Alte endlich das unheimliche Schweigen und begann nun eine Art von Examen trotz dem besten Professor. Wie ein alter Edelmann die Geschlechter kennt und mehr oder weniger um den Bestand der Familien sich kümmert, so hatte es auch Hagelhans, lebte aber geschieden von der Welt, suchte Gelegenheit, Bericht einzuziehen, nicht; kam sie aber zufällig, benutzte er sie. Lange hatte er von der Gegend, woher Uli kam, nichts vernommen, daher war ihm das Meiste neu, was Uli berichtete. Aber ob er an dem Einen oder dem Andern mehr oder weniger Anteil nehme, verriet er weder mit einem Wort noch einer Miene. Er lachte nicht einmal, als Uli vom Elisi und dem Baumwollenhändler erzählte, von der Trinette und dem Johannes, er nahm es mit der gleichen Gleichgültigkeit hin wie den Ruhm, den Uli seinem Vreneli spendete und der Base, sagte zu allem nichts als endlich: Es sei ein verwegen Stücklein, mit keinen Mitteln eine so große Pacht zu übernehmen. Aber so sei es halt, jeder mache, was er könne, denke, er sei nicht der Erste, der über nichts komme, ob einer mehr oder minder, sei ja gleichgültig. Nun legte sich Uli des Langen aus, wie er das nicht so habe, wie er es zu machen gedenke, daß es ihm nicht so gehe. Während er erzählte, schielte er so unvermerkt als möglich nach der Türe, der Magd gewärtig, welche warmes Essen bringe. Aber er spähte umsonst, es erschien keine Magd. Da sagte er endlich, er müsse machen und gehen, der Weg sei lang, die Tage kurz. «Kannst mich einschreiben lassen,» sagte endlich der Alte. «Aber um es zu verrichten, bestelle jemand anders oder mache es selbst, ich habe keine Kutte für die Kirche.» «Werde der Base Euern Gruß ausrichten sollen?» fragte Uli. «Selb mach, wie du willst, aber das sage ihr, daß wenn sie mir wieder jemanden zusende, mich nicht ruhig lasse, Hagelhans noch immer der gleiche Unflat sei.» Mit diesem Bescheid entließ er Uli, und er und sein Hund sahen ihm nach, bis er oben am Hügelrand verschwunden war.

Mißmutiger, ärgerlicher war Uli kaum je von einem Hause weggegangen als jetzt vom Blitzloch. So behandelt hatte man ihn wirklich lange nie, und einen zum Paten einschreiben lassen zu müssen, der ihm kein gut Wort gegeben, ihn wie einen Bettler gehalten statt wie einen Vetter, selb kam ihm in den Hals fast wie eine Kannebirne, welche bekanntlich die würgende Kraft haben, an welcher Kinder wohl leben, aber nicht erwachsene Leute. Daß das Gevatterbitten nicht eben die angenehmste Verrichtung sei, hatte er immer gehört, aber sich doch nicht vorgestellt, daß man dabei wie ein Hund behandelt werde. Ein andermal könne dann wer anders gehen, und wenn die Base befehlen wolle, so könne sie es auch ausrichten. Nicht einmal was Warmes anbieten und noch dazu über Mittag und noch dazu einem Vetter, selb war unerhört. War er doch nur Pächter und hätte sich sein Lebtag geschämt, wenn er jemanden, der um diese Zeit zu ihm gekommen, ohne was Warmes aus dem Hause gelassen. Uli dachte nicht, daß die Vettern von links nicht gleich wert kommen wie die Vettern von rechts und daß man ihnen nicht die gleichen Ansprüche zugesteht. Er dachte ferner nur, was man dem Uli schuldig sei, und nicht, was bei Hagelhans bräuchlich sei. Wäre der heilige Bastian gekommen oder eine lebendige Majestät, Papst oder Kaiser, was Warmes hätten sie im Blitzloch nicht gekriegt, und es ist hohe Frage, ob Hagelhans so höflich gegen sie gewesen wie gegen Uli und sie hätte heißen in die Stube kommen. Hagelhans war Hagelhans, und wegen irgend einem Menschenkinde tat er keinen Schritt mehr oder weniger, machte eine Miene anders, er frug allen den Teufel gleich viel nach. Wer ihm am nächsten kam, war ihm am widerlichsten, gleich viel ob Bettler oder Kaiser. So war Hagelhans und so konnte er sein, denn er wollte nichts, bedurfte nichts, mit den Menschen hatte er ab- und ausgerechnet ein- für allemal, wie er glaubte.

Was Warmes müsse er haben, machte Uli bei sich aus, und im nächsten Wirtshause kehrte er ein. «Einen Schoppen, Suppe und sonst noch was auf einem Teller,» befahl er. Der Wirt war selbst daheim, ein schwerer Mann am Leibe; sein Schritt war so gewichtig, daß es den Gästen allemal angst wurde, wenn er ihretwegen einen Tritt versetzte, sie müßten ihn bezahlen, eben weil er so gewichtig war. Sein Geldbeutel und sein Ansehen waren desto leichter, daran aber dachte Uli nicht; er war noch so gewohnt, von der äußern Schwere auf die innere zu schließen und von einem doppelten Kinn auf einen doppelten Geldsack, hier voll Silber, dort voll Gold. Große, aber hohle Bäuche, außen fix und innen nix, war damals noch nicht so gebräuchlich.

«Gar weit seid Ihr nicht gewesen?» sprach der stattliche

Wirt mit einem Gesicht wie ein klösterlicher Kellerherr oder ein oberkeitlicher Korn- oder Amtsschaffner ihn an. «Ich sah Euch diesen Morgen vorbeigehen.» «Nein,» sagte Uli, «ganz zunächst, nur im Blitzloch oder wie man sagt.» «Potz,» sagte der Wirt. «Nehmt es nicht übel, aber besehen muß ich Euch, ob Ihr noch ganze Knochen habt, von den Kleidern will ich nichts sagen. Mit ganzen Beinen kömmt selten einer aus dem Blitzloch, oder wenn die Beine ganz, so ist er doch halb gefressen, bsunderbar wenn er wohl am Leibe ist. Um Verlaub zu fragen: was habt Ihr mit Hagelhans wollen? Kauscher bei dem ists nicht.» Er hätte eine Verrichtung gehabt, von einer Base von Hans, sagte Uli, aber es wäre ihm auch lieber, er wäre nicht gegangen, obgleich er ungeschlagen und ungebissen davongekommen. «Ja, das ist einer,» sagte der Wirt, «zwei Solche laufen nicht auf der Welt herum. Nicht daß ich meine, daß ich alles glauben müsse, was die Pfaffen stürmen, selb ist nicht; aber wenn ein Teufel ist, so glaube ich, Hagelhans mache Halbpart mit ihm, wenn er ihn nicht selbsten ist. Allweg mit rechten Dingen geht das nicht zu. Keinem Menschen gibt er ein gut Wort, keinem armen Menschen ein Almosen. Geld hat er wie Steine, sein Hof wird gearbeitet wie keiner, er selbst tut keinen Streich. Sein Gesinde hält er wie Sklaven, und doch läuft selten jemand fort und klagen wird Keins, wie bös sie es auch haben und wie gut man es mit ihnen auch meint und es ihnen auf die Zunge legt. Aber es heißt, wie man es mit den Hunden mache, welche man kauft, daß sie nicht fortlaufen, mache es Hagelhans auch mit den Dienstboten. Es nimmt mich ds Tüfels wunder, was seine Dienstboten für ein Trank trinken müssen, daß sie so bei ihm aushalten, oder ob sie sich gleich verschreiben müssen mit Leib und Seele, wie man sagt, daß es der Teufel im Brauch habe. Wenn er einem Menschen aus der Not helfen könnte, er ließ sich eher schinden, als daß ers täte. Wie wüst der ist, es glaubt es kein Mensch, ein jedes Kind auf der Gasse weiß Euch hundert Proben davon. Nur für Euch ein Beispiel zu sagen. Wer in Handel und Wandel ist, weiß, wie es geht: das Geld geht aus und zahlen sollte man doch, wenn die Termine um sind. Es gibt immer Leute, welche keinen Verstand haben, wie gut Freund sie auch sind, solange man zahlen kann, und wenn man schon hundertmal reicher ist als sie und hundertfach Unterpfänder hätte, so kommen sie einem nicht daran und wollen Geld, und aus Land und Häusern kann man nicht Geld machen, versteht sich! Nun wie geht es mir? Ich bin stark im Handel, wie bekannt, und so ein Großkopf sagt einst zu mir: Andreas, wenn du Geld mangelst, so komm zu mir, habe zweitausend Gulden liegen daheim, weiß nicht wo aus damit, würde sie niemanden lieber geben als dir, und wegen Wiedergeben brauchst nicht Kummer zu haben. Mir war es anständig, war damals gerade gut was zu machen, wenn man Geld hatte. Ich, dumm genug, nehme es, dachte nicht daran, daß das mich je plagen werde. Aber was macht mir der Schelm? Dem kömmt es anders in Kopf, will das Geld plötzlich wiederhaben; ich konnte es weiß Gott nicht aus den Steinen schlagen, und er, nicht faul, läßt mich betreiben darum. Das werde nicht alles machen, dachte ich, Geld, für den zu zahlen, werde genug im Lande sein. Aber wohl, da habe ich es erfahren, was es heißt, Geld suchen in der Not; die, welche es haben, haben es, die Andern können zusehen, wo sie es nehmen und wie sie es machen. Ich wußte, daß Hagelhans manchtausend Gulden im Hause hatte, und dachte, es werde doch erlaubt sein, darum zu fragen, und dann nicht etwa auf die nackte Hand, sondern gegen Versicherung, wo jeder Vernünftige sich hätte ersättigen können. Ich hinauf an einem schönen Morgen, hatte noch eine Flasche vom Besten in der Tasche, unter dem Vorwand, ich wollte ihm den zum Versuchen bringen, wenn er wieder etwa kaufen wollte. Dachte, der werde ihm den Mund schon süß machen, und er hätte es gewiß gemacht, wenn es dazu gekommen wäre. Aber ich kam eben nicht in die Stube; vor dem Hause ist er gestanden, so breit wie eine Stallstüre, und neben ihm der verfluchte Hund. Ich mache mein Kompliment und zwar honett, wie es nur immer der Brauch ist, und sage, ich hätte was mit ihm wollen. Aber er nichts mit mir, sagte er mir gleich an den Kopf heraus. Ich dachte nicht daran, daß das so gröblich Ernst sei, sondern sagte: Es werde doch erlaubt sein, ein paar Worte mit ihm zu reden. Du hast es gehört, sagte er, ich will nichts mit dir, und jetzt streiche dich, rate ich dir. Das kam mir in Kopf, daß er mich so wegjagte wie einen Hund oder Bettler, ich sagte: Schon mit manchem vornehmen Herrn hätte ich geredet, Gehör hätte mir jeder gegeben, abgehen werde ihm nichts an seiner Hübsche, wenn er schon ein paar Worte höre. Und jetzt packe dich, sagte er, und so stark als du magst. Ich komme auch nicht, dich zu plagen, darum laß auch mich in Ruhe, du Lumpenwirt, willst dich packen oder nicht? Mein Seel, gerade so sprach er zu mir, und mit dem ists nicht genug gewesen. Der verfluchte Hund kam langsam auf mich zu, mit aufgehobenem Schwanze und brummend wie ein Ochse. Ich wollte mich nicht erschrecken lassen und vom Hause weg wie ein Dieb. Ich sagte ihm, wie er ein wüster Mann sei und dies keine Manier. Da mir nichts dir nichts schießt mir der Hund ins Gesicht und kriegt mich zu Boden. Das ging so ungesinnet, ich konnte nichts dazu sagen. Ich will auch auf den Hund dar. Pump, liege ich wieder am Boden, mit der Nase tief in der Erde, und allemal, wenn ich aufstehen wollte, schoß der Hund mich nieder, aber ohne zu beißen. Wer auf allen Vieren vom Hause weg und den ganzen Hügel hinauf muß wie ein Unvernünftiges, das war ich, und erst als ich oben im Weg war, ließ mich der Ketzer aufstehen. Da wollte ich noch ein paar Worte sagen, aber wohl, ich hatte Zeit, zu gehen. Ja, die ganze Seite hinauf, auf allen Vieren, ich werde allemal krank vor Zorn, wenn ich daran denke. Es dünkt mich, es freue mich nicht zu sterben, wenn ich es Hagelhans nicht noch eingetrieben.»

So erzählte der Wirt, daß Uli sich sehr verwundern mußte, wie er ausnahmsweise mit Höflichkeit behandelt worden, indem er auf den Beinen sich habe entfernen dürfen. Der Wirt wußte nun eine Greueltat nach der andern zu erzählen und sagte oft: Es sei Mancher gehangen worden, er habe nicht die Hälfte getan, was der. Aber er sei mörderlich reich, und mit Geld habe man zu allen Zeiten viel gemacht und es dünke ihn, je länger je mehr. Je ärmer die Herren würden, desto besser gefiele ihnen das Geld.

Bei einem geschwätzigen Wirte hat man sich leicht länger versäumt, als man dachte. Es war schon ziemlich über Mittag, als Uli aufbrach. Die Gevatterrede war abgetan, und zwar kurz, die plagte Uli nicht mehr auf dem Heimweg, wohl aber der Ärger, für sein Mädchen einen solchen Paten zu haben, und das Werweisen, ob es nicht am besten wäre, den Hagelhans gar nicht einschreiben zu lassen, sondern einen andern zu suchen. Je mehr er darüber nachdachte, desto deutlicher kam es ihm vor, von dem wolle er nichts, und da er keinen andern Paten wußte, so kam es ihm als das Gescheuteste vor, sich selbsten einschreiben zu lassen. Es war nicht mehr Tag, als er durch das Pfarrdorf ging, doch noch zu einer Zeit, wo man zum Pfarrer darf, ohne Angst zu haben, ihn aus dem Bette herauszuklopfen. Bei weltlichen Beamteten wird man freilich auch um diese Zeit selten Audienz suchen, man setzt voraus, ob mit Grund oder ohne Grund lassen wir dahingestellt, sie seien anderswo als daheim.

Er klopfte also im Pfarrhause an, freundlich empfing ihn der Pfarrer und holte alsbald ein Buch hervor, fast größer als der Pfarrer selbst. «Ich weiß schon,» sagte derselbe, «warum Ihr kömmt, am Sonntag wollt Ihr taufen lassen. Die Frau ist doch wohl, und was habt Ihr, einen Knaben oder ein Mädchen?» «Nur ein Mädchen.» «Nun, wenn es Eurer Frau gleicht, so habt Ihr bald viel Hülfe von ihm, und nur Geduld, die Buben werden schon noch nachkommen. Im Anfang hat man große Sehnsucht nach ihnen, aber zählt darauf, bald kommen sie einem lange schnell genug. Indessen wo rechte Eltern sind, sind Kinder immer eine reiche Gabe Gottes. Wo viele Kräfte tätig sind, recht gerichtet und im rechten Grunde gewurzelt, da bauen sie ein Haus, sind Säulen für die Eltern. Wen soll ich als Pate einschreiben?» «Denk mich selbst,» sagte Uli, «brauche dann niemanden weiter zu plagen.» «Es ist mir leid,» sagte der Pfarrer, die Feder niederlegend, «das darf ich nicht. Niemand kann sein eigener Bürge sein.» «Da weiß ich wahrhaftig nicht, was ich machen soll,» sagte Uli. «Hört, Herr Pfarrer, wie es mir heute gegangen ist.»

Als Uli auserzählt hatte, sagte der Pfarrer: «Ich denke doch, ich schreibe den Hagelhans ein, ein schöner Name ist es freilich nicht für ein Kirchenbuch. Aber, Uli, die Sache ist so: Ihr habt es ihm gesagt, er hat es angenommen, und namentlich in solchen Dingen darf man nicht stürmen, da muß das einmal gegebene Wort gelten. Es ist leicht möglich, Hagelhans käme nicht darüber, aber würde er es vernehmen, denkt, was er glauben würde! Für einen Preller müßte er Euch halten. Ich kenne den Mann nicht und habe wenig von ihm gehört, aber selten ist einer so böse, daß er nicht noch Gutes an sich hat, und wie Viele schlechter sind, als sie scheinen, so ist doch auch hier und da einer besser, als er scheint. Ich täte es an Euerm Platze.» «Nun, wie Ihr meint, Herr Pfarrer, so schreibet, aber zuwider ists mir und das Kind kann mich dauern. Wenn ein Vater oder eine Mutter im Zuchthaus waren oder am Galgen starben, als das Kind noch in der Wiege war, so sagt man es dem Kinde auch nicht gerne, wer Vater oder Mutter gewesen sind; so wird es mir mit dem Paten gehen, wenn das Kind nach ihm frägt.» «Wer weiß,» sagte der Pfarrer. «Manchmal geht es ganz anders, als man denkt. Die Mutter wird wohl ihre Gründe gehabt haben, als sie Euch sandte.» «Weiß es nicht,» sagte Uli. «Manchmal zwingen die Weiber was, nur um das Mannevolk zu plagen, und ich glaube schier, die Base habe es auch so gehabt und hat nur so aus Bosheit mich an den Vetter gehetzt, gegen den sie einen Zahn zu haben scheint, so wie er gegen sie.» «Man muß immer das Bessere glauben, Uli,» sagte der Pfarrer. «Vielleicht wollte sie eine Gelegenheit zur Versöhnung suchen.» «Ja, ja, man sollte,» sagte Uli, «aber man kann nicht immer.»

Die Sache war also verrichtet, aber einen zufriedenen Bericht brachte Uli nicht heim und der Base gab er manchen Tag kein gut Wort, und nur hintenum durch Vreneli vernahm sie, wie es Uli ergangen. «Ihr hättet das Uli nicht anrichten sollen,» setzte Vreneli bei. «Warum nicht?» antwortete die Base, «einen Paten mußtet ihr haben und gefressen hat er Uli nicht. Mich nahm aber wunder, mal wieder was von ihm zu vernehmen, dem Unflat. Er ist scheints immer der Gleiche; schade ists um ihn, wäre der anders ausgefallen, aus dem wäre was geworden, einen Kaiser hätte er abgegeben wegen Befehlen und Regieren, aber dann hätte der liebe Gott den Leuten die Köpfe anders befestigen müssen, sonst wäre in Hanse Reich bald keiner mehr auf einem Halse gestanden.»

Der Tauftag eines Kindes ist in all Wege immer ein sehr feierlicher Tag. Die Eltern heiligen ein Pfand der Gnade Gottes und drücken damit öffentlich das Bewußtsein aus, daß sie es von Gott empfangen und daß es einst aus ihrer Hand wieder werde gefordert werden; sie drücken ihre Freude aus, denn wo gibt es auf Erden reinere und süßere Freuden, als aus einem Kinde erblühen können, aber zugleich auch die Überzeugung, daß wie Gottes Hand und Macht auf dem Acker walten müssen, wenn der Same gesegnet sein und zur reichen Ernte reifen soll, so auch seine Huld und Gnade über dem Kinde, wenn es zum Weinstocke erwachsen soll, von welchem die Eltern Trauben lesen können, und nicht zum Dornenstrauch, an welchem die Dornen wachsen, an welchem so gern elterliche Herzen verbluten.

Der Täufling ward an diesem Tage zum kleinen Herzkäfer, den ganzen Tag ließ er keinen einzigen Schrei aus, bloß hier und da machte er ein kleines Dureli, wie man zu sagen pflegt, sonst allezeit das lieblichste Mieneli von der Welt, daß alle die größte Freude dran hatten. Ein bsonderbar Kind sei das, meinte die Bodenbäuerin, sie hätte noch keins so gesehen, es sei akkurat, als ob das mit Freundlichkeit gut machen solle, was Hagelhans mit Sauersehen sich versündige. «Mich nimmt nur wunder, was der für ein Gesicht machen würde, wenn das Kind ihm unter die Augen käme, ob er auch den Hund an ihns hin hetzen würde? Was hat er geschickt zum Einbund und sonst?» frug sie halblaut die Base. «Nichts, gar nichts,» sagte die Base, «das macht mich eben so böse, er ist noch ein ärgerer Unflat, als ich dachte.» «Hans tat nie wie andere Leute,» sagte die Bodenbäuerin; «je nun, man kann immer nachbessern, seinetwegen sollen sie nicht in Schaden kommen, und lieber ists mir, er sei nicht etwa selbst gekommen mit seinem Hunde, ich wäre den ganzen Tag in Angst gewesen, was für ein Zeichen er tun werde, und hoffentlich muß ich ihn nie sehen, habe am Hören schon zu viel.»

Der Bodenbauer war Uli sehr willkommen, er dürstete ordentlich nach dessen reifen Räten, die gar gediegen kamen aus dessen reicher Erfahrung. Vor allem aus sollte derselbe ihm sagen, ob er Korn verkaufen oder sein Geld einziehen solle? Gegeben müsse der Zins werden, es ließe Joggeli nicht leben, wenn derselbe nur einige Tage ausstünde. Überdem glaube er, jetzt habe derselbe das Geld nötig. «Ich an deinem Platz täte das Korn verkaufen,» sagte der Bodenbauer, «solange du nicht reicher bist, darfst mit Spekulieren dich nicht befassen; Spekulieren ist gar ein seltsam Ding, ungesinnt schlägt es einem das Bein unter; das Geld hast du sicher, über das Korn kann dir gar allerlei gehen. Zudem, wer sagt dir, daß übers Jahr das Korn teurer ist und nicht wohlfeiler? Dann mußt du doch in alle Wege verkaufen, denn für zwei Zinse reicht dein Vermögen kaum aus, was hast du dann gewonnen? Verkaufe, was du mußt, hast übrig, so behalte es, betrachte es als Vorschlag und Sparbüchse, womit du dir aushelfen kannst, wenn dir sonst was anderes fehlt. Es ist sehr gut, wenn man so nach und nach in einem Hause zu recht vielen Vorräten von allem, was das Land bringt, kömmt. Das macht sich so nach und nach, man weiß nicht wie, rechnet es nicht, aber wenn Zeiten kommen, wo man die Sachen braucht, oder Zeiten, wo man Geld nötig hat, so hat man einen Schatz im Hause, den man gesammelt, ohne es zu merken; das ganze Haus ist gleichsam eine Schatzkammer, in allen Ecken findet man Schätze, und wenn man alles zusammenträgt, so hat man einen großen Reichtum, an den man kaum dachte. Dagegen, wenn man alle Jahre aufräumt, das Entbehrliche alles zu Gelde macht, so scheint kein Segen in den Sachen zu sein, man ist mit allem immer fertig, und wenn mal ein Fehljahr kömmt, so kann man dreifach wieder ausgeben, was man einfach eingenommen, ist übel dabei in Not und Sorge. Ich hasse die Hudelwirtschaften, wo oben und unten nichts Vorrätiges ist, die Mäuse die Schwindsucht kriegen und elendiglich verkümmern.» Uli sagte nicht viel zu dieser Predigt, er dachte bloß, es sei gut, daß Vreneli sie nicht höre.

Dem Vetter Johannes gefiel es sonst wohl in den Ställen, nur warf er einige seltsame Blicke durch die Gänge in den Ställen und ums Haus. Uli faßte diese Blicke beschämt auf und sagte: «Ja, wenn man nicht immer hinten und vornen ist, so machen sie auf und davon, und obs allenthalben aussieht wie in einem Schweinestall, dem fragen sie nichts nach, wenn nur der Tag umgeht und zu rechter Zeit das Essen auf dem Tische steht; es ist ein Leiden mit dem Lumpenpack, man glaubt es nicht.» «Hast geändert auf Weihnacht?» frug Johannes. «Getroffen,» antwortete Uli, «ich habe müssen,» und erzählte nun des Langen und Breiten, wie er es gemeint und wie er gerechnet. «Hast baß gemacht?» frug Johannes. Uli gestund den Irrtum in seiner Rechnung nicht ein, sondern erzählte bloß, wie übel er es getroffen, wie an seinen Bürschchen nichts sei als Hochmut; trügen die Nasen so hoch, als wollten sie die Sterne vom Himmel runterstüpfen, und was das Ärgste von allem sei, sie wollten sich gar nicht weisen lassen, meinten, sie verstünden alles, sie seien so viel als er, der ja auch nur Knecht gewesen. So einer, dächten sie, wie er wohl merke, solle nicht kommen und sie kujonieren wollen, so einem stehe es übel an. Habe geglaubt, er könne auch was verdienen, daß er halbbatzige Bürschchen zu brauchbaren Knechten mache. «Das wäre wohl gut,» sagte Johannes, «aber du wolltest es nur zu gut machen. Für Plätze, wie du sie hast, stelltest du die Bürschchen viel zu leicht an; sie begreifen, wie es scheint, gar nicht, was sie versehen sollen, sondern bloß, daß sie Karrer und Melker sind. Wo einer nicht weiß, was er zu tun hat, sieht er alles Zurechtweisen als Kujonieren an. Nimm ein Mensch, welches sein Lebtag nur den Schweinen gekocht hat, und stelle es in eine Herrenküche als Köchin, so wird es Jahre gehen, ehe es begreift, daß ein Unterschied ist zwischen einem Schweinetrog und einem Herrentisch, und die Frage ist, ob es je dahin kömmt, menschlich zu kochen für die Herrschaft. Das Gleiche hast mit dem Handwerker. Am übelsten fährst immer mit denen, welche aus Lehrjungen sich eigenmächtig zu Meistern avancierten. So hast du es allenthalben. Mache aus einem gemeinen Schreiber oder Schreibersknecht einen Staatsrat oder einen Kreispräsidenten, so wird er sein Lebtag nie lernen, was er soll, nie die rechte Würde kriegen, sondern nur Hochmut und eine Anmaßung vom Teufel.» «Ja, ja,» sagte Uli, «ich hatte nicht Glück, ein andermal hoffentlich geht es mir besser.» Wetter, dachte Johannes, ist der auch schon so avanciert, daß er seine Böcke nicht mehr für Böcke ansehen kann?

Übrigens hatten sie einen recht gemütlichen, heimeligen Tag. Sie hatten das Taufemahl daheim, besondere Gäste waren nicht geladen; was auf die Zunge kam, handelte man traulich ab, wurde nicht alle Augenblicke gezwungen, die besten Faden im Gespräche abzureißen, weil Unberufene in die Stube stürmten. Gut und währschaft wartete Vreneli auf, daß selbst Vetter Joggeli sagte, eine Wirtin hätte es werden sollen, es verstünde es und dazu stehe es ihm noch wohl an, zwei Dinge, die nicht immer beisammen seien. Die Bodenbäurin erzählte viel von ihren Kindern, namentlich von der ältesten Tochter, welche am Heiraten war. Eine Mutter kann nie glücklicher sein, selbst an ihrem eigenen Hochzeittage nicht, als wenn sie ihrer Tochter die Hochzeitpredigt halten kann; ohne Tränen geht sie nie ab, das reinste Glück preßt bei echt weiblichen Herzen immer Tränen aus den Augen. Wie am herrlichsten im Himmelstau die Blumen funkeln, so weibliche Augen in Tränen der Wonne.

So eine rechte mütterliche Hochzeitpredigt hat unabänderlich drei Teile. Im ersten Teile laufen die Augen an, im zweiten trocknen sie wieder, im dritten laufen sie über. Es gibt aber auch selten schönere, herzlichere Predigten als die, welche quellen aus treuen Mutterherzen. Im ersten Teile erzählt die Mutter, wer ihre Tochter sei, was sie sei und was sie könne. Sie erzählt, wie sie einstehe in der Haushaltung, keine Magd wert sei, ihr die Schuhriemen aufzulösen, unverdrossen früh und spät, und wenn sie an etwas sinne, so sei es schon gemacht. Sie rühmt aber ganz besonders ihren Verstand, wie sie auf Frieden halte, das Klapperwerk hasse, den Vater nie böse mache, und wenn sie sehe, daß irgendwo was Ungerades sei, sie nicht ruhe, bis sie dasselbe ausgeebnet und gerade gemacht. Sie könne nichts weniger leiden, als wenn irgendwer im Hause, und sei es nur der Roßjunge, nicht zufrieden sei. Aber erst wenn jemand was fehle, erfahre man, was das für ein Kind sei. Von weitem sehe es einem an den Augen es an, wenn man nicht wohl sei, und plage einem da nicht mit Frägeln und Reden. Es wisse, was man nötig hätte, und bringe es einem ungesinnet und ungeheißen. Es sage bloß: «Mutter, jetzt laß mich machen, gehe und halte dich still, schlafen täte dir gut. Habe nicht etwa Kummer, daß was vergessen werde, du weißt ja, ich habe das schon oft gemacht.» Wenn sie dann nachsehe, so sei es so, sie wüßte nichts zu verbessern. Dem Vater mache sie es gerade so; er sage oft, er hätte gemeint, nur an Buben könne man Freude haben, was ein rechtes Mädchen sein könne, das habe er nicht gewußt. Er müsse sagen, er tauschte das seine nicht an ein Dutzend Buben. «Es war aber auch berühmt, es sahen noch andere Leute, was mit ihm ist; wenn es unser einzig Kind wäre und wir noch einmal so reich, es hätte nicht stärker um ihns gehen können und dazu von vornehmer Seite her, wo ich nicht daran hätte denken dürfen. Aber darauf hat es nicht gesehen, und wir ließen ihns machen, wir dachten, es hätte den Verstand selbst. Und Gottlob, als es ihm war, den möchte es jetzt und keinen Andern, da kam es und sagte, es möchte Vater und Mutter was sagen, aber es dürfe fast nicht, der und der setze ihm stark nach und wolle nicht nachlassen, und es müsse es sagen, wenn es einmal einen möchte, so sei es diesen. Aber es wolle uns dieses zuerst sagen; wenn wir im Geringsten etwas dawider hätten, so sollten wir es nur sagen, es sei nicht, daß es meine, das müsse sein, es wolle sich uns unterziehen. Es hat meinen Alten selbst gedünkt, es hätte keine Art, wie das Meitschi sich unterzog und alles in unsere Hand legte. Wenn sie alle so wären, es würde weniger Unglück geben, hat er gesagt. Was wollten wir dagegen sagen? Es las aus, wir selbst könnten es nicht besser, und daß es bloß unseretwegen ledig bleiben solle, das meinen wir nicht, das wäre ja gottlos. Es ist ein Bursche von den bravsten und hübschesten einer, hat einen bezahlten Hof, versteht das Bauernwesen aus dem Fundament, ist selbst dabei früh und spät und selbst voran. Zu scheuen ist nichts in der Familie, weder leiblich noch geistlich, wir haben gute Nachfrage gehalten und lauter gut Lob gehört. Es sei eine berühmte Familie gewesen, solange man sich erinnern möge. Nur die Mutter lebt noch, bsunderbar eine brave Frau; sie hat gesagt, sie möge die Stunde nicht erwarten, bis mein Meitschi ihr ins Haus komme, dann solle es Meisterfrau sein vom ersten Augenblick an. Sie habe genug regiert, danke Gott, wenn sie abgeben könne. Nein, besser hätte das Kind es nie machen können! Aber wie es dann bei uns gehen soll, das weiß ich nicht, nein, ich weiß es nicht, darf nicht daran denken, wie übel es mir geht, niemanden es sagen.» Da nun geht das Überlaufen recht an, und doch ist der Schmerz ein süßer. Zweifacher Trost steht ihm zur Seite, das Bewußtsein, eine solche Tochter zu haben, und die Hoffnung auf ein jüngeres Mädchen, das zwar noch nicht Verstand hat an der ganzen Hand, was jenes am kleinen Finger, das aber einsehen werde, was jetzt an ihm sei, und so viel Gedanken, daß es der Schwester nicht ganz werde nachstehen wollen. «Aber» usw.!

Das war die Hochzeitpredigt, welche die Bodenbäurin aus

der Fülle ihres Herzens hielt und welcher die Glunggenbäurin in rührender Andacht zuhörte. Sie konnte keine solche halten, die arme Frau. Sie wünschte Glück von ganzem Herzen, sagte aber auch aufrichtig, sie erfahre das Gegenteil. Wenn die Bodenbäurin ihre Tochter einmal sehen werde daherfahren mit ihrem Manne, werde sie absitzen müssen vor Freude, sehe sie aber Elisi und seinen Mann dahergefahren kommen, so müsse sie absitzen vor Kummer und Angst. Das Elisi könne sie aber doch erbarmen von ganzem Herzen, an allem sei es nicht schuld; es sei ihnen zu wert gewesen von Jugend auf, und kränklich sei es auch gewesen, darum habe man es mit Arbeit verschont, dummerweise, sie hätten den Verstand nicht besser gehabt. Man habe ihnen gesagt, Elisi müsse gebildet werden mit Welsch und Brodieren, dann könne es eine vornehme, gebildete Frau werden und brauche nicht zu arbeiten, dazu sei es zu zart, und wer reich sei, solle eigentlich gut haben und Andere machen lassen um den Lohn. Es hätte ihr geschienen, etwas sei an der Sache. Wenn sie so oft des Abends mit müden Beinen abgesessen sei und fast nicht mehr habe aufstehen können vor Schmerzen, sei es ihr oft vorgekommen, es sei dumm, sich so zu mühen, wenn man das Geld hätte, jemand den Lohn zu geben, daß er es für einen mache. Da habe sie gedacht, man könne das mit Elisi so probieren; wenn die Schulmeister und sonst die Gelehrtesten es so meinten, so werde es wohl auch so sein. «Wie dumm man ist, kann ich jetzt erfahren, und wie es einem geht, wenn man Gottes Wort nicht achtet und auf das Klügeln der Menschen hört. Es heißt: Sechs Tage sollst du arbeiten, und: Wer nicht arbeiten will, soll auch nicht essen, und da heißt es nicht von Reich und Arm, von Zart und Grob, es heißt: Du sollst. Und das wird wohl alle angehen, nenne man eine Elisi oder Lisi. Wenn eines nicht arbeiten kann, so ist es der ärmste Tropf von der Welt. Nicht von wegen dessen, weil niemand weiß, wie es ihm noch einmal gehen kann, daß Gott erbarm, sondern weil eines nicht befehlen kann, wenn es nicht weiß, wie etwas gemacht werden muß. Eine Frau ist der ärmste Tropf von der Welt, wenn sie nicht in jedem Augenblick die Magd vorstellen kann. Weiß sie nicht, wie man eine Sache macht, so hat keine Magd Respekt vor ihr, hält sie zum Besten. Sie ist nicht bloß am schlechtesten bedient, hat das ganze Jahr das Herz voll Verdruß und Gift, sondern sie muß sich auch verschreien lassen in der ganzen Welt als die böseste Hexe, welche je dem Teufel von dem Karren gefallen. Ach Gott, das erfahre ich an Elisi. Ich mag ihm Mägde herbeischaffen, so viele ich will, es plagen ihns alle, es verschreien ihns alle; es klagt und jammert oft darüber, hat schrecklich böse dabei, und ich weiß in Gottes Namen nicht zu helfen. Wenn ich schon sehe, wo der Fehler ist, so kann ich doch nichts daran machen, so wenig als bei Johannes Frau, die auch ein Narr ist vom Kopf bis zu den Zehn. Die wäre grob genug zur Arbeit, aber man hat sie auch nichts gelernt als den Narren zu machen, daß Gott erbarm!»

So ergoß sich die Glunggenbäurin, und daß auch ihre Augen nicht trocken blieben, versteht sich. Aber weder neidisch auf die Bodenbäurin noch unglücklich war sie dabei. Wer hat nicht schon erfahren, wie durch eine flotte Herzensergießung in gemütlicher Traulichkeit der Geist sich erleichtert und aufheitert wie nach strömendem Regen der Himmel? Die Zeit schwand wie den Seligen die Ewigkeit, unbemerkt, und dunkel wards, ehe jemand daran gedacht. Entschieden weigerten sich der Bodenbauer und seine Frau, über Nacht zu bleiben. Es sei ihnen nicht wohl an einem andern Orte, sagten sie, über Nacht. Solange sie verheiratet seien, seien sie nie Beide mit einander außerhalb dem Hause über Nacht gewesen und Eins ohne das Andere nicht oft. Man wisse nie, was es geben könne. Dieses Gefühl, welches heimzieht an allen Haaren, dem Manne Kraft gibt, daß er jeder Überredung unzugänglich wird, an allen Wirtshäusern vorüberwandelt, die Müdigkeit der Glieder überwindet und heimkehrt, wenn auch erst nach Mitternacht, ist ein eigentümliches, es ist ein Kind der Treue, welche auf dem einmal erkornen Posten stehen will in der Nacht, die niemandes Freund ist.

Solche in trauter Gemütlichkeit verbrachte Tage, wo Sterblichen die Zeit verrann wie Seligen die Ewigkeit, glänzen durchs Leben wie ein goldenes Gestirn am hohen Himmelsbogen, weite Räume erhellen sie, und einmal erlebt, werden sie nicht wieder vergessen. Solche Tage sind manchmal eingestreut ins Leben wie am Himmel die Sterne, manchmal gleichen sie der klaren Morgensonne, welche einen hellen Tag bringt, manchmal der Abendsonne, nach welcher die Nacht kömmt und nach der Nacht stürmische Tage.

Diesmal war dieser Tag wirklich der Abendsonne ähnlich, welcher erst die Nacht, dann wilde, trübe Zeiten folgen.

SIEBENTES KAPITEL

Eine Überraschung, aber keine angenehme

Am folgenden Morgen wollte Vreneli eben die Base rufen, dieweil es im Hinterstübchen noch einige Schinkenschnittchen und eine Flasche Wein zweggestellt hatte, um den Nachdurst zu löschen und den blöden Magen zu verbessern, wie es sagte, als ein schlecht Fuhrwerk um das Haus gefahren kam, aber noch viel blöder, als irgend ein Magen nach einem Kindtauftag sein kann.

Vreneli hatte gute Augen. «Herr Jeses, Herr Jeses!» sagte es. «Was ist, was ist?» frug die Base, «es wird doch nicht etwa eine Bettelfuhre sein?» «Nein, Base, nein,» sagte Vreneli, sich fassend, «ich weiß nicht, wo ich meine Augen gehabt; es ist ja ds Elisi, es wird zu Besuch kommen wollen.» «So ungesinnet, du mein Gott, was hat es wohl gegeben?» jammerte die Base.

Unterdessen war das Pferd blöde herangeschritten, und drinnen saß wirklich Elisi, so mager und grüngrau wie ein vorjähriger Rosmarinstengel, hatte ein eingewickelt Päcklein auf dem Schoße, und im Päcklein quakte was, man wußte nicht, wars ein Laubfrosch oder sonst eine lebendige Kreatur.

«Da nehmt, und da bin ich,» sagte Elisi und reichte das Paket hinaus, in welchem es gar heiser und jämmerlich quakte. «Jetzt müßt Ihr mich behalten, Ihr mögt wollen oder nicht, ich bin hier daheim.» Vreneli half ausladen, mußte dem Fuhrmann einen Platz für das Roß im Stalle zeigen, da das Mannsvolk im Walde war, hörte also die reichlichen Ausrufungen der Base nicht. Die gute Alte ward inne, daß das quiekende Paket aus einem Kindlein bestand, welches fest eingewickelt war in ein Umschlagetuch, und ließ es aus Schreck fast fallen. «Du bist doch immer das schrecklichste Babeli auf dem ganzen Erdboden,» sagte sie zu Elisi, «ein Kind so einzumachen; ein Wunder ists, daß es nicht dreimal erstickt und siebenmal erfroren ist. Nein aber, das arme Tröpflein! Es ist nichts gräßlicher, als wenn ein Mensch keinen Verstand hat und dazu noch eine Mutter vorstellen soll.» «Daß ich eine bin, daran seid gerade Ihr allein schuld,» sagte Elisi, «warum geht Ihr und erzwingts, daß ich den Hudelbub heiraten muß? Ledig wäre es mir noch lange lange wohl gewesen.» «Was?» sagte die Alte, «ich soll an deiner Heirat schuld sein und dir wäre es noch lange wohl gewesen ledig? Jawohl, daß Gott erbarm, und wie! Gerade wie dem armen Würmli da, Gott verzeih mir meine Sünde! Aber was bringt dich Böses? Denn nach dem Guten darf ich dich nicht fragen.» Da begann Elisi ein schreckliches Geheul, wie es ihm jetzt ergehe, weil man es gezwungen habe, den verfluchten Möff zu heiraten. Es habe gedacht, die müßten doch auch was davon haben, welche an all dem schuld seien. Wüst sich sagen lassen den ganzen Tag, Hund sein sollen und nichts fressen, obendrein noch Schläge, diese Lebweise habe es satt, es könne sie seinethalben jemand anderes auch probieren.

Da kam Vreneli mit Schinkenschnittchen, Backwerk, Wein, mit allem, was im Hinterstübchen für die Base aufgehoben gewesen. Es habe gedacht, es könne vielleicht was helfen und Elisi werde hungrig und durstig sein, sagte Vreneli in allem guten Meinen und dachte, wie es da was Gescheutes mache. Aber kurios, im Verkehr mit dummen Leuten wird gerade das Gescheuteste zum Verkehrtesten, mit Minus ist halt gerade das umgekehrte Rechnen als mit Plus. Wie Elisi Wein und Schinken sah, fing es ein ganz mörderlich Geschrei an, akkurat als ob Vreneli Elisis eignen Schinken da präsentiere, wohlgeräuchert auf einem Teller. Man begriff lange an dem Geheule nichts, bis man endlich aus einigen artikulierten Tönen entnehmen konnte, daß es Elisi das Herz zerriß, wie man auf der Glungge ein Leben führe, seit es fort sei. Während es Hunger leide, kaum hartes Kuhfleisch habe und schlechte Kartoffeln samt Wasser, wenn es möge, habe man hier schon des Morgens Schinken und Wein wie die vornehmsten Engländer. Aber vor Gott sei es nicht recht und sie würden es einst zu verantworten haben, daß man die eigenen Kinder ins Elend stoße und mit Fremden und Lumpenleuten die Sache verfresse und versaufe! Jetzt sehe es, wie man es mit ihm meine und immer gemeint habe.

Man sagte ihm, gestern sei Taufe gewesen und was da stehe, sei übrig geblieben. Aber mache jemand einem zornigen Weibsbild was begreiflich! Zudem tat das Kindlein erbärmlich, daß es der Großmutter himmelangst wurde und sie und Vreneli ihm ihre Hauptsorge zuwenden mußten. Sie ließen also das Elisi heulen und suchten das Kind zu beschwichtigen.

Umsonst heult selbst ein Elisi nicht gerne; sobald es also sah, daß man seiner sich nicht mehr achte, setzte es ab mit Heulen und sich hinter Schinken und Wein und sagte, es wolle zugreifen, wenn es schon niemand heiße, es wolle nehmen, während noch was da sei, es merke wohl, wie das gehen solle, die Leute werden halt nie aussterben, welche Andere um ihre Sache brächten oder eheliche Kinder aus dem Neste stießen. Man ließ es reden und essen, beides brachte es nach und nach zu sich selbst und auf den rechten Grund seines Herkommens.

Gestern spät am Abend war der Mann heimgekommen, fand kein Licht im Hause, nichts Warmes für sich, da tat er wie ein Menschenfresser und prügelte Elisi. Am Morgen wollte er frühstücken, da war weder Holz noch Kaffee da, alles sollte erst zusammengeholt werden, hierher, dorther; da ward das Untier wieder zornig und prügelte Elisi wieder ab, und zwar mit der Elle. «Soll ich für alles sorgen? Soll ich an alles denken? Soll mir alles in den Sinn kommen? Der Unteufel, der er ist! Für was ist er da? Für was hat man eine Magd? Und wenn man nicht wüßte, daß er kein Geld hätte, so würde man uns solche Sachen ins Haus senden, man brauchte nicht lange darnach zu laufen. Wenn meine Mutter einen Batzen wert wäre, hat er gesagt, so würde sie kein solch Lumpenmensch erzogen haben, denn keinen faulen Pfennig sei ich wert, und wenn ich schon einen Taler im Maul hätte; von schlechten, verfluchten Leuten her müßte ich sein, daß ich so nichtsnutz geraten, zu einem Mensch, welches kein Bettler auf dem Mist auflesen würde, und dabei hat er mich nun geschlagen, bis ich aus dem Bette sprang, in die Kleider fuhr und fortlief. Bringt mir nun nicht der Unflat von Magd das Kind nach und sagt, der Herr schicke es! Was jetzt machen? Fahren wollte mich niemand, gehen mochte ich nicht, zurück wollte ich nicht; der könnte mich töten oder gar vergiften, ihm war das Schlimmste zuzutrauen. Endlich erbarmte sich Lugihausi meiner, er war früher auch ein vornehmer Mann und weiß jetzt, wie es jemand ist, dem niemand helfen und glauben will; der spannte endlich an, und jetzt bin ich da und jetzt, Mutter, mußt du Fuhrlohn zahlen.»

Das waren begreiflich keine erfreulichen Nachrichten und Aussichten; gerne hätte Vreneli den doppelten Fuhrlohn bezahlt, wenn Elisi wieder weitergefahren wäre. Der Base war es wahrscheinlich ebenso, sie wußte, was das Fortlaufen für eine mißliche Seite hat, nämlich das Wiederkommen. Daß der Mann die Frau geprügelt, fand sie freilich sehr fatal, besonders für den geschlagenen Teil. Indessen mußte sie gestehen, daß ein Mann ungeduldig werden muß und wirbelsinnig, wenn die Frau für nichts sorgt, nichts denkt, immer nichts da ist, was man eben brauchen sollte, wenn sie ist, als wäre sie ohne Gehirn oder hätte höchstens das Gehirn einer Gänsin; in einem solchen Gehirn steckt gewöhnlich noch die Unart, daß man es nicht einmal mahnen darf; da soll eine Magd probieren und sagen: Frau, dies, Frau, jenes wäre nötig, sollte man holen!, sie würde allemal einen Schnauz kriegen eine Elle länger als der längste Husarenschnauz. Da kriegt denn so eine Magd auch Bosheit in den Leib und denkt: Meinethalb!, wird stumm wie ein Fisch, hat erstlich Freude, wenn man auskömmt mit einer Sache und die Frau merkt es nicht, und zweitens noch eine größere Freude, wenn der Mann darüberkömmt und mit einem Haselstecken am Gedächtnis seiner Frau herumflickt, wenn auch mit schlechtem Erfolg.

Was die gute Großmutter dabei tröstete, war das Erbarmen mit dem armen Kinde; so heillos verwahrloset war ihr die längste Zeit kein Bettelkind vor Augen gekommen, so mager, unsauber, gelb, blau und grau, es war ein Elend. Sie sagte Elisi, sie hätte gute Lust, noch nachzubessern, was ihm der Mann zu wenig gegeben, vor Gott sei es nicht zu verantworten, wie es mit dem Kinde umgehe; sie müßte sich schämen, eine Tochter zu haben, welche nicht halb so viel Verstand gegen ein Kind habe als eine Katze gegen ihr Junges. Wenn sie mehr hätte, sagte Elisi, so sollte sie das Kind nehmen; daß es nicht mehr habe, dafür könne es nichts, sie hätten ihns erzeugt und erzogen; traurig genug sei es für ihns, daß man ihns so verwahrloset, daß es so dumm geblieben. Es trat gar deutlich hervor, daß Elisis ganze Lebenskraft im Maul sich zentralisiert habe.

Es ist sehr oft der Fall, daß die geistige und körperliche Kraft eines Menschen sich in ein Glied oder ein Talent zusammenzieht, da Ausgezeichnetes leistet, im Übrigen aber schwach oder kreuzdumm ist. Man hatte ausgezeichnete Maler, und nebenbei waren sie einfältige Menschen, man hatte Menschen, denen alle Kraft in den Füßen lag, schlaff hingen die Arme am Leibe nieder, Hasenfüße nannte man sie, kommode Leute, besonders bei einer Retirade. Bei Elisi zogen alle geistigen und leiblichen Kräfte sich in einem Gliede zusammen, und zwar in der Zunge. Die Zunge ist ein klein, wunderbar Ding, «ein klein Glied,» wie der Apostel Jakobus sagt, «und erhebet sich doch gewaltiglich. Siehe ein klein Feuer, wie einen so großen Haufen Holz zündet es an! Also ist auch die Zunge ein Feuer, eine Welt voll Ungerechtigkeit; also stehet die Zunge unter unsern Gliedern, welche den ganzen Leib befleckt und zündet das Rad unserer Geburt an und wird angezündet von der Höllen.» Ja, das ist ein Ding, die Zunge, und zwar eines von doppelter Natur, ein geistig und ein leiblich Werkzeug, dem Geiste, dem Leibe unentbehrlich. Es ist aber nichts merkwürdiger als die Wahrnehmung, daß die Zunge, sobald sie zum herrschenden Gliede im Körper wird, sie sich in beiden Richtungen, geistig und körperlich, geltend macht und das große Wort führt. Das Wort

«Kaffeeschwestern» ist ein altes, wohlbekanntes, und niemand, der es hört, ist so einfältig, wenn er es hört, zu glauben, es sei da die Rede von Schwestern, welche bloß den Kaffee lieben, er weiß alsbald, daß es zungenfertige Dinger sind, welche nebst Kaffee das Geschwätz lieben über alles. Es ist halt mit der Zunge akkurat wie mit einem Wagenrad, wird dieses viel umgetrieben, so muß es auch viel und gut gesalbet werden. Die Sache ist ganz natürlich; wie Krieger mit dem Degen, fechten die Diplomaten mit der Zunge, sind aber auch allbekannte Gutschmecker, und diplomatische Mahlzeiten sind wohlbekannt von alters her. Wenn nun ein ganzes Volk sich auf die Diplomatie legt und mit Schwadronieren sich befaßt, Herrgott, was da gesalbet und geschmiert werden muß! Man frage einen Waadtländer, der wird auch was erzählen können über diesen Punkt. Es wird also niemand ungläubig den Kopf schütteln ob unserer Äußerung über die Doppelnatur der Zunge, die zwei ist und doch eins, und also niemand sich wundern, wenn sie auch bei Elisi scharf hervortrat. Wir haben im Berndeutsch gar herrliche Worte, die verschiedenen Sorten und Abarten des Geschwätzes zu bezeichnen: dampen, dämperlen, klapperen, stürmen, schwadronieren, poleten, hässelen, giftlen, schnäderen, ausführen, kifeln, rühmseln usw. Hässeln und schnädern möchten die beiden bezeichnendsten Worte für die Richtungen von Elisis Unterhaltungen sein. Am liebsten salbete es seine Zunge mit was Süßem und was Rotem, doch verschmähete es auch Fische, Pasteten, Geflügel nicht, so wenig als weißen Wein vom Jahre 1834 und Muskatwein, welcher bekanntlich gelb ist. Von Arbeiten war gar keine Rede mehr, selbst nicht mehr von Korallenanziehen, zog es doch nicht einmal sein eigen Kind an, hätte es, wenn es niemand anders tat, tagelang liegen lassen.

Die eilf ägyptischen Plagen sind bekannt, eben angenehm

sind sie nicht zu nennen; aber auf einem Bauernhofe, wo alles arbeiten soll, jeder sein angewiesenes Tagewerk hat, eine Person zu haben, welche nichts tut als allenthalben herumstehen, alle versäumen mit Schnädern und Befehlen, mit Gerede von allen Sorten, alle Augenblicke was wollen, welches nicht zu haben und zu machen ist, und dann ein Geschrei und einen Jammer verführen ärger als ein junges Schwein in eines ungeschickten Metzgers Händen, das ist eine Plage, an welche Moses nicht gedacht zu haben scheint. Mach, wie wenn du daheim wärest, so sagt man zu einem Menschen, wenn man wünscht, daß es ihm recht behaglich und heimlich werde. So brauchte man aber zu Elisi nicht zu reden; es tat wirklich, als wäre es daheim, und nahm von dem neuen Verhältnis, nach welchem Uli und Vreneli im Hause Meister waren, keine Notiz. Es lief im Hause herum wie im Stock, es stellte sich bei Mägden und Knechten, nahm sie in Anspruch bald für dieses, bald für jenes, strich besonders Uli nach; wenn es ihn irgendwo merkte, hatte es keine Ruhe, bis es bei ihm war. Bitterlich dagegen haßte es Vrenelis schönes Kind und zeigte das so unverhohlen, daß man es so wenig allein bei ihm lassen durfte, als man eine Katze bei einem Kinde läßt; Elisi wäre imstande gewesen, es zu kneifen und zu kratzen, und da es das nicht durfte, grinste es ihns wenigstens an, so daß dasselbe allemal sich zu fürchten und zu weinen anfing, wenn es Elisi von weitem sah. Nun sollte auch sein eigen Kind auf einmal so hübsch werden, und dazu wußte es kein ander Mittel, als demselben den ganzen Tag zu essen zu geben oder geben zu lassen, es förmlich zu mästen, und zwar mit dem größten Unverstand; gute Milch gab es ihm keine mehr, es mußte dicker Rahm sein, stopfte ihm den ganzen Tag Brei in den Leib, schüttete ihm Wein darüber, stieß Zuckerbrot oder so was nach, daß das Kind erst fast erstickte und dann Bauchweh oder so was kriegte, jämmerlich schrie, bis es himmelblau wurde im Gesicht. Wollte die Mutter wehren, dann schrie Elisi, die Mutter gönne ihm kein schönes Kind, sie halte es mit Vreneli und dessen Balg; wenn es wüßte, wie dem vergeben, es täte es noch heute, sparte es nicht bis morgen; sie sollten sich in acht nehmen, wenn es dasselbe einmal in die Hände kriege, wolle es ihm die Hübsche vertreiben für sein Leben lang. Dann kam Joggeli und begehrte auf über das fortwährende Geschrei; es sei eine halbe Stunde in der Runde kein Winkel, wo man einen ruhigen Augenblick haben könne, höre Eines auf, so fange das Andere an. Daß es ihm in seinen alten Tagen noch so gehen könne, daran habe er nie gedacht, aber er wisse wohl, wer an allem schuld sei, man möge es glauben wollen oder nicht.

Die gute Base hatte wirklich böse Tage, Tage, von denen sie sagen mußte, sie gefielen ihr nicht. Sie sah alle Tage eine Sache heller ein, an welche sie früher nicht gedacht hatte; sie war ihr nie so recht vor die Augen gekommen, und die Erfahrung ists, welche Wissenschaft und Weisheit bringt. Sie hatte nämlich nie gesehen, was eine Person von Elisis Schlage für eine Mutter wird. Man kümmert sich manchmal darum, welche Haushälterin ein Mädchen werde, aber was es für eine Mutter werde, daran denkt man nicht oder man meint, der Verstand dazu werde ihm schon kommen, es werde ihns schon lehren. Ja, daß Gott erbarm, lehren! Mutter wird Manche, ungesinnet, aber eine rechte Mutter sein, das ist ein schwer Ding, ist wohl die höchste Aufgabe im Menschenleben. Schon alleine der bloße Anblick der Mutter ist von unnennbarem Einflusse auf das Kind, kann das Kreuz mit der Schlange sein, bei welchem die Juden in der Wüste Heilung und Sicherheit vor den Schlangen fanden. Was gewährt aber nun so ein grinsend, unfreundlich, unsauber Ding wie Elisi einem Kinde für einen Anblick? Welche Eindrücke saugt es ein? Oder was meint man, muß es dem Kinde nicht ganz anders werden im Gemüte, wenn ihm an seiner Wiege des Tages und in der Nacht ein holder, schöner Engel erscheint, der mit süßen Tönen tröstet, mit milden Händen die rechte Labung spendet, als wenn an der Wiege Rand ein häßlicher, grüngrauer, keifender Kobold auftaucht, ein unsauber Ding, von dem man lange nicht weiß, ist es eigentlich ein Mensch oder ein Affe, über die Wiege hereingrännet, häßliche Töne von sich gibt, heftig und krampfhaft reißt und stößt und schaukelt, daß Glied um Glied davonfahren möchten? Was meint man, sollte man nicht solch grinsenden, keifenden, nichtsnutzigen, selbstsüchtigen Dingern, seien es meinethalb Gräfinnen, Bauerntöchter oder Stallmägde, das Heiraten verbieten von Obrigkeits wegen und jede, welche es doch versucht, einsperren lassen hinter Gitter, und zwar enge und eiserne, und bis zum dreiundfünfzigsten Jahre? Die Base wäre sicherlich dieser Meinung gewesen, wenn man ihr den Fall vorgelegt hätte. Es lag ihr unendlich schwer im Gewissen, daß sie daran nicht gedacht oder geglaubt, es werde Elisi der nötige Verstand seinerzeit schon kommen, daß sie nicht mit Händen und Füßen sich jeder Heirat widersetzt. Es beelendete sie unendlich, wenn sie sah, wie Elisi das arme Kind mißhandelte, aus unverständiger Eitelkeit, wie eine Hoffartsnärrin ein beliebig Kleidungsstück, welches sie in die Form zwingen will, die ihr gerade in die Augen geschienen.

Am wohlsten schien bei dem ganzen Handel der Baumwollenhändler zu sein, wenigstens nahm er Elisis Abwesenheit höchst kaltblütig, zeigte sich nicht nur nicht, sondern ließ auch kein Wörtlein von sich hören. Die Unbequemlichkeiten des Fortlaufens dagegen fingen nachgerade an, recht unangenehm sich fühlbar zu machen. Anfangs ärgerte sich Elisi bloß, daß der Unflat ihm nicht nachgelaufen kam, um ihm alles sagen zu können, was es ihm eingebracht hätte. Nach und nach stieg ihm die Eifersucht zu Gemüte, es nahm ihns bitter wunder, was der Unflat jetzt vornehme, da er keine Frau mehr habe? Wenn nun einmal eine Frau auf diesen Punkt gekommen ist, dann kriegt die dickste Phantasie Leben, fängt an sich zu bewegen in den schauerlichsten Bildern und malt der Frau Dinge vor, daß sie das Zittern kriegt in alle Glieder. Noch ungeduldiger ward Joggeli. Der Lumpenhund habe ihn geplündert, kein Spitzbub könne es besser; jetzt schicke er ihm Frau samt Kind über den Hals, um ihn des Todes oder des Teufels zu machen. Aber das wolle er nicht so. Dem Schelm wolle er seine Familie nicht erhalten, in seinen alten Tagen noch Kindbette halten und dazu keinen Augenblick Ruhe, weder Tag noch Nacht.

Endlich ließ Joggeli Bescheid machen dem Tochtermann, er solle seine Frau holen. Dieser ließ sagen: Er hätte sie nicht gehen heißen, er hieße sie auch nicht wiederkommen, sie werde den Weg wohl noch wissen, er werde ihr ihn nicht zu zeigen brauchen. Am liebsten sei ihm, sie bliebe, wo sie sei, sie dünke ihn dort am schönsten. Potz Blitz, wie gab das Feuer! Auf der Stelle sollte Uli mit ihm fahren, meinte Elisi, und dann müsse er ihm den Unflat prügeln in seinem Namen, bis derselbe kein Glied mehr rühren könne, dem wolle es zeigen, dem Hagel, wo es schön sei. Das wollten aber weder Vater noch Mutter tun. Es sehe jetzt, was Fortlaufen sei, ein andermal möge es die Sache besser bedenken und denken auch an seine Fehler. Sei es so lange schon dagewesen, so könne es ein paar Tage auch noch warten. Elisi zeterte gewaltig, und wenn es gewußt hätte, wie zu Fuße gehen, es wäre gelaufen, aber eine halbe Stunde zu Fuße zu gehen, war ihm ein Greuel. Schuhe hatte es auch keine, welche einen solchen greulichen Feldzug ausgehalten hätten. Die Base hatte gewünscht, Joggeli wäre selbst zum Tochtermann gefahren und hätte ihn zum Verstand gebracht, denn sie waren Beide der Meinung, Elisi hätte ihm so viel zugebracht und noch so viel zu erwarten, daß Geduld haben und sich auch in etwas unterziehen ihm wohl anstehen würde. Wenn man den Geldsäckel in der Hand habe, so wüßte man nicht, warum man so mit einem Bürschchen nicht ein ernsthaft Wort sollte reden dürfen? Sie waren Beide akkurat gleicher Meinung, bloß darin wichen sie ab, daß Joggeli dies nicht selbst ausrichten wollte, er war nicht der Mann, jemanden unter den Bart zu stehen. Er wollte den Johannes schicken, der tue es gerne, sagte er, und wenn er den Spitzbuben schon ein wenig in die Finger nehme, so werde es ihm wenig schaden, allweg schlechter werde er dadurch nicht. Gegen das sträubte die Base sich. Es könnte doch zu böse gehen, meinte sie. Sie hätte nichts wider Johannes, aber wenn es sei, um Frieden zu machen, so schickte sie lieber nicht ihn, sondern jemand anders. Elisi müsse doch alles wieder abbüßen, was von ihrer Seite dem Manne angetan werde. Die gute Alte hatte selbst eine Art von Mitleiden mit dem Tochtermann, so sehr er ihr sonst zuwider war. Sie müsse bekennen, sagte sie oft zu sich selbst, sie würde auch ungeduldig, wenn Elisi ihre Frau wäre, und wenn es dazu noch so böse sei wie hier, so könne sie sich nicht einmal verwundern, wenn es ihm zuweilen in die Finger käme, von wegen Mannevolk sei immer Mannevolk, und bekanntlich gehöre das Mannevolk nicht unter die geduldigen und sanftmütigen Kreaturen.

ACHTES KAPITEL

Wie Zögern wechselt mit Überraschen, aber ebenfalls nicht auf angenehme Weise

So verzögerte sich die Ausführung einige Tage, bis endlich die Mutter nachgab und erkannt wurde, es müsse dem Johannes geschrieben werden, daß er die Sache alsbald verrichte. Aber wer sollte schreiben? Die Mutter konnte nicht, Joggeli war eine Feder ärger zuwider als ein angezündet Schwefelholz unter der Nase. Elisi schmierte endlich einen Bogen voll, von dem aber erkannt wurde, den könne man nicht abgehen lassen, denn der gelehrteste Professor könne nichts daraus machen. Elisi heulte, aber damit entstund kein verständlicher Brief. Joggeli mußte endlich das Wort geben, er wolle morgen selbsten einen machen. Am Morgen fiel es Joggeli plötzlich ein, heute sei der Tag, an welchem der Lehenzins verfallen sei, und nun plagte ihn die Neugierde, ob Uli wohl zahlen werde oder nicht? Er hatte gesehen, daß der Müller Korn geholt, hatte auch die Zahl der Malter gezählt, den Preis zu vernehmen gesucht und daraus geschlossen, Uli werde im Sinn haben zu zahlen. Joggeli hatte nicht Angst, er könne um seine Sache kommen, aber er freute sich auf das Geld. Kinder und alte Leute sind auch darin sich ähnlich, daß sie gerne mit Geld spielen, es zählen, es rollen lassen durch die Finger, Häufchen machen, es durcheinanderwerfen, es transportieren aus einem Sack in den andern Sack. Er vergaß den Brief ganz, sah gleich mit Tagesanbruch erst lange durch die Fensterscheiben, ob Uli nicht anrücke. Später träppelte er ums Haus herum, zeigte sich, in der Erwartung, Uli lasse sich dann auch hervor mit einem großen Bündel Geld. Da kein Uli erschien, trippelte er hinüber zum Hause, kam zu den Knechten, frug wie von ungefähr, ob der Meister daheim sei oder fort? Sie wüßten nichts anders, sagten die Knechte, sie hätten ihn erst noch gesehen und gsunntiget sei er nicht gewesen. Er scheuet sich vor mir, dachte Joggeli, darf oder will sich nicht sehen lassen; entweder hat er das Geld nicht oder er will mich nicht bezahlen, eins ist so schlimm als das Andere, aber wenn es vierzehn Tage geht, so schreibe ich Vetter Johannes, er ist Bürge, er kann zur Sache sehen. Doch trotz diesem Rückhalt hatte er den ganzen Tag keine Ruhe, er trappete herum, als ob er ein Wurmpulver im Leibe hätte, und trotz seinem Trappen sah er Uli den ganzen Tag mit keinem Auge.

Uli lebte, er lebte einen großen Tag, er machte seine Jahresrechnung, zog seine Bilanz, verglich mit der Rechnung die Kasse. Das ist ein Stück Arbeit für einen Uli! Zehn Jucharten Roggen säen in einem Tage ist Kinderspiel dagegen. Ja, Rechnen hat eine Nase, besonders wenn man es nicht wohl kann.

Uli hatte begreiflich das Jahr durch schon gar oft gerechnet, vielleicht nur zu viel, doch so recht bis auf den Grund noch nie, und das sei notwendig, hatte er gehört, besonders für Anfänger. Es sei schon gar Mancher zugrunde gegangen, weil er nie nachgesehen, wie er stehe, ob er vorwärts oder rückwärts gehe. Am Jahrestag seiner Meisterschaft übernahm er nun diese Arbeit. Er zählte zuerst das Geld, welches er hier in einem Bündelchen, dort in einem Körbchen, anderwärts in einem Strumpfe hatte. Ein reicher Bauer hatte ihm gesagt, wenn man viel Geld im Hause habe, müsse man es verteilen; kämen Diebe, so kriegten sie doch niemals alles, sondern nur einen Teil. Das Zählen schon trieb ihm den Schweiß aus, denn so oft er zählte, so oft gestaltete sich die Summe anders. Zu der Gewißheit kam er, daß jedenfalls über tausend Taler seine Kasse enthielt. Nun versuchte er die richtige Summe aus seinem Buche zu finden, das war aber erst ein Hexenwerk, aus welchem noch ein ganz Anderer als Uli nicht gekommen wäre. Uli hatte aufgemacht und hatte nicht aufgemacht. Größere Posten waren aufgeschrieben, aber kleinere begreiflich nicht. Verkaufte Kühe waren aufgemacht, aber von verkauften Kälbern fand man wenig Spuren, von verkauften Ferkeln gar keine; so wollten im Buche sich nicht reimen Ausgaben und Einnahmen, und mit dem vorhandenen Gelde paßte die Bilanz im Buche erst nicht. Im Buche fehlten alle kleinen täglichen Ausgaben, nur die größern Summen stunden da. Wer aber einige Zeit hausgehalten hat, weiß, wie viel Kleines zu was Großem sich summiert. Kurz ins Reine brachte er es nicht, er kam bloß so weit ins Klare, daß er mehr als zweihundert Taler in bar gespart. Das Vieh im Stall war von geringerem Werte als das, welches er übernommen, dagegen besaß er noch ein ziemlich Quantum Korn, weit mehr als für den Hausbedarf bis zur Ernte. Vorräte von allen Sorten, wie sie einer Haushaltung wohl anstehen, hatte Vreneli doch gemacht; seit der Bodenbauer seine Vorlesung über Hausökonomie gehalten, war es von Uli weniger gehindert worden. Was er an Vorräten hatte, schätzte er zu ungefähr hundert Talern, so daß also sein Gewinn oder Arbeitslohn zum wenigsten dreihundert Taler betrug. Zuerst wollte er sich freuen darüber, dieweil das ein so schöner Anfang sei, aber nach und nach flogen ihn allerlei Mücken an. Er fand, daß dies doch eigentlich nichts sei. Es sei ein ausgezeichnet gutes Jahr gewesen, sagte er, und nur dreihundert Taler! Jetzt habe er bar auf der Hand, daß er in ordinären Jahren nichts verdiene, nicht so viel als sein schlechtest Knechtlein. Sollte es aber Fehljahre geben, könne er nicht bloß dreihundert, sondern sechshundert Taler verlieren so gut als einen Batzen! Wo dann die nehmen? Und gesetzt, meinte er endlich, was seien doch dreihundert Taler für so viel Not und Mühe und so große Gefahr, um alles zu kommen! Da müsse man es sein Lebtag böse haben und komme doch zu keinem Vermögen. Dann sei es nicht gesagt, daß man immer gesund bleibe und arbeiten möge wie ein Hund bis in das höchste Alter. Am Ende wäre es besser gewesen, er wäre Knecht geblieben, dachte Uli, so finster kam es ihm ins Gemüt. Der Uli, der vor Jahren dreihundert Taler für ein unerschwinglich Vermögen angesehen hatte, der achtete sie jetzt für nichts und hatte gute Lust, wirbelsinnig zu werden, weil er in einem einzigen Jahre bloß dreihundert Taler verdient. So kann der Mensch sich ändern, so wunderlich kann es ihm in den Kopf kommen.

Vreneli sprach ihm zu und sagte ihm: Er mache ihm recht angst. Das sei Undank gegen Gott, und wo der sei, da zeige Gott gerne, daß die Sache an ihm liege, und wenn man nicht zufrieden sei mit seiner Güte, man sich fügen müsse in seine Strenge. Es wären Tausende, welche Gott auf den Knieen danken würden, wenn sie zu dreihundert Talern kämen. Es sei noch kein großes Vermögen, aber doch ein schöner Anfang, es decke den Rücken und um so getroster könne man der Zukunft warten. Daß es so viel sei, hätte es nicht geglaubt, und wenn nur Uli zufrieden sei, so habe es den festen Glauben, es komme alles gut; aber zu viel auf einmal wollen, das sei vom Bösen, damit verderbe man es gerne bei Gott und bei den Menschen. Zur Beredsamkeit enfaltete Vreneli noch seine ganze Liebenswürdigkeit und brachte es wirklich dahin, daß es aus Ulis Kopf die Mücken ausjagte und dieser, als er sich endlich aufmachte, um Joggeli den Zins zu bringen, ein ganz zufriedenes Gesicht hatte.

Derselbe hatte wirklich schon alle Hoffnung aufgegeben, heute sein Geld zu sehen. Das sei Bosheit vom Uli, sagte er seiner Frau. Derselbe hätte es, er wisse es wohl, aber er wolle ihn nur plagen; doch das solle ihn nichts nützen, je länger er mit dem Gelde warte, desto mehr schlage er ihm mit dem Zinse auf. Er tat noch viel nötlicher als drüben Uli, so daß auch hier das Weib das Mittleramt übernehmen mußte. Er solle sich doch schämen, so nötlich zu tun. Das wäre wohl gut, wenn sie kein Geld mehr hätten oder sonst nicht zu leben. Es könnte sein, daß ihm zuletzt noch lieber wäre, Uli sei ihm das Geld noch schuldig, als daß er es in Händen habe. Es sei heute der erste Tag, wo es verfallen sei, er solle doch denken, wie Viele froh wären, wenn sie den Zins im ersten Jahre erhielten. Selten einem komme es in Sinn, den Zins auf den ersten Tag zu bringen, und Mancher hätte es noch ungern, wenn sein Pächter am ersten Tage käme, als ob der Herr ohne das Geld nicht mehr auskommen könne. «Das ist mir hell gleich,» sagte Joggeli, «wie es Andern dünkt, aber mir hat er versprochen an die Hand zu gehen, und wenn einer was verspricht, sollte er es halten, sonst halte ich nichts mehr auf ihm.» «Du hast mir auch manchmal schon was versprochen und es nicht gehalten,» sagte die Frau. «Ja, das ist was ganz anderes,» sagte Joggeli, «ich bin nicht dein Pächter und du nicht mein Lehenherr,» antwortete Joggeli. «Habe gemeint, Halten sei Halten,» entgegnete die Frau. Da klopfte es. «Sieh doch, Frau, lauf doch, kannst nicht vom Platz, vielleicht ist ers noch, wäre brav von ihm! Aber vielleicht hat er falsches Geld und hat gedacht, wenn es Nacht sei, sehe ich es nicht. Muß die bessere Brille nehmen, wenn er es ist.»

Richtig war es Uli. «Bin wohl spät,» sagte derselbe, «wenn man so viel Geld in allen Winkeln zusammenlesen muß, kann man sich darob versäumen. Aber ich wollte den guten Willen zeigen. Da wärs alles in einem Seckel, es ist ein großer Bündel! Aber wenn es Euch wohl spät ist, so kann ich ja morgen wieder kommen. Es ist eine Zeit, wo man so viel nicht versäumt.» «Nein, nein, bleib, bleib!» sagte Joggeli. «Hat man einmal Geld im Hause, wäre es ja dumm, es wieder forttragen zu lassen. So ein Zinschen ist bald gezählt, und wenn es auch größer wäre, könnte man daran machen, bis man fertig ist.» «Ja,» sagte Uli, «glaube, für Euch sei es nicht viel, Ihr würdet ihn auch noch größer nehmen, aber Geben ist nicht gleich wie Nehmen. Wenn Ihr ihn geben solltet und herausschlagen aus den Steinen, dann würde er Euch mehr als groß genug scheinen und billig und recht, wenn er kleiner wäre und abgemacht würde.» So zählten sie und fochten mit Worten, wie es üblich ist, wenn Pachtzinse gegeben und genommen werden. Joggeli brauchte die schärfere Brille, fand jedoch trotz derselben kein falsches Geld. Die Sache sei recht, sagte er, wie er es erkennen möge. Sollte aber am Tage sich was noch zeigen, so werde Uli nicht dawider sein, es zurückzunehmen. Er glaube nicht, daß was sei, sagte Uli, daneben könne man sich irren, ja freilich. Und wenn Joggeli was finde, ehe er dieses Geld mit dem seinen zusammengetan, so nehme er es schon wieder. «Du wirst doch nicht etwa glauben, daß ich dich betrügen wolle?» fragte Joggeli. «Bewahre,» sagte Uli, «aber man kann sich irren.»

Joggeli tat wirklich das erhaltene Geld nicht zu dem seinen; den Genuß, mit Zählen und Sortieren desselben den folgenden Morgen sich zu verkürzen, ließ er sich nicht rauben. Am folgenden Morgen sagte seine Frau: «Schreibe doch dem Johannes, ehe du was anders anfangst, sonst wird heute wieder nichts daraus; ich muß es sagen, es wäre mir lieb, wenn die Sache an ihren Ort käme, ds Elisi tut so wüst, ich halte es nicht lange mehr aus.» «Freilich, freilich,» antwortete Joggeli, «geschrieben muß werden, aber jetzt muß das Geld gezählt sein, das wirst doch begreifen! Tue ich es mal weg und komme Uli hintendrein mit Irrtum oder falschem Gelde, so will er nichts mehr davon und ich habe das Nachsehen, begreifst?»

Nun setzte sich Joggeli zurecht zu einem behaglichen, flotten Privatvergnügen; beide Brillen legte er neben sich, Bleistift und ein Stücklein weißes Papier ebenfalls, schüttete den Sack aus, reihete das Bild recht auseinander und begann nun eine vergnügliche Musterung, welche bei der speziellen Inspektion der einzelnen Stücke anfing. Wo sie geendet hätte, wissen wir nicht, denn wie Joggeli am besten daran war, erschien unter der Türe die breite Gestalt von Sohn Johannes. «Ho, da komme ich gerade recht,» tönte es wie aus einem mächtigen Weintrichter hervor.

Wenn ein Blitz ins Stübchen gefahren wäre, Joggeli hätte nicht ärger zusammenfahren können; die bessere Brille fiel auf den Boden und zertrümmerte, mit beiden Händen fuhr Joggeli über den Haufen her als wie zum Schutze. «Gerade recht, beim –, komme ich, nie hätte es mir anständiger sein können, einen so großen Haufen Geld beisammen zu sehen,» sagte Johannes, «den kann ich brauchen, mit dem läßt sich was machen.» «Ja, ja,» sagte Joggeli, «glaubs; es weiß ein jeder was zu machen, einen guten Schick hier, einen guten Schick dort, wenn ich auch nur mal was davon hätte! Aber ob den guten Schicken komme ich am Ende um meine Sache, darum will ich nichts mehr von guten Schicken hören, diesmal brauche ich das Geld selbst; aber eine feine Nase mußt haben, daß du so manche Stunde weit es gerochen hast, daß ich einen Kreuzer Geld im Hause habe.» «Nicht wahr, Vater?» sagte Johannes, «die Nase ist noch gut, die habe ich noch nicht versoffen, die muß erst zuletzt an den Tanz. Aber Scherz beiseite, Vater, die Sache ist die, ich muß Geld haben, um mit Wein zu spekulieren; jetzt ist was zu machen, gerade jetzt, beim Abzug. Wenn einer jetzt mit Geld ins Welschland kömmt, so kann er einen prächtigen Schnitt machen, fünfzig Prozente hat er so gut als einen Kreuzer; ich habe mit einigen Wirten es abgeredet, hineinzufahren, sie sind gut bekannt, kennen die besten Plätze, aber mit dem Gelde steht es bei ihnen schlecht; da dachte ich an Euch und komme eben recht, so mit tausend Talern bar läßt sich schon was machen.»

Potz Kuckuck, wie speite Joggeli Feuer über diesen Vorschlag! «Meinst, ich solle einen Geldseckel halten für das ganze Vaterland und mit demselben jedem Hudelwirte zu Gevatter stehn? Das Geld habe ich schon lange selbst nötig gehabt, brauche es selbst, habe es verheißen, mußte ein ganzes Jahr mit Bangen darauf warten; es ist der Pachtzins, und kaum habe ich ihn im Hause, so führt dich der Kuckuck daher, als ob das Geld ein Aas wäre und du ein Fleischvogel. Aber da wird nichts daraus, gehe zu deinem Schwäher, der tut immer so groß, hat das Maul voll Gold, soll mal auch die Hand in Sack stoßen und dir helfen, es ist an ihm so gut als an mir; er soll mal zeigen, daß er Geld noch wo anders hat als nur im Maul.»

Während der langen Rede strich Joggeli unwillkürlich den Haufen zusammen und suchte nach dem Sacke, er wähnte wahrscheinlich, wenn es mal darin sei, so sei es geborgen. Aber Johannes kannte den Vater und die eigene Macht. Potz Himmeltürke, wie ließ er eine Rede fahren, was das von einem Vater gemacht sei, wenn er dem Sohne vor seinem Glück sein wolle! Was er mit seinem Reichtum anfangen wolle, mit in den Boden werde er ihn doch nicht nehmen wollen? Der Schwäher sei nur der Schwäher, einstweilen ein Unflat; tue er aber mal die Augen zu, so werde er im Ausmetzgen desto besser ausfallen. Dann sei es ja nicht, daß er das Geld um Gottes willen begehre, er wolle Papier dafür ausstellen, es genügend verzinsen, wenn es sein müsse. Ja, ja, sagte Joggeli, Papiere hätte er viele, er könnte drei Jahre die Pfeife damit anzünden, etwas anders würde er damit wohl nicht anfangen können; jetzt habe er mal Geld, und zu demselben wolle er jetzt Sorge tragen, und während er sprach, packte er so unmerklich als nur möglich Geld in den Sack. «Nun,» sagte Johannes kalblütig und klopfte seine Pfeife aus, «wenn das so gemeint ist und Ihr mir nicht helfen wollt, Wirt zu sein, wie es sich gehört, so kann ich es anders machen; ich gebe mein Wirtshaus in Pacht oder verkaufe es, wie es sich besser schickt, komme her und will da Bauer sein.»

Das war ein Kernschuß! Joggeli hörte alsbald mit Einpacken auf und sagte: «Bist doch gleich so aufbegehrisch, man kann nicht mehr vernünftig mit dir reden; habe ja nie gesagt, daß ich dir nicht helfen wolle, aber alles Geld fortgeben kann ich doch auch nicht, ich und meine Alte müssen auch leben. Du glaubst nicht, welch weit Maul eine Haushaltung hat, was man alles kaufen muß.» «He,» sagte Johannes, «wenn Ihr die Zinse von dem Kapital braucht, welches Euer Herr Tochtermann Euch eingehändigt hat für verkaufte Vorräte, so kommt Ihr schon weit damit.» «Schweig mir von dem Lumpenhund, wegen ihm wollte ich dir schreiben, er bringt mich noch vor der Zeit ins Grab; der Lumpenhund prügelt Elisi, Elisi läuft fort, ist jetzt hier, verpestet uns das Leben, und er tut kein Lebenszeichen, läßt das Mensch uns auf dem Halse.» «Warum gabet Ihr es ihm?» sagte Johannes. «Bin nicht schuld daran,» antwortete Joggeli, «wollen lieber nicht davon reden. Aber wahrhaftig, das Geld kann ich dir nicht alles geben, wieviel mußt haben?» «He, mit sechshundert Talern ließe sich schon was machen,» antwortete Johannes. Endlich marktete Joggeli bis auf fünfhundert Taler hinunter, leerte den Sack wieder aus, zählte sie langsam mit bedenklichen Seufzern zweg. Johannes sah mit behaglichem Lächeln zu, seit langem hatte er nicht mit solcher Freude an einer Pfeife gezogen als an der, welche er eben im Maul hatte. Als Joggeli endlich fertig war, betrachtete er wehmütig den Rest, es war, als dünke es ihm, es lohne sich kaum der Mühe, denselben wieder in den Sack zu tun.

Da ging die Tür auf, und unter derselben stand der Lumpenhund, der Tochtermann. Wohl, da kam Leben in Joggelis Hände: hui, wie die fuhren nach dem Gelde und es bergen wollten im Sacke! Aber allzu große Eile tut nicht gut, unter den Tisch, statt in den Sack, rollten die Taler mit großem Gepolter, und mit schlauem Lächeln sagte der Baumwollenhändler: «Da treffe ich es doch gut, der Vater wird was zu teilen geben wollen und ich komme wie gerufen.» Johannes sah ihn an mit dem Blicke eines Stiers, der einstweilen noch an der Kette liegt. Joggeli aber sagte, sie hätten zusammen gerechnet und er käme gerade recht, auch mit ihm hätte er noch zu rechnen, wenn es ihm recht im Kopfe sei. Das sei ihm ganz recht, sagte der Baumwollenhändler, Besseres wünsche er nicht, gleiche Kinder, gleiche Rechnung, der Herr Schwager werde selbst es billig finden so. Es hätte ihn schon lange gelüstet, mit ihm abzurechnen, sagte Johannes, besser treffen hätte er es nicht können. Mit ihm hätte er einstweilen keine Rechnung, sagte der Baumwollenhändler, es könnte eine Zeit kommen, wo es freilich noch eine muntere absetzen werde; jetzt wolle er davon nichts sagen, sondern sich an den lieben Vater halten, der habe dem Herrn Schwager Geld zurechtgelegt, er wolle sich jetzt auch rekommandiert haben, es sei ein Kind wie das andere.

Nun gab es einen wüsten Lärm, der mehr als einmal in Handgemenge überzugehen drohte, daß mehr als einmal man Uli zu Hülfe zu rufen drohte, der endlich damit endete, daß Johannes mit fünfhundert Talern, der Tochtermann mit vierhunderten davonfuhren, Joggeli nichts übrig blieb als der leere Sack, an dem er seinen Zorn ausließ, ihn mit seinem Stecken in der Stube herumtrieb, bis derselbe unter das Bett fuhr, wo er einstweilen in Sicherheit war. Der Tochtermann hatte eine so gute Handhabe am Geldseckel als Johannes. Er drohte Elisi dazulassen, selbst nachzukommen, da eine kleine Fabrik einzurichten, kurz Dinge, ob welchen dem Vater und der Mutter die Haare zu Berge stunden und vierhundert Taler ihnen als ein sehr billig Lösegeld aus so großen Plagen erschienen, wenigstens solange Elisi und sein Mann noch da waren. Aber als die Plagegeister abgefahren waren, nichts da war als der leere Sack unterm Bette, da kam großes Elend über Joggelis Gemüt. Aus den Händen hatte er den Hof gegeben, aus den Händen rissen ihm die Kinder das Geld, nahmen ihm wie mit Gewalt den Löffel, ehe er gegessen hatte! Das hatte er also vom Verleihen, welches man ihm so herrlich vorgestellt hatte! Aus dem Regen war er unter die Traufe gekommen. Er hatte nun Ruhe, aber eine Ruhe vom Teufel, wie er sagte, ob welcher er verhungern konnte, und wer war daran schuld als seine Frau, welche auch zum Verleihen geraten, dasselbe ihm so dringlich geraten und gleichsam mit Gewalt erzwungen hatte? Die gute Frau hatte einen schweren Abend und wußte nicht, sollte sie wirklich bereuen, ein Wort zur Sache gesprochen zu haben; denn erzwungen hatte sie dieselbe nicht, erzwingen tat sie ja nie was, nur reden, wie es sie dünkte und wo sie es in ihrer Pflicht glaubte. Auch das wird dem Menschen oft erleidet und verkümmert, so daß ihm die Vorsätze kommen, fürderhin zu schweigen und zu keiner Sache mehr was zu sagen. Wenn solche Vorsätze stichhaltig wären, so hätten die Pfarrer in den Kirchen für nichts anderes zu bitten als für plötzlich stumm gewordene Weibspersonen, nach dem Beispiele, welches einst ein Pfarrer gab. Seine Frau war auch zum Vorsatze des Schweigens gekommen, der Pfarrer, darüber wahrscheinlich geängstigt, da die verstummte Zunge sonst nicht zu den schweigsamen gehörte, führte am nächsten Sonntage, wo seine Frau in der Kirche saß, unter den Kranken, welche der Fürbitte der Gemeinde empfohlen wurden, eine plötzlich stumm gewordene Weibsperson an. Man sagt, der Erfolg soll wirklich so auffallend gewesen sein, daß der Pfarrer darüber erstaunt und in großen Schrecken gefallen. Es ist allerdings sehr schwer, abzugrenzen zwischen Reden und Schweigen, und unmöglich, wenn man die Grenze bestimmen möchte nach den Reden eines Joggeli, der in seiner Schwäche das Beste verkehrte, die besten Ratschläge zunichte machte und dann die Schuld, daß er wirklich Dornen las von Weinstöcken, Andern zuschob, Schweigen und Reden beides gleich zum Vorwurf machte. Bei solchen Gemütern entrinnt man Vorwürfen nimmer, darum muß man tun nach seiner Pflicht und nach dem Maße seiner Stellung. Ein Mann darf gebieten, ein Weib darf sagen, mahnen, warnen.

Joggeli gehörte zu den unglücklichen Menschen, welche weder was Gutes ausführen können noch was Gutes ausführen lassen. Wollte er, was recht war, so lähmten ihn böse Einflüsse, welche stärker waren als seine Kraft, wollte jemand anders was Gutes, so stach ihn der alte böse Mensch in der eigenen Seele, daß er diesem Willen hemmend in den Weg trat und ihn, wenn nicht ganz hinderte, so doch lähmte. Das sind unglückliche Menschen, ihnen geht alles schief; sie selbst sind immer Klagens voll, aber sie erkennen nun und nimmer, wie ihr Charakter ein Gemisch von Schwäche und Bosheit ist, ein bitterer Kelch, aus dem sie und Andere trinken müssen und der nie leer wird, sondern stets neu sich füllt, weil eben im Kelch eine lebendige bittere Quelle ist, das dem Eigentümer unbekannte Gemüt. Alle Leute können nicht Helden sein, aber alle Leute sollten doch zu der Erkenntnis gebracht werden, daß zwischen unglücklichen Verhältnissen und Gemütskrankheiten ein wunderbarer Zusammenhang ist, und zu dem ernstlichen Bestreben, diesen Zusammenhang zu fassen, um namentlich zu der Weisheit zu kommen, welche nie Ursache mit Wirkung, nie Wirkung mit Ursache verwechselt, nie die Quelle des Unglücks in der Luft sucht, während sie tief im eigenen Ich sprudelt.

NEUNTES KAPITEL

Vom Gemüt und vom Gesinde

Ein Jahr ist nicht alle Jahre, so sagt ein Sprüchwort, die Wahrheit desselben erfuhr Uli. Es war ein spät Frühjahr, war wetterwendisch Wetter, man mußte die Zeit zur notwendigen

Arbeit stehlen, mußte in Wind und Wetter, in Schneegestöber manchmal aushalten, fast wie die Franzosen in Rußland. Nun, die waren diszipliniert, darum schlugen sich noch so viele durch und kamen mit dem Leben davon. Wäre es lauter undiszipliniertes Volk gewesen, kein Mann wäre aus Rußland gekommen. Nun aber hatte der arme Uli weder alte noch junge Garde, sondern undiszipliniertes Volk in der Mehrzahl. Das war ein schrecklich Fuhrwerken mit demselben. Wer hat wohl schon an einer Ziege gerissen, damit sie rascher marschiere? Der hat es erfahren, wie die Ziege, statt rascher zu marschieren, mit all vier Beinen verstellt und gar nicht mehr vom Platz will. So geht es auch mit Dienstboten, welche undiszipliniert sind, sie halten zurück, sie machen immer langsamer, am Ende gar nichts mehr. Jeder stellt so gleichsam einen Knittel vor, der sich dem Meister zwischen die Beine wirft, wenn er rascher zufahren will. Von dieser Widerspenstigkeit wurden allgemach auch die Tagelöhner angesteckt, es entstand eine heillose Wirtschaft. Uli arbeitete sich ab wie ein Roß in einer Tretmühle; wie das Rad umgeht, liefen die Tage vorbei, aber wie das Pferd nicht weiterkommt, so schien Uli gebannt und nicht vorwärts zu kommen. Je schlechter man arbeitete, desto mehr klagten die Leute über Ulis Unverständigkeit, wie man ihm nie genug arbeiten könne, auch wenn man sich quäle wie ein Hund. Natürlich hatte man immer später Feierabend, Uli immer mehr zu treiben und zu tadeln, daher die Leute scheinbar Grund zu klagen. Begreiflich suchten sie den Splitter in Ulis Augen, den Balken im eigenen sahen sie nicht. Sonst hatte Uli den Sonntag respektiert, Misten, Grasen und sonstige Arbeit vermieden, war gerne am Sonntag zur Kirche gegangen, hatte ordentlich Appetit nach Gottes Wort; er hatte die Natur, welcher die Worte des ewigen Lebens wohl taten, Bedürfnis waren, gleichsam eine Nahrung, welche die Natur verlangte. Wie aber Nebel in Täler sich drängen allgemach, bis die Täler endlich voll Nebels sind und unsichtbar die Sonne geworden ist, so drängte sich allgemach die Arbeit in den Sonntag hinein; er ward finster, das ewige Licht schien immer düsterer, schien am Ende gar nicht mehr hinein. Was sonst am Samstag gemacht worden war, ward verlegt auf den Sonntagmorgen, und wenn Uli nicht selbst dabei war, ward es gar nicht gemacht. Die lumpigsten Knechtlein waren Nachtschwärmer, wie es die meisten sind, stunden am Sonntag nicht auf, und was Uli darüber sagen mochte, es half alles nichts, sie hatten keinen Glauben zu ihm, sondern das Vorurteil gegen ihn, daß allem, was er sage, eigennützige Absichten zum Grunde lägen. Wo das einmal so ist, hat es gefehlt, da hilft alles Zureden nichts. Bei den meisten Menschen muß der Glaube es machen, zum Erwägen und Erkennen einer Sache sind sie untauglich. Dieses fühlen sie dunkel, daher das Mißtrauen, namentlich gegen alle, welche über ihnen stehen, daher die unbegreifliche Hartnäckigkeit, mit welcher sie das Verderblichste treiben, wenn es ihnen von Leuten eingebläuelt ist, zu welchen sie den Glauben haben. Die Menschheit steht unendlich mehr unter der Herrschaft des Glaubens, als man wähnt. Freilich frägt sich dann immer, an wen man glaubt. Je nachdem die Gemüter sind, hat ein Glaube Gewalt über sie, wie die verschiedenen Stoffe verschieden empfänglich sind für das Licht, daher auch in verschiedenen Farben sich darstellen. Nur kann nie genug gesagt werden, daß der Glaube nicht abhängt von Verstand oder Bildung. Bei Verstand oder Bildung findet man sehr häufig eine Glaubensweise oder eine Leichtgläubigkeit, welcher jeder Christ sich schämen müßte. Es gibt sogar Gelehrte, welche glänzende Examen gemacht, sie verachten die Evangelien, aber sie schwören mit einem wahren Köhlerglauben zu den Kollegienheften eines versoffenen Professors.

Ulis Knechtlein ists also nicht zu verargen, daß sie das Heilsame in seinen Ratschlägen nicht begriffen, dieweil sie halt keinen Glauben zu ihm hatten. Aber Uli ist zu bedauern, daß er sich den Sonntag rauben ließ, gleichsam so unvermerkt, wie Diebe die Börsen stehlen sollen, denn war er vormittags nicht in der Predigt, kam er nachmittags noch viel weniger in die Kinderlehre, kam aber auch zu keinem Buche. Nachmittags mußte er irgendwo aus, wo er an den Arbeitstagen sich nicht Zeit nahm, einem Handwerksmann nach oder um eine Kuh aus oder wollte Geld von einem Müller für Korn oder einem Wirte für eine fette Kuh. Es war immer etwas zu laufen, und manchmal lief er sich außer Atem und ward doch nicht fertig.

Man glaubt aber nun gar nicht, was das für einen Einfluß auf ein Gemüt hat, wenn kein Lichtstrahl von oben es mehr erleuchtet, kein Himmelsbrot es mehr kräftigt, die Dornen und Disteln des Lebens es überwuchern, die Sorgen und Gedanken um Gewinn und Gewerbe es dichten Nebeln gleich umschleiern. Man denke sich eine wilde Kluft, in welche die Sonne nie scheint, aus welcher die Nebel nie weichen, man denke sich, was da wächst, was da kriecht und flattert; man denke sich das grausige Leben, wenn man gebannt würde in eine solche Kluft, da leben müßte in den Nebeln unter dem giftigen Gezüchte und ohne Sonne, nicht einmal sich heben dürfte empor über den Rand der Kluft, nicht einmal mehr den Kopf recken könnte über die Nebel empor in frische, gesunde Luft hinein! Ähnlich nun ist es, wo der Geist des Herrn nicht über den Wassern schwebt, das Wort von oben nicht mehr die Sonne ist, welche die Nebel niederschlägt, wo im Dunkeln kriechen und wachsen kann, was dem finstern Gemüt entwächst, was die Welt ablagert in das finstere Gemüte. Man denke sich doch, wie es werden muß, wenn die Gedanken, welche dem Leibe entstammen, die Empfindungen, welche Haß und Neid gebären, die Sorgen, welche das Gefühl der eigenen Ohnmacht emportreibt, die Kümmernisse ums tägliche Brot und des äußeren Daseins Bestand alle bleiben, kriechen und schleichen durchs Gemüte, wie es da frostig und finster und unheimlich werden, was da für ein Leben sich gestalten muß, wenn des Herren Wort die Empfindungen nicht läutert, Kümmernis nicht verscheucht, die Gedanken und das Trachten nicht nach oben zieht, wenn es immer und immer nur tönet: Was werden wir essen, womit werden wir uns kleiden, wie kann ich meinen Bruder übervorteilen im Handel, wie kann ich mich rächen, mich erhöhen, ihn erniedrigen? Eine unerhörte Verkümmerung der Gemüter wird täglich sichtbarer, die Bande der Liebe und der Verwandtschaft faulen und lösen sich, das Hohe und Edle bleibt unbegriffen, ungesucht. Begeisterung wird lächerlich, Selbstsucht zur Sittlichkeit, und woher wohl das? Weil die Sonne fehlt, die den Nebel niederschlägt, weil das Wort fehlt, welches die Seelen speiset, die Liebe zeuget, zum Himmel zieht.

Diesen Wandel bei Uli fühlte niemand schmerzlicher als Vreneli. Es tat ihm vor allem weh, daß die Sonntagsruhe von der Glungge wich, das Getümmel der Arbeitstage nicht verstummte, das rechte Feierkleid, so glänzend rein und schön, Haus und Hof nie mehr so recht angezogen wurde. Wie Uli auch trieb und selbst zuweilen Hand anlegte, so recht aufgeräumt wurde nicht mehr, Zeit und Hände fehlten; Zeit und Hände mußten immer mehr da verwendet werden, wo ihr Tun was eintrug. Aber mehr noch grämte sich Vreneli wegen der Verdunklung von Ulis Gemüt. Seine Gedanken waren bloß auf Gewinn und Gewerb gerichtet. Sinn für was anderes zeigte sich immer weniger, immer weniger konnte Vreneli ein höher, besser Wort mit ihm reden, auf der Stelle war er bei Haushaltungssachen und dem, was in Mein und

Dein einschlug. Er hatte selten Zeit mehr, das liebliche Mädchen auf den Knieen zu schaukeln oder auf den Armen ums Haus zu tragen, und machte ein ärgerliches Gesicht, wenn zuweilen sich jemand mit ihm versäumen mußte, was doch bei einem so jungen Kinde nicht anders möglich war. Ja manchmal schien es Vreneli, als sei Uli bereits auf dem Punkte angekommen, wo man nicht mehr frägt: Was ist recht vor Gott und macht das Herz nicht schwer, wenn es noch heute gestorben sein muß?, sondern: Wie komme ich am weitesten und was trägt mir am meisten ein? Das ist ein so gewöhnlicher, gemeiner Standpunkt und es stehen so viele Menschen darauf, daß man es nicht einmal merkt, auf was man steht und wer darauf steht. Vreneli stund aber nicht auf diesem Standpunkte. Ehrlich währe am längsten, daran glaubte es, und für unehrlich hielt es, was man nicht gern hatte, daß es einem in Handel und Wandel angetan würde. Es sah zu seiner Sache, nahm gerne einen guten Preis dafür, übervorteilte jedoch niemand, hing niemand was Schlechtes für was Gutes an. Es hatte die ganz sichere Ansicht, daß bei der Ehrlichkeit der größte Vorteil sei. Betrüge ich jemand, so hütet sich der vor mir und sagt es noch Andern. Gebe ich ihm die Sache recht und gut, so kömmt er wieder und sagt es Andern. So habe ich guten Absatz und gerne gibt man mir, was ich fordere. Ich möchte mir nicht nachreden lassen, daß ich jemand verkürzt hätte, sei es Reich oder Arm, so kalkulierte Vreneli. Uli im Nebel seines Treibens verlor die Fassungskraft für diese Grundsätze, sein Gesichtskreis zog sich zusammen, er begann dafür zu halten, daß ein Spatz in der Hand besser sei als eine Taube auf dem Dache, daß man nicht einen Kreuzer nach einem Taler werfen solle, indem man leicht um beides kommen könne, daß jeder heute machen müsse, was er könne, dieweil er nicht wisse, ob morgen noch ein Tag für ihn sei. Das ist die kurzsichtige Politik kurzsichtiger Menschen, welche nie an die Folgen denkt, eine Politik, an welcher so unendlich Viele verarmen an Leib und Seele, eine Politik, welche jedoch durchaus nicht zu verwechseln ist mit dem Ausspruch des Herrn: Sorget nicht für den morgigen Tag! Es ist genug, daß jeder Tag seine eigene Plage habe. Der führt uns bloß zu Gemüte, daß wir uns nicht kümmern sollen um das, woran wir nichts machen können, was aus Gottes Hand alleine kommt, daß wir trachten sollen nach dem Reiche Gottes und seiner Gerechtigkeit, also darum uns kümmern sollen, das Rechte zu tun, in allen Dingen den Willen Gottes zu vollbringen wie die Engel im Himmel, daß zu uns komme sein Reich, daß geheiligt werde sein Name.

Es schien Vreneli, als ob es kalt werde um ihns. Es war ihm, wie es dem Frühling sein muß, wenn er, in der Liebe der Sonne aufgeblüht, allmählich abnehmen fühlt der Liebe Wärme, kalte Winde um ihn wehen, eisig, tödlich der Reif sich naht; wie es der Erde sein müßte, wenn feindselig unwiderstehlich eine Macht ihr ins Herz dringen würde und dort ausblasen wollte mit eisigem Munde die Feuer, welche des Herrn Hand selbsteigen sich angezündet auf dem allerheiligsten der Altäre, auf dem Herzen der Erden. Die Sterne über seinem Leben schienen erbleichen, sein Leben sich gestalten zu wollen zum Leben eines Hundes in einer Tretmühle, wo die Tage umgehen, aber das Trippeln und Trappeln alle Morgen neu angeht in gleicher Pein und gleichen Ängsten, bis am Abend die Glieder steif geworden und die Ruhe gesetzliche Notwendigkeit. Es war nicht die Arbeit, welche Vreneli beschwerlich fiel, es war die Atmosphäre, in welcher die Arbeit verrichtet werden sollte. Mit erfrornen Fingern macht man keine Knoten auf, mit erkältetem Gemüte wird Leichtes schwer verbracht. Liegt wohl hier ein bedeutender Teil der Schuld, daß Arbeit so schwer wird, die

Klagen darüber so laut, die Sucht nach bloßem Genuß so mächtig, der Neid gegen Begünstigtere so giftig, die Menge oben und unten so weichlich? Sehr möglich, daß der Dunstkreis des Gemütes der Arbeit so günstig ist bei uns wie der Dunstkreis in Grönland Äpfeln und Birnen, von Trauben wollen wir nicht einmal reden.

Es ging schwer und alle Tage schwerer, das fühlte Vreneli wohl und mit alle Tage größerem Schmerze. In Beziehung auf den Landbau gehörte das Jahr zu den mühseligen zwar und doch zu den gesegneten. Es gibt solche Jahre zuweilen, wo man alles so mühsam stehlen muß, und wenn man am Ende alles übersieht, so hat man einen reichen Segen gewonnen, Jahre, wo unser Herrgott das ganze Jahr hindurch es selten jemand recht macht, ein beständiger Jammer ist, es sei nicht gut, es komme nicht gut, und am Ende ist alles wohl geraten, alles gut gekommen, und jedermann muß sagen: Es ist doch gut, daß ein Anderer als ich das Wetter macht und daß unsere Gedanken nicht seine Gedanken und unsere Ungeduld nicht seine Ungeduld ist. Uli machte mehr als hundert Taler mit Raps oder Reps, mit Klee- und Flachssamen, hatte eine Masse überflüssiger Kartoffeln, war glücklich im Stall gewesen; er hatte das Meiste selbst besorgt, so daß er aus Sachen, welche man sonst eben weniger rechnet, eine bedeutende Summe löste. Es läßt sich mit solchen Pflanzungen aller Art viel machen, aber sie brauchen fleißige Hände. Sie nehmen Leute und Zeit in Anspruch, und wo man ohnehin von beiden zu wenig hat, schaden sie mehr, als sie nützen. Man versäumt entweder sie oder die Hausarbeiten, und nichts ist beim Landbau nachteiliger als unrechte Zeit und schlechte Arbeit. Was man an der Arbeit spart, muß man doppelt und dreifach am Lande büßen, manchmal alsbald, manchmal erst nach zwei, drei Jahren. Das nun faßte Joggeli ins Auge und behauptete, Uli nütze ihm den Hof aus und so sei es keine Kunst, Geld zu machen. Wenn der Hof dann nichts mehr abtrage, so gebe er ihn ihm wieder an die Hand und er könne zusehen, was damit machen; er ward hässig darüber, er sagte, er hätte es auch machen können, wenn er gewollt, aber er hätte nicht das Haus zum Fenster aus werfen wollen; die, welche ihm zu einem Pächter geraten, sollten jetzt kommen und sehen, wie es ihm ergehe: geraubet werde ihm das Geld, verhunzet das Land, und wer sich das alles müsse gefallen lassen und froh sein, wenn man ihm nicht noch die Kleider nehme, das sei er, Joggeli, der Glunggenbauer.

Aber neben diesem großen Verdruß hatte er doch auch seine große Freude, und diese Freude erwuchs ihm aus dem Mißgeschick, welches Uli mit seinem Gesinde hatte. Es war ein edler Stoff. Ulis alter Meister, der Bodenbauer, hatte ihn belehrt über die Bedeutung, welche ein guter oder böser Name für einen Knecht oder eine Magd hat, und dieses hatte Uli vollkommen begriffen, darnach gelebt und den Erfolg erfahren. Nun hätte der Bodenbauer Uli auch Vorlesungen halten sollen über den Wert des guten oder bösen Namens für Meisterleute, das hatte er leider unterlassen. Wahrscheinlich dachte er, Uli werde die allgemeine Regel auch auf sein neu Verhältnis anwenden können, aber im Anwenden, insbesonders auf sich und seine eigenen Verhältnisse, sind nicht alle Leute stark. Gar viele haben es wie der Vogel Strauß, der, wenn der Jäger ihm an der Ferse liegt, den Kopf unter einen Flügel steckt und meint, der Jäger sehe ihn nun so wenig als er den Jäger. Überhaupt haben die meisten Menschen die Meinung, sie seien gerade recht, wie sie seien, und wer anders sei als sie, der sei nicht recht. Diese Meinung findet man auf allen Stufen der Gesellschaft, sie macht sich geltend in allen Lebensgebieten, vom absoluten Staate weg bis ins Bettlerhandwerk hinein. Einem Absoluten oder einem mit absoluter Meinung von sich selbsten kömmt es nie in Sinn, daß er nicht den rechten Namen habe, daß er mit besonderer Vorsicht für einen guten zu sorgen hätte. Von solch absoluter Gesinnung sind nun unendlich viele Meisterleute, es fällt ihnen nicht ein, daß in der Masse der Dienstboten jedes Haus, jeder Meister und jede Meisterfrau einen viel ausgeprägtern Namen haben als Dienstboten unter den Herrschaften. Es ist unter den Dienstboten ein viel größerer Zusammenhang, ein viel inniger Zusammenhalten als unter den Herrschaften. Ach Gott, wenn so manches gute, liebe Frauchen wüßte, wie sie betitelt wird unter dem Gesinde, wie schwarz ihr Name angeschrieben stünde in der Weltgeschichte der Gesindestube, welch schrecklich dumme, lächerliche Geschichten man ihr nacherzählte, sie kriegte sicherlich Ohnmachten. Sie meint es nicht böse, aber sie hat keinen Begriff von diesen Verhältnissen, darum tölpelt sie darin so schrecklich herum. Es ist merkwürdig, wie dumm die Leute sind, besonders die Gebildeten. Da lassen sie zum Beispiel ihre Töchter bilden, mit großer Not und Geld, im Ausland und im Inland, in Klöstern und Pensionen, mit Gouvernanten und Tanzmeistern, damit der Tölpel abgeschliffen werde, damit sie sich in gebildeter Gesellschaft, in Salons und auf Dampfschiffen ohne Anstoß, aber mit Anstand leicht und angenehm bewegen könnten. Denn, wohl gemerkt, dies müsse gelernt sein, sagen sie, und eingeübt, von selbst gebe das sich nicht; so viel Verstand haben sie und richten ihre Töchter zum einfachen Teeservieren zum Beispiel monatelang ab. Aber so viel Verstand haben sie nicht, zu begreifen, daß man auch das Bewegen nach unten, in Gesindestube und Küche, erlernen und einüben muß, daß man da mit Anstand und taktfest sich bewegen lerne, nicht tölpelhaft werde und verhöhnt von Spandau bis Magdeburg. Man glaube es doch nur, es kömmt unendlich mehr Elend ins Haus, ins Gemüt, ins tägliche Leben, wenn die Herrschaft, namentlich die Frau, taktlos und tölpelhaft in der Küche und unter dem Gesinde hantiert, als wenn sie linkisch im Salon tut und eben nicht graziös sich zu beugen und zu neigen weiß. Ach Gott, wie manches gute, liebe Frauchen sah dies nach Jahren, nachdem sie unsäglichen Jammer ausgestanden, ein Elend geschluckt hatte, ein zehnmal größeres als Napoleon im Feldzug von Rußland, endlich ein, lernte, was sie versäumt hatte, suchte gut zu machen, den Ruf zu verbessern, aber wie lange versuchte sie dies umsonst! Ein guter Name geht in Augenblicken verloren, ein schlechter wird in Jahren nicht zu einem guten. Ist bei einer Herrschaft, welche nicht im guten Geruch steht, eine Stelle leer, so melden sich diejenigen nicht, welche etwas auf ihrem Rufe halten. Ein guter Knecht hält sich für hundertmal mehr als ein schlechter Meister und es tief unter seiner Würde, bei ihm sich zu melden, er findet überall sein Fortkommen. Es meldet sich also lauter mittelmäßig oder schlecht Zeug, und auch dieses tritt mit vorgefaßter Meinung ein. «Da mache nur, was du willst, und laß dich nicht kujonieren; da bleibst doch nicht lang, da ist noch Keins lange geblieben,» heißt es in allen Ecken. Ja, so ein Mägdlein würde es für eine eigentliche Schmach halten, wenn es länger bliebe als die Andern, und was es während der kurzen Zeit der Madame zu schlucken gibt und für Ärger macht, wer spricht es aus, wer schreibt es nach! Und dies alles rühmt es als Heldentaten beim Brunnen, beim Bäcker, beim Fleischer, und wenn es beten täte, würde es dasselbe sagen, es Gott rühmen, so verdienstlich kömmt es ihm vor. Daß endlich dabei das Gemüt eines Meisters oder einer Meisterfrau versauert und verbittert, wen will das wundern? Was ist dies für ein Dabeisein? Wir fragen. Aber kann es anders kommen, wenn man mit solchen Vorurteilen in ein Haus kömmt, oder wer will von ungebildeten, rohen Menschen erwarten, daß sie alsbald Mißtrauen und Vorurteile ablegen, die Verhältnisse sehen, wie sie sind? Wer will das Aufgeklärten zumuten? Jeder neue Dienstbote erneuert also den alten Ruf, ob mit Recht oder Unrecht, das untersucht niemand mehr, man nimmt es als einmal gegeben an, als ein fait accompli, frischt also damit das alte Elend neu auf, und fast unmöglich wird es beim besten Willen, diesem Ruf bei Lebzeiten noch ein Ende zu machen.

Daran hatte eben Uli nicht gedacht und mußte es erfahren, hatte nur eines im Auge gehabt; mußte erfahren, wie es einem geht, der nur nach den Sternen am Himmel guckt und nicht auch auf die Steine im Wege. Uli hatte den Karrer fortgejagt, den Melker einmal geprügelt, er hatte die Ruhe eines altaristokratischen, gewiegten Bauern noch lange nicht. Kaum ein Bauer verstund die Arbeit besser als er, war befähigter zu befehlen, und das machte ihn am zornigsten, daß sein Gesindel dieses nicht einsehen wollte, sondern ihn immer betrachtete als seinesgleichen, daß wenn er was befahl, mit groben Zügen auf ihren Gesichtern zu lesen war: Du bist nicht mehr als wir, warum solltest du das besser wissen?, daß sie so gar keinen Respekt vor ihm hatten, mit seiner Sache umgingen, als wäre sie die ihre, als hätte er gar nichts darnach zu fragen. Er erfuhr, was es heißt, Knechte und Mägde dressieren; der Faden seiner Geduld riß, und nach jedem Riß war es schwerer, ihn zusammenzuknüpfen. Immer weniger Komplimente machte er mit seinem Gesindel, wie er es nannte. Es seien deren wie Sand am Meere, welche froh seien über solchen Dienst und gerne was lernten; er wolle besser auslesen, da habe er gefehlt, sagte er. Aber der fortgejagte Karrer, der geprügelte Melker, Andere, welche fort sollten, Tagelöhner, welche es mit den Dienstboten gehalten und die Uli entlassen, alle kriegten Mäuler wie Trompeten und verschrien Uli zehn Stunden in der Runde, als ob er Hörner hätte auf dem Kopfe, Krallen an den Fingern und Klauen an den Füßen, und logen nebenbei noch klafterhoch, daß man eigentlich darüber hätte stolpern können. Aber es glaubten dieses die Bauern gerne, denn Uli gehörte nicht zu ihnen, hätte aber gerne werden mögen, was sie; es glaubten es die Dienstboten gerne, weil er einer war, der sich über sie erheben wollte, und weil es alle gerne glaubten, so glaubten sie es um so fester.

So war der Zudrang zu Ulis Dienst nicht halb so groß, als er gedacht. Die Besten kamen nicht, weil er nur Pächter war. Man sage, was man will, im Grunde des Herzens sind alle Menschen Aristokraten, denn so hat sie unser Herrgott geschaffen. Bei einem Bauer dient der Knecht, der sich für einen Pächter zu gut glaubt, bei einer Herrschaft eine Magd, welche für ihr Leben nicht eine Bauernmagd gewesen wäre, und wenn ein Dienstbote sich was Gutes zu Gemüte führen oder sich recht rühmen will, so sagt er: Er habe in lauter vornehmen Häusern gedient, nur so zu gemeinen Bürgersleuten hätte man ihn mit keiner Gewalt gebracht. Die Zweitbesten schreckte der böse Ruf ab. Man sage, ein Jahr sei bald um, meinten sie, aber wenn man es in der Hölle zubringen müsse, so strecke es sich, daß man verzweifeln müsse, das Ende zu erleben; einmal hätten sie es schon erfahren, probierten es ferner nicht.

Bloß unter den Drittbesten hatte Uli auszulesen. Ja, da ists schwer auslesen und was Gutes treffen! Diese Drittbesten zerfallen zumeist in zwei Abteilungen: die erste besteht aus angehendem Volke, undisziplinierter Miliz; zu vergessen ist dabei nicht, daß die besten Angehenden nicht unter diese Klasse gehören. Die besten machen ungefähr den Kurs durch, den Uli machte. Die zweite Abteilung der dritten Klasse wird aus denen geschaffen, welche was Unrichtiges haben, daher in nächster Nähe nicht Dienst finden, sondern ihr Heil weiter suchen müssen. Sie kennen mehr oder weniger den Dienst, wissen sich als Gediente darzustellen, haben aber was an sich, welches nicht jedermann liebt: die Einen haben zu lange Finger, Andere zu weiten Schluck, zu langen Durst, Andere zu langsame Beine, Andere ein zu geläufig Maul, Andere zu heißen Zorn, Andere zu heiße Liebe, kurz was, welches nicht paßt und namentlich für einen Meister sehr unbequem ist. Das Ding, welches nicht jedermanns Sache ist, ist in der Nähe bekannt geworden, sie müssen daher ihre Plätze in der Ferne suchen, wohin ihr Ruf noch nicht gedrungen ist, müssen vorlieb nehmen mit allem, was sie finden. Solche unbeliebige Eigentümlichkeiten sollten von Rechtswegen in Zeugnissen bemerkt oder wenigstens angedeutet sein, denn wofür hat man eigentlich Zeugnisse? Aber gerade hier ist ein fauler Fleck im ganzen Verhältnis, und eine Meisterschaft schmiert die andere auf das schmählichste an.

Ein solches Zeugnis soll enthalten den Ausdruck der Zufriedenheit oder Unzufriedenheit mit einem Dienstboten; die Gründe von beiden sollen, wenn auch nicht ausdrücklich bemerkt, so doch angedeutet sein. Denn ein Zeugnis soll Wahrheit enthalten, es wird als Wahrheit bezeugt durch Namensunterschrift, man soll dazu stehen können mit einem Eide. Diese Zeugnisse wurden eingeführt um der Meister und der Dienstboten willen. Einem Hausvater darf und soll es nicht gleichgültig sein, wen er in sein Haus aufnimmt. Jeder Mensch hat seine Bedeutung in einem Hause, trägt mehr oder weniger zur Stimmung des Hauses bei, kann vergiftend und verpestend des Hauses größtes Unglück sein, ein Laster einschleppen wie ein Pestkranker die Pest. Darum will ein Hausvater wissen, wen er in sein Haus aufnimmt. Wenn derselbe Fehler hat, so kann er vor denselben sich in acht nehmen, aufpassen, bessern, Bedingungen stellen usw. Die Zeugnisse sind aber noch wichtiger für die Dienstboten selbst. Wenn ein Knecht weiß: Ich verdiene in diesem Jahre nicht bloß den

Lohn, sondern auch ein Zeugnis, und zwar eines nach der Wahrheit, akkurat wie ich mich aufführe, ein gutes oder ein böses, so kommt dieses seiner Schwachheit zu Hülfe, lehrt ihn aufpassen, stärkt seine Kräfte. Sie sind, was dem Studenten seine Examen, Promotionen und daherige Testimonien sind. Ach, wir sind gar armselige, schwache Geschöpfe! Mit allen möglichen Mitteln muß man unserer Schwachheit aufhelfen, uns aufklepfen aus unserer Faulheit und Selbstvergnüglichkeit und dahin bringen, daß wir unsere Tage mit Weisheit zählen, damit wir Erfahrungen ins Herz bringen. Dienstboten haben solche Stärkungen wohl so nötig als Studenten. Leichtsinn und Gedankenlosigkeit kömmt über das rohere Gesindel wohl so häufig als über gebildete Jünglinge, welche denn doch täglich geistige Speise zu sich nehmen. Und wie oft schleicht sich die Bosheit ein, welche die Herrschaft absichtlich plagt, mit Vorbedacht allen möglichen Schabernack ihr antut und weder durch Bitten noch Drohungen sich abwendig machen läßt! Wenn nun rechte, wahrhafte Zeugnisse wären, wenn jeder Dienstbote wüßte: was er treibt, kömmt in die Rechnung, ins Zeugnis, und da steht es geschrieben und bleibt geschrieben, bei jedem neuen Meister muß ich mich ihretwegen entschuldigen und kann den Fleck nicht tilgen, sondern bloß durch gute spätere Zeugnisse bedecken, so gleichsam annullieren: es würde gar Mancher größere Aufmerksamkeit auf Tun und Dienst verwenden, würde allmählich zu einem tüchtigen Wesen heranwachsen, zu selbsteigenem Nutz und Frommen. Es würde wirklich ganz anders aussehen in der Gesindewelt.

Nun aber ist das Ding verpfuscht, die meisten Zeugnisse sind untreu, lügen an, wer sie liest, und warum? Vor allen Dingen wahrscheinlich aus einem gewissen Mitleiden, einer falschen Barmherzigkeit. Das Mensch weinte, flehte, bat, man möchte ihm doch verzeihn, es nicht unglücklich machen, seine Sünden ihm nicht im Zeugnis verewigen, es wolle sich gewiß und wahrhaftig bessern. Die weichen Meisterherzen ließen sich bewegen, dachten, es wäre doch wirklich hart, das Mensch unglücklich zu machen, ihm sein Lebtag mit ein paar Buchstaben so schwer zu schaden, und bedecken die Menge der Sünden mit dem Mantel der Liebe. Und das Mensch geht triumphierend mit dem schönen Zeugnis ins neue Jahr hinein, treibt sein wüstes Wesen fort, denkt, mit einer Stunde Heulens erpresse es zuletzt doch wiederum ein gut Zeugnis, und eine Stunde zu heulen gehe ihm doch allweg viel leichter, als ein ganzes langes Jahr hindurch gut zu tun. Es lebt sein schlecht Leben wohlgemut und trotzig fort, verschanzt sich keck hinter seine guten Zeugnisse, macht die Schanze alle Jahre um ein Zeugnis stärker und höher. Sagt ihm eine Meisterfrau was, so brüllt es ihr ins Gesicht, wie manch gut Zeugnis es habe, wie es allenthalben wohl angewesen, es allen habe treffen können, nur ihr alleine nicht! Aber man kenne sie wohl, sie sei bekannt von Spandau bis Magdeburg, und wenn ein Engel vom Himmel käme, keine Stunde könnte er es ihr recht machen! Die Meisterfrau gibt wiederum ein prächtig Zeugnis, sie denkt, sie wolle doch nicht allein die Böse sein; hätten die Andern die schönen Worte über das Gewissen gebracht, so werden sie ihr das ihrige auch nicht abdrücken; besser sei es, sie bringe das Mensch im Frieden fort als unter Donner und Blitz, der ihr zündend in Galle oder Nerven fahre, oder daß sie gar noch mit ihm vor den Richter müsse. Das Mensch aber hebt triumphierend das Stück Papier empor und sagt: «Es kömmt Euch wohl, daß Ihr Verstand gebraucht und mir ein Zeugnis gegeben, wie ich es verdient und mit den andern Zeugnissen beweisen kann. Das waren brave Leute, welche sie ausgestellt, es wäre wohl gut, es würde keine schlimmern geben. Es kömmt Euch wohl, sonst hätte ich es probieren wollen, ob noch Gerechtigkeit sei auf der Welt, es gibt Gottlob noch Richter, welche wissen, was Recht ist.» Das Mensch wußte wohl, worauf es pochte, denn es gibt wirklich viele Richter, welche aus Grundsätzen der Humanität allen Mägden recht geben gegen ihre Meisterleute, und es gibt Richter, welche ganz besondere Vorliebe zu schlechten Menschern haben und streng an den christlichen Grundsatz, wie sie sagen, sich halten: Wer viel liebt, dem wird viel vergeben werden. So kommt das Mensch denn endlich dahin, daß es sich selbst für ein Tugendmuster hält, denn es hat es ja schriftlich und mehr als ein dutzendmal, und wenn es endlich in Laster und Not untergeht, so schreit es über die schlechte Welt, und wenn es so schlecht hätte sein wollen wie die Andern, so wäre es ihm auch besser ergangen. Was für eine Gerechtigkeit auf Erden sei, habe es erfahren, wenn im Himmel keine bessere sei, so –. So geht es mit falschen Zeugnissen, und so wirken sie.

Aber, wird man schreien, soll man Menschen zeitlebens unglücklich machen? Was, sind nicht ebenso viele oder mehr schlechte, boshafte, niederträchtige Meisterleute als Dienstboten? Soll es dann in Willkür stehen, arme Unschuldige, welche vom Schicksal ohnehin so hart geschlagen sind, daß sie dienen müssen, zeitlebens um ihr einzig Eigentum zu bringen, um den guten Ruf, sie zeitlebens unglücklich zu machen? usw. usw. Es ist eine so herrliche Teilnahme für alle Armen, Unterdrückten, Geplagten, Gestraften aufgetaucht, daß es uns gar nicht wundern würde, wenn man nächstens auf den Richtstätten Altäre errichten, die Gebeine der Gefangenen als Reliquien verehren und Galeerensklaven und andere Zuchthäusler als Priester bei diesem neuen Dienste anstellen würde. Wir geben gerne zu, daß es schlechte Meisterschaften gibt, aber deswegen soll man mit dem Bade nicht das Kind ausschütten wollen. Es ist akkurat das gleiche Humanitätsgeschrei, welches, weil mal einer unschuldig gestraft worden, nun niemand mehr gestraft wissen will. Entweder keine Zeugnisse oder wahre, entweder oder, und das Weitere Gott überlassen. Das ist auch eins von den vielen Dingen, worüber die Weisen dieser Welt hundert Jahre disputieren und prozedieren können, ohne klug zu werden darüber, und welches den Unmündigen geoffenbaret ist, welche da recht zu tun suchen in kindlicher Treue und niemanden scheuen als Gott.

Bei Uli meldete sich also die dritte Klasse in beiden Abteilungen. Der Buben hatte er satt, er wandte sich mehr der zweiten Abteilung zu. Freilich wußte er, daß es in dieser oft nicht sauber sei. Er inquirierte streng, besonders warum man so weit herkomme und nicht lieber in der Nähe des früheren Wohnortes bleibe? Da erzählte ihm dann Einer, er sei vor seiner Meisterfrau niemals sicher, er habe siebenmal Strengeres ausgehalten als Joseph, und wenn er in der Nähe sich aufhalte, so laufe er Gefahr, daß sie am hellen Tage ihm nachlaufe. Ein Anderer erzählte von Verwandten, welche an ihm saugen, denen er den ganzen Lohn opfern müsse. Wenn er in die Welt gehe, hoffe er Ruhe zu finden vor ihnen. Ein Dritter hatte seinem Meister ein Schelmenstücklein ausgebracht oder ihn daran verhindert, jetzt sage er nicht bloß alles Schlechte von ihm, sondern er sei selbst seines Lebens nicht sicher. Eine Magd weinte bitterlich, welche Nachstellungen sie erleiden müsse wegen ihrer Schönheit. Vor keinem Manne sei sie sicher, selbst der Ammann, der siebenzig Jahre alt sei und dreizehn erwachsene Kinder habe, laure ihr auf, deretwegen haßten sie alle Mädchen und die Weiber noch viel verfluchter. Darum wolle sie fort, so weit die Beine sie tragen möchten, vielleicht daß an einem anderen Orte brävere Leute angetroffen würden. Daß unser Herrgott sie so schön erschaffen und nicht wüster, dessen vermöge sie sich nichts.

So viele dieser Tugendbilder kamen, die um ihrer Gerechtigkeit willen verfolget wurden. Uli dachte, alles könne doch nicht erlogen sein, er wisse ja selbst am besten, wie es gehe, wenn man dienen müsse. Aus dieser Klasse wählte er sich sein Volk, mit der größten Vorsicht, aber auch mit Sparsamkeit, mit dem Lohne hielt er nieder. Er dachte, wenn es ihnen so daran gelegen sei, weiter zu können, so werde der Lohn ihnen nicht die Hauptsache sein. Das sagten sie denn auch, ein paar Taler täten sie nicht ansehen, es sei ihnen nur darum zu tun, weiterzukommen, und er sei ihnen besonders angerühmt; da könnte man was lernen, und es heiße auch, er habe Verstand. Das tat Uli wohl, dem guten Uli! Wäre der dreißig Schritte von seinem Hause hinter einem Kirschbaume gestanden oder im nächsten Wirtshause gesessen, so hätte er was ganz anderes gehört. Er hätte gehört, wie so ein Knechtlein gesagt hätte, er hätte Unglück gehabt, sein Meister habe ihn versäumt; so sei er dienstlos geworden und es sei ihm, wenn er nur wieder mal abstellen könnte für einstweilen. So sei er zum Pächter in die Glungge gekommen, derselbe hätte von ihm gehört und ihm Bescheid machen lassen. Gedinget hätte er endlich, aber gefallen habe es ihm nicht, dort sei sein Bleiben nicht. Es sei ein hoffärtig Wesen, man sollte meinen, wer sie seien, und doch sei er nur Knecht gewesen und sie eine Uneheliche. Nun, einige Wochen könne er schon dort sein, derweilen könne er dem Mannli den Hochmut vertreiben.

Worte sind Münzen. Wie es Kinder gibt, welche das Geld nicht kennen und unterscheiden lernen können, denen man fast ihr Lebtag Zahlpfennige anhängen kann, so gibt es noch viel mehr Menschen, welche ihr Lebtag nie dahin kommen, die Worte richtig zu würdigen. Das gilt namentlich mit dem Renommieren und Aufweisen, Großsprechen und Schmeicheln oder mit dem Rühmen seiner selbst oder Anderer. In dieser Beziehung klebt ein unheilbarer Unverstand den Menschen an, halt eine Familienkrankheit von Mutter Eva her. Der Ruhmredige macht schnellen Eindruck, der Demütige findet erst in die Länge Gnade.

ZEHNTES KAPITEL

Wie bei einer Taufe Weltliches und Geistliches sich mischen

Noch ehe der zweite Lehnzins gegeben werden sollte, erhielt Vreneli das zweite Kind, und diesmal einen munteren Buben. An diesem hatte Uli sehr große Freude, er rechnete schon, wie schnell er ihn brauchen könne, was er ihm ersparen werde, nur war er noch ungewiß, ob er ihm als Karrer oder Melker ersprießlichere Dienste leisten werde. Die Gevatterschaft gab auch diesmal viel Redens, Uli und Vreneli wurden lange nicht einig; endlich mußte Vreneli nachgeben, Uli hielt ihm den Hagelhans vor. Es handelte sich absonderlich um die beiden Paten; die Gotte ward einhellig erwählt in der Schmiedin, welche Vreneli noch weitläufig verwandt war. Die Paten waren Wirt und Müller, mit welchen Uli im Verkehr stand, aber nicht zu Vrenelis Freude; es war ihm immer, als könnten die Uli verderblich sein, als suchten sie ihn in ihre Gewalt zu erhalten, um ihn auszubeuten. Ihre zärtlichen Worte schienen ihm eben falsche Münze zu sein. Der Wirt war ein dicker, schwerer Mann, jeder Zoll an ihm ein Zentner Holdseligkeit, mit welcher man eine große Stadt voll saurer Engländer hätte süß machen können. Die Freundlichkeit ist die freundlichste aller Tugenden, hat unter allen das lieblichste Gesicht, sie ist der Schlüssel zu allen Herzen, sie ist eine erquickende Essenz, erscheine sie am Krankenlager oder im Gesellschaftszimmer, bei der Magd im Schweinestall oder bei dem Regenten auf dem Throne; sie wird viel zu wenig beachtet, viel zu wenig bei den Kindern darauf gesehen, tausendmal des Tages sollte man daran erinnern. Gott gibt sie den begabtern Menschen umsonst, aber desto wüster ists, wenn sie auf Gewinn ausgelegt wird, benutzt, wie man den Honig braucht, wenn man Fliegen fangen will, mit ihr auf Menschen spekuliert, mit durch sie gewonnenem Zutrauen Wucher treibt, Gewinn und Gewerbe, dem Anderen ablockt, was er hat, mit der größten Gewissenlosigkeit, unbekümmert darum, hängen die Betrogenen sich, springen sie ins Wasser oder gehen sie einfach und simpel zu Grunde.

Eine Person der Art war unser Wirt; mit schlauem Verstand, kaltem Herzen und holdseligem Wesen hatte er ein schönes Stück Geld verdient. Wer mit ihm handeln wollte, dem tat es im Herzen wohl, und seine Worte schienen viel besser zu sein als anderer Leute bares Geld. Er hatte eine großherzige Weise, die Leute glücklich zu machen. «Sieh, weil du es bist, gebe ich dir einen Gulden mehr. Die Sache ist mir recht, da braucht man nicht Kummer zu haben, man kriege seine Sache nicht oder schlecht; ja, wenn alle wären wie du, dann könnte man handeln. Sieh, du bist mir zu hoch im Preise, aber weißt du was? Versuche, was du lösen kannst, halte die Sache feil, wem du willst; sieh, was dir geboten wird, und einen Gulden mehr als der Höchstbietende will ich dir geben; es kann Keiner geben was ich, ich habe den Absatz und Leute an der Hand, welche zahlen, welche um eines Kreuzers willen nicht reden, bis sie Löcher in die Zunge kriegen, reiche Leute, und wenn sie schon nicht auf den Tag zahlen, von wegen sie sind in gar vielen Dingen, so kömmt es dann zusammen, da gibt es Haufen Geld; du magst mir es glauben oder nicht, mein Rößlein hat mich manchmal übel erbarmet, wenn es heimziehen mußte.» Nebenbei war er auch den meisten Weibern lieb. Er kannte das Handwerk des Flattierens aus dem Grunde und wußte ihnen so zärtlich in die Augen zu gucken, daß sie die Füße nicht mehr stillehalten konnten unterm Tische. Ihn vorzüglich haßte Vreneli. «Du wirst dich mit ihm abgeben, bis du einen Schuh voll herausnimmst,» sagte es oft zu Uli.

Den Müller haßte Vreneli etwas weniger, doch immer noch genug, um ihn nicht zum Götti zu wollen. Er hing sich auch an Uli, war alle Augenblicke da, war nicht ganz mit Honig bestrichen, doch wußte er sich auch zu rühmen und zu kö- dern, daß Uli ihn für einen trefflichen Freund hielt. Bald holte ihn der Müller, um ein Pferd zu besehen, bald sollte er ihm eine Kuh kaufen helfen: das kenne niemand wie Uli, bald holte er einige Malter Getreide und sagte, er müsse es haben, er solle für diesen oder jenen Bäcker besonders schönes Mehl haben, und Korn wie bei Uli fände er nirgends, er wolle es ihm dann aber auch darnach bezahlen, sobald sie mit einander rechneten. Das wußte er immer ganz vortrefflich zu karten, daß sie mit einander in Rechnung blieben, von welcher Rechnung er beständig auch sprach, sehr selten aber sie zum Abschluß machte, sondern immer so, daß etwas auf neue Rechnung blieb. Es ist wirklich auch nichts Bequeme- res im Handel, als wenn man immer sagen kann: «Ich zahle dir das jetzt nicht, es geht zum Andern; behalte alles gut in Rechnung, die Sache wird sich dann schon finden.»

Wenn Vreneli Seufzer über solche Rechnungen ausstieß, so sagte Uli: «Sieh, dies verstehst du nicht, die Sache findet sich, und was brauche ich einstweilen Geld? Es ist mir siche- rer dort, als wenn ich es daheim hätte, ich begreife gar nicht, was du wider die Männer hast, und weißt doch, wie kom- mod sie uns kommen und wie da nie Nein ist, man mag wol- len was man will. Gehe ich zum Wirt, so bringe ich das beste Fleisch, Wein, wie er sagt, wie man ihn sonst nirgends findet, nimmts mit Gewicht und Maß nicht spitz, meint nicht, daß ich jeden Schoppen zahlen müsse. Ein Faß hat er uns zum Einbeizen geliehen und mir hundertmal gesagt, wenn ich was mangle, sei es Tag oder Nacht, so solle ich nur herkommen, er zürne, wenn ich an einen andern Ort gehe, und wenn niemand gegenwärtig sei, nur nehmen ungeniert, was ich bedürfe; einen behülflicheren Mann habe ich nirgends angetroffen, solche Leute sind rar, wo man sie findet, muß man Sorge zu ihnen tragen. Ich muß sagen, es freut mich allemal, wenn ich ihn sehe, und wenn ich schon nur Pächter bin, so schämt er sich meiner doch nicht. Er hätte noch Keinen so wie mich angetroffen, hat er mir schon manchmal gesagt, wenn ich so fortfahre, werde es nicht lange gehen, so sei ich Bauer trotz einem. Beim Müller ist es gerade so; fehlt mir Spreuer, so sind für mich da, wenn für niemand sonst da sind, mit Pferdefutter ists auch so und um einen Preis, wie ich es sonst nirgends bekomme; aus dem Getreide läßt er mir gehen, was Keiner sonst. Mein Lebtag habe ich gehört, es sei nichts kommoder auf der Welt als gute Leute, zu solchen müsse man mehr Sorge tragen als zum Brote. Ich kann gar nicht begreifen, was du gegen sie hast.» «Ja, Uli, gute Leute sind kommod, das haben wir am besten erfahren, ohne gute Leute wären wir nicht, wo wir sind,» antwortete anfangs Vreneli, «aber es ist auch ein großer Unterschied zwischen guten Leuten und guten Leuten. Es gibt gute Leute, welche einem aufhelfen und am besten sich zeigen, wenn man in der Not ist, und es gibt Leute, welche gut scheinen, solange sie jemand ausnutzen können, und ist er ausgenutzet, so lassen sie ihn hängen wie eine Spinne die Fliege im Netz, wenn sie ausgesogen ist. Wenn die es gut meinten, sie wären nicht halb so schmeichelhaft und machten dir den Kopf so groß. Mit der Dienstfertigkeit gehe mir, ich möchte doch wissen, wer mehr dienet, ob sie dir oder du ihnen? Haben sie je was zu fahren oder ein Pferd nötig, so stehn sie vor der Türe, und wie viel sie dir dafür geben, weißt du; es steht zu verdienen, werden sie dir sagen, und hast was nötig, so sprich auch zu! Leiht man ihnen etwas, einen Wagen oder ein Werkzeug, so geben sie es nicht wieder, und läßt man es endlich holen, so ist es entweder nicht da oder es weiß niemand, wo es ist, oder es ist zerbrochen und wir haben die Kosten, es ausbessern zu lassen. Ein alter Pfarrer hat immer gesagt: Fründ wie Hünd, und die mahnen mich wohl daran. Du wirst es aber wohl noch erfahren, ob ich recht habe oder nicht.»

Uli dachte, es sei doch eine verfluchte Sache mit der Eifersucht der Weiber. Stelle man dem Weibervolk nicht nach, so erstrecke sie sich auch auf das Männervolk, und am Ende dürfe man mit niemand mehr reden als mit seinem Weibe und dem Hund, doch mit diesem nur halblaut. Das dürfe er nicht aufkommen lassen, und jetzt sei ein Anlaß, zu zeigen, wer Meister sei. Der gute Uli hatte was läuten hören, und das ist das Verfluchteste, wenn man was läuten hört, aber weder weiß, woher das Läuten kömmt, noch was es bedeutet. Die Weiber sind eifersüchtig, das versteht sich, und zuweilen nicht bloß auf Mannsvolk und Weibervolk, sondern wirklich auch auf Hund und Katze. Nun ist es mit dieser Eifersucht wirklich wunderlich. Eigentliche Eifersucht halten wir kaum durch äußere Mittel zu heilen, weder durch Reizungen noch durch die strengste Treue. Reizungen machen Krämpfe, und je offenbarer die Treue ist, desto verdächtiger erscheint sie der Eifersüchtigen, scheint Deckmantel von was Geheimem. Diese Eifersucht kann bloß von innen heraus geheilt werden, und zwar bloß durch den Sinn, der von oben kommt, der den Splitter in des Nächsten Auge nicht sieht, aber den Balken im eigenen, der Mißtrauen hat in die eigene Tugend und nicht in die der Andern, der durch Liebenswürdigkeit zu gewinnen und festzuhalten sucht, was ein schnödes Wesen behandelt wie ein Kind eine Uhr: sie zernichtet, zerstört und doch fordert, daß sie in regelrechtem Gange gehe und die Stunden gehörig zeige.

Dann aber wird wirklich Manches Eifersucht geheißen und als Eifersucht ausgelegt, was es nicht ist. Wenn eine Frau den Mann vor Menschen warnt, sei es männlichen oder weiblichen, wenn sie ihn nicht gern tagelang herumlaufen sieht oder ganze Nächte schwärmen läßt, so kann dieses sehr edle Beweggründe haben: Sorge um den Bestand des Hauswesens, Sorge für die Kinder, Sorge für Ehre und Wohlergehen des Mannes selbst. Wir halten dafür, daß bei Vreneli die letzteren Gründe alleine vorwalteten und nicht wirkliche Eifersucht. Wir halten Eifersucht immer als den Ausbruch des Bewußtseins der eigenen Schwäche oder der eigenen Unliebenswürdigkeit, und nun müssen wir sagen, daß Vreneli kräftiger im Charakter und liebenswürdiger in seinem Wesen war als Uli, daß wir daher Vreneli nicht der eigentlichen Eifersucht untertan glauben. Uli nun aber nahm es freilich so, wollte ein Exempel statuieren und erzwang die beiden Paten. Daß bei Vreneli nicht Eifersucht im Spiel war, hätte er daraus sehen können, daß Vreneli darüber nicht wüst tat, nicht schmollte. Billig und recht wäre es eigentlich, daß eine Mutter, welche das Kind geboren, in derlei Dingen das erste Wort haben sollte, aber wenn er es erzwingen wolle, nun so dann in Gottes Namen, so solle er es. Er werde die Leute schon kennen lernen, nur dauern tue es ihns, daß das arme Bubi zwei solche Paten haben müsse, von denen es einst denken werde, wenn es nur niemand wüßte, daß sie ihm zu Gevatter gestanden. Die kindliche Freude an Ehrenhäuptern, welche man zu Paten habe, sei doch so schön und eine gar mächtige Kraft in kindlichen Gemütern. Aber in Gottes Namen, die Base habe gesagt, man solle nichts erzwingen, sondern denken, was geschehe, sei sicher gut für etwas, und wenn man es recht nehme, diene es zum Besten. Dabei mußte es aber an den Hagelhans im Blitzloch denken und fragen: Es nehme ihns nur wunder, was da Gutes herauskommen werde, daß er des

Mädchens Götti sei, derselbe hätte nichts von sich hören lassen. Aber strenge sei es doch, dachte das Weibchen, daß es an keiner Gevatterschaft so eine rechte, vollständige Freude haben solle.

Am Tauftage selbst hätte man von dieser Stimmung nichts bemerkt, denn kreuzlustig war die Gesellschaft und kurzweiliger hätte es nicht zugehen können. Die Drucke, worin die Schnurren und lächerlichen Erzählungen aufbewahrt liegen im Gedächtnis der Menschen, war aufgesprungen. Erzählungen, eine lustiger als die andere, jagten sich; Joggeli lachte laut auf und die Base fuhr ein über das andere Mal mit der dicken Hand über die Augen, wischte die Tränen aus, welche das Lachen hineingetrieben, und bat um Gottes willen, man solle doch aufhören, es versprenge sie sonst. Mit diesen Drucken ists wunderlich, denn es gibt deren mehrere in der Schatzkammer der Seele; da ist zum Beispiel die Liederdrucke, die Gespensterdrucke, die Krankheitsdrucke, die Liebesdrucke und die große Grümpel- oder Plauderdrucke. Diese letztere ist immer bei der Hand, offen fast Tag und Nacht, ohne Boden wie der Himmel, und enthält alles, was wir vom Nächsten gesehen, gehört, gerochen, geschmeckt, gefühlt, gedacht, gemeint, vermutet und geglaubt haben. In dieser kramt man beständig herum, gibt auf die freigebigste Weise zum Besten, was man in die Hände kriegt. Die andern Drucken dagegen liegen verwahrt und verschlossen, man merkt ihr Dasein oft die längste Zeit nicht. Dann, wie von einem Zauberstäbchen berührt, springt die eine der Drucken bei einem Menschen plötzlich auf, und hervor quillt der Inhalt, und allgemach gehen bei allen Anwesenden die gleichnamigen verschlossenen Drucken auf; ihr Inhalt quillt herauf, mischt sich mit dem Strome der Andern. Und wo dieses Quellen mal begonnen, ist es schwer zu stillen; mit schwerem Seufzen schließen diese Drucken sich wieder, denn groß war die Wonne, solang die Quellen rannen, es war wie ein Säuseln aus der Ewigkeit, in welchem die rinnende Zeit, die ganze Gegenwart vergessen wird, und je schauerlicher der Inhalt der Drucken ist, desto größer die Wonne, desto mächtiger, ergreifender das Säuseln aus einer andern Welt.

Es war aber sonderbar, bei Vreneli wollte die Drucke mit den lustigen Geschichten nicht aufspringen, obgleich es auch eine hatte und zwar eine große und wohlgefüllte. Wenn den Andern die Lachtränen die Augen füllten, waren die seinigen auch voll, aber eine unerklärliche Wehmut hatte sie heraufgetrieben, und wenn die Base bat, man möchte um Gottes willen schweigen, das Lachen versprenge sie sonst, hätte es auch so bitten mögen, aber aus dem entgegengesetzten Grunde. Die Wehmut stieg ihm auf, es wußte nicht woher, warum. Als sie da war, machte es entsprechende Gedanken hinein, wie ein Lehrer Buchstaben oder Zahlen auf eine schwarze Tafel oder eine Dame Menschen, Vieh und sonst allerlei auf sogenanntes Beuteltuch, ein gelöchert Zeug, welches vornehme und andere Damen mit schönen Dingen flikken. Nicht unkommod wäre es für manchen Mann, wenn seine gelöcherten Strümpfe zuweilen geflickt würden und nicht einmal mit schönen Dingen, sondern mit simplem Baumwollengarn oder ebenso simplem flächsernem Faden. So machte Vreneli sich auch Gedanken und dachte: Es sei doch eigentlich nicht recht, an einem Tauftage so liederlich und lustig zu sein, das sei keine Weise für ein christlich Kind zu einem christlichen Leben. Wenn das lustige Leben dem Kinde nur nicht angetan werde, daß es auch meine, es müsse sein Lebtag so zugehen in Saus und Braus, in Lust und Lachen. Vreneli war himmelweit von einer Kopfhängerin, aber Vreneli war ein Weib, welches was auf Ahnungen hielt und meinte, man könnte sich versündigen, dieses oder jenes könnte einem nachgehen und die Sünden der Eltern kämen bis in das zweite und dritte Geschlecht. Es war weit entfernt zu glauben, man sollte an einem Tauftage nicht fröhlich sein, nicht was Gutes essen und trinken, aber doch alles so in einer ehrbaren Gsatzlichkeit, so daß man der ganzen Gesellschaft es ansehe, daß sie Christen seien und zur Ehre Gottes gleichsam essen und trinken täten und nicht so wie eine liederliche Wirtshausgesellschaft, welche keinen andern Zweck hat, als sich lustig zu machen. Es wußte der Sache eigentlich keinen rechten Namen zu geben, und es wäre in große Verlegenheit gekommen, wenn es hätte beschreiben sollen, was ihm nicht recht sei und wie es es eigentlich haben möchte.

Nur eines wars, was es bestimmt nennen konnte und um welches endlich alle seine Wehmut zusammenlief und sein Glaube, daß man sich versündige und das Kind es einst büßen müsse, sich klammerte, und zwar Folgendes. Als es später war und die Schmiedin von Aufbrechen sagte, was bekanntlich immer eine geraume Zeit vor dem wirklichen Aufbruch geschieht, sagte der muntere Wirt: Man solle noch warten, er hätte da noch was, das müsse man versuchen, dann wisse man erst, was Wein sei. Er zog nun Champagnerflaschen hervor, welche er unvermerkt herbeigeschmuggelt hatte. Nun wehrte man von allen Seiten, er solle doch nicht aufmachen, man hätte bereits zu viel getrunken und was er doch denke, so köstlichen Wein! Eben, sagte er, müsse man den trinken, wenn man vom andern genug hätte, der mache einem dann ganz wohl wieder und leicht, daß es einem dünke, man möchte fliegen. Und als man von den Kosten sagte und wie solcher Wein nicht in ein Bauernhaus gehöre, so sagte er: Darüber sollten sie sich keinen Kummer machen, allweg koste er sie nichts, ihn hätte er auch nichts gekostet oder doch nicht viel. Er hätte in Frankreich einen guten Freund, einen ganz charmanten Herrn, einen so freundlichen, der gemeinste Bauer könnte nicht so gemein sein mit allen

Leuten. «Wenn er zu uns kommt, so ißt er, ihr mögt es glauben oder nicht, mit uns an einem Tische, wo die Kinder essen und Knechte und Mägde. Dem komme ich manchmal kommod, er handelt mit Kühen, Rossen, Kirschgeist, kurz mit vielen Sachen. Es ist ein gar grausam vornehmer Herr» (die Base flüsterte Vreneli, der und der Tochtermann werden einander wohl kennen), «aber nicht ganz fest mit der Sprache, da muß man ihm zuweilen zurechthelfen. Die Leute sind gar unverschämt, man glaubt es nicht, und wenn sie ihn betrügen könnten, sie täten es, und noch dazu Leute, man glaubt es nicht. Aber das tue ich nicht und das sieht er wohl und erkennts auch. So schickt er mir alle Jahre was Gutes und dieses Jahr einen Korb Champagner. Man hat ihn in Körben, der Korb enthält fünfzig Flaschen, und ihr mögt es mir glauben oder nicht, drinnen angenommen, kostet die Flasche geringsten zwei Gulden. Es ist aber auch Wein, der König in Frankreich wäre froh, wenn er solchen kriegte. Aber er kriegt ihn nicht, der wird heillos betrogen, der Herr hat es mir erzählt. Dieser Wein sei nur für gute Freunde, hat mir der Freund gesagt. Auf meine arme teure, wenn er zu uns kommt, er klopft mir den ganzen Tag auf die Achsel, und wie oft er mir ‚mon ami', das ist auf deutsch ‚mein guter Freund', sagt, könnte kein Mensch zählen.» Beiläufig gesagt war an der ganzen Geschichte nicht ein wahres Wort. Jedenfalls war der Wein nicht aus Frankreich, sondern aus dem Waadtlande, wo man auch Champagner fabriziert, aber Champagner, der so schwer im Kopfe liegt wie dreijähriges Sauerkraut im Magen. Nun aber war es gar schön, wie der Wirt mit der Flasche umging, mit welchem schmunzelnden Behagen er zeigte, wie die zugemacht sei. Und dann werden sie noch was hören, sagte er. Bedenklich ward sein Gesicht, als der Pfropf gelöst, es ans Knallen gehen sollte, aber es lange zweifelhaft blieb, ob es wirklich knallen werde oder ob es nur eine der vielen Waadtländer Flaschen sei, welche ein Gesicht machen, als ob sie knallen könnten, und am Ende doch nicht knallen. Doch endlich sprang der Pfropf, es knallte wirklich, ja, und mit glücklichem Gesichte sah der Wirt rundum, stillschweigend fragend: «Habt ihr je so was gehört?» Und mit großem Behagen führte er sich alle Verwunderung zu Gemüte, welche er auf den Gesichtern sammelte, und prägte sie tief in sein Gedächtnis, um gelegentlich sie hervorzunehmen und zu zeigen, wie die Verwunderung aussehe, welche man einmal in einem Bauernhause gemacht, als er Champagner habe springen lassen.

Das nun schmerzte Vreneli sehr, daß man am Tauftag seines armen Bubli solch köstlichen Wein trinke, zwei Gulden die Flasche, von dem man sagte, daß ihn der König von Frankreich nicht einmal so trinke. Das arme Kind vermöge sich dessen nichts, und doch werde es diesen gottlosen Aufwand mitbüßen müssen, denn Hochmut komme vor dem Falle. Sie hätten kein Vermögen, die Andern nicht viel mehr, und da könne man doch denken, ob das gut kommen könne, wenn solche Leute solchen Wein trinken wollten, wo sie ja nicht einmal den Verstand hätten, zu wissen, ob er gut sei oder nicht. «Wenn bei Leuten, wie wir sind, solch Aufwand getrieben wird, was sollen erst die Leute anfangen, welche tausendmal reicher als wir sind? Einer, der mit solchem Weine kömmt, dem fehlt es entweder im Kopf oder es weiß der Teufel, was er im Sinn hat, allweg nichts Gutes, und wir können den verfluchten Wein vielleicht einmal noch ganz anders bezahlen als zu zwei Gulden die Flasche.» Es fand auch den Wein bitter, ganz abscheulich, während die Andern ihn nicht genug rühmen, freilich heimlicher unwillkürlicher Grimassen sich nicht enthalten konnten. Es ist allenthalben Sitte, gut zu finden, was kostbar ist, und schlecht, was wohlfeil ist und was man alle Tage haben kann. Darum sind so schrecklich viele Leute so schrecklich unglücklich, dieweil sie so schrecklich dumm sind, daß sie meinen, sie müßten auch alles Schlechte haben, was viel kostet, und das Gute verachten, dieweil es wohlfeil ist. Da ist unser lieber Herrgott gescheuter, und es wäre gut, wenn all unsere dummen Leute ein Beispiel nehmen würden an ihm und so gescheut werden würden, wie er es ist. Er hat die Kartoffel so wohlfeil gemacht, das Brot nicht teuer, läßt Kraut wachsen, mehr als Manchem lieb ist, läßt die Kühe süße Milch geben, und Schlächter lernen das älteste Kuhfleisch als kräftiges Ochsenfleisch verkaufen, läßt den Ärmsten die kühnsten Zähne wachsen, das nahrhafteste Fleisch zu verarbeiten. Was meint man wohl, wenn unser Herrgott den Armen Austern, Schnecken, Frösche, Konfitüren, Bittersüßes samt chinesischen Vogelnestern und passabler Limonade wohlfeil gemacht und darauf sie angewiesen hätte? Wäre man wohl dabei, oder würde man schreien über schreckliche Ungerechtigkeit? Was kriegten die Armen bei den wohlfeilen Fröschen und Schnecken, Limonaden und Polnisch Bittern für dünne Wangen und lasterhafte Zähne! Wie würden sie doch wieder schreien nach den teuren Kartoffeln und dem unbezahlbaren Schwarzbrot! Aber so ist halt die Welt, hat das ganze Paradies und will halt nichts als Äpfel vom schlechten Baume, an welchen man sterben muß. So hatten sie es auch in der Glunggen, gränneten über den waadtländischen Göttertrank und rühmten ihn doch über die Maßen und redeten ihr Lebtag davon, sie hätten Champagner gesehen und sogar davon getrunken. Vreneli allein sagte, es finde ihn nit e Tüfel nutz und man solle ihns ruhig lassen damit. Der Wirt tat sehr gekränkt. «Mußt eine wunderliche Zunge haben,» sagte er, «daneben will ich niemand zwingen, es wird schon jemand sein, der ihn nimmt,» und darin täuschte er sich wirklich nicht. «Mag sein,» sagte Vreneli, «daß ich nicht weiß, was gut ist, daneben bin ich froh darüber. Mich dünkt gut, was ich habe und was wir vermögen und Gottlob alle Tage, solange wir gesund sind. Dabei bin ich wohl und habe Ursache, Gott zu danken. Es dünkt mich, ich möchte es nicht anders, denn was hätte ich davon, wenn mich die Krankheit ankäme, nur das gut zu finden, was ich nicht hätte und nicht vermöchte, eine Gluste, die ihre Zunge in allem haben möchte, was man selbst nicht hat, aber Andere. Habe von dieser Krankheit schon gehört, aber bis dahin geglaubt, sie sei bloß eine vornehme Krankheit. Sollte sie aber auch unter das gemeine Volk kommen, wie es den Anschein hat, dann gnade Gott den armen Menschen, dann adieß Zufriedenheit, dann wird der Teufel Meister.»

Endlich brachte es die Schmiedin doch zum Aufbruch, obgleich der Wirt sagte: So sei es in der Welt, wenn es am lustigsten gehe und es einem am besten gefalle, so müsse man aufprotzen und fort. Früher hätten sie bloß so Flausen getrieben wie etwa an andern Orten auch, jetzt aber wäre das Predigen angegangen, das wäre was Neues gewesen; es hätte ihn wunder genommen, dies zu hören, es scheine ihm, die Frau Gevatterin könnte es noch besser als mancher halbsturme Pfaff. Er müsse sagen, mit dem, was sie da von der Kanzel runter pralatzgeten, könne er hell nichts machen, er verstehe nichts davon, und in diesen Zeiten, wo man nicht mehr so dumm sei, werde es den Meisten so gehen; es nehme ihn wunder, ob er es nicht erlebe, daß das Zeug ganz aufhöre.

Vreneli ward blaß, da sagte die Base, sie hätte auch schon gehört, daß solche Dinge geredet würden, selbst sei sie aber nicht dabeigewesen und habe es nicht glauben wollen; jetzt wisse sie es, es wäre ihr aber lieber, sie erführe es nicht noch einmal. «Dir, Wirt, wird es auch noch anders kommen, entweder hier oder dort. Wie es dir dann sein wird, wenn du draußen stehst und klopfst und hören mußt: Ich kenne dich nicht, selb wirst dann erfahren, aber leider wird es zu spät sein. Aber eins will dir sagen: wenn im Winter Stein und Bein gefroren ist und so recht eisig der Wind durch die dicksten Kleider zieht bis ins Mark hinein, und es steht ein arm Bettlerkind im dünnen Kleidchen zitternd vor deiner Türe und bittet um Gottes willen, daß man ihns hineinlasse, nur einen Augenblick, um sich zu wärmen, es müsse sonst erfrieren, und man tut ihm die Türe nicht auf und von innen heraus tönt eine Stimme: Packe dich fort! Wir kennen dich nicht, denk, wie es dem armen, bebenden Kinde sein muß, denk, Wirt! Und doch findet es nicht weit davon eine andere Türe und einen barmherzigeren Hausvater, sterben muß es noch nicht. Denk, wenn du aber einmal so vor der Türe dort stehst, zitternd, und klopfst und hörst: Ich kenne dich nicht, so ist keine Türe für dich, kein barmherziger Hausvater, es ist der Allerbarmer, der dich nicht kennen will; denk, wie wird dir dann sein?» «Ich sehe, die Glunggebäuerin kann das Predigen auch, und wenn unser Pfarrer abgeht, so brauchts keinen Pfarrer mehr, eine von euch oder abwechselnd könnt ihrs auch machen, und vielleicht macht ihrs besser und wohlfeiler als der jetzige. Es will niemand rühmen, daß er ein sehr Geschickter sei, daneben frage ich dem nicht viel nach; lieb ists mir allweg, daß meine Frau auf das Predigen sich nicht so versteht, es könnte mir mißfallen! Nun so dann, so wollen wir,» schloß der Wirt, der jetzt zum Aufbruch sehr bereitwillig sich zeigte, den Predigten wollte er entrinnen und sein Champagner war zu Ende. «Die Flaschen nehme ich wieder mit,» sagte er, «oder braucht ihr sie zu was?» Seine Freigebigkeit hatte ihre Grenzen, wie man sieht.

ELFTES KAPITEL

Von einer Falle, welche Uli abtrappet, aber diesmal noch ohne Schaden

Joggeli hatte das ganze Jahr hindurch Verdruß gehabt mit seinen Kindern; der Tochtermann betrachtete sein Elisi wie ein Schröpfhörnchen, wenn er Geld nötig hatte, setzte er es dem Vater auf den Hals. Der Johannes dagegen kam selbst angefahren mit Gepolter und Schnauben und holte seinen Teil unter Donner und Blitz. Jedesmal, wenn eine solche Operation vorüber war, Joggeli in Schmerzen lag und Lust zu einer Ohnmacht hatte, verschwor er sich hoch und teuer, das müsse die letzte sein, möge es gehen wie es wolle, bei Lebzeiten gebe er keinen Kreuzer mehr. Und wenn sie wieder kamen, so ging es doch wieder und Joggeli mußte sich am Geldseckel operieren lassen, er mochte sich winden und drehen, wie er wollte. Als nun die Verfallzeit des Lehnzinses heranrückte, welche Sohn und Tochtermann kannten so gut als er, war er in großer Verlegenheit, was machen. Sollte er an Uli wachsen und versuchen, ob derselbe nicht eine Woche oder zwei früher zahlen wolle, oder aber daß er warten solle, bis der Sturm abgeschlagen sei mit dem Vorwande, der Pächter habe nicht bezahlt und könne nicht bezahlen? Beides hatte seine zwei Seiten; kriegte er den Zins früher, so hatte er ihn also, und das ist immer schön, wenn man einmal was hat, aber was dann machen? Im Hause durfte er das Geld nicht behalten, und brachte er es unter, so mußte er angeben, wo es sei. Sage er das, so ruhten die Hagle, Gott verzeih mir meine Sünde, nicht, bis sie es haben. «Das ist ein Elend,» jammerte er. Sage er Uli, er solle nicht bezahlen auf den Termin, so sei das wohl gut, aber dann habe Uli das Geld und nicht er, könnte es ihm weiß Gott wann geben und vielleicht gar ein Recht daraus machen und alle Jahre später kommen mit dem Zins, bis er ihm zuletzt gar keinen gebe. Darauf könne er es also nicht ankommen lassen, kalkulierte er.

Endlich schoß ihm ein Blitzgedanke durch das Haupt, er rieb mit vergnüglichem Gesichte die Hände und dachte: Für solche Gedanken zu kriegen, muß man Joggeli in der Glungge sein. Man könnte manches Dorf aus laufen, ehe man einen fände, dem beifiele, was ihm. Der gute Joggeli war noch nicht zu der Erfahrung gekommen, was Einfälle, auf die man sich am meisten zugute tut, für Schwänze haben! Er dachte, er wolle Uli sagen, derselbe solle ihm den Zins acht Tage zum voraus geben, denselben wolle er gehörig in Sicherheit bringen, und wenn dann seine Blutsauger kämen, sagen, im Einverständnis mit Uli, Uli habe noch nicht bezahlt, er werde den Zins einstweilen nicht geben können. Er trug seinen Gedanken alsbald seiner Frau vor. «Was Tüfels ersinnest du aber Dummes,» sagte ihm diese, «das kömmt nicht gut, zähle darauf.» «Ich wüßte eigentlich auch nicht, wann du etwas gut gefunden hättest, was mir beigefallen, es war von Anfang so und wird so bleiben bis ans Ende.» So sprach Joggeli in zornigem Brummen, drehte sich und ging ab, ging zu Uli und trug ihm den Handel vor. Uli war das sehr zuwider. Er glaube, sagte er, das Geld könne er geben, aber mit dem Verleugnen wollte er lieber nichts zu tun haben. Man könne am Ende nicht wissen, was das für Folgen haben könne, jedenfalls begehre er keinen Streit mit den Beiden, denn wenn sie ihm etwa auf den Hals steigen und wüst sagen würden, so nehme er dies nicht gelassen hin. «Habe nicht Kummer,» sagte Joggeli, «ich will das schon machen, und Folgen hat es keine, gebe dir eine gesetzliche Quittung und schreibe es alsbald ein. Es ist ein bloßer Gefallen, dich kostet es nichts und mir ists ein großer Dienst, und etwas wirst mir doch auch tun wollen, oder meinst etwa, es wäre nicht recht?» Uli fügte sich, Vreneli hatte nichts dawider, begehrte bloß über den Alten auf, der immer was erlisteln wolle und Andere hineinstoßen und doch nichts ausrichte, weil er keinen Mut hätte, sondern allezeit das Herz in den Hosen.

Uli mußte ans Rechnen gehen vor der Zeit, und das war ihm sehr zuwider, nicht deswegen, weil er dachte, es könnte der Pünktlichkeit schaden, wenn er acht oder vierzehn Tage vor der Zeit die Rechnung schließe. Nein, daran dachte er gar nicht; so einen Ketzer von Rechnung könne man ja stellen, wie man wolle, einige Wochen vorwärts oder rückwärts, wie man wolle, darauf komme es nicht an, wenn es ihm so recht sei. Akkurat wie er mit dem Zeiger seiner Uhr auf zehn oder zwölf fahren könne, je nach seinem Belieben, weil es ja seine Uhr sei und niemand weiters angehe. Aber solch Rechnen war ihm zuwider, solch Rechnen, nicht alles Rechnen, denn er rechnete eigentlich, wo er ging und stand, wir hätten fast sagen mögen, alle seine Gedanken hätten sich ins Rechnen aufgelöst; aber er rechnete im Kopf, was dieses ihm eintragen, jenes kosten würde, wie viele Malter er aus jenem Acker machen, wieviel Flachs, wieviel Reps usw., was er davon beiseitelegen und was er brauchen müsse, das ging ihm fort und fort im Kopf herum akkurat wie ein Mühlrad, kam ihm im Traum vor, machte ihn zuweilen glücklich, zumeist aber steinunglücklich. Er wollte halt reich werden, viel gewinnen, stellte daher alle seine Rechnungen auf Gewinn, dachte hauptsächlich bloß an die Einnahmen, Ausgaben sah er nicht und dachte nicht daran. Die Einnahmen sieht der Landmann vor sich in Äckern und Wiesen, die Ausgaben kommen ungesinnet; zerbrochene Wagen, abgesprengte Roßeisen fallen nicht zum voraus ein, und an eine Masse von Haushaltungsausgaben denkt ein Mann, namentlich ein junger, nicht. Alle diese ungesinneten Ausgaben verdarben immer die Rechnung, er mußte immer von vornen anfangen, verdarb damit alle andern Gedanken und kam doch nicht zu Ende. Aber auf dem Papier rechnen, zusammenziehen alles, was man gemacht hat, und zwar so, daß es sich treffen soll, ja, das ist was anders, Uli hatte es erfahren, und obendrein noch so viel Geld zählen, und zwar so, daß man allemal gleichviel hat, das ist noch was viel anderes, und Uli hatte es ebenfalls erfahren. Nachdem er einen halben Tag gezählt hatte und zweimal endlich die gleiche Summe herausgebracht, fand Uli, daß er mehr Geld hatte, als der Pachtzins betrug, doch ziemlich weniger als im vergangenen Jahre. Es blieben ihm, wenn er die Schuld abgetragen, noch ungefähr hundert Taler übrig, dagegen hatte er mit Wirt und Müller bedeutend zu rechnen. Der Wirt namentlich war ihm zwei fette Kühe, von denen jede über sechzig Taler wert gewesen, und vier Schweine, welche zusammen wohl zwölf Zentner gewogen, schuldig, dagegen hatte er was genommen, aber eben viel nicht; eben darum stunden sie in Rechnung, und Uli hatte das Geld nicht. Der Müller stand ebenfalls mit Uli in Rechnung für eine ganze Menge von allerlei. Uli hatte auch was genommen, aber von ferne glich es sich nicht aus; da hatte er sicherlich sehr viel zu fordern, aber wie viel, wußte er doch nicht bestimmt.

Bei solchen Rechnungen, namentlich wo sie en détail gehen und lange nicht bereinigt werden, hat es eine ganz verfluchte Bewandtnis; sie sind imstande zu wachsen, während man sie macht, zu einer ganz unglaublichen Größe, ungefähr wie Blutegel, welche ganz schmächtig sind, wenn man sie anlegt, und fast faustdick, wenn sie abfallen. Wer mit einem Müller oder einem Wirte in Rechnung steht, der hat ein ganz verflucht Zeug am Halse. Kriegt er endlich den Müller zwischen die Knie, um mit ihm zu rechnen, so hat er eine große Reihe voll Semmelmehl, Kuchenmehl, Kleien,

Spreuer, Taubengrütze, Hühnerfutter, von welchem allem der Bauer nichts weiß. Sagt er dem Müller in hohem Zorn: «Donner, von dem allem weiß ich nichts, wird auch nicht sein!», so sagt der Müller: «Wirst doch nicht glauben, ich hätte falsch aufgesetzt? Sieh, mache mich nicht böse, das ist mein Gebrauch nicht. Das hat deine Magd geholt, welche letzte Weihnacht fort ist, und dies das arme Mädchen, welches du im vorigen Jahr von der Gemeinde hattest, und dies der Knecht, welchen du vor vier Wochen fortjagtest; das Eine kam von deiner Frau gesandt, und ein Anderer sagte, er habe von dir den Befehl, und da schicket es sich doch unsereinem nicht, solches alles schriftlich zu wollen oder gar auf Stempelpapier. Was meinst, was würde deine Frau sagen, wenn die Magd zurückkäme und sagte, der Müller gebe nichts, wenn er es nicht schriftlich von dir hätte?» Wer will sich nun an alles erinnern? Und wenn gar die Rechnung sich hinauszieht, bis Knecht, Kind, Magd fort sind, wer Teufel will alles erforschen? Und wenn man es zu erforschen versucht, was gewinnt man? Uneinigkeit, Mißtrauen usw., und am Ende bleibt die Rechnung Rechnung; so lang sie war, so lang bleibt sie. Ja, es ist ein kurios Ding mit solchen Rechnungen, gar Mancher hat sich mit solchen um Hab und Gut verrechnet; doch das wußte Uli nicht, und wenn es ihm schon jemand gesagt hätte, er hätte den Glauben nicht gehabt, daß es so sein könnte, er hielt, was er an Wirt und Müller zu fordern zu haben glaubte, wie bar Geld.

Wenn er Geld, Vorräte, Rechnungen überschlug, hatte er wieder ein gut Jahr gehabt und mehr gemacht als im vorigen Jahr. Bös hätte er gehabt, sagte Uli, ein Jahr verlebt, er möchte es keinem Hund gönnen, aber es sei doch was dabei herausgekommen, die geringern Dienstbotenlöhne seien doch wirksam. «Weiß nicht,» sagte Vreneli, «ob der Gewinn daher kömmt und ob wirklich ein Gewinn da ist.» «He,» sagte Uli, «wenn du weißt, was zweimal zwei ist, so sieh, was da ist: so viel bar und noch so viel in Rechnung.» «Ja,» sagte Vreneli, «das Geld sehe ich, und wenn ich auch das sehen könnte, was noch in Rechnung ist, wäre es mir noch lieber.» Da fuhr Uli auf, gab einen bösen Blick von sich und ging hinaus. «Haben es ihm die Ketzer schon so weit angetan,» sagte Vreneli, «daß er blind ist und man ihm über sie weniger sagen darf als einem Christen über seinen Herrgott?»

Diesmal konnte Joggeli mit Behagen sein Geld zählen und hatte große Freude daran. Uli hatte darauf gehalten, schönes Silber zu geben, was Kindern und andern Leuten den Wert desselben bedeutend erhöht, jedenfalls immer ein Zeichen von Achtung und dem Wunsche ist, in Huld zu bleiben. Als Joggeli es genug gezählt hatte, ging die Sorge für das Verbergen an, welche nicht größer hätte sein können, wenn er fremdes Volk, Kosaken, Italiener, eine Nation, welche sich im Krieg auf das Mausen versteht, erwartet hätte. Wie einen Feldherrn, auch wenn er mit dem größten Vorbedacht seine Dispositionen gemacht hat, immer ein kleines Herzklopfen anwandelt, wenn die Stunde naht, wo der Feind kommen soll, so hatte es auch Joggeli, und zwar schon am Verfalltag selbst, am Vorabend großer Ereignisse, wie er dachte.

Aber es war der Ereignisse selbst nicht der Vorabend, sondern der wirkliche Tag. Dem Johannes fiel es ein, wenn er einen Tag früher käme als das letztemal, kriegte er vielleicht das Ganze. Dem Tochtermann fiel akkurat das Gleiche ein, denn sie hatten innerlich ungeheure Ähnlichkeit und äußerlich auffallend gleiche Sympathien, wenn sie auch körperlich kein Haar von einander hatten. Der Baumwollenhändler glich einem halbverkohlten Schwefelholz, Johannes einem fünf Fuß zehn Zoll langen Kürbis. Beide kamen gleich nachmittags angefahren, und nicht nur die Rosse schnauften entsetzlich, sondern auch beide Aspiranten, Prätendenten oder wie man sie sonst nennen will. Jetzt hätte Joggeli gern das Hasenpanier ergriffen. «Wäre ich nur gegangen,» murmelte er für sich, als es dahergefahren kam wie das Donnerwetter, noch viel ärger, als an einem englischen Wettrennen die langbeinigen Lords daherrennen. Joggeli hatte es wie ein Renommist, und zwar hatte er es siebenzig Jahre lang so gehabt und kannte doch diese Schwäche nicht. Er war ein Held weit vom Geschütz oder wenn er hinter seiner Frau stund, kam er aber auf die Mensur, so kriegte er den Schlotter, und stund nicht seine Frau, sondern ein Mann vor ihm, so drückte er sich gerne beiseite. Springen hätte jetzt Joggeli wenig geholfen, er mußte warten. Eben freundlich empfing er die beiden Herren wirklich nicht, und wenn sie eine Haut gehabt hätten, welche empfindliche Redensarten nicht hätte ertragen mögen, sie wären Beide alsbald wieder abgefahren. Aber Beider Häute waren sattsam gegerbt, nicht bloß in solches Wetter, sondern wenn man Stiefel daraus gemacht hätte, sie wären ohne besondere Salbe wasserdicht geblieben bis zum letzten Fetzen.

Es ging nicht lange, so mußte er ihnen sagen, er habe den Zins noch nicht empfangen und werde ihn einstweilen auch nicht empfangen; der Pächter sei nicht bei Gelde, er habe ihm Stündigung gestattet. Sie sollten doch nicht tun wie Hungerleider, welche den Lohn immer zum voraus einzögen. Wenn sie Hungerleider wären, so sei niemand anders schuld als er, weil er sie Hunger leiden lasse, und wenn da was zu schämen sei, so komme es an ihn, sagte der Tochtermann und ging hinaus. Nun setzte Johannes mit Ungestüm auf den Vater ein, brach aber plötzlich ab und fuhr auch zur Türe hinaus. Er hatte durch das Fenster den Schwager hinüber zu Uli gehen sehen und faßte alsbald, was der drüben wollte, und machte sich ihm nach. Joggeli lächelte ihm nach, kriegte aber alsbald Angst, Uli möchte vielleicht mit der Wahrheit ausrücken. Gut sei es, daß er ihm die Quittung noch nicht gegeben, dachte er, er könne es allweg nicht beweisen, und da wüßten die Blutsauger nicht, woran sie seien und wem sie glauben sollten.

Drüben ging ein tapferer Lärm an. Erst biß der Baumwollenhändler nach dem Schwager, was er ihm nachzulaufen habe, darauf fertigte Johannes den Schwager grob genug ab. Darauf manöverierten Beide gegen Uli. Erst kamen sie mit Manier und wünschten auf Abschlag so viel Geld, als er im Hause hätte, es sei des Vaters Wille und Begehr, daß er gebe. Da komme er schön in die Klemme, dachte Uli, der Alte stelle ihm zum Ausessen die Suppe dar, welche er selbst nicht möge. Uli entschuldigte sich, er habe nur das nötigste Geld für die Hauskosten bei der Hand, am Zins könne er nichts machen; er habe ein böses Jahr gehabt, Mehreres ausstehen, Anderes nicht verkaufen können, so sei es ihm unmöglich, ihnen mit Geld an die Hand zu gehen. Nun redeten die Beiden erst von Lumpenware und Hudelbuben, so komme man dran, wenn man Leute von der Gasse nehme, da hätte man keine Sicherheit, die machten sich nichts daraus, mit dem Schelmen davonzugehen. Das kam Uli über den Magen. Wenn es mit dem Schelmen davongelaufen sein müsse, so sei er in alle Wege der Letzte von ihnen Dreien, welcher laufe, sagte er. «Zuletzt,» sagte der Tochtermann, «ist das ein abgeredet Spiel, sie stecken Beide unter einer Decke. Es war schon lange der Gebrauch hier, die Kinder zu betrügen zum Besten von Lumpenpack, welches uns unsere Sache abstiehlt. Laß sehen, du Hagels Lehenmannli, jetzt gib Bescheid, kurz, Ja oder Nein. Hast bezahlt oder nicht bezahlt? Wir wollen wissen, woran wir sind.» Uli stutzte, sagte aber bald, mit ihnen hätte er nichts zu tun; ob er bezahlt habe oder nicht, gehe sie nichts an, sie sollten ihre Wege gehen, ihn ruhig lassen, die Sache mit ihrem Alten ausmachen

Johannes hätte beinahe an Uli seine Kraft versucht, denn von einem Fremden lasse er sich aus seinem Hause weder stellen noch weisen, sagte er. Aber Uli sagte, er gedenke weder das Eine noch das Andere zu tun, aber plagen um etwas, welches sie nichts anginge, lasse er sich ebenso wenig, und wenn sie nicht gingen, so ginge er. Da sagte der Tochtermann: «Zanken mit dir wollen wir nicht lange, aber zähl darauf, innerhalb einer Stunde wissen wir, woran wir sind, und wollen dich dann in den Schraubstock spannen, daß du nach Gott schreien lernst. Du sollst es erfahren, wie es so einem vierschrötigen Kuhstrumpf ergeht, der sich einfallen läßt, Leute von unserm Schlage zum Besten haben zu wollen. Warte nur, Bürschli, du wirst froh sein, andere Saiten aufzuziehen.» Darauf ging er ab, husch Johannes ihm nach.

Das Horchen ist auf dem Lande nicht halb so verpönt als in den Städten. Man hat meist vergebene Mühe, wenn man Mägden das Schmähliche, welches darin liegt, begreiflich machen will. Weiber behaupten förmlich das Recht dazu zu haben, so gut als zum Schlüssel zum Bureau, denn wo Zwei Eins sein sollen, wie sollte da ein Geheimnis zwischen ihnen sein können! So hatte auch Vreneli gehorcht, und als die beiden Unholde abgefahren waren, kam es mit der Frage auf Uli zu: «Du hast doch eine gesetzliche Quittung?» «Nein,» sagte Uli, «Joggeli hatte nicht Stempelpapier, und seither ging die Zeit herum, ich wußte nicht wie, und daran mahnen durfte ich ihn nicht.» «Du bist doch ein Tropf, nimm es mir nicht übel! Aber gehst, sagst, du habest nicht bezahlt, hast keine Quittung in Händen, und Joggeli ist Joggeli, du solltest ihn doch kennen. Was die jetzt mit ihm anfangen und wozu sie ihn nötigen, das weiß Gott. Achthundert Taler ohne den Zins für die Schatzungssumme kannst du verklappert haben mit einem Worte.» Da ward es Uli katzangst, sein Mund tat nichts als donnern, auf der Stelle wollte er hinüber. «Nein,» sagte Vreneli, «jetzt gehst nicht, mache dich nicht selbst zuschanden! Ich gehe zur Base, daß sie aufpasse, was vorgeht; sie läßt uns nicht betrügen, und ists nötig, kann sie dich rufen.»

Als die Base hörte, worum es sich handle, entrannen ihr aber einige herzhafte Seufzer über das Mannevolk, wo Keiner was rechts, sondern wer nicht Esel, Schelm sei, und sagte: «Sei nur ruhig, denen will ich den Marsch machen, daß es eine Art hat. Aber sage Uli, ein Lümmel sei ein Lümmel, und wenn er einer bleibe, so könne er sich und Andere plagen mit Arbeit und Sparen und doch zuletzt im Winter barfuß laufen und ein schön Liedlein pfeifen, statt eine warme Suppe essen.» Alsbald begab sich die Base auf die Lauer und vernahm an der Türe, wie der Tochtermann vorbrachte: Sie müßten allerdings glauben, der Zins sei nicht bezahlt, ob mit Gutheißen vom Schwäher oder nicht, sei ihm gleichgültig, er verlange bloß eine Anweisung auf Uli, er wolle dann sehen, ob er Geld kriege oder nicht, er kenne solche Geschäfte. Johannes ging plötzlich ein Licht auf, es war das erstemal, daß er eine Art Respekt vor dem Schwager kriegte. Er wolle auch eine, brüllte er, der Teufel solle ihn lotweise zerreißen, wenn er vom Platze gehe, ehe er eine hätte. Erst weigerte sich Joggeli mit allerlei Ausflüchten, als aber die Andern immer heftiger in ihn drangen, ward sein Widerstand schwächer. Die Base an der Türe dachte: Was Tüfels ist ihm aber in Sinn gekommen. Er ist Hunds genug, er tuts. Richtig, endlich ging Joggeli nach Tinte und Papier und suchte die bessere Brille, welche er seither angeschafft hatte.

Da tat sich die Türe auf, die Base trat ein. Es verzogen sich ärgerlich oder verlegen alle Gesichter, sie aber ließ sich dies nicht anfechten, sondern sagte, es nehme sie wunder, was es gebe und was da geschrieben werden solle? Sie mußte zweimal fragen, da munkelte Joggeli: «Nicht viel anders.» Der

Tochtermann aber sagte: «Der Vater sieht ein, was recht ist, und tut, was der Brauch ist. Es ist in allen vornehmen Häusern der Fall, daß die Eltern, wenn sie alt werden, nicht mehr kapitalisieren, sondern ihre Ersparnisse den Kindern austeilen, weil jüngere Leute das Geld besser zu nutzen verstehen. Da will der Vater so gut sein und uns Anweisungen auf den rückständigen Pachtzins geben.» «Welch rückständigen Pachtzins?» frug die Base. «Geh, Frau,» sagte Joggeli, «laß uns machen, die Sache ist bald richtig, mach daß wir dann was zu essen und zu trinken haben.» «Essen und Trinken ist da und die Sache ist richtig, denn du schreibst die Anweisungen nicht,» sagte die Base. Joggeli wollte ihr zublinzen, der Tochtermann sagte: «Aber Mutter, wollt Ihr denn wüster gegen uns sein als der Vater? Ihr waret sonst Eurer Kinder Stütze, und jetzt redet Ihr wider sie. Warum wollt Ihr uns z'böst sein? Was haben wir Euch zuwider getan?» «Warum? Darum,» sagte die Base, «weil der Zins bereits bezahlt ist, ihr ein Hudel- und Schelmenpack seid, Alt und Jung, und ich nicht zugeben will, daß unter meinem Dache solche Schelmenstücke verübt werden.» «Mutter, das sind Flausen», sagte der Tochtermann, «der Pächter hat selbst gesagt, er habe den Zins nicht bezahlt, und so was sagt man sonst nicht, wenn es nicht wahr ist. Er zeige uns die Quittung, wenn wir es glauben sollen; der Vater würde auch nicht Anweisungen schreiben, wenn der Zins bezahlt wäre, so schlecht ist der Vater nicht.» «Was er ist, das weiß ich nicht,» sagte die Base, «aber der Sache will ich ein kurzes Ende machen, schreibt dann meinethalben Anweisungen ein ganz Fuder voll.»

Rasch ging sie zum Bette, warf den untern Teil auf den obern zurück, zog aus dem Strohsack einen schweren, klingenden Beutel, den sie kaum heben mochte, sagte, das sei die rechte Quittung, und wenn die sei, wo sie hingehöre, so werde die Sache sich schon machen. Ehe die Andern recht wußten, was geschah, war sie zur Türe hinaus. Unter der Haustüre sah sie Vreneli, welches aufgepaßt hatte, stellte den Beutel ab und winkte. Rasch war es drüben. «Nimm, lauf, der Atem fehlt», sagte die Base. Vreneli nahm, lief und war in ihrem Hause, ehe die Andern sich gefaßt hatten und nachgestolpert kamen. Nun, das Ende vom Liede war, daß Joggeli wieder um den größten Teil des Geldes kam.

«Aber Base,» sagte Vreneli, «ist der Vetter wirklich so schlecht, daß er begehrte, arme Leute um Hab und Gut zu bringen, ihr Eigentum ihnen abzuleugnen?» «Nein, so schlecht ist er nicht,» sagte die Base, «aber so ist er, daß er alles macht, um das Unangenehme von sich ab und auf Andere zu wälzen, und wenn dann was Schlechtes daraus entstünde, so würde er sagen, er vermöge sich dessen nicht, sondern der oder jener sei schuld daran. Warum habe zum Beispiel Uli selbst gesagt, er hätte den Zins nicht bezahlt? Dazu habe ihn niemand gezwungen, ihm hätte es in Sinn kommen sollen, was daraus entstehen könne; er mische sich nicht darein, die Andern, wo was mit einander hätten, könnten es ausmachen.» «Aber Base, ist das recht?» fragte Vreneli. «He, das weißt,» antwortete dieselbe, «aber ists gescheut von Uli, keine Quittung zu haben und zu sagen, er habe nicht bezahlt? Gefälligkeit hin, Gefälligkeit her, Wahrheit ist Wahrheit; er sollte sich doch nicht in Sachen einlassen, welche er nicht versteht und von denen er nicht weiß, wie weit sie gehen. Mit solchen Lumpensachen kann man nicht bloß um Hab und Gut, sondern auch um den ehrlichen Namen kommen.» «Base, Ihr habt recht und mir macht solches Kummer; Uli möchte gerne der Gute sein, läßt sich gerne zum Großen machen, und je schneller er reich wäre, desto lieber hätte er es. Es scheint mir oft, der Teufel habe eine Angelschnur mit drei Haken nach ihm ausgehängt, an welcher er noch hängen bleibt, weiß Gott. Base, ich habe einen Kaffee gemacht, bleibt bei mir;

drüben habt Ihr doch böse Gesichter, hier möchte ich Euch zu hunderttausend Malen danken, und Uli hätte auch Ursache dazu.» «Nein, muß hinüber, gucken, was es gibt, schlimm wird es nicht gehen. Ich habe ein gut Gewissen, sie böse, ich mache ein keck Gesicht, und sie wissen nicht, welche sie schneiden sollen. Wenn ich komme, so werden sie lange schweigen, endlich viele Redensarten ins Feld führen, wie sie ja keinen Betrug im Sinne gehabt, und wenn ich das erstemal hinausgehe, kömmt mir Johannes nach und sagt: Mutter, du bist immer die Beste, hättest mir nicht noch einen schönen Kram für Trinette, das Pflaster?»

Kaum hatte der Johannes gemacht, wie die Mutter es vorausgesagt, kam der Tochtermann, hätte die Mutter gerne gestreichelt und gehätschelt, wenn sie nicht drei Schritte rückwärts gegangen wäre, und sagte, ob sie ihm nicht was Gutes hätte für Elise: einen Schinken, eine Wurst, Käse, Butter usw.; Elise liebe derlei Dinge sehr und er gönne sie ihm von Herzen, zuweilen sei sie etwas wunderlich, aber er habe die Hoffnung, mit Ernst sei sie ganz zu kurieren. Ernst sei gut, sagte die Mutter, aber mit der Fünffingerkur solle er nicht mehr probieren, in St. Gallen oder wo er daheim sei, die Menschen noch halb wild seien, da sei sie vielleicht gut, aber im Bernbiet schlage sie schlecht an, man nehme sie von der Regierung nicht an, geschweige denn so von einem halbbaumwollenen Mannli. Probiere sie eine Regierung, so könne sie darauf zählen, ehe ein Jahr umgehe, liege sie im Graben. Aber das gutmütige Wesen tat ihr doch wohl, der Tochtermann ging auch bei ihr nicht leer aus. In Gottes Namen, dachte sie, Elisi hats desto besser, und daß ich an nichts schuld sei, will ich nicht sagen. Wir möchten einen hohen Preis auf die Beantwortung der Frage setzen, wie arm eine Mutter sein müsse, daß sie für das Kind, welches ihr oder für welches man ihr ans Herz klopfe, nichts mehr zu geben habe.

Vreneli suchte den Zuspruch der Base Uli beizubringen, aber er war nicht mehr empfänglich dafür; er sah den Fehler selten mehr auf seiner Seite, war in einen Widerspruchsgeist hineingeraten, der schwer zu bekämpfen ist, wo er sich einmal eingebürgert hat. Es sei böse, wenn man nicht mehr den Nächsten trauen könne, sagte er, übrigens sei die Geschichte lange nicht so gefährlich gewesen, wie sie ausgesehen. Joggeli habe nur die Beiden vom Halse schaffen, Ruhe haben wollen, wenn sie fortgewesen, hätte er ihm die Quittung gegeben; wenn auch das nicht, so wäre die Sache, wenn sie zum Prozeß erwachsen, bald aus gewesen, so viel kenne er von der Sache. «Uli, das glaube doch nie,» sagte Vreneli, «die Prozesse kriegen eigene Köpfe, laufen meist ganz anders, als der Mensch in seinem Kopfe gehabt. Was man sich ganz kurz gedacht, wird lang, lang, länger als ein Bandwurm, und nimmt kein Ende. Vor den Prozessen muß man sich hüten, wahr sein, lauter, in keine Kniffe und Anschläge sich einlassen, alles rund abmachen. Ist man einmal darin, ist man auch nicht mehr Meister.» «Man kann nicht vor allem sein,» sagte Uli, «ungesinnt wird man in einen Prozeß verflochten, und wenn man zu allem Ja sagen wollte, was Andere vorsagen, käme man lustig weg.» «Ja,» sagte Vreneli, «vor allem kann man nicht sein, aber vor dem hättest sein können, und gerade das war so eine Geschichte, welcher man hätte eine Nase drehen können, wie man sie haben wollte. Wenn die Beiden geschworen hätten, du hättest selbst gesagt, du seiest den Zins noch schuldig, was meinst dann?» «Ah bah, das verstehst du nicht,» sagte Uli und ging weiter.

ZWÖLFTES KAPITEL

Dienstbotenelend

Anfangs war Uli mit seinem Dienstbotenpersonal so übel nicht zufrieden gewesen. Er glaube, er habe es getroffen, es gehe besser als im letzten Jahre, sagte er zu Vreneli. «Rühme nicht zu früh,» sagte Vreneli, «neue Besen kehren gut.» Natürlich plumpst so ein neuer Knecht oder eine neue Magd, welche zur zweiten Abteilung der dritten Klasse gehören, nicht so mit allen Lastern zur Türe herein. Der Knecht macht ein Sonntagsgesicht und stellt sich gut nach Vermögen, teils will er ein gutes Vorurteil für sich erwerben, teils muß er doch erst die Gelegenheit erkundschaften, die Faden suchen, sein alt Leben am neuen Orte anzuknüpfen. Zudem mag in Manchem wirklich der Sinn sich regen, anders tun wäre besser, so komme es am Ende doch nicht gut. An einem neuen Orte, wo die alten Gefährten, die alten Gelegenheiten fehlten, er das Auslachen nicht zu fürchten hätte, ließe es sich schon tun. Er nimmt sich zusammen, tut gut einige Wochen, bis der Teufel ihm nachgeschlichen ist, ihn wieder gefunden, neue Gelegenheit bereitet hat, die Begierden im Leibe recht gierig und hungrig geworden sind; da geht es wieder los, und der neue Besen ist handkehrum zum alten geworden.

Das erfuhr Uli allgemach. Uli haßte das Rauchen in der Scheuer und bei der Arbeit. Auf die Mahnung des Bodenbauers hatte er es sich nach und nach abgewöhnt und sich sehr wohl dabei befunden; jetzt, da er Meister war, begriff er erst recht, wie lästig und unangenehm dasselbe einem Meister ist. Wenn man alle Hände voll zu tun hat, jeder versäumte Schritt von so großem Nachteil ist, und gelassen klopfen Knechte und Tagelöhner die Pfeifen aus, stopfen ein, reichen sich gegenseitig den Tabak, versuchen Feuer zu machen, erst mit Zündhölzchen, welche sie in offener Tasche tragen, endlich, wenn das nicht gehen will, mit abgenutztem Feuerzeug, und wenn endlich alle Feuer erhalten, einer wieder spricht: «Du, gib mir wieder Feuer, es ist mir erloschen,» und wenn der endlich hat, ein Zweiter, ein Dritter sagt: «Du, gib mir Feuer, es ist mir erloschen,» was da für angenehme Empfindungen dem Meister in alle Glieder fahren, erfuhr er. Wenn er dazu rauchen sieht um das Heu herum, ins Stroh die Pfeifen ausklopfen, die Zündhölzchen hinwerfen sieht, wo es sich eben trifft, da kömmt zum Ärger die Angst, was aus solchem Leichtsinn werden solle. Wie unendlich viele Häuser sind durch diese Ursachen abgebrannt, von denen man hintendrein sagte, sie seien angezündet worden! Bei einer allfälligen Untersuchung ergeben sich keine Ursachen des Brandes, man nimmt also einfach Brandstiftung an, das ist wirklich das Simpelste. Ein Knecht wird natürlich nicht sagen, er habe beim Heurüsten geraucht, habe Zündhölzchen verloren, er wisse nicht wo, habe die Laterne mit den Fingern geputzt und den glimmenden Docht in den Mist geworfen, der möglicherweise trocken habe sein können. Das alles und noch viel anderes, woraus ein Brand entstehen kann, vernimmt man nicht. Da nun die dickköpfigen Juristen dieses nicht begreifen, auf der andern Seite an keine Wunder glauben, so finden sie, in Erwägung, daß sie sonst nichts wissen, sich veranlaßt, Brandstiftung anzunehmen. Uli haßte also jetzt das Rauchen mehr, als er es früher geliebt, fragte die Knechte, wenn es ums Dingen zu tun war, ob sie rauchten. Wenn einer sagte: Ja, aber nicht daß es ihn zwinge und er meine, es müsse sein; so am Feierabend habe er gerne sein Pfeifchen oder am Sonntage statt eines Schoppens, so sagte Uli: Dawider könne er nichts haben, lieber wärs ihm freilich, es würde gar nicht geschehen. Aber bei der Arbeit und in der Scheune wolle er es durchaus nicht haben, das sage er rundweg. Begreiflich, sagte der Knecht, das verstehe sich von selbst, hatte aber natürlich keinen Augenblick im Sinn, auch also zu tun.

So hatte er es auch mit dem Karrer gehabt und der auch gesagt: «Das versteht sich von selbst.» Nun aber merkte Uli, daß derselbe sein Wort nicht hielt, sondern mehr und mehr bei der Arbeit rauchte, und starken Verdacht hatte er, er rauche auch abends oder morgens, wenn er glaube, der Meister komme nicht dazu, im Stalle. Wenn Uli kam unversehens, sah er natürlich keine Pfeife mehr, und wenn er fragte, wer geraucht habe, er rieche Tabak, so erhielt er zur Antwort, man wisse es nicht, es sei vielleicht jemand rauchend vorübergegangen. Sah er ihn rauchen und mahnte, es wäre ihm lieber, es geschehe nicht, so steckte der Karrer anfangs schweigend die Pfeife in die Tasche, später sagte er, sie sei bald ausgebrannt, endlich meinte er: Oh, ein Pfeifchen werde doch wohl erlaubt sein, er hätte noch keinen Meister angetroffen, der so unvernünftig in der Sache gewesen. Der gute Karrer war durchaus ungebildet, aber er kannte aus Instinkt die Art und Weise, wie man in Gesetz und Ordnung einbricht und am Ende sie mit Füßen tritt. In Friesland dem Meere nach, im Emmental der Emme nach sind Deiche oder Dämme; läßt man in einem solchen Damm ein Mauseloch unverstopft und unverstampft, so kann man darauf zählen, es geht nicht lange, so bricht durch das kleine Löchlein die gewaltige Flut, reißt es auf zu weitem Bruch, bringt Graus und Zerstörung über das dahinter liegende Land.

Es ist wirklich sehr schön, wie es zugeht in der Welt! Erst kommen Mörder, Diebe und sonstige Spitzbuben von allen Sorten und machen in Gesetz und Ordnung die Mauselöcher, dann kommen Richter mit blöden Augen, blödem Verstand und blödem Gewissen und übersehen die Mauselöcher, und hintendrein kommt die Springflut sturmköpfiger

Juristen, reißt Gesetz und Ordnung ein, beweist aus der Vernunft, klar wie eine Wurstsuppe, daß Gesetz und Ordnung unvernünftig seien, Hemmschuhe der Humanität und des entschiedenen Fortschrittes, und machen Platz der aufgewühlten Grundsuppe des menschlichen Herzens, der tierischen Begehrlichkeit, welche dem reinen Lichte, welches in schwarzen Wolken den Regenbogen bildet und in der trüben Welt ein tausendfältig Farbenspiel, ähnlich ist. Denn das Tierische im Menschen ist überall im Herzen das gleiche, während es die Welt berührend in hundert und abermal hundert Brechungen schillert, eine schmutziger als die andere. Von der allerschmutzigsten jedoch würde so ein rechter Jurist von der wahren Sorte aus der reinen Vernunft auf das Klarste beweisen, daß sie der reinste Ausdruck des wahren Menschlichen sei, rein wie das reinste ungebrochene Sonnenlicht. Es ist merkwürdig, wie die Resultate der hochgebildetsten Juristen mit dem einfältigen Instinkt eines ungebildeten, rohen Karrers zusammentreffen. Die Extreme berühren sich, sagt ein Sprüchwort; könnte man vielleicht nicht auch sagen, sie fielen in eins zusammen und deckten sich wie gleichschenklige Dreiecke?

Uli verstund das Ding noch nicht so recht, was ihm nicht zu verübeln ist, verstehen es doch dato mancher König und manches Volk nicht. Er wollte nicht der Wüstest sein, nicht noch mehr verbrüllet werden, als er bereits war; er hielt den Karrer nicht einfach an seinem Versprechen, sprach nicht: «Entweder oder, folg oder marsch;» er fürchtete, das könnte inhuman, illiberal geheißen werden. Er verschluckte schrecklichen Zorn, drückte nur hie und da und noch dazu halb verbissen ein zornig Wort hervor, kriegte dazu noch Angst und Bangen. Uli merkte nach und nach auch, daß der Karrer ein förmlicher Trinker war. Im Wirtshause saß er nicht viel, die Glungge stund abhanden, und die gnädige Obrigkeit war noch nicht so ungnädig gewesen, dem Glunggenbauer gegen seinen Willen eine obrigkeitliche Zersittlichungsanstalt vor die Fenster zu setzen. Freilich, wenn er mit dem Zug auf der Straße war, kam er selten nüchtern heim. Merkwürdig war, wie er allemal, wenn er einen Stich hatte, mit der Peitsche ganz eigen knallte, so daß Uli von weitem hörte, was Trumpf war, und nachsehen konnte. Aber besonders daheim war er angestochen, roch nach Branntenwein auf Schussesweite, setzte die Beine auseinander und verstellte zu beiden Seiten wie ein Matrose, der drei Jahre hintereinander ununterbrochen zur See gewesen. Uli stellte ihn zur Rede, er möchte doch wissen, was das zu bedeuten hätte. Da begann der Karrer gar wehlich zu wimmern, wie er einer grausamen Krankheit unterworfen sei, Magenkrämpfe sage man ihr. Es sei akkurat die gleiche, an welcher der Bonaparte gestorben. Er hätte gemeint, er müsse sich totkrümmen, kein Doktor habe ihm helfen können. Da sei einmal einer zu ihm gekommen, ganz ungefähr, und habe gesehen, wie er tun müsse, wenn die Krämpfe ihn ankämen. Der habe gesagt, er wolle ihm schon helfen, das seien eben akkurat die gleichen Krämpfe, welche der Bonaparte gehabt, Magenkrebs sage man ihnen. Hätte er es zu rechter Zeit vernommen, so hätte er Roß und Wägeli genommen und wäre zu ihm gefahren; dem hätte er helfen wollen, da wäre er ein reicher Mann geworden. Als er es vernommen, sei er schon tot gewesen, da hätte er begreiflich nichts mehr machen können. «Aber wenn er jemanden helfen könne, so helfe er, und wenn ich wolle, so wolle er mir auch helfen. Was habe ich anders wollen? Wenn ein Mann wie der Bonaparte dran hat sterben müssen, was hatte ich zu erwarten? Ihr, Meister, wißt nicht, was solche Krämpfe bedeuten, wo es einem ist, als hätten zwei Wäschweiber den Magen in den Händen und drehten ihn und drehten ihn, und wenn sie mit den Händen nicht mehr mögen, mit Stöcken, daß man meint, die Seele fahre zum Hirn aus. Ich nahm also das Mittel, es ist starkes Zeug, es gleicht dem Wacholderbranntwein; wenn ich davon nehmen muß, weiß ich oft lange nicht, stehe ich auf dem Kopfe oder auf den Füßen. Aber was sein muß, muß sein, und Ihr werdet es mir nicht verbieten wollen, so unvernünftig war noch kein Meister, bei welchem ich gewesen.» Was sollte Uli machen? Sollte er so unvernünftig sein, wie der Karrer noch Keinen getroffen? Er konnte unter Angst und Bangen Tag und Nacht nachsehen, damit kein Unglück geschehe und er eine Gelegenheit finde, den Kerl fortzujagen, ohne ihm den ganzen Jahrlohn bezahlen zu müssen.

Während Uli mit dem Karrer seine Nöten hatte und sie seiner Frau nicht merken lassen durfte in zusammenhängender Rede, höchstens in einzelnen Ausrufungen, stund Vreneli andere Qualen aus und mochte sie Uli auch nicht klagen; es fürchtete, nicht Glauben zu finden, weil es nicht Beweise hatte. Es suchte welche. Vreneli merkte nämlich, daß etwas geschehen müsse im Stalle mit der Milch. Es schien ihm, es werde nicht gemolken wie sonst. Es wollten ferner im angehenden Frühjahr die Hühner nicht legen, wie man es sonst gewohnt war. Es konnte nicht recht glauben, daß sie ihre Natur geändert und zu dem Korps sich geschlagen, welches nur fressen will und nichts dafür tun.

Vreneli war eine von den Hausfrauen, welche nicht mißtrauisch sind, aber es im Gefühl haben, wenn etwas nebenausgeht. Sie haben die zweite Art von Instinkt, welcher nicht sowohl angeboren als von Jugend auf angewöhnt wird, eben wenn man von Jugend auf bei einer Sache ist. Es warf natürlich sein Auge auf den Melker, Mädi, seine Adjutantin, unterstützte es getreulich, aber sie konnten nichts erkunden. Der Melker war eine bequeme Natur, machte nicht mehr, als er mußte, und tat so liederlich er durfte, ohne ausgescholten zu werden. Aber er war nicht undienstfertig, brauchte gute

Worte, kurz er hatte etwas, welches namentlich dem Weibervolk gar nicht unangenehm ist. Er war oft nachts nicht daheim, doch am Morgen zumeist zu rechter Zeit da, so daß weiter nicht viel gesagt werden konnte. Man mußte es als eine Unart betrachten, welche leider noch Viele haben. Da der Melker unschuldig schien, die Hühner aber wie verhexet, begann Vreneli Verdacht auf Marder oder auf Katzen, welche zuweilen auch Eierliebhaber sind, zu werfen, obschon man keine Schalen fand. Es war stark die Rede von Beizen, Fallenstellen usw. Da solche Maßregeln zumeist lange in Rede stehen, ehe sie zur Ausführung kommen, werden sie oft durch etwas Unvorhergesehenes ganz überflüssig gemacht.

Wie gewohnt, kam einmal die Eierfrau und hätte gerne eine mächtige Ladung Eier gekauft für einen Bäcker, welcher das Backwerk zu einer großen Hochzeit zu liefern hatte. Vreneli konnte wenige geben und klagte seine Not. Wenn es an Hexen glaubte und eine in der Nähe wüßte, so müßte es jetzt glauben, daß man es den Hühnern antun und das Legen verhalten könnte. Da meinte die Eierfrau: Vielleicht daß sie ihm über den Marder, welcher seine Eier fresse, kommen könne, oder über die Hexe, welche das Legen verhalte. Sie hätte einen Ton gehört, wenn was dran sei, so würde der Marder sich bald finden. Vielleicht daß sie ihm schon das nächste Mal Bericht geben könne. Mehreres wollte sie durchaus nicht sagen. Gar lange ging es nicht, so kam sie wieder und zwar mit einem Gesicht, welchem man es von ferne ansah, hinter dem stecke eine wichtige Botschaft. «Hör,» sagte sie zu Vreneli, «ich kann dir draufhelfen, aber bei Leib und Leben verrat mich nicht.» Nachdem das Versprechen in bestmöglicher Form abgelegt war, rückte sie aus: Drüben im Mühlengraben stehe ein Häuschen am Walde, man könne dazu und davon, es sehe es kaum ein Mensch. Dort sei nach dem Neujahr ein Mensch eingezogen, angeblich eine Wollenspinnerin, aber sie sei die meiste Zeit daheim, mit Arbeit viel verdienen werde sie nicht. Doch lebe sie gut. Es rieche manchmal so gut ums Häuschen, als ob Engländer da wohnten mit einem vornehmen Koch. Pfannkuchen, Eierbrot und dergleichen könne man alle Tage riechen, und Kaffee mache das Mensch des Tags wenigstens dreimal. Lange habe man geglaubt, es trinke ihn schwarz, denn es kaufe selten für einen Kreuzer Milch, und wo es die Eier hernehme, habe man lange nicht begriffen. Hühner habe das Mensch keine, herbeitragen hätte man auch keine gesehen. Die Leute hätten bald geglaubt, es lege sie selbst, und hätten ihm das gerne abgelernt, denn kommode wärs; für eine Hexe hätte es ihnen wohl jung geschienen und zu wenig Runzeln an den Backen gehabt und Kröpfe am Hals. Nicht daß es gar jung und hübsch sei, aber ein appetitlich Weibervolk, eine muntere Witwe im besten Alter, wie sie am liederlichsten seien. Sie hätten ihr aufgepaßt und endlich ihr Leghuhn entdeckt. Es komme ein Mann zu ihr und von dem komme alles, Milch, Eier, und sie wollten sagen, noch mehr Sachen. «Der Bursche ist von der Größe Euers Melkers, das Gesicht konnten sie noch nicht sehen, er kömmt spät und geht früh, aber nicht den Weg, welcher hierher führt, daneben kann er einen Umweg machen, um auf falsche Spur zu leiten, wie ich glauben muß. Von wegen dir zulieb, Fraueli, war ich mal selbst dort, wo er früher diente, und frug unter der Hand nach, warum er dort fortging. Da hieß es nun, wegen einem Mensch, dem er alles zutrage, was er erreichen möge; aber er wisse die Sache schlau anzufangen, denn sie hätten ihn nie darob erwischen können. Was sie ihm bloß auf den Verdacht hin zugemutet, habe er abgeleugnet, daß sie ihn bald hätten besser machen müssen, als er sein Lebtag je gewesen sei. Nun sei dort das Mensch mit ihm verschwunden, und es werde nicht fehlen, er werde dasselbe an irgend einem Orte in seiner Nähe haben.»

So berichtete die Eierfrau. Das war eine schöne Geschichte. Also im Roßstall war es nicht sauber, mußte wegen Tabak und Magenkrämpfen aufgepaßt werden, im Kuhstall war es nicht sauber, dort ging es an Milch und Eier, das war doch wohl viel auf einmal. Vreneli mußte es Uli sagen, der ward anfangs böse und meinte nur, Mädi rupfe dem Melker was auf. Es hasse ihn, weil es denselben lieben möchte und der Melker dieser Liebe nichts nachfrage. Er wisse selbst, wie das gehe, und der Melker habe so was merken lassen, wenn auch nicht gerade herausgesagt. Da stellte indessen Vreneli ab und sagte: Es nehme ihns wunder, ob es keine Wahrheit mehr sagen könne und auf einmal nichts verstehe. Nicht Mädi habe es aufgerupft, sondern es selbst habe gesehen, daß da was nebenausgehe, nachgefragt und nun so und so Bericht erhalten. Glaube er nicht daran, so solle er mal selbst hingehen und Nachfrage halten, von wegen die Sache sei zu wichtig, als daß man sie so hingehen lassen könne ein ganzes Jahr lang. Uli paßte dem Melker auf, konnte aber hell über nichts kommen. Der Melker hatte keine Art von Gefäß im Stalle beim Melken als das übliche, man mochte dazukommen, wenn man wollte, oder ihn belauschen von der Futtertenne aus. Man sah auch nicht das geringste Verdächtige, und Uli ward unwillig, hätte fast Verdacht gefaßt, das Unrichtige komme von ganz anderer Seite her.

Da kam einmal ein schöner Sonntagnachmittag, und Mädi trug sein Herzkäferchen, das kleine Vreneli, an der schönen Sonne herum, stellte es auf den Boden, ließ es träppeln und stampfen, segelte mit ihm in der Richtung, nach welcher das kleine Ding mit den Füßchen strebte, mit den Händchen zeigte. Sie lebten selig zusammen, das Mädi hatte volle Zeit, dem lieblichen Spiele sich hinzugeben. Der Ruf des Gewissens, daß es den Lohn habe zur Arbeit und nicht zum Tändeln, versalzte ihm die Freude nicht, dieweil es Sonntag war, und das Vreneli wurde nirgends hingesetzt mit einem Steinchen oder Blümchen, welche weder reden noch laufen konnten, um mit ihnen sich die Zeit zu vertreiben. Es ist eine gar strebsame, bildungshungerige Zeit, die Zeit vom zehnten Lebensmonat hinweg. Da ists über einem freundlichen Kinde alle Tage wie über der Erde an jedem schönen Frühlingsmorgen. Neue Herrlichkeit hat sich entfaltet, es ist ein Anderes geworden und doch das Gleiche geblieben, denn die Freude ist über Nacht neu geworden, hat neue Pracht entdeckt, über Nacht erblüht. Aber stumm sind die Blümchen, keine Beine haben die Steinchen; wohl spielt das Kind mit ihnen, aber nicht lange, es wird ihm öde dabei und unheimlich, unbewußt ist es ihm, als solle es nicht reden lernen, als müsse es sitzen bleiben auf der gleichen Stelle lebenslang. Darum aber wird es dem Kinde wie dem Fischlein im Bache, wenn eine gute Seele mit ihm springt und spricht, spricht und springt; es trampelt mit den Füßchen, schlägt mit den Händen, hell jauchzt es auf, ihm ist, als gehe es zum Himmel auf. Weiter und weiter strebet es, hinaus in die Welt. Plötzlich kehrt es sich um, streckt die Händchen auf nach dem Halse des Gefährten, birgt das Gesichtchen an seiner Brust, segelt mit allen Kräften heimwärts. Ein fremd Gesicht hat es gesehen, etwas Ungewohntes hat seine Sinne berührt, es fühlt plötzlich sich fremd in der weiten Welt; das Heimweh taucht auf in seinem kleinen Herzen, es beruhigt sich nicht, bis daß die Heimat es wieder umfängt. Zu klein waren noch die Flügel für die weite, große Welt.

So waren Mädeli und Vreneli trappelnd und jauchzend auf Reisen gegangen, waren nach vielen Irrfahrten endlich hinter einen alten Holzschopf gekommen, um welchen allerlei Gräbel lag und namentlich altes sogenanntes Zäuneholz, mit welchem man im Herbst beim Weidgang provisorische Zäune herzustellen pflegt. Der alte Schopf stund tagelang einsam und verlassen, und hätte er ein Gesicht gehabt, er würde ein sehr verwundertes gemacht haben, daß zwei Menschen auf einmal durch seine stille Einsamkeit trappelten und jauchzten.

Indessen gab es doch ein verwundert Gesicht. Vreneli hatte plötzlich eine Erscheinung. In den alten Zaunstecken raschelte es, ein prächtig gelbes Huhn trat majestätisch aus denselben und verkündete der Welt mit hellem Geschrei seine eigene Heldentat, es habe nämlich ein Ei gelegt. «Ja so, du Ketzers Täsche, legst du da? Das wäre mir nicht beigefallen,» sagte Mädi, «so geht es in der Welt immer anders und schlechter. Hier zu legen fiel noch keinem Huhn ein, aber es ist alles gleich, Menschen und Hühner, es muß alles verstohlen und verschleppt sein, da ist niemand mehr zu trauen.» Vreneli, welches am gackelnden Huhn seine Freude hatte, ward ins Gras gesetzt, und Mädi kroch dem entdeckten Schatze nach ins alte Holz hinein. «Tüfel! Tüfel!» rief es plötzlich aus dem Holze. Doch sah Mädi nicht wirklich den Teufel, sondern was anderes. Es fand nicht so viel Eier hier, als es gehofft, nur etwa vier oder fünfe. Das Nest fiel ihm auf, es schien nicht von einem Huhn, sondern von einem Menschen gemacht, zudem war ein altes Nestei darin. Mädi war Expertin im Hühnerfach, es wäre gut, es würden in keinem Fache schlechtere Experte gebraucht. Mädi schloß alsbald, das sei nicht bloß eine einfache Hühnerverlegete, wo einfach ein Huhn sein Naturrecht geltend macht, seine Eier legt, wohin es will, und nicht wo die Frau Prinzipalin will, um brüten zu können, wenn es ihm ankömmt, ohne es der Willkür der Frau Prinzipalin zu unterstellen, welche imstande ist, ihm zum Dank für seine Bereitwilligkeit das Nest mit Nesseln zu reiben. Mädi schloß alsbald auf eine menschliche Schelmerei, welche den Hühnern hier, an dem abgelegenen Orte, ein Nest gemacht und sie durch bekannte Mittel verführt, ihre

Eier an den Ort zu legen, an den kein ehrlicher Mensch dachte. Als Mädi sich kundig umsah nach allen Merkmalen, welche zu einem sichern Schlusse führen konnten, sah es nebenbei im alten schwarzen Holz was Weißes, und als es dasselbe hervorzog, war es eine große Milchflasche von weißem Bleche und voll Milch. Das trieb ihm den «Tüfel» ins Maul, und triumphierend kroch es hervor, die Eier in der Schürze, die Flasche in der Hand, und im Triumph ging es dem Hause zu. Endlich hatte es ihn erwischt, hatte auch ein Heldenstücklein vollbracht wie noch keines, von dem die Leute reden würden als wie vom Tellenschuß, so lange nämlich, als die Schweizerberge stehen. Noch viel lauter als das gelbe Huhn gackelte Mädi, daß alles, was im Hause war, herausschoß und Mädi nach, dem Vreneli zu. Da ward alles besichtigt um und um, endlich fragte Uli, den Mädi auch herbeigegackelt hatte: «Jetzt möchte ich doch wissen, wer der Spitzbube ist. Seh, wem ist die Flasche?» Da blieb es stille ringsum, kein Eigentümer meldete sich, niemand wollte die Flasche gesehen haben, niemand um das Einest wissen hinterm alten Holzschopf. Uli mochte fragen, drohen, wie er wollte, Keiner wollte sagen: «Meister, ich bin der Schelm!»

Es gibt auf der Welt nichts Fatalers, frage man nur jeden Knaben, als wenn man am seichten Bache stund, einen großen Fisch unter einen alten Weidstock fahren sah, rasch sich niederlegte, mit der Hand nachfuhr, Lebendiges in die Hand kriegte, rausfuhr, und man hat eine Kröte in der Hand, nicht den Fisch, und wenn man die Hand wieder nachstreckt, ist kein Fisch mehr da, man hat nichts mehr als das Gramseln in der Hand von der Kröte her und den Ärger über den falschen Griff. Mädi hatte gemeint, was es habe an Flasche und Eiern, aber den Fisch hatte es doch nicht, der Fisch war fort. Als nun der Fisch sich gar nicht finden wollte, sagte Uli unwillig: «Du bist immer das gleiche dumme Mädi, wirst dein

Lebtag nicht gescheut, warum mußte nicht jemand anders die Sachen finden! Wenn man Vögel fangen will, brüllt man nicht die Haut voll. Hättest alles am Orte gelassen, wo du es gefunden, und mir es gesagt, dann wäre ich auf der Lauer gestanden, hätte den Dieb mit den Sachen in der Hand erwischt und der Handel hätte eine Nase gehabt. Jetzt ist es aus, denn wenn man einen Dieb nicht kriegt, wenn er die Sache genommen hat, und sieben Zeugen, welche gesehen haben, daß er sie wirklich genommen und nicht bloß gefunden, so hat man das Nachsehen und kann die Kosten bezahlen.» «Ist das jetzt mein Dank?» begehrte Mädi auf. «Wenn es dir Ernst ist, den Schelmen an Tag zu bringen, so frage nur den Melker, der kennt ihn wohl, hat ihn vielleicht in seinen eigenen Hosen.» Potz Himmel, da gab es Spektakel! Der Melker war dabei, als Mädi so sprach, und husch, hatte es eine Ohrfeige weg, ehe jemand es hindern konnte, und hätte auch die Haare lassen müssen, wenn Uli nicht mit starkem Arme Halt gemacht.

Mit der Ohrfeige hatte aber der Melker dem Mädi den Zapfen aus dem Redefaß geschlagen, und heraus sprudelte eine Zornesflut, in welcher der Melker sicherlich zuschanden gegangen, wäre er nicht ein hölzernes Kamel und an solche Fluten längst gewohnt gewesen. Alles, was die Eierfrau gesagt und nicht gesagt von seinem Mensch und seinem Leben, das warf Mädi dem Melker an den Kopf. Der brüllte wie ein angestochener Urochs und begehrte auf von wegen seiner Unschuld, schrecklich, und schlug mit seinen Zeugnissen alle Anschuldigungen tot. Da könne man sehen, was er sei und was er nicht sei, und zwar auf Stempelpapier. Aber der Teufel sei Meister in der Welt und Menschen gebe es, welche kein einzig Zeugnis hätten und wollten Andere zu Schelmen machen, die verfluchten Luder. Denen wolle er es zeigen, sie müßten erfahren, wer er sei, und selbst den Namen tragen, den sie ihm gerne angehängt hätten. Der Melker tat schrecklich, wie zu Olims Zeiten der Gouverneur von Magdeburg, der sich vermaß, Hundsleder zu fressen, ehe er die Festung übergebe, war aber kuraschierter als derselbe Gouverneur und saß nicht allsogleich auf den Nachtstuhl, als der Feind standhielt und sogar näherrückte. Der Melker wußte, daß schlechter die Welt wird, das Recht immer mehr dem zufällt, der am meisten aufbegehrt, am wüstesten tun kann, alles von wegen der Unschuld. Aber Mädi war eine Batterie, welche nicht so bald zum Schweigen zu bringen war, sondern immer schärfer schoß, je wilder die andere feuerte. Scheltungen waren hin- und hergeflogen wie Hagelsteine, wenn es recht hagelt, daß ein gewöhnlicher Richter acht Tage gebraucht hätte, sie auseinanderzulesen und ordentlich zu sortieren.

Endlich, lange hatte er es umsonst versucht, kam Uli zu Worten, hob alles Gesagte auf von Amtes wegen, jagte Mädi in die Küche, den Melker in den Stall, machte so den Feindseligkeiten einstweilen ein Ende, jedoch nicht der Feindschaft. Dem Melker grollte es im Kopfe wie einem Vulkan im Bauche, den Ausbruch fand er jedoch nicht rätlich, speite Rauch und Flammen bloß, wenn der Meister und die Meisterfrau es nicht hörten, redete alle Tage, morgen mache er die Anzeige beim Richter, und machte sie doch nicht. Er war ein alter Praktikus und wußte, daß wenn man mal was einem Richter oder Advokaten zur Hand gegeben, man nicht mehr Meister sei zu sagen: bis hierher und nicht weiter, sondern das Ding mit einem durchgehe wie wilde Rosse mit einem sturmen Kutscher und ein Ende nehme mit Schrecken. Es ist gar schlimm, in mürbes, blödes Tuch einen kleinen Riß machen zu wollen; wie leise man macht, husch, reißt es durch, und die Stücke bleiben einem in der Hand.

Mädi glich einer lebendigen Schlüsselbüchse, pfupfte den ganzen Tag, tat aber niemand weh als ihm selbst. Auf seiner

Heldentat hielt ihm niemand viel als Vreneli, welches aber doch oft über das ewige Pfupfen sich beklagte und Mädi schweigen hieß, was Mädi begreiflich sehr übel nahm, über unsern guten Herrgott böse ward, daß er die Welt so schlecht werden ließe und keine Dankbarkeit mehr sei auf Erden. Es wollte den Leuten zeigen, wer Mädi sei und was es könne, legte sich nun dem Melker an die Fersen und lauerte ihm auf Tag und Nacht. Aber das gute Mädi fing nichts mehr, der Fisch war fort. Es trug ihm nichts ein als einige Kübel verdammt kalten Wassers, mit welchen es auf seinen nächtlichen Gängen begossen wurde, es wußte nicht woher und von wem. Der Melker habe es getan, winselte es. Es wolle keine gesunde Stunde mehr haben, wenn es nicht so sei, darum solle Uli ihn fortjagen, er treffe sicher den Rechten, und wenn auch nicht der Milch oder der Eier wegen, so habe derselbe es doch ob ihm verdient. «Wärst im Bette geblieben,» antwortete Uli endlich unwillig, «es hieß dich niemand herumstreichen. Wenn es gemacht sein muß, so laß es an die, denen es zukömmt, willst aber den Haushund machen, so mußt auch nehmen, was ein Hund.» Uli hatte das nicht böse gemeint, sondern es im bittern Unmute ausgestoßen. Von Mädis Entdeckung hatte er keinen Nutzen gehabt, aber ein andauernder Verdruß schien ihm daraus erwachsen zu wollen. Mädi aber gingen diese Worte tief und eiterten. Das ist das schlimmste aller Übel, wenn Worte eitern, und doch wissen so viele Menschen nichts von dieser Krankheit. Mädi hatte einen Schwung genommen, es hatte sich ihm der Himmel aufgetan zu einer großen Tat, aber nur von ferne hatte es das gelobte Land gesehen; als es über die Schwelle wollte, entschwand die ganze Herrlichkeit gleich der Fata Morgana in den Wüsten Afrikas, es sollte bloß das wüste, böse Mädi sein, recht in keinen Schuh. Das schlug ihm ins Gemüt, machte es unwirsch, mißtrauisch, böse gegen alle. Nie dachte es daran, daß in ihm eine Schuld des ganzen Elends liege, statt Vrenelis Hülfe ward es Vrenelis Plage. Der dümmste Junge kann ein Glas Wasser färben mit einigen dunkeln Tropfen, aber getrübtes Wasser klar machen, gesalzenes Wasser wieder süß, eine überpfefferte Suppe genießbar, das kann kein dummer Junge, das kann mancher Gelehrte nicht, es ist Arbeit für eine höhere Hand. Es ist gar wunderbar, wie die Mischungen in den Gemütern sich machen, und wer achtet auf die Tropfen alle, welche in die Gemüter fallen, sie zuckern oder pfeffern, säuren oder salzen, und wer verstehts, Salz und Pfeffer zu tun ans rechte Ort, wieder wegzubringen vom unrechten und zu passender Zeit?

Mädi hatte einen von den Köpfen, für welche man im Bernerland ein prächtig Wort hat, das Wort «eitönig», einen Kopf, in welchem nur ein Ton Platz hat, und klingt der einmal, weder mit Liebe noch Gewalt ein anderer Ton hervorzubringen ist, im Gegenteil, je mehr man es anders tönen machen will, desto stärker tönet der gleiche alte Ton.

Indessen der Krug geht so lange zum Wasser, bis er bricht. Den Melker ertappte man freilich nicht als Dieb, fand weder Eier noch Milch mehr, aber die Kühe bekamen kranke Euter, die Milch ward ziegerig. Uli, der sich auf Kühe verstund, suchte alsbald die Schuld beim Melker. Er sah ihm zu, er visitierte einige Male die Kühe, ob der Melker etwa nicht gehörig ausmelke, Milch in den Eutern lasse, was höchst verderblich ist, aber er fand alles in der Ordnung. Er ging zu einem Vieharzt, der war ein schlauer Kundius und half ihm auf die Spur. «Sieh,» sagte dieser, «das ist von den Feinern einer, dem kannst lange aufpassen, der riecht hinten und vornen, nimmt nicht die leere Guttere zur gewohnten Zeit zum Melken und stellt sie neben sich, als hätte sie das Recht dazu, oder läßt einzelne Kühe oder Striche an den Eutern ungemolken; der rupft dir an den Kühen, wenn er sich ganz sicher weiß, um Mitternacht, um Mittag, kurz wenn nichts zu fürchten ist. Der treibt das nicht zum erstenmal und nicht zum letzten. Was willst du dich plagen, dich auf die Lauer legen, bis du halbtot bist? Mach daß du von ihm kömmst so bald als möglich. Begehre mit ihm auf aus dem ff wegen den kranken Kühen, sage ihm, er sei ein Bub, kein Melker; vielleicht wirft er dir den Bündel dar, und magst du ihn nur mit dem kleinen Finger erreichen, so hebe ihn auf und mach Weihnacht. Der Lumpenkerl verpfuscht dir in einem Jahr zehnmal mehr, als sein Lohn beträgt.»

Das begriff Uli, aber der Melker biß nicht in den Apfel, der wollte nicht töricht sein und um seinen Platz kommen, ehe das Jahr um war; er nahm seinen Worten gehörig das Maß und sagte höchstens, er sei schon an manchem Orte Melker gewesen, noch habe ihm niemand gesagt, er könne nicht melken, man solle doch seine Zeugnisse nachsehen, ob was darin stehe, daß er nicht melken könne, den Kühen die Euter verderbe. Aber was für ein Meister er sei, sei zu Stadt und Land bekannt, und wenn er ihm nicht recht sei, könne er ihn senden, er gehe auf sein Geheiß die erste Stunde, aber dann wolle er auch den Lohn für das ganze Jahr nach Brauch und Gesetz. Das war Uli auch nicht anständig, er marterte sich lieber mit Zorn, Angst und Aufpassen, ward immer saurer und übler im Gemüte; es war nichts mehr da, welches die Wolken zersetzte, den Nebel auflöste, die finstern Stimmungen abklärte in milde und freundliche. Sonst tut dieses das Auge Gottes oder das Licht von oben, wenn eine Seele sich ihm aufschließt, hinein die hellen Strahlen leuchten, oder es tuts der Hauch der Liebe, wenn er leise säuselt um die düstere Stirne, oder es tuts eines Kindes Lächeln, wenn es dem beängstigten Vater aufgeht wie dem Verzagten der Regenbogen, das Zeichen der Gnade und Verheißung am Himmel. In die Dornen und Disteln des Lebens drangen die hellen

Strahlen nicht mehr, die Nebel der Welt waren zu dick, Lächeln und Liebe vermochten nichts mehr über sie. Nichts drang mehr durch und gab lichtere Stimmungen als der Gewinn an einem Roß, welches schlecht war und für gut hatte verkauft werden können, das Rühmen des Müllers, wenn er Uli Korn abdrang, oder Späße des Wirtes, wenn er Uli für eine Kuh zehn Taler mehr versprach, als irgend ein Metzger geboten, indessen einstweilen nicht bar zahlte. «Sieh,» sagte er gewöhnlich, «du kannst das Geld haben, welche Stunde du willst, aber du hast es nicht nötig, ich weiß es, willst es ja nur beiseitelegen, um im Frühjahr den Zins zu machen. Bis dahin verdient mir das Geld viel, jetzt ist mit bar Geld viel zu machen; dein Schade solls nicht sein, und einem Freund wirst doch einen Gefallen tun. Hör, Uli, ich habe es meiner Frau schon manchmal gesagt, lieber ist mir auf der ganzen Welt niemand als du, man kann das Land auf- und ablaufen, ehe man dir einen Gespan findet. Unter Tausenden kömmt Keiner so weit, in ein paar Jahren bist ein Mann, und wenn du nicht noch Ammann wirst, so verstehe ich mich auf nichts mehr. Ja Uli, so ists! Frau, hol eine Flasche vom Bessern.» Von Geld war keine Rede mehr, denn Uli lebte wohl an den Worten und dachte an den Ammann.

Aber übel steht es doch in dem Gemüte, in welchem ein Wirt und ein Müller und ein Roßhandel Sonne, Mond und Sterne vorstellen, und wie viel tausend Menschen haben kein ander Licht in ihren Gemütern als das, welches von solchen Lichtern kömmt oder noch viel schlechtern! Man muß sich immer wundern, daß die Menschen, deren eine so große Zahl nur von solchen Talglichtern und stinkenden Öllämpchen erleuchtet werden, nicht noch unendlich schlechter sind und mit rasender Schnelligkeit noch schlechter werden, wie Krebse auch um so schneller gesotten werden, je heißer das Wasser wird und je schneller man es zum Sieden bringt. Aber eben daraus sieht man, daß Gott die Welt regiert und nicht der Teufel, noch viel weniger ein Seminardirektor, sie wäre sonst seit vielen Jahren schon unheilbar verpfuscht. Doch muß man sich durchaus nicht vorstellen, Uli sei, was man zu sagen pflegt, gottlos geworden. Die Menschen machen das Kreuz vor dem Worte gottlos, und doch ist kein Mensch, der nicht gottlos ist. Bei jeglicher Sünde und namentlich, wenn jemand sein Handeln nicht durch Gott und sein Wort bestimmen läßt, sondern durch sein eigen Fleisch und Blut oder andere Kreaturen, ist der Mensch immer gottlos, und in dem Sinn war es Uli auch oft, und je länger je öfter. Aber Uli merkte es nicht, sein Entfernen von Gott merkte er nicht, und von einem Lossagen von Gott war keine Rede. Der eigentliche Gottlose ist eben ganz los von Gott, sowohl im Erkennen als Bekennen, sowohl in Worten als Taten, der eigentliche Gottlose wird ein Rekrut des Teufels und versucht zu lernen den Kampf gegen Gott und sein Reich, den unseligen Kampf, wo nichts zu lernen ist als Gottes Macht und des Teufels Ohnmacht und nichts zu gewinnen als der eigene Untergang und die Überzeugung, daß Gott der Wahrhaftige sei und des Reiches Feinde zu des Herrn Füßen lege, wie er es verheißen hat.

Daß es so ist, zeigte Gott. Es war gegen Herbst, als man mitten in der Nacht ein mörderlich Geschrei vernahm, das durch das ganze Haus drang und selbst die Kinder weckte. Uli fuhr auf, zündete alsbald, wie es einem guten Hausvater ziemt, die Laterne an, um zu sehen, was es für ein Unglück gegeben. Uli hielt dafür, es seien Kiltbuben aneinandergekommen und einer schwer getroffen oder gestochen worden. Als er vor das Haus kam, war es stille draußen. Von den Knechten, welche herbeikamen, wollte der eine es dort vernommen haben, ein anderer in entgegengesetzter Richtung. Man suchte hier, man suchte dort und allerwärts umsonst,

Man horchte in die stille Nacht hinein, man vernahm weder Fußtritte Fliehender noch Seufzen oder Röcheln eines Verwundeten. Das Ding ward unheimlich, den Meisten rieselte es kalt den Rücken auf, doch nur einer sprach es aus und sagte: Er möchte zu Bette gehen, das Ding gefalle ihm nicht, es sei nicht ein Schrei gewesen wie ein anderer, und wer zu neugierig sei, lese leicht eine geschwollene Nase auf oder gar ein böses Bein sein Lebtag. Man habe der Beispiele viele und man sollte sich ihrer achten, was nützen sie sonst? Die Worte fanden Anklang. Sie müßten doch noch einmal sehen und etwas weiter gehen, der Schrei sei gar zu nötlich gewesen; der, welcher ihn getan, sei nicht weit mehr gelaufen, und daß es ein Gespenst sei oder sonst der Art was, könne er nicht glauben, man hätte sonst wohl schon was gehört, sagte Uli. «Das erstemal ist eins, hat Hamglaus gesagt», sagte einer. Er möchte doch nachsehen, sagte Uli, wer sich fürchte, solle ins Bett. Uli ging und alle kamen nach, Einer dicht am Andern, aber nicht wegen Heldenmut und Nächstenliebe, sondern weil Keiner alleine heim ins Bett durfte. Sie gingen und fanden in einer wilden Ecke hinten bei einem Schopf einen Menschen bewußtlos liegen. Als man zündete, war es der Melker, dessen Abwesenheit aufgefallen war. Er schlafe gar hart, hatte darauf der Karrer gesagt, und sei nicht zu erwecken. Neben ihm lag eine nagelneue blecherne Flasche, und zerbrochene Eierschalen knatterten unter den Füßen. «Da wäre also doch der Dieb, hat es ihn einmal! So wäre es recht, so wüßte man doch bestimmt, ob ein gerechter Gott im Himmel sei oder gar keiner», hieß es von allen Seiten. Der Melker war hinaufgestiegen gewesen unters Dach in sein Versteck, im Herabsteigen hatte ihm ein Tritt gefehlt, er stürzte hinab, brach ein Bein, beschädigte sich sonst übel, blieb sein Lebtag ein Krüppel.

Einige Tage lang war auf der Glungge stark die Rede vom

Melker und von Gott, man ging sogar in die Kirche, die Einen, weil sie wirklich dachten, es könne nicht schaden, und wenn ein gerechter Gott im Himmel sei, so möchten sie es wirklich nötig haben, Andere in der Hoffnung, der Pfarrer ziehe den Melker in der Predigt an, und wenn er schon nicht alle nenne, welche ihn gesucht und gefunden, könnten sie doch hintendrein sagen: «War auch dabei! So sollte es allen gehen, welche es so machen und damit ihre ehrlichen Nebendiensten in Verdacht bringen. Daneben dünkt es mich doch, der Pfarrer habe es wohl stark gemacht. Nicht, daß ich mich mit dem Melker zusammenzähle, bewahre mich davor, aber wir sind alle arme Sünder und der Pfarrer wird nicht besser sein als Andere.» In diesen Tagen ließ Uli manchen Zuspruch fahren, worin er auf den deutete, der an die Sonne bringe, was im Verborgenen geschehe, und den rechten Meisterleuten beistehe, wenn sie mit schlechten Dienstboten nicht auskommen könnten. «Was fängt er dann mit schlechten Meisterleuten an, wenn es einen gerechten Gott gibt, denn er wird doch nicht bloß für Dienstboten da sein wie Käsmilch und Mehlsuppen ohne Mehl, sondern auch für schlechte Meisterleute?» frug ein naseweises Bürschchen, welches eine Zeitlang in einer Schenke gedient hatte und nichts glaubte. Das sei ein leer Gerede, daß Gott dem Melker das Bein gebrochen. Sei er gerecht, so müßten alle Diebe die Beine brechen, da hätte er wohl viel zu tun, und er möchte wissen, wieviele auf ganzen Beinen herumliefen. Am übelsten ginge es dabei den Geigern, denn das Tanzen ließen wohl die Meisten sein. Das habe niemand anders getan als Mädi, das habe dem Melker leise die Leiter weggestellt, und als der darauf treten wollte, sei er hinuntergestürzt, das sei der ganze Handel. Mädi verdiente Kettenstrafe, wenn nicht den Galgen, denn auf diese Weise könne ein Mensch den Hals brechen, nicht bloß ein Bein, und Mörder solle man hängen, heiße es. Wenigstens müßte es ihm den Melker heiraten und ihn ernähren, und billiger als dieses sei nichts und besser könne es selbst Gott nicht machen, wenn einer sei nämlich.

Mädi begehrte schrecklich auf über diese Zumutung, aber nicht weil es sich ein Gewissen daraus gemacht hätte, die Tat zu tun, sondern weil es sie nicht getan und doch jetzt schuld sein sollte. Es sei nur da, um Sündenbock zu sein, und das sei ihm erleidet, und jetzt sollte es noch den Melker erhalten. Je böser Mädi wurde, desto mehr hatten die Andern Freude daran; da half alles Zureden nichts, nichts bei Mädi, nichts bei den Andern, ein täglicher Krieg war los, so daß wenn der Melker schon fort war, das Leben um nichts freundlicher wurde.

DREIZEHNTES KAPITEL

Von Haushaltungsnöten und daherigen Stimmungen

Vreneli ward das Leben wirklich schwer. Sie hatten zu allem Verdruß im Inwendigen auch nach außen nicht Glück gehabt. Es war nicht eigentlich Mißwachs, aber ein mager Jahr, wo es wenig zu verkaufen gab. Das sogenannte Beiwerk fiel größtenteils weg; der Lewat geriet nicht, der Flachs war nicht gut, Obst gab es keins, hinter den Kartoffeln waren die Käfer, das Gras war nicht melchig, das heißt die Kühe gaben wenig Milch dabei, es hatte zu viel geregnet, das Korn war gefallen, brandig, gab wenig aus in der Tenne; das Geld im Schranke wollte sich nicht mehren, die Kasten im Speicher sich nicht füllen, es füllte sich nichts als Ulis Seele mit Ungeduld und Mißmut und Vrenelis Seele mit Wehmut.

Vreneli hatte, wie wir wissen, aristokratisches Blut in seinen Adern und einen nobeln Sinn, wie er einer wahren Bäuerin so wohl ansteht und ihr eine Bedeutung im Volksleben gibt, welche selten ein Mann erringt. Drei Dinge hat so eine Bäuerin: einen verständigen Sinn, einen goldenen Mund und eine offene Hand. Ein gut, mild Wort tut einem armen Weibe, welches nur an Schelten und harte Worte gewöhnt ist, viel besser als eine schöne Gabe, und ein verständiger Rat ist oft weit nötiger als ein reiches Almosen. So ein «Chumm mr zHülf» in aller Not ist ein Posten, der weder erschlichen noch ererbt werden kann, er wird aus freier Wahl nach Verdienst vergeben. So war es auch Vreneli allmählich gegangen. Die Weiber der Tagelöhner, anderer Arbeiter usw. hatten sich ihm allmählich zugewandt, da es häufiger mit ihnen in Verkehr kam als die Mutter, auch rüstiger Hand bieten konnte an einem Krankenlager oder wenn eine Kindbetterin in Nöten war. Begreiflich nahm dieses Amt etwas Zeit hinweg und noch allerlei anderes, wenn man zum Beispiel im Küchenschrank einer Wöchnerin nicht so viel fand, um eine stockblinde Suppe zu machen, und im ganzen Häuschen kein Hüdelchen groß genug, den kleinen Staatsbürger darein zu wickeln.

Seit der ersten Ernte hatte Uli nicht viel mehr gesagt. Vreneli nahm sich in acht, tat verständig, das heißt nicht reicher, als sie waren, schonte Uli bestmöglichst und suchte ihm doch wirklich nichts geflissentlich zu verbergen. Es gibt nicht leicht was Schlimmeres, als wenn die Weiber sich gewöhnen, des Mannes Rücken lieber zu sehen als sein Gesicht, als ihren besten Freund, der ihnen nichts ausplaudert. Nun aber, da das Jahr ein mageres war, wenn auch kein eigentlich Fehljahr, die Brünnlein alle versiegt schienen oder spärlich flossen, ward Uli ängstlich. Wird einer aber ängstlich, spitzt er Augen und Ohren, und was er fürchtet, sieht und hört er allüberall. Fürchtet einer das Feuer, so riecht er allenthalben Rauch, hört Flammengeknister, träumt vom Verbrennen. Fürchtet einer Gespenster, so kriechen ihm solche aus allen Gräbern nach, gucken durch alle Zäune, reißen ihm regelmäßig alle Nächte das Deckbett vom Leibe. Wird einer mit der Eifersucht behaftet, fürchtet, seine Frau kriege die Untreue, so wird ihm alles gefährlich, Katzen, Spatzen und Zaunstecken, und sieht er eine Mannsperson durchs Fernrohr, greift er nach Säbel und Pistolen und schreit: «Jetzt weiß ichs und habs endlich klar, und jetzt muß mir der Donner erschossen sein; hilft es dann nicht, so schlage ich ihm mit dem Säbel Kopf und Beine ab, und wenn das noch nicht hilft, vergrabe ich den Hund schließlich lebendig». Nun ward es Uli nicht angst ums Reichwerden, sondern angst vor dem Armwerden, und da ward es ihm, als helfe alles dazu, als habe die ganze Welt sich verschworen, ihn um alles zu bringen. Auf alles guckte er und allem sah er nach, alles, was gebraucht wurde, biß ihn, und was fortgetragen wurde, ging durch seine Seele. Uli hatte ein nicht ganz so beschränktes Hirn als Mädi, aber wenn ihn was recht erfaßte, ward er immer so eintönig, nur eines und immer das Gleiche klang in ihm nach.

Jetzt fiel ihm Vrenelis Ehrenamt spitzig in die Augen. «Du kannst geben, bis wir selbst nichts mehr haben, sieh dann zu, wer dir geben wird. Die und die ist abermal eine ganze Stunde bei dir gestanden, hat nichts getan und dich versäumt. Wundern muß man sich nicht, daß es so arme Leute gibt. Wie sollte es anders kommen, wenn die Weiber ganze Tage herumstehn und nichts tun! Lieber wäre es mir, es ginge uns nicht auch so. Was doch das für eine verfluchte Unvernunft ist, wenn eine sieht, daß man alle Hände voll zu tun hat, und dann einem vor der Nase steht, daß man nicht vom Platz kann. Ich begreife nicht, wie du ihnen zuhören magst. Es dünkt mich, es sollte dir dabei himmelangst werden. Den Verstand könntest du ihnen machen, wenn sie ihn nicht selbst haben: du hättest nicht Zeit, ihrem Geklatsch zuzuhören, du hättest Schweine, welche gefüttert werden, und Menschen, welche arbeiten müßten und essen wollten zu rechter Zeit.» Umsonst entschuldigte sich Vreneli, es hätte dabei nichts versäumt, sondern immer zugeschafft und aufs Essen hätte niemand warten müssen, weder Menschen noch Schweine. Umsonst entschuldigte Vreneli die armen Weiber damit, sie hätten ihns um Rat gefragt oder es tue ihnen so wohl, ihr Elend klagen zu können. Wenn jemand ihnen freundlich zuhöre, so leichtere es ihnen wenigstens um die Hälfte. Umsonst entschuldigte Vreneli die Gaben, dieweil sie nur so klein seien; wenn sie es ohne die nicht machen könnten, so sei es bös bestellt mit ihnen, und wenn sie Gottes Gnade und Hilfe so nötig hätten, so seien sie doch um so mehr schuldig, zu tun nach seinem Wort und Befehl. Er solle doch nur denken an der armen Witwen Scherflein im Gotteskasten. Umsonst war das alles, Ulis Augen wurden immer spitziger, sein Ärger beim kleinsten Anlasse größer.

Vreneli hielt seine Kinder sorgfältig, wie ein Mädchen seine Blumen, reinlich mußten sie ihm sein um und um. Narrenzeug mochte es für sein Leben nichts an ihnen leiden. Es hatte nicht Augen wie so manche Mutter, welche nicht Farben genug an ihrem Kinde anbringen kann und es am schönsten findet, wenn dasselbe Dinger am Leibe hat, wie sie niemand hat, und grelle, glitzernde, die in allen Gassen schreien und haben doch keine Zunge im Munde. Nun hatte zum Beispiel der Wirt oder dessen Frau dem Johannesli ein Ungeheuer von Turban geschenkt, hochrot von Farbe, mit blauem Borde, eine Elle hoch, oben eine Elle breit, mit Ohrenlappen, groß wie die Blatten an einem Pferdekommet, und einem handbreiten gelben Bande, ihn unter dem Kinn zu binden. Das arme Kind sah darin aus wie ein Zwerg in einer Grenadiermütze oder ein klein Spätzlein, welchem man einen großen Hahnenkamm aufs Köpflein gepflanzt. Vreneli konnte es nicht übers Herz bringen, das Bübchen in das Ungetüm zu stecken. Aus einem Kinde eine Vogelscheuche zu machen, sei eine Sünde, sagte es, so was könne einem Kinde sein Lebtag nachgehen. Wer ein Kind so spöttisch verpuppt gesehen, der erinnere sich daran, wenn das Kind ihm längst erwachsen vor die Augen komme, nehme es für dumm und lächerlich und gewöhne sich mit Mühe daran, die Sünden der Eltern zu vergessen und das verständig gewordene Kind als verständig anzunehmen. Vreneli kaufte dem Bürschchen ein klein Käpplein, wohlfeil und doch schön, und was will man mehr? Darüber ward Uli auch wieder sehr böse. Unnütz Geld auszugeben sollte man sich hüten in solchen Umständen, sagte er. Es werde sehen, wie weit man komme damit, aber dann werde es zu spät sein. Die Hoffart habe reichere Leute auf die Gasse gebracht, und dümmer sei nichts, als vorstellen zu wollen, was man nicht sei, was man erst mit Mühe und Not werden könne. Übrigens begreife er nicht, was ihm an der Kappe nicht recht sei, ihm gefalle sie und zwar besser als die, für welche es Geld verschleudert. Es sei aber nur Weiberwunderlichkeit; weil es die Wirtin hasse, so gefalle ihm nichts, was von ihr komme. So eine Wirtin, welche an einer Straße wohne, wo alle Tage Herrschaften vorbeiführen, Engeländer und Huttwyler, werde doch wohl besser wissen, was schön sei und Mode, als so eine Pächtersfrau, welche jahraus jahrein niemand sehe als die Eierfrau, den Hühnerträger und zuweilen einen Lumpensammler. Und daß es das Bübli nur den – er wußte selbst nicht, wie er dem roten Turm sagen sollte – tragen lasse! Wenn die Wirtin mal käme und das Kind hätte ihn nicht auf dem Kopfe, so hätte sie es ungern und meinte, man schätzte ihn nicht.

Uli hatte für derlei Dinge durchaus keinen Sinn. Was nichts kostete, gefiel ihm am besten, daneben dann, was so recht buntscheckigt war, so recht himmelschreiend. Er meinte auch, für Kinder sei gleich alles gut, und je weniger man an sie wende an Zeit und Kleidern, desto besser kämen sie fort, desto weniger ungezogen würden sie, an desto weniger gewöhnten sie sich. Uli dachte nicht daran, daß keine Zeit kostbarer angewendet wird als die, welche man an das Reinigen der Kinder wendet, und daß keine versäumte Zeit sich schwerer rächt als die, welche man zu wenig dazu braucht. Der Landmann mistet fleißig, wäscht den Schweinen den ganzen Leib, den Pferden Schwänze und Füße usw., und der gleiche Landmann läßt seine Kinder in nassen Betten liegen und tut, als ob jeder Tropfen Wasser Champagner wäre, den man bekanntlich nicht alle Tage braucht. Ja es gibt Leute, welche ihr Lebtag nie am ganzen Leibe gewaschen wurden als am Tage ihrer Geburt, diese Waschung hielts dann bis zum Tage des Todes, war eine währschafte. Er dachte ferner nicht daran, daß die Art, wie ein Kind gekleidet wird in der Jugend, ihm gerne nachgeht im Leben, und Kleider machen ja Leute. Es gibt nicht bloß Familien, sondern ganze Geschlechter bis ins dritte und vierte Glied, welche ihr Lebtag ungewaschen scheinen, alle Kleider an ihnen schmutzig, ja Leib und Seele schmutzig, sie mögen sich gebärden, kleiden, so kostbar sie wollen. Wir glauben, Demanten würden auf ihren Personen den Glanz verlieren und Farbe kriegen wie abgestandener Froschlaich. Wenn sie auch vornehm werden, diese abgestandenen Gesichter, und nach Seife und Pomade langen, erst im dritten und vierten Glied fängt man an zu merken, daß da was Ungewöhnliches in Gebrauch gekommen. Uli gehörte nicht zu diesem Schmutzgüggelgeschlecht, er war im Gegenteil, er mochte machen was er wollte, immer sauber anzusehen, aber er war von Natur so und wußte nicht, wie schnell man in die Familie der Schmutzgüggel geraten kann.

Je mehr Mädi aus dem Häuschen kam, desto mehr kam an Vreneli. Viel machen macht sich noch, aber viel machen und nicht das Rechte machen und daher nicht genug schaffen können, das ist hart und drückt schwer aufs Herz, besonders wenn man noch was unter dem Herzen hat. Auch am Essen mäkelte er, es war ihm nicht mehr recht. Es klagen gar viele Weiber, sie könnten es ihren Männern nicht gut genug geben; das ist von den Weibern dumm, sobald ihnen die Männer Geld genug geben und Geld dafür da ist. Lernen sie halt besser kochen, nehmen sie sich die Mühe nachzusehen, ob was in der Küche ist, und nachzudenken zu rechter Zeit und nicht erst, wenn es auf den Tisch sollte, was sie in die Küche geben, so wird das Ding sich wohl machen, der Mann müßte denn gar ein Unflat sein. Aber wenn die Frau es zu gut gibt, schlechter geben soll, als es sich mit ihrem Gewissen verträgt, weil sie denkt, Dienstboten seien doch eigentlich, genau genommen, keine Hunde, wenn sie zehn und mehr Jahre gekocht mit Verstand und zur Zufriedenheit, und auf einmal ists nicht mehr recht, sie sollte es mit dem Halben machen und hat doch gleich viel Mäuler zu sättigen oder noch mehr (denn je schlechtere Arbeiter man hat, desto mehr muß man ihrer haben, und schlechte Arbeiter essen zumeist mehr als gute), dann ists böse, denn es ist nichts böser, als wenn man mit Bewußtsein und wider Willen unverständig handeln soll. Es ist wohl nichts dümmer auf der Welt, als wenn man zu schlecht zu essen gibt und es besser geben könnte. Es ist dumm und schlecht, wenn man es der eigenen Familie zu schlecht gibt, da wachsen keine Kräfte nach, die Kinder müssen es oft büßen lebenslang, hat ähnliche Folgen, wie wenn man das Land, den Boden ermagern läßt. Es ist aber noch viel dümmer, wenn man fremde Leute zu schlecht hält; erstlich wird man tapfer verbrüllet, und zweitens stehlen sie wieder an der Arbeit ab, was man ihnen am Essen abstiehlt, das fehlt nicht. Das Sprüchwort «Eine Hand wäscht die andere» erwahrt sich wohl nirgends unfehlbarer als hier.

Es ist sonderbar, wie Menschen in einfachen Dingen so wunderliche Augen oder Gedanken haben können. Uli wollte es nicht schlecht geben, aber minder gut. Ihm möge es eine große Summe bringen im Jahr, die Andern merkten es nicht oder hätten jedenfalls nicht weniger, meinte er. Der gute Uli hatte vergessen, wie feine Nasen die dümmsten Dienstboten in dieser Beziehung haben und wie hoch sie den geringsten Abbruch anschlagen, er dachte jetzt so wenig daran als früher an der Ernte, denn es sind gar viele Leute, welche meinen, sie alleine hätten ein Hirn zum Merken und eine Nase zum Riechen.

Vreneli war übel daran. Diese Zumutungen alle waren nicht in einem Tage zu übersehn, sondern sie wurden alle Tage neu, sollten die Regel für das Tägliche werden, und Vreneli konnte sie wirklich nicht erfüllen, wenn es des Hauses Bestes im Auge hatte, konnte nicht denken: Meinethalben, wenn er es so haben will, so habe er es, es ist seine Sache. Es redete mit der Base. Die Base riet, leise zu tun, nicht viel zu widerreden, und wenn es geredet sein müßte, ohne Hitz, mit Liebe. «Vorschreiben wird er dir nicht, wieviel Butter oder Schmalz du ins Gemüse tun sollst und wieviel Kaffeepulver in die Kanne, wird dir weder die Eier nachzählen noch das Mehl kellenweise messen; so kannst du immer das rechte Maß halten, wie du es vor Gott und Menschen zu verantworten meinst. Verliere den Mut nicht, sonst ist alles verloren. Laß dich auch nicht unterdrücken in Gram und Sorgen, daß du lauter trübselige Gesichter machst und lauter maßleidige Worte von dir gibst. Dann hat es auch gefehlt. Ich meine nicht, du sollest jubilieren wie ein Hagspatz oder ein Buchfink, das klänge wie Trotz und würde Uli ärgern; aber freundlich sollst du sein, lieblich fragen und antworten, kein bös Wort aus deinem Munde lassen. Sieh, in solcher Trübsal sollte die Frau immer die Haussonne vorstellen. Du weißt ja, wie wohl einem Kranken, welcher das Fieber hat oder die Auszehrung, die Sonne tut, wie er sich gestärkt fühlt und halb gesund, wenn er eine Stunde daran gesessen ist. So geht es auch einem Menschen, der an der Seele krank ist und das Bessere in ihm die Auszehrung hat; Freundlichkeit und gute Worte tun ihm doch wohl, sie alleine vermögen zu erhalten das Bessere, bringen wieder gute Stunden, mildes Hauswetter, die vergangene Traulichkeit, habe das vielhundertmal erfahren. Ich sagte Joggeli wohl harte Worte, so hart, wie er sie ertragen mochte, aber waren sie gesagt, so wars vorbei. Ich gab guten Bescheid, zeigte guten Mut, dann war er auch wohl dabei und froh, mit mir ein vertraulich Wort reden zu dürfen. Das machte, daß er mir nicht von Hause schlug und ich immer wußte, was er tat und wollte. Mag einer die Freundlichkeit nicht mehr ertragen, macht sie ihn nur böser oder flieht er sie, dann steht es schlecht, dann hat seine Seele die beste Handhabe verloren, und zumeist schlägt er auch von Hause.»

Die Weiber mögen urteilen, ob der Rat der Base richtig oder unrichtig war; Vreneli glaubte daran und versuchte ihn, wenn er auch schwer war in seiner Ausführung. Das Andauernde, Stätige ist viel schwerer als einzelne Heldentaten, oft Früchte flüchtiger Aufwallungen. Schwer ists, immer liebenswürdig zu bleiben, wenn das Herz voll Leid und Kummer ist. Man stoße sich nicht etwa am Worte liebenswürdig; wir halten dafür, Weib sei Weib, stehe es am Herde oder im Tanzsaale, manöveriere es im Salon oder vor dem Schweinestall, und meinen, es könne und solle allerwärts wahrhaft liebenswürdig sein. Denn die wahre Liebenswürdigkeit hängt nicht am seidenen Kleide oder an himmlisch gekämmten Haaren, sondern am Herzen, welches sich auf einem freundlichen Gesichte spiegelt. Man halte es auch nicht für Heuchelei, wenn man ein freundlich Gesicht macht, während das Herz voll Leid und Kummer ist. Leid und Kummer sind Zustände, welche man immer zu überwältigen, ihr Weitergreifen zu verhindern hat. Jeder Zoll Haut, welche man von ihnen befreit, ist großer Gewinn. Gewinnt man ihnen gegenüber ein ganz freundliches, gesundes Gesicht ab, so hat man nicht bloß ihnen etwas abgenommen, sondern man hat eine Macht gegen sie gewonnen. Denn solange man ein freundlich Gesicht macht, fühlt man Leid und Kummer weniger, sie verlieren ihre Schärfe, milder wird ihr Schmerz. Und die Kraft, welche man zu einem freundlichen Gesichte braucht, ist ja eben auch die Kraft, welche Kummer und Leid verzehrt, welche zu der Stärke führt, welche spricht: Der Herr hat es gegeben, der Herr hat es genommen, der Name des Herrn sei gelobt! Kömmt einmal der Mensch dazu, diese Kraft zu suchen und zu versuchen, dann ist das Bessere in ihm erwacht, der erste Schritt zur Genesung getan.

Nun ist auf der Welt nichts vollkommen, vor allem alle Anfänge nicht, und nichts Böses weicht aus dem Menschen ohne den hartnäckigsten Widerstand. Es geschah Vreneli, daß das zurückgepreßte Weh unwillkürlich ausbrach, daß es weinen mußte die hellen Tränen, es mochte wollen oder nicht. Dann machte es, wie es sein soll, den Pfarrer und versuchte sich selbst tapfer abzukanzeln, daß es so nötlich tue. Es sei ihnen doch eigentlich gar kein Unglück begegnet, kein Kind sei ihnen gestorben, keine Krankheit habe sie geschlagen, Not sei keine da, wenn auch das Jahr ein ungünstiges sei; das wisse man ja zum voraus und müsse sich darauf gefaßt machen, daß gute Jahre mit bösen wechseln, und sie vermöchten es doch zu ertragen, Rückstände hätten sie ja keine, sondern Geld im Vorrat. Und wenn sie schon Verdruß von den Dienstboten hätten, so sei das allerwärts, wo man solche habe, das sei nicht wohl anders zu machen, in einem andern Jahr sei es vielleicht besser.

Aber es ging Vreneli mit seinem Predigen, wie es vielen

andern Pfarrern auch geht; wie schön und richtig es auch predigte, es wollte doch nicht anschlagen, der böse Feind nicht weichen. So sei es wohl, sagte der Teil in ihm, welcher nicht den Pfarrer machte, aber es könne in Gottes Namen nicht helfen. Nicht Geld und Not liege ihm im Herzen, sondern was ganz anderes, es könne fast nicht sagen was. Aber es sei nicht mehr wie ehedem, es sei, als tappten sie im Nebel, wüßten nicht mehr Steg und Weg und fänden ihn nimmermehr. Wie man in einen bösen Luft kommen könne, man geschwollen werde über und über, daß man die Augen nicht mehr sehe, so müßte auch an sie ein böser Luft gekommen sein, aber an ihre Seelen, daß sie einander selbst nicht mehr kennten, und seien sie doch Mann und Frau. Dann liege ihm so schwer auf dem Herzen ein Bangen, es wisse nicht vor was, aber vor einem großen Unglück. Es sei ihm, als stehe vor ihm eine große schwarze Wolke und in der Wolke ein grausig Etwas, es wisse nicht was, aber es erwarte mit Zittern und Beben, daß es herausfahre und ihns verschlinge und alles alles mit. Dieses Weinen, Predigen, Bangen versteckte Vreneli bestmöglichst vor allen, aber am Neujahrstage vermochte es dieses nicht, die Brunnen der Tiefe brachen unwillkürlich auf. Wie der liebe Gott größere und kleinere Lichter gemacht hat am Himmel, welche Tag und Nacht regieren und die Jahre zumessen den Menschenkindern, so hat er auch diesen Menschenkindern ein Gefühl in die Seele gelegt, welches die schwindenden Tage mit Bangen zählt und mit Zagen jedes neu zugemessene Jahr betrittet; denn am Ende der Tage ist der Tod, und im neu angetretenen Jahre kann man treten auf diesen Tod. Es ist überhaupt jedes Jahr, welches kömmt mit seinen 365 Tagen, eine dunkle Wolke, schwanger mit Tod und Not, mit Freude und Lust. Wie diese Wolke tritt in die Zeit hinein, wird es lebendig in ihrem Schoße; die Wolke glüht, speit Blitze aus, zahllos, ununterbrochen, blitzt ins ohnmächtige Menschengeschlecht hinein Not und Tod, Lust und Freude, Millionen fallen, Millionen weinen, Millionen jauchzen auf, verstummen wieder, wenn von entgegengesetzter Seite her millionenfacher Jubel schallt.

Als nun früh am Neujahrsmorgen Vreneli erwachte, berührt sich fühlte von der schwarzen Wolke Rand, war es ihm, als höre es das Schmieden der Blitze, welche fahren sollten durch sein Herz, es füllen mit Not und Tod. Ein unendlich Bangen ergriff ihns, ein unaussprechlich Weh, in lautes Schluchzen brach es unwiderstehlich aus. Uli erwachte darob, fragte bestürzt: «Vreneli, was hast, was fehlt?» Lauter noch schluchzte Vreneli, aber Worte fand es nicht. Uli ward angst, er wollte Licht machen, wollte nach Hoffmannstropfen gehen, endlich konnte Vreneli sagen: «Ach, Uli, mein Uli, es ist mir so bang, so angst, aber Tropfen helfen nichts. Es ist nicht mehr wie ehemals, die böse Welt kam über uns und zwischen uns, und mir ists, als stehe vor uns ein groß groß Unglück; noch ist Nacht darum, ich höre wohl sein Schnauben, aber seine Gestalt sehe ich nicht. Wie soll das gehen, wie wollen wir es ertragen, wenn wir einander nicht mehr verstehen, du so mißtrauisch, so unzufrieden bist mit mir, allen Andern mehr glaubst als mir? Ach Uli, mein Uli, das dauert mich so sehr, drückt mir fast das Herz ab.» Uli war nicht hart, stieß das sich öffnende Herz nicht wieder zu, und warum? Weil Vreneli nicht alle Tage jammerte, weil dieser unwillkürliche Ausbruch der erste dieser Art war, welchen Uli erlebte. Wer alle Tage Pillen schlucken muß, den widern sie entweder so an, daß er das Gesicht jämmerlich verzieht oder kaltblütig schluckt, als ob es gewöhnliche Brotkügelchen wären. Uli war auf eine gewisse Weise freudig erschrocken. Er hatte Vrenelis Freundlichkeit nicht begriffen, sie nicht selten für Gleichgültigkeit, Leichtsinn oder gar Bosheit genommen.

Es geht so, wenn man nicht alle Tage zusammen ein traulich Wort spricht oder nicht in einem Höhern den Einklang findet. Es geht so in der Richtung dieser Zeit, wo jeder Lümmel jeden, der nicht in sein Horn bläst, nicht bloß für einen Esel, sondern für seinen Todfeind hält, in der Richtung dieser Zeit, wo der dreckigste Kuhjunge oder der vierschrötigste Bärenwirt mit Dolch und Pistolen umherfährt und jeden ersticht und dann erschießt, der nicht Gax nachsagt, wenn er Gix vorgesagt; es geht so bei der zunehmenden Dummheit, welche man für Weisheit hält, welche aber nichts ist als die eintönigste Janitscharenmusik, verbunden mit Spießen, Hängen und Kopfrunter, wenn einer einen Ton fehlt. Es reißt eine Intoleranz ein, gegen welche die der Pharisäer ein Liebkosen war, welche alle Gebärden der französischen Revolutionsmänner nachäfft. Es ist aber kurios, wenn mal dieser Wind weht, man heißt ihn den Zeitgeist, so wird alles davon ergriffen mehr oder weniger, jeder in seinem Verhältnis. Wer hat schon einen großen Wirbel in einem Flusse gesehen, oder wenn man will einen Wasserfall, den Rheinfall zum Beispiel? Da kommen die Wasser angezogen, klar, ruhig, majestätisch. Wie sie in Bereich des Wirbels kommen, werden sie unruhig, verlassen den natürlichen Lauf, müssen in den Wirbel hinein, müssen schäumen, sich drehen, müssen auf den Grund. Allmählich löst sich der Zwang, sie werden frei, ziehen weiter, aber noch schäumend, kochend, bis allmählich die Ruhe wiederkehrt, der feierliche Gang, die majestätische Haltung. Solche Wirbel sind auch im Strome der Zeiten, und wenn der Mensch je als Tropfen eines Meers erscheint, so ist es im Zwange dieser Wirbel, und dieser Zwang herrscht nicht bloß in der Mitte der Strömung, wo die hohen Häupter schwimmen, die sogenannten Lichter des Jahrhunderts. Ach nein, und dieses ist eben das Erbärmliche und Demütigende: ins gleiche Loch werden gewirbelt die Größten, die Kuhjungen, die Irländer, die Waadtländer und Hausväter, welchen die

Weiber nicht Gix nachsagen wollen, wenn sie Gax vorgesagt, und Hausweiber, welche Zeter schreien, wenn der Mann nicht alle anspuckt, welche ihns angrännen.

Um Politik bekümmerte sich nun Uli nichts, aber der Wirbel hatte ihn doch erfaßt, der Wirt hatte die Verbindung vermittelt. Darum war er diesmal um so teilnehmender und meinte: «Jä, ja lueg, es ist mir auch schon lange bange und es freut mich, daß es dir auch kömmt.» Nun mußte Vreneli freilich sich erläutern, und das ist nicht leicht bei solchen Umständen und bedarf einer zarten Hand. Indessen diese hatte Vreneli, und indem es Ulis Bangen nicht schnöde und radikal zurückwies, sondern in seinem Werte gelten ließ, fand es auch mehr oder weniger Geltung für das seine, fand ein schönes Neujahrkindlein, fand eine freundliche Verständigung, hatte einen milden Tag, und doch wollte die Beklommenheit nicht von ihm weichen, das Weinen war ihm immer zuvorderst. Es war ihm, als sollte es von jemand Abschied nehmen, und wußte nicht von wem. Hatte es das kleine Vreneli auf dem Schoße, so meinte es, es gelte dem, und küßte es, bis auch ihm das Weinen kam. Hatte es den Johannes, so war es ihm ebenso und es machte es ihm gleich. Es ging ihm mit der Base so, ließ sie aber nicht, bis Beide die hellen Tränen weinten und die Base endlich sagte: «Nimm dich zusammen und tue es aus dem Kopf! Du machst mir sonst Angst, solches bedeutet manchmal etwas und manchmal nichts, aber was nützt es, wenn man vorher so ängstet und sich grämt? An der Sache macht man doch nichts. Am besten ists immer, man sei zweg auf alles und nehme unterdessen, was kömmt, mit Dank. Komm, ich habe ein Kaffee zweg, nimm ein Kacheli, es bessert dir dann ums Herz.» Es ist wohl nichts auf der Welt und von der Welt, was einem Weibsbilde so wohl macht und so guten Trost gibt, als ein Kacheli guten Kaffee.

VIERZEHNTES KAPITEL

Von Verträgen und allerlei Künsten und Kniffen

Drei Jahre waren bald verflossen, seit Uli die Pacht angetreten hatte. Der Akkord war ziemlich vorsichtig geschlossen, dank dem Bodenbauer, welcher in solchen Dingen Erfahrung hatte. Es ist wohl nichts schwerer, als solche Akkorde so abzufassen, daß nicht jeder Artikel ein Tor zu Mißhelligkeiten oder zu einem Prozesse wird. Es gibt Spitzbuben von Lehenherren, hohe und niedere, welche eine eigene Kunstfertigkeit im Abschließen solcher Verträge haben, eine Kunstfertigkeit ähnlich der, welche Katzenhändler haben sollen. Es soll nämlich solche geben, welche so geschickt eine gekaufte Katze zu enthäuten wissen, daß dieselbe lebendig davonläuft und unversehens ihren frühern Eigentümern vor der Türe sitzt. Also Pachtherren gibt es, welche regelmäßig alle ihre Pächter enthäuten, so daß diese sich noch glücklich preisen, wenn sie endlich mit dem nackten Leben entrinnen können. Solche Pachtherren hat man nicht bloß in Irland, sondern auch in der Schweiz, und zwar Liberale von Farbe! Kurios! Oder aber der Akkord wird in holdseliger Stimmung geschlossen. Man ist gut Freund oder verwandt oder hat sich endlich gegenseitig gefunden in süßer Liebe. Der Pächter sagt dem Lehnsherrn, er sei ein Engel, der Lehnsherr sagt dem Pächter, er sei ein halber Engel, sie reden vom ewigen Frieden, und nicht selten ists, daß sie wirklich zu singen anfangen, und wenn sie auch nicht singen wie die Engel im Himmel, so meinen sie es doch. In einer solchen Stimmung findet man hundert Dinge nicht nötig auf das Papier zu bringen. Bald sagt der: «Das versteht sich von selbst, ich müßte mich ja schämen,» bald sagt es der Andere. Ja es würde nichts zu Papier gebracht, wenn es nicht wäre wegen dem allgemeinen Gebrauch oder wegen Leben und Sterben, was aber Beide nicht zu erleben hoffen, wie sie sagen. Ja, aber Stimmungen sind veränderlich, besonders wo Weiber dabei sind und eine Pacht im Spiel, wenn allerlei Produkte zu entrichten sind und allerlei Vettern und Basen ab- und zugehn. Stimmungen sind gar wunderlich; was uns lieblich dünket in einer Stimmung, kömmt in einer andern uns schauerlich vor, der Mensch, mit dem wir sangen in himmlischer Harmonie als wie die Engel, kann uns später als das bockfüßigste Untier erscheinen, mit Lastern gespickt ärger als der alte Hiob mit Eiterbeulen. Dann geht erst das Jammern an. «Ei nein aber, dem hätte ich es doch nicht angesehen, wie man sich doch täuschen, wie ein Mensch sich verstellen kann! Ei nein aber, das hätte ich doch niemand geglaubt!» Nach dem Jammern kömmt das Zanken und endlich das Prozedieren. Wo liegt der Fehler? Gewöhnlich auf beiden Seiten, wie man zu sagen pflegt. In ihrer holdseligen Stimmung hatte jeder dem Andern das Beste verheißen, im Grunde aber jeder auf des Andern Gutmütigkeit spekuliert, von ihr viel größern Vorteil erwartet als von geschriebenen Bedingungen; der ganzen schönen Geschichte lag also eigentlich Eigennutz zugrunde, freilich Vielen unbewußt, und wenn Eigennutz an Eigennutz wächst, so gibt es Reibungen, Zank, und endlich geht es ans Prozedieren.

Nun, auf solch wandelbarem Fundamente ruhte Ulis Akkord nicht, aber nicht durch seine Schuld, sondern der Bodenbauer hatte Vorsehung getan. Einen Punkt hatte er jedoch nicht umgehen können, den Joggeli ausdrücklich begehrte und wider den Uli nichts hatte, weil er ihn für sich selbst vorteilhaft erachtete. Der Akkord war auf sechs Jahre gestellt, aber im dritten Jahre hatten beide Teile das Recht, aufzusagen, wenn es ihnen nicht mehr anständig sei. Joggeli dachte, wenn er sehe, daß es Uli zu gut gehe oder zu schlecht, so könne er zu rechter Zeit das Heft wieder zur Hand nehmen. Uli dachte, wenn es ihm übel gehe, er sein Auskommen nicht hätte, könnte er das Joch abschütteln, ehe er ganz zugrunde gerichtet sei.

Nun ward Joggeli von seinen beiden Kindern gerupft, viel ärger als eine Gans von ihrer Meisterfrau. Eine Frau rupft ihre Gans doch selten mehr als zweimal im Jahre, wartet, bis Flaum und Federn einigermaßen nachgewachsen sind. Der arme Joggeli konnte kaum zählen, wie oft des Jahres an ihm gerupft wurde. Man rupfte und fragte nicht, wie groß Flaum und Federn seien, wenn sich nur irgend was rupfen ließ. In einem so gerupften Menschen entsteht der Trieb, den Schaden einzuholen und wieder zu rupfen. Wenn einer einen Verlust erleidet, sei es im Handel, im Spiel oder durch Nachlässigkeit irgendwie, so entstehen augenblicklich Gedanken, wie die Lücke auszufüllen sei, an wem man sich wieder erholen könne. Da wird die Ehrlichkeit und Rechtschaffenheit verdammt in Versuchung geführt. Solange es einem gut geht, da ist ehrlich sein leicht, aber wenn das Glück umschlägt, wird der Teufel los. Daß der baumwollene Tochtermann beständig auf den Pachtakkord schimpfte, Joggeli vorwarf, wenn er gehörig aus seinem Gute zöge, hätte er auch mehr und bessere Federn, versteht sich von selbst. Nun war Joggeli dieser Punkt im Vertrage beigefallen. Er dachte, der ließe sich wohl zur Rupfmaschine machen, aber von diesen Gedanken sagte er seiner Frau wohlweislich nichts. Joggeli hatte auch ein Gewissen, aber es merkwürdigerweise nicht auf Gott, sondern auf seine Frau gestellt. Bei allen Kniffen und Schelmereien, welche ihm beifielen, schämte er sich nie vor Gott, sondern er sagte: «Mußt machen, daß sie es nicht merkt; vernimmt sie es, muß ich wieder der wüsteste Hund, der größte Unflat sein,» oder: «Ja, wenn die nicht wäre, da ließe sich was machen, dem wollte ich es zeigen; aber wenn sie es vernehmen würde, weiß der Teufel, wie die täte, ich wäre niemals sicher. Es wird doch besser sein, ich lasse es unterwegs.» Joggeli wird nicht der einzige Mann sein, der ein also gestelltes Gewissen hat, und wir denken, Gott wird nichts darwider haben, sondern hat eben deswegen einem solchen Züttel von Manne eine solche Frau geordnet.

Er begann bei Uli sachte anzuklopfen, wie sie es mit einander hätten, er werde es wissen, daß es jetzt Zeit sei, zu- oder abzusagen; wie er willens sei? Uli hatte allerdings diesen Punkt vergessen, und weil er ihm weiter keine Bedeutung gegeben, so sagte er: Er wisse nichts anders und sei gesinnet zu bleiben, wenn er Joggeli anständig sei und ihm nicht zuwider gedient. Reich werde er nicht dabei, aber wenn er zum Lande recht sehe, es verbessere, daß es mehr Sachen gebe, so gehe es in Zukunft besser und es sei auch Joggelis Nutzen. Klagen wegen Ausnutzen oder schlechter Arbeit oder sonst wolle er nicht, sagte Joggeli, aber Uli gebe schier zu wenig Zins, das dünke ihn und Andere auch. Uli hätte die Pacht um einen hellen Spott. Erst gestern habe ihm einer gesagt, zweihundert Taler mehr wolle er ihm Zins geben und bar vorauszahlen, wenn er wolle.

Da ward Uli zornig und sprach: «So macht es mit ihm,» und ging in den Stall. Da stund Joggeli wie Butter an der Sonne, denn es war nicht wahr, daß ihm jemand etwas geboten. Freilich war es möglich, diesen Augenblick so viel Pacht zu erhalten, aber vielleicht von einem Pächter, der sich mästete und das Gut ermagern ließ. Einen Pächter wie Uli, der zahlte und zum Gut sah, als wäre es sein eigen, verlor Joggeli nicht gerne, so viel Verstand hatte er. Wie ein Kind, welches einen Topf mit Milch umgestoßen und es der Mutter eröffnen will, ohne Schuld daran zu haben, steckelte er endlich heim, setzte sich auf den Ofentritt und sagte endlich:

«Mit dem Uli ists nicht mehr auszuhalten, er ist ganz kolderig und so brutal wie ein junger Landjäger.» «Was hast mit ihm?» frug die Mutter, «ihr werdet ja sonst so gut mit einander fertig.» «Gesagt hat er mir,» antwortete Joggeli, «ich könne seinetwegen einen andern Pächter suchen, er begehre das Gut nicht wieder.» «Du wirst ihn böse gemacht haben,» antwortete die Base, «so mir nichts dir nichts hat er dir das nicht gesagt, das weiß ich.» «Nichts habe ich gesagt,» antwortete Joggeli, «gar nichts. Ich habe ihn bloß daran erinnert, daß die drei Jahre da seien, wo wir einander aufsagen könnten, und es nehme mich wunder, was er denke.» «Ah bah,» sagte die Base, «das ist eine Sache, von der ich nichts hören mag.»

Drüben tat Uli wie ein angeschossener Eber; der Streich kam ihm ganz unerwartet, erschien ihm wie eine förmliche Brandschatzung, und gerade jetzt, wo es ihm den Schweiß austrieb, wenn er daran dachte, daß bald der Zins verfallen sei, und er sein vorrätig Geld übersah. Er wollte auf der Stelle fort, andere Schuhe anziehen, um ein ander Gut aus; ein Mann wie er brauche nicht lange zu suchen, er finde was so Gutes als dieses hier! Der Wirt sei gut bekannt in Bern, dort sei mancher Herr schrecklich froh über einen vertrauten Hausknecht oder einen hablichen Pächter, und solche Plätze seien hundertmal besser als ein solch Gut, wo man sich totarbeiten müßte und am Ende nichts davonbringe als dürre Erdäpfelschalen und einen Haufen Kinder. Er möge die Stunde nicht erwarten, wo er wegkäme von dem alten Schelm, der meine, er wolle ihn jetzt ausnutzen, wie er sich von seinen beiden Blutsaugern ausnutzen lasse. Vreneli tat alles Mögliche, um ihn zu besänftigen, aber seine Worte waren Öl ins Feuer. Alles, was es abbrachte, war, daß er erst zu Mittag esse, ehe er gehe; es sei bald gekocht, es wolle pressieren.

Aber Vreneli dachte nicht ans Pressieren, sondern paßte auf die Base, welche um diese Zeit sich gerne unter ihrer Küchentüre sehen ließ. Diesmal ließ sie nicht lange auf sich warten, und alsbald war Vreneli bei ihr und alsbald wußten Beide, woran sie waren. «Er ist immer der gleiche alte Unflat», sagte die Mutter. «Wenn es mal ordentlich geht, ist es ihm nicht wohl, er muß alles untereinanderrühren; wenn er Garn abwindet, so ist ihm nicht wohl, wenn es glatt läuft, er ruht nicht, bis er die Strange verhürschet hat, daß man sie bloß mit Messer und Schere lösen kann. Als Junger soll er die größte Freude daran gehabt haben, den Mägden die Spinnräder zu traktieren, daß sie nicht mehr darüber noch darunter wußten. Aber warte, dem wollen wir diesmal den Marsch machen, denn Ernst ist es ihm nicht. Daneben kann er mich dauern, er muß fort und fort Geld auftreiben und muß daher sehen, woher er es nimmt, und bekömmt er solches, so ist es ihm in acht Tagen wieder abgedreht.» «Ja,» sagte Vreneli, «mich erbarmet er auch, er plagt sich selbst am meisten und merkts nicht. Es gibt viele solche Menschen, welche ihre eigenen Feinde sind und sich immer selbst das Ärgste antun. Es nimmt mich eigentlich nur wunder, warum unser Herrgott, der doch alles so gut gemacht, solche Leute erschaffen hat und immer noch schafft». «Das wirst einmal vernehmen,» antwortete die Base. «Aber ich denke, wenn sie die rechte Salbe brauchten, so würden die Blinden sehend und die Hinkenden wären nicht mehr lahm. Unser Heiland hat nicht umsonst leiblich Blinde und Lahme geheilt, er will damit sagen, daß er auch da sei für die geistig Blinden und die da hinken auf Gottes Wegen, und wenn sie begreifen, daß sie krank sind, und zu ihm kommen, will er sie heilen, das ist seine Barmherzigkeit. Wer nun den wahren Lebensbalsam, die Wundersalbe nicht brauchen will, der wird ein Blinder und Lahmer und hinterläßt die Krankheit seinen Kindern. Verkehrt hat Gott die Menschen nicht erschaffen, aber verkehrt läßt er sie werden und immer verkehrter, je leichter sie zum wahren

Lebensbalsam kommen könnten, denn wer des Herren Willen weiß und ihn nicht tut, wird mit doppelten Streichen geschlagen werden. Doch gehe, mach daß Uli nicht pressiert, dann kann er seine Schuhe abziehen und wieder in die Holzböden fahren.»

Rasch brachte die Base Joggeli das Essen auf den Tisch, stellte ihm dann seine Schuhe frisch gesalbet unter den Ofen und seine Kamaschen dazu. «Habe nichts gesagt, daß ich fort wolle,» sagte Joggeli, «warum stellst mir die Schuhe zurecht?» «Du mußt um einen neuen Pächter aus,» sagte die Base. «Uli will fort, Vreneli hat mir berichtet von einem Herrn, der hinter ihm sei wegen einem bsunderbar guten Platz. Nun will er gehen und sehen, wie die Sache ist, eher als nicht kann die Sache abgemacht werden.» Da tat der alte Gnäppeler sehr zornig, im Grunde aber war er in seinem Herzen sehr erschrocken. So seien die Leute heutzutage, begehrte er auf, kein vernünftig Wort könne man mehr mit ihnen reden. Wenn man ein Wörtchen rede, protzen sie auf, werfen den Bündel vor die Türe. Es werde doch erlaubt sein, seinen Pächter zu fragen, wie sie es mit einander hätten. Was geschrieben sei, sei geschrieben, es nehme ihn wunder, ob es nicht auch für ihn geschrieben sei, und Fragen werde erlaubt sein. «Du hast ja nicht gefragt,» sagte die Frau, «du hast gefordert.» «He nun, so hätte er sich wehren können, das wäre ihm wohl angestanden und erlaubt gewesen, aber nicht so den Kopf zu machen,» zürnte Joggeli. «Nun,» sagte die Frau, «ich war nicht dabei, mach was du willst, ich kann mich darein schicken, habe mich schon in vieles geschickt. Aber such jetzt alsbald einen Pächter, der dir zum Land sieht, die Sach in Ehren hält und zinset auf den Tag.» Es seien viele Leute auf der Welt, sagte Joggeli. Aber rechte zu finden, selb sei schwer, antwortete die Alte, schenkte Kaffee ein und schwieg, während Joggeli allerlei brummte. Noch hatte Joggeli sein erstes Kacheli nicht ausgetrunken, als er sagte: «Geh sieh, ob der Kolder noch daheim ist, er soll hinüberkommen! Dem will ich sagen, was Manier ist und was gekoldert.» «Ich kann gehen, aber ich will mich dann nicht dareingemischt haben, hörst, will nicht schuld sein, wenns doch Lärm gibt,» sagte die Frau. «Und wer sollte dann daran schuld sein,» sagte Joggeli, «etwa ich?» Darauf gab die Frau keine Antwort, sondern ging, Joggeli aber ärgerte sich ingrimmiglich über die verfluchten Weiber, welche alles zwängen wollten und doch an nichts schuld sein. Das komme auch immer ärger, dachte er. Seine Mutter hätte es dem Vater so machen sollen, wohl, der würde er die Faxen vertrieben haben!

Es ging eine Zeitlang, ehe Uli kam. Seine erste Antwort war gewesen, Joggeli hätte so weit zu Uli als Uli zu Joggeli, und wenn der etwas von ihm wolle, so könne er herkommen. Dem setzte aber die Alte den Kopf zurecht und wusch ihm denselben mit scharfer Lauge, daß Uli begriff, was Waschen heißt. Er hatte vor der Alten Respekt und wußte, daß sie es gut meinte, wenn er auch wohl darüber klagte, sie hielte es immer mit seiner Frau und gebe ihr alle Listen und Ränke an, welche je von Weibern gegen ihre Männer ersinnet worden seien.

Als die beiden Männer wieder zusammengebracht waren, ging es gegen alles Vermuten sehr ruhig zu. Joggeli sagte: Es sei dann nicht halb so bös gemeint gewesen, und ehe man so zornig werde, sollte man doch erst recht sehen, ob es Ernst oder Spaß sei oder halb Ernst und halb Spaß, besonders wenn man schon so lange beisammen gewesen. Uli entschuldigte sich nun auch: Kurz zuvor hätte er etwas nachgerechnet und sei erschrocken, wie böse das Jahr gewesen; er wisse nicht, ob er den Zins aufbringe oder nicht, allweg habe er umsonst sich halbtot gearbeitet. Und jetzt noch mehr Zins! Das sei ihm zu Haupt gefahren, von wegen wenn man sich solche

Gedanken mache wie er, so denke man nicht an Spaß, sondern nehme die Sache ernsthaft. So gab ein Wort das andere. Joggeli ließ eine Flasche Wein holen, sagte, wie er dran sei mit dem Gelde und es ihn dünke, Uli könnte in bessern Jahren wohl etwas mehr tun, doch begehre er ihn nicht zu drükken und sehe wohl, daß das vergangene Jahr nicht das beste gewesen, aber Uli solle an die zwei frühern denken, daß Uli zugab, er begehre nicht weiter, es sei ihm hier recht, und wenn wieder gute Jahre kommen, so wolle er sehen, was etwa billig und recht sei. Jetzt wüßte er wirklich nicht wie machen, um den Zins zu geben, er habe ihn noch nicht vorrätig. «Wirst aber einzuziehen haben», sagte Joggeli, dem es angst zu werden anfing. «Das wohl,» antwortete Uli, «und ziemlich viel. Aber es sind gute Leute, welche mir schuldig sind, plagen mag ich sie nicht; wenn ich was zu verkaufen habe, gibt mir niemand darum was sie, und dazu ohne Markten, und wenn es abgeliefert ist, sind sie zufrieden damit und klagen nicht noch sieben Jahre hinterher, wie sie an der Sache verspielt, auch wenn sie das Halbe daran gewonnen, wie es Andere zu treiben pflegen.» «Weiß wohl, wen du meinst,» sagte Joggeli, «sind gute Leute, stark im Handel, kehren ihr Geld; ich muß sagen, anständiger als der Wirt ist mir nicht bald einer, und wenn dir der schuldig ist, so kann ich diesmal vielleicht etwas warten, es ist mir vielleicht sicherer in seinen Händen, als wenn ich es selbst hätte; daneben sieh, was du bekommen kannst, die Welt ist schlimm, man weiß fast nicht mehr, wem trauen.» So kamen sie in die schönste Einigkeit, gaben sich die besten Worte, kurz kamen in die friedseligsten Stimmungen hinein, in welchen man sich das Himmelreich nicht bloß verspricht, sondern verschreibt und nicht daran denkt, was für Stimmungen eintreten könnten, wenn es ans Halten käme.

Achthundert Taler sind ein schönes Geld, und im Raume

eines Jahres muß gar mancher Batzen zum andern gelegt werden, bis man es beisammen hat. Uli hatte es nicht beisammen, bei weitem nicht, aber allerdings bei Müller, Wirt usw. bedeutende Summen einzuziehen, das heißt nach seiner Rechnung. Wunder nahm es ihn, ob die andern Rechnungen mit seiner übereinstimmten. Er setzte durchaus keinen Zweifel in ihre Ehrlichkeit, aber er hatte die Erfahrung, daß er im Aufmachen noch kein Hexenmeister sei, daß es sich ihm in den eigenen Rechnungen nie so recht treffen wollte. Darum nahm es ihn wunder, wie seine Rechnung zu den Rechnungen der Andern paßte; er hoffte, da werde es besser gehen. Aber der gute Uli kam einstweilen nicht aus dem Gwunder. «Ja freilich,» sagte ein jeder, «wann du willst, es ist alles aufgemacht, punktum, habe nicht Kummer. Doch die nächste Woche schickt es sich mir nicht.» Der eine mußte um Korn aus oder um Hafer oder um Vieh oder um Bauholz oder hatte sonst was, aber in vierzehn Tagen, drei Wochen oder gar den oder den Tag sollte er mit seinem Buche kommen, da wollten sie sehen, wie sie stünden. «Aber da habe keinen Kummer, keinen Kreuzer wird es fehlen, einmal wenn du recht aufgemacht hast, was allweg sein wird.» Aber vor jenem abgeredeten Tage kam Bescheid, der Müller habe ungsinnet Bescheid bekommen und könne an jenem Tage nicht daheim sein. Oder Uli kam zum Wirte, da hieß es, es sei ein Herr gekommen, ein Weinkäufer, und er habe mit ihm müssen trinken, er habe mögen wollen oder nicht. Es sei ein gar grausam guter Herr, den er nicht habe böse machen dürfen. Nun ging es wieder lange, bis neue Termine bestimmt waren, und als die wieder kamen, gings mit allerlei Variationen wieder so und Uli kam nicht zur Rechnung.

Als er endlich ungeduldig ward und sagte, er müsse auch zu sich sehen, sein Zins sei verfallen und wenn er ihn nicht auf den Tag gebe, so wisse kein Mensch, wie es ihm gehe, lachten sie ihn aus und sprachen ihm gar herzlich zu, er solle doch nicht so dumm sein und meinen, er müsse exakt zahlen. Dem alten Geizhals tue es nur wohl, wenn er ein Jahr oder zwei auf den Zins warten müsse, und kein vernünftiger Mensch meine mehr, daß er alles auf den Tag zahlen müsse, was er schuldig sei. Seit Mannsdenken sei das nicht mehr der Gebrauch, und wer es tue, werde nur ausgelacht. Ja, sagte Uli, hier sei eine Sache so, dort anders; Joggeli sei mißtrauisch, zahle er nicht, so werde er geplagt. «Dem wollte ich das Plagen vertreiben, der müßte mir lernen, was Brauch ist» usw., hieß es von allen Seiten; man machte Uli den Kopf so groß, daß er kaum zur Stubentür aus kam. Indessen so ganz z'leerem abspeisen wollte Uli sich doch nicht lassen. «Ja,» hieß es, «Geld kann ich dir wohl geben, Geld, bewahre, habe ich immer im Hause, wenn ein guter Schick einem zuhanden kömmt, daß man ihn machen kann. Aber meine Meinung ist eben die, daß man das Geld nutzen soll, so gut man kann. So einem alten Geizhals schuldig bleiben, kostet nichts; je mehr man auf diese Weise schuldig bleibt, desto mehr Geld kann man im Handel abträglich anlegen. Hat einmal so ein Batzenklemmer das Geld zwischen seinen fünf Fingern, so ist nichts mehr damit zu machen. Das mußt du lernen, Uli, dein Schade soll es nicht sein, von einem wie du möchten wir den Profit nicht nehmen, bewahre, du sollst deinen Teil daran auch haben. Aber was man so einer hundshärigen Bauernseele ausdrehen kann, das ist sicherlich Gott und Menschen wohlgefällig.» Uli erhielt Geld auf Abschlag, doch ohne zu rechnen, und als er von Rechnen sprach, sagte man ihm: «Du hast nun für einmal Geld, deine Sache ist all aufgemacht, und sobald es sich mir schickt, will ich dir Bescheid machen; dann bring deinen Kalender, die Sache wird bald fertig sein, und viel fehlen wird es kaum zwischen uns.»

In solchem Aufschieben des Rechnens liegt allerdings Spekulation, aber ebenso sehr eine große Schlaffheit der Seele, ein Widerwille, zu irgend einem bestimmten Resultat zu kommen. Ach, und das ist so begreiflich! So eine gemästete Menschenseele, gehöre sie nun einem Wirte, einem Müller oder sonst einem zweibeinigen Geschöpf, welch Schlußresultat soll sie ziehen, und soll es ihr nicht grauen vor demselben, muß sie nicht den Gedanken daran zu entfernen suchen so lange als möglich? Unwillkürlich muß immer als Resultat der Spruch sich vor Augen stellen: Wer auf das Fleisch säet, wird vom Fleisch das ewige Verderben ernten. Und weil es ihnen vor der allerletzten Rechnung graut, graut es ihnen vor allen übrigen; sie mögen nicht, ehrlich können sie nicht bestehen, müssen alle betrügerisch stellen, und am Ende hilft doch alles nicht. Der Krug geht zum Wasser, bis er bricht. Ach es ist so merkwürdig, einen zwei bis drei Zentner schweren Wirt tanzen zu sehen auf allen Ästen herum, dem allerbesten Eichhörnchen zum Trotz! Verwegener werden nach jedem Sprunge die spätern Sprünge; pauz, glaubt man ihn am Boden, auf dem dicken Rücken, aber husch ist er wieder auf den Beinen, tanzt lustiger als nie, bis es doch endlich sein muß und patsch er auf dem Rücken liegt; denn geht der Krug so lange zum Wasser, bis er bricht, so tanzt auch ein Wirt nicht länger, als bis er liegt.

Uli brachte nicht den ganzen Zins auf, wenn er auch alle Schubfächer ausräumte, aber weil Joggeli getan hatte, als sei ihm dies mehr als halb recht, brachte er getrost, was er hatte. Diesmal war die Stimmung bei Joggeli aber anders, er machte ein sauer Gesicht und sprach von nicht warten können, das Geld nutzen zu wollen, denn ihm trage es auch Zins, wenn er es anlegen täte usw. Uli merkte, Joggeli meine, er ziehe Zins von seinen Ausständen, wie es allerdings Manche treiben, tapfer schuldig bleiben und das Geld anderwärts gebrauchen und nutzen. Es treiben dieses schmähliche Spiel große Herren, und zwar mit armen Handwerkern und andern Arbeitern. Die arme Handwerksfrau muß oft das Schlechteste kaufen auf dem Markte, muß die günstigste Zeit zum Einkaufen unbenutzt vorüberlassen, weil das Geld rar ist bei ihr und die Batzen spärlich in ihrem Beutelchen. Den Koch oder die Köchin eines großen Herrn sieht sie das Köstlichste kaufen an Fischen und Geflügel, Geld auswerfen, als ob es Kieselsteine wären, und das Geld gehört eigentlich dem armen Handwerksmann; der große Herr ist ihm schuldig, aber der Mann kann nichts vom Herrn kriegen als grobe Worte, muß darben, während jener schwelgt. Was das Weib denken muß, wenn es die Hände voll Geld sieht und aus seinem Beutelchen den letzten Groschen drückt! Wenn es ein keck Weib ist, so vernimmt es der ganze Markt, wie ein großer Herr am armen Manne den Schelm macht. Wie muß es einem Schneider oder Schuster oder Bäcker zumute sein, der eine bedeutende Ausgabe machen sollte für das Gewerbe, sein Haus, seine Kinder, und die bedeutendsten Ausstände bekommt er nicht ein, denn die Herren spekulieren in Staatspapieren, gerade jetzt sind die Zeiten günstig, wer Geld hat, ist glücklich, spekuliert jetzt, um seine Gläubiger kümmert er sich nicht, und um so weniger, je ärmer sie sind, je nötiger sie das Geld selbst hätten, denn je kleiner die Götter sind, desto weniger sehen sie die, welche niedrig gehen. Die armen Schelme alle können warten; gewinnt der Vornehme, kriegen sie nichts, und verliert er, so kriegen sie noch nichtser, haben ihre Gesellen bezahlt, haben Zeit versäumt, Arbeit gehabt und können dem Herrn nachseufzen, der an der Sonne herumspaziert im Glanze ihres Geldes und ihres Schweißes. Und solch Pack schämt sich nicht, solch Pack tut vornehm, solch Pack begehrt auf, wenn man es an seine Schulden mahnt, ja solch Pack tut sogar auch fromm, aber wahrlich auf eigene Rechnung! Und wie viel Seligkeit wirft den armen Tröpfen die eigne Rechnung ab! Ach, das sind nicht die Unmündigen, denen Gott im Geiste sich geoffenbaret, sonst würden sie wahrlich die faßlichen Worte fassen: Was ihr einem von diesen tut, das habt ihr mir getan.

Doch Uli gehörte unter diese Schächerkinder nicht, er war zu jung und zu arm dazu. Wenn mit dem Gelde, welches Joggeli zu wenig erhielt, spekuliert wurde, taten es reifere Füchse. Übrigens hatte Uli von diesem Mangel an Barschaft viel größeren Schaden als Joggeli, er war ihm ein Hemmschuh in Handel und Wandel. Uli wußte eigentlich wohl, daß ein Bauer immer mit etwas Geld versehen sein muß, wenn es gut gehen soll. Behalten und kaufen können und immer zur gelegenen Zeit ist eine Hauptsache in bäuerischer Staatswirtschaft, aber es ging Uli wie Vielen: Wissen und Halten sind zwei, man kann die besten Grundsätze haben und doch ganz entgegengesetzte Wege gehen. Die sogenannten Grundsätze haben halt keine Kraft, die bewegende Kraft wird entweder durch eigne Triebe regiert oder durch fremde Personen. Uli sollte seinen Kuhstall instand stellen, er hatte den Winter durch weniger Kühe gehabt als sonst, weil er das Heu sparen mußte. Zweihundert Gulden bedurfte er zu gehöriger Ergänzung, zu verkaufen hatte er nichts Erklecklich es; Korn und Hafer hatte er wohl noch, aber er hielt ratsam, bis nach glücklich eingebrachter Ernte nicht zu verkaufen. Es war ihm, als seien Hände und Füße ihm gebunden, ja als liege er krummgeschlossen in einem Loche. Er ward sehr böser Laune, alle Welt sollte schuld daran sein, und wenn alle Welt an einer Sache schuld sein soll, so muß es das Weib entgelten. Eigentlich billig und von Rechts wegen! Denn ist nicht durch das Weib die Sünde in die Welt gekommen und dadurch dieselbe so schlecht und miserabel geworden, daß ein Mann wie Uli nicht einmal zweihundert bare Gulden hat, um mit denselben den Kühen nachgehen zu können nach Herzenslust? Uli war oftmals in der Laune, welche die Suppe kalt haben will, wenn sie heiß ist, und heiß, wenn sie kalt ist; da braucht es wirklich einer eignen und leider noch nicht erfundenen Kunst, wenn man es jemanden recht machen will. Diese Laune ist gewöhnlich der erstgeborne Sohn der Unzufriedenheit mit sich selbst, die man begreiflich nicht an sich selbst ausläßt, das wäre ja dumm, sondern an allen, welche einem über den Weg laufen.

Vreneli litt bitter; es war in der Aufklärung und Bildung weiter gekommen nicht bloß als mancher Schulmeister, sondern sogar als Professoren, es begriff, daß wenn man Mißgeschick habe, mit bösen Launen und Zanken mit Leuten, die dessen sich nicht vermögen, man demselben nicht abhelfe, im Gegenteil neues schaffe. Wie bei unfreundlicher, naßkalter Witterung aller Wachstum stockt, so mehr oder weniger auch die Arbeit bei bösen Launen und launenhaftem Gezänke. Vreneli hatte voll, wie man zu sagen pflegt. Das ist ein eigentümlicher Zustand: das Herz ist voll, die Seele ist voll, der Kopf ist voll, es will zu den Augen aus, man fühlt es im Halse, man fährt mit der Hand bald an die Stirne, bald auf die Brust, als ob man was halten wolle, was zerspringen möchte.

Es war an einem wüsten Apriltage, sie hatten ackern wollen, aber Sturm, Schnee und Regen hatten sie heimgejagt, denn draußen war es nicht zum Aushalten. Sie hatten alten Grasboden auffahren, die Furchen gründlich hacken wollen, denn bei schwerem Schweizer Lande muß man gründlich bis auf den Boden die Furche hacken, wenn ein zahm Gewächs gesund wachsen soll, sie ist zäh und schwerfällig, eben wahrhaft die Schweizer Natur. Sie wird auch krank, tut, als ob sie am Sterben wäre, zu nichts mehr tauglich als zu Schling- und Schmarotzerpflanzen; aber dann kömmt sie ein Winden und Drehen an, wilde Wehen rühren alles durcheinander wie die

Köchin eine Krautsuppe, dann kriegt sie ein schrecklich Erbrechen, gibt von sich zum Grauen und Erstaunen ganze Knäuel Ungeziefer von allen Sorten, die wir nicht nennen mögen, kleines, großes, und ist das mal aus dem Leibe und da, wo es hingehört, da stillen sich die Wehen, das Grimmen, Winden, Krümmen hört auf und frisch und gesund ist wieder die alte Natur, den hohen Alpen gleich, wenn die wilden Stürme verrauscht sind, der holde Frühling, der immer junge Frühling vom Himmel wieder auf die hohen Alpen steigt.

Je nach der Länge der Furche steigt die Zahl der Hacker, steigt wohl auch auf großen Gütern bis auf ein volles Dutzend an, vielleicht noch darüber. Jagt nun der liebe Gott die hackende Truppe mit scharfem Geschütz vom Acker dem Bauer heim über den Hals, so muß der sehen, was er mit den Leuten anfängt. So ein harthölziger Bauer, mit Schweinsleder überzogen, macht es kurz, er schickt die Taglöhner nach Hause, unbekümmert darum, haben sie dort was zu beißen und zu brechen, berechnet ihnen den Lohn nach den Stunden, welche sie gearbeitet, und da nicht er, sondern Gott das Wetter gemacht, so überläßt er auch diesem die allfällige Entschädigung. Warum nicht machen, was man kann, und dümmer sein als nötig? Sorge der Vater im Himmel für die Tiere des Feldes und die Vögel des Himmels, so werde er um so viel mehr für einen Taglöhner mit Weib und einem halben Dutzend Kinder sorgen, wenn der Bauer ihm statt zwölf Kreuzer Taglohn bloß die Hälfte oder ein Drittel gibt, und werde seinen Segen der Mahlzeit geben, welche eigentlich für die Kinder bereitet war, an welcher jetzt aber auch der Vater, der bei dem Bauer sich hungrig gearbeitet hat, teilnehmen will.

Nun, Andere machen es auch nicht so; wenn unser Herrgott die Leute heimschneit oder heimhagelt, überlassen sie ihm dieselben nicht, daß er sie jetzt auch speise und tränke, dieweil er sie angehagelt oder angeschneit, sondern tun dies selbst und geben ihnen was zu tun, bis der Tag ganz um ist. Es gibt Zeiten, wo das geht, man sogar froh ist über einen wilden Nachmittag, um Arbeiten zu verrichten, die man des schönen Wetters wegen immer verschoben hatte. Es gibt andere Zeiten, wo man wirklich nicht recht weiß, was mit machen, und fürs Zähnetrocknen im Winde gibt man doch nicht gerne den Taglohn.

In solcher Zeit eben war Uli mit seinem Volke nach Hause gejagt worden; er sandte die Taglöhner nicht fort, wußte für sie aber auch nichts zu tun, welches viel abtrug, rechnete, wie manchen Batzen er ausgeben müsse um nichts und wieder nichts, und ging gegen das Haus, um Vreneli mit Brummen und Klönen zu unterhalten. Dort stund Vreneli im Gespräch mit einem Mannli, der einen Hut auf dem Kopfe hatte. «Es ist gut, daß du kommst,» sagte Vreneli, «da ist einer, er will mich zur Gotte, seine Frau ging mit mir in die Unterweisung, wir saßen neben einander und waren bsunderbar wohl für einander. Ich sagte ihm zu, doch behielt ich dich vor. Was sagst dazu?» «Ho,» sagte Uli, «wenn du zugesagt hast, so wird wenig mehr zu sagen sein,» und ging weiter.

Vreneli zuckte zusammen, aber mit angeborner adeliger Art begabt, faßte es sich alsbald, hieß das Mannli hineinkommen, wartete ihm nach üblicher Sitte mit Speise und Trank auf. Eine schöne Sitte, die aber manchem ausgehungerten Kindbettmannli gefährlich wird, besonders wenn er dazu noch das Reden liebt. Man denke, was das kann, wenn so ein arm Mannli, der selten einmal im Tag sich satt ißt, nun in einem Tage dreimal genötigt wird, zu essen und zu trinken, bis er genug hat. Das bringt Manchem die Beine in Verlegenheit, wenn er vom dritten Gevatter wegstolpert. Aber noch in viel größere kömmt schließlich der Kopf, wenn er endlich zum Pfarrer stolpert und dort die Namen der Gevattersleute angeben soll. Da wird manchmal das Denken bedenklich, und je länger einer denkt, desto weniger kann er an einen Namen kommen, und doch hätte er ihn noch gewußt, als er zur Türe hereingekommen, sagt er. Es ist bedenklich, wie Fleisch und Geist in die seltsamsten Kollisionen kommen bei den ernsthaftesten Gelegenheiten. Wo Gott ein Zeichen seiner Huld gibt, legt der Teufel einen Stein des Anstoßes.

Das Mannli war bereits am dritten Orte und glücklich innen und außen. Er hatte nirgends eine Abfertigung erhalten, sondern guten Bescheid und tapfer zu essen und zu trinken. Solchen glücklichen Menschen wächst ein eigenes Redwerk im Munde, und dieses liefert Lob, Ruhm und Preis für sich und seine Frau und all das Seine in einer Stunde mehr als manche St. Galler Baumwollenspinnerei Garn in einer Woche. Die St. Galler sollten, wären sie gescheut, mit dem Maul zu spinnen anfangen; in diesem Gliede sind sie stark, ganz verflucht, ja brauchen nicht einmal Most, geschweige Wein, um ganze Ballen Eigenlob, -ruhm, -preis tschuren zu lassen in die Welt hinaus, siehe Tagsatzungsprotokolle. Vom schmählichsten Renommage wollen wir nicht einmal reden. Das Männlein war nun freilich kein St. Galler, aber es konnte doch nicht fertig werden mit Rühmen, wer er sei und was sein Fraueli sei und wie er Kinder habe und was sie täten und wie sie sich erzeigen wollten in der Welt, daß man weit und breit von ihnen reden müsse, man möge wollen oder nicht.

Vreneli ward wind und bange, aber es konnte nicht von ihm kommen, und gehen heißen mochte es ihn auch nicht. So viel Mitgefühl hatte es, daß es niemand einen Kübel kalt Wasser über den Kopf goß, wenn er in süßen Träumen befangen lag. Solch Glück ist gar zu selten in der Welt, und wer ein gut Herz hat, jagt sicherlich niemanden, der in solcher Wonne liegt, süßer als in einem warmen Bette, daraus auf.

Vreneli wußte, daß ihm ein Gewitter wartete, und je länger eine schwarze Wolke stocket, das heißt mit Elektrizität sich aufbläht, desto härter kracht es, wenn es mal losbricht. Der Mann aß nicht mehr, dann trank er auch nicht mehr, endlich gab er selbst das Sitzen auf und stund, so gut er konnte, aber das Reden wollte kein Ende finden; es war akkurat, als ob er auch so ein auf ein Pfäfflein gepfropfter St. Galler Diplomat sei, und doch war er nur ein ganz gemein Knechtlein, schwatzte nicht einmal um den Taglohn, nicht einmal, um dann daheim sagen zu können: «Dunder, denen hab ichs gesagt, habt ihrs gelesen?», sondern wirklich von Herzen, und schwatzte und stund, und ging und stund und schwatzte, daß es Vreneli den Schweiß austrieb und es ihm, als es endlich dessen Rükken sah, leichtete, als hätte es wenigstens eine halbe Kindbetti glücklich überstanden.

Nun mußte es ans Zweite hin, mußte die geschwollene Wolke sich entladen lassen. Das Ding ging aber nicht halb so leicht als eine andere elektrische Flasche, welche man nur mit einem Finger zu berühren braucht, um sie in allen Gliedern zu fühlen. Uli schmollte eine Weile, indessen endlich brachs doch los und wüst. Es habe sich alles gegen ihn verschworen, um ihn zu Boden zu machen, polterte er, sogar den Herrn des Regens und des Sonnenscheins rechnete er darunter. Der heutige Tag koste ihn wenigstens drei Gulden, nicht gerechnet, was die verspätete Arbeit schade. Wenn er genug hätte bis obenaus, so stehe noch so ein Hagel vor dem Hause und bitte zu Gevatter. Das sei sonst nicht erhört gewesen, daß man fremde Leute, welche ihr Brot mit Mühe verdienen müßten, zu Gevatter genommen, sondern reiche Leute, welche es hätten und vermöchten. Das käme aber nur daher, weil Vreneli die vornehme Frau spiele; da meinten die Leute, was dahinterstecke, und wüßten nicht, daß sie bald fertig seien. Das sei wieder so ein Spaß von zehn Gulden, nicht gerechnet, was später ausgerichtet werden müsse. Er hätte geglaubt, Vreneli hätte so viel Verstand, den Lümmel mit ein paar Batzen und einer langen Nase weiterzuschicken. Aber nein, da müsse das Gebettel angenommen sein; die vornehme Frau habe es gemacht, werde gedacht haben, welche schöne Gotte es vorstellen werde. Nun könne es aber sehen, wie es es mache, er gebe keinen Kreuzer dazu, es wisse dann ein andermal, ob es zusagen solle oder nicht. Er hätte nie geglaubt, daß es es ihm so machen würde, aber wenn es nicht gute, so wolle er stoßen, wo es ziehe; je eher der Karren über Bord fahre, desto lieber sei es ihm.

Vreneli kam diese Rede über den Magen, die Augen blitzten, doch vergaß es die Manieren nicht. «Weißt du, wie die Base dem Vetter sagt, wenn er so wüst tut wie du jetzt?» frug Vreneli. «Er sei der wüsteste Unflat unter der Sonne, und gute Lust hätte ich, dir auch so zu sagen. Ganz unbegründet fährst du über mich aus, und wenn was geht, das dir nicht recht ist, dreschest du es auf meinem Rücken aus. Daß du kein Geld hast, dafür kann ich nichts, ich habe weder Wirt noch Müller was verkauft, und wenn du mit ihnen zur Rechnung kämest, so würdest du sehen, wo dein Vermögen steckt. Heute habe ich weder hageln noch schneien lassen, und daß ich zu Gevatter gebeten wurde, ist nicht meine Schuld, und wenn du wieder bei dir selbst bist, so wirst du einsehen, wie wüst es gewesen wäre, wenn ich es ausgeschlagen hätte. Du weißt, wie es einem ist, wenn man zu Gevatter bitten muß, aber erfahren hast noch nicht, wie es einem tut, wenn man grob abgefertigt wird, und was meinst, wie hätte es dem armen Fraueli getan, wenn der Mann ihr den abschlägigen Bescheid heimgebracht? Da hätte es geheißen, ich sei vornehm geworden und schäme mich seiner, und es hätte geweint, weil seine letzte Freundin ihm untreu geworden; denn je weniger Leute man hat auf der Welt, desto weher tut es einem, wenn diese abfallen, und wenn man endlich niemanden mehr hat, dann sollte einem das Herz brechen, mir wenigstens würde es. Merke dir das! Das gute Weibchen freut sich sicher, mich zu sehen, denn manch Jahr ist verflossen, seit wir als die besten Freundinnen uns getrennt, und wird auch nicht viele gute Freunde haben auf der Welt. Denk, Uli, wenn wir so wüst sein wollten, was müßten wir von andern Leuten erwarten, und wenn wir diesen Augenblick nicht im Überflusse sitzen, hören deswegen unsere Pflichten auf? Sollen wir deswegen nicht mehr Christen sein? Denk auch, wenn wir später wieder zu Geld kommen sollten, so könnten wir das doch nicht mehr gut machen, was wir den Leuten weh getan, und was man uns deshalb nachgeredet hätte, wäre an unserm Namen kleben geblieben unabänderlich. Kosten soll es dich nichts. Ich habe auch noch Geld, welches mein ist, womit ich machen kann, was mir beliebt, dir geben oder andern Leuten, je nachdem ich es nötig finde, und habe ich keines mehr, so will ich schon zu Gelde kommen, das sage ich dir frank und frei. Betrügen will ich dich nicht, obgleich es mir ein sehr Leichtes wäre, des Jahrs viele viele Gulden in meine Tasche zu machen, ohne daß du das Geringste merken solltest. Aber weißt, das Geld, welches wir haben, sei es viel oder wenig, ist mein so gut als dein, ich verdiene daran so viel als du; ich regiere die Haushaltung, du das Feld, stehe mit dir auf, gehe mit dir zu Bette, bin nicht deine Magd, sondern deine Frau. Zu billigen Dingen nehme ich Geld, frage oder frage nicht, nach meinem Belieben. Hältst du mir dieses vor, so rechne ich mit dir und will dir zeigen, wer daran schuld ist, daß wir kein Geld haben, du oder ich.»

Uli war noch Keiner von denen, auf welche eine feste Sprache keinen Eindruck macht. Er besaß noch das Gerechtigkeitsgefühl, welches die Streitsucht dämpft, sobald das Recht des Andern klar ist. «Tue nur nicht so,» sagte er, «wie eine Katze am Strick. Es hat dir noch niemand gesagt, du sollest kein Geld haben oder du vergeudest, du tuest nichts. Daß du mit den Leuten bekannt bist, das wußte ich nicht, und wenn es einem zuweilen wunderlich in den Kopf schießt, das soll dich nicht wundern. Da sollte ich eigentlich Kühe kaufen, mit Pferden wäre auch was zu machen. Schweine müssen auch gekauft sein, du redest ja alle Tage davon, und kein Geld! Ich liege da wie ein Hungriger, dem die Hände gebunden, das Maul verstopft ist, mitten unter Brot und Würsten.»

Dieses Einlenken von Uli führte zu einer ehelichen anständigen Ratssitzung, in welcher man in reiflicher Erwägung, daß man kein Geld habe und solches bedürfe, beschloß: es solle das Nötige von Ulis Ersparnissen aus der Kasse erhoben werden. Vreneli schlug als zweiten Artikel vor, daß die übrigen ausstehenden Gelder mit allen Mitteln eingetrieben, die Schuldner zur Rechnung angehalten würden. Auf die Versicherung von Uli, das verstehe sich von selbst und bedürfe keines weitern Beschlusses, ließ Vreneli den Artikel fallen, und es wurde zur Tagesordnung geschritten.

FÜNFZEHNTES KAPITEL

Wie viel man an einem Tage gewinnen und wie viel man verlieren kann

Am Sonntag also mußte Vreneli zu Gevatter stehen, da gab es einen kleinen Streit. Uli sagte: «Nimm das Fuhrwerk, es ist weit und die Rosse haben nicht viel geschafft.» «Will nicht die vornehme Frau machen,» sagte Vreneli, «das würde sich übel schicken für uns.» «Bist noch immer böse?» sagte Uli, «das wäre dumm.» «Nein,» sagte Vreneli, «bin weder böse noch dumm, aber wo du recht hast, da gestehe ich es gerne. Ich will nicht über meinen Stand hinaus und nie vergessen, daß wir nichts haben und nichts sind als Arbeitsleute. Wir haben wohl Rosse im Stall, aber sie sind nicht unser, das große Bauernwesen ist wohl da, aber wir sind nicht der Bauer, und den Schein, als wären wir es, will ich mir nicht geben. Fahren ist für vornehme Leute oder wenigstens für solche, welche es scheinen möchten.» Und was Uli auch sagte, Vreneli blieb auf seinem Sinn. Als am Morgen in aller Frühe Vreneli zum Gehen fertig stund und noch links und rechts befahl, wie es gehen solle den Tag über, da wollte Uli dem Vreneli wieder kanzeln. Vreneli war ganz einfach angezogen, hatte nicht etwa die Hochzeitkleider an, um im Glanze aufzutreten, hatte nicht einmal seine schweren silbernen Göllerkettelein eingehängt und gar nichts von Seide am Leibe und doch derlei Dinge im Schranke. «Wann willst dann dies brauchen?» frug Uli. «Das wäre ein Anlaß gewesen, die Kleider verderben dir, wenn du sie nicht brauchst.» «Habe deswegen nicht Kummer,» sagte Vreneli, «dafür laß mich sorgen, und wenn wir mal Bauer und Bäurin sind, dann sollst du Wunder erleben, wie ich aufziehen will. Bis dahin will ich lieber, die Leute sagen: Die kömmt doch gering daher, sie werden es nicht besser vermögen, als: Die mag wohl, wird meinen, man wisse nicht, wer sie ist; der wird es noch anders kommen. Sieh, Mannli, vornehm täte ich gerne; im Guttätig-, nicht im Hoffärtigsein, da ist ein Unterschied, den mußt du noch lernen, er hat viel auf sich. Doch behüte dich Gott und lebe wohl, muß pressieren, es ist ohnehin wohl spät.» Als Uli dem Weibchen nachsah, mußte er sich gestehen, daß heute, trotz der einfachen Kleidung, wohl kaum ein schmuckeres Weibchen auf Berner Wegen gehen werde, als eins eben von seinem Hause ablief.

Es war das erstemal seit seiner Heirat, daß Vreneli so weit von Hause sich entfernte, mehr als drei Stunden weit. Es war ein klarer, aber rauher Frühlingsmorgen, ein starker Reif lag auf den Feldern, Schnee bedeckte die niederen Höhen. Noch sah man bedeutendere Sterne am Himmel, die minderen hatte der beginnende Tag verschlungen, das heißt für Vrenelis Augen. Andere Augen, nur einige Stunden weiter, sahen es anders und Gottes Augen noch ganz anders. So geht es mit den Augen und der Sterne Bedeutung, und noch ganz anders mit den Menschen, welche man sinnbildlich Sterne nennt. Sterne hier könnte man zwanzig Stunden weiter nicht für Stallaternen brauchen, und noch zehn Stunden weiter wären sie nichts als schmutzige Öltöpfe oder winzige Talgstümpfchen.

So einmal aus dem Gesurre des täglichen Getriebes herauszukommen, ist äußerst wohltätig. Es ist, als ob die Sinne freier würden, als steige man auf ein Berglein und übersehe nun den Wald, den man sonst vor lauter Bäumen nicht gesehen. So ging es Vreneli. Ihre ganze Lage rollte sich vor ihm auf wie eine Landkarte. Es sah die schönen Punkte, die steilen Höhen, die gefährlichen Pässe, es sah, wie mit Gottes Hülfe keine Gefahr für sie wäre, wenn die gehörige Vorsicht gebraucht würde, eine weise Sparsamkeit am rechten und nicht am unrechten Orte, kein närrisches Vertrauen in unbewährte Menschen. Wenn schon das letzte Jahr nicht das beste gewesen, so war es mit ihnen doch vorwärtsgegangen, nur hatten sie leider das Geld nicht beisammen, das machte Vreneli seufzen. Hätten wir es doch nur, dachte es. Was hilft viel lösen, wenn man nichts kriegt? Viel versprechen kostet ja nichts, zahlen ist die Hauptsache. Mit Behagen dagegen überschlug es, wie sich ihr Hausrat gemehrt und ihre Vorräte, mehr als Uli dachte. Wenn es sein müßte, ein paar hundert Gulden ließen sich lösen aus Entbehrlichem, meinte es. Mit Behagen dachte es an seine Kindlein, deren es bereits drei hatte, die so lustig blühten, als wären sie drei Röselein im

Garten, zählte sich die kleinen Handbietungen auf, welche Vreneli bereits leistete. Es freute sich, wie sie mehren würden, fast Tag um Tag, und dachte an die Zeit, wo das Mädchen sein rechter Arm sein werde, seine wahre Meisterjungfrau. Wenn nur die Pässe nicht gewesen wären mit ihren Gründen und Schlünden. Es hätte Vreneli keinen Kummer gemacht, sie zu durchfahren, wenn es die Peitsche geführt, das Fahren in seiner Hand gelegen wäre; es glaubte zu sehen, wo man mehr hüst und wo mehr hott fahren müsse, wenn man sicher durchkommen wolle. Aber das ist das Peinliche auf Fahrten und gar auf der Lebensfahrt, wenn man sich fuhrwerken lassen muß, sieht sich bald rechts am Abgrunde, bald links in den Lüften, kann nichts dran machen als höchstens hüst oder hott schreien. Der, welcher fährt, sieht Abgründe und Wände nicht, hört das Schreien nicht, fährt zu, immer blinder und toller, je mehr man wehrt und schreit, expreß hüst, wenn er hott fahren sollte, und hott, wenn hüst ihn retten könnte, er fährt, bis es aus ist mit dem Fuhrwerk, dann fängt er mörderlich zu brüllen an, wie man mit dem Wehren und Geschrei schuld sei am Unglück, hätte man ihn alleine machen lassen, es wäre ganz anders gegangen. Ach wie viele solche Fuhrwerke holpern wohl nicht auf dem Lebenswege, es wackeln die Räder, taumeln an den Rändern der Abgründe, Eins fährt, das Andere schreit, sie wackeln, sie taumeln, bis endlich das Fahren aus, das Fuhrwerk geborsten ist. Wie peinlich und angstvoll ein solches Fahren ist, ist so begreiflich, aber am wenigsten begreifts, wer die Zügel führt und die Peitsche; kann er, so haut er, wer schreit und Pein zeigt. Wenn Staatswagen so karren und taumeln, ists noch schauerlicher und graulicher als bei Familienwagen! Daran dachte Vreneli und wie das Ding wohl anzufangen sei, daß Uli so recht auf ihns höre, sich nicht umgarnen lasse von falschen Freunden, nicht umstricken von den Netzen des Geizes. Es fehlte ja nirgends als da, aber das war doch so gefährlich, daß ihm angst und bange ward bei dem Sinnen und Denken, der Weg ihm unter den Füßen schwand, ohne daß es es merkte, es am Häuschen stand, wo das Patekind lag, ehe es daran dachte.

Im Häuschen sah es armütig aus und wehmütig das Hausgeräte und die Hausbewohner. Vreneli hätte seine Gespielin nicht wieder erkannt, hatte Mühe, sich zu überzeugen, daß sie es wirklich sei. Zu einem alten Weibe war das lustige Mädchen zusammengealtert, die blanke Haut war gelb geworden, und matt, sehr matt waren Gebärden, Schritte, ja selbst das Gangwerk ihrer Rede. Die Kinder glichen Zwetschgen, über welche ein früher Reif gegangen, der Kaffee war so dünn, die Milch so blau, daß sie, als beide zusammengegossen waren, aussahen akkurat wie der blaue Himmel, wenn ein leiser Nebel darüberliegt. Der Tisch wackelte, die Kaffeekanne machte ein weinerliches Gesicht, denn sie hatte Spalten, die Tassen waren zusammengeborgt, die Untertassen kamen hierher, die Obertassen dorther, sie sahen aus wie die Gevatterschaft selbst, welche aus einem kleinen, dummen Bauernsöhnchen und einer alten, grauen Frau und also Vreneli bestund. Die Kindbetterin war anfangs gegen Vreneli schüchtern und tat fremd, es schmerzte Vreneli fast. Zehn Jahre waren zwischen ihnen durchgeflossen, seit sie ein Herz und eine Seele gewesen; diese zehn Jahre, wie weit hatten sie sie auseinandergerissen! Jahre verknöchern sich gerne zu Bergen, stellen sich zwischen die Menschen, scheiden sie durchaus, höchstens sehen sie sich noch, kennen einander aber nicht. Wenn nun so nach zehn Jahren der Strom der Zeit Zwei zusammenschwemmt in ein Stübchen, daß sie bei einander sitzen, sich ansehen und Rede stehen müssen, so sehen sie einander an und lesen sich gegenseitig ein Blatt Weltgeschichte ab, und was sie sich gegenseitig ablesen, macht die

Einen neidisch, die Andern dankbar, Andere demütig, Andere hoffärtig, Andere giftig, Andere wehmütig. Als das arme Weiblein Vreneli vor sich hatte, war es eben demütig und wehmütig, denn der Grund seines Gemütes war gut und treu. Es sah mit Demut an Vreneli auf, dem seine einfache, nette Kleidung so vornehm stund, Respekt einflößte, denn wer eine so einfache Kleidung so zu ordnen und zu tragen wußte, der war von Jugend auf in guter Kleidung und hatte daheim noch bessere, als es am Leibe trug, während man oft scheinbar kostbarer, aber verschliffener Kleidung von weitem ansieht, daß unter derselben ein verlumpt Hemd stehet und daheim nicht drei ganze sich vorfinden würden. Dachte mit Demut, wenn es gewußt, wie es geworden, es hätte nicht an ihns sprechen dürfen, aber schön sei es von ihm, daß es doch gekommen und seiner sich nicht geschämt. Dachte aber auch mit Wehmut, wie die Zeit sie verschieden gestellt, an ihm gezimmert und genagt, Vreneli zu einer Frau gemacht, dachte mit Wehmut, wie es erst in zehn Jahren sein werde, wie da wohl es zusammengemagert und, ein verdorret Laub, von der Erde verschlungen sein werde, während Vreneli vollständig zu einer Bäuerin sich abgerundet habe. Je mehr Vrenelis Freundlichkeit aufblühte, desto weh- und demütiger ward das arme Frauchen; zwischenein kam die Freude, es zu sehen und zu gedenken der vergangenen Zeit ohne Gram und ohne Sorgen.

Die Armütigkeit trat erst so recht hervor, als man das Kindlein schmücken wollte zur Kirche. So rein und schön, als sie können, zieren die Eltern das Taufkind aus; es soll diese Sorgfalt so gleichsam ein Pfand sein, daß sie es schmücken und zieren wollen nicht bloß äußerlich zum Gang in den Tempel des Herrn, sondern von Stunde an auch innerlich und es auferbauen zu einem Tempel, darin der Herr wohnen mag. Da waren gelbgewaschene Windeln und keine ganze Käppchen, gar erbärmlich dünn das Decklein, in welches man es legte, und verschossen und schlecht das Tuch, mit welchem man es deckte. Das arme Kind mußte sich früh gewöhnen, daß des Lebens rauhe Winde ihm hart an die Haut gingen. Die alte Gotte hatte das grausam ungern, konnte sich gar nicht darein schicken, mit einem so schlecht angekleideten Kinde zur Kirche zu gehen. Wenn sie das gewußt hätte, sagte sie, sie hätte die Magd gesandt, die hätte dieses auch verrichten können. Das arme Frauchen hatte die Tränen in den Augen, entschuldigte sich bestmöglichst. Sie hätte Besseres leihen wollen, aber, fremd hier, hätte man allenthalben Ausreden gehabt; da hätte sie gedacht, wegem lieben Gott hätten sie sich nicht zu schämen, den Leuten aber nicht mehr nachzufragen als sie ihnen. Da hätte sie es ja den Gevattersleuten können sagen lassen, die würden ihretwegen schon dafür gesorgt haben, zürnte die graue Alte, die eben auch nicht sehr appetitlich aussah.

Da trat Vreneli ins Mittel, durch dieses unwürdige Geträtsche sehr bemüht. Es wolle das Kind schon tragen, sagte es, es schäme sich seiner gar nicht; vielleicht sei das Kind, welches Jesus unter die Jünger gestellt und gesagt: So ihr nicht werdet wie dieses Kindlein, werdet ihr nicht ins Reich Gottes kommen, nicht besser geschmückt gewesen als dieses, und allweg wollten sie Gott danken, wenn sie Beide Gott so wohl gefielen als dieses Kindlein, und ein Beispiel hätte man, daß ein Kind, welches nicht einmal ein Deckeli gehabt, sondern bloß in Windeln gewickelt gewesen sei, groß geworden sei und noch jetzt allen armen Sündern zum Heil. «Du wirst eine Stündlerin sein mit Schein,» grinste die Alte. «Nicht, daß ich wüßte,» antwortete Vreneli, «aber mich dünkt, man sollte sich in die Umstände schicken können, auf die Hauptsache sehen, an Nebensachen sich nicht stoßen, und dies um so mehr, je älter man ist.» «So,» sagte die Alte, «das wird sollen gestochen sein. Ja ja, es gibt Leute, sie meinen, sie hätten die

Weisheit mit dem Breilöffel gefressen, und sehen den Dreck auf der eignen Nase nicht. He nun so dann, so gehts! Bin alt, habe darum schon manchmal erfahren, daß unser Herrgott Solchen den Verstand mit der Muskelle anrichtet, und dann sagten ich und Andere: So recht, nur angerichtet, und je mehr, je besser. So sollte es allen gehen, welche besser sein wollen als andere Leute oder gar noch fromm.» «Ich sehe dich doch noch?» frug das Faueli weichmütig Vreneli. «Gewiß,» sagte Vreneli, «aber jetzt ists Zeit! Gebt mir das Kind in Gottes Namen, und gehen wollen wir in Gottes Namen, und daß des Kindes Eingänge und Ausgänge sein ganz Leben lang alle geschehen in Gottes Namen, das wolle Gott.» Wie nötig das arme Würmlein das hätte, mußte Vreneli denken den ganzen Weg entlang, während die andere Gotte alle möglichen Manövers machte, damit die Leute nicht meinten, sie gehöre zum Kinde; sie dachte nicht daran, wie wenig ihr alle Künste hülfen, da sie in der Kirche vor aller Leute Augen doch zum Kinde stehen mußte.

Man kann allerdings nicht genug daran denken, wenn man ein arm Kind zur Kirche trägt, wie nötig dasselbe Gott habe, wenn das Elend der Sünde es nicht verschlingen soll.

Der Taufschmaus oder, wie man merkwürdigerweise sagt, die Kindbetti (wahrscheinlich, weil der Mann die Kosten dazu mit Weh und Schmerzen aufbringt) wurde im Wirtshause ausgerichtet. Die eigentliche Kindbetterin blieb zu Hause, wohin auch das Kind getragen wurde. Vreneli verarbeitete grausam viel Langeweile, ehe die Mahlzeit aufgetragen wurde. Mit seiner Mitgevatterin stund es auf gespanntem Fuße, mit den Andern war nicht viel zu reden, die Wirtin war nicht redselig und der Wirt handelte mit Juden um Kühe. Der Wirt gehörte nämlich unter die Wirte, welche weder Sonntag noch Sabbat kennen, um alles handeln und die eigne Seele verschachern würden, wenn man sie an einen vierkreuzerigen Strick binden und weiterführen könnte. Wahrscheinlich um solcher Wirte willen wird der liebe Gott die Seele unsichtbar gemacht oder keinen Strick geschaffen haben, an dem man sie halftern kann. Der kleine Bauernsohn war ein Dorfrenommist. Ungeheure Heldentaten hatte er vollbracht, aber alle waren mit Schmutz angemacht oder nahmen ein schmutziges Ende. Vreneli kriegte großen Ekel darüber. Sobald es das Nötigste gegessen und getrunken hatte, verschwand es ganz in großem Stile. Der Wirtin trug es auf, später seine Entschuldigungen zu machen, nahm noch Wein und Fleisch mit sich, versteht sich für sein Geld, und machte dem verlassenen Fraueli sich zu.

Über den so frühen Besuch war dieses fast erschrocken, denn so früh verläßt sonst selten eine Gotte den Patenschmaus; es fürchtete, der Mann könnte es an ihm zürnen, daß Vreneli so frühe fortgelaufen. Indessen verlor sich dieser Schreck in der Freude, die alte Gespielin vor sich zu haben. Das Herz ging ihm auf, es erzählte Vreneli seine Geschichte. Diese war nicht viel anders als die Geschichte von Tausenden, aber sie ging Vreneli doch zu Herzen, als sei sie ihm neu von Anfang bis zu Ende. Leichtsinnig hatte sie sich mit einem Nebenknechtlein eingelassen, mußte ihn heiraten, hatten nichts erspart, bekamen ein Kind nach dem andern; sie konnte nichts verdienen, er war von den Mittelmäßigen einer, welche nur geringen Lohn erhalten. Er war wohl fleißig, aber er war kein Meister in irgend einer Arbeit, konnte nur taglöhnern oder als Nebenknecht in einem Dienste stehen, wo er keinen besondern Zweig der Landwirtschaft eigen zu beschaffen hatte; er war von denen einer, welche einen Tag nach dem andern hinnehmen, wie er kömmt, ohne Streben und Anspannung, durch Ausbildung seiner Kräfte oder tüchtigere Anwendung derselben seine Lage zu verbessern. So erzählte nun das Weib Vreneli so ganz ins Einzelne hinein, wie kümmerlich sie sich durchbringen müßten, wie Kreuzer um Kreuzer abgezählt werden müßte, welche Angst und Sorgen es verursache, wenn unerwartet Schuhe geflickt werden müßten, und welche Freude, wenn unerwartet ein Stück Brot ins Haus käme oder ein altes Kleidungsstück.

Vreneli kannte diese Art von Haushaltungen im allgemeinen ganz gut, aber so ganz ins Kleinste hatte es sie nicht verfolgt, die ängstliche tägliche Pein nie so anschaulich vor Augen gehabt, als sie ihm jetzt durch seine Freundin dargestellt ward, so daß es ihm wurde, als sei es selbst mitten drin und müßte sie mitmachen Tag für Tag. Es hatte unsägliches Erbarmen mit dem armen Weibe, es fühlte, wie es in solchem Zustande, in welchem man zu wenig hat, um zu leben, und zu viel, um zu sterben, wo man keine Aussicht hat, ihn zu verbessern, die höchsten Hoffnungen nicht einmal mehr bis an eine Ziege reichen, höchstens bis an ein Huhn, namenlos unglücklich wäre, ihn nicht ertragen könnte. In einem solchen Zustande, gleichsam mit gebundenen Händen und Füßen, jahrelang bis ans Lebensende zu zappeln, in täglicher endloser Not zu verkümmern, die Brosamen zählen zu müssen und immer zu wenig zu haben, den eigenen und der Kinder Hunger zu stillen, das ist das Schrecklichste unter der Sonne. Es schauderte zusammen bei dem Gedanken, wenn es doch das erleben müßte, es konnte nicht begreifen, wie die arme Frau das so erzählen konnte ohne Jammer und Weinen. Es konnte nicht begreifen, wie sie fast noch mit einer Art von Behagen erzählen konnte, wie sie ihre Armütigkeit verwalte, es dachte nicht daran, wie der Mensch nach und nach an alles sich gewöhnt und auch daran, im engsten Raume sich zu bewegen und seine Tätigkeit in die kleinsten Schranken gebannt zu sehen. Wer an weite Aussichten gewohnt ist, an großen Geschäftsverkehr und weithin reichendes Wirken, dem scheint ein so eng beschränktes Dasein die schrecklichste Pein auf Erden, und doch würde er sich im Laufe der Jahre vielleicht daran gewöhnen, es erfahren, daß die Bürden, welche alle Menschen tragen, wohl anders aussehen, aber nicht so verschieden sind, als sie scheinen, daß ihre Schwere oder ihre Leichtigkeit nicht vom eigenen Gewicht abhängt, sondern von der Gewohnheit und dem Gemüte, welches sie trägt. Schwer trägt ein Kind an einem Pfunde, leichter der starke Mann einen Zentner.

Vreneli fühlte das wahre Mitleid, fühlte, wie es ihm wäre im Mieder des armen Fraueli, gab ihm, was es bei sich hatte, und hieß es, ihns bald mit dem Kinde zu besuchen. Jetzt schossen dem armen Weibchen Tränen die Backen herunter, es stund vor Vreneli und konnte lange nicht reden. «Du bist immer das Beste, das gleiche Vreneli,» sagte sie, «bringst schon für das Kind schier mehr, als ich nehmen durfte, kömmst vom Wirtshaus, hockest da in meiner Armut, hörst einen ganzen halben Tag mein Gestürm an und gibst mir jetzt noch mehr, als ich dir abnehmen darf.» Als Vreneli auf der Annahme bestund, dieweil es komme aus gutem Herzen und es nichts desto weniger es machen könne, sagte das Fraueli: «He nun so dann, so will ich es nehmen und alle Tage für dich beten, anders kann ich dir nicht vergelten. Du weißt nicht, aus welcher Not du mich ziehst und wie glücklich du mich machst, und ich kann es nicht sagen. Jetzt kann ich drei Batzen hier, sieben Batzen dort bezahlen, die ich geliehen hinter dem Rücken meines Mannes und die mich schon lange schlaflos gemacht. Ich brauchte sie nicht für mich, sondern für den Arzt; mein Mann hatte gemeint, es sei nicht nötig, es werde dem Kinde schon bessern, wenn es Gottes Wille sei. Ich habe mein Sonntagsmieder versetzen müssen, das kann ich auslösen und vielleicht einmal Schuhe machen lassen. Nein, du gutes Vreneli, du weißt nicht, was du an mir tust, ein rechter Engel vom Himmel bist du mir, und unser Herrgott wolle es dir vergelten an dir und deinen Kindern. Gott Lob und Dank, jetzt werde ich wieder schlafen können, und wenn Gott uns gesund läßt, so wird es schon noch besser kommen, ich zweifle nicht.»

So glücklich hatte Vreneli lange niemand gesehen, kaum Uli, als es ihm endlich Ja sagte, glücklicher gemacht als dieses arme Fraueli. Kaum konnte es sich von ihm trennen, was doch endlich sein mußte.

Als Vreneli wieder allein war und seines Weges ging, da wogten die Gedanken stromsweise durch seine Seele. Das Glück des armen Weibes schwebte ihm vor den Augen. Das ist doch groß und schön, von Kleinem so glücklich werden zu können, das ist ein groß Gegengewicht gegen das tägliche Elend. Solch Glück wird denen nicht, welche man gewöhnlich die Glücklichen nennt, welche sich in einem Zustande befinden, welcher allen Wünschen zu genügen scheint, ein Glück, welches aber so langweilig und peinlich werden kann, daß schon mancher Engländer oder anderer Narr in Verzweiflung geriet und sich vor den Kopf schoß. Es überschlug, was es wohl noch alles hätte für das arme Weib, und erstaunte, wie reich es war an alten Schuhen, Strümpfen und andern Herrlichkeiten, welche es nicht mehr brauchen konnte und welche Schätze waren in diese Armut hinein. Es überschlug, ob es sie nicht in seine Nähe ziehen, zu einem bessern Dasein ihnen verhelfen könnte; das wäre ihm reich vergolten durch eine treue Seele, welcher es vertrauen und die es gebrauchen könnte im Hause für Dinge, welche man nicht gerne allen anvertraut, und von welcher es sicher wäre, daß sie nicht Partie mit den Andern gegen sie machen würde.

Dann mußte es denken, in welcher ganz andern Lage es sei als seine Freundin, welche vor zehn Jahren, gleich berechtigt an das Glück der Welt, mit ihm auf einer Bank gesessen. Es hatte so oft Gott und der Base geklagt, hatte sich in gedrückter Lage gefühlt, Angst gehabt um ihr Dasein, Kummer, Sorgen aller Art, gemeint, die Zukunft sei eben eine schwarze Wolke voll Blitz und Donner, hatte es sich nicht schwer damit versündigt? Es hatte gesehen nach denen, welche über ihm stunden, und nicht mit den Millionen sich verglichen, welche die untern Stufen der menschlichen Gesellschaft füllen, oder es hatte gar nichts verglichen, sondern bloß bitterlich geseufzt über seine Bürde, ohne zu bedenken, daß ohne diese kein Mensch sein darf auf Erden, so wenig als ohne Druck der Luft. Vreneli fühlte sich als eine reiche, vornehme Frau gegenüber der armen Freundin, es konnte schenken Schätze, konnte ihr Herz glücklich machen trotz einem Kaiser, hatte zu essen vollauf, Vorräte, brauchte mit dem Kreuzer nicht zu knausern, konnte seine Kinder kleiden lassen nach Bedürfnis und Verstand, hatte Hoffnung, es zu etwas zu bringen. Es stund vor ihnen eine weite Bahn, freilich vielen Wechselfällen ausgesetzt, auf welcher aber doch schon so Viele durch Fleiß und Nachhaltigkeit reich geworden. Da schämte sich Vreneli bitterlich und bis zum Weinen. So gehe es einem, wenn man nicht von Hause komme und bloß seine Sache sehe und seine Lage, warf es sich vor; da werde man ungeduldig, undankbar, wisse nicht, wie gut man es habe, und werde unverträglich. Man wisse nicht mehr, wie alle Menschen an einander zu tragen hätten, meine, nur die, mit welchen man lebe, hätten ihre Fehler, wollten sie aus Bosheit nicht ablegen, machten einen mit Fleiß unglücklich; sehe man sich aber um, so sei es anders, der alte Mensch sei überall und nur da am wenigsten drückend, wo man mit Geduld ihn trage, mit Sanftmut arbeite am neuen Menschen. Es kam ihns so eine rechte Wehmut an, wenn es dachte, wie viele Menschen sich versündigten mit Klagen und Undankbarkeit und so glücklich sein könnten im Vergleich gegen Andere, wenn sie nur den Verstand hätten, es zu begreifen.

Wenn sie nur einen Augenblick sich in andere Strümpfe denken könnten, so käme sie eine unendliche Dankbarkeit an. Es schauderte ihns, wenn es dachte, es sollte an seiner Freundin Platz nur eine Woche lang und ihr Mann sollte sein Mann sein. Da war doch dann Uli ein ganz Anderer, und wenn es schon zuweilen Vreneli dünkte, Uli sollte auf festern Füßen stehen, so war er doch ein Mann und nicht so ein Züttel, ein Fösel und Höseler. Erst wenn man mit eigenen Augen so recht in andrer Menschen Verhältnisse hineinsehe, begreife man, wie gut man es habe, wie gütig Gott sei, wie grob man sich versündige mit Unzufriedenheit, sehne sich heim und fühle sich erst glücklich, wenn man alles so finde, wie man es verlassen und zwar in aller Unzufriedenheit.

Je mehr es so dachte, desto mehr trabte es vorwärts, es war ihm, als könnte ihm sein Heim gestohlen werden und wenn es hinkomme, sei nichts mehr da als eine Öde, das Haus verbrannt, die Kinder tot, Uli weg. Aber es ging Vreneli wie vielen Weibern, welche nicht viel vom Hause kommen, seine Schuhe fingen ihns an zu plagen. Die Hausgeschäfte werden in Holzschuhen oder sonst bequemen, großen Schuhen verrichtet, die bessern, eleganten Lederschuhe zieht man selten an; sie trocknen wohl aus, und wenn dann zur Seltenheit weiter gegangen werden soll, vertragen sich die bequem gewordenen Füße schlecht mit den knappen, spröden Schuhen. Es gibt viele unangenehme Verhältnisse in der Welt, aber das Verhältnis zwischen einem weichen Fuß und spröden Schuh, wo der eine zu breit ist, der andere zu eng, ist doch eins der allerunangenehmsten, besonders wenn soll gelaufen werden und zwar stundenweit. Es gibt Leute, welche kein Verhältnis begreifen und namentlich dieses Verhältnis nicht. Köchinnen und selbst Kammerzofen, vorzüglich aber Stall- und andere Untermägde befinden sich in diesem Falle. Wenn der

Schuhherr kömmt, das Maß zu nehmen, biegen sie die Zehen zusammen oder unter die Sohle, befehlen dazu: «Ganz klein, ganz klein, Sonntagsschuhe!», wahrscheinlich Betmaschinen, um sie zum Seufzen und Beten zu zwingen. Nun, da gehts dann eben wie bei allen unnatürlichen Verhältnissen; solange man in denselben lebt, ist man sauübel, schrecklich unglücklich, man schreit nach Gott, und hat man genug geschrieen, platzen sie endlich. Ganz jämmerlich mußte Vreneli pilgern, wie wenn es Erbsen in den Schuhen hätte. Auf Wallfahrten büßt der Mensch halt seine Sünden. Ehedem wallfahrtete man nach heiligen Orten, Jerusalem, Loretto, Einsiedeln, mit Erbsen in den Schuhen oder gar rückwärts nach Rom. Heutzutage pilgern die Mädchen nach Tanzplätzen, stehen große Qualen aus dabei; barfuß trifft man sie oft an, an Orten, wo sie meinen, es sehe sie niemand, oder rückwärts gehend von Wirtshäusern, vorwärts Buben lokkend, bis sie plumps liegen in schmutzigem Loche. Nun, Vreneli pilgerte auf guten Wegen, aber auf solchen muß man oft leiden, was auf schlechten Wegen und noch mehr, und nicht böse werden darüber. Das ward Vreneli auch nicht, seufzte bloß zuweilen, ward in seinen Gedanken unterbrochen und dachte endlich wenig mehr als, es wollte, es wäre daheim. Es schämte sich seines hinkenden Ganges, sah so wenig als möglich auf, in der Hoffnung, wenn es sich um die Begegnenden nicht kümmere, kümmerten sie sich auch nicht um ihns, was jedenfalls ein sehr einseitiger Schluß ist.

Da hielt neben ihm ein Wägelchen, von demselben herab kam eine Stimme: «Wie weit noch heute?» Da zuckte Vreneli zusammen, sah auf, und auf dem Wägelchen saß Uli. Der lachte über Vrenelis Studieren, ob welchem es nicht wisse, wer an ihm vorbeikomme, und Vreneli war es eine höchst angenehme Überraschung, erstlich wegen den Füßen und zweitens wegen Uli. Wer einmal schlimme Füße in engen

Schuhen gehabt hat und noch zwei lange Stunden wenigstens vor sich, der weiß, wie hell es plötzlich vor den Augen wird und wie eine Stimme von einem Fuhrwerke herab, welche aufsteigen heißt, ungefähr tönet wie eine Stimme aus dem Himmel. Wenn es dann noch gar die Stimme des Mannes ist, welcher seiner Frau ungeheißen und unerwartet entgegengefahren aus bloßer Liebe und Zärtlichkeit, ja dann fehlen alle Vergleichungen, um auszudrücken, wie die Stimme tönet im Herzen der angerufenen Frau. Vreneli konnte nicht satt werden, Uli Dank und Freude auszusprechen für seine Güte und daß er ihm seine Höllenqualen abgekürzt, Uli dagegen entschuldigte sich, daß er nicht weiter gekommen: Erstlich sei er aufgehalten worden, und zweitens habe er nicht gedacht, daß Vreneli so früh sich heimmachen werde, das Heimgehen falle manchmal Gotten erst ein, wenn es zu spät sei. Nun erzählte Vreneli, wie es ihm ergangen, wie es die Gesellschaft verlassen, ehe der Braten gekommen, und wie es den Rest des Nachmittags zugebracht. Es konnte sich nicht innig genug ausdrücken, wie zufrieden es geworden mit seinem Schicksal, Uli nicht sattsam genug zu Gemüte führen, wie sie Ursache hätten, Gott zu loben und zu preisen für seine Güte an ihnen. Wenn sie nur genügsam wären, so hätten sie mehr als genug, brauchten sich nicht so zu kümmern ums tägliche Brot und hätten doch immer noch was übrig, dem Dürftigen zu helfen in seiner Not.

Uli hatte die Not nicht selbst angesehen, hatte überhaupt nicht die Fertigkeit, sich in eine fremde Lage hineinzudenken, als ob es die eigene wäre, er nahm daher die Sache kaltblütiger und widerredete; er war fast anzuhören wie ein alter Bauernaristokrat oder Dorfmagnat und stund doch so nahe in jeglicher Beziehung der Grenze, innerhalb welcher die Menschen wohnen, von denen er so über die Achsel hin sprach. Man müsse das nicht so nehmen, sagte er, das komme ihnen nicht halb so streng vor als andern Leuten, sie seien daran gewöhnt und kennten es nicht besser. Sei der Verdienst auch nicht groß, so hülfen sie mit Bettelei nach und Stehlen, und je mehr Kinder sie hätten, desto mehr trügen sie ein, wie die Bienenstöcke auch den meisten Honig hätten, in welchen die größten Schwärme wohnten. Übrigens müsse man sich hüten, ihnen alles zu glauben, zumeist sei es schon an der Hälfte zu viel. Betteln sei halt ihr Handwerk, je nötlicher sie zu tun wüßten, desto mehr trüge es ihnen ab, und je mehr sie gewahreten, daß man ihnen höre und glaube, desto dicker lögen sie, das sei halt nicht anders. Es gebe Leute, sie wüßten einem nicht bloß das Geld aus der Tasche, sondern fast die Augen aus dem Kopfe zu schwatzen; wahrscheinlich gehöre das Mensch, bei welchem Vreneli so viel Mitleid und Rührung aufgelesen hatte, auch zu dieser Sorte. «Und was nicht zu vergessen, diese Leute haben gar viele Sorgen und Plagen nicht, welche wir haben. Haben sie gegessen, so sind sie fertig, legen sich schlafen, und wenn es wieder Zeit zum Essen ist, stehen sie auf, verlassen sich darauf, daß wieder was auf dem Tische sei. Unsereiner muß für alles sorgen, sorgen, wo er den Zins nehme, woher er Speise schaffe, am Ende noch großen Lohn, und tut er obendrein nicht jedem alles, woran er sonst noch denkt, muß er ein wüster Hund sein. Hat man endlich dieses alles überstanden und gemeint, man sei mit jedem fertig, so kömmt einem unerwartet was zwischendrein, ob welchem man aus der Haut fahren möchte.»

«Mein Gott, was ist, hat es einem Kinde was gegeben?» frug Vreneli erschreckt. «Das nicht,» sagte Uli, «sie sind alle wohl, haben nur nicht viel nach dir geweint (ein schlechter Beruhigungsgrund), aber da kam einer wegen der Kuh, welche ich letzthin verkauft, sagt mir wüst, droht mir mit einem Prozeß, oder ich soll die Kuh zurücknehmen, Kosten zahlen und der Teufel weiß was alles. Ich habe ihn unsauber vom

Hause weggejagt, aber die Sache ist mir doch nicht am rechten Ort. Geht er zu einem Agenten, so habe ich einen Handel am Halse, und wie recht ich auch habe, so weiß man wohl, wie es geht, wenn mal die Hagle die Finger darin haben.» «Was klagt er, was ist?» frug Vreneli. Nun trug Uli die Geschichte vor, soviel er aus des Mannlis Gestürm hätte klug werden können, wie er sagte. Er selbst trug aber auch nicht zu der Verdeutlichung der Geschichte bei, denn es war einer von den zahllosen Händeln, welche sittlich und christlich schlecht sind, wo bloß das formelle Recht in Frage gestellt werden konnte, welches in der Schweiz nach Ordnung verzwickt werden kann, da bei den engen Grenzen der Kantone, wo täglich hinüber und herüber gehandelt wird, gezankt werden kann, nach welchen Gesetzen der Handel geschlossen worden oder nach welchen er entschieden werden solle. Vreneli begriff die Sachlage alsbald und sagte: «Aber Uli, wie kannst du so handeln! Wie oft habe ich dir doch angehalten, du möchtest ehrlich sein und niemand anführen (betrügen soll man ja nicht sagen), auch den fremdesten Menschen nicht! Das bringt nicht Segen, macht einen schlechten Namen, und wie wenig oder nichts trägt es dir ab!»

«Oh,» sagte Uli, «es machte mir wenigstens zehn Taler Unterschied, und zehn Taler sind nicht zu verachten, besonders wenn man sie so nötig hat wie ich, zehn Taler findet man nicht auf der Gasse.» «Aber Uli, was sind zehn Taler, wenn du nun allgemein verbrüllet wirst, wie du einen angeschmiert!» «He,» sagte Uli, «es macht jeder, was er kann. Warum ist er ein Narr und glaubt mir? Ich bin nicht der Erste und werde nicht der Letzte sein, der zu lösen sucht, so viel er kann, dagegen wird wohl kein vernünftiger Mensch viel haben können.»

«He ja,» sagte Vreneli, «das ist so; rühmst du den Handel in einem Wirtshause, so wird dir jedermann beipflichten, sagen, gerade so müsse man es machen, und jeder wird zu erzählen wissen, wie er diesen oder jenen noch zehnmal ärger angeschmiert, und der sei froh gewesen, sich stillzuhalten und zu schweigen, denn machen hätte er nichts können und das Auslachen gefürchtet. Kömmt dann der Handel vor Gericht und verlierst du ihn, so wird es allgemein heißen, es geschehe dir ganz recht, man hätte dir das vorher sagen können. Man hätte aber nicht geglaubt, daß du so schlecht seiest, vor so einem müsse man sich in acht nehmen; werdest aber das Geld nötig haben, es hätte ihnen schon lange geschienen, es gehe nicht am besten. So werden sie reden, Uli, darum mach aus, ich bitte dich um Gottswillen; leide Schaden, er wird nicht groß sein, und wie groß er ist, weißt du. Wie groß er aber werden kann, wenn du prozedierst, das weißt du nicht und davor graut mir.»

«Ho,» sagte Uli, «gesagt ist nicht, daß es einen Handel gebe, er wird sich wohl bedenken, ehe er angreift. Dumm wäre es ja von mir, wenn ich gleich nachsagen wollte, was man mir vorsagt, dafür bin ich doch endlich nicht auf der Welt. Aber das Gescheuteste wäre, man würde von solchen Dingen den Weibern nichts sagen, sie verstehen nichts davon, meinen es doch und halten es gewöhnlich mit allen andern Menschen, nur nicht mit dem Manne.»

«Rede doch nicht so!» sagte Vreneli, «es tut mir sonst weh, und ich verdiene es gewißlich nicht. Mit wem wollte ich es halten als mit dir, denn wen habe ich auf der Welt als dich? Wenn es dir gut geht, geht es mir gut, und geht es dir übel, wer muß zuerst aushalten als ich? Aber ich bitte dich, sei doch nicht wie die andern Menschen mit ihrem Gestürm von Mithalten und nicht Mithalten, das hat mich schon oft fast die Wände aufgetrieben. Der hält es mit mir und der hält es nicht mit mir, hört man alle Tage, und wenn ich es höre, möchte ich allemal beten: Vater, vergib ihnen, sie wissen nicht, was sie tun. Wer einem Menschen, der über Vater und Mutter schimpft, über die Meisterleute flucht, die Obrigkeit lästert, schimpfen, fluchen, lästern hilft, ihm den Zorn noch heißer anbläst, den Kopf noch größer macht, von dem heißt es: Das ist ein braver Mensch, hat Verstand, der hält mit mir; oh, wenn die Leute alle so wären, dann wäre es noch zu leben in der Welt! Wenn ich aber einem verirrten Kinde, einer erbosten Magd, einem Taugenichts zuspreche in wahren Treuen, weil ich Erbarmen mit ihnen habe und mit unverblendeten Augen den Ungrund ihres Geschreis sehe und den Ausgang, wenn sie so fortfahren, so schreien sie, ich sei wider sie, halte es mit den Andern, begehren schrecklich auf gegen mich, und großen Verdruß habe ich von meinem Zuspruch. So haben es die Menschen mit dem Mithalten. Wer akkurat ins gleiche Horn bläst, in welches sie blasen, und akkurat in der gleichen Tonart, in welcher sie blasen, von dem sagen sie, der sei ein Guter, halte es mit ihnen, und wer das nicht tut, sondern redet der Sache gemäß, über den erzürnen sie sich, schimpfen; nach einigen Tagen und einigen Jahren sehen sie, wer es eigentlich gut mit ihnen gemeint, das heißt es mit ihnen gehalten. Denn mit einem halten, meine ich, heiße nicht mit einem dumm tun, ihn noch dümmer machen, sondern seinen Vorteil im Auge haben, oder wie es heißt im Eid: Schaden wenden, Nutzen fördern. Nun, lieber Uli, halte ich es fort und fort, in Freud und Leid, in gesunden und kranken Tagen mit dir, wie ich es dir verheißen habe, des sollst du überzeugt sein, aber ich möchte eben auch Schaden wenden und Nutzen fördern, und wo meine Augen anders sehen als deine, da sage ich es dir, und das nimm mir ja nicht übel, vier Augen sehen ja, wie das Sprüchwort sagt, mehr als zwei, und deswegen auch wird der liebe Gott den Ehestand eingesetzt haben.»

«Oh,» meinte Uli, «wegen selbem wird es ihm wohl nicht

gewesen sein. Ich weiß eigentlich wohl, daß du es gut meinst, aber gut Meinen und Verstehen sind zwei, und nebendem regieren die Weiber gerne; jedes will den bessern Daumen haben von wegen der Ehre, und die größte Kunst ist das, Meister sein und alles zwängen und doch die Gute sein und vor den Leuten als eine Demutsvolle gelten.»

«Sei nicht böse,» sagte Vreneli, «laß deinen Verdruß mich nicht entgelten, ich meine es so gut. Es ist schlimm, wo über die Meisterschaft geredet wird, denn da ist Streit. Ich meine, das Beste solle immer geschehen, da solle man nicht fragen, welche von den vier Augen, welche Gott zusammengefügt, es gesehen, sondern eben alles prüfen und das Beste erwählen. Und mit dem Verstehen ists so, wie unser Heiland sagt: oft begreift ein Unmündiger, was den Weisen der Welt verborgen bleibt. So weiß sicher oft ein dumm Weib besser, was schlicht und recht ist, als so ein Kabinettskopf und Rechtsfresser in all seiner gestudierten Weisheit.»

«Ho,» sagte Uli, das kann zuweilen der Fall sein zur Seltenheit, daß eine Frau noch schlauer ist als der schlimmste Rechtsagent, welcher dem Teufel von dem Karren gefallen ist, aber für so eine wirst du dich nicht ausgeben wollen?» «Nein, das nicht,» sagte Vreneli, «aber du willst nicht verstehen, was ich meine, und das geht mir zu Herzen. Ich will nichts mehr sagen als: prozediere nicht, das ist des Teufels ärgster Lockvogel, wer mal anbeißt, den faßt er beim Ohr.» «Und lieb wäre es mir auch,» sagte Uli, «du würdest mir keine Stündelerin, sonst gut Nacht Friede und Hausen. Uha, Kohli! Sollte was füttern, unterdessen können wir eine Flasche trinken, dir wirds auch recht sein, da du so frühe vom Mahl gegangen,» sagte Uli. «Wie du willst,» sagte Vreneli, um nicht zu widersprechen. Es verlangte ihns nach seinen Kindern, schon mehr als zwölf Stunden hatte es sie nicht gesehen und dies noch nie erlebt.

Es war sogenannter Tanzsonntag, das heißt ein Sonntag, wo so gleichsam von Obrigkeits wegen getanzt werden muß. Es besteht nämlich im Kanton Bern ein Gesetz, welches im Jahr sechs Sonntage bestimmt, an welchen allenthalben getanzt werden darf. Das junge Volk legt dies nun oft so aus, als ob wirklich getanzt werden müsse. Diese Auslegung haben schon viele Wirte und noch mehr Väter erfahren. Die Auslegungskunst ist eine ganz eigentümliche. Nun gibt es viele Jungens und Mädchen, welche in Kritik und Auslegungskunst noch viel stärker sind als Strauß und es noch weiter treiben, so daß selbst die Allerstraußigsten (um einen allgemein gewordenen Ausdruck zu brauchen) in ihrer Schule noch entschiedene Fortschritte machen könnten.

Das Wirtshaus war sehr angefüllt, das stampfte und trampelte, als ob da eine Trittmühle für viele hundert Personen angelegt sei. Es war das Wirtshaus, in welchem Ulis Freund wirtschaftete; dies war Vreneli noch unangenehmer als das Stampfen und Trampeln, welches alle Augenblicke das Zusammenbrechen des hölzernen Hauses befürchten ließ. Sie konnten sich kaum durchdrängen, doch sobald der Wirt sie bemerkte, machte er ihnen mit seinem kolossalen Buckel stattlich Raum und verhalf ihnen zu gutem Platz. Es war schade, daß er nicht ein päpstlicher Schweizer geworden, er hätte zu nichts besser getaugt, als an großen Kirchenfesten in Rom Platz zu machen für die rotgestrümpften Herrn Kardinäle. Vreneli war lange nie an einem solchen Sonntage in einem Wirtshause gewesen, um so schärfer ließ es in dem ihm neu gewordenen Gewimmel seine Augen schweifen. Es kam ihm erst vor, als sei es entweder selbst verrückt oder es sei in ein Tollhaus geraten. Es sah da halbbatzige Knechtlein, noch wohlfeilere Mägde, Lehrbuben, sogenannte Bauernsöhne, deren Väter mehr schuldig waren, als der Hof wert war, die seit Jahren unbezahlten Zinse nicht gerechnet, Handwerksbursche, an denen es durch die Woche keinen ganzen Schuh gesehen, ja Bettelpack, welches es oft vor seiner Türe gehabt, durcheinanderwimmeln, in glitzerndem Staate, aufgeschwollen von Hochmut, Trotz und tierischer Lust, vollgefressen und -gesoffen zum Verspritzen, tun, als wäre nicht bloß die ganze Welt die ihre, sondern als hätten sie, wenn sie diese Welt verklopft oder verkegelt hätten, noch sieben siebenmal größere Welten zum Verklopfen und Verkegeln. Es war ihm wie einem, der einen Trupp Flöhe betrachtet durch ein Vergrößerungsglas und sie ihm vorkommen wie langhärige Elefanten. Es waren ganz ungeheuer andere Leute, als es in der Woche gesehen, ein einzig Stück schien die Stube zu füllen. Es duckte und drückte sich bestmöglichst in einer Ecke, und doch fürchtete es, gequetscht und erdrückt, ja durch den Luftzug der aufgerissenen Mäuler durch einen der aufgesperrten Schlünde in einen unterirdischen Schlauch gewirbelt zu werden, so trampelten und himmelsappermenteten sie im ganzen Hause herum. Als es sich ein bißchen gefaßt, da rief es das Bild, welches es heute ins Gemüt gefaßt, hervor, und es war ihm, als hätte es eines Rätsels Lösung, als stelle das Bild sich in den Hintergrund dieser Herrlichkeit, und was im Vordergrund so groß und himmelsappermenterlich sei, werde nach und nach dem Hintergrunde zugedrängt, werde kleiner, dürftiger, erbärmlicher, jämmerlicher, zu einem Stübchen voll halbnackter, gramselnder, hungriger Kinder, zu einem Stübchen voll Elend und Not, ohne Kleider, ohne Brot.

Diese Wandlung der Gegenwart in die Zukunft, dieses Zusammenschrumpfen einiger Jahre in einen Augenblick, diese Art von Vision oder Gesicht, lebendig in der Phantasie, hatte Vreneli selbst der Gegenwart entrückt, so daß ihm entging, wie Uli mit dem Wirte, welcher der vielen Leute ungeachtet Zeit machte, um neben Uli abzusitzen, in ein Gespräch geriet und ihm den Kuhhandel vortrug. Erst als der

Wirt mit seiner mächtigen Stimme sagte: «Sei nur ruhig, laß den anlaufen, zeige ihm den Meister, du kannst nicht verlieren; du hast recht, ja, wenn dies nicht erlaubt wäre, wer wollte handeln, das käme mir sauber heraus» usw. Vreneli erschrak sehr, es hätte, weiß kein Mensch was, gegeben, sie wären nicht hier eingekehrt. Es sagte: «Ich habe immer gehört, ein magerer Vergleich sei besser als ein fetter Prozeß, die Sache wirft nicht viel ab, und was ein Prozeß kosten kann, weiß man nicht. Mich dünkt, wenn du es gut mit Uli meintest, so würdest du zu Uli sagen: Vergleicht euch, wenn du auch viel oder wenig leiden mußt, so ists doch besser als prozessieren.» «Das verstehst du nicht, Fraueli,» sagte der Wirt, «das ist Männersache; darin habt ihr gar nicht zu reden, am besten ists, man sage euch nichts davon. Schweine mästen und kochen, Kaffee trinken und alle Jahre ein Kind haben, das ist eure Sache und damit punktum. Du mußt das machen wie ich,» sagte er zu Uli, «meine Frau ist mir lieb und wert, warum nicht; was man nicht ändern kann, darin muß man sich schicken, aber was über die Haushaltung aus geht, von meinem Geschäft, gebe ich nicht Bericht. Warum? Darum: sie versteht es nicht und würde doch meinen, sie müsse das Maul in alles hängen, und was trüg das ab?» Vreneli wurde böse und spitzig. Es meine, sagte es, wenn man hülfe das Geld verdienen, so habe man auch das Recht, ein Wort dazu zu sagen, wie es solle gebraucht werden. Es liefe mancher Lump weniger in der Welt herum, wenn er zu rechter Zeit auf seine Frau gehört hätte. Auf den Männern, welche ihren Weibern nicht alles sagen dürften, halte es nicht viel, gewöhnlich stecke was Verdächtiges dahinter, etwas, was besser wäre, sie täten es nicht. «Ist das gestichelt oder sonst getrümpft?» frug der Wirt. «Nimm es, wie du willst,» antwortete Vreneli, «so viel kann ich dir bloß sagen, es ist mir Ernst damit!» «Du hast eine handliche Frau, Uli, die wäre mir nur zu böse,» sagte der Wirt, «die mußt du nicht Meister werden lassen, sonst bleibt die Kirche nicht mitten im Dorfe. Ein wenig böse schadet nicht, gerade so wie ein Haushund; wenn der nicht bellen kann und im Notfall beißen, so ist nichts mit ihm, aber Bettlerpack und Fremde muß er anbellen und beißen, nicht den Meister, da muß er wedeln mit dem Schwanze und kusch machen.» Da wurde der Wirt abgerufen, sonst hätte er wahrscheinlich erfahren, daß Vreneli wirklich zu den Haushunden gehöre, welche bellen und beißen können.

Auf dem Heimwege versuchte Vreneli noch einige Male, den Kuhhandel zur Sprache zu bringen, aber Uli gab uneinläßlichen Bescheid, sagte endlich: «Hast nicht gehört, was der Wirt gesagt hat? Man solle den Weibern über solche Sachen nicht Bericht geben, sie verstünden sich nicht darauf.» «Verstehst du dich denn darauf?» fragte Vreneli; «du weißt von den Gesetzen und dem Prozedieren gerade so viel als das Kind, welches wir heute getauft, und darum dünkt mich, du solltest dich nicht damit abgeben wollen.» «Darum, weil ich und du davon gleich viel verstehen,» antwortete Uli böse, «kann ich nicht bei dir zu Rate gehen, sondern muß zu jemand gehen, der mehr von der Sache weiß als ich und du, und damit punktum, wie der Wirt sagte.»

Dieser Schluß des Tages jammerte Vreneli sehr. Es hatte an diesem Tage so viel erlebt, erfahren, gedacht, es war gleichsam von den allezeit strömenden göttlichen Offenbarungen umflossen gewesen; wie ein schöner Abendstern hatte ihm Ulis Entgegenkommen geleuchtet, und nun zum Ende Ulis Erkalten, Abwenden zu Andern, Zuwenden einer Klippe, an welcher schon das Dasein von Millionen zerschellte. Es weinte bitterlich, weil Uli den Glauben an es ganz verloren hatte und öffentlich ihm gleichsam abschwur. Jedermann hat einen Glauben, es kömmt eben nur darauf an, was, und hauptsächlich, an wen er glaubt. Der Glaube ist abhängig von der Richtung des Gemütes; ein Sprichwort sagt, man glaube, was man gern habe oder was einem in den Kram diene. Man glaubt den Personen, welche reden, was einem in den Kram dient oder was man sonst gerne hört. Wer hat nicht schon Katzen gesehen, wie gerne sie am Kopfe sich krauen lassen, wie behaglich es ihnen wird, wenn jemand ihnen mit Manier den Balg streicht, wie sie sich auf die Seite legen, alle Viere von sich strecken, jetzt das Bein, jetzt ein anderes aufheben, daß man ihnen auch da krauen solle, daß es auch hier dem Balg wohltäte, wenn er gestrichen würde mit Manier. Wer hat nun nicht auch schon erfahren, daß es so viele Menschen akkurat haben wie die Katzen, manierlich Krauen und Streichen lieben und nicht zufrieden werden, bis man ihnen den Balg an allen vier Beinen gestrichen. Wer nun dieses Streichen und Krauen, welches sich begreiflich nach dem Balge richten muß (ein Winterbalg mag mehr ertragen als ein Sommerbalg, so wie auch Stubenkatzen und Feldkatzen anders zu traktieren sind), wohl versteht, der findet Glauben. Tausende erheben sich nicht über diesen Glauben; an alles und an alle dagegen glauben sie nicht, wer oder was ihnen nicht wohl macht, nicht ihre Behaglichkeit vermehrt, was sie beißt oder juckt. Mit Abscheu und Hohn wenden sie sich davon ab, werfen gewaltig, wie Buben mit Steinen, mit Aberglauben, Pfaffen, Jesuiten und altväterischem Gedampe usw. um sich.

Dieser Glaube wurde durch den Teufel schon im Paradiese eingeführt, als er der Eva den Balg strich. Er verträgt aber keine gewisse Erkenntnis, das hat Eva alsbald erfahren; aber bis auf den heutigen Tag sind Millionen nicht klug geworden, haben die Erfahrung von der Eva nicht geerbt, sondern bloß den Balg, der sich gerne streicheln läßt, und die Lust an allem, was wohl macht und behaglich sein läßt. Zum rechten Glauben bedarf es schon rechter Leute, daß heißt ganz anderer als solcher, welchen es nur um das Behagen des Balges zu tun ist. Der rechte Glaube geht vom Unbehagen aus, nicht vom Behagen, nicht vom Gefühle des Wohlseins, sondern vom Gefühl der Armut und des Wehs, will nicht behaglich den Leib pflegen, sondern gesund machen die kranke Seele, erkennt es, der Mensch sei keine Sau, für den Schlamm geboren, sondern ein Wesen, das gereinigt werden müsse, um zum Leben in höhern, reinern Regionen zu gelangen. Dieses Gefühl ist kein angebornes, entstammt nicht dem Fleische. Wie eine Taube aus den Himmelshöhen mag es sich zuweilen niederlassen auf erwählte Himmelskinder, sonst ist es ein Kind der Zucht, der Zucht von Gott, der Zucht von denen, durch deren Hand Gott die Menschen erziehen will. Wen der Herr lieb hat, den züchtigt er und läßt ihn züchtigen, und diese Zucht wirket die friedsame Frucht der Gerechtigkeit. Die Zucht wirket das Gefühl der Armut und des Krankseins, ist die wahre Augensalbe, welche den Blinden das Gesicht gibt, sie schauen läßt des Übels wahren Sitz, welche die Erfahrung gibt, aus welchem Samen das Gute wächst, aus welchem das Böse, welche eben den Glauben gibt, daß lieb der Herr die hat, welche er züchtigt, weil es nach den Züchtigungen dem Menschen leichter, wohler wird, seine Kräfte sich gestählt, seine Freudigkeit zugenommen hat. Diese Zucht wirkt ganz was anderes als die Unzucht der heutigen großen Pädagogen und anderer Schulmeister. Diese Unzucht führt die Schüler nicht weiter als dazu, Gott und Menschen zu hassen und unter allen Menschen die großen Pädagogen und sonstigen Schulmeister am allermeisten. Man frage nach dem Respekte der Schüler gegen die Lehrer, man frage nach Liebe und Anhänglichkeit, nach Gehorsam und lebendigem Fleiße, nach gläubigem Vertrauen, man suche Trauben auf Dornenbüschen! Unter der Zucht bildet sich der zarte Keim der Erkenntnis dessen aus, was gut und heilsam ist den Menschen, bildet sich die Kenntnis der Menschen aus. Man lernt unterscheiden, wer es gut meint oder gut zu meinen scheint, wer bloß der Katze den Balg zu streichen oder den Menschen an der Seele zu doktern weiß, da bildet sich der Glaube an Gott und seine väterliche Liebe, der Glaube an die Erlösung durch Christum, der gekommen, zu suchen das Verlorne, der durch Leiden gegangen, am Kreuze gestorben, um zu erquicken die Mühseligen, Ruhe zu schaffen für ihre Seelen, der Glaube an den engen Weg mit Dornen besäet, der zum Himmel führt.

Es bildet sich überhaupt der Sinn für die Wahrheit aus, sei sie bitter oder süß, komme sie vom Freund oder Feind, und der Hunger nach der Wahrheit, der in ehrlicher Treue nach Befriedigung strebt, um ein immer erleuchteterer Christ zu werden. Dieser Hunger ist, beiläufig gesagt, was ganz anderes als das Jagen nach was Neuem, bloß um Professor zu werden und nichts weiter! Vom Vater der Lügen und all seinen Propheten wendet man sich mit Abscheu ab und kriegt einen förmlichen Ekel ob allem Balgstreichen und sonstigem Kitzeln des Fleisches. Diese verschiedenen Richtungen treten auf das Klarste ins Leben hinaus, in allen Verhältnissen, in allen Ständen, in allen Altern. Es gibt auch Menschen, welche an jeder Wahrheit zweifeln, Mißtrauen haben gegen jeden ehrlichen Menschen, welche immer sagen: «Weiß nicht, kann sein, wird sein, ist möglich, weiß aber doch nicht»; so bei den klarsten Wahrheiten, welche man mit Pelzhandschuhen greifen könnte. Die gleichen Leute glauben den schlechtesten Leuten, freilich keine tausendjährige Wahrheit, sondern am liebsten die allerneusten und widersinnigsten Lügen, und lügen sie hundertmal im Tage, so glauben sie es hundertmal; waren sie hundertmal in einem Tage schon angeführt, sie ließen zum hundertundersten Male sich noch anführen, natürlich bei gehöriger Bearbeitung des Balges von einem dieser kunstfertigen Gerber. Je mehr das Fleisch im Preise steigt, desto mehr und häufiger tritt diese schauerliche Verkehrtheit zu Tage. Ein ehrlicher Mensch muß des Tages, es kann kein Mensch zählen wie oft, nach dem Kopfe greifen, um zu erfahren, ob er ihn noch habe, und stundenlang grübeln, ob er bei Verstand sei oder nicht, wenn er unter Menschenkindern sich befindet, welche auf dieser Kulturstufe sind: Musterreiter, Posthalter oder gar Schulmeister, Maurer- oder andere Gesellen.

Jetzt kann man sich denken, wie es einer ehrlichen Frau zumute werden muß, wenn sie diese Glaubensrichtung in ihrem Manne sich entwickeln sieht, wenn er ihren wohlgemeintesten Räten, seit tausend und tausend Jahren bewährt (beiläufig gesagt, erschlugen die alten Deutschen in den Hermannsschlachten mit besonderer Vorliebe Schreiber und Rechtsmenschen; werden einen natürlichen Grund gehabt haben!), die Ohren verschließt und den Balgstreichern sich zuwendet; wenn sie sieht, wie er umgarnt wird und eingesponnen gleich einer Fliege im Spinnennetz; wenn sie erfahren muß, wie ihm ein Dünkel eingepflanzt wird absichtlich, um denselben ihr zu entfremden, seine Ohren gleichsam verpicht werden grundsätzlich, ungefähr wie man denen, welche man erschießen will, die Augen verbindet; wenn sie wohl weiß, der Mann liebt sie, aber der Esel, der Mann, läßt sich aufweisen; weiß ferner, wie man sie lächerlich macht, ihm Mißtrauen einflößt, ihre Einsicht verdächtigt, ihr Recht, etwas zur Sache zu sagen, in Abrede stellt. Und doch geht es um ihre Sache, geht um der Kinder Sache, und sie soll, stumm wie ein Fisch, den Esel fuhrwerken lassen je nach der Lust und der Bosheit einiger Spottbuben, welche die Sache bloß so weit angeht wie einbrechende Diebe eine Geldkiste. Das ist wirklich ein hart Ding und besonders für eine Frau, welche glaubt, einen gescheuten Mann geheiratet zu haben, einen Ausbund; der wird auf einmal rappelköpfig, sturm am Hirn, viel ärger, als wenn ein Roß den Koller hat. Wenn sie wirklich aus der Haut fahren täte, es könnte ihr es niemand verübeln; aber was ist erst erlaubt, wenn diese Richtung des Mannes in einem bestimmten Fall klar hervortritt, wenn er an den äußern Rändern des Wirbels schwebt?

Uli verstand von Recht und Gesetz, Formen, Terminen, Kosten usw. gar nichts; er war in diesem Gebiete einem Wanderer gleich, der in stockfinsterer Nacht in einem Urwalde tappet. Wer das erfahren hat, weiß, wie man da dran ist. Wenn nun so ein stockdummer Mensch noch einen stockblinden Glauben hat zu irgend einem der Propheten, welche Lügen predigen, welche der Teufel angestellt hat, die Leute ins Unglück zu reiten, wie ein Stallmeister Stalljungen hat, um die Pferde in die Schwemme zu reiten, so kann man sich etwas davon denken, wie es geht; aber um es so recht zu wissen, muß man solche Leute selbst reden gehört haben, so aus bloßer Phantasie, en théorie, kann man sich dies doch nicht vorstellen. Sie sind akkurat wie Kinder, welchen man die Buchstaben A B C zeigt. Das Lernen des A B C beruht auf dem Glauben, denn daß die wunderlichen Striche diesen und jenen Laut repräsentieren, müssen die Kinder glauben, und wenn sie einmal durch Zucht dazu gebracht sind, daß sie wissen, welches Zeichen den großen A bedeutet, so drücken sie mit ungeheurem Nachdruck den Zeigefinger oder Daumen auf den großen A und schreien gewaltiglich «A» und dünken sich groß absonderlich. Mit Zeit und Weile lernen sie auch B und C kennen, daran glauben, kommen vielleicht noch weiter, dünken sich alle Tage größer und schreien alle Zeichen gewaltiger; aber den Zusammenhang der Zeichen kennen sie noch nicht, und wenn man ihnen denselben schon zeigt, so begreifen sie ihn nicht. Deswegen dünken sie sich nicht minder groß, sondern eben desto größer. Von einem Zusammenhang der Buchstaben wissen sie nichts, darum scheint es ihnen lächerlich; sie wissen, was sie können, und können, was sie wissen, darum scheinen sie sich so wichtig, und wer was mehr weiß, scheint ihnen dumm oder schlecht.

Nun, so ein Uli, der einen Prozeß anfängt und sein Lebtag kein Gesetzbuch gesehen hat, geschweige gelesen, der ist akkurat so ein ABC-Bub, der eine neue Fibel oder Namenbuch, wie wir hier sagen, unter dem Arme hat und zur Mutter läuft mit großem Geschrei: «Mutter, Mutter, das große A, wo ist es, wo das große A?» Zeigt ihm die Mutter das große A, so schreit er wochenlang «A, A,» tut wie ein Elefant in den ersten Hosen. Kriegt der Uli einen Prozeß unter den Arm, so läuft er damit zu den Gelehrten, diese sagen: «A heißt A, und auf das A folgt das B, das kann nicht fehlen, punktum, hier steht es geschrieben, siehst? Der Prozeß ist gewonnen, ich nähme es nicht zum voraus, wenn man mir es schon geben wollte.» Das glaubt nun der Uli steif und fest und bildet sich ein, ein Rechtsgelehrter zu sein, weil er das A auswendig weiß und etwas vom B kennt; wer ihm Zweifel äußert, der hält es nicht mit ihm, mag ihm sein Glück nicht gönnen, ist ein Lumpenhund und meint es mit dem Gegner gut. Es ist ein förmlicher Fanatismus in diesem Glauben, und je blinder und beschränkter er ist, desto leidenschaftlicher, unduldsamer äußert er sich. Wenn so ein Uli könnte, er würde jeden köpfen oder gar hängen lassen, welcher den geringsten Zweifel schimmern lassen würde, als hätte er den besten Handel von der Welt. So ein Uli würde immer so stark verfahren als ehemals der Großinquisitor von Spanien oder die ehemaligen Ketzerriecher und Ketzerrichter in Deutschland. Die Eintönigkeit, wo kein anderer Ton mehr anklingt, die Wut, wenn doch ein anderer zu den Ohren tönet, werden nie aussterben im Menschengeschlechte und zutage treten allemal, wenn man der Katze lange genug den Balg gestrichen hat. Die Erfahrung machte nicht bloß Vreneli, die Erfahrung macht man dato im ganzen Schweizerlande. Was dabei noch sehr merkwürdig ist, ist die Festigkeit des Glaubens, wenn er sich einmal gehörig an eine Person geheftet hat. Wie der Tiroler zum Beispiel an seine Amulette glaubte, welche hieb- und schußfest machen sollten, und daran glaubte, so oft er auch verwundet wurde, indem er allemal einer besondern Ursache oder eigener Schuld die Zulassung der Wunde zuschrieb, wie man einen Schatzgräbertoren siebenmal prellen konnte und zum achtenmal doch noch Glauben fand, gerade so hat es so ein zum Prozeß angedrehter Uli. Es gibt Leute, welche durch rechtskundige Spitzbuben um ihr ganzes Vermögen gekommen sind und dennoch an die Spitzbuben glauben, und wenn sie wieder zum Vermögen kämen, wieder durch sie sich darum bringen ließen. Man möchte manchmal vor Zorn die Wände auf springen oder vor Wehmut sich die Augen aus dem Kopfe weinen, wenn man die altertümliche und volkstümliche Balgstreicherei und ihre Folgen sieht: blinden Glauben, narrochtiges Treiben und endliches Verderben.

Wenn man das Obige begriffen hat, so wird man auch begreifen, wie es Vreneli war, daß Uli in diesen Wirbel gezogen wurde. Der gute Uli begriff nicht, was Menschen zu reden und zu tun imstande sind, wenn in ihren Bereich eine Kuh läuft, welche sie hoffen mit Streicheln und Sanfttun dahin zu bringen, daß sie sich melken läßt. Vreneli versuchte mehr als einmal noch, ihn vom Prozesse abzubringen, denn das Mannli ließ die Sache nicht liegen, wie man Uli, um ihn trotzig zu machen, vorgespiegelt hatte. Aber das half alles nicht, er hatte einmal jetzt den Glauben nicht zu ihm, sondern zu Andern. Vergebens stellte Vreneli ihm vor, es sei bei dem Prozeß nichts zu gewinnen, nur einen kleinen Schaden zu leiden, wenn man den Prozeß unterlasse; verliere man denselben aber, so könne der Schaden leicht zehnmal größer werden, Verdruß und versäuerte Zeit nicht gerechnet. Aber da half alles nichts. «Das verstehst du nicht,» hieß es. «Ja, wenn ich reich wäre und vermöchte zu schenken; aber ich muß zum Kreuzer sehen, es sieht mir sonst niemand dazu.» Wenn dann Vreneli frug: «Aber magst du solche Kreuzer? Hast du nie gehört, daß ein ungerechter Kreuzer zehn gerechte frißt? Und recht hat das Mannli, du magst es mir glauben oder nicht!» «Das verstehst du aber nicht,» sagte Uli, «das eben wird sich zeigen, wer recht hat, darum prozediert man ja. Wenn man es vorher wüßte, so prozedierte man ja nicht. So ists, und weiser als alle Leute wirst doch nicht sein wollen.» Vreneli mußte sich darein ergeben, aber es hielt ihns hart. «Es wird in Gottes Namen sein müssen. Uli wird eins von den Kindern sein, welche sich brennen müssen, um das Feuer fürchten zu lernen; Gott wird sorgen, daß mit der Zeit die Erfahrung kömmt und mit der Erfahrung die Weisheit. Wenn das ist, in Gottes Namen, so prozediere er, und wenn alles drauf muß; wenn nur am Ende die Hauptsache gewonnen wird, so ist alles gut, denn was kann der Mensch geben zum Werte seiner Seele!» So faßte sich Vreneli bestmöglichst, aber schwer; zu diesem Verdruß kam ein Bangen, welches den Verdruß verschlang.

SECHZEHNTES KAPITEL

Es kömmt Angst, und über jedes eine andere

Die Base begann stark zu kränkeln und ernsthaft; die Füße liefen ihr auf, der Husten plagte sie, die Nächte waren ohne Schlaf. Das sei eine beginnende Brustwassersucht, sagte der Arzt. Wenn man Fleiß habe, die Mittel gebrauche, hoffe er der Krankheit zuvorzukommen, tröstete er. Die Base schüttelte dazu den Kopf; Mutter und Großmutter seien ungefähr im gleichen Alter an der gleichen Krankheit gestorben, das Gleiche werde ihr auch warten, sagte sie zum ebenfalls Hoffnung machenden Vreneli. «Es ist nicht, daß ich das Sterben scheue; ach Gott, wie vielem bin ich entronnen, wenn ich einmal im Grabe ruhe; aber was soll aus den Meinen werden? Da ist meine Sünde, und da werde ich hart gestraft. Was ist sterbenden Eltern der beste Trost? Wenn sie ihre Familie so hinterlassen können wie einen gesunden Baum, der, gesund in Wurzeln und Ästen, langes Leben und ein hohes Alter verspricht, wenn die Kinder so sind, daß man weiß, man kömmt einst wieder zusammen. Nun weißt, wie ich es habe, habe keine Hoffnung», und gar bitterlich weinte die Base. «Denn,» sagte sie, «ich bin an allem viel selbst schuld. Ich habe gemeint, mit dem Alter komme der Verstand, wo die Kinder dann von selbst einsehen würden, was recht sei. Ich zankte nicht gerne mit Joggeli, der große Freude an ihnen hatte, ihnen alles nachließ, dachte, das werde sich später schon machen. Ich ließ sie beten, aber ob sie in die Kirche gingen oder nicht, darum kümmerte ich mich nicht; konnte ich doch selbst nicht viel gehen, eine Bäurin hat so viel zu tun! Dachte, man könne sonst fromm sein und recht tun, wenn man schon nicht in die Kirche gehe, man sei ja unterwiesen worden und wisse, was man solle und nicht solle, so dachte ich. Später sah ich, daß ich unrecht gedacht, wollte nachbessern und konnte nicht. Ich mochte sagen, was ich wollte, so hörten sie mich nicht oder begriffen mich nicht, lachten mich endlich gar aus, weil so altväterisches Zeug nicht mehr passe in die heutige Zeit. Von der Welt waren ihre Herzen voll, das hatte ich sorglos zugelassen; als ich später den rechten Samen ausstreuen wollte, hatte er nicht Platz darin, fand den guten Boden nicht, Dornen und Disteln hatten bereits ihn bedeckt. Ihr Trachten war auf die Augenlust, Fleischeslust, die Hoffart des Lebens gestellt; ich konnte lange reden, ich predigte tauben Ohren und predige noch heutzutage tauben Ohren. Was soll aus meinen Kindern, was soll erst aus ihren Kindern werden? Bin froh, es nicht erleben zu müssen, und doch graut mir vor dem Sterben, hätte so gerne noch was für sie getan. Denk, wenn sie sterben und am Ende ihnen die Augen aufgehen über ihr Elend und sie dann sagen: Daran ist unsere Mutter auch schuld. Oder wenn sie kommen an den Ort der Qual und ich sie da sehen müßte und denken in alle Ewigkeit: Daran bist du auch schuld, könnte da wohl ein Himmel für mich sein? Was soll aus Joggeli werden? Ist in vielen Sachen ganz wie ein Kind; hat er noch einige Jahre zu leben, so bringen sie ihn rein um seine Sache. Ihr dauert mich auch, denn was sie jetzt Joggeli alles angeben werden, kann man sich denken. Macht ja, daß ihr immer den Zins geben könnt; dein Mann soll sich losmachen von denen beiden Burschen, wo immer mit dem Maul zahlen wollen, sonst geht es nicht gut. So ist, wohin ich sehe, bloß Trübes und Trauriges; ich bin froh, es nicht erleben zu müssen, und sollte es doch gut machen helfen, dieweil ich auch schuld daran bin. Ach, ich kann nicht sagen: Vater, es ist vollbracht; wenn ich nicht die Hoffnung hätte, daß Gott gelinder strafe, als man es verdient, daß bei ihm möglich sei, was Menschen unmöglich scheinet, daß er alles zum Besten leite, sieh, ich verzweifelte noch in meinen letzten Tagen. Härter liegt nichts auf dem Herzen, glaub es mir, als zwei Kinder zu sehen im Rachen der Welt, der Pforte der Hölle, und an den Armen keine Hände zu haben, sie herauszuziehen.»

Vreneli wollte trösten, aufrichten, aber wie schwer ist das nicht, wenn man das Herz selbst voll hat zum Zerspringen und wenn es einem dünkt, die Klagen seien wahr, in gleicher Lage wäre es einem ebenso! Was hatten sie zu erwarten, wenn die Base starb, und wen hatte Vreneli noch auf der Welt, bei dem es Rat und Trost schöpfen, sein Herz ergießen konnte, seit Uli seinen Glauben seinen Götzen zugewandt, ungläubig gegen Vreneli geworden war? Es wußte nichts, als mit der Base zu weinen, sie zu bitten, guten Mutes zu sein, ihr Leben zu fristen so lange als möglich, seinetwegen, denn wenn sie mal im Grabe sei, dann sei ihr Stern erloschen und das Elend vor der Tür. Es hätte nicht umsonst Gotte sein müssen einem armen Fraueli und sich entsetzen über dessen Armütigkeit, es wisse jetzt, daß es sich dazu vorbereiten solle, und dies wolle es tun alle Tage, denn dahin werde es mit ihnen kommen, wenn nicht noch weiter, jammerte Vreneli. «Du guter Tropf,» sagte die Base, «wenn es mir besser drum wäre, fast müßte ich lachen. Ihr habt noch nichts erlebt; wem geht es immer wie gewünscht, ohne Angst und Anstand? Glaubst, ihr wäret die Einzigen, welche nicht Lehrgeld zahlen müssen in der Welt, welche Torheit büßen müssen oder welchen Gott handgreiflich darlegt, daß man sich nicht auf Menschen verlassen müsse noch auf des Menschen Herrlichkeit? Wenn ihr hier schon nichts verdient oder noch dazu um alles kommt, was ihr habt, ich habe doch nicht Kummer um euch wegen Durchschlagen durch die Welt. Du und Uli werden ihr Brot allenthalben finden, solang ihr euern guten Namen habt, dafür wirst du sorgen. Bereite dich, noch viel Härteres zu ertragen! Was kömmt, nimm immer mit Dank auf, daß es nicht härter ist, und mache dich wieder auf Härteres gefaßt. Sorge nur dafür, daß du die Kleinen dem zubringst, der da gesagt hat: Lasset die Kindlein zu mir kommen, denn ihnen gehört das Himmelreich. Absonders dieses da, mein klein Schätzeli,» sagte die Base und drückte das kleine Vreneli, welches auf ihrem Schoße saß, an ihr Herz.

Das kleine Mädchen war ihre Freude auf der Welt, so gleichsam das einzige Blümlein, welches einem alten Gärtner übrig blieb. Das Kind vergalt diese Liebe treulich. Vom frühen Morgen an war es drüben und mußte abends zumeist schlafend heimgetragen werden. Es war der Base kleine Aufwärterin: trug ihr hin und her, was sie bedurfte; ihre Gesellschafterin: kläpperlete mit ihr, so viel sie wollte; ihr Schulkind: sie lehrte es buchstabieren und zwar mit Sanftmut und Geduld, so daß die Kleine Fortschritte machte wie ein klein Hexelein; dazu erzählte sie ihm schöne Geschichten und redete ihm zu, was es Vater und Mutter sein solle, und das Kindlein nahm zu an Alter, Weisheit und Gnade bei Gott und bei den Menschen, und alle sagten, und wirklich nicht ohne Grund, es sei weit über sein Alter, sie hätten noch keins so gesehen. Mit dem Kinde gab sich jemand ab, und zwar nicht pedantisch mit Buchstabenzeigen bloß oder sonstiger Schulfuchserei, sondern in warmer Liebe, mit schönen Geschichten und lieblichen Worten, welche einem Kinde sind, was im Frühling den Blumen der Tau. Es verderben gar unendlich viele Kinder am Geiste, weil ihnen eben dieser warme, weiche Tau fehlt; die edelsten Keime vertrocknen, gehen nie auf. Es haben gar unendlich viele Kinder ihrer Großmutter viel mehr zu verdanken als den gelehrtesten Herren Professoren, welche oft nicht viel anders sind als vertrocknete Haarseckel.

Joggeli benahm sich eigen gegen seine Frau; er war böse über sie, zürnte ihr, daß sie krank war. Der alte Mann fühlte wohl, was sie ihm war, seine Stütze, sein Stab im Leben, und was er würde ohne sie; aber eben deswegen hätte sie nicht krank sein sollen, den Ärger darüber ließ er gleich einem unartigen Kinde an ihr aus. Bald sagte er, sie bilde sich nur ein, krank zu sein, bald schonte sie sich zu wenig, brauchte ihm nicht Arznei genug, fuhr zu wenig den Quacksalbern nach; sie hatte ihre liebe Not mit ihm. Er schleppte ihr sogar einmal einen Arzt herbei, sie wußte lange nicht, war es ein alter

Bettelmusikant oder ein verkleideter Kapuziner; dem Dreck nach, der rund an ihm herumlag, hätte er am ersten das Letztere sein können, indessen die Tonsur fehlte ihm, statt dessen hatte er altes Haferstroh vom vergangenen Jahre und Bruchstücke von Hanfstengeln in seinen verwilderten Haarzöpfen, deren einige Dutzend ihm um seinen ungewaschenen Kopf hingen. Denselben hatte Joggeli einmal in einem Wirtshause erzählen hören von seiner erstaunenswürdigen Geschicklichkeit, wußte aber nicht, daß seine Frau ihm selten anders sagte als «du Hagels Lügner.» Derselbe erzählte, wie er schrecklich berühmt sei und manchmal gar nicht wisse, wie wehren; von zuhinterst in Deutschland schrieben ihm die berühmtesten Doktoren, wenn sie in Verlegenheit seien, und frügen ihn, was er meine. Er habe schon Manchen aus der Tinte gezogen, der es nicht rühmen werde, aber er habe es aufgeschrieben. So habe ihm einer geschrieben aus einer Stadt, man sage ihr nur Berlin, es sei die Hauptstadt von Rußland, derselbe sei Hofrat und heiße Schüli, und ihn gefragt, was er machen solle wegen der Cholera, die wolle kommen. Das sei eine grausame Krankheit, fange bei den Beinen an, bis zuletzt die Haare auf dem Schädel so feurig würden, daß man Schwefelhölzer daran anzünden könnte; dem habe er geschrieben, was er machen müsse, der Ketzer habe ihm noch nicht gedankt. Aber so machten sie es, die Hagle, sie behielten seine Räte, würden Hofräte, und kein Mensch in Rußland wisse, daß die Sache von ihm komme. Er habe angeraten, jedem Patienten sieben Tage, ehe bei ihm die Krankheit ausbreche, nichts zu geben als Buttermilch mit Saanenkäse, in die Maß Milch ein Pfund Käse geschabt, alle zwei Stunden eine Portion; er sei gut dafür, die Krankheit breche nicht aus. Nun sterbe in ganz Rußland kein Mensch mehr an der Cholera, da sei er gut dafür, aber dem Kaiser werde man nicht sagen, das habe Lürlipeterli angegeben; er glaube seiner Seele nicht, daß er sein Lebtag je Hofrat werde. Es nehme ihn jetzt wunder, wie es ihm mit dem Papste gehe. Es hätten ihm nämlich zwei sonderbar vornehme Herren von Rom – er glaube, sie seien dem Papste verwandt, wenigstens seien sie, nach allem zu schließen, sehr gute Freunde von ihm – geschrieben. Die hätten den Star und schrieben ihm, sie hätten von ihm gehört, wie er berühmt sei im Stechen, Keiner so, und hätten das Vertrauen alleine zu ihm, er solle kommen und sie operieren; wenn er es begehre, wollten sie ihm ihre Kutsche schicken, sechsspännig, sonst solle er kommen, wie es ihm beliebe, sie wollten zahlen, bis er zufrieden sei. Gelänge ihm die Operation, so könne er ein steinreicher Mann werden, denn in Rom sei fast die Hälfte der Menschen blind von wegen dem feuerspeienden Berg, welcher dort sei, der verblende die Menschen und mache ihnen den Star, den Berg nenne man Vulkan. Er wisse nicht, ob er gehen werde, von wegen sie wären imstande und behielten ihn dort mit Gewalt, wenn sie merkten, was er könne, und das wäre ihm doch nicht anständig, er müßte vielleicht gar noch katholisch werden, und das möchte er erst zuletzt; er habe sein Lebtag keiner Religion viel nachgefragt, verschweige der katholischen. So erzählte der Doktor, und je abenteuerlicher er berichtete, desto mehr fand er Glauben und Respekt, denn die meisten Leute sind eben nicht aus der Wahrheit, haben kein Gefühl für die Wahrheit, glauben eher zehn Lügen als einer Wahrheit.

Den schleppte Joggeli seiner Frau zu, wollte, daß sie ihn brauche, denn er müsse mehr können als alle Anderen, weil man so weit herum von ihm wisse, meinte Joggeli.

Als er kam, machte er ein sehr bedenklich Gesicht und sagte: Die Sache sei böse und wohl weit gegangen, wenn einer helfen könne, so sei er es, aber er wisse nicht, gehe es noch oder gehe es nicht; der Brustkasten sei zu eng, Lunge und Leber hätten nicht mehr Platz, das gehe vielen fetten Leuten so; so wie sie dicker würden, würden auch Lunge, Leber und das Herz größer, begreiflich, da werde es ihnen dann zu eng im Kasten, von wegen der wachse nicht, der sei von Knochen, und bekanntlich sei Knochen Knochen! Die Hauptsache sei nun, daß man den Kasten größer mache, damit es wieder Platz gebe; er hätte schon lange eine Maschine ersinnet, um solch zu eng gewordenen Kasten auszudehnen, aber er hätte noch keinen Schmied gefunden, welcher sie ihm zu Dank gemacht, von wegen die müsse aparte fein gemacht sein wegen des Hineinbringens, dasselbe sei nicht leicht. Einstweilen sei das Beste, die Brust alle Tage zweimal mit heißem Hundsschmalz einzureiben, das bringe sie auch auseinander, aber nur langsam. Dessentwegen müsse man auch etwas machen, um Lunge und Leber zusammenzuziehen und Platz zu machen inwendig; da sei nichts besser als alle Abend vor dem zu Bette Gehen ein Glas Branntewein und brav abführen. So hätte er einstweilen, bis er die Maschine in Gang hätte, schon Manchem geholfen, an welchem die geschicktesten Ärzte nichts hätten machen können. So schwatzte Herr Lürlipeterli, und Joggeli sperrte Maul und Nase auf über solche Weisheit, welche in Israel noch nie erhört worden. Seine Frau aber schüttelte den Kopf, wollte keinen Glauben fassen; als der Arzt fort war, sagte sie, eine solche Kuh sei ihr noch nie vor die Augen gekommen, mit dem solle er sie ruhig lassen.

Joggeli war böse darüber, klagte sehr, es wäre seiner Frau noch gut zu helfen, aber sie mache sich so köpfig, daß nichts mit ihr anzufangen sei. Die gute Mutter wußte wohl, daß ihr Übel nicht zu heben, bloß der Verlauf desselben zu erleichtern sei; dafür hatte sie einen Arzt, der freilich weder Hundsschmalz noch Branntwein verordnete. Ihren Kindern hätte sie gerne geholfen, ihnen die Augen aufgetan fürs Zeitliche und Leibliche, auf bessere Wege sie geführt, aber alle ihre

Mühe war vergeblich. Die Juden meinten, als Jesus ihnen einmal die Wahrheit sagte: «Das sind harte Worte, wer mag sie hören?» und gingen hinter sich. Nun gibt es viele Naturen, welche christliche Worte nicht mehr vertragen mögen, so wenig wie verdorbene Magen tüchtige Speise; Widerwillen und Ekel läuft ihnen im Munde zusammen und schüttelt den ganzen Körper. Soll man das Christentum diesen verdorbenen Magen zu lieb akkommodieren und verdünnern, bis sie es ertragen mögen, oder soll man diese hinter sich gehen lassen in Gottes Namen? Was versteht Paulus unter der Milch, welche er für Kinder bereite, und darunter, daß er allen alles werde, damit er sie Christo gewinne? Sicherlich nicht ein Verkümmern oder Verleugnen der Wahrheit, denn wer redet Menschen schärfer ins Gewissen als Paulus den Korinthern, und frägt er nicht: «Oder suche ich den Menschen gefällig zu sein? Zwar wenn ich den Menschen noch gefällig wäre, so wäre ich Christi Knecht nicht, und so jemand euch ein anderes Evangelium predigt, als ihr es empfangen habt, der sei verflucht»? Mit der Akkommodation wird ein gar schmählich Spiel getrieben. Christus wird aus dem Christentum herausakkommodiert, das Christentum aus den Kirchen, uns dagegen eine Moral eingewässert, in welche jede Regierung, jeder Polizeiminister das Beliebige rührt. Eine Moral in Juristenhänden ist ein Stücklein Wachs in Schneidershänden! Bald rund, bald viereckig, bald so, bald anders wird es geknetet; es ist eine Moral, daß Gott erbarm, ob welcher die Menschen nicht bloß des Teufels werden möchten, sondern wirklich auch des Teufels werden. Es ist eine Staatsmoral, ob welcher sogenannte Staatsmänner leiblich den Hals brechen, und was dann aus ihren armen Seelen wird, ist Gott bekannt.

Dem Baumwollenhändler sagte die Mutter nichts, an dem hatte sie nichts erzogen und wußte wohl, daß man Perlen nicht vor die Säue werfen soll. So einem geschliffenen Schliffel von Religion zu reden, dazu braucht es wirklich schon einen großen Mut. Selbst mit Johannes redete die Mutter nur leise und mit Zagen: Was er auch denke und wo das hinaus solle? Er und seine ganze Familie machten ihr so großen Kummer. Johannes war nicht ohne Gefühl, die Mutter war ihm immer lieb gewesen; er sagte oft, wenn sein Babi wäre wie die Mutter, er würde einen Finger von der rechten Hand geben. Aber geistige Zusprüche mochte er doch nicht, sie machten ihn wunderlich, sie krabbelten ihm in den Gliedern, er wurde ungeduldig, kriegte einen seltsamen Kitzel im Halse, daß er lachen mußte, wenn es ihm schon nicht ums Lachen war. «Mutter, habt nicht Kummer,» sagte er dann, «die Sache ist nicht halb so gefährlich, so bös gehen wird es nicht. Braucht das Doktorzeug nur gut, so wird es Euch schon bessern. Es ist schon mancher Mensch krank gewesen und ist wieder besser geworden», und unter irgend einem Vorwande machte er sich von der Mutter weg. Mit Elisi war es aber anders, das war, als ob es ein Herz von Blech hätte; die Mutter mochte sagen, was sie wollte, es machte ihm weder kalt noch warm, es nahm weder Anteil daran noch Notiz davon, schimpfte über seinen Mann, hässelte mit den Kindern, plagte die Mutter fürchterlich mit Eifersucht gegen das große und das kleine Vreneli, sagte höchstens, sie solle doch aufhören mit ihrem Gestürm, sie mache ihm so Langeweile; dann konnte es wieder angesichts der Mutter die kindlichste Freude haben an einem Kleidungsstück, sich vor dem Spiegel hin- und herwenden, und mitten in Hustenanfällen sollte die Mutter ihm sagen, ob es ihm nicht gut stehe, ob es ihr nicht bsonderbar gefalle? So eine Tochter zu haben, die schon Mutter mehrerer Kinder ist, das ist wirklich ein hartes Kreuz auf dem Totenbette. O Mütter, bedenkts! Und zu der Tochter eine Schwiegertochter, um kein Haar besser und auch wieder mit mehreren Kindern behaftet, das war ein zweites Kreuz und ein nicht minder schweres. Trinette zwar zeigte sich nicht, Kranke besuchen war nicht ihre Liebhaberei, alte Leute verachtete sie in Bausch und Bogen. Es sei doch nichts wüster, sagte sie, als so eine alte Frau, die nichts mehr von neuen Moden wissen wolle und am liebsten ihre fünfzigjährigen Hochzeitskleider trüge. Pfi Tüfel! Einmal sie begehre nicht, so alt zu werden, oder wenn es sein müsse, denn expreß jung hängen möge sie sich doch nicht, so wolle sie dafür sorgen, daß kein Mensch wisse, wie alt sie sei; sie wisse, wie man das mache, eine alte Hebamme habe es ihr einmal gesagt; diese hätte lange in der Stadt gedient und gewußt, wie die Stadtfrauen das machten. Trinette und Elisi waren Beide ungefähr gleich blechern ums Herz. Trinette hatte vielleicht etwas mehr Energie und Elisi mehr Bosheit; sie waren wie zwei Kutschenpferde von gleichem Schlag und gleicher Farbe, von denen das eine lieber schlägt, das andere lieber beißt, eines besser ausgreift im Trott, das andere sich aber hütet, die Stricke anzuziehen. Die gute Mutter konnte nichts abbringen an ihren Kindern, konnte nichts als für sie beten, sie hatte nicht einmal den Trost, daß Joggeli aufnehmen werde, was sie umsonst versucht.

Joggeli und die Kinder redeten mit Ärger davon, wie geistlich die Mutter werde, frugen, wer Tüfel ihr das angetan, ob etwa ein Pfaff zu ihr komme oder eine Betschwester? Wenn sie wüßten, wer schuld daran wäre, dem wollten sie den Marsch machen. Sie meinten, so etwas könne bloß von außen herkommen, von diesem oder jenem, wie in der Tat oft, besonders bei Entstehen von Sekten, etwas an die Leute kömmt, sieht aus wie Christentum, ists aber nicht. Sie hatten keinen Begriff davon, daß in gesunden Gemütern ein Keim liegt, der, frühe belebt, langsam wächst, unbemerkt im Innern sich entwickelt und vielleicht erst leuchtend sichtbar wird, wenn das Licht des Lebens erlöschen will. Einen solchen Keim hatten sie aber eben nicht in sich. Indem er eben nicht in ihnen war, die Welt aber ganz anderes in ihnen ausgebildet hatte, war eine Kluft zwischen ihren Gemütern entstanden fast wie zwischen dem reichen Mann und dem armen Lazarus; sie konnten nicht mehr zu einander kommen, die Mutter und die Kinder. Das hatte gewissermaßen sein Gutes, sie kamen ungern und blieben nicht lange. Die Furcht, die Mutter möchte von Vreneli ausgeplündert werden an Kleidern und Kleinodien, hatten sie nicht, so weit hatten es Beide im Vertrauen gebracht, daß man es weder dem Einen noch dem Andern zutraute.

Desto mehr war Vreneli dort, es war ihm dort wie bei einer Mutter. Es ist ein eigenes Wort: bei der Mutter sein. Es gibt Mütter, wo es den Kindern, wenn sie zur Mutter kommen, wird wie einem Küchlein, das unter die Flügel der Henne flieht, wenn es ihm zu kalt wird draußen in nassem Grase oder eine Krähe in der Nähe ist. Sind dann augenscheinlich die Tage der Mutter gezählt, macht man sich gegenseitig kein Hehl mehr daraus, dann mischen Wohl und Weh gar seltsam sich ineinander. «Will noch bei dir sein,» sagt die Tochter, «es kömmt eine Zeit, ich kann nicht mehr zur Mutter;» die Tränen rinnen, und schmerzlich zuckt das Herz zusammen. Dann wird es der Tochter wohl, fast möchten wir sagen, selig bei der Mutter, wenn die Krankheit Ruhe gibt. Beide Herzen liegen offen vor einander; was die Tochter hofft, was die Mutter wünscht, was Beide freut oder kümmert, schwillt ineinander, verwebt sich zu dem wundersamen Gemeingut, welches die Mutter hinübernimmt, die Tochter hier behält, Keine mehr, Keine minder hat, jede alles hat, welches ein kleiner Teil des großen Schatzes ist, den die Kirche Gemeinschaft der Heiligen nennt. Das ist das wundersame Gut, wo, je mehr einer hat, desto mehr er den Andern gönnt, je größer die Menge der Teilnehmer wird, desto größer die Teile der Einzelnen werden, mit der Zahl der Erben das Erbteil wächst. Aus dem süßen Weh weckt wohl der Schlag der Uhr, den Verlauf der Zeit, welche kein Erbarmen kennt, verkündend. «Muß gehn», sagt die Tochter. «Bleibe noch ein klein Weilchen, weißt nicht, wie lange es währt», meint die Mutter. Endlich muß es doch sein, es muß die Tochter gehn, aber allemal begleitet sie bis heim der gleiche Seufzer: «Wenn die Mutter nicht mehr ist, wie wird es mir sein?»

Vreneli hatte vielfach Ursache, so zu seufzen. Wenn es daheim war, so sagte es oft: «Will zur Base gehen, kann es dort vielleicht vergessen, aber wie es gehen soll, wenn ich nicht mehr dorthin kann, das weiß ich nicht.» Es war wirklich ein bös Dabeisein; die ganze Hausgenossenschaft schien eine große Bande zu sein, Einer des Andern Feind, Einer wider alle und wiederum alle wider Einen. Sie waren vollständig in den Gesindeverruch gekommen, welcher früher schon angedeutet wurde. Was Rechtes meldete sich gar nicht mehr bei ihnen, und je schlechtere Leute Uli hatte, desto böser mußte er mit ihnen sein, desto öfter mußte er ändern, desto mühsamer und schwerer ging jede Arbeit, desto mehr ward er verrufen. Ist man mal in dieser Lage, so ist man wie verhexet, wie ein Krammetsvogel auf einer Leimrute, wie ein Mensch, der in einen Sumpf gefallen; je mehr er zappelt, desto tiefer sinkt er ein. Es verleidete Vreneli ordentlich das Leben, wenn alle Augenblicke was Neues losbrach: eine Liebesgeschichte mit bösen Folgen, eine Diebesgeschichte, von der man nicht wußte, wie weit sie reichte, und schwer auszumitteln war, ob nicht wenigstens Hehler sei, wen man des Diebstahls nicht beschuldigen konnte, eine Vernachlässigung in den Ställen, welche Uli viel Geld kostete und fast aus der Haut trieb, oder was das Allerärgste war, Leichtfertigkeit mit dem Feuer, ob welcher das Haus in Feuer aufzugehen drohte. Bald hatte einer im Stall die Laterne geschneuzt, den glimmenden Docht ins Stroh geworfen, bald einer Heu gerüstet und Feuer drein gemacht, als er die Pfeife räumte, eine Magd heiße Asche an eine hölzerne Wand gestellt oder war unvorsichtig mit offenem Lichte in brennbaren Stoffen herumgefahren oder hatte Holz eingelegt wider allen Befehl, nur damit sie am Morgen eine Minute oder zwei länger faulenzen könnte. Kurz alle Augenblicke war so was los, und das höchste Wunder war, daß das Haus ihnen nicht längst über den Köpfen zusammengebrannt war. Nun ist auf der Welt kaum was peinvoller als die Angst vor Feuer, besonders wenn es Abend wird und Nacht. Man geht noch allenthalben herum und forscht, ob nichts Verdächtiges sei; hat man die Runde gemacht, so riecht man entweder was Verdächtiges oder hört Töne wie Knistern, Spretzeln und fängt die Runde von neuem an, legt sich endlich zu Bette, hat aber kaum den Kopf auf dem Kissen, so fährt man von neuem auf, denn jetzt hat man es gar zu deutlich gehört, wandert frisch im Haus herum und findet nichts, legt sich wieder nieder, schläft ein, träumt, das Haus brenne, ist an Händen und Füßen gebunden, kann nicht aus den Flammen. Hat man sich endlich nach schrecklichen Qualen freigerungen, springt auf in Schweiß gebadet, so ist all nichts, nichts als Nacht und nirgends Flammen, man hat bloß geträumt. Ja, das sind Qualen, welche nur der kennt, welcher mal diese Angst vor dem Feuer so recht im Leibe gehabt hat.

Dazu kam noch der Prozeß, welcher in vollem Gange war. Der kleine Handel war von kundigen Mäulern zu einer großen Geschichte aufgeblasen worden. Wenn Vreneli vom Feuer träumte, träumte Uli vom Prozeß, plädierte manchmal im Traume dem besten Advokaten zTrotz, redete von Terminen, Beweisen, Zeugen und Leumden. Es ging Uli, wie es den Meisten geht, wenn sie zum erstenmal mit einem Prozesse behaftet werden: der Prozeß frißt sich in ihre Seele, bildet den alleinigen Mittelpunkt ihrer Gedanken. Tage-, wochenlang buchstabieren sie denselben bald vorwärts, bald rückwärts, schlagen mit einzelnen Paragraphen, welche ihr Agent sie gelehrt, wie mit Knütteln drein, verlieren Mut und Sinn für andere Sachen, kommen sich nebenbei sehr wichtig vor, dieweil sie einen Prozeß haben, welchen ja nicht jeder hat, meinen, ihr Prozeß müsse allen Menschen ungeheuer wichtig vorkommen; darum geben sie ihn männiglich zum besten, der ihnen auf Schußweite nahe kömmt. Dazu kömmt noch ein gewisses Bangen über den Ausgang; dessen sind sie im Herzen doch nicht so ganz sicher, wie ihr Mund es ausspricht, sie suchen daher dieses Bangen durch die Urteile zustimmender Menschen zu beschwichtigen. Nun werden allerdings mit seltenen Ausnahmen alle, denen man in Wirtshäusern, auf Straßen während dem Kirchengehen oder Marktgeläufe den Handel vorträgt, dem Erzähler vollkommen recht geben. «Nur ausgefahren,» wird es heißen, «du hast recht, deren Händel habe ich schon hundertmal erlebt, kenne die Sache, ds Land auf, ds Land ab Keiner besser; aber glaubst mir nicht, so frage noch Andere.» Nun geht der Prozeßmann glücklich heim, schläft diesmal ruhig, aber am andern Morgen fängt das Bangen schon wieder an zu wurmen; er läuft wieder einer Bestätigung nach, freilich keiner richterlichen, aber doch einer, welche ihm wohl macht einige Stunden und zu einer ruhigen Nacht verhilft, denn den Meisten hängt vom Ausgang eines Prozesses ihre Existenz ab. Der Wert, um den prozediert wird, mag vielleicht bloß einige Groschen betragen, aber die Kosten, welche auf den verlierenden Teil fallen, können rasch auf einige hundert Gulden steigen; die Herren Advokaten wissen noch ganz andere Rechnungen zu stellen als die Herren Schneider, welche gewöhnlich an die Rechnung setzen, was sie zu wenig ans Kleid gesetzt; es ist halt so ein kleiner Verschuß, dem sie unterworfen sind, so von Handwerks wegen. Man hat Beispiele im Kanton Bern, daß Prozesse wegen einem Ei und wegen einer Strohbürde über zehntausend Gulden kosten. Ja, zehntausend Gulden machen eine Summe aus, welche ins Tuch geht und selten einer in der Hosentasche mit sich trägt. Indessen muß man das doch den meisten Herren Advokaten nachreden, sie nehmen bloß die Wolle, selten die Haut dazu, sie sind kluge Schafscherer; diese schinden die Schafe auch nicht, sondern scheren sie bloß, denn wenn sie die Schafe schinden täten, so wüchse keine Wolle mehr nach und das Scheren wäre ein- für allemal aus, tut man aber klüglich, so kann man alle Jahre frisch dran sein, bei Schafen mit gröberem Haar sogar zweimal im Jahr.

Probiere aber einmal einer, diesen Rat möchten wir dringlichst geben, und trage immer seines Gegners Sache als die seine vor, und zwar so scharf und bündig, als sie seines Gegners Rechtskundius vorträgt, und höre dann auf das Urteil der Menschen! Unter zehn werden ihm wiederum neune recht geben und sagen: «Du hast recht, fahr aus, es fehlt dir nicht, habs schon hundertmal erfahren!» Dann weiß er, woran er ist und was an dem Urteil der Menge ist. Nun, das tat eben Uli nicht, er lief auch dem Urteil der Menge nach, um sich zu trösten; die Summe, welche nach und nach sich aufs Spiel stellte, war nicht unbedeutend, betrug schon mehr als doppelt so viel, als die ganze Kuh wert war. Ulis Agent hatte ihm schon mehr als einmal gesagt: «Wenn du mir etwas Geld auf Abschlag geben könntest, so wäre es mir anständig; es sind böse Zeiten, es geht nichts ein, und gewiß, weißt wohl, läuft jede Sache besser gesalbet als ungesalbet. Du gewinnst, dann kriegst alles wieder, es fehlt dir nicht.»

Indessen lag alles noch in hängenden Rechten, der Entscheid schob sich immer wieder hinaus. Diese Ungewißheit, dazu der tägliche Verdruß, die harte Arbeit und doch das Nichtvorwärtskönnen zehrten gar mächtig an Uli, er sah aus wie ein Marterbild, und Vreneli bekam recht Angst um sein Leben. Darum konnte es um so geduldiger seine zunehmende Mißstimmung, in welcher er selten einem Kinde mehr ein gutes Wort gab, ertragen. Er hatte von seinem Gelde gekündet, aber es half nicht viel; wenn unten in einer Flasche ein Loch ist, so kann man lange obeneingießen, die Flasche wird nicht voll. Ein solch Loch war der Prozeß. Es lebt selten ein Pächter auf Erden, welcher das Prozedieren ertragen mag, ohne die Auszehrung zu bekommen. Es ist wirklich nicht angenehm, wenn man einen Geldseckel hat, welcher einer halben Sanduhr gleicht, und zwar dem obern Teile, wo das Sand allmählich, aber unaufhaltsam niederrinnt, bis die ganze Büchse leer ist. Nun, an einer Sanduhr macht das nichts; ists oben leer, kehrt man den untern Teil herauf, so ists oben wieder voll, es ist alles im Alten und das Rinnen beginnt aufs neue. Aber bei einem Geldseckel ists eben was anders, dem fehlt der untere Teil; ists oben leer, so ist unten auch nichts mehr, da kann man den Geldseckel hundertmal rundum drehen, leer bleibt leer. Man könnte die Vergleichung drehen und sagen, der obere Teil der Büchse sei der Klient, der untere der Advokat; was oben wegrinne, laufe dem Andern ins Maul, und so, ja freilich, drehe man das Ganze um, so finde man oben beim Advokaten wieder, was der Klient habe rinnen lassen; die Frage sei nur, ob der Advokat Gegenrecht halten und wieder wolle laufen lassen, was er habe. Aber die Sache ist doch nicht so, denn drehe man lange den Advokaten, in den alles geronnen, obenauf, so ist doch nichts oder wenig mehr in der Büchse. So ein Advokat ist noch lange nicht der untere Teil einer Sanduhr, welcher behält, was obeneinkommt, weil er unten kein Loch hat; ein Advokat hat gewöhnlich viele Löcher, wo rasch abrinnt, was oben reinkömmt, daß je mehr hineinkommt, desto mehr unten ausrinnt, so daß wenn man ihn schon lange auf den Kopf stellt, ja schüttelt und rüttelt, nichts mehr unten ausläuft, bis man ihn halt wieder irgendwo unterstellt, Klienten oder fette Ämtchen obenauf.

Es kam Vreneli wirklich oft der Gedanke: Was wartet meiner noch? Die Base stirbt, Uli ist nicht zweg, wo aus das will, ist Gott bekannt; alle Tage tiefer darin und in einem Ghürsch, wo was kriegt, wer betrügt; darf nichts sagen, um die Sache nicht noch schlimmer zu machen; wenn Gott nicht wäre, meines Lebens wüßte ich wahrhaftig keinen Rat. Dieser passive, leidende Verhalt war für Vreneli um so schwerer, da dasselbe, rasch und unternehmend, zur Regentin von Gott geschaffen war. Das ist gar ein eigner Punkt, zu etwas erschaffen scheinen und was anderes sollen, aber eben will uns Gott an schwachen Seiten doktern, das sollten wir fassen; was uns leicht geht und lustig scheint, dazu bedürfen wir keiner Ausbildung, aber da, wo wir nichts sind und nichts können und doch schön wäre, wenn wir es könnten, da müssen wir geschult und angetrieben werden, wenn wir was werden sollen. Die heutigen Schulherren (Schulmeister darf man nicht mehr sagen, denn die Schule ist emanzipiert, und die, denen sie gehört, sind ja deren Herren) und sonstigen Pädagogen sind freilich anderer Meinung, aber von wegen der Erbsünde und einem höhern ewigen Leben sind wir ganz anderer Meinung. Eben was uns sehr schwer geht, fast unmöglich scheint, das müssen wir lernen. Wer zum Eingreifen, ja Einhauen sich geschaffen glaubt, soll oft eben das Dulden, das Zuwarten, das stille Wirken und das geduldige Ertragen Solcher, welche zum Regieren und Befehlen halt nichts taugen, aber es eben lernen sollten, aushalten lernen, ohne sich zu hängen und aus der Haut zu fahren, siehe Exempel dato im Vaterland. Freigebige sollen von Batzenklemmern und

Kreuzerschabern (selbst Juden schaben sonst bloß Goldstücke) die Vorschriften zu gesetzlicher Freigebigkeit sich machen lassen und ihre wohltätige Hand Hochdenselben Kreuzerschabern zu gesetzlicher Verfügung stellen, damit diese freiwillige Almosen aus anderer Leute Sack verwalten lernen, da aus ihren eigenen Säcken nie welche geflossen wären.

So wurde das rüstige, feldherrliche Vreneli nach innen getrieben, zum stillen Ergeben gezwungen, zum Schweigen und Ansichhalten, zum Sammeln und Prüfen der eigenen Gefühle und Gedanken. Aber schadet das was? Schneidet der kundige Gärtner die am üppigsten wachsenden Bäume nicht gerade am meisten und schärfsten zurück, damit sie nicht zu luftig in den Ästen, zu dünn im Stamm, zu schwach in der Wurzel werden für das üppige Geäste, welches keinem Sturmwinde widersteht? Der liebe Gott bleibt immer der allerbeste Lehrmeister, darum werden die andern alle Tage um so weniger taugen, weil sie nach den eigenen Köpfen fahren wollen, und zwar jeder nach seiner eigenen, gestern erdachten Methode, statt den alten Lehrmeister zum Vorbilde zu nehmen. Daher wird es denn auch wohl kommen, daß die meisten Kinder dieser Zeit eben nur Lehrplätze sind, so äußerst selten mehr ein Charakter zu finden ist, so selten einer als Mann hält, was er als Kind versprochen, so selten einer erleuchtet stirbt, wie erleuchtet er schon vom sechsten Jahre, das heißt schulpflichtigen Alter an gepriesen wurde. Es ist aber auch wahr, Vreneli hatte mit sich selbst eine harte Arbeit, und oft mußte es unwillkürlich mit der Hand ans Herz fahren, um es zu halten, daß es nicht zerspringe, mußte sich zwingen, mit den Kindern zu reden und zu tändeln; es war ihm, als müsse es seinen Mund verschließen und seine Rede aussterben lassen, und manchmal wollte ihns ein wilder, zorniger Geist ergreifen, wollte in seine Hände fahren, sie reizen, zu turnieren mit Pfannen und Schüsseln, wollte Glut werfen in seine Seele, um dann als zorniger Feuerstrom zu fahren aus seinem Munde in die Schweine hinein, das heißt in Mägde und Knechte, ja manchmal auch über Uli und Kinder. Es mußte Vreneli gar heftig kämpfen mit sich selbst, um zu bewahren einen ergebenen Sinn, Ruhe des Gemütes und ein mildes Wort. Manchmal wollte es sich ihm schier nicht geben; es erfuhr, was es heiße: Niemand wird gekrönt, er kämpfe denn recht.

SIEBZEHNTES KAPITEL

Nach der Angst kommt der Tod

«Lenore fuhr ums Morgenrot empor aus schweren Träumen,» so gings auch Vreneli. Vom Brennen hatte es geträumt, hatte seine Kinder in den Flammen gesehen, zu ihnen gewollt und nicht gekonnt, war wie in Ketten und Banden gelegen. Ein heftiges Klopfen am Fenster brach den Bann, mit einem Satze war Vreneli mitten im Zimmer, riß die Augen auf, stockfinster wars; ob es geträumt oder nicht, war ihm nicht klar. Da klopfte es noch heftiger; rasch riß es das Fensterchen auf und rief: «Wo brennts?» «Komm geschwind, die Frau will sterben, sie kommt nicht mehr fort mit dem Reden; sie wollte nie machen, was ich angab, drum gehts ihr jetzt so; hätte sie gehorcht, sie hätte es noch lange machen können, so wohl am Leibe, wie sie war.» Es war Joggeli, der so sprach. Ehe er wieder beim Stock war, war Vreneli hinter ihm, vor ihm in der Stube und fand die gute Base im Sterben. Nach Tropfen und Salben griff es schnell; die Base tat wohl die Augen auf, tappte nach seiner Hand, strengte sich augenscheinlich an, etwas zu sagen, brachte bloß undeutliche Töne hervor, man wußte nicht, wollte sie Haus oder Geld oder Hand sagen, und wenn man nach diesem oder jenem deutete, schüttelte sie den Kopf und deutete auch, aber man wußte nicht, nach was. Bei allem, was man ihr vorwies oder sagte, schüttelte sie den Kopf, seufzte tief auf, schloß die Augen und öffnete sie hienieden nimmer wieder.

Sie habe die Sache nie zu rechter Zeit sagen können, und man habe eigentlich nie recht gewußt, was sie meine; wenn man geglaubt, jetzt sei es ihr einmal das Rechte, so sei es ihr eben nicht recht gewesen; wenn sie auf ihn gehört, sie lebte noch, aber sie hätte es immer so gehabt; was er gesagt, habe nie etwas bei ihr gegolten. Daneben sei sie eine rechte Frau gewesen, und niemanden sei es übler gegangen als ihm; sie seien an einander gewöhnt gewesen, und so alt, wie er sei, gewöhne man sich nicht mehr gerne anders; da dünke es ihm, sie hätte wohl können ihm zu Gefallen mehr ums Leben tun, das Geld hätte ihn nicht gereut, aber so sei sie immer gewesen, was sie im Kopf gehabt, das hätte man ihr nicht mehr herausgebracht. Das war Joggelis Leichenklage, von welcher indes Vreneli wenig hörte, denn ihm war die Mutter gestorben. Es war, als sei es vom Eckstein seines Daseins weggestoßen, schwebe über einem Abgrunde, der unergründlich, unerforschlich seinen Schlund ihm entgegendehne. Doch seinem Schmerze gab es nicht lange ungemessen sich hin. Vreneli hatte sich untertan gemacht der Pflicht; wo Pflicht erschien, gehorchte es ihr mitten in jeder Bewegung, wie der Soldat in allen Lagen, sie mögen heißen wie sie wollen, die Hand an den Tschako, Helm oder Käppi legt, wenn ein Offizier vorübergeht. Daß wir hier nicht von bernerischen Soldaten reden, versteht sich – zwar nicht von selbst, sondern sonst!

Vreneli fühlte, daß ihm jetzt hauptsächlich die Besorgung aller Formalitäten oblag, denn Joggeli hatte weder Übersicht des Nötigen noch das schnelle Wort zur Beschickung des Nötigen. Es drückte die Hand aufs Herz, wischte die Augen aus, stund auf und frug Joggeli, was er meine, daß jetzt gemacht werden müsse? Eben, sagte er, habe er gedacht, und schluchzte erbärmlich dazu, es sei doch nichts gemacht von seiner Frau selig, daß sie nicht gesagt, wie sie es wünsche; es sei doch sonst überall Gebrauch, daß wer sterbe, sage, wie man es mit seinem Leichenbegängnis halten solle, und sonst befehle, was es noch möchte. Sie habe kein Wörtlein davon gesagt, und das hätte sie doch sollen, wenn sie es gut mit ihm gemeint. Nit, klagen wolle er nicht, es sei eine brave Frau gewesen, bravere werde es wohl nicht viele geben, aber das Wort hätte sie ihm nicht gegönnt, und wenn er was von sich aus gemacht, so sei es doch nicht recht gewesen; er wolle jetzt auch nichts dazu sagen, vielleicht wäre es doch nicht recht; es solle machen, was nötig sei, es habe es ihr sein Lebtag besser getroffen als er. Vreneli versuchte nicht zu berichtigen oder zu widersprechen, fertigte vor allem einen Boten an Johannes ab, sandte ein Fuhrwerk nach Elisi, tat sonst das Nötigste, was üblich ist in solchen Fällen, und hatte noch viel mit Uli zu tun, dem der Tod der Base auch sehr nahe ging, den Schmerz aber auf ähnliche Weise wie Joggeli ausdrückte. Ihnen sei es viel zu übel gegangen, es sei eine brave Frau gewesen, hätte mit allen Leuten es wohl gemeint. Jetzt könnten sie zusehen, wie es ihnen erginge. Vor dieser Pacht hätte ihm immer gegraut, aber es hätte müssen erzwungen sein, und jetzt werde man erfahren, wer recht gehabt und wie es einem gehe, wenn man höher fliegen wolle, als man Flügel dazu habe.

Vreneli gab darauf nicht einlässigen Bescheid, es war zu weich gestimmt, um die Weise, seinen Schmerz in Beschuldigungen Anderer auszudrücken, zu züchtigen, wie sie es verdiente. Diese Unart haben übrigens sehr viele Leute. Bei allen Unfällen und Widerwärtigkeiten, auch wenn sie sich dieselben auf die augenscheinlichste Weise selbst zuziehen, fassen sie rasch nach einem Sündenbock, ziehen ihn bei den

Hörnern herbei, laden ihm alle Schuld auf; finden sie keine Menschen, denen sie die Schuld aufladen können, so muß Gott selbst herbei und das Lamm sein, welches die Sünden und Schulden der Menschen trägt.

Die Kinder säumten nicht, mit Johannes kam auch Trinette. Vielleicht noch nie in ihrem Leben hatten Elisi und Trinette ihre Toiletten so schnell gemacht, denn wenn es ans Erben geht, kriegen selbst die kriechenden Tiere Beine.

Indessen war es mit dem Erben ein quasi heillos Ding, denn nach der Sitte fallen Kleider und Kleinodien einer Mutter den Töchtern zu; Söhne und ihre Weiber haben keinen Teil daran, als was allfällig im guten Willen der Berechtigten liegt. Elisi war zuerst auf dem Platze. Kaum hatte es den Vater gegrüßt, hatte an der Mutter Bette einige Male das Gesicht abgewischt, sagte es: «He ja, gestorben muß sein, man wird sich drein schicken müssen, Wehren hilft nichts, und mit Wüsttun macht man niemand wieder lebendig.» Somit drehte es sich um, sagte, es müsse ein ander Schnupftuch haben, das seine sei ganz naß, öffnete Schrank um Schrank, um eines zu suchen, und wahrscheinlich geflissentlich zu allerletzt den rechten, wo die Schnupftücher, wie es wohl wußte, verwahrt lagen. Unterdessen war auch Trinette erschienen, und als sie Elisi über geöffneten Schränken sah, demselben zugefahren, ohne um die gestorbene Mutter sich zu kümmern, hielt die Inspektion mit. Elisi nun war boshaft genug, dieselbe nicht abzukürzen, sondern so recht auseinanderzulegen, was da war, es zu preisen und zu sagen, was dieses und jenes gekostet haben möge und was es damit zu machen gedenke. So redete es, bis der Trinette das Gift im Herzen siedete bis in den Kopf hinauf und Funken sprühte zum Mund heraus. «Du wirst doch nicht etwa meinen, das alles sei dein», sagte sie giftig. «Es nimmt mich doch wunder, wo das geschrieben steht, daß eine Tochter alles vorwegnimmt; soviel Mund, so viel Pfund, das ist das wahre Erbrecht. Das käme mir sauber heraus, wenn die Tochter alles alleine haben sollte, da könnte ja eine Mutter all ihr Vermögen in Kleider stecken, und somit hätten die Söhne und ihre Weiber das Nachsehen; das wäre kommod, da könnte jede scheinbar den Narren machen wie jene bekannte Wirtin, welche über hundert Dutzend Hemden hatte, über hundert seidene Schürzen, die andern nicht gerechnet, seidene Tüchlein unzählbare, fünfzehn schwere silberne, teilweise mit Gold ausgelegte Göllerketten und alles andere in gleichem Verhältnis, so daß in ihren Schränken ein großes Vermögen stak. So könnte es jede machen, und darum: soviel Mund, so viel Pfund, hörst!» «Ja, ja,» sagte Elisi, «wenn es auf dich ankäme, so wäre es so, ich glaubs, aber es haben glücklicherweise andere gescheute Leute vor dir gelebt und die Ordnung gemacht; wenn deine Mutter stirbt, kannsts dann auch nehmen, heißt das, wenn was zu nehmen ist, was ich nicht weiß.» Potz Himmel, wie es da losging und Trinette keifte, wie sie auch irgendwo zu Hause sei, wo man noch ganz andere Sachen hätte und das hier nur ein Bettel dagegen sei. «Warum willst du dann von diesem Bettel?» grinste Elisi, «der ist jetzt mein und bleibt mein,» zog die Schlüssel ab und steckte sie in die Tasche. Ja, jetzt gab es erst Wetter, mit bedeutendem Donner drohte es loszubrechen; da streckte Johannes sein schwer Gesicht zur Türe herein und sagte: «Es wäre beim – anständig, ihr hieltet euch still, ihr Hagels Gränne. Was werden die Leute sagen? Höre ich euch noch einmal, so hocke ich euch kehrum aufs Maul, daß ihr das Reden für acht Tage vergeßt, zählt darauf!» Die Drohung wirkte; einen zweiundeinenhalben Zentner schweren Wirt auf dem Munde haben, ist allerdings ein gewichtig Heftpflaster.

Johannes hätte eigentlich nicht Ursache gehabt, so hart zu reden, sintemalen er ein Zwiegespräch mit seinem Vater führte, freilich etwas leiser, welches die Selige vielleicht ebenso sehr betrübt hätte, wenn ihre Ohren noch offen gewesen wären menschlicher Rede. Aber Gott schließt den Toten mit den Augen auch die Ohren, er weiß wohl warum. Sie disputierten miteinander, freilich mit Anstand, das heißt ohne Gebrüll; Keiner wollte wegen der Mutter Tod zum Pfaffen, das heißt Pfarrer, denn so betiteln reformierte Wirte, eidgenössische Lieutenants, sogenannte Schullehrer und andere Staatsmänner gewöhnlich die Geistlichen, und allgemach geht die Redeweise auch auf Schneider, Schuhmacher, Schreiner, Schinder, Sattler und andere Majestäten des Tages über; ja sogar Schulbuben werden bei Anlaß der neuen Sprachlehren in die neuen Sprachweisen eingeübt, begreiflich! Wenn die Hexenmeister des Tages die Kinder nicht alles lehren dürften, was sie wüßten, könnten, wollten, möchten, ja du lieber Gott, da wären sie in einem halben Tage am Ende ihrer Weisheit, und dann was weiter? Nein, da sind sie viel klüger, akkurat wie viele Müller, welche auch nicht meinen, daß sie das Mehl rein geben müßten, sondern Kleien und Spreue noch beilaufen lassen, ja Taubenmist und Hühnerbohnen und was sie irgend vom Mühlstein abkratzen können, denn wer Liebhaber ist von reinem Mehl, kann es, wenn er es rein haben will, selbst auseinandermachen.

Joggeli wollte nicht gehen. Er sei zu krank und angegriffen, sagte er. Johannes sagte, er wisse nicht, wie man dies verrichte, es sei ihm noch nie dazu gekommen, und wenn es nicht sein müsse, gehe er zu keinem Pfaffen. Sie wurden rätig, Uli zu senden, aber wohl, Vreneli sagte ihnen, was Ordnung sei. Sein Lebtag hätte es nie gehört, daß man irgendwo solche Dinge durch einen Knecht verrichten lasse, wie man etwa ein Stück Vieh mit einem Knechte zur Metzg schicke. Solches werde durch die nächsten Verwandten verrichtet überall. Nun nehme es ihns wunder, ob die gute Base es verdient um sie, daß niemand zum Pfarrer wolle, um sie anzugeben. Drüben zanke man sich wegen ihren Kleidern, hier um einen kurzen Gang. Es sei himmelschreiend und wunder nehme es ihns, ob es irgendwo in Heidenlanden ärger zugehen könne. Wenn die Base diese Liebe mitansehen müßte und hören die Worte, welche geredet würden, so würde ihr das Herz zu bluten anfangen, wenn es schon aufgehört habe zu schlagen.

Johannes hatte einen gewissen Respekt vor Vreneli und bequemte sich endlich zu dem Gang. Begreiflich trank er erst einen Schoppen oder zwei, ehe er ins Pfarrhaus ging, unter dem Vorwande, mit dem Wirte wegen dem Leichenmahl zu reden, eigentlich aber um sein Herz zu stärken und Courage zu trinken. Es ist kurios mit solchen Menschen; sie scheinen ein Herz von Eichenholz zu haben, einen Mut, welcher den Teufel bei den Hörnern fassen darf, tun gewaltige Reden und zeigen gegen jeden Pfaffen die gründlichste Verachtung, renommieren vor ihren Gästen förmlich mit dieser Verachtung und predigen den Satz, wann endlich die Zeit komme, daß man mit solchen Tagdieben abfahre, auf alle mögliche Weise. Aber wenn sie dann mal zum Pfarrer sollen, so wird es ihnen unheimlich und öde ums Herz, sie müssen mühsam die Bruchstücke ihres Mutes zusammensuchen und sie dann erst noch zusammenleimen mit einem oder zwei Schoppen. Sie sagen zwar, es sei ihnen verflucht zuwider, zum Pfaff zu gehen, meinen vielleicht selbst oder möchten wenigstens Andern es glauben machen, es sei wegen der Verachtung. Aber es ist durchaus nicht, sondern es ist nichts als Grimmen, Krümmen, Wenden, Aufblähen, welches nach der Sage die bösen Geister dem gegenüber, welcher sie bannen und austreiben will, versuchen. Der böse Geist fühlt, es steht ihm gegenüber eine feindliche Macht, vor welcher er sich beugen, welcher er weichen müsse, wenn sie dazu kömmt, sich an ihm zu versuchen. Er bietet daher allem auf, sie nicht an sich kommen zu lassen, sie ferne vom Leibe zu halten. Er fühlt, es ist da eine Macht, welche gegen ihn berechtigt ist, die er fliehen oder sich ihr unterwerfen muß; er fühlt es aber in unheimlichen Wehen, in peinlichem Regen, zum hellen Bewußtsein kömmt es ihm nicht, wie übrigens diese Menschen selten oder nie im hellen Bewußtsein ihrer selbst sind. Dazu mag auch kommen, daß sie das Totenregister nicht gerne sehen, daß sie sich vor dem Gedanken fürchten, wie lange es gehen werde, bis wieder einer zum Pfarrer kömmt und sagt: «Guten Tag, Herr Pfarrer, muß eine Leiche angeben und (ihren Namen nennend) fragen, wann wir ihn begraben können?»

So ging es Johannes. Der Pfarrer bedauerte während dem Einschreiben den Verlust der guten Frau sehr, sagte viel Gutes von ihr: Der Segen, eine solche Mutter zu haben, sei groß, es sei nur zu wünschen – «Ich werde fertig sein?» frug Johannes aufstehend. «Die Sache ist eingeschrieben,» antwortete der Pfarrer, «ja, und wünschen möchte ich–» «So lebt wohl, Herr Pfarrer,» sagte Johannes, «muß pressieren, wir haben eine große Verwandtschaft; nur bis allen Bescheid gemacht ist und niemand vergessen, gibt es zu tun und zu denken. Lebet wohl!», und wie ein Berg wälzte es sich ihm von der Brust, als er vom Pfarrhause wegging, und immer leichter und wohliger ward es ihm ums Herz, je näher er dem Wirtshaus kam, und als er endlich wieder drinnen saß, da ward es ihm akkurat, als sei er zu Hause. Der Pfaff hätte ihm noch eine Predigt halten wollen, sagte er zur Wirtin, aber dem habe er es schön gemacht, die Türe in die Hand genommen und sei gegangen. Gewiß stehe er noch mitten in der Stube und glotze die Türe an wie eine Kuh das neue Tennstor. So sollte man es allen denen – Pfaffen machen. Wenn alle es so machen würden, das Predigen und Leuteplagen verginge ihnen, denen –. Dazu stieß Johannes die Augen aus dem Kopf, daß sie anzusehen waren wie zwei Mailänderäpfel, riß das Maul auf, daß man es füglich für das berühmte Urnerloch hätte ansehen können; aus dem einfach geöffneten Tor flogen abwechselnd ganze Wolken Rauch und ganze Wolken Flüche, und mit den breiten Fäusten schlug er den Takt dazu. Kurz er gebärdete sich ganz als ein Mann, dem ein Berg sich von dem Herzen gewälzt hat oder der einer großen Gefahr entronnen ist und es sich nun behaglich macht. Jetzt hatte er nichts mehr zu pressieren, ließ es sich so wohl sein, daß er geholt werden mußte, um Nötiges zu beschicken.

Vreneli verlebte die nächsten Tage voll Zorn und Wehmut, es gedachte der Worte der Seligen über ihre Kinder und begriff sie. Es betete zu Gott, daß was bei Menschen unmöglich sei, Gott möglich machen möge, der Seligen die Last von der Seele nehmen und sie nicht entgelten lassen möchte, was sie in Unwissenheit und aus gutem, wenn auch schwachem Herzen getan. Am bösten war es über die zwei Weiber. Es war ihm unmöglich, ihnen ein gutes Wort zu geben; daß so gemein, herzlos, blechern ums Herz zwei Menschen sein könnten, das hatte es sich nicht vorgestellt. Fressen und Zanken war ihr Tagewerk. Am besten kam es mit Johannes aus. Der hatte doch noch ein Herz von Fleisch und Blut, und manchmal war es sogar, als fahre wie ein Blitz ein höheres Gefühl durch dasselbe, aber wenn man es fassen wollte, siehe, so war es schon nicht mehr da. Indessen begehrte er doch bestmöglichst den Anstand und das Übliche zu berücksichtigen, hörte Vreneli an, wenn es etwas anbrachte, gab ihm zumeist recht und half zuweilen selbst etwas anordnen aus eigenem Antriebe.

Johannes hatte eine von den brüllhaften Naturen, welche die ganze Welt voll himmeldonnern, daß man glauben sollte, in ihnen sei die Macht aller wahren und falschen Gottheiten, von Saturn bis auf Hegel, welche bekanntlich darin große

Ähnlichkeit haben, daß sie ihre eigenen Kinder fressen, konzentriert. Betrachtet man diese Naturen in der Nähe, so sind sie zumeist ohne alle innere Kraft und Macht, ihr ganzes Vermögen geht eben in ihrer Brüllhaftigkeit auf. Man sieht zuweilen Menschen in Kaffeehäusern, bei Spiel und Champagner die bedeutendsten Rollen spielen, daß man meinen sollte, sie wohnten in Palästen, schliefen auf Schwanenfedern unter seidenen Decken, und es sind die ärmsten Schlucker von der Welt, wohnen zur Miete oder wohnen auch gar nicht, und wenn sie Kinder haben, so haben diese oft gar nichts, um die Nase zu wischen, als was sie auf die Welt gebracht. Hört man sie, so glaubt man, Gott habe einmal statt Frösche, wie er zuweilen tut, Helden regnen lassen hageldick, die halbe Welt voll; prüft man sie, so sind es lauter Windbüchsen, bläst man nichts hinten rein, kömmt nichts vornen raus, sind ohnmächtige Wesen, untertan jeglichem Winde, der über sie hinfährt, haben aber große Fähigkeit, den Wind zu fassen, große Fähigkeit, ihn verflucht ring wieder von sich zu geben; wäre aber kein Wind, so wären sie auch nichts. Es sind moderne Naturen, oder, etwas vulgär gesagt, die Schweinsblasen des Zeitgeistes oder jedes andern Geistes, der sein Maul an ihr Röhrchen wagt. Derlei Naturen stolpern zu Tausenden in der Welt herum, vom Himmel geregnete Frösche, brüllen die Welt voll, daß man in Versuchung gerät, sich zu ducken, als wäre eine Herde von zehntausend Büffeln im Anzug. Wer aber Courage hat, standhält, merkt gleich, daß es eben nur Frösche sind, und wer Geduld hat und warten mag bis übermorgen, merkt Keinen mehr von ihnen; unerwartet sind sie gekommen, unerwartet verschwinden sie, woher, wohin weiß man nicht, aber wahrscheinlich, ihrer Natur nach, aus dem Schlamm und in den Schlamm. So war auch der Johannes ein Koloß an Gestalt und Gebrüll, und ein klein Kind konnte seine Grundsätze lenken, seine Redensarten bestimmen, konnte alles mit ihm machen, Speise und Trank vorbehalten, denn in dieser Beziehung alleine besaß er große Selbständigkeit.

Zu allem Peinlichen kam noch der ausgebrochene Kinderkrieg, welcher, man möchte fast sagen, Tag und Nacht kein Ende nahm. Elisis Kinder waren da, Trinettes ebenfalls, die letzteren größer, die ersteren kleiner, mischten sich untereinander und mit Vrenelis Kindern, und so unartig, zanksüchtig, meisterlos als möglich erzogen, gab es ununterbrochenen Streit, begleitet mit einem Geheul, ungefähr wie die Indianer heulen, wenn sie die Hütte eines Blaßgesichts überfallen. Zuweilen stürzte in das Geheul mitten hinein scheltend und schreiend ein Weib, schlug drein links und rechts, trug zappelnd und blutend ein Kind von dannen, und hinter ihr her scholl mit verdoppelter Macht das Geheul. Wenn es noch eine Woche so ginge, so liefe es fort, sagte Vreneli, solcher Spektakel sei, so lange die Glungge stehe, nicht erlebt worden. So viel als möglich schloß es seine Kinder ein, denn mit diesen gingen die andern akkurat um, als wenn es junge Katzen wären, welche man plagen und martern dürfe ungestraft.

Endlich kam der Tag, an welchem die gute Mutter begraben werden sollte. Da konnte man sehen, was eine gute Frau zu bedeuten hat in einer Gegend, sie ist, was ein warmer Ofen im harten Winter; jeder, dem es schaurig wird in der kalten Welt, läuft ihm zu, sucht und findet Behagen in seiner Nähe. Gar Viele legten in lauter Wehklage Zeugnis ab, daß sie nackt gewesen, von ihr gekleidet, hungrig und durstig, von ihr gespeiset und getränkt worden. Diese Zeugnisse werden wohl noch ihren alten Wert besitzen; was sie diesen getan, wird der, der einst zu richten kömmt die Lebendigen und die Toten, ansehen, als hätte er es empfangen, und hier wird wohl auch die Sühnung liegen von allem, was sie gefehlt in Unwissenheit und allzu großer Milde. Indessen wem die Klage am tiefsten aus dem Herzen floß, waren doch Joggeli und Vreneli. Joggeli fühlte, daß man seinen Stab und Stütze zu Grabe trug; ein düsteres Ahnen der Tage, die seiner warteten, beschlich ihn. Schon jahrelang war er immer am Stock gegangen und hatte es sich so angewöhnt, daß er vom Tische zum Bette den Stock zur Hand nahm. Aber viel schwächer als seine Beine war sein Wille, der änderte sich alle Tage und jedes Kind konnte ihn meistern; seine Frau hatte ihn auch gemeistert, aber zu seinem Besten. Solange sie lebte, klagte er darüber bitterlich, jetzt, da sie tot war, vermißte er dieses Meistern noch viel bitterer; er fühlte, daß er den Halt im Leben verloren. Vreneli ging es fast ebenso; es war ihm, wie es dem Schiffer ist, dem auf wild bewegtem Meere das Ruder entgleitet, der Kahn der Willkür der Wellen preisgegeben ist. Es war ihm wie einem Kinde, welchem im Marktgetümmel der Mutter leitende Hand entfährt, hin- und hergestoßen wird von des Marktes Wellen, umsonst nach der Mutter sieht und schreit.

Das Verschwinden eines Menschen von der Erde ist schauerlich, und Wenige werden, wenn sie an einem offenen Grabe stehen, diesen Schauer nicht fühlen, sich nicht sagen: Siehe, so sieht auch die Türe aus, durch die du mußt zum andern Leben, so sieht dein Grab auch aus, aber wie wird dein und aller Erwachen sein?» So werden die Meisten denken, welche nicht mit besonderer Liebe an die Leiche gefesselt sind. Wo die Liebe recht lebendig ist, da verzehrt sie alle Gedanken, nur der Schmerz des Missens, das Sehnen nach Wiedersehen fluten durch die erregte Seele. Da wird uns klar, wie wir selbst ein Geheimnis sind im Werden und im Sterben, ein Geheimnis, welches kein Sterblicher offenbart, da begreifen wir, daß wir wandeln müssen im Glauben, nicht im Schauen, daß wir nichts sind als ein Hauch des Allmächtigen, aber ein wunderbarer, der kommt und schwindet nach seinem Wohlgefallen. Da fühlen wir, daß alles Wissen und Sagen der Gelehrten

Stückwerk ist und ein kindisch Gerede und nichts Kraft und Macht hat in den Schauern des Todes und des Grabes als die Verheißung, daß auferstehen werde in Kraft und Herrlichkeit, was verweslich und in Schwachheit ausgesäet worden.

Wenn einer geht ins bessere Land, entsteht wohl eine Lükke in der Welt, kleiner oder größer, je nach des Menschen Stand und Bedeutung, aber schnell ist die Lücke zugewachsen in der Welt, schneller noch, als das Gras wächst auf dem Grabe. Nur die Lücken in den Herzen wachsen nicht zu; wenn sie aufhören zu bluten, blüht ein freundlicher Gedanke auf, schöner, als je Rosen auf einem Grabe geblüht.

So verschwand auch die Base. Die Arbeit, welche sie noch getan, verrichteten Andere, der Lauf der Welt blieb der gleiche; aber die, welche sie geliebt, vergaßen sie nimmer, und lange wird kaum ein Tag vergangen sein, daß ihrer hienieden nicht in Liebe gedacht wurde von denen, denen sie wohlgetan. Sie ruhte im Grabe im Herrn und darum sicher auch sanft. Desto weniger Ruhe hatte Joggeli. Beide Kinder, oder statt Elisi vielmehr der Baumwollenhändler (denn was frug Elisi dem Vater und allem Übrigen nach, seit es der Mutter Schätze geerbt!), stritten sich um ihn schrecklich; jeder wollte, er solle zu ihm ziehen, um auf den Händen getragen zu werden, daß sein Fuß an keinen Stein mehr stoße, wie der Teufel es dem Herrn verhieß, als er ihn verleiten wollte, von der Zinne des Tempels zu springen. Hier könne er nicht bleiben, so verlassen, wo niemand zu ihm sehe, ihm begegnen könnte, was da wollte, niemand sich dessen achte. Nun wollte ihn aber jeder zu sich, darüber entbrannte der Streit. Jeder wußte, was mit Joggeli zu machen war, wenn man ihn in Händen hatte ungestört, darum wollte ihn jeder, aber um alles in der Welt nicht, daß er zum Andern ziehe.

Johannes stellte ihm vor, wie kurzweilig es bei ihm sei, da habe er den ganzen Tag Gesellschaft und zu essen, was ihm nur in den Sinn komme; er habe eine Köchin, wo er ausbieten wolle, sie mache gebackene Fische und saure Leber trotz dem Koch beim Falken. Der Baumwollenhändler dagegen schilderte gräßlich die Unruhe in einem Wirtshause, wo fast kein Schlaf möglich sei, man auch nie das Essen zu der Zeit haben könne, sondern wenn es der Köchin gelegen sei, und oft nichts als die Tellerräumeten der Fremden. Bei ihm hätte er goldene Ruhe und ausgesuchtes Essen, welches er befehlen könne nach Belieben; wolle er Gesellschaft, so könne er auslesen nach Belieben; im Orte, wo er wohne, seien neununddreißig Wirtschaften, allenthalben finde er ausgesuchte Gesellschaft, und wolle er Ruhe, so finde er sie daheim, da solle er Herr sein und kommandieren, wie er wolle, gehorcht solle ihm werden, wie wenn er der Napoleon wäre. Das waren die Präliminarien, von denen kamen sie immer tiefer in die Materie hinein, zerrten erst die Weiber gegenseitig im Maul herum, daß wenig gute Fetzen an ihnen blieben, dann sich selbst, und fast wäre es zum tätlichen Abschluß gekommen, wenn Joggeli nicht selbst gemahnt hätte, was die Leute sagen würden, wenn man sich sozusagen über der Mutter Grab prügle.

Das endliche Resultat war, daß Joggeli bleiben durfte, so gleichsam auf neutralem Boden, und so war es Joggeli wirklich auch am liebsten, denn wenn er auch über niemand mehr zu klagen wußte als über Vreneli, so vertraute er sich ihm doch am liebsten an; er wußte, er hatte es hier am besten und ruhigsten. Sein Aufbegehren war eigentlich nichts als der Ärger darüber, daß er der hohen Natur untertan sein müsse, während nach der äußern Stellung das umgekehrte Verhältnis stattfinden sollte.

Indessen traute weder Johannes noch der Tochtermann dem Handel; jeder dachte, sobald er glaube, der Andere sei fort, so komme er wieder her und mache mit Joggeli, was er gut finde. Begreiflich aber dachte er zugleich, der Andere werde es auch so machen, der verfluchte Schelm sei nicht zu gut dafür. Jeder suchte daher bei Vreneli eine Privataudienz so versteckt als möglich, versprach ihm, man werde ihm daran denken, wenn es aufpasse, was der Andere mache, wenn er kommen sollte. Sobald es was Verdächtiges merke, solle es Bescheid machen, plötzlich, sein Schade solle es nicht sein.

Vreneli aber wollte sich mit solchen Aufträgen nicht befassen; zum Vetter wolle es sehen, daß es es einmal verantworten könne bei der Base, wenn sie wieder zusammenkämen, sagte es. Daneben würde es ihm übel anstehen, wenn es bei ihm den Landjäger machen wollte. Es werde ein jedes Kind das Recht haben, mit dem Vater zu reden, ohne daß jemand anders dabei sei; einstweilen sei er bei gutem Verstand, und trauten sie nicht, sollten sie ihn bevogten lassen, da seien sie Kummers ledig. Aber das wollte Keiner, dieweil jeder von ihnen Privatabsichten hatte, welche unausführbar wurden, sobald ein Vogt oder Vormund Joggeli beschirmte und selbst verantwortlich war. Ob aber den Leuten hier zu trauen sei? frug der Baumwollenhändler, dem diese Abfertigung verdächtig vorkam und der Verdacht auftauchte, sie könnten Joggeli selbst melken wollen. Gutsprechen wolle er für niemand, sagte Johannes, indessen traue er den Leuten mehr als den nächsten Verwandten, denn bis dahin hätte er noch nichts Schlechtes von ihnen gehört. Übrigens würde der Vater es bald genug klagen, wenn sie an ihm rupfen wollten. Der Schwager nahm die Prise. Also aufgepaßt, dachte er, jedenfalls tue ich den ersten Zug; dann macht jeder, was er kann.

Elisi mochte nicht warten, bis es mit seinen Sachen fort konnte, sie in Sicherheit bringen vor Trinettes gierigen Blikken, und hatte doch wieder Freude daran, alles so recht vor Trinettes Augen herumzuziehen, hatte eine leise Hoffnung, sie sterbe vielleicht vor seinen Augen an Neid und Ärger. Da hatte sich Elisi verrechnet, Trinette mochte mehr ertragen. Trinette paßte auf, ob Elisi nicht unter den Sachen der Mutter Dinge fortschaffe, welche zum Haushalt gehörten, und hatte den festen Entschluß, wenn das geschehe, Elisi tüchtig zu prügeln, kratzen, raufen; denn Trinette wußte sich die Stärkere, hatte sich nicht umsonst Speise und Trank ungemessen behagen lassen, während es bei Elisi oft knapp genug zuging. Indessen es ging gerecht zu; Trinette kam so wenig dazu, Elisi zu prügeln, als Elisi, Trinette sterben zu sehen. Drauf und dran war es einige Male, besonders als endlich alles geladen war, ein ziemlich groß Fuder, schwer genug für zwei Pferde, im Hofe stund und Elisi Trinette spöttisch fragte: «Willst mich etwa begleiten und mit Auspacken helfen? Es käme mir kommod!» Da wars gut, stund Elisi im Hofe und war sonst noch jemand da, das Ding hätte gefährlich werden können.

Das gute Elisi hatte niemand nötig zum Auspacken. Uli war mit dem Fuder vorausgefahren; der Baumwollenhändler fuhr mit Frau und Kindern nach, säumte sich unterwegs ebenso oft und lange, und Elisi hatte allenthalben so viel zu erzählen von den Schätzen, welche es bei seiner Mutter gefunden, daß Uli längst auf dem Heimweg war, als sie anlangten. Uli hatte Kasten und Kisten ihnen ins Haus gestellt, wo er Platz dazu fand, und dort ließ man sie stehen. Die kurze Zeit vor dem Schlafengehen mußte Elisi verschwatzen, noch hier und dort Bericht geben, wie es gegangen und was es mitgebracht; das war eine notwendige Erleichterung, ohne welche es nicht hätte schlafen können. Elisi hatte zwei gute Dinge an sich, Appetit und Schlaf, selbst die Freude über sein Heimgebrachtes trieb ihns nicht aus dem Bette. Längst war acht Uhr vorüber, als es sich schläfrig aus dem Bette wälzte, in den Haaren kratzte und nach dem Kaffee schrie. Als der Kaffee kam, frug es: «Wo ist er?» «Weiß nicht!» sagte die Magd. Als der Kaffee getrunken war, ging Elisi nach seinen Kisten und Kasten, aber wo sie am Abend gestanden, stunden sie nicht mehr, stunden nirgends mehr, wohin es auch sehen mochte. «Tüfel, wo sind sie?» schrie Elisi der Magd zu. «Weiß nicht!» antwortete diese.

Ja, jetzt gabs Lärm! «Wo sind meine Sachen, wo sind meine Sachen!» erscholl es durch Stadt und Land. Unerschütterlich blieb die Magd bei der Antwort: «Weiß nicht!» Die Leute lächelten hinter den Fenstern, verschwanden aber, wenn das Geschrei: «Wo sind meine Sachen, wo sind meine Sachen?» in ihre Nähe kam. Endlich kriegte es eine Frau Nachbarin satt und erschien dem schreienden Elisi unter der Türe und sagte: «Schweiget doch und brüllt nicht das Land voll, hilft Euch doch nichts; diesen Morgen in aller Früh ist Euer Mann damit fort, herbeibrüllen werdet Ihr sie nicht mehr, und solltet Ihr brüllen bis zum jüngsten Tag und noch zehnmal so laut.» So sprach sie und verschwand. Ja, jetzt war Elisi nicht mehr zu helfen, es wurde wirklich in allem Ernste fast gar ohnmächtig. «O meine Sachen, meine Sachen! O Mutter, o Mutter!» Und: «Der verfluchte Schelm!» Und usw. Ja, das ging schrecklich, ein Schloßhund ist dagegen nur ein Anfänger. Aber es ging, wie die Nachbarin sagte: Elisi brüllte die Sachen nicht herbei, und wenn es gebrüllt hätte wie zehntausend Ochsen. Der liebe Gemahl war allerdings damit fort auf Nimmerwiedersehen, das heißt der Sachen, er selbst wartete noch auf fettere Beute; er war in immerwährender, immer engerer Geldklemme, in welcher er sich jedoch mit großer Gewandtheit zu bewegen wußte, indessen trotz derselben hätten ihn die Gläubiger längst über Bord geworfen, wenn nicht der reiche Schwiegervater im Hintergrunde gewesen wäre. Trieben sie ihn zum Geltstag oder Konkurs, so war zehn gegen eins zu wetten, daß er nichts erbte, sondern das ganze Erbe seinen Kindern zugestellt wurde, was gesetzlich zulässig war, dann hatten die Gläubiger das blinde Nachsehen. Man schenkte ihm also so gleichsam wie die Katze der Maus mit aufgehobener Tatze das Leben, vertraute ihm jedoch so wenig als möglich Neues an. Das brachte den Herrn in große Geldnot und setzte ihn fast vor die Geschäfte hinaus. Der Nachlaß der Mutter selig war für ihn ein prächtiger Fang, der ihn wieder flott machte für eine Zeit. Er machte sich keinen Augenblick ein Gewissen daraus, die Hand darüber zu schlagen, ihn zu versilbern, so gut er konnte, so was verstund er und kannte die Gelegenheit. Er löste eine beträchtliche Summe, ließ Elisi kaltblütig heulen und schreien und fuhr herum wie ein Fischlein, welches vom Trocknen wieder ins Wasser gekommen. Elisi hintersinnete sich fast, aber was half ihm das? Es war wirklich in einer sehr traurigen Lage. Vom Manne war es verraten und verkauft, auf der ganzen Welt hatte es keinen Menschen, der sich seiner annahm, und wenn der Bruder und seine Frau es vernahmen, wie es ihm ergangen, so lachten sie sich den Buckel voll, das wußte es.

So in der Welt zu stehen, ist wirklich trostlos, und Mancher wurde ein Narr darob. Aber Elisi hatte keine so spröde, sondern eine zähere Natur; viel Heulens mochte es ertragen, und wenn es einmal zu einem frischen weißen Brötchen kam, einigen Cotelettes oder einigen Batzen, welche es dem Manne stehlen konnte, so fand es darin großen Trost für manchen Tag.

ACHTZEHNTES KAPITEL

Ein Gericht und zwei Sprüche

Unterdessen war Ulis Prozeßlein fortgelaufen, hatte sich ausgesponnen auf wunderbare Weise zu einem langen, langen Faden. Wenn er meinte, er packe das Ende, husch, war es ihm entronnen und weit weg wie dem Kinde das Fischlein, nach welchem es hastig gegriffen. Schon tüchtig war Uli durch seinen Agenten angepumpt worden, als es endlich hieß, an dem und dem Tage werde, wenn nichts dazwischenkomme, abgesprochen, Uli müsse dabei sein, müsse auch einmal wissen, wie dies gehe, und sehen, wie der Gegner ein Gesicht mache, wenn er verspiele, er werde sich verwundern. Es machte indessen Uli doch angst auf diesen Tag, es fiel ihm ein, es wäre noch immer möglich, daß er verliere, dann könnte es ihn ärgern und der Andere zusehen; er habe schon gehört, es gehe bei den Abstimmungen oft verflucht ungerecht zu und der beste Handel könne verloren gehen, denn die meisten Richter verständen nichts vom Recht und die übrigen seien sonst nicht sauber im Nierenstück, dachte er. Bekanntlich müssen die Richter immer als Sündenböcke der Advokaten vor dem Volke paradieren.

Die Nacht vor dem Abspruch konnte er wenig schlafen, er wäre zu einem ziemlichen Opfer bereit gewesen, wenn er den Prozeß hätte ungeschehen machen können. «Das soll mir eine Warnung sein,» sagte er mehr als einmal halblaut, «ist der mal aus, fange ich mein Lebtag keinen neuen an, wenn es nicht sein muß.» Er war früh auf, und Vreneli versäumte ihn nicht mit dem Frühstück, war freundlich, aber vom Prozeß redete es nicht. Da war ein wunder Fleck in seinem Herzen, der nicht heilen wollte und schmerzte, so oft er berührt ward. Es war ein heißer, schwüler Sommertag, kurz vor der Ernte; der Roggen beugte bereits seinen philisterhaften Rücken und neigte sein Haupt wie ein alter Professor, wenn er sich der Höflichkeit befleißt. Das Korn hatte verblüht, stand keck gradauf wie junge Fähndriche, welche Generale werden möchten. Uli dachte, in acht Tagen muß der Roggen ab, in drei Wochen das Korn, überschlug seinen Ertrag, machte Preise, handelte, daß er darüber fast den Prozeß vergaß und an Ort und Stelle war, ehe er es sich versah.

Es war noch ziemlich stille, die Stunde des Gerichts noch nicht da, und bekanntlich gehören die Advokaten, welche früh zur Stelle sind, entweder zu den Ausnahmen oder zu den Anfängern. Wer des Abends zu viel Wein im Munde hat, frägt dem Golde, welches die Morgenstunde im Munde hat, nicht mehr viel nach.

Nach und nach trappeten die Parteien an oder fuhren wohl auch, stunden ums Schloß, wo das Gericht saß oder sitzen sollte, oder bewegten sich der Gaststube des Wirtshauses zu, um an einem Schnaps oder einem halben Schoppen Wein sich für die Operationen der Gerechtigkeit zu stärken. Auch seinen Gegner sah Uli herantrappen an einem langen Stock, gelb und mager sah unter dem breiten Rande des schwarzen niedern Wollhutes das Gesicht hervor. Der ging nicht dem Wirtshause zu, sondern dem Schlosse, sah sich erst lange bedächtig um, lehnte sich dann noch lange an seinen Stock, endlich saß er auf eine Bank ab, nachdem er sich sorgfältigst überzeugt hatte, daß er am rechten Orte sei und sich nicht verfehle, wenn er sich da setze.

Endlich, als das Volk sich gehäuft hatte, die übliche Stunde längst geschlagen, kamen sie daher, die Helden des Tages, die Agenten und Fürsprecher, wie Divisionärs und Brigadiers auch erst kommen, wenn die Bataillone aufmarschiert sind und oft schon lange stehn. In wunderlichen Kleidungen, in Kopfbedeckungen von allen Sorten kamen sie dahergefahren, drei kamen sogar geritten. Eben ritterlich sahen sie nicht aus, einer von ihnen saß auf seiner Rosinante wie eine junge Laus auf einem alten Spittler. Wenige Agenten kamen zu Fuß; was ihnen dadurch an Ansehen abging, suchten sie zu ersetzen durch die Majestät, mit welcher sie ihre Pfeife hielten, den Stock handhabten oder den Kopf trugen. Sie alle gingen der innern Stube des Wirtshauses zu, sammelten da ihre Gedanken bei einem Glase Roten oder stärkten ihre Stimme mit Schinken oder Braten, stellten sich zuweilen in die Mitteltüre groß und breit und schauten hinaus in des niedern Volkes, welches sich in der Gaststube gesammelt hatte, lautes Gesumme. Mit Schauer und Respekt sah das Volk auf die Helden hin, welche die Gerechtigkeit in den Händen hatten wie der Töpfer den Lehm, um sie zu drehen nach Belieben. «Sieh, dort ist der Meine,» sagte einer und wies mit seinem langen Stock auf eine Figur, welche unter offenem Fenster stund. «Dort der Meine,» sagte ein Anderer, zog seinen Hut und machte dem Seinen einen tiefen Bückling mit langem Scharwenzel, doch umsonst, derselbe hatte ein kurzes Gesicht und eben seine Brille in den Händen, um ihr den Morgentau auszuwischen. Ganz verblüfft und verwundert über dieses kalte Benehmen, sagte der Klient: «Das letztemal, als ich bei ihm war, war er nicht daheim, und hat ihm vielleicht seine Frau vergessen zu sagen, die Fische seien von mir. Ich sagte ihr meinen Namen dreimal, vergessen wird sie ihn doch nicht haben.» «Ich bringe nichts mehr,» sagte ein Anderer, «sie führen einem die Sache zu stark aus, man weiß nicht mehr, was ihnen recht ist. Letzthin brachte ich meinem Fürsprecher zwei Hasen, verflucht brave, da sagte die Frau, sie wolle nur einen, der andere stinke. Sonst hat man geschenkten Rossen nicht ins Maul gesehen.»

«Warte hier, muß doch noch ein Wörtlein mit dem Meinen reden,» sagte ein Anderer, «und ihn mahnen, daß er nur ja den und den Punkt nicht vergesse und die Satzung, welche darauf sich schickt, es ist die und die. Solche Herren sind oft gar schrecklich vergeßlich, besonders wenn sie vom Dischinieren kommen. So einer hat so viel Händel, daß er um den einen oder den andern nicht die Hand umdreht; verliere ich den, he nun so dann, so gewinne ich einen andern, spekuliert er. Unsereiner, der nur einen Handel hat, kann es minder leicht nehmen, gewinnt oder verliert er ihn.»

So sieht man Manchen an der Tür sich drehen, um seinem Fürsprecher abzupassen, ihm noch ein vertraut Wort zu sagen, vielleicht mitzuteilen, was man selbst Schlagendes gedacht oder gesinnt. Der Eine oder der Andere flucht in einer Ecke, wenn er seinen Advokaten mit dem des Gegners vertraut unter einem Fenster reden sieht, denn er hatte geglaubt, sie Beide sollten sich mit dem gleichen Hasse hassen, mit welchem er und sein Gegner einander hassen. «Da werden sie mit einander abreden, wer gewinnen und wer verlieren soll, wie die Schwinger am Ostermontage in Bern. Es ist doch von denen Hagle keinem was zu trauen, es ist ein Schelm wie der andere, wenn man es sagen dürfte, und Unterschied ist keiner, weder daß der eine um etwas der Schlimmere und der andere um etwas der Dümmere ist,» so wird geurteilt.

Endlich wird das Publikum ungeduldig, Einige steigen voran, Einige schimpfen über das Zögern, sie hätten weit heim und seien nicht zweispännig hergefahren, und es dünke sie, die Herren sollten an Hunger und Durst auch etwas sparen für den Mittag, sonst möchten sie da nichts mehr. Endlich kömmt der Gerichtsweibel und sagt den Herren des Tages: Die Richter säßen schon lange und verlangten nach den Herren, wenn man erst mittags anfange, so finde man den Feierabend nie. Indessen ist der Herr Gerichtsweibel nicht halb so pressiert, daß er nicht mit einem oder zwei Gläsern Wein Bescheid tun kann. Hätten sie drüben schon so lange gewartet, so würden sie noch um einer kleinen Weile willen nicht aus der Haut fahren, kalkuliert er, und gewöhnlich ganz richtig, denn sein Kalkul gründet sich auf Erfahrung. Endlich muß doch aufgebrochen werden, denn unter all den Helden ist denn doch kein Josua, der die Sonne stellen kann, und nach Sonnenuntergang sind Gerichtshandlungen nicht mehr gültig. Vor Gericht beginnt die Schlacht mit Plädieren und Replizieren und endlichem Judizieren. Partei um Partei treten vor und treten ab, und reiche Studien macht, wer die Wirkungen beobachtet, welche Gewinnen und Verlieren auf den Gesichtern hervorbringen, und bemerkt manch Gesicht, dem man es durchaus nicht anzusehen vermag, ob ihns ein günstig oder ungünstig Urteil getroffen.

Uli war einer der Letzten, welche vorkamen, ihm war ungefähr wie einem, der gehängt werden soll, aber erst noch einige Andere zu seiner Stärkung und Erquickung muß hängen sehen; wer dies erlebt hat, weiß, wie es ihm war. Endlich wurden sie vorkommandiert. Seines Gegners Agent eröffnete das Feuer, und zwar so scharf, daß es Uli fast schwarz ward vor den Augen. Der wusch ihm den Pelz, daß er glaubte, er könne sein Lebtag keinem Menschen mehr ins Gesicht sehen, daß er viel Geld gegeben hätte, nicht bloß, wenn er den Handel nie angefangen, sondern wenn er nur nie hergekommen wäre, denn fortan werde jedes Kind, wo er sich zeige, mit Fingern auf ihn weisen und sagen: «Seht da den Betrüger, den verlogenen Kuhhändler!», und daß was an dem Gerede wäre, das sagte Uli was unter dem Brustlatz. He nun, so ists, dachte er, gut für einmal! Ich merke jetzt, wie es die Leute meinen; hätte ich der Frau geglaubt, so wäre es mir nicht so gegangen.

Nun trat auch sein Anwalt auf. Wenn der nur schweigen oder die Sache ganz kurz machen würde, daß sie bald vorbei wäre, dachte Uli, aber dem Lumpenhund wolle er es doch einmal sagen, wie er ihn hineingeführt, denn mit Schein laute das Gesetz ganz das Gegenteil, als der Hagel es ihm angegeben. So gehe es, wenn man von der Sache nichts verstehe, sich bloß müsse brichten lassen und noch dazu von solchen Beinschabern. Nun aber kam sein Anwalt nach einigen Präliminarien auch in Fluß der Rede. Potz Himmel, wie tat Uli erst das Maul auf und wie fing es ihm dann zu wohlen an, das Ding kam heraus wie ein umgekehrter Handschuh und

Uli mußte immer denken: Persche, ja so! Kuh, was ich bin, daß ich das nicht gedacht! Er fing an zu wachsen, mit souveräner Verachtung auf den andern Anwalt und das Lumpenmannli, das heißt seinen Gegner, herabzusehen, der zuweilen das Maul auftat, als ob er reden, eine Bewegung machte, als ob er auf den Redner einspringen wolle und ihn traktieren mit seiner Faust, die er immer geballt hatte und mehr oder weniger vorstreckte, je nach dem Siedpunkte seines Zorns.

Uli kam sich fast vor, als sei er eins von den Gespenstern, von denen man erzählt, daß sie sichtlich wachsen und wachsen, bis ihr Kopf in den Wolken ist, während sie mit den Beinen noch auf Erden stehen. Man hätte glauben sollen, im ganzen Bernbiet sei kein ehrlicherer Mann und noblerer Staatsbürger als Uli. Und wirklich hatte selbst Uli nie daran gedacht, daß er so einer sei, und fürchtete fast, er könne künftig vor lauter Rechtschaffenheit, Tugend, Vaterlandsliebe und entschiedenem Fortschritt sich nicht vor den Leuten sehen lassen, dieweil die Einen aus Neid zerspringen, die Andern aus Begierde, so einen zu sehen, ihn erdrücken könnten; recht hätte er, und ohne Laterne sehe man es, und wenn die Richter nicht Schelme seien, so müsse er gewinnen, und daß sein Agent so reden könne, als wäre er schon im Himmel gewesen, das hätte er ihm sein Lebtag nie angesehen, weder hinten noch vornen, weder im Wirtshaus, wenn er die Andern im Spiel betrog, noch daheim, wenn er die Frau prügelte. Das Gewinnen hätte er bar, so dachte Uli, und so war es auch.

Als sie nach kurzer Beratung des Gerichtes wieder hineingerufen wurden, war sein Gegner mit seiner Klage abgewiesen und in die Kosten verurteilt. Das Mannli ward blaß, sein langer Stab tanzte auf dem Boden, und weit, weit streckte er seine Faust vor, und es war, als wolle er sich ducken zum Sprunge auf die Richter; dumpfe Laute quollen über seine Lippen, wahrscheinlich drückten sie nicht den größten Respekt aus, denn sein Agent, welcher ihm am nächsten stund, fand sich veranlaßt, ihn mit möglichster Schnelligkeit vor sich her aus dem Gerichtssaale zu schieben.

Uli wars wie einem, der, in eine Dornenhecke gefallen, gefürchtet hatte, er komme nur zerfetzt und wie ein gerupftes Schaf mit Hinterlassung aller Wolle daraus, plötzlich auf freien Füßen steht mit heiler Haut, oder wie dem Daniel, als er ungefressen aus der Löwengrube kam, die Bestien ihn nicht angetastet, und waren doch im Gerichtshofe acht Anwalte, sechs Agenten und Geschäftsmänner in ungezählter Menge und alle trotz asiatischen und afrikanischen Bestien (amerikanische sollen weniger wild und grausam sein) mit Hunger und Durst behaftet. Also gewonnen, gewonnen! Was wird die Frau sagen? Es ist doch gut, daß man andern Leuten auch glaubt als nur den Weibern, aber so leichtlich bringt mich nicht mehr jeder zu einem Prozeß. Es ist allweg eine verteufelte Plag, man wäre leichter eine kleine Weile gichtisch oder sonst krank, so dachte Uli.

So war er, ohne daß er es merkte, hinter das Mannli und seinen Agenten gekommen und hörte, wie der Erstere zum Letzteren sagte: «Machet, was Ihr wollt, aber einen solchen Handel zu verspielen, muß man ein Esel oder Schelm sein. Ich habe recht vor Gott und Menschen in aller Ewigkeit, die Ochsen da oben mögen erkennen, was sie wollen. Macht jetzt was Ihr wollt, ich habe kein Geld, habe nichts als ein mager Höflein, Kinder und Schulden, und wenn Ihr die wollt, könnt Ihr sie haben, welche Stunde Ihr wollt, ich will sie Euch noch vors Haus bringen unentgeltlich. Vor und nach kann ich vielleicht was zahlen, aber überstürzt Ihr mich, werfe ich den Schlegel, rufe den Konkurs an. Die Kinder können betteln gehen und ich will stehlen, bis ich an obrigkeitliche Kost komme.»

Da sagte Ulis Agent: «Mit Reden zahlt man niemand, das

wäre bequem, ich habe auch noch eine Rechnung, und die wird müssen bezahlt sein; es hat schon Mancher, der nichts haben wollte, gezahlt, wenn man ihn recht angefaßt hat.» Da drehte sich das Bäuerlein um, sah Uli, stund still und sagte: «So, du bist auch da! Hast mich betrogen und jetzt noch den Handel gewonnen, und ich werde mit Weib und Kind dem heiligen Almosen nach müssen! Mein Lebtag hat mich doch kein Mensch so verführt! Meinte, du seiest ein ehrlicher Mann, den Halunken sah ich dir nicht an! Aber ist ein gerechter Gott im Himmel, so treibt er dir dein Schelmenstück zehnfach ein und bald oder läßt es dich bis zum Galgen bringen und jagt dich dann dem Teufel zu, besser verdienst du es nicht!» Als er das gesagt hatte, drehte er sich um, ging rasch seines Weges. Es war Uli, als sehe er ihn mit dem Ärmel über die Augen fahren.

Die Agenten lachten sehr über den Zorn des Bäuerleins und lebten noch manchen Tag wohl daran, ungefähr wie Buben, welche sich am Zappeln von Maikäfern ergötzen, die sie an Faden gebunden haben und denen sie allgemach Flügel und Beine ausreißen. Auf Uli dagegen machte die Rede Eindruck; es lag ein Fluch darin, und solche Worte hielt er nicht für gleichgültig, besonders da sich in seinem Herzen etwas rührte, welches sich mit dem Troste, daß, hätte er nicht recht gehabt, die Richter ihm nicht recht gegeben, durchaus nicht beschwichtigen lassen wollte. Anlügen ist anlügen, ein Gericht mag sagen, was es will.

Es ist eine wunderbare Sache um die Macht des Wortes, nicht umsonst hat so mancher Aberglaube sich damit vermischt; daß zum Beispiel das Wort des Menschen Macht habe über Gott, so daß er müsse töten oder wettern, je nachdem, das Wort die Macht habe, aus den Gräbern die Toten zu rufen und zu öffnen die Schatzkammern der Erde. Aber ein fromm vertrauensvolles Wort zum Vater im Himmel, eine Bitte aus innigem Herzen, was hat sie nicht vermocht und wie oft hat nicht ein Wort geschlagen in das Herz des Sünders wie der Blitzstrahl aus einer Donnerwolke! Wie oft nicht ein Wort das Andenken großer Verstorbenen herbeigerufen, neues Leben geweckt in den Herzen der Enkel! Wie oft ist nicht das Wort in Herzen gedrungen, hat Steine von den Gräbern gesprengt, unter welchen die edelsten Kräfte begraben lagen, und ein junger, schöner Frühling erblühte, wo früher Öde war und totes Gestein! Wie oft ward das Wort nicht zur feurigen Röte, welche den Bösewicht unstät jagte über die Erde! Das Wort ist unendlich mächtiger als das Schwert, und wer es zu führen weiß in starker, weiser Hand, ist viel mächtiger als der mächtigste der Könige. Wenn die Hand erstirbt, welche das Schwert geführt, wird das Schwert mit der Hand begraben, und wie die Hand in Staub zerfällt, so wird vom Rost das Schwert verzehrt. Aber wenn im Tode der Mund sich schließt, aus dem das Wort gegangen, bleibt frei und lebendig das Wort; über dasselbe hat der Tod keine Macht, ins Grab kann es nicht verschlossen werden, und wie man die Knechte Gottes schlagen mag in Banden und Ketten, frei bleibt das Wort Gottes, welches aus ihrem Munde gegangen. Aber auch mächtiger als Dolch und Gift ist das böse Wort, das durch die Herzen fährt und in die Seelen schleicht oder schlüpft. Schlangen und Banditen sind greuliche, scheußliche Dinger, aber viel scheußlicher sind glattzüngige Verführer, welche Gift träufeln in arglose Herzen, sind viele Wortführer des Tages, falsche Propheten des Lügengeistes, der im Paradiese sein heillos Amt begann.

Es war lange über Mittag, als sie zum Wirtshaus kamen; heiß war es zum Ersticken, kein Lüftlein regte sich, zum Himmel heraus hingen schwarze Wolken, Trauerfahnen, welche Gottes Hand heraushängt, wenn er seine Gerichte bereitet. Uli begab sich ins große Gastzimmer; in die innere

Stube, wohin die Agenten gingen, wo auch die Richter erwartet werden, gehören die Laien nicht. Er ließ sich etwas zu Mittag geben, er meinte, er sei sehr hungrig, aber der Appetit fehlte ihm, als er begann zu essen. Der Wirt munterte ihn zum Essen auf: «Es ist alles frisch und sauber,» sagte er, «und lange her, seit du etwas im Magen gehabt haben wirst.» Eben das mache es, sagte Uli, daß er nicht essen möge; wenn es über die gewohnte Zeit gehe, so vergehe der Hunger.

Dem war aber nicht so, das Wort des armen Mannli hatte Uli ins Gemüt geschlagen, gärte dort, verdarb ihm den Appetit. Was er auch anderes denken wollte, es stund ihm immer vor der Seele, und wie er auch zum Zorn sich stacheln wollte gegen das Lumpenmannli, welches solche Reden führe, die Rede löschte immer den Zorn, und Bangen war da. Bah, sagte er, solchen Worten müsse man sich nicht achten; Recht sei Recht, und wer recht habe, hätten die Richter gesagt, die sollten es wissen! So tröstete sich Uli, und der Trost hielt doch nicht. Solche Worte sollte man verbieten beim Hängen, zu bedeuten hätten sie nichts, das wisse ja jedes Kind, aber man höre sie doch nicht gerne; alles Fluchen sei ja schon von Gott verboten, und wenn er das daheim forttreibe, vielleicht noch mit seinen Kindern, so könnte ihnen allen das an der Seele schaden, und es wäre doch schrecklich, wenn sich die Kinder dessen entgelten müßten. Man sieht, Uli hatte bereits viel von den Agenten gelernt.

Der Wirt fragte: «Du wirst doch gewonnen haben? Was hast für einen Handel gehabt?» Uli erzählte. «Da hast gewinnen müssen,» sagte der Wirt, «jedes Kind auf der Gasse kanns ja begreifen; aber ich kenne das Mannli, das ist nicht das richtigste, ein böses Tüfelsmannli ist das, es hat auch den Ruhm dafür. Es ist gut, daß der einmal an den Rechten gekommen ist; gerade recht hast du es ihm gemacht, er besinnt sich dann ein andermal, ob er die Leute plagen soll. Brandschatzen hat er dich wollen, und gerade so sollte es allen gehen.» Aber die Worte, welche er ihm hätte drin zugemessen, hätte er doch ungern; er möchte nicht, daß jemand meine, er hätte sie verdient, entgegnete Uli. «Dessen mußt du dich gar nichts achten,» sagte der Wirt, «solche Worte haben gar nichts zu bedeuten; Worte sind Worte und sonst nichts, um einen guten Schoppen will ich dir abnehmen alles, was dir dein Lebtag angewünscht wird. Was meinst, wie bös wäre ein Wirt daran, wenn solche Worte was zu achten wären? Jedes Hagels Bäuerlein, wenn es meint, ich habe an einem Kalb zu viel Profit gehabt oder an einem Leichenmahl zu viel Wein angerechnet, wo es doch gewiß nicht ist, sagt gleich, der Tüfel solle den Wirt holen, und ich habe ihn noch nie gesehen.»

So tröstete der Wirt, und der Trost eines Wirts ist auch gut, warum nicht? Er währt wenigstens so lange als seine Schoppen, und dies ist auch schon was. Durch die ins andere Zimmer einbrechenden Gerichtsmänner wurde der Wirt in seinem Troste unterbrochen, denn wenn Priester und Krieger der Gerechtigkeit einem Wirte zuhanden kommen, gilt so ein Uli nichts mehr, und wenn er Trost noch so nötig hätte. Es war bereits über vier Uhr, als Uli sich auf den Heimweg machte, er förderte rasch seinen Schritt. Der Wein, des Wirts Worte, das Gefühl, gewonnen zu haben, drängten den empfangenen Eindruck in den Hintergrund, machten ihn guten Muts. Es sei schon viel geschwatzt worden in der Welt, dachte er, und habe nicht viel zu bedeuten gehabt.

Schwarz stund im Westen ein Wetter, aber es bewegte sich nicht; in kurzen Flügen flatterten die Schwalben um Bäume und Häuser, still und matt hingen die Blätter an den Zweigen. In den Wiesen sah man in breiten schwarzen Hüten und hohen Holzschuhen die eingefleischten Wässerbauern stehen und den zu erwartenden Wassern die Wege bereiten, denn das Wasser bei Gewitterregen, welches die Straßen fegt und die nicht wohlbewahrten Düngerhaufen umspült, ist für einen rechten Wässerbauer oder vielmehr seine Wiesen das beste Labsal. Wer bei solchen Umständen den Andern am besten um dieses köstliche Labsal betrügen kann, der geht mit den erhabensten Gefühlen, mit dem gehobensten Selbstbewußtsein heim. Das hat wohl auch zu der Sage Anlaß gegeben, daß wer ein Fronfastenkind sei, vor dem Ausbruch der heftigsten Gewitter alte, längst verstorbene Wässerbauern, welche sich gegenseitig ums Wasser betrogen, in den Wiesen wässern sehe, Graben auftun, Bretter einschlagen, dann stehen hinter diesem oder jenem Strauch oder Baume, Feuer schlagend und ihr Pfeifchen rauchend. Man denkt dabei nicht an die Sitte der rechten Wässerbauern, die alten, hundertjährigen, währschaften Röcke ihrer Großväter anzuziehen und uralte Hüte aufzusetzen, da modernes Zeug ins Wasser hinaus nicht taugt. So sieht man von ferne allerdings ein uralt, längst zu Grabe gegangenes Geschlecht in den Wiesen hantieren, und manche Gestalt mag sich vor der andern fürchten, hinter einen Dornstrauch sich bergen. Ginge man den Gestalten zu Leibe, würde man ganz bekannte Gesichter sehen, deren Beine noch auf Erden wandeln, aber in den Schuhen der Väter, gehüllt in ihre Röcke, übend ihre Sitten.

Uli sah diese Gestalten in den Gründen. Muß pressieren, dachte er, werden glauben, es gebe ein starkes Gewitter, muß auch profitieren; bin ich nicht daheim, so macht es mir niemand. Er eilte durch einen Boden oder Tal, welches ein stattlicher Bach bewässerte, und wie es schien, gut. Von weitem sah er etwas, nicht weit vom Weg, welches ihm unheimlich vorkam, daß er dachte, er wollte, er wäre schon vorbei. Es glich einem gestutzten ungeheuren Weidenstrunk, und doch war es keiner, denn es schien sich zu bewegen, oder einem kleinen alten Ofenhaus mit rußichtem Dache, welches auf schwachen Stützen schwankte. Uli ging langsamer. Er hatte noch kein Gespenst gesehen; der Drang, einem zu begegnen, war durchaus nicht groß bei ihm und noch dazu am heiterhellen Tage. Es wäre doch eine strenge Sache, dachte er, wenn man vor ihnen nicht mehr sicher ist, wenn noch die Sonne am Himmel steht. Als er näher kam, schien das Ungetüm zu wachsen, richtete sich auf und stellte sich an eine Wasserschaufel und war anzusehen wie ein Riese aus dem Gebirge oder wie der Rübezahl geschildert wird. Da stund Uli, einen solchen Wassermann hatte er nie gesehen. Da kam das Ungetüm mit der Schaufel auf der Achsel auf ihn zu, und unter einem Hut hervor, den wahrscheinlich ein Spanier im dreißigjährigen Kriege verloren hatte, rief eine Stimme: «Komm nur, komm, fürchte dich nicht, bin kein Gespenst.» Es war die Stimme des Wirts, seines Freundes, unter dem breiten schwarzen Hut hervor, der seine kolossale Gestalt in einen alten Oberrock seines Vaters, der noch viel kolossaler als er gewesen, gehüllt hatte, so daß er allerdings von weitem anzusehen war wie ein Elefant oder ein Rhinozeros, welches auf den hintern Beinen aufrecht stund. Es leichtete Uli, er bekannte, daß er wirklich nicht gewußt, wer da so eine Postur mache, ein solcher Grüsel sei ihm noch nie vorgekommen. «Und wie ist es gegangen?» frug der Wirt, «hast gewonnen?» Als Uli es bejahte, stimmte der Wirt einen Lobpsalmen an, aber wohlverstanden, auf sich selbst. «Nicht wahr, ich habs gesagt, nicht wahr, es kam besser, daß du mir Gehör gabest als deinem sturmen, aufbegehrischen Fraueli? Ja sieh, geirrt habe ich mich in solchen Sachen noch nie, wie ich sagte, ists noch allemal gegangen. Muß ich einmal aufhören zu wirten, fange ich an zu agenten, und nicht lange soll es gehen, so will ich alle überwunden haben! Komm jetzt, auf den Schrecken hin wollen wir eins nehmen, es soll dich nichts kosten.» Uli dankte, sagte, er müsse pressieren, das Wetter gefalle ihm nicht. Es drohe grausam, und breche es los, so könne es übel gehen, wo es durchfahre. «Komm du nur,» sagte der Wirt, «eine Flasche ist bald getrunken. So bald gehts nicht los, und daran machen kannst du nichts, ob du daheim seiest oder nicht; das fährt durch, wo es will. Uns tut es diesmal nichts, zähle darauf, das fährt obenein den Bergen nach.»

NEUNZEHNTES KAPITEL

Ein ander Gericht und ein einziger Spruch

Uli wars nicht wohl. Gewohnt, dem immer sehr bestimmt ausgesprochenen Willen des Wirts sich zu unterwerfen, ging er wohl hin, erzählte, wie es gegangen, aber was das Mannli ihm gesagt, verschwieg er, das wollte ihm nicht den Hals herauf; hastig trank er den Wein und pressierte weiter, denn schon bewegte sich stark das Laub an den Bäumen wie von unsichtbarer Hand, denn kein Wind bewegte die dicke, heiße Luft. Fernher donnerte es dumpf, fast aneinander, als ob ein schwerer Wagen über eine hölzerne Diele fahre. Wenn es wettern will, eilt der rechte Hausvater heim so stark als möglich, dort ist sein Platz, wie der des Obersten an der Spitze des Regiments, wenn der Feind naht. Man weiß nie, was es geben kann, und beim Hausvater soll der Rat sein in allen Dingen und die Hand zur Tat in allen Fällen. Uli eilte weiter trotz den Versicherungen des Wirtes, er komme ohne Pressieren heim, zu rechter Zeit, und das Wetter ziehe obenein, er solle darauf zählen.

Es war merkwürdig am Himmel, drei, vier große Wetter standen am Horizonte, eines drohender als das andere. Feurig war ihr Schoß, schwarz und weiß gestreift ihr Angesicht, als ob mit der Nacht der Tod sich gatte, dumpf toste es. «Dort geht es bös, dort hagelts,» sagte Uli halblaut für sich, «wie angenagelt steht das Wetter; dort hagelt es fast alle Jahre, da möchte ich nicht wohnen, hier durch kommen solche Wetter nicht, der Wirt hat recht. Joggeli hat gesagt, als er die ersten Hosen getragen, da habe es einmal gehagelt, er möge sich noch gar wohl daran erinnern, seither nie mehr, daß es der Rede wert.» Indessen schneller wurden ihm unwillkürlich seine Schritte, langsam rückten auch die Wetter herauf am Horizonte, zogen sich rechts, zogen sich links, feindlichen Armeen gleich, die sich bald in der Fronte, bald in den Flanken bedrohen, es ungewiß lassen, ob und wo sie zusammenstoßen. Das gefährlichste der Wetter zog seinen gewohnten Weg, obenein, da kam von dorther ein ander Gewitter rasch ihm entgegen, stellte seinen Lauf, drängte es ab von seiner Bahn. Gewaltig war der Streit, schaurig wirbelten die Wolken, zornig schleuderten sie einander ihre Blitze zu. Wie zwei Ringer einander drängen auf dem Ringplatze ringsum, bald hierhin, bald dorthin, rangen die Gewitter am Himmel, rangen höher und höher am Horizonte sich herauf, und je wilder es am Himmel war, desto lautloser war es über der Erde. Kein Vogel strich mehr durch die Luft, bloß ein Lämmlein schrie in der Ferne. Uli ward es bang. «Das kömmt bös,» sagte er. «Ich habe es noch nie so gesehen. Da ist ein großer Zorn am Himmel, wenn ich nur daheim wäre. Hageln wird es, so Gott will, nicht; es ist mir wegen Einschlagen, es ließe mir niemand das Vieh heraus. In einer guten Viertelstunde zwinge ichs.» Wie er das für sich selbsten sagte, ward er scharf auf eine Hand getroffen. Er zuckte zusammen, sah um sich, sah einzelne Hagelsteine aufschlagen auf der Straße, durch die Bäume zwikken, nur hier und da einer, ganz trocken, ohne Regen, aber wie große Haselnüsse waren die Steine. Es wird doch nicht sein sollen, dachte Uli, und sein Herz zog sich zusammen, daß das Blut nicht Platz hatte in demselben, dessen Wände zu zersprengen drohte. Es hörte wieder auf. Uli dachte: Gottlob, es wird nicht sein sollen, böser hätte es nie gehen können als gerade jetzt, so kurz vor der Ernte, und jetzt bin ich daheim oder so viel als.» Uli stund auf einem kleinen Vorsprunge, wo der Weg nach der Glungge abging und das ganze Gut sichtbar vor ihm lag, da zwickte ihn wieder was und zwar mitten ins Gesicht, daß er hoch auffuhr, ein großer Hagelstein lag zu seinen Füßen. Und plötzlich brach der schwarze Wolkenschoß, vom Himmel prasselten die Hagelmassen zur Erde. Schwarz war die Luft, betäubend, sinneverwirrend das Getöse, welches den Donner verschlang. Uli barg sich mühsam hinter einen Kirschbaum, welcher ihm den Rücken schirmte, verstieß die Hände in die Kleider, senkte den Kopf bestmöglich auf die Brust, mußte so stehen bleiben, froh noch sein, daß er einen Baum zur Stütze hatte, weiterzugehen war eine Unmöglichkeit.

Da stund er nun gebeugt am Baume in den sausenden Hagelmassen, seines Lebens kaum sicher, fast wie an den Pranger gebunden, vor seinen vor kurzem so schön prangenden Feldern, welche jetzt durch die alles vernichtenden Hagelwolken verborgen waren. Uli war betäubt, keines klaren Gedankens fähig, er stund da wie ein Lamm an der Schlachtbank; er hatte nichts als ein unaussprechlich Gefühl seines Nichts, ein Zagen und Beben an Leib und Seele, das oft einer Ohnmacht nahekam, dann in ein halb bewußtlos Beten überging. Das Zagen und Beben entstund eben aus dem dunkeln Gefühl, daß die Hand des Allmächtigen auf ihm liege.

So stund er eine Ewigkeit, wie es ihm vorkam, in Fetzen schien Gott die Erde zerschlagen zu wollen. Da nahm das schreckliche Brausen ab; wie eine milde, liebliche Stimme von oben hörte man das Rollen des Donners wieder, sah die Blitze wieder zucken, der Gesichtskreis dehnte sich aus, die Schlacht tobte weiter, die Wolkenmassen stürmten über neue

Felder, rasch hörte der Hagel auf, freiern Atem schöpfte wieder der bis zum Tode geängstigte Mensch.

Auch Uli hob sich auf, zerschlagen und durchnäßt bis auf die Haut, aber das fühlte er nicht. Vor ihm lag sein zerschlagener Hof, anzusehen wie ein Leichnam, gehüllt in sein weißes Leichentuch; von den Bäumen hing in Fetzen die Rinde, und verderblich rollten die Bäche durch die Wiesen. Aber Uli überschlug den Schaden nicht, schlug die Hände nicht über dem Kopfe zusammen, fluchte nicht, verzweifelte nicht. Uli war zerknirscht, war kraftlos an Leib und Seele, fühlte sich vernichtet, von Gottes Hand niedergeschlagen. Ob er was dachte oder nicht, wußte er nie zu sagen. Er wankte heim, merkte Vreneli nicht, welches weit vom Hause die Knechte regierte, daß sie Einhalt täten den stürmenden Wassern, bis es ihm um den Hals fiel mit lautem Jubel und sprach: «Gottlob bist da! Nun, wenn du da bist, ist alles wieder gut und gut zu machen. Aber was ich für einen Kummer um dich ausgestanden, das glaubst du nicht. Mein Gott, wo warst in diesem Wetter! Gewiß im Freien, und kamst lebendig davon!» Die freundliche Teilnahme weckte Uli aus der stumpfen Betäubung, doch bloß bis zu den Worten: «Es wäre vielleicht besser anders, mir wäre es wohl gegangen und niemand übel.» «Nit, nit,» sagte Vreneli, «versündige dich nicht. Es ist übel gegangen, viel zu übel; als es am stärksten machte, wollte es mir fast das Herz abdrücken, es war mir, als sollte ich dem lieben Gott zuschreien, was er doch denke. Da fiel mir ein, du könntest im Wetter sein, vom Blitze getroffen werden oder sonst übel zugerichtet. Da war es mir weder um Korn noch Gras noch Bäume mehr; es kömmt ein ander Jahr, und da wachsen wieder andere Sachen, aber wenn es nur Uli nichts tut, dieser recht nach Hause kömmt, so macht alles andere nichts, ward mir. Da faßte ich mich, und sobald man vor das Dach durfte, sah ich nach dem Wasser, und siehe, da kömmst du daher, und jetzt ist alles gut. Jetzt komm heim, du hast es nötig.» «Siehst?» sagte beim Gehen Uli, «kein Halm steht mehr, kein Blatt ist an den Bäumen, alles am Boden, alles weiß wie mitten im Winter. Was jetzt?» Er stund still und zeigte Vreneli hin über das Gut.

Es bot wirklich einen herzzerreißenden Anblick, sah schaurig aus, ein Schlachtfeld Gottes, wo seine Hand über den Saaten der Menschen gewaltet. Unwillkürlich tränten Vrenelis Augen und seine Hände falteten sich, aber es suchte sich stark zu machen, es sagte: «In Gottes Namen, es sieht schrecklich aus, aber denk, Gott hat es getan, wer weiß warum! Wir müssen es nehmen, wie er es gibt; er, der uns geschlagen hat, kann uns auch helfen, mit Kummern und Klagen richten wir nichts aus. Denk, wie es heißt: Sorget nicht für den morgenden Tag, es ist gut, daß jeder Tag seine eigene Plage habe.» «Das steht schön geschrieben, aber wer kann es so nehmen,» sagte Uli, «bsunders –» Doch Vreneli fiel ihm ins Wort und sagte: «Nit, nit, Uli! Immer denken muß man so, dann kommt es einem auch so ins Herz und man weiß nichts mehr anders. Aber sieh, was ist das? Du mein Gott!» Es war eine Brut junger Wachteln; wahrscheinlich hatte die Mutter mit ihren Kleinen ins nahe Gebüsch fliehen wollen, und als sie merkte, daß es nicht ging, die Jungen, welche ihr gefolgt, noch einmal unter ihre schirmenden Flügel gesammelt und so mit ihnen den Tod gefunden. Sie lag mit ausgebreiteten Flügeln tot, unter denselben und um sie her ihre Jungen alle, sie war den Tod der Treue gestorben. «So wäre es einem am wöhlsten,» sagte Uli. Vreneli antwortete nicht darauf, sondern sammelte die armen Tierchen in seine Schürze und sagte: Die müsse ihm keine Katze fressen oder ein ander wüst Tier. Die Alte mit ihren Kindern verdiene begraben zu werden wie ein Mensch, denn braver als mancher Mensch hätte sie gehandelt.

Unter dem Dache seines Stöckleins steckelte Joggeli im Hagel, der dort hoch aufgetürmt lag, und sagte: «Groß wie Baumnüsse sind sie, so große Steine sah ich nie. Es war ein schrecklich Wetter, es weiß kein Mensch, wie übel es gegangen, gleich vor der Ernte, das wird manch Lehnmannli schütteln und erlesen. Aber sie sind selbst schuld, warum tun sie nicht in die Assekuranz; gerade für solche Leute, die ein Hagelwetter nicht ertragen mögen, wäre sie. Aber wunder nimmt es mich, warum es gerade in diesem Jahre nach siebenzig Jahren zum erstenmal wieder gehagelt hat und so grob; da muß was Apartes dahinter sein, ich wüßte sonst nicht, warum Gott es gerade jetzt wieder hätte hageln lassen. Wenn es nur so wegen dem allgemeinen Gebrauch wäre, so wäre es schon lange wieder geschehen, aber warum gerade jetzt wieder? Das dünkt mich kurios.» Er erhielt keine Antwort. Als sie ins Haus waren, sagte Joggeli: «Jetzt ist dem das Reden doch einmal auch vergangen, es dünkt mich nicht anders. Ich will nicht sagen, daß ich es ihm gönnen mag, aber recht ist, daß dem auch mal was auf die Nase kömmt. Wenn ich nur schon meinen Zins hätte, da läßt sich zur rechten Zeit zusehen, daß ich zu meiner Sache komme.»

Vreneli unterdrückte mit aller Macht Klagen und Kummer, war mit aller Teilnahme um Uli besorgt, legte trockne Kleider zurecht, bereitete einen guten Kaffee, der Weiber Tröster in allen Nöten. Aber düster blieb Uli, sprach nicht, legte statt zu essen und zu trinken den Kopf in die Arme auf den Tisch und seufzte tief. Vreneli sprach zu, guten Muts zu sein, das sei die Hauptsache. Noch hätten sie auch noch etwas, hätten gute Leute, und an dem, was Gott tue, sei doch noch selten jemand zugrunde gegangen, wenn er standhaft geblieben und Herz und Kopf am rechten Flecke behalten; wer zugrunde gehe, sei gewöhnlich selbst daran schuld. «Eben das ists,» sagte Uli, «du weißt darum nicht alles.» «Und wenn du den Prozeß auch verloren hast,» sagte Vreneli, «so macht das wieder nichts, es geht nicht um Frankreich, es ist ein Lehrgeld für ein andermal.» «Ja, wenn ich ihn verloren hätte, da wäre es wohl gut, ich wäre dessen noch froh, dann hätten wir das Hagelwetter nicht und ich nichts auf dem Gewissen, welches mir niemand mehr von demselben nimmt.»

Nun erzählte er Vreneli, wie er den Prozeß gewonnen; nach dem Gesetze habe er recht gehabt, so hätten es die Richter gesagt. Angelogen habe er das Mannli, das sei wahr, aber das sei nicht gegen das Gesetz gewesen, und über den Gewinn sei er ganz froh gewesen, bis das Mannli von Weib und Kindern gesprochen und ihm angewünscht, daß Gottes Hand ihn entweder beizeiten treffen oder er am Galgen sterben möchte. Die Worte hätten ihm schwer gemacht und nicht aus dem Sinne wollen, es sei ihm immer gewesen, wäre er nur daheim; aber an ein Hagelwetter habe er nicht gedacht, da es ja hier nicht hagle, höchstens alle hundert Jahre einmal. Er habe wohl gesehen, daß es hagle gegen das Oberland, er habe den Zusammenstoß der Wetter gesehen und wie sie einander heraufgetrieben gerade gegen ihn zu; es sei ihm kalt geworden ums Herz, er habe denken müssen: kömmt ein Blitz und trifft er dich? Als der Hagel losgebrochen, als er wie ein armer Sünder am Halseisen unter dem Baume gestanden, da habe er den Blitz erwartet und nichts denken können als: Gott sei meiner armen Seele gnädig! Mit dem Leben sei er davongekommen, aber was jetzt? Ein armer Tropf, solange er lebe, daß ärmer keiner auf der Welt sei. Er sei nun um seine Sache, sei um ein gutes Gewissen, müsse sein Lebelang denken, er habe sich und noch einen unglücklich gemacht, und wenn er schon gut machen wollte, so seien ihm die Hände gebunden, da er selbst nichts habe. Als der Alte vorhin gesagt, es nehme ihn wunder, warum es gerade jetzt hageln müsse, da hätte er es ihm sagen können, aber nichts als wünschen, wenn er doch nur zehntausend Klafter tief unter dem Boden wäre.

Vreneli hatte mit Beben Ulis Beichte gehört. Es war weit entfernt, die Sache leicht zu nehmen und Uli die Art, wie er das Gewitter auffaßte, auszureden. Es hatte einen innigen Glauben an den Zusammenhang der göttlichen Fügungen mit den menschlichen Handlungen, glaubte an eine Vorsehung, welche die Haare auf dem Haupte kennt und die Sperlinge auf dem Dache behütet, es glaubte an die zeitlichen Strafen, aber als eine Zucht, welche wirken soll bei denen, welche Gott lieben, eine friedsame Frucht der Gerechtigkeit. Als es stumm dagesessen und lange um das rechte Wort gerungen und es nicht gefunden – klagen, Vorwürfe machen wollte es nicht, und wie trösten? –, da stund es plötzlich auf, holte das heilige Buch, suchte, fand und las: «Betrachtet doch den, der ein solches Widersprechen von den Sündern wider sich erduldet hat, auf daß ihr nicht matt werdet, den Mut fallen lasset! Ihr habt noch nicht bis aufs Blut widerstanden über dem Kämpfen wider die Sünde. Und, Lieber, habt ihr schon allbereits vergessen die Vermahnung, die mit euch als mit Söhnen redet? Mein Sohn, spricht sie, achte nicht gering die Züchtigung des Herrn und verzage nicht, wenn du von ihm gestraft wirst, denn welchen der Herr lieb hat, den züchtigt er; er geißelt aber einen jeglichen Sohn, den er aufnimmt. So ihr die Züchtigung erduldet, so erbeut sich Gott gegen euch als gegen Söhne; denn welcher Sohn ist, den der Vater nicht züchtigt? Seid ihr aber ohne Züchtigung, deren sie alle sind teilhaftig worden, so seid ihr Bastarde und nicht Söhne. Darnach so haben wir die Väter unseres Fleisches zu Züchtigern gehabt und sie gescheuet; sollten wir dann nicht viel mehr untertan sein dem Vater der Geister, daß wir leben? Denn jene haben uns gezüchtigt wenig Tage nach ihrem Gutdünken; dieser aber züchtigt uns zunutze, auf daß wir seiner Heiligkeit teilhaftig werden. Eine jede Züchtigung aber, wenn sie gegenwärtig ist, dünket sie uns nicht Freude, sondern Traurigkeit zu sein; aber darnach gibt sie denen, die durch sie geübet sind, eine friedsame Frucht der Gerechtigkeit. Darum richtet wieder auf die sinkenden Hände und die müden Knie und machet richtige Wegleisen euren Füßen, auf daß nicht, was lahm ist, abgestoßen werde, sondern vielmehr gesund werde! Jaget dem Frieden nach gegen jedermann und der Heiligung, ohne welche niemand den Herrn sehen wird! Und sehet darauf, daß nicht jemand Gottes Gnade versäumet, daß nicht etwa eine Wurzel der Bitterkeit aufwachse und Unruhe anrichte und Viel durch dieselbige befleckt werden!»

«Das wäre schön,» sagte Uli, als Vreneli zu lesen aufhörte und ihn ansah, «wer es fassen könnte.» Da wurde er abgerufen, die Knechte fühlten einmal, daß sie den Meister bedurften. Die Ställe waren voll Vieh, und keine Hand voll Gras wäre in diesem Augenblick auf dem ganzen Gute zu haben gewesen; die Trümmer waren mit Hagel bedeckt, das neue Heu noch in Gärung. Da kam es Uli wohl, daß er dafür sorgte, so viel als möglich durch den größten Teil des Sommers altes Heu zu haben; dies kömmt in gar vielen Fällen äußerst bequem, immer ists freilich nicht zu machen, es gibt Jahre, wo man froh ist, wenn Heu und Gras einander erreichen.

Vreneli war sehr bewegt in seinem Gemüte, es fühlte wohl, wie schwer es sei, den wahren Trost zu fassen, wie schwer, über alle irdischen Kümmernisse den Glauben zu erheben, daß das, was Gott tue, wohlgetan sei. Es pries als ein groß Glück das Unglück, wenn dadurch Uli aus dem Wirbel des Zeitlichen dem höhern Ziele zugewendet worden, aber dazwischen kamen ihm doch die Sorgen: was werden wir essen und womit werden wir uns kleiden? Am tiefsten ergriff ihns, daß indem sie unglücklich geworden und geschlagen, das Mannli seine Sache doch nicht wieder hätte, doch vom Höflein komme, mit den Kindern dem heiligen Almosen nach müsse, daß sie nicht imstande seien, ihn mit Geld zu sühnen; was sie auf- und anbringen möchten, gehöre Joggeli, dem alten Gläubiger, und wie es herauskäme, wenn sie diesem geben würden, was sie ihm nicht schuldig seien, und da nicht zahlen, wo die Schuld verschrieben sei? Das plagte ihns. Es sagte sich freilich, das Mannli sei auch etwas schuld an der Sache, es habe sich immer sehr hässig gebärdet und aufbegehrt; wenn es freundlicher getan, so hätte Uli vielleicht nachgegeben. Indessen hatte eben das Mannli recht und Uli unrecht. Vreneli wußte sich nicht anders zu helfen, als die Sache auf Gott zu stellen, ihn zu bitten, dort gut zu machen, was selbst zu tun er ihnen selbst die Hände gebunden.

Das Haus war ihnen also nicht verbrannt, aber alles, was auf dem Gute grünte, verhagelt worden. So geht es oft; man fürchtet etwas als das größte Unglück, damit wird man verschont, dagegen bricht ein anderes über uns herein, an das man nicht gedacht, welches aber viel größer und schwerer ist.

Der Morgen nach einem Brande ist ein trauriger Morgen, da steht man an der Brandstätte und denkt ans Haus, wie es gewesen und was alles darin gewesen. Dann geht man auf die Brandstätte, sucht im rauchenden Schutte dieses, jenes; das eine findet man nicht, von anderm Bruchstücke, die nicht zu brauchen sind; dann will man traurig weg und kann doch nicht, und immer wieder zieht es einem zurück, zu suchen nach diesem, nach jenem, zu schauen, wie es jetzt ist, zu denken, wie es gewesen.

Aber nicht viel weniger traurig ist der Morgen nach einem großen Hagelschlag, besonders für einen Pächter, der den verschiedenen Pflanzungen nachgeht, traurig die Stummel und Trümmer betrachtet und überschlägt: Soviel hätte mir dieses ertragen, soviel jenes, und jetzt nichts; die Bäume betrachtet und denkt: So manches Jahr sind sie nun unfruchtbar, und viele sterben; denken muß: Wo jetzt zu essen nehmen, was jetzt pflanzen, daß man im Herbst doch noch einen kleinen Ertrag hat, etwas für die allerhöchste Not? Das sind traurige Wanderungen, besonders wenn bei der Heimkunft der Pachtherr unter dem Dache steht und sagt: «Höre du, was ich sagen wollte, es wäre mir lieb, wenn du mir geben könntest, was du mir vom vorigen Jahre noch schuldig bist, es war diesen Morgen jemand bei mir und ich sollte Geld haben.» Besonders wenn man dazu noch angegriffen ist an Leib und Gemüt, alle Glieder schmerzen, die Beine so schwer sind, daß man glaubt, sie gingen knietief in der Erde, und die Seele so voll ist, daß man sich hinlegen, sterben möchte, der Mut zu allem fehlt. Vreneli munterte Uli auf, gab verständigen Rat, tröstete ihn über Joggelis Unverstand, daß der nichts zu bedeuten hätte, doch alles umsonst. Uli blieb zerschlagen in Gliedern und Gemüt.

Nachmittags sagte ihm Vreneli, sie wollten zusammen die mit dem Gute nicht zusammenhängenden Äcker besuchen. Auf einem derselben, der durch einen Hügel vom Ganzen getrennt war, hatten sie eine sehr bedeutende Kartoffelpflanzung. Mit großer Mühe konnte Vreneli ihn dazu bewegen und bloß durch die Vorstellung, daß sie doch zusehen müßten, ob man noch irgend einen Ertrag erwarten könne oder neue setzen müsse. Wenn man gleich dran hingehe, so könne man bis im Spätherbst noch Erdäpfel erwarten, besonders von rasch wachsenden, schnell reifenden Sorten. In den nähern Äckern fanden sie die gleiche Verheerung, mit großer Not bewegte Vreneli den Mann, noch zu den Erdäpfeln zu gehen. Er möge nicht, sagte Uli, es seien ihm die Beine wie zusammengebunden. Vreneli gab nicht nach. Uli ging. Als sie auf der Höhe waren, sahen sie zu ihrer großen Verwunderung den ganzen Acker fast unversehrt. Je stärker ein Hagelschlag ist, desto schärfer ist er zumeist begrenzt. Auf der einen Seite eines Weges oder eines Zaunes sieht man alles zerschlagen, auf der andern keine Spur eines Hagelkorns. Fast laut auf hätte Vreneli gejauchzt. Es fühlte so recht die Freude über etwas, welches man verloren geglaubt und unversehrt wieder gefunden. Es nahm es als ein Pfand, daß alles besser kommen werde, als es den Anschein habe. «Nun freue dich, Uli,» sagte es; «hat man Kartoffeln, so hat man alles, die Sache wird sich schon machen.» «Ja, wenn es mit dem Essen gemacht wäre,» sagte Uli. «Es wäre schier besser, es wäre alles im gleichen Loch, so wüßte man, woran man wäre; was helfen Erdäpfel?» Dem Mutlosen gilt alles nichts, dem Mutigen wenig viel.

Am folgenden Tag fuhr ein Wägelchen an; Vreneli stieß einen Schrei der Freude aus, Uli hob kaum den Kopf, denn ihm war noch schlimmer als am vorigen Tag. Auf dem Wägelchen saßen der Bodenbauer und seine Frau. Sie waren lange nicht dagewesen, hatten das Unglück vernommen, kamen nun selbst, zu sehen, wie es stehe und welche Hülfe die beste sei; es waren wahre Freunde in der Not. Sie sahen mit innigem Mitleid die Verwüstung, wie ihnen seit langem keine vorgekommen, besonders erbarmten sie die armen Bäume, welche jahrelang siechen und fruchtlos bleiben mußten. Auf Vrenelis Antrieb gingen sie allenthalben herum, und Vetter Johannes mußte raten und sagen, was man vorzukehren hätte, um noch so viel möglich Nutzen zu ziehen aus diesem und jenem, was umzufahren sei, was man stehen lassen, was abmähen solle usw. Uli war wohl auch dabei, aber es war fast, als ob er keine Ohren hätte, die Sache ihn nichts anginge. Joggeli trappete auch nach, gab hier und dort verblümte Stiche, die niemanden trafen als Vreneli, welches seine Redeweise am besten kannte. Es lud ihn ein, mit ihnen zu essen, er gab jedoch zur Antwort, sie hätten ihre Sache selbst zu brauchen und niemanden nötig, ihnen dabei zu helfen.

Dem Bauer und der Bäuerin war Ulis Niedergeschlagenheit aufgefallen, nach der Weise bedächtiger Leute hatten sie aber nichts davon gesagt. Nach dem Essen stellte Vreneli nach Landessitte, wo der Wein erst nach dem Essen erscheint, wenn nämlich welcher erscheint, eine Maß auf den Tisch und schenkte ein. «Warum hast doch Kosten,» sagte die Bodenbäurin, «wir haben es nicht nötig und ihr das Geld sonst zu brauchen; daneben wenn ihr was nötig habt, so sprechet zu, wenn wir es haben, so soll es nie Nein heißen. Gerade in solchen Zeiten hat man einander nötig, gehts gut, so kann man es alleine machen.» «So ists,» sagte der Bodenbauer, «und was meine Frau sagt, ist nicht bloß geredet, sondern ist Ernst. Aber sag mir, Uli, was ist mit dir? Dich kenne ich gar nicht wieder, warst sonst doch nicht so verdrückt und ohne Mut; warst wohl manchmal obenaus und ließest wieder die Flügel sinken vor der Zeit, aber wenn du sahest, daß man dir zu helfen begehre, und man dir das Kinn in die Höhe drückte, so warst wieder ein Mann. Aber heute will gar nichts anschlagen bei dir, essen und trinken tust du nichts, reden nichts, und seit einer Weile ists, als hörtest du nichts! Rede, was ists?» «Ich bin nicht zweg,» sagte Uli matt, «es ist mir in allen Gliedern, es ist mir, als wäre ich unter der Erde. Es wäre gut, ich wäre es schon, denn an allem bin ich schuld.» Vreneli wollte unterbrechen, der Bodenbauer fragte, Uli sagte zu Vreneli: «Rede selbst und sag, wie die Sache sich verhält, es tut mir der Kopf so weh! Sage nur alles, es ist am besten, sie wissen, wie es ist.»

Vrenelis Verstand sah alsbald, daß Offenheit hier am Platze sei. Johannes war Bürge, und wenn jemand mit Rat und Tat beistehen konnte, so war er es. Wenn man Beistand will, muß man offen sein; nichts schreckt hülfsbereite Menschen mehr ab, als wenn sie merken, daß man ihnen viel oder die Hauptsache verheimlicht, wodurch jede Hülfe nichts ist als in einen Abgrund geworfene Schätze. Vreneli erzählte klar, aber so schonend als möglich. Als es ihre Finanzzustände auseinandersetzte, berührte es begreiflich auch das Verhältnis mit Wirt und Müller, aber nur leise, so daß, wer nicht die ländlichen Verhältnisse ganz genau kannte, nichts Besonderes bemerkte. Ebenso machte es es mit dem Prozeß, als es aber zu dessen Ende kam und dessen Zusammenhang mit dem Hagelwetter erzählte und wie Uli dies jetzt so schwer nehme, da sagte die Bodenbäurin ein über das andere Mal: «Mein Gott, mein Gott, ist das möglich!», und der Bodenbauer meinte, so was sei doch wirklich seit langem nicht erlebt worden. Aber wenn es so sei, so solle Uli sich eben trösten, denn es sei ein Zeichen, daß Gott es gut mit ihm meine. Eine Züchtigung, und sei es auch ein solch Hagelwetter, sei doch immer besser, als am Galgen zu sterben. Auch vergaß Vreneli nicht zu erwähnen, wie Joggeli keinen Verstand habe, was sie auch an ihm täten. Doch hätte dieses so viel nicht zu bedeuten, denn Ernst würde er von sich aus nicht machen; aber Sohn und Tochtermann seien immer geldbedürftig, ließen sich vielleicht seine Anforderungen abtreten oder beschummelten ihn auf andere Weise, daß sie zwischen Tür und Angel kämen. Es sei Keinem zu trauen, namentlich der Tochtermann sei des Ärgsten fähig, und Joggeli, obgleich beständig aufbegehrend, sei so leicht einzuschüchtern wie ein Huhn, und obgleich alle Menschen tadelnd, in vielen Dingen einfältiger als die dümmste Frau. So sei er nicht immer gewesen, aber das Alter sei da und die Frau fehle ihm.

Johannes ging hinüber zu Joggeli und hatte eine lange Konferenz mit ihm. Diese Konferenz war keine Intervention, auch keine Mystifikation auf die Weise, wie ein übermütiger englischer Junge sie wohl probiert an neugebackenen Diplomaten, sondern sie war bloß ein Sondieren, ein freundlich Bestimmen, ein Zusichern, man sei dann auch noch da, und deswegen solle Joggeli keinen Kummer haben, sondern bloß Geduld, wenn es sein müsse. Das Beste versprach Joggeli, denn Respekt hatte er vor dem Bodenbauer, und als die besten Freunde schieden sie. Darauf hatte Johannes noch eine Privatkonferenz mit Vreneli. «Sieh, Fraueli,» sagte er, «dein Mann ist nicht zweg, das Zeug hat eingeschlagen bei ihm, es ist sich aber auch nicht zu verwundern, so was wird nicht alle Tage erlebt; daneben ists besser, nicht zu viel davon zu reden einstweilen. Laß morgen den Doktor holen, besser wärs, er würde krank, als daß es ihm ins Gemüt schlägt, das ist schwer zu heilen. Du mußt die Zügel fassen, laß alsobald dies und jenes machen, und wenn du mich nötig hast oder Geld willst, so laß es mir sagen. Bös stehts nicht mit euch, aber gut wärs, ihr stündet in keinen Rechnungen; das ist ungut, besonders wenn euer Hausbuch nicht in Ordnung ist, was kaum sein wird. Ich kenne das Hagelwerk und die Hagle, welche auf diese Weise handeln, nie rechnen wollen und endlich, wenn es sein muß, mit Rechnungen ausrücken, vor welchen des Teufels Großmutter sich schämen würde. Du kannst daran nichts machen, mußt warten, bis Uli wieder zweg ist, aber dann muß die Sache abgetrieben sein und ausgemacht bis auf den letzten Kreuzer. Können solche Leute einem nur die Fingerspitze berühren, so wird man ihrer nie los. Dann sage aber Uli alle Tage: Ehrlich währt am längsten, daß er es nie mehr vergißt. Von Joggeli habt ihr einstweilen nichts zu fürchten, daneben kann man auf solche Leute sich nie verlassen, es kömmt immer darauf an, wer zuletzt bei ihnen ist. Sieh gut zu ihm, so viel Verstand hat er noch, daß er dies einsieht.» Vreneli jammerte wegen Uli. Wenn man meine, man habe das größte Unglück erlebt, welches möglich sei, so zeige sich schon ein anderes, noch viel größeres, daß man bitten müsse: Nur das nicht! und versprechen, das Vergangene wolle man gerne ertragen und nicht mehr klagen. So habe es es jetzt; vom Hagelschaden wollte es nun nichts mehr sagen, wenn nur Uli zweg wäre, der mache ihm jetzt den größten Kummer. «Zeige ihn nur nicht und rede nicht zu viel mit ihm von der Sache, es wird schon bessern, aber man muß einige Zeit vorüberlassen. Hast gehört, sei nur nicht verzagt, es war schon Mancher tiefer drin und kam wieder zweg.»

Auf dem Heimwege sagte er seiner Frau: «Es ist doch kurios mit dem Menschen! Daß Uli so einfältig sei und so dumm tun könnte, hätte ich mein Lebtag niemand geglaubt, aber es muß halt alles gelernt sein auf der Welt, und wenn einer auf einem Platze gut ist, so ist es noch lange nicht gesagt, daß man ihn auf einem andern auch wieder brauchen könne. Da war der Uli ein vortrefflicher Knecht, besser war er nicht zu wünschen; jetzt als Pächter macht er dummes Zeug, und wenn man nicht zu ihm sieht, so stellt es ihn auf den Kopf. Es ist halt Mancher ein guter Soldat und ein schlechter Oberst! Ist sparsam, häuslich, hat bös und macht doch alles, was dumm ist und zu nichts führt, macht den guten Mann, handelt mit Händlern, prozediert, hat schlechtes Gesinde, es fehlen nur noch die Juden. Übersteht ers, so zweifle ich nicht daran, es gibt noch ein Mann aus ihm, die Frau ist gut, die hält ihm den Kopf über dem Wasser. Gut ists, daß es zu rechter Zeit so kam, später hätte es doch fehlen können, aber merkwürdig ists, wie unser Herrgott die Menschen faßt.» «Der alte Gott lebt gewiß noch,» sagte die Bäurin; «ich zweiflete zwar nie daran, aber wohl hart hat er es dem armen Uli gemacht. Es ist noch die Frage, ob er es aussteht, er hat zuletzt Sachen gesagt, wo ich nicht wußte, war er noch bei Verstand oder nicht.» «Habe nicht Kummer,» sagte der Bodenbauer, «wen Gott doktert, der geht an diesem

Doktern nicht zugrunde; er ist kein junger Pfuscher, der sich im Zeug vergreift und pfundweise gibt, was man bloß lotweise verträgt, er kennt das Maß, was einer ertragen mag und was ihm gut ist, er wird es wohl machen.» «Amen,» sagte die Frau.

ZWANZIGSTES KAPITEL

Des Spruches Folgen

Vreneli war von den seltenen Weibern, welche regieren und gehorchen können, beides am rechten Orte, das sind rare Vögel. Es lief nicht umher wie ein Kiebitz, wenn er einen Frosch sieht, mit schrecklichem Geschrei: «Was soll ich machen? Was soll ich machen?» und machte am Ende von allem, was man ihm angab, das Gegenteil, damit die Welt merke, wer da regiere und Meister sei. Es regierte auch nicht von vornenherein in die Kreuz und in die Quer und fuhr nachher, wenn alles krumm kam, herum um Rat wie eine Katze, welcher man Nußschalen an die Tälpchen oder Glöcklein an den Schwanz gebunden. Diese Sorten von Weibern sind weniger rar. Vreneli war es weder um eine törichte Erhebung seiner Person zu tun, noch war es von einer törichten Selbstverblendung besessen, welche so rasch in trostlose Ratlosigkeit übergeht. Vreneli war es um die Sache zu tun; es besaß die Klarheit des Geistes, zu erkennen den besten Rat, die Selbstüberwindung, ihn da mit Dank zu nehmen, wo es ihn fand, und die Kraft, ihn mit Energie, als ob er in ihm selbst entstanden, durchzuführen.

Uli mochte am andern Morgen wirklich nicht aufstehen, lag in einer Abspannung, welcher Vreneli keinen Namen zu geben wußte. Der Doktor ward berufen, sah den Zustand lange an und sagte endlich, er wisse nicht recht, wo das hinaus wolle, er wolle etwas geben und ein oder zwei Tage die

Wirkung abwarten. Es war der gleiche Arzt, zu welchem die Base ihr Zutrauen gehabt und es auf Vreneli vererbt hatte. Joggeli konnte ihn aber durchaus nicht leiden, er behauptete immer, derselbe habe seine Frau getötet, aber sie sei selbst schuld gewesen, hätte sie einen andern gebraucht, so hätte sie noch bis zum jüngsten Tag leben können. Sobald der Arzt fort war, kam Joggeli dahergesteckelt und frug, was es gegeben, daß der wieder da sei? Es wäre ihm lieber gewesen, er hätte ihn nicht mehr sehen müssen. Er erschrak sehr, als er hörte, Uli sei im Bett und gar nicht zweg, der Doktor wisse noch nicht recht, wo die Sache hinaus wolle, die Krankheit habe den entscheidenden Charakter noch nicht angenommen. Das glaube er, sagte Joggeli, das wisse der noch nicht, aber lang könne man warten, bis es ihm in Sinn komme. Man werde doch nicht wollen den brauchen, der verstehe sich auf das Wasser nicht, sehe es kaum einmal an, verstehe sonst nichts; wenn man es begehre, so wolle er es Lürlipeter sagen, daß er komme; wenn man den nur höre, so dünke es einem, es habe schon gebessert, so verstehe der die Sache darzutun und könne exakt sagen, wo es fehle. Joggeli hatte sehr Angst, nicht sowohl wegen Uli, sondern wegem Gelde, plagte daher Vreneli sehr, bald mit dem Gelde und bald mit dem Arzte. Dazu hetzten ihn der Tochtermann und teilweise auch der Sohn auf. Er sehe ja, daß das nicht gehe, er solle machen, daß die Schuld nicht zu groß werde, sonst habe er das leere Nachsehen. Was er dem Bodenbauer versprochen, war vergessen, und was Vreneli jetzt für eine Zeit hatte, das kümmerte ihn nicht, denn Vetter Joggeli hatte sich nie in die Lage eines Andern gedacht, zum Mitleiden war er nicht geschaffen.

Vreneli hatte viel auf den Schultern, sehr viel; eine Menge Arbeiten mußten rasch gemacht werden, um den Boden einigermaßen noch zu benutzen und den Schaden zu verkleinern, dazu schlechtes Gesinde, Uli in einem hülflosen Zustande, zu welchem der Arzt den Kopf schüttelte, ein Nervenfieber hatte ihn erfaßt. Wenn man ihm zuvorkommen möchte, sagte der Arzt zwar, habe er diese Wendung so ungern nicht, viel lieber, als wenn es sich ihm ins Gemüt verschlagen hätte. Bei solchen Krankheiten merke der Arzt, wie alles Wissen Stückwerk sei; gar wundersam seien leibliche und geistige Zustände in einander verflochten; diese Verschlingungen zu verfolgen, gebe es keine Brille, man möge deren nehmen, von welcher Sorte man wolle. Zu diesem allem immer den nachsteckelnden Joggeli mit seinem Gestürm wegen Lürlipeter und wegen dem Gelde. Vreneli ertrug ihn mit großer Geduld, aber endlich wußte es sich nicht mehr zu helfen und schrieb dem Bodenbauer.

Der kam und wusch Joggeli tapfer den Kopf, zahlte ihm zugleich auch den Rückstand. «Aber jetzt plaget mir die Frau nicht mehr, das ist eine, die Hosen anhat und tüchtiger ist als mancher Mann. Wenn unser Herrgott einem Menschen Unglück geordnet hat, so sind die andern Menschen nicht dafür da, daß sie nun auch auf ihn losfahren und ihm vollends den Garaus machen, sondern um Geduld zu haben und nach Kräften zu helfen.» Zugleich suchte er mit Joggeli wegen dem Hagelschaden in Beziehung auf den laufenden Zins zu unterhandeln. Ehe eine Hagelversicherungsanstalt da war, stund in den meisten Pachtakkorden ein Artikel, welcher das Verhältnis bestimmte, nach welchem Pächter und Pachtherr den etwaigen Hagelschaden tragen sollten. Jetzt übergeht man entweder diesen Punkt ganz, der Pachtherr überläßt dem Pächter, zu versichern oder nicht, kümmert sich dann aber um den etwaigen Schaden nicht, oder aber es wird bestimmt, daß man versichern solle, und ein Beitrag des Pachtherrn zu den Versicherungsgeldern bestimmt. So etwas stund auch im Akkord auf der Glungge. Aber nun hatte Joggeli zu Uli gesagt: «Sei doch nicht ein

Tropf und versichere, was willst du für die zahlen, welche alle Jahre verhagelt werden? Es hagelt ja nie hier. Wenn du zehn Jahre zusammenlegst, was es dich in die Kasse jährlich kosten würde, so kannst du ruhig im eilften hageln lassen, und vielleicht hagelt es die nächsten fünfzig Jahre noch nicht.» Uli gefiel das, er hatte das Geld nötig, behielt daher gerne den Kreuzer und vergaß den Taler, der dadurch gefährdet war. Er dachte nicht an die Hälfte, welche Joggeli an die Kasse zahlen mußte, und nicht daran, Joggeli zu fragen: «Und wenn es dann hagelt, tragt Ihr mit die Hälfte des Schadens?» Auch der Bodenbauer als Bürge hatte vergessen, darnach zu fragen. Er wußte, was im Akkord stund, und hielt Beide für gescheut genug, den Artikel zu erfüllen. Er war erschrocken, als er hörte, wie es stund, und ging nun hinter Joggeli. Joggeli gab, als er den Rückstand eingestrichen hatte, den besten Bescheid, aber keinen einläßlichen. Das werde sich schon machen, wenn es um das Zahlen zu tun sei, könne man dann sehen, jetzt wüßte man ja noch nicht einmal recht, wie groß der Schade sei. «Wie teuer, Vetter,» frug der Bodenbauer, «wollt Ihr das Übriggebliebene?» «Bin nicht kauflustig,» sagte Joggeli, «was sollte ich damit machen?»

Mit Uli stund es bedenklich, er war tagelang verirret, wie man zu sagen pflegt und was auf dem Lande gewöhnlich als ein sicheres Zeichen eines hoffnungslosen Zustandes angesehen wird. Er lag bewußtlos in Fiebern und sprach gar seltsame Sachen, daß denen, welche es hörten, ganz bange war, denn besonders viel hatte er mit dem Teufel zu tun und den Züchtigungen, welche er ihm antat. Wenn nun Vreneli den ganzen Tag auf den Beinen gewesen war, sich fast allgegenwärtig gemacht hatte, daß oft ein Knechtlein oder eine Magd sagte: «Die Donners Frau, ist die schon wieder da! Wenn die nicht schon eine Hexe ist, so wird sie eine, zählt darauf!», so saß es des Nachts an Ulis Bett und wachte.

Das sind schwere, bedeutsame Stunden, welche ein Weib am Bette ihres Gatten, der zwischen Leben und Tod in der Schwebe liegt, durchwacht. Das Geräusch des Tages ist verstummt, das Ab- und Zugehen hat aufgehört, das Schaffen und Befehlen hat ein Ende; das wachende Weib ist ungestört und alleine beim kranken Manne, über ihnen ist Gott, wohl ihnen, wenn er auch zwischen ihnen ist. Ist der Mann seiner Lage sich bewußt, so werden es Stunden der Heiligung, sie gleichen den Stunden in den Tagen der ersten Liebe; was das Herz bewegt, geht über die Zunge, man freut sich in weicher Rührung der schönen vergangenen Tage, dankt sich für Liebe und Treue, Geduld und Sanftmut, bespricht die gegenwärtige Lage, und wenn das Weib jammert um die Zukunft, das Schicksal der Witwen und Waisen, die Not einer Mutter mit Kindern ohne Vater, so tröstet der Mann, gibt weise Räte und stärkt des Weibes Gemüte, indem er sie dem Allmächtigen empfiehlt, dem Vater der Witwen und Waisen. Wenn sie betet um sein Leben und daß dieser Kelch an ihr vorübergehen möchte, so sagt er Amen dazu, «doch nicht unser, sondern dein Wille geschehe.» Das sind heilige Nächte, wie auf Engelsflügeln schweben sie vorüber.

Aber anders ists, wenn im Irrsinn der Mann liegt, das Weib alleine ist, seine Gedanken ihm niemand abnimmt als Gott. Auch vor sein Auge stellt sich sein ganzes Leben, das vergangene, das gegenwärtige, das zukünftige, und klarer jede Nacht; immer mehr schwinden die Schatten, es wird ein großes lebendiges Lebensbild. Süße Wehmut, schöne Träume, bitteres Weinen, geduldiges Ergeben, mutvolles Erheben wechseln in des einsamen Weibes Seele. Die Bilder, welche erst regellos durcheinanderfluteten, gestalten sich in immer festeren Zügen und bestimmter Ordnung, immer klarer bildet sich aus der Gegenwart die Zukunft. Auch dieses Weib fleht: «Ists möglich, so gehe der Kelch an mir vorüber, doch nicht mein, sondern dein Wille geschehe!» Aber weil des Herrn Wille ihm nicht offenbar ist, bildet sich vor seinem innern Auge die Zukunft in doppelter Weise. Es sieht sich Hand in Hand mit dem Manne durchs Leben gehen, es trägt in den nächsten Tagen ihn zum Grabe, steht alleine mit den Waisen, muß alleine sie führen ins Leben, sie stärken zum Leben. Wie dunkle, schwere Gewitterwolken wälzen sich diese Bilder anfänglich an seinem Auge vorüber; aber allmählich klären sie sich ab, gestalten bestimmter sich, gleichförmiger, nur aber schöner jede Nacht, gestalten zu bestimmten Entschlüssen sich, zu einem Leben, den Gedanken eines Malers ähnlich, in denen er ein Bild feststellt, in großen Umrissen zuerst und allmählich von Gestalt zu Gestalt bis zur Ausprägung der einzelnen Züge, an dessen Ausführung er Jahre, ja sein Leben setzt.

Man hat oft bewundert, mit welcher klaren Umsicht und großen Energie Witwen die Zügel großer Haushaltungen faßten und führten, wie ernst und fest sie ihre Kinder erzogen, wie mächtig sie dem Schmerze geboten, der doch sichtlich ihren Körper schüttelte. Wer dabeigewesen wäre in jenen stillen, langen Nächten, gesehen hätte, wie sie mit ihrem Schmerze, wir möchten fast sagen, mit Gott gerungen hätten, bis sie zu der Kraft und Klarheit gekommen, welche sie üben bis zum Grabe, durch welche sie hineinglänzen in das Andenken der Ihren wie Sterne in die Nacht, der würde sich nicht wundern, woher ihnen das Wesen gekommen, welches niemand in ihnen ahnte, welches so segensvoll wirkte. Doch auch in einer andern Richtung bildet die Seele, schafft eigentliche Lebensbilder: sie denkt in Wehmut, wenn Gott den Geliebten ihr wieder schenke, wie sie Beide ein neues Leben führen wollten in mildem Frieden, treuer Liebe, wie alle Schatten fort müßten aus dem Leben, alles Trübe, alles Zagen, alles Kümmern um Kleines, wie sie schaffen wollten in aller Freudigkeit ihr Tagewerk, absonderlich aber trachten nach dem Einen, das not tut. Heitere Bilder folgen einander in längerer Reihe, glänzen immer heller, je mehr die Krankheit weicht, das Leben aus der Krankheit wieder emporblüht, werden trüber und trüber, wenn die Krankheit steigt; wenn der Tod kömmt, erblassen sie, werden begraben im Gemüte, der wahren Familiengruft, in welcher die geliebten Toten geistig weilen bis zum Wiedersehen.

Manche solche stille, lange Nacht wachte Vreneli an Ulis Bette, war versunken in tiefe Gedanken oder horchte mit blutendem Herzen auf die Irreden des Mannes. Mehr als eine Woche kam es nicht aus den Kleidern, wollte trotz des Doktors Befehl niemanden anders wachen lassen, aus Liebe, aus Bangen, was die Leute denken und sagen würden, wenn sie Ulis Reden hörten. Von Irreden haben die Menschen keinen Begriff, kennen zumeist nur einen Grund derselben, das böse Gewissen, das Aufwachen der Angst über geheime Verbrechen. Was hätten sie gedacht und gesagt von Uli, der immer mit dem Teufel zu tun hatte, am Ort der Qual sich glaubte!

Eines Abends wars, als ob der Arzt nicht fort könnte vom Bette, er nahm eine Prise nach der andern, endlich kehrte er sich um, stäubte den Schnupftabak von den Kleidern und sagte: «Fraueli, wenn es was geben sollte in der Nacht, so laß mich rufen.» «Mein Gott, Doktor, was meint Ihr? Stirbt er mir, stirbt er?» wimmerte Vreneli. «Kann es dir nicht sagen,» antwortete der Arzt, «aber endlich muß es einen Weg gehen, den oder diesen, so kann es nicht bleiben, die Zeit ist um, wo es sich entscheiden soll; vielleicht, daß es diese Nacht geschieht, und schaden tut es nichts, wenn der Arzt nicht weit ist, manchmal kann man helfen, manchmal nicht, manchmal kann man Diener der Natur sein, manchmal muß man es nehmen, wie Gott es will.»

«Guten Tag, Fraueli, guten Tag, geschlafen ein wenig? Es

ist kein Wunder! Wie gehts? Mit Schein nicht bös?» Diese leisen, freundlichen Worte weckten Vreneli, welches vom Schlafe überwältigt worden war. Hochauf fuhr es vom Stuhle, es war helle im Stübchen; der Arzt, den die Teilnahme unberufen hergetrieben, stund am Bette und prüfte den Kranken. «Mein Gott, mein Gott!» rief Vreneli. Da legte der Arzt den Finger auf den Mund, winkte Vreneli vom Bette weg durch die Türe in die andere Stube und sagte leise: «Fraueli, er kömmt dir auf, die Sache ist gut, jetzt schläft er ruhig, schwitzt recht, jetzt nur nicht geredet.» Vreneli wollte laut auffahren, bachweise strömten ihm die Tränen über die Bakken nieder. «Bsch, bsch,» machte der Arzt, «geh und mache mir ein Kaffee. Nehme sonst nichts bei den Patienten, sie meinten gleich, man wolle den Lohn doppelt. Aber ich möchte ihn erwachen sehen und hatte noch nichts diesen Morgen. Z'pressieren hast nicht, es wird noch eine Weile gehen; will unterdessen in den Stall, sehen, wie du haushast, und deine Knechte rühmen oder schelten, je nachdem sie es verdienen. Ein fremd Wort wirkt manchmal, zuweilen nehmen sie es einem übel, aber was frage ich den Hudelbuben nach!» Vreneli mußte wieder ins Stübchen, bevor es des Arztes Befehl nachkam. Was es dort machte, weiß Gott.

Der Arzt trappete mit den Händen in den Taschen ums Haus herum und las dem Dienstbotenpersonal in seiner barschen, aber heitern Weise tüchtig den Text. «Was zum Teufel, den Mist, welchen du gestern aus den Ställen gemacht, noch nicht verlegt! Wohl, das sollten mir meine Buben machen, ich führte sie beim Hagel am Hals auf den Misthaufen! Das Jaucheloch läuft ja über! Was ist das gemacht! Was gibt es doch einem von euch zu tun, ein Faß oder zwei auszuführen? Aber wenn man nicht immer hinten und vornen ist, so ist nichts gemacht; wohl, das wird sauber aussehen in den Ställen. Auf meine Seele, wenn ich es einmal so fände, ich jagte das ganze Pack mit dem Stecken vom Hof, ihr solltet euch schämen wie Laushunde! Auf die Ehre hättet ihr es nehmen sollen, die Sache recht zu machen. Das Fraueli hat sich fast getötet, aber an allen Orten kann es nicht sein. Ich habe einen alten, siebenzigjährigen Trappi und einen jungen, nur so einen Löhl, aber es ist mir ein jeder von ihnen, der Alte und der Junge, am kleinen Finger lieber als ihr alle miteinander. Nein, hört, Buben, so geht das nicht, das muß anders aussehen und zwar heute noch! Ja, lacht nur, aber gebt acht, was ihr macht, es ist Ernst. Euer Meister kommt auf, wenn er Sorg hat und man Sorg zu ihm hat. Er ist durch die Gefahr, Gottlob! Aber kömmt er da heraus und sieht die Schweinerei und das Gesudel, so bekömmt er das Gallenfieber; dann streckt es ihn, dann heißts, der Doktor habe ihn getötet, und Frau und Kinder können ihm nachweinen. Das will ich nicht; habe ich ihn mit Gottes Hülfe gerettet, so soll solch Volk mir ihn nicht töten, da bin ich gut dafür. In zwei Tagen komme ich wieder, macht daß es dann aussieht, wie es sich gehört, sonst muß mein Seel die Frau alle ausjagen, ich will es verantworten. Ich komme alle Tage in zwanzig Dörfern herum, weiß Knechte für sieben solche Höfe, will dann aber auch allenthalben sagen, was ihr für Bursche seid.»

Unter der bekannten Ecke seines Stöckleins (so gleichsam sein Wartturm oder seine Sternwarte, wenn er ausgucken wollte, was im Hause vorging) stund Joggeli. Die laute Stimme des Arztes, dem er sonst aus dem Wege ging, hatte seine Neugierde gereizt. Als der Arzt ihn dort sah, marschierte er in langen Schritten auf ihn zu und sagte: «Früh, Papa, früh; so alte Manne sollten im Bette bleiben bis bald um Mittag. Sie sind den Leuten sonst nur zur Plage mit ihrer Wunderlichkeit, besonders wenn sie nichts tun. Ihr hättet aber jetzt etwas machen können, und es wäre Euch wohl angestanden, Ihr hättet es gemacht. Ja ja, Papa, seht mich nur so sauer an, ich sage meine Sache gerade heraus und fürchte mich nicht vor einem Paar sauren Augen, die haben noch niemand erstochen. Ihr hättet dem Fraueli an die Seite stehen sollen und die Lumpenbuben da in Ordnung halten, die Frau konnte nicht an allen Orten sein; Ihr hättet wohl Zeit gehabt, es wäre aufs Gleiche herausgekommen, ob Ihr hier ums Häuschen herumsteckelt oder dort bis zur Scheune hinunter. Aber so habt ihrs, ihr Hagels Bauern, wenn ihr nur Geld habt, so fragt ihr keinem Menschen was nach, dem eigenen Bruder nicht. Ja, ihr seid ein Volk, ihr, hab es erfahren! Rette ich Hunderten das Leben und bringe sie davon, so denkt mir kaum einer daran. Tut ihm der Bauch wieder weh, läuft er zu einem andern Arzt oder gar so zu einem verfluchten Wasserschmöcker.»

«Ja, ja,» sagte Joggeli, «zuweilen kömmt einer davon, und oft gehts dem Kirchhof zu, ihr tapfern Lieferanten, was ihr seid! Meine Frau selig, die brachtet Ihr nicht davon, und der drüben wird ihr wohl nach müssen, apartig glücklich seid Ihr hier nicht.» «Um Euere Frau ists schade; wenn sie nicht einen so wunderlichen Mann gehabt hätte, sie lebte vielleicht noch, aber um sie davonzubringen, hätte man Euch doktern sollen,» entgegnete der Arzt; «der drüben kömmt davon, ja freilich, wenn Ihr mir ihn nicht hintendrein tötet mit Plagen, Quälen, Kummern wegen dem Zins. Aber eben, das will ich Euch sagen, nehmt Euch in acht damit; so gewiß Ihr das tut, will ich Euere Zunge spannen, daß Ihr sieben Wochen das Reden lasset. Das Wasser gschauen tue ich nicht, aber vom Hexenwerk verstehe ich vielleicht mehr als ein Anderer, und wenn es nötig ist, mache ich, was ich kann. Jetzt wißt Ihr, woran Ihr seid, und behüt Euch Gott und lebet wohl.» Joggeli sah ihm mit offenem Maule nach. «Er wärs imstand, der Hagels Ketzer,» sagte er, steckelte in sein Stöcklein zurück und machte sorgsam die Türe zu.

Uli war erwacht, aber unendlich matt, es war ihm wie einem, der aus dem Grabe kömmt. Er schloß bald wieder die Augen. «Komm,» sagte der Arzt, «laß ihn machen, schlafen, so viel er will, rede nicht zu viel, freue dich nicht zu sichtlich, frage ihn um nichts, und was du ihm zu essen geben sollst und wieviel, will ich dir draußen sagen. Halte dich tapfer mit den Portionen; du wirst deine liebe Not haben mit dem Hunger, wenn der einmal erwacht, oft hören müssen, du gönnest ihm das Essen nicht. Aber dessen mußt du dich nicht achten. Sag nur, ich habs befohlen.»

Vreneli hatte das Herz voll von Dank und Freude, die Augen voll Tränen, aber reden konnte es nicht, es konnte dem Arzt bloß die Hand geben, als sie draußen waren. Der verstund das aber wohl, drehte sich um, stund ans Fenster, tat, als nehme er eine Prise und wische den überflüssigen Schnupf ab. Der Arzt war sehr rauh, aber nur auswendig; es gibt andere, welche es umgekehrt haben.

Uli war zum Kind geworden, mußte in jeglicher Beziehung ein neues Leben anfangen, so daß er es anfangs kaum merkte. Nachher beelendete es ihn, daß er darüber weinte, Vreneli auch, und den Arzt beschied. Der tröstete, schärfte aber aufs neue die größte Vorsicht ein, leibliche und geistige. Es fehlten Uli die Kräfte, er konnte nicht gehen, nicht einmal den Löffel zum Munde führen vor Zittern. Er hatte das Gedächtnis mehr oder weniger verloren, mußte seine Erinnerungen mühsam zusammenlesen wie ein Kind Glasperlen, welche es im hohen Grase verschüttet oder zwischen losen Steinen. Es war zum Weinen, wie das kleine Vreneli des Vaters wartete, ihn führte und half, fast als wäre er eine große Puppe. Joggeli hielt sich aus Respekt vor des Arztes Worten ferne, doch konnte er sich einmal nicht enthalten, Uli, der in der Sonne saß, näher zu treten und ihm etwas zu sagen. Die Antwort fiel etwas linkisch aus, daß Joggeli sagte: «Dir wärs besser, du lägest im Kirchhof.» Aber wie das Wort, welches Uli nicht einmal verstund, heraus war, erschrak er sehr, stekkelte, so streng er es vermochte, seinem Stöcklein zu und schloß sorgfältig hinter sich die Türe.

Indessen ging es bei Uli rascher als bei einem Kinde, jeder Tag brachte seinen Fortschritt, derselbe ward immer entschiedener, und zwar hier auf erfreuliche Weise. Er konnte alle Tage besser gehen, das Gedächtnis stellte sich allmählich wieder ein, aber dazu auch ein Hunger, welcher Vreneli manchmal den Angstschweiß auf die Stirne trieb. Wenn ein Mann um Essen bittet, noch um ein Stücklein, um ein ganz kleines, ganz wie Kinder es tun, und die Frau sagen muß, ganz wie einem Kinde: «Ich darf weiß Gott nicht, warte nur eine Stunde, dann gebe ich dir wieder,» und der Mann die Minuten zählt, so ist es allerdings ein schwer Ding für eine Frau, fest zu bleiben und nicht an das Sprüchwort sich zu halten: Wenig schadet wenig, nicht zu denken, daß aus vielem Wenigen viel wird und endlich um eines einzigen Tropfens willen ein Glas überfließt. Was Vreneli ganz besonders freute, war eine Weichheit des Gemütes, eine Ergebung in seine Lage, von der Uli in letzter Zeit so himmelweit entfernt schien. Anfangs erschrak es darob, hielt sie für kindische Teilnahmlosigkeit, für Mangel an Begreifen, in welcher Lage sie seien, aber es stellte sich alle Tage deutlicher heraus, daß es was anderes war.

Vor seiner Krankheit waren alle seine Kräfte überspannt, seine Stimmung unnatürlich gereizt; er glich einem Schwimmer, welcher alle seine Kräfte zusammennimmt, die Strömung zu durchschneiden, das Ufer zu gewinnen. Je schwerer es ihm wird, desto größer werden seine Anstrengungen, alles bietet er auf, das Letzte setzt er daran, bis plötzlich die Kräfte brechen, einem zu stark gespannten Bogen gleich, und der Strom ihn verschlingt. So war auch Uli zusammengebrochen im Kampf mit seinem Geschick, ein Krankheitsstrom war ihm über Seele und Körper gegangen. Als er wieder auftauchte aus demselben, aus langer Ohnmacht zu neuem Leben erwachte, war die Spannung vorüber, die Stimmung eine ergebene, dankbare; es stellte sich das Vertrauen ein, die Züchtigung sei vorüber, der Herr, der in die Hölle führt und wieder heraus, der bis hierher geholfen, werde auch ferner helfen. Uli konnte sagen: «In Gottes Namen, komme was da wolle, wir wollen es annehmen, wir wollen das Mögliche machen, daß niemand an uns verliert, auch haben wir ja gute Leute, welche Geduld haben werden. Wir sind jung, und wenn uns Gott gesund läßt, so ist nichts verloren und es macht mir keinen Kummer, uns mit Ehren durchzubringen, was will man mehr? Das Reichwerden wollen wir aufgeben, was hat man davon als Angst und Not und Zorn und Streit?»

Diesem pflichtete Vreneli vollkommen bei. Wenn sie nicht zappelten und hasteten, nicht allzu nötlich täten und Gott ihnen ein oder zwei bessere Jahre sende, so werde es so schlimm nicht gehen; wenn man einander treulich helfe, sei viel zu machen und alles zu ertragen, es danke dem lieben Gott, daß es so gekommen. Uli war auch dieser Meinung. Wohl kam ihm zuweilen eine Hast an, daß er aufsprang, meinte, er müsse dran hin, müsse alle seine Kräfte anspannen, um den steckengebliebenen Wagen zu heben und zu stoßen, aber Vreneli konnte ihm durch ein freundlich Wort die ihm noch so nötige Ruhe geben, daß er wieder nachließ und sagte: «Du hast recht!»

EINUNDZWANZIGSTES KAPITEL

Wie Uli mit Menschen rechnet und Gott sucht

Ihre Lage war allerdings trüb und bedenklich. Wenn Uli seine frühern Ersparnisse einzog, so konnte er den Bodenbauer bezahlen und was er sonst noch schuldig war. Sein so sauer Erworbenes war also zugesetzt; vor ihm war ein Jahr ohne Ernte, wo er genötigt war, einen Teil des Brotes zu kaufen. Sein Freund, der Müller, hatte ihm so viel Korn abgeschwatzt, daß sein Speicher fast leer war. Woher das Saatkorn nehmen? Brot kaufen müssen bei einem Haufen Gesinde, ist übel. Er hatte nichts als Heu und Kartoffeln, beides reichlich und gut. Mit Milch und Butter konnte er etwas Weniges machen, aber es gab kaum die Hauskosten, noch viel weniger die Dienstenlöhne; wenn man Brot sparen muß, muß man mit etwas anderm nachhelfen.

Aus dem Stalle konnte er etwas ziehen. Jetzt sah er ein, wie gut es gewesen, daß Vreneli für Vorräte gesorgt, welche größer waren, als er glaubte. Hanf und Flachs hatte man reichlich zum Spinnen, und vielleicht war vom erhaltenen Garn etwas zu erübrigen zum Verkauf. Dazu endlich hatte er noch die Rechnungen mit Müller und Wirt, welche nicht erledigt waren, von denen Uli Bedeutendes erwartete. Wie Vreneli manchmal gesagt hatte: «Mach doch die Sache fertig, ich ließe mich nicht immer so abspeisen, du bist viel zu gut und wirst sehen, wie es dir geht,» wehrte es jetzt vom Rechnen ab und sagte: «Wart, das pressiert doch nicht so.» Die beiden Busenfreunde hatten in Ulis ganzer Krankheit nichts von sich hören lassen, und während seiner Genesung ließen sie sich nicht sehen. Sie mochten vielleicht das Wort Nervenfieber fürchten, jedenfalls aber fühlt ein Schuldner, welcher nicht gerne zahlt, kein entschiedenes Bedürfnis, sich einem Gläubiger unter Augen zu stellen, von dem er voraussetzen muß, er sei Geldes bedürftig. Vreneli fürchtete Ärger und Zorn für Uli, und ob jetzt eine Woche früher oder später, darauf kam es in Beziehung auf das Geld nicht viel an, wohl aber in Beziehung auf Ulis Gesundheit. Endlich sagte Uli: «Ich merke wohl, warum du mir das Rechnen mit den Beiden verhalten willst, aber sei ohne Sorge, ich kann es geduldig nehmen, wie es kömmt. Sieh, ich habe da auch was verdient, ich sehe es je länger je besser ein. Wären sie die Freunde, wie sie sich immer gestellt, sie wären wohl schon gekommen und hätten ihre Hülfe angeboten. Warum stellte ich meinen Glauben auf sie und bildete mir ein, wie wunder gut sie es mit mir meinten? Merke wohl, woher es kömmt, und damit soll mich niemand mehr fangen, wie man mit Speck die Mäuse fängt. Es tat mir einerseits wohl, Freunde zu haben, Männer, von denen ich meinte, sie bedeuteten was und meinten es gut. Solche Freunde sind was, nicht nur wegen der Hülfe, sondern es tut einem wohl im Herzen, wenn man denken kann: es mag dir gehen, wie es will, so hast du Freunde, und rechte Männer. Ich muß es bekennen, an diesem Gedanken habe ich große Freude gehabt und oft gedacht: nicht jeder hat Freunde, so wie nicht bei jedem Menschen die Hunde bleiben. Aber wahr ists, ich lebte noch wöhler an ihren Worten; sie rühmten mir alles und lobten mich immer, da war nichts als Uli hinten und Uli vornen. Wenn man nichts gewesen, tut es einem so wohl, wenn man auf einmal so viel sein soll; man weiß manchmal nicht, geht man auf dem Kopf oder auf den Füßen, man kommt ordentlich in einen Schwindel, wo man sich dreimal größer sieht, als man ist, und in süße Träume, wo man meint, man sei wirklich im Schlaraffenland und die gebratenen Würste hingen bereits zunächst dem Maule. Jetzt, aus diesem Traume Gottlob erwacht, schäme ich mich, kann nicht begreifen, wie ich das nicht merkte, daß dieses eben die Speckbrocken waren, mit welchen man die Mäuse fängt, daß ich mich so ganz blindlings fangen ließ. Aber es dünkte mich, sie täten den Nagel auf den Kopf treffen, und weil ich ihnen dieses glaubte, glaubte ich ihnen alles andere, hielt sie für die glaubwürdigsten Männer auf der Welt. Ungefähr so wird es der Eva im Paradiese mit dem Teufel ergangen sein. Ward sie gestraft, werde ich billigerweise es auch. Wie ich merke, wird es vielen Menschen schon so gegangen sein. Ich sehe erst jetzt, wie gefährlich es ist mit dem Glauben, wie leicht man ihn am unrechten Orte anwendet. Habe daher nicht Kummer, ich muß es nehmen, wie es ist; mich dauert nur, daß auch du damit leiden mußt.»

An einem schönen Abend machte Uli sich endlich auf zu dem Müller; weit war es nicht, aber müde ward er doch. Als er zur Mühle kam, wollte ihn lange niemand sehen, dann lange niemand wissen, wo der Müller sei, dann niemand Zeit haben, ihn aufzusuchen, und als endlich jemand sich dazu herabließ, verging eine mörderliche Zeit, bis der Müller sich zeigte. Das sind immer schlimme Zeichen und lassen eben auf den zärtlichsten Empfang nicht schließen.

Endlich erschien der Müller. «Lebst auch noch?» sagte er. «Es hielt dich hart, wollte kommen und sehen, wie es dir gehe, es wollte sich aber nie schicken, daneben hätte ich doch nichts helfen können.» «Du hast recht,» sagte Uli, «da mußte ein Anderer herbei; aber was ich sagen wollte, schickt es sich dir etwa, mit mir zu rechnen? Es wäre mir sehr angenehm. Es plagte mich die Zeit über oft, daß ich meine Sache nicht im Reinen hatte; wenn ich hätte sterben sollen, wer hätte die Sache auseinandermachen sollen, an das sollte man immer denken.» «Du hast recht,» sagte der Müller, «es ist auch gut für die Überlebenden. Wie aufrichtig man ist, so sollte man am Ende doch betrogen haben; besonders ist immer alles auf den Müllern, wenn die einmal was eingeben, so soll es falsch und erlogen sein. Es ist akkurat, als ob alle Leute die Wahrheit redeten und nur sie lügen könnten.»

So begehrte der Müller in einem fort auf, und Uli mußte denken: «Hat der etwa schon auf meinen Tod hin eine Eingabe gemacht gehabt in mein Beneficium Inventarii oder Vermögensliquidation, und erscheine ich ihm jetzt so gleichsam als ein Gespenst oder wie ein alter Papa aus dem Grabe erb-lustigen Söhnen?» «Hast das Hausbuch bei dir?» fragte der Müller. «Den Kalender habe ich,» sagte Uli. «Hast denn kein Hausbuch?» fragte der Müller. «Ich denke,» sagte Uli, «der Kalender werde einstweilen wohl genug sein.» Er hatte eine ganz andere Antwort auf der Zunge, allein während seinem Prozessieren hatte er doch was gelernt, das teure Lehrgeld war nicht umsonst ausgegeben, wie es übrigens oft genug der Fall ist; er hatte uneinläßlich antworten lernen, dies ist keine unbequeme Redeweise. «So gib an, was sollte ich dir schuldig sein?» sagte der Müller. «Wenn du dann fertig bist, so will auch ich dir deine Sünden ablesen, es wird dann bald ausgerechnet sein.»

Wir wollen dem Verlauf dieser Rechnung nicht folgen, das Ding wäre zu lang und langweilig. Wir wollen bloß sagen, daß der Müller sich offenbar auf Ulis Tod eingerichtet zu haben schien, wenigstens dem Hausbuch nach, welches er in Händen hatte; denn vielleicht hatte er mehr als eins, eins für die Lebendigen und eins für die Toten. Bei jedem Ansatz von Uli gab es Anstoß, bald wegen dem Preise und bald wegen der Zahl der Säcke, und als erst der Müller seine Gegenrechnung ablas, gab es der Anstände bei jedem Wort und nicht bloß über Maß und Preis, sondern ob die Sache wirklich geliefert worden oder nicht. Es war da Geld angesetzt für Mehl, Spreuer, Kleien, Abschlagszahlungen dazu und weiß Gott was alles, von dem Uli entweder gar nichts wußte oder aber überzeugt war, daß er dasselbe frei in den Kauf gedungen oder daß es von Mehl kam, welches er hatte mahlen lassen, der Müller Kleien und Spreuer von Rechts wegen ihm schuldig war. Aber man gehe und mache eine dreijährige Rechnung auseinander und dazu aus Büchern, welche ein Uli und ein Müller führten! Uli sah mit Schrekken, daß der Müller, dessen Rechnung nach, ihm viel weniger schuldig war, als er gedacht, auch wenn Ulis Rechnung für Verkauftes als gültig angenommen wurde. Des Müllers Gegenrechnung war gar greulich. Es dünkte Uli doch stark, zu jedem A, welches der Müller vorsagte, B nachzusagen, aber was sollte er machen? Mit seinem Buch konnte er vor dem Richter nicht viel ausrichten; ob das des Müllers besser sei, wußte er nicht, prozedieren wollte er nicht, seinem Kopf traute er nicht, und bei dem vielen Wechsel seines Gesindes während dem ganzen Verlaufe der Rechnung wußte er nicht, ob nicht das Eine oder das Andere etwas auf des Meisters Namen genommen oder nicht. Man sollte immer, wenn man das Gesinde wechselt und offene Rechnungen sind irgendwo, wo Knechte und Mägde zu- und abgehen, bringen oder holen, diese beim Wechsel abschließen oder untersuchen, es gibt da manchmal fatale Entdeckungen. Uli kam das Aufschieben in Sinn, was gewöhnlich der beste Ausweg scheint, wenn man in Verlegenheit ist. Er solle es ihm auf ein Papier machen, was er zu fordern habe, sagte Uli; er wolle es der Frau zeigen und mit seinen Leuten reden, ob sie um dieses und jenes wüßten. Zudem könne man den Karrer bescheiden, welcher früher bei dem Müller gewesen und jetzt beim Sternenmüller sei, der habe das meiste Korn gefaßt und werde wohl noch im Kopfe haben wieviel, es sei der vernünftigste Mensch, der ihm je vorgekommen; zudem werde er dies Jahr viel aus der Mühle bedürfen und dem Müller noch schuldig werden, so daß es ihm im Grunde nicht so pressiere mit der Rechnung. Das alles leuchtete dem Müller schlecht ein. Er kannte Vreneli, wußte also im voraus, was es sagen würde; mit seinem Karrer war er in großem Unfrieden auseinandergekommen, auch diente derselbe bei seinem ärgsten Feind, er wußte also im voraus, was er von diesem zu erwarten hatte; zudem machte er mit Uli nicht ungern fertig, er gab ihm nicht gerne mehr was aus seiner Mühle, er war überzeugt,

Uli sei zugrunde gerichtet, wer an ihn zu fordern habe, verliere. Vor allem aus aber wollte er eine richterliche Untersuchung seiner Rechnung bei Ulis Lebzeit nicht und am allerwenigsten eine Abtretung dieser Rechnung an Joggeli, wo deren Bereinigung wahrscheinlich dem Baumwollenhändler übertragen worden wäre; den kannte der Müller und haßte ihn.

Der Müller sagte daher, sie seien jetzt bei einander, das Gestürm wegen Rechnen sei ihm zuwider, und wenn sie nicht übereinkommen könnten, wer es denn solle? Übrigens habe er geglaubt, er habe es mit einem braven Manne zu tun, und nicht daran gedacht, daß hintendrein müsse gezankt sein, sonst hätte er die Sache längst ins Reine gebracht; daneben könne Uli machen, was er wolle, aber das wolle er ihm sagen, er, Müller, sei dann nicht das Mannli, mit welchem Uli den saubern Kuhhandel gehabt. Wenn er dort gewonnen habe, so solle er ja nicht denken, es gehe immer so. Das war fast zu viel für Uli, er dankte Vreneli im Herzen, daß es ihn so lange hingehalten, die Unverschämtheit des Müllers war doch gar zu groß. Uli war es noch nicht klar, wie viele Menschen, und zwar kleine und große, den Mangel an Recht durch Frechheit ersetzen. Er mußte gewaltig sich zusammennehmen, um nicht abzubrechen, sondern einzutreten in ein Markten, welches doch endlich nach manchem harten Worte und mit bedeutendem Schaden für Uli zum Ziele führte. Der Müller warf das Geld, welches er noch schuldig blieb, hin fast wie einem Hund ein Stück Brot und sagte, da solle er das ungerechte Geld nehmen, wenn er das Herz habe. Wenn er aber künftig Mehl oder was sonst nötig habe, so sei es ihm lieber, er nehme es an einem andern Orte. Mehr als der Verlust schmerzte Uli der Vorwurf, er sei der Betrüger, der ungerechte Forderer und daß der Müller dabei auf seinen Kuhhandel sich stützte, und zwar nicht ganz mit Unrecht.

Er fühlte jetzt, was ein gut Gewissen wert sei und daß der geringste Makel daran sei, was eine Spalte in einem Bogen. Wenn nun der Makel im Gewissen auch zum Makel am Namen werden sollte, wenn es an jedem Markttage und bei jedem Handel heißen sollte, er sei ein ungerechter Mann und begehre die Leute zu betrügen, so war er ja für sein ganzes Leben unglücklich, gleichsam gebrandmarkt; das fühlte er so recht lebendig, und es ward ihm himmelangst dabei, denn welch armer Tropf war er, wenn er den ehrlichen Namen verloren hatte, der war sein Vermögen, seine beste Bürgschaft, da er von Anderer Vertrauen leben mußte. Hatte er den nicht mehr, so war ihm der Weg zum ehrlichen Fortkommen versperrt, er mußte künftig vom Betrug oder vom Betteln leben. Da erkannte er, wie eine einzige Handlung, unbedacht und leichtsinnig vollbracht, als unbedeutend geachtet, entscheidend für ein ganzes Leben werden kann.

Tief gedemütigt und niedergeschlagen kam Uli heim. Nun wäre das für manche Frau ein wahres Herrenfressen gewesen. «Siehst, ich habe es dir gesagt, es gehe so, habe gewarnt, habe gemeint, ehrlich währe am längsten, aber du hast mir nicht geglaubt, hast gemeint, ich sei nur so ein Weib und du viel gescheiter; siehst, jetzt erfährst, wer recht hat. Jetzt denkst: hätte ich nur geglaubt, aber jetzt ists zu spät, kannst lange jammern! Ein andermal denk daran! Ich hätte jetzt gute Lust, nie mehr was zu sagen und meinen Rat für mich zu behalten.» Doch Vreneli war nicht von dieser Rasse; es tröstete, er solle es nicht so schwer nehmen, das Lehrgeld sei nicht so groß; der Müller werde sich hüten, viel von der Sache zu reden, es sei nicht das erstemal, daß er es so mache, und er wisse wohl, daß man ihn kenne. Gut sei es, daß die Sache abgemacht sei, so wisse man doch jetzt, woran man mit ihm sei, wenn es nur mit dem Wirte auch in Ordnung wäre. Uli hätte gute Lust gehabt, Vreneli zum Wirte zu senden, aber Vreneli wollte nicht gehen. Wenn es nicht sein müsse, so bleibe es lieber einige hundert Schritte von dem weg, sagte es; der werde es aber nicht so machen wie der Müller, der werde mit guten Worten zahlen wollen, denn man sage, das Geld sei rar bei ihm, wenn ihm ein Taler eingehe, so seien Zehne da und möchten ihn.

Wie Vreneli sagte, so war es auch. «Will schon mit dir rechnen, warum nicht? Die Sache ist punktum aufgeschrieben und in der Ordnung, zähle darauf, aber Geld kann dir mein Seel keins geben, habe selbsten keins, und wo nichts ist, ist nichts, wie du weißt,» so sprach der Wirt. «Ich glaube, wenn es mir drei Tage lauter Taler durch den Rauchfang runterregnete, sie wären immer alle weg. So hungrig nach Geld habe ich mein Lebtag die Leute noch nie gesehen. Wenn ich von weitem jemand mit langen Schritten kommen sehe, so weiß ich schon, der wird auch Geld wollen, ich muß allemal lachen; nimm, wenn du findst, denke ich. Sie wissen wohl, daß nichts zu verlieren ist, bewahr, ich habe mehr als Sachen genug, aber es gibt Zeiten, wirst es auch schon erfahren haben, wo man beim besten Willen nicht zahlen kann. Da wird es den Leuten angst und sie kommen daher wie Tauben, wenn man Hanf gesäet hat, und wollen Geld für Sachen, welche ich beim Hagel nicht einmal mehr im Hause habe; aber denen will ich daran denken, die müssen warten bis zuletzt. Du aber sei nur ruhig; sobald ich Geld bekomme, mußt du es haben, und lieber, als daß du einen Kreuzer an mir verlieren solltest, wollte ich es zusammenbetteln, und sollte ich laufen müssen bis nach Konstantinopel. Einer, der seine Sache auch nur verdienen muß, soll an mir nie was verlieren, lieber wollte ich, so lange ich lebe, Hunger leiden und keinen Schoppen mehr trinken. Sieh, ich habe selbst viel Geld einzuziehen, aber es läuft nicht. Du glaubtest es nicht, wenn ich dir meine Schuldner nennen würde, aber sie können mir in diesem Augenblick nicht an die Hand gehen. Dann habe ich auch noch was verloren, es ist ein Nichts, das heißt es ist viel genug, aber es würde nichts machen, wenn es nicht alle Leute wüßten und nun alle daherkämen und Geld wollten. So könnte man dem Rothschild die Hosen umkehren, wenn er in einem Tage alles bezahlen sollte, was er schuldig ist. Hast du das Geld so sehr nötig, diesen Augenblick?» Ho, sagte Uli, wenn er es haben könnte, würde er es gerne nehmen. Indessen setzte er, durch die guten Worte des Wirts bestochen, hinzu: «So einige Wochen könnte ich im Falle der Not warten; der Lumpenhund, der Müller, hat mir einiges Geld geben müssen, ungern genug, aber wenn man Brot kaufen muß, so ist bald viel gebraucht.» «Es ist schlecht vom Müller, es dir so zu machen,» sagte der Wirt, «er ist nicht der Sauberste; es gelüstete mich manchmal, dir zu sagen, du solltest dich in acht nehmen, aber wenn ich dann sah, wie gut ihr zusammenhieltet, und weil er der Gevattersmann ist, so wollte ich nicht was Böses zwischen euch hineinmachen, daß es hinterher hieße, ich hätte euch gegeneinander aufgehetzt.» «Joggeli ist mißtrauisch, er hat schon Kummer, er müsse an mir verlieren. Wenn ich ihm zeigen könnte, daß ich noch einzuziehen hätte, so ließ er mich desto ruhiger», sagte Uli. «Weißt was,» sagte der Wirt, «komm ins Stübli, wir wollen sehen, wieviel ich dir schuldig bin; dann mache ich es dir aufs Papier, auf Stempelpapier, eine rechte Obligation, mein Seel, und verzinsbar zu vier Prozent, oder wenn du fünfe willst, so sage es. Die kannst du ihm zeigen, sie ist so gut als bar Geld, und sobald mir Geld eingeht und du es begehrst, so löse ich sie ein und gebe dir Geld.» Wenn es nicht anders sein könne, sagte Uli, so lasse er es sich gefallen, Geld wäre ihm freilich lieber gewesen.

Ihr Rechnung hatte nicht viel Stößiges, und wo was sich zeigte, gab alsbald der Wirt nach. «Du wirst recht haben,» sagte er, «nimm es nicht für ungut, aber wenn man in einem so großen Wesen ist, wie ich bin, und so viel im Kopf haben sollte, daß es mir manchmal ist, als fahre der Napoleon mit seiner Reiterei darin herum, so ist bald was vergessen oder bald was unrichtig aufgeschrieben. Nimm es nicht übel, daß ich in deiner Krankheit nicht zu dir kam, aber es hieß, du kämest nicht davon. Das hat mich zu sehr gedauert, als daß ich hätte kommen können, ich hätte deiner Frau nur angst gemacht. Es weiß kein Mensch, wie ich so ein lindes Herz habe, ich muß mich manchmal deretwegen schämen und darf es nicht zeigen, es kömmt gar zu lächerlich heraus für so einen großen Mann, wenn er plären muß wie ein Kind.»

Uli mußte dann noch mit ihm zu Abend essen, eine Flasche vom Besten trinken, kurz der Wirt war die Liebe und Güte selbst. Die Wirtin brachte noch was in einem Papier, ein alt Stück Kuchen; das sei für den Gevattersmann, sagte sie, daß Uli ganz glücklich und Rühmens voll nach Hause kam. Es seien doch nicht alle Menschen gleich, sagte er, und wenn man von Einem Unrecht leide, so müsse man sich hüten, auch Andern Böses zuzutrauen, man könnte sich sonst leicht versündigen. «Ich will dem Wirt nichts Böses nachreden,» sagte Vreneli, «aber urteile auch du nicht zu schnell, sondern warte, bis du das Geld hast. Hast du dann einmal dies, dann will ich dir gegen den Wirt gar nichts mehr haben, ich verspreche es dir.» Es ist immer das Gleiche, dachte Uli bei sich selbst; haßt es jemanden, so haßt es ihn, und wen es liebt, den liebt es, und dann ists fertig. Indessen versprach er, sein Urteil nicht abzuschließen und einstweilen vor dem Handeln mit dem Wirte sich zu hüten.

Daß Uli wiederum so viel Glauben zu ihm hatte, freute Vreneli sehr, doch eins freute ihns noch mehr: Ulis Gedanken hatten wieder eine höhere Richtung genommen, verarbeiteten nicht mehr bloß in ewigem und doch mühseligem

Kreislauf das Einmaleins, sondern betrachteten Gottes Worte und Wege, forschten nach seinem Willen und bestimmten nach ihm das Tun. Er sprach gerne mit Vreneli über höhere Dinge und erzählte gerne göttliche Fügungen, welche die, die ihn lieben, zur Seligkeit führen, und wie Gott das Verlorne suche und trachte selig zu machen. Er fühlte einen unbestimmten Drang, ein Ungenügen, und dieses verschwand, wenn er mit Vreneli sprach oder las in der heiligen Schrift oder an göttliches Schaffen dachte, die Wunder der Welt betrachtete. Es war dies der geistliche Hunger und Durst, welche begehren nach den Worten, welche aus des Herrn Munde gehen, welche kennen die Speise des Erlösers, das Vollbringen von des Vaters Willen. Es war der eigentliche Zug in ihm erwacht, ohne welchen niemand zum Vater kömmt; das wunderbare, unerklärliche Verlangen ward in ihm stark und mächtig, welches Christus mit den Worten ausdrückte: «Mich verlanget, das Passahmahl mit euch zu essen.» Es verlangte ihn nach dem Pfande, daß er einer sei, der wohl in der Irre gewesen, aber wieder gefunden worden und über den nun Freude im Himmel sei, nach dem Bewußtsein, zu denen zu gehören, welche lebendige Glieder sind am Leibe, dessen Haupt Christus ist.

In gesunden Menschen lebt ein Trieb des Zusammenhaltens, des Einsseins mit Andern, man nennt ihn auch den gesellschaftlichen Trieb. Derselbe kömmt in hunderterlei Gestalten zum Vorschein. Wie oft ists einem Menschen, wenn er doch nur da oder dort eingeladen, in diese oder jene Gesellschaft aufgenommen würde, es ist der höchste Gegenstand seines Sehnens und Strebens. Ist er aufgenommen, ist er mitten unter ihnen, sitzt er am ersehnten Tische, dann fühlt er sich unendlich gehoben; er steht an einem Ziele, er ist glücklich, hoffnungsvoll, er gehört einem Kreise an, der ihm Halt im Leben gibt, eine Stellung verschafft. Ähnlich hat es das

Kind mit dem Triebe, in die Kreise der Erwachsenen aufgenommen zu werden, und einmal aufgenommen, wird es nicht fehlen, wenn der Kreis sich sammelt, die Stunde mag es nicht erwarten, lange vor der Zeit steht es draußen und klopfet an. Grade das gleiche Sehnen und Trachten nach der Gemeinschaft ergreifet die, welche Christus angenommen haben. Es zieht sie zu den Brüdern, sie sehnen sich, das Pfand zu erhalten und das Bewußtsein zu stärken, daß sie aufgenommen seien, Christus angehören und vom Vater zu seinen Kindern gezählt werden. Es strömt eine eigene Wonne durch die Berechtigten, wenn sie weilen dürfen in den heiligen Kreisen und empfangen die heiligen Pfänder, und keiner betrachtet die Berechtigung so gleichsam als ein altes Recht, welches man ererbt hat, nichts abträgt, man jedoch nicht erlöschen lassen darf. Davon hat natürlich keinen Begriff, wer den christlichen Zug nicht in sich trägt, nicht geistigen Hunger und Durst hat, sondern bloß fleischliche Triebe und moderne Richtung nach Kneipen, Kaffeehäusern, Spektakeln von allen Sorten, kurz nach etwas Diesseitigem. Solcher Richtungen und Triebe schämt man sich begreiflich nicht, sondern trägt sie offen zur Schau mit großem Gepränge, rühmt sich ihrer mit mächtigem Behagen, betrachtet sie gleichsam als ein Siegel, daß man an der Spitze der Menschheit marschiere munter nach dem Gipfel der Kultur, der freilich einstweilen noch verhüllt im Nebel liegt. Gepränge treiben mit dem Zuge nach oben, mit seiner Freude an der Gemeinschaft kann der Christ nicht, sonst hat er weder den Zug noch kennt er die Gemeinschaft, doch schämen wird er sich derselben nicht, sonst kennt er sie ebenso wenig. Er wird den Hohn der Kinder der Welt nicht scheuen, der Kinder der Welt, welche in ihrem kurzen Sinne keinen Unterschied zu machen wissen zwischen einer veralteten Mode und der Erlösung durch Christum.

Schüchtern tritt man in unbekannte Kreise oder in solche, denen man fremd geworden, und eine gewisse Scheu ist immer zu überwinden, ehe man über ihre Schwelle tritt, und eine Weile gehts, bis das Bewußtsein, daß man hierher gehöre, das Gefühl des Fremdseins überwunden hat. Nun hatte Ulis Entfremdung nicht so lange gedauert, um recht Wurzel zu fassen, sie glich mehr einem Wirbel, in welchem er eine Weile halb bewußtlos herumgetrieben worden, einem Windspiel, einer Wasserhose, welche ihn ergriffen, durch die Luft geführt, ihn wieder hingestellt, daß ihm alle Gebeine knackten, er nicht wußte, wo er war, daß er sich erst langsam zurechtfinden, mühsam seine alte Heimat wieder suchen mußte. Uli hatte das Glück, welches nicht jedem wird, die Brücke ins alte Heimatland in der Nähe zu haben; es war Vreneli. Ulis Abwenden und Weggerissenwerden hatte bei der eingerissenen Lauheit und Gleichgültigkeit wahrscheinlich niemand bemerkt außer eben Vreneli; hatte er nun mit diesem sich verständigt, hatten sie sich gemütlich wiedergefunden, so achtete sich wahrscheinlich niemand seiner, und wer sein Wiedererscheinen bemerkte, fand es sicher sehr natürlich, daß nach so schwerer Krankheit er im Hause Gottes und an des Herrn Tisch erschien, wie ja auch der Kindbetterinnen erster Ausgang ins Haus des Herrn ist und die nächsten Anverwandten, welche einen Geliebten zu Grabe getragen, es nicht versäumen, am nächsten Sonntage in der Kirche zu erscheinen.

In der Mitte des Herbstmonats war es, als Uli mit Vreneli zur Kirche ging. Es war ein feuchter Nebelmorgen, nicht zehn Schritte weit sah man. Kahl wie mitten im Winter waren die armen, zerschlagenen Bäume. Emd lag gemäht in den Matten und harrte traurig der Sonne, um sich trocknen zu lassen. Hier und da, wo man das spärlich gewachsene Gras des Mähens nicht würdig fand, hörte man das Läuten der weidenden Kühe. «Wie doch die Zeit vergeht und was sie alles bringt und nimmt, in wenig Jahren wird es ganz anders um uns und immer nicht so, als wir es uns gedacht», sagte Uli. «Wie lange ist es wohl, daß ich das erstemal hier zur Kirche ging? Es war im Winter und mächtig kalt, es ist mir, als ob es erst gestern gewesen, und doch wird es schon neun Jahre sein oder mehr. Damals dachte ich nicht daran, daß ich jetzt noch da sein werde, damals wiesen mich die Leute auf, daß ich fast noch selben Tages fortgelaufen wäre. Jetzt bin ich noch hier, ein verhagelter Pächter, damals ein munterer Knecht, den es dünkte, die halbe Welt sei sein, jetzt ein geschwächter Mann, der nicht weiß, wo er übers Jahr ist und ob Frau und Kinder zu essen haben oder nicht.» «Bist reuig, daß es so gegangen, daß du nicht am selben Tage fortgelaufen bist?» frug Vreneli mit weicher Stimme. «Nein, wahrhaftig nein,» sagte Uli, «dann hätte ich ja dich nicht und die Kinder nicht, und was will ich mehr auf der Welt! Nein, ich danke Gott aufrichtig, daß er mich so geführt hat und nicht anders. Wenn man alles, was einem begegnet, zu Nutzen anwendet, so soll man nicht reuig werden, und wenn man hineinkömmt, daß das Unglück über den Kopf hinausgeht, so ist das wohl große Pein, aber es setzt sich auch wieder, und wenn man endlich es überstanden hat, so ist man froh darüber und möchte gar nicht, daß es nicht begegnet wäre. Es freut mich nichts mehr, denn es ist mir ein Zeichen, daß die Zucht Gottes bei mir wohl angeschlagen hat, als daß ich so zufrieden bin mit meinem Lebenslauf und Gott aufrichtig danken kann. Ich weiß zwar nicht, wie es gehen wird. Macht Joggeli das Wüsteste, so kündigt er uns, aber wenn wir einander verstehen und helfen, so schadet alles nichts; der liebe Gott, der bis hierher geholfen hat, wird ferner helfen.»

Ulis Vertrauen und Ergebung hatte noch eine Probe zu bestehen. Als er unter die Menschen kam, war es fast, als sei er ein Gespenst, welches aus dem Grabe komme, frech am hellen Tage. Mit weiten Augen glotzten ihn die Leute von ferne an, als sei er eine Giraffe aus Afrika, und kam er näher, so drehten sie sich weg und machten sich auf die Seite. Da waren Wenige, welche ihm standhielten, und noch Wenigere, welche ihm die Hand boten freundlich, ihm Glück wünschten über seine Genesung, ihn bedauerten wegen seinem Unglück. Sie wußten zwar wohl, daß er kein begrabener Mann war, aber es wäre ihnen recht gewesen, er wäre es, dann aber auch im Grabe geblieben. Sie betrachteten ihn als einen verlornen Mann, und von solchen hat man es lieber, wenn sie einem aus den Augen kommen, solche setzen die meisten Leute in die größte Verlegenheit. Bloß die, welche allen feinern Gefühlen abgestumpft sind, die gröbste Selbstsucht für die größte Tugend halten, halten ihnen kaltblütig stand und fertigen sie sackgrob ab. Andere kommen aber eben in große Verlegenheit. Den Einen sagt das Gewissen, sie könnten helfen und sollten helfen, aber sie mögen nicht; Andere fürchten, sie möchten um Hülfe angesprochen werden, sie wollen sie abschlagen, natürlich, aber ihnen fällt nicht gleich eine Ausrede ein; noch Andere glauben, herabgekommene Leute müsse man verachten, man schade der eigenen Ehre und seinem Kredit, wenn man mit ihnen freundlich sei, gut bekannt scheine, aber es drückt sie eine gewisse Unbeholfenheit, mit Manier das alte Verhältnis abzubrechen und ein neues festzustellen. Das Kürzeste und Kommodeste wäre immer in alle Wege, einen solchen Menschen totzuschlagen und sechs Fuß hoch mit Erde zu bedecken, da kriegte man ihn nicht mehr zu Gesichte. Wir sind halt in alle Wege von Natur schwache, schlechte Geschöpfe und zwar ehemals und jetzt, siehe Petrus in Kaiphas Hofe, siehe auf jeder Börse und an jeder Kirchtüre, absonderlich auf den Rathaustreppen. Das sind aber harte Erfahrungen für einen Menschen, der ohne seine Schuld, wie man zu sagen pflegt, obgleich es nur teilweise richtig ist, ins Unglück gekommen, wenn er sieht, wie man ihm ausweicht, ihn aufgibt. Da gibt Mancher sich selbst auch auf. Es braucht Mut dazu, das Vertrauen festzuhalten, wenn man sieht, daß alle keines mehr zu uns haben. An die Stelle des Vertrauens kömmt der Zorn, der Haß und die Rache, und aus einem, der zu retten gewesen, wird ein unversöhnlicher Feind der Menschen.

So geschah es jedoch mit Uli nicht. Er bemerkte das Benehmen der Menschen wohl, und Vreneli fühlte es noch besser, da sogar Bettelweiber sich seiner verschämten und ihm auswichen. Anfangs tat es Uli im Herzen weh, als er aber in die Kirche kam, die Orgel rauschte, die Gemeinde sang, der Pfarrer betete und predigte, die Gemeinde zum heiligen Tische wallte, da vergingen ihm die bittern Gefühle; er vergaß das Tun der Einzelnen, er fühlte nur die Wonne, der Gemeinde Christi anzugehören und Pfänder und Siegel zu empfangen, daß auch ihm seine Sünden vergeben und Gerechtigkeit und ewiges Leben um Jesu willen aus Gnaden geschenket sei. Wenn schon die Einzelnen von ihm wichen, er blieb doch in der Mitte der Gemeinde, blieb teilhaftig der Schätze und Gaben, welche unser große Meister und Herr seiner Gemeinde erworben hat. Was hat das Abwenden Einzelner zu bedeuten, wenn man dabei ein lebendig Glied des großen Ganzen wird, dessen Herr und Meister der ist, von dem sich auch alle gewandt, über den ein toll und töricht Volk das «Kreuzige!» gerufen hat. Aber wenn einer die Gemeinde Gottes verlassen und Fleisch für seinen Arm gehalten hat, und nun wird er auch von den Menschen verlassen, der ist dann allerdings ein armer Verlassener, ein unglücklicher Tropf.

Ein Herz voll reichen Segens trug Uli aus der Kirche, sein Sinn war so mild wie die Sonne, welche den Nebel durchbrochen hatte und gar lieblich schien, er konnte von Herzen sagen: Vater, vergib ihnen, sie wissen nicht, was sie tun. Er konnte wie ein Kind sich freuen und sagen: Weichet nur von mir, ich gehöre euch doch an und es kommt die Zeit, wo ihr mich werdet als Bruder erkennen, euch meiner freuen werdet und mir danken, daß ich nicht Gleiches mit Gleichem vergalt, in Gott die Gemeinschaft festhielt, als die Welt feindselig sich zwischen uns stellen wollte. Als sie alleine auf dem Wege wieder waren und Vreneli frug: «Und was sagst zu den Leuten?», antwortete Uli: «Nicht viel, es ist immer wie immer und wird also bleiben, man kann es zum voraus wissen, und doch tut es anfangs weh, wenn man es selbst erfährt.» Nun erzählte er Vreneli, was ihn getröstet, das freute Vreneli sehr, und einiger als nie kamen sie heim. Es war, als hätten sie neu ihren Bund geschlossen, und mit neuer Kraft und Besonnenheit gingen sie an ihr schweres Tagewerk.

Eine große Freude hatten sie. An einem schönen Morgen kam ein Wägelchen daher, fast anzusehen wie ein Müllerwägelchen, denn Kornsäcke lagen darauf. Den muntern Jungen auf demselben kannten sie nicht, und erst als er den Gruß von Vater und Mutter vermeldete, erkannte ihn Uli als des Bodenbauern Kind, welches ihm aber aus den Augen gewachsen war. Der brachte einige Scheffel vom schönsten Samenkorn und anderes Gesäme. Der Vater habe gesagt, sie könnten es wohl entbehren und hier werde man es brauchen können, berichtete der Junge. Eine solche Gabe in der Not hat nicht bloß einen äußern Wert, sondern einen noch viel größern innern, ist so gleichsam das Ölblatt, welches die Taube dem Noah brachte als das Zeichen, daß Gottes Zorn im Aufhören sei und seine Güte wieder hervorbreche im Grünen und Blühen der Erde. Joggeli ärgerte sich über des Bodenbauern Güte, wahrscheinlich nahm er sie als Vorwurf für sich. Er fragte den Jungen, was das Malter kosten solle?

Soviel er wisse, nichts, sagte der Junge, es sei Steuer an den Hagel, wie das so der Brauch sei unter rechten Leuten von je. «Aber Junge, wenn dein Vater sein Korn so billig verkauft, was erbst du dann?» frug Joggeli hämisch. «Gottes Segen, sagt die Mutter», antwortete der Junge. «Ja,» sagte Joggeli, «aber damit hat man nicht gegessen, und nur mit dem kriegst du keine reiche Frau. Wenn mein Vater so gewirtschaftet hätte, es hätte mir angst gemacht.» «Glaubs,» sagte der Junge, «Ihr und der Vater werdet darnach gewesen sein, mir aber macht es nicht angst; habe noch nie gesehen, daß der Vater was Unrechtes getan, und wenn er auch alles weggibt, so ist es seine Sache und nicht meine. Und wenn ich schon nichts erbe, so hat der Vater uns so erzogen, daß wir uns was erwerben können, und nicht zu Tagdieben und um von seiner Sache zu schmarotzen und sie zu verbrauchen.» Das kam Joggeli in die Nase, er kehrte sich, steckelte ins Stöcklein und machte die Türe zu.

Ulis ruhigere Gemütsweise, sein milderes Wesen, welches nicht immer erhitzt war zu Feuer und Flammen im Jagen nach einem unerreichbaren Ziele, einem Wagen gleich, den man ohne Roß und ohne Schmiere dahintreibt, hatte einen wohltätigen Einfluß auf die Arbeiter und das Gesinde. Dasselbe schaffte williger, schickte sich in die Lage, und der Eine oder der Andere sagte: Es sei kurios, er habe geglaubt, erst jetzt hätten sie es recht bös, das sei aber nicht, es sei ein viel besser Dabeisein als vor Hagel und Krankheit. Der Junge wußte nicht, daß für das Dabeisein es viel mehr ankömmt auf die Stimmung im Gemüte als auf das Schmalz im Gemüse. Diese Ruhe muß sein, wenn die notwendige Besonnenheit, welche alleine den Sturm der Umstände siegreich bestehen kann, sich entwickeln soll. Napoleons großer Heldenmut bestund bekanntlich eben in diesem besonnenen Zusammenziehen seiner Kräfte, vermittelst welchem er nirgendwo unnütze Kräfte liegen hatte, sondern alle schlagfertig unter Augen, nicht bloß um Angriffen zu begegnen, sondern am geeignetsten Punkte durch rasches Durchfahren sich Luft zu machen.

Gelehrte, Schulmeister und andere Züchtlinge der modernen Schule werden diese Vergleichung sehr ab Ort finden, denn Krieg und ein Hauswesen, Napoleon und ein Uli scheinen weit außerhalb dem Kreise möglicher Vergleichungen. Wir bemerken einfach, daß nicht bloß jeder Christ ein Kriegsmann sein soll, sondern daß jeder Hausvater einer sein muß, er mag wollen oder nicht, daß die Welt ringsum auf ihn schaut Tag für Tag und daß er gegen diese Welt, bestehend aus Umständen und Persönlichkeiten, stehen muß, wenn er nicht zu Boden getreten sein will, daß er ihr abstreiten muß, was er sein nennen will. Die erlaubten Streitweisen, das wahre Kriegsrecht findet sich in Gottes Gebot und nicht in ochsenhaften Gelüsten. Wahre Grundsätze müssen aber wahr sein, im Kleinen und Großen sich bewähren. Daher meinen wir, Napoleons Kriegsgrundsätze, mit welchen er die halbe Welt bezwang, dann der halben Welt standhielt, bis die Übermacht ihn ohnmächtig machte, seien von jedem Hausvater zu brauchen, der eine Ziege und drei Hühner hat. Es liegt eine so wunderbare Einfachheit darin, daß sicher so mancher Holzhacker wunderbare Triumphe über die Welt feiern würde, wenn er sich die Mühe nehmen täte, dieselben sich zu eigen zu machen. Daß aber menschliche Berechnung und die kaltblütigste Besonnenheit ihre Schranken haben und daß nicht ein Mensch es ist, sondern ein ganz Anderer, der sagt: Bis hieher und nicht weiter, das hat niemand wiederum besser erfahren als eben der Napoleon. Die Anwendung aller in ihm liegenden Kräfte und die Bestimmung der Richtung dieser Anwendung liegen am Menschen, den Ausgang aber bestimmt Gott.

Das sind große Worte für kleine Dinge, aber die kleinsten Dinge sind für den, welcher nicht größere erlebt, groß genug, um mit den größten Worten sie auszudrücken, und die Zahl derer, welche nur sogenannte kleine Dinge erleben, ist unendlich größer als die Zahl der Herkulesse, Alexander und Napoleon. Daher wird dem Volksschriftsteller, welcher nicht für große Helden, nicht einmal für eidgenössische schreibt, erlaubt sein, das sogenannte Kleine, aber den Weisen das Wichtigste, auch mit den gewichtigsten Worten darzustellen, welche ihm zu Gebote stehen.

ZWEIUNDZWANZIGSTES KAPITEL

Uli erlebt ein Abenteuer

Uli zählte seine Kühe, maß sein Heu und musterte seine Pferde, übersah sein Stroh und was sonst in Speicher und Keller, Gänterli und Kammern war, hielt Kriegsrat mit Vreneli und entwarf mit ihm Operationspläne. Da der Wirt nie Geld hatte, sein Papier einzulösen, die Düngungsmittel fehlten, das Futter knapp zugemessen war, weil das zweite Gras ganz oder doch ziemlich gefehlt, so ward angemessen gefunden, den Viehstand zu beschränken, Schafe und Kühe, welche eben nicht besondere Nutzung gaben, zu veräußern. Uli tat es ungern, er hatte auserlesenes Vieh im Stalle, wußte wohl, daß zu wenig Vieh dem Hof schade und was die Leute dazu sagen würden. Indessen muß man sich eben nach der Decke strecken, und dem Hofe glaubte er so wohl getan zu haben, daß der jetzt um eines bösen Jahres willen ihm auch dankbar sein könne. Landmann und Land müssen gegenseitig sich aushelfen, und ist der Landmann treu, läßt das Land sich nie beschämen, läßt seinen Meister nie im Stich.

Indessen scheute Uli sich doch, trotz seines guten Rechtes,

mit seiner Ware auf einen benachbarten Markt zu fahren. Er dachte, die lieben Nachbaren würden allenthalben sagen: «Klemme den recht, der bedarf Geld, er muß verkaufen. Wären wir Pachtherr, wir wollten dem das Verkaufen vertreiben! Wenn alles fort ist und das Geld vertan ist, dann hat dieser das Nachsehen.» Auch fürchtete er das Mannli anzutreffen und übles Nachreden. Er wählte sich daher einen entfernten Markt aus, nahm zwei junge schöne Kühe, welche aber eben nicht viel Milch gaben, und fuhr mit ihnen nach eingebrochener Nacht fort. Er ließ sie trappen nach Bequemlichkeit, friedlich zottelten sie ihm nach; der Mond stund im ersten Viertel, nach Mitternacht ward es finster. So konnte er seinen Kühen alle Muße lassen und war doch am Morgen früh auf dem Platze, selbst wenn er sie einige Stunden in einem Wirtshause fütterte und ruhen ließ. Ganz einsam war es auf der Straße, und mit aller Muße konnte Uli seinen Gedanken Gehör geben. Diesmal waren sie weltlich, doch ohne Bitterkeit. Er dachte über Joggeli nach und seine Stellung zu ihm. Der Mann schitterte, Sohn und Tochtermann waren häufig bei ihm, was Uli sehr verdächtig vorkam. Joggeli wollte Uli wegen Vergütung beim Hagelschaden oder Zinsnachlaß kein bestimmtes Wort geben. Das werde sich schon machen, sagte er, «sieh nur gut zum Hof und laß mir ihn nicht ermagern.» Ja, so von sich aus Dünger kaufen, wenn man auch Brot kaufen muß, ist für einen armen Pächter eine strenge Sache.

Allmählich ging der Mond zur Neige, schien zu wachsen, ehe er versank. Er glich einem mütterlichen Auge, welches noch einmal, ehe es sich schließt, mit besonderer Innigkeit über die Kinder strahlt, welche weinend stehen um sie her, oder einer väterlichen Seele, welche im letzten Augenblicke noch mit erhöhter Weisheit über die Kinder leuchtet. Wenn vor dem einsamen Wanderer Gestirne untergehen und verschwinden, wird er selten einer gewissen Wehmut ganz fern bleiben, es müßte denn sein Gefühl versteinert oder seine Gedanken anderswo gefangen sein. So wie beim Untergang der Sonne der Tau fällt auf die Erde, so kömmt es über das Gemüt des Menschen. So wanderte Uli auch, achtete sich nicht der zunehmenden Finsternis, es war ihm, als sei er alleine auf der Welt.

Plötzlich schlug tief und wild dicht neben ihm ein Hund an. Uli erschrak, daß alle Glieder bebten, die Kühe nicht minder, sprangen auseinander. Die Bewegung reizte den Hund zu wilderem Bellen und Nachspringen. Da pfiff es grell und nah, daß Uli wieder zusammenfuhr, der Hund aber stille ward, Bellen und Springen einstellte. Uli faßte seinen Stock fester, er sah in der Dunkelheit, daß ein Fußweg in die Straße sich münde, und auf demselben kam eine große Gestalt auf ihn zu. Es war Uli unheimlich, denn er wußte wohl, daß an Markttagen nachts hier und da einer auf der Lauer stehe, um einem reisenden Händler seine Geldkatze abzunehmen, und daß es wohl geschehe, daß man sich dabei vergreife und einen erschlage, der keine Geldkatze habe. Jedenfalls wären seine Kühe immerhin ein schöner Fang gewesen, wenn auch ein gefährlicher.

«Habe nicht Angst,» sagte eine tiefe, harte Stimme, «es tut dir niemand was. Aber was tust du auf der Straße so spät?»

Uli gab Bericht. Der Mann gesellte sich zu ihm, ein Wort gab das andere. Es ward schon bemerkt, wie offen ein bäuerischer Wanderer sehr oft gegen den wildfremdesten Menschen auf der Straße ist und ihm Dinge erzählt, welche er daheim nicht vor den Mund lassen würde. Es kömmt ein Bedürfnis zu reden die Leute an, dessen man daheim sie durchaus nicht für fähig gehalten hätte. So auf der Straße lassen die reichsten biographischen Studien sich machen. So erzählte, sobald er seine Kühe wieder hinter sich hatte und die friedfertige Weise seines Begleiters sah, Uli, woher er komme, warum er verkaufen müsse und so weit zu Markte fahre, damit es nicht heiße, er pfeife auf dem letzten Löchlein. Als Uli sagte, was für Kühe er habe und wie lange sie trächtig seien usw., meinte sein Begleiter: «Du mußt zwei Monate länger angeben, das merkt niemand und jagt dir manchen Taler in die Tasche.» Das mache er nie mehr, sagte Uli, um keinen Kreuzer wolle er mehr betrügen. «Du bist ein rarer Vogel,» antwortete der Mann. «Wie kömmst du vorwärts, wenn du so ehrlich sein willst?» Nun leerte Uli sein Herz und erzählte, wie es ihm ergangen mit dem Mannli und dem Hagelwetter und wie er begriffen, daß Übervorteilen nichts helfe, weil Gott es einem hundertmal eintreiben könne. Gehe er mit der Ehrlichkeit zugrunde, was er übrigens nicht hoffe, da er die Sache verstehe und sich selten verfahre und das Sprüchwort «Ehrlich währt am längsten» nicht umsonst sein werde, so habe er doch den Trost, er sei nicht selbst schuld, und die Leute täten am Ende doch sagen: «Es ist schade um den, er kann uns fast erbarmen, daneben war er ein braver Bursche.» Gehe er aber als Schelm zugrunde, so müsse er denken, er habe es verdient, und die Leute würden sagen: «Dem geschieht recht, da kann man wieder sehen, was Betrügen hilft.» «Aber was sagt dann deine Frau dazu, wenn du so fahren willst?» fragte der Mann. «Oh, der ist es ganz recht,» antwortete Uli und erzählte, wie sie eine sei, so eine adeliche, daß man meine, sie sei eine Bauerntochter gewesen aus dem vornehmsten Hause, und doch so tätig, rühre alles an, und wie er längst ein armer Mann wäre, wenn er die nicht hätte; wie sie sich in alles schicke und ihn tröste, wenn sie sich doch eigentlich am meisten zu beklagen hätte. «Aber das hat sie von der Base selig, die hat sie erzogen und bis auf die letzte Stunde lieber gehabt als die eigenen Kinder und geraten und geholfen, es hätte ein Engel es nicht besser können. Es war mir manchmal zuwider und ich ärgerte mich, daß die Weiber immer ihre Köpfe zusammensteckten, bildete mir ein, sie reiseten einander auf. Man erkennt gar oft erst, was ein Mensch war, wenn er im Grabe ist.»

«Also die Bäuerin in der Glungge ist gestorben,» sagte der Mann, «ich hörte nichts davon. He nun, einmal muß es sein, und gewöhnlich geht es niemandem übel und denen wohl, die sterben können.» Nun erzählte Uli, wann sie gestorben, wie Vielen es übel gegangen und namentlich ihrem Mann, für den sie immer gesorgt wie eine Mutter, wie wüst er auch gegen sie gewesen sei. Sie sei schon lange nicht recht gesund gewesen, aber daß das Sterben so nahe sei, daran habe sie kaum gedacht. In der Nacht habe man seine Frau geholt, da hätte sie schon nicht mehr reden können. Sie hätte noch gerne was gesagt, es sei allen himmelangst geworden dabei; man habe nicht gewußt, wolle sie Hand oder Haus oder Hals sagen, und auch aus dem Denken habe man nicht kommen können, so daß sie gestorben sei, ohne daß man begriffen, was sie gewollt. Das habe seiner Frau grausam weh getan. Er wolle nicht einmal davon reden, wie übel es ihnen gegangen, da die Base selig dafür gesorgt, daß alles in Ordnung bleibe; jetzt wisse man von heute auf morgen nicht, was geschehen könnte, sie liefen alle Augenblicke Gefahr, aus dem Hof vertrieben zu werden.

Sein Begleiter fragte dies und jenes, und treulich gab Uli Bericht, und zwei Stunden oder mehr waren dahin, ehe er sichs versah. Endlich frug er, wie hoch er die Kühe im Preise habe? «Hundertunddreißig Taler wären sie unter Brüdern wert,» sagte Uli. «Ob ich es lösen werde, weiß ich nicht. Aber da es nicht anders geht, kann ich auf einige Taler nicht sehen, heimführen täte ich sie sehr ungerne.» «Weißt was?» sagte der Mann. «Ich habe einen Nachbar, der Kühe kaufen will und nicht nötig hat, auf ein paar Taler zu sehen; wenn er nur recht versorget ist, das ist alles, was er will. Ist nun alles, wie du gesagt, und ich will es dir glauben, so sind das gerade Kühe für ihn. Ich gehe bald da ab und will es ihm sagen. Fordere dann aber herzhaft hundertvierzig Taler, er zahlt sie, und zwar noch gerne.»

«Ja,» sagte Uli, «wäre wohl gut so, aber wie machen, daß wir zusammenkommen? Es gibt heute dort so viele Leute, und ich bin gar nicht bekannt.» «Weißt was,» sagte der Mann, «stelle dort beim Wildenmann ein, er ist gleich, wenn du zum Tore hineinkommst, links. Sage weiter niemanden was, iß ruhig deine Suppe in der Gaststube, bis dir jemand nachfrägt, dem Mann mit den zwei Kühen. Längstens bis um acht Uhr soll er dort sein. Kömmt er bis um diese Zeit nicht, so fahre auf den Markt, es ist noch frühe genug, Kühe wie diese verkaufen sich immer.» Uli dankte und fragte, ob er nicht auch auf den Markt käme? Würde der Handel richtig, so gebe er ihm gerne ein schönes Schmausgeld oder zahle ihm das Mittagessen und eine gute Halbe. «Bin kein Jude,» sagte der Andere, «indessen habe Dank für den guten Willen. Möglich ists, daß wir einander sonst noch antreffen.» «Wo?» frug Uli. «Wollen ja sehen,» antwortete der Mann, schwenkte rechts um, und verschwunden war er im dichten Tannenbusch.

Der Mann gab Uli viel zu denken. Es dünkte ihn, es sei an ihm etwas Bekanntes, aber er wußte nicht was. Die Züge konnte er nicht sehen, denn diese zu erkennen, war es zu dunkel. Der Mann war ihm überhaupt ein Rätsel, er war sehr geneigt, ihn für einen Räuberhauptmann zu halten, welche ja ebenso erscheinen und verschwinden, Gutes und Böses tun nach ihren Launen. Er wurde mißtrauisch und spintisierte, was wohl hinter dem Vorschlag, beim Wildenmann einzukehren, stecken möge? Vielleicht daß dort der Wirt mit dem Unbekannten im Bunde sei und, während er Suppe esse, die Kühe aus dem Stalle stehlen lasse. Er hatte gute Lust, den Wildenmann zu lassen und direkt auf den Markt zu fahren. Die Kühe hatte er wohl gefesselt und die Stricke gut um die Hand gewickelt. Er konnte nicht klug werden aus der ganzen Sache und namentlich daraus nicht, daß er des Mannes Nachbar zehn Taler mehr abfordern solle und der Mann doch keinen Vorteil wolle, weder Schmaus noch Mittagessen. Solche Uneigennützigkeit wird sonst sehr selten gefunden in Israel. Er konnte bloß denken, der Mann hasse seinen Nachbar und möge ihm es wohl gönnen, wenn er zehn Taler mehr zahlen müsse als ein Anderer, wenn nämlich überhaupt an der Geschichte mit dem Nachbar was Wahres sei.

Der im Reden so offenherzige Uli wurde, als es zum Handeln ging, plötzlich mißtrauisch, wozu die so selten vorkommende Uneigennützigkeit des Mannes nicht wenig beitrug. Es ist wirklich eigen, daß man bei gewissen Klassen von Menschen sich mit nichts mehr verdächtigt als mit Uneigennützigkeit. Wer ungestraft gemeinnützig oder uneigennützig sein will, muß wenigstens (wer es über sich bringen kann) der Person oder der Gemeinde, welcher er Gutes tut, wacker den Balg streichen, sagen, ihr und keiner andern täte er das, denn sie sei eine, wie keine mehr gefunden werde zwischen Himmel und Erde. Das ist aber dann auch ein gültiger Grund, der zwischen Himmel und Erde allenthalben begriffen und hie und da selbst dankbar beinahe anerkannt wird.

Die Nacht verschwand allmählich, es zeigten sich Schweinhändler, ja Menschen auf den Straßen. Da man auf Marktwegen Gespräche beginnen darf, wenn man sich schon nicht gegenseitig vorgestellt ist, so war Uli alsbald wieder in vollen Mitteilungen. Er wollte sich verblümt nach dem Wildenmann erkundigen und lief, um unverdächtig bis zu diesem zu kommen, erst das Register aller wilden Tiere durch bis zum Ochsen herab, von welchem der Sprung bis zum Wildenmann ziemlich unverdächtig konnte unternommen werden. Der Wildemann wurde sehr gerühmt, der Wirt sei Ratsherr, hieß es. Das wolle heutzutage nicht viel sagen, meinte Uli. Nur wer nicht arbeiten möge, nicht mehr mit Ehren durchkommen könne und dem man nichts nehmen könne, wenn der Schuß hintenaus gehe, sehe auf solche Pöstlein. Es komme noch dazu, daß wenn man einem Ratsherr sage, der vermahne, weil er es für eine grobe Scheltung nehme. Potz Himmeltürk, jetzt hätte Uli, der in letzter Zeit bloß seinem Hause vorgestanden war, den Geist der Zeit in den Wirtshäusern nicht eingeschlürft hatte, also auch nicht auf der Höhe der Zeit stund, bald erfahren, was es heißt, mit unbekannten Menschen politisieren auf der Straße. Der Schweinhändler, mit dem Uli sprach, war eben neugebackener Ratsherr, kehrte den Geißelstecken um und wollte Uli einen Begriff von neugebackener Würde beibringen. Uli dagegen war kein ABC-Kind mehr, verstund bloß noch etwas vom gegenseitigen Unterricht und versuchte nun seinerseits, dem Ratsherrn den Begriff von Freiheit im allgemeinen und den Begriff von der Redefreiheit insbesondere so recht vaterländisch einzuölen. Offenbar hatte Uli mehr Lehrtalent und größere Eindringlichkeit im Vortrag, wahrscheinlich waren auch seine Lehrmittel bündiger und kürzer gefaßt, kurz der Schweinhändler schrie: «Willst aufhören, du Vieh, weißt, wen du vor dir hast? Ich bin Ratsherr.» «Meinethalben Ratsherr, Schweinhändler oder Schinder» (ein solcher sitzt wirklich jetzt im Großen Rate des Kantons Bern, männiglich zur Erbauung und zum Nachdenken), «wir sind ja alle gleich vor dem Gesetz», sagte Uli, dem das Blut heiß war und dem daher mehr einfiel, als wenn es kalt war. «Hol der Henker das Gesetz,» sagte der Ratsherr, «und schweigst nicht und gehst deiner Wege, so kömmst ins Gefängnis, bis du vergessen hast, wie Sonne und Mond eine Nase haben.» «Mach, was kannst,» sagte Uli, «Streit hast du angefangen, und wir haben Preßfreiheit, auf der Straße kann jeder machen, was er will. Komm verbinde mir das Maul, wenn du darfst.» «Mach, was du willst, schreib, was du willst, aber dsRede, das will ich dir, du verfluchter Aristokrat und Jesuit, zeigen, was das zu bedeuten hat», schrie der Schweinhändler. Da, von der stillschweigenden Preßfreiheit Gebrauch machend, maß ihm Uli noch einen zweieinhalb Fuß langen Artikel auf, stillschweigend, versteht sich, und trieb darauf seine Kühe zum Wildenmann, obgleich derselbe Ratsherr war.

Es war aber wirklich ein braves Haus, ein ererbtes, mit altem Schilde und alten, wohlanständigen Sitten. Es war ein bedeutender Verkehr da und ein starkes Zutrauen. Gar manchen Gurt voll Geld sah Uli dem Wirte übergeben zur Aufbewahrung. Kauften sie was, so kämen sie mit den Leuten hieher, sie wollten lieber hier bezahlen als draußen auf dem Markte, sagten die Händler. Nun begriff Uli wohl, daß er bei keinem Mitglied einer Räuberbande sei, und doch war es ihm nicht so recht behaglich hinter seinem guten Kaffee, denn es kam ihm immer wahrscheinlicher vor, der Mann habe bloß eine Probe machen wollen, wie gescheut oder wie dumm er sei. Hier könne er vielleicht die beste Zeit verpassen, dann komme hintenher einer und presse ihm die Kühe, welche er nicht heimführen wolle, wohlfeil ab.

Juden schwirrten herum mit der ihnen eigenen Geschäftigkeit, beschnoberten ganz ohne Komplimente Menschen und Vieh, um zu erfahren, ob nicht e Handel zu machen sei. Bald trat einer zu Uli und frug, ob er nicht ein Roß kaufen wolle, er könne ihn versorgen, wolle tauschen, begehre nicht bar Geld; ein anderer pries ihm Uhren an, wie keine noch auf der Welt gewesen, und wollte sie garantieren bis eine Woche nach dem jüngsten Tage; ein dritter hatte Schnupftücher, Halstücher von echter Seide und sonst noch Tuch von allen

Sorten, wollte allen alles halb schenken aus reiner Liebe und gerade weil sie es seien und weil ihm das Artikelchen verleidet sei. Uli war fast seines Lebens nicht sicher, sein Kaffee wurde kalt, weil er ob dem Bescheidgeben nach allen Seiten nicht Zeit fand, ihn zu trinken. «Was kommt er denn auf den Markt, wenn er nichts kaufen will?» frug endlich ein Jude hässig. Er habe zwei Kühe da, antwortete Uli. «Wo hat er die zwei Kühe, wo sind die zwei Kühe?» frugen Zwei, Drei. Sie seien unten im Stalle, antwortete Uli. «Komm zeige sie, Bauer! Wollen sie schauen, kaufen sie dir ab, tauschen mit dir e Roß, e Kuh, wie du willst.» Als Uli sagte, jetzt komme er nicht runter, er müsse hier auf jemanden warten, wollten sie wissen, wo die Kühe stünden, wollten sie schauen, sagten, wollten e Handel mit ihm machen.

Nicht lange ging es, so kam ein schlichter Bauersmann daher und frug, ob nicht einer mit zwei Kühen da sei? Da fiel Uli ein Stein von dem Herzen; im Ring der Juden war ihm ordentlich bang geworden, er wußte, wie man oft wider Willen auf einem Markte in ihre Hände gerät und nie anders drauskömmt als geschoren und beschnitten. «Mein Nachbar hat mir gesagt, du hättest zwei Kühe, welche mir dienen könnten. Zeige sie mir, wollen sehn, ob wir Handels eins werden, wo nicht, ist Keiner versäumt», sagte der Mann zu Uli.

Als sie hinunterkamen, hörten sie großen Streit. Ein Jude hatte Ulis Kühe abgelöst und wollte mit ihnen aus dem Stalle, um draußen bei Licht sie besser beschauen zu können als drinnen im finstern Stall, wie er sagte. Der Stallknecht wollte es nicht geschehen lassen, bis der da sei, welcher sie ihm übergeben. Er sei verantwortlich dafür und lasse nicht jeden Schelm aus dem Stalle nehmen, was ihm beliebe, da käme er sauber an.

Als Uli kam, hingen sie an ihm wie Kletten. «Wie teuer,

Bauer?» frug einer. «Sind magere Kühe,» sagte ein Anderer, «für die ist kein Kauf», ein Dritter; ein Vierter wollte Ulis Begleiter, der unterdessen die Kühe untersuchte, von denselben wegjagen. Sie seien mit dem Manne im Handel, sagte er, die Kühe gingen ihn also nichts an, er solle gehn, das sei keine Manier, zwischen einen Handel zu kommen. «Nun, Bauer, was willst du für die Kühe?» Doch Beide, Uli und der Andere, waren nicht zum ersten Male auf einem Markte. Uli schätzte die Kühe nicht, der Andere ließ sich nicht stören, und als er fertig war, befahl Uli dem Stallknecht, die Kühe wieder anzubinden, einstweilen gingen sie niemanden was an als ihn, und Beide verließen den Stall, um das Geschnatter sich nicht kümmernd. Hui, die Juden ihnen nach, sortierten sich alsbald in zwei Hälften; die eine rühmte zuhanden des Verkäufers die Tiere, die andere machte zugunsten der Käufer die Kühe runter, daß man hätte glauben sollen, es seien zwei miserable Ziegen, welche noch dazu kein gesundes Haar am Leibe hätten. Da der Handel ihnen einstweilen gefehlt, zielten sie jetzt nach Schmausgeld und zwar hartnäckig, so daß der fremde Mann, der in dem Hause bekannt schien, Uli in ein besonderes Zimmer winkte, wohin denn doch die Juden nicht nachkamen.

Hier wurden sie wirklich Handels alsbald einig. Mit schönem Gelde zahlte der Käufer aus, legte noch einen blanken Taler als Trinkgeld für die Frau zu und sagte, wenn er diesmal gut versorget sei, so solle es nicht das letztemal sein, daß sie mit einander handelten. Er hätte ein großes Hauswesen, müsse viel ändern und sei froh, ohne viel Geläufe aus versorgter Hand seine Ware zu kaufen. Da es Uli wunder nahm, wer der Mann gewesen, der ihm nachts begegnet war, so sagte ihm der Andere, er sei ein Metzger, der aber das Geschäft nur noch für seine Freunde treibe, nötig hätte er es nicht mehr. Er sei ein wenig wunderlich, aber ein guter Mann; sie seien gute Freunde, und wenn Einer dem Andern dienen könne, so spare es Keiner. Diese Auskunft setzte Uli über alles, was ihm dunkel war, ins Klare. Er dachte, solche Wunderlichkeit, die einem Freunde zehn Taler abnimmt und sie einem Fremden in die Tasche jagt, möchte er alle Tage erleben.

Es mögen vom selben Markte wahrscheinlich Wenige fröhlicher aus gutem Grunde heimgekehrt sein als Uli. Von Märkten kehrt freilich gar Mancher frohgemut heim, jauchzt das Land voll, tut, als sei er nun Hans oben im Dorfe. Aber das ganze Glück kommt aus dem Weingrunde, ist der verdunstet, wird das Gemüt zu einer jämmerlichen Pfütze, über welcher wie ein stinkender Nebel eine elende Stimmung schwebt, welche das Publikum mit dem Ausdruck Katzenjammer bezeichnet. Nun, der geht in einem oder zwei Tagen vorüber, aber Mancher trägt einen Katzenjammer im Gewissen davon und der geht nicht vorüber, regt sich immer neu, und wenn er auch vergangen, besonders bei schönem Wetter, kehrt er doch zurück, wenn es donnert. Und Mancher und Manche trägt das Gift heim, welches ihr Lebensglück für ihre ganze Lebenszeit zerstört und vielleicht noch hinüber ins Jenseits wirkt.

Uli freute sich nicht bloß der zehn Taler wegen, sondern als er im Heimwege das Vergangene überschlug, fiel es ihm ein, der Mann habe ihm deswegen zehn Taler mehr zugeschlagen, weil er ehrlich sein und punktum bei der Wahrheit habe bleiben wollen; den Mann aber habe ihm recht eigentlich Gott gesandt, um ihm Freude über seine Umkehr zu bezeugen und zum Zeichen, daß Ehrlichkeit immerhin die größte Klugheit sei. Uli war weit entfernt zu glauben, nun müsse und werde Gott ihm allemal, wenn Ehrlichkeit die Versuchung überwinde, ein besonderes Zeichen tun und den Lohn ihm immer gleich bar auszahlen. Aber es freute ihn diesmal, das so aufzufassen, er glaubte, er habe das Recht, was ihm begegne, aufzufassen, wie es ihm am wohlsten tue, sein Gemüt am meisten stärke, also je frömmer, desto besser. Er wußte wohl, daß gar Viele höhnisch ihn auslachen würden, wenn er ihnen die Sache erzählte, als hätte Gott sich ihm da eigens geoffenbart und ihn gestärket, aber er glaubte, wie sie das Recht zum Lachen hätten, hätte er das Recht, Gottes Segen zu erkennen in allen Dingen und daran sich zu erbauen. Und wie sie das Recht hätten, um seines frommen Sinns ihn auszulachen, habe er das Recht, von ganzem Herzen sie zu bedauern, daß alles ihnen bloßer Zufall sei, daß sie des trostlosen Glaubens seien, sie seien nichts als Rohre im Sumpfe, aufs Ungefähr von jeglichem Winde hin- und hergetrieben.

Als er heimkam so früh, wäre Vreneli fast ob ihm erschrokken, denn wenn es mit rechten Dingen zugegangen, konnte er noch nicht schon da sein, meinte es. Als es nun den Verlauf hörte, hatte es große Freude, denn es nahm die Sache gerade wie Uli, zu großer Erbauung und zur Stärkung im Vertrauen, daß am Ende alles zum Besten sich wenden werde. Diese Stärkung hatten sie aber auch sehr nötig.

DREIUNDZWANZIGSTES KAPITEL

Joggeli erlebt auch was und was Altes: daß was einer säet, er auch ernten muß

Joggeli ließ eines Abends Vreneli hinüberrufen. Es müsse ihm da etwas lesen, sagte er; er möge Brille nehmen, welche er wolle, so könne er nichts daraus machen, er verstehe sich gar nicht auf die neue Gschrift, welche aufkäme, man sehe es allem an, wie der Glaube abnehme und bald keiner mehr sei. Vreneli verstand sich, wie es schien, besser darauf, denn es ward blaß, las einmal, las zweimal, sagte endlich: «Das ist kaum, das kann nicht sein.» «Was nicht,» sagte Joggeli ungeduldig, «was nicht? Sage es doch und stürme nicht.» «Vetter, da steht, Ihr hättet Elisis Mann eine Gschrift gegeben, gut für fünfzehntausend Taler, die habe er eingesetzt oder versilbert und jetzt wolle man das Geld.» Joggeli begehrte mit Vreneli gräßlich auf, es könne nicht Geschriebenes lesen und wolle ihn zum Besten halten. Man ließ Uli kommen. Mit großer Not und vielem Buchstabieren brachte derselbe ungefähr das Gleiche heraus. Das sei ein abgeredet Spiel, sagte Joggeli, um solche Sachen ihm abzulesen, hätten sie nicht gebraucht zu kommen. Wie sie das hätten abreden wollen? fragte Vreneli; sie seien ja Einer nach dem Andern gekommen, Uli hätte nicht gehört, was es gelesen. Wenn sie einen Narren haben wollten, so sollten sie sich einen eisernen machen lassen; das begreife ja jedes Kind, daß sie gewußt, was im Briefe sei, sie hätten ihn sonst nicht so punktum gleich ablesen können, wenn sie ihn nicht auswendig gewußt hätten, belferte Joggeli. «Komm, Uli,» sagte Vreneli, «der Vetter ist aber so wunderlich, da ist nichts mit ihm zu machen. Morgen hat er vielleicht sich anders besonnen, daß wieder mit ihm zu reden ist.» Sie gingen und kümmerten sich, was da für ein neuer Schelmenstreich abgekartet worden, rieten, was sie machen sollten, und wurden endlich einig, nichts zu sagen, bis Joggeli wieder anfange oder die Sache sich von selbst mache. Joggeli sagte nichts mehr, sie also auch nichts.

Einige Tage darauf kam Elisi daher und zwar zu Fuß in einem schrecklichen Aufzuge, heulend und schreiend. Es suchte den Mann, der war verloren gegangen. Er hatte eine kleine Reise vorgegeben, nun war er seit vierzehn Tagen fort, niemand wußte wohin. Das Gerede schwoll an, er hätte sich mit dem Schelmen davongemacht. Dort, wohin er vorgeblich gereist, sei er nie gewesen, an einem andern Orte hätte er viel Geld auf Joggeli hin genommen und sei damit voraus, wahrscheinlich den Weg aller Spitzbuben, das heißt nach Amerika. So heulte Elisi in Absätzen und wollte seinen Mann haben, oder weil er nicht da sei, solle man ihm ihn herschaffen. Nun, der Mann war nicht da, aber ein bös Licht ging Uli und seiner Frau auf, doch enthielten sie sich, ihre Gedanken zu äußern. Sie dachten, jetzt sollte es doch dem Joggeli einfallen, was der Brief zu bedeuten hätte, es sei denn, er hätte ihn vergessen. Aber Joggeli hatte ihn nicht vergessen und sagte doch nichts. Er schweige dazu, dachte er. Wenn er nichts sage, so werden sie auch schweigen, und er wollte ein Narr sein, da Bescheid zu geben, wo er nichts schuldig sei. Wollten sie im Ernst etwas, so könnten sie ihn aufsuchen wie üblich und bräuchlich.

Da kam Johannes dahergefahren wie aus einer Kanone und blies Tabakswolken von sich, daß man von weitem hätte glauben können, sein Charabanc sei eine Höllenmaschine oder ein kleiner feuerspeiender Berg und blase Rauch von sich. Er hatte auch vernommen, der Schwager sei zum Teufel und zwar mit hunderttausend Gulden vom Vater. Man kann denken, wie der schnaubte und tobte. Joggeli wollte nichts von allem wissen, und das kam Elisi wohl. Johannes hätte es zwar nicht gefressen, aber doch halb zerrissen im ersten Zorn. Joggeli wollte auch nicht glauben, daß der Tochtermann fort sei, er werde nur dem Geheul ein wenig aus dem Wege gegangen sein; auch er hätte Lust, zu gehen, so sei es ihm erleidet, und doch hätte er es noch nicht so lange gehört. Er wollte lieber, man ließe ihn endlich ruhig und plagte ihn nicht bis auf den letzten Tag. Geplagt zu werden, werde ihm beschieden sein. Viele Jahre hätte ihn die Frau geplagt, es sei nie recht gewesen, was er gemacht, zu guter Letzt plagten ihn nun die Kinder und seien ihm immerfort vor der Türe. So kifelte Joggeli, während die Kinder heulten und tobten. Der Alte sei ein Kind, brüllte Johannes den Uli an, man könne kein vernünftig Wort mehr aus ihm herausbringen. Sie hätten besser zu ihm sehen sollen oder Bescheid machen, als sie gesehen, wie er sei, und den Schelm nicht zu ihm lassen. Wenn etwas geschehen sei, so mache er sie dafür verantwortlich. Jetzt wolle er der Sache nachfahren, bis er wisse, woran er sei, das werde nicht so schwer zu erfahren sein. Und hätte er es mal, dann schone er niemand. Da solle er machen, was er könne, sagte Uli; an Joggeli hätten sie nichts Besonderes bemerkt, ihn auch nicht zu hüten gehabt. Sie, die nächsten Verwandten, seien gekommen und gegangen, wann es ihnen gefallen; ihm und seiner Frau wäre es übel angestanden, wenn sie ihnen hätten den Zugang verwehren wollen. Er hätte es ihm doch befohlen, sagte Johannes. «Selb hast,» sagte Uli, «aber ich und die Frau dir wiederum gesagt, daß wir mit der Sache nichts zu tun haben wollen und können.» Johannes ging ab, ganze Mäuler voll Lumpen und Schelmenpack, dem er es eintreiben wolle, vor sich herstoßend.

Es war Johannes allerdings nicht wohl bei der Sache, und er hatte Ursache dazu; was der Bock an sich selbsten weiß, trauet er der Geiß. Er ließ anspannen und fuhr dem Gerücht nach. Das ist ein Ding, welches oft weit schwerer ist als das Verfolgen eines flüchtigen Hirsches durch amerikanischen Urwald. Diesmal war es Johannes viel leichter, denn das Gerücht war nicht bloß ein leises Gemurmel, sondern ein lautes Geschrei, und nicht Johannes allein, sondern gar Viele jagten ihm nach und suchten den wahren Grund. So vernahm man bald, daß der Bursche wirklich einen nicht sehr alten Paß habe, den man ihm ohne Bedenken gegeben, da er immer mit einem versehen gewesen sei, angeblich wegen Handelsgeschäften, den er regelmäßig, wenn er nach dem Gesetze ausgelaufen gewesen, mit einem neuen vertauscht habe. Man vernahm, wo er Geld aufgenommen haben solle. Johannes fuhr darauf los, dort fand er den wahren Grund und ein Papier mit seines Vaters Unterschrift, auf welchem dem Schwager fünfzehntausend Taler zugeschrieben stunden. Dem Johannes verging eine ganze Weile das Fluchen, selbst die Pfeife löschte aus. Als er wieder Atem hatte, ging es freilich wieder los, und das Versäumte hatte er bald reichlich eingeholt. Erst ging es über den Schwager los, dann über den Vater und endlich über den Herrn Handelsmann oder Banquier oder wie man ihm sage, der auf das Papier hin das Geld gegeben hätte. Dem sagte er alle Schande, drohte ihm mit Galgen und Rad, und als dies nichts half, wollte er ihn prügeln. Der aber war nicht dumm, hatte zu rechter Zeit für Hülfe gesorgt, und Johannes mußte abmarschieren, tat es aber nur unter Donner und Blitz und mit dem Drohen, wann er wieder komme, so bringe er dann Leute mit Handschellen und Stricken. Nun kam er auf die Glungge wieder gefahren, wie eine gejagte Seekuh durch den Schilf fährt. Der Vater wollte nichts unterschrieben haben, wenigstens nichts solches. Ein paarmal hätte der Tochtermann ihm Päcklein von der Post gebracht, und da hätte er die Quittung unterschrieben, sonst wisse er von nichts. Wahrscheinlich hatte ihm einmal der Spitzbube das Papier als Postschein untergeschoben, nachdem er ihn früher einige Postscheine über Päcklein, welche durch seine Vermittelung Joggeli zukamen, unterschreiben lassen. Wenigstens hatte die Schrift Ähnlichkeit mit einem solchen Postschein, und Joggeli hatte schwache Augen, einen schwachen Sinn und war sein Lebtag kein Held im Geschriebenen gewesen. Wahrscheinlich stak der sogenannte Banquier mit dem Spitzbub unter einer Decke, sonst hätte er wohl bei Joggeli selbst über den Wert des Papiers sich näher erkundigt, ehe er Geld darauf gab. Aber bei solchen Händeln ist was zu profitieren und weit mehr als bei ehrlichen;

wieviel in seine Tasche floß, vernahm man nicht, auch würde es kaum in seinen Büchern zu finden gewesen sein.

Was das nun für einen fürchterlichen Spektakel auf der Glungge gab, kann man sich denken. Vreneli mußte Elisi ins Haus nehmen, um es vor Johannes und der Trinette, welche nachgefahren kam, zu sichern. Nun aber heulte Elisi drinnen das Haus voll, und Trinette heulte draußen ums Haus herum wie ein Hund unter einem Baum, auf den eine Katze sich geflüchtet. Vreneli mußte seine ganze Tapferkeit aufbieten, um vor dem Ärgsten zu sein. Es mußte für Joggeli in Riß stehen und gegen die Kinder den Vater schützen, über den das ganze Wetter losbrach, den selbst Elisi verwünschte auf eine schauerliche Weise. Vreneli war vielleicht der einzige Mensch auf der Welt, vor dem Johannes noch einigen Respekt hatte, und von Jugend auf mit ihm bekannt, kannte es auch, was auf ihn Eindruck machte. Freilich mußte es sich von ihm bittere Sachen sagen lassen, wie sie mit unter der Decke gesteckt und wie man endlich sehen werde, wie sie den Vater beschummelt und was man an ihnen verlieren müßte. Es mußte sehen, wie bei Trinette zum Zorn noch die Eifersucht kam, als sie sah, daß Vrenelis Worte Macht über Johannes hatten. «So, von der nimmst du das an, von so einer lässest du dir das sagen. So, jetzt merke ich, warum du immer hierher gefahren und mich nicht hast mitnehmen wollen. Jetzt das noch zu allem andern», und fing an zu heulen, als ob sie hundert hungrige Hyänen im Halse hätte und gute Lust, ihre Tatzen an Vreneli zu versuchen.

Dann brachte man noch Elisis Kinder samt der Nachricht, daheim hätte man ihm alles versiegelt. Johannes wollte alles mit der Peitsche fortjagen, und Trinette wollte alles, was Joggeli hatte, aufpacken und fortnehmen, und Joggeli saß da und stierte herum, wollte an nichts schuld sein, sagte, sie könnten seinethalben machen, was sie wollten. Die Frau selig habe alles auf dem Gewissen, sie hätte ihm den Spitzbub hergeschleppt, sie könne seinetwegen jetzt auch zahlen, er habe nichts mehr und werde wohl noch dem heiligen Almosen nach müssen. Er habe ihr oft gesagt, es käme so, aber sie habe es ihm nie glauben wollen.

Vreneli wußte in dem greulichen Spektakel nicht anders zu helfen, als zu Uli zu sagen: «Um Gottes willen tue mir den Gefallen, nimm das beste Roß im Stalle, fahr, so schnell du kannst, zum Bodenbauer und bringe ihn her; der alleine kann sie setzen und weiß den besten Rat, sonst gibt es wahrhaftig noch ein Unglück. Ich kann nicht allenthalben sein und alle hüten. Statt daß sie allmählich sich fassen und ergeben, werden sie nur noch zorniger, erbitterter auf einander; es ist ein greulich Dabeisein und traurig, wie ein Mensch sein Unglück sich selbst noch unerträglich machen muß. Es ist gerade, wie wenn ein Mensch, der einen Zentner Eisen tragen soll und schwer daran zu tragen hat, denselben noch glühend macht, um ja recht doppelt Qual zu leiden unter ihm.»

Uli war dieses Gedankens froh, doch bangte er um Vreneli. «Aber du bist dann alleine,» sagte er, «und selb ist nicht richtig unter solchen Menschen.» «Habe nicht Kummer,» antwortete Vreneli, «Johannes tut mir nichts und die Weibsbilder fürchte ich nicht. Aber fahre rasch, es ist mir angst um Joggeli. Wenn niemand wehrt, so plündern sie ihn vollends aus, und hintendrein, wenn die Gläubiger kommen und nichts mehr da ist, gibt es wüste Geschichten. Mit dem Johannes ist es auch nicht richtig, wie ich merken mochte, der wird auch gemacht haben, was er konnte. Die Liebe war es nicht, welche so oft ihn hergebracht.»

Uli sputete sich, schonte das Pferd nicht. «Wenn die Base das hätte erleben müssen! dachte er. Aber, dachte er wieder, wenn sie gelebt, wäre das nicht begegnet. Wie wenn man in einem Gebäude einen einzigen Stein wegnehme und dadurch dasselbe aus allen Fugen, vielleicht zum Umsturz bringen könne, so gebe es auch einzelne Personen in Familien. Auf einer einzigen Person ruhe das Ganze, sie halte es zusammen; bei ihren Lebzeiten merke man es vielleicht nicht einmal so recht, erst wenn sie gestorben sei, in Trümmer das Ganze auseinandergehe, merke man, daß sie der Eckstein gewesen. Wie man doch das Gleiche verschieden nehmen könne, dachte er, und wie man erst, wenn was zu tragen sei, merke, ob einer Kraft habe oder keine. Er wisse wohl, er sei ein armer Sünder, aber um alles in der Welt möchte er nicht an ihrer Stelle sein. Er sehe wohl ein, daß er nichts davonbringe, denn dies Unglück werde auch ihm an die Beine gehen, und jedenfalls werde ihnen noch etwas übrig bleiben, ihm aber nichts als vielleicht noch Schulden. Indessen wüßten er und Vreneli zu sparen und zu arbeiten, Angst habe er nicht, er habe sich darein ergeben, es zu nehmen, wie es komme, und damit zufrieden zu sein. Aber wie Joggelis Kinder es mit Wenigem machen würden, da es nicht mit Vielem gegangen, dazu weder arbeiten noch entbehren könnten, das begreife er nicht. Das gebe die unglücklichsten Leute, welche immer zwischen Können und Mögen hingen, an allen andern Orten den Fehler suchten, nur nicht an ihnen selbst, und daher auch so wüst täten ohne Unterlaß, sich verfeindeten allenthalben, wo sie Freunde doch so nötig hätten. Er dankte Gott nicht, daß er nicht sei wie jene, aber er fühlte sich doch glücklich, daß er nicht in ihrer Haut war, und das ist erlaubt. Dankbar soll man sein für alle Gnadengaben Gottes, und ist das nicht eine große Gabe, wenn man die Kraft empfangen hat, dem Willen Gottes sich zu unterziehen, und das Genügen, welches übrig haben und Mangel leiden kann und beides unbeschwert? Diese Gaben sind sehr zu unterscheiden von persönlichen Eigenschaften oder Vorzügen, auf die man stolz wird, um deretwillen man Andere verachtet oder verfolgt. Hier liegt eben das unterscheidende Merkmal für alle, welche auch hier den Baum nur an den Früchten zu erkennen vermögen. Wer um eigener Vorzüge willen sich erhebt und Gott ihretwegen dankbar sein zu müssen glaubt, der verachtet Andere, beneidet sie, sucht sie zu erniedrigen. Wer um Gaben Gottes willen dankbar ist, der ist demütig; er weiß, woher er das Beste hat, er bedauert von ganzem Herzen den, der es nicht hat, er würde von ganzem Herzen mitteilen von seiner Gabe, um die zu erhöhen, welche sie nicht haben.

Daran eben dachte auch Uli. Nicht daß er glaubte, er könne da was machen, dazu war er zu bescheiden und allzu sehr auf dem bürgerlichen Standpunkte, als daß er daran nur gedacht hätte, er könne was machen. Das ist nämlich der bürgerliche Standpunkt, der im Christentum und namentlich im protestantischen eingerissen ist, weil der Staat die Alleinherrschaft usurpiert hat, daß es auf die äußere Stellung eines Menschen zu Andern ankömmt, ob Einer dem Andern eine Ermahnung geben darf oder nicht, ob die christlichste Ermahnung als anständig oder unanständig gewertet wird. Es ist in reformierten Ländern so weit gekommen, daß der würdigste Geistliche einem unbedeutenden weltlichen Beamten, zum Beispiel einem obrigkeitlichen Schaffner oder Statthalter oder gar Gerichtspräsidenten, welcher den unchristlichsten Wandel zur gröbsten Ärgernis der Gemeinde führt, nicht die geringste Vorstellung unter vier Augen machen darf, wenn er sich erstlich nicht den ärgsten Grobheiten aussetzen, zweitens als pfäffischer Zelot verschrieen und drittens obern Orts nicht als Jesuit denunziert sein will. So kam es Uli wirklich nicht in Sinn, daß er als Pächter und Schuldner da was machen könnte, aber er dachte daran, den Bodenbauer darum zu bitten, und hätte gerne ihm gesagt, wo die armen Leute am besten zu erfassen sein möchten. Aber er mochte denken, wie er wollte, er fand nirgends eine Handhabe zu einem christlichen Griff.

Seine Sendung setzte den Bodenbauer in große Verlegenheit. «Lieber nit, Uli, lieber nit. Kann ich dir was zu Gefallen tun, so soll es nicht Nein sein, aber da laß mich ruhig. Was soll ich da tun so unberufen? Wenn schon du kamest, so sandte dich nur deine Frau und ebenfalls unberufen. Sie würden mir doch da wunderliche Augen machen, wenn ich hinkäme und befehlen wollte.»

«Mußt doch gehen, Johannes,» sagte die Frau. «Brauchst ja nicht zu sagen, kommst du geheißen oder ungeheißen, brauchst auch nicht mit dem Rat ins Haus zu fallen. Du brauchst sie ja nur zu grüßen, und wollen sie nichts von dir, so kannst wieder gehen. Sieh, tue das der Base unter der Erde zulieb und denke, wenn unsere Kinder in einen solchen Fall kämen, wovor Gott sie bewahre, wir wären auch unterm Boden dankbar, wenn ein guter Freund ungeheißen käme und sich ihrer annehmen würde.»

Kurz Johannes mußte gehen, er mochte wollen oder nicht. Auf dem ganzen Wege wand er sich als einer, der Bauchweh hat. «O Uli,» sagte er, «du weißt nicht, wie mir das zuwider ist. Wenn man mit seinen eigenen Sachen fast mehr zu tun hat, als man fertigen kann, in der Gemeinde zu tun hat, daß man oft lange Zeit durch nicht zum Sitzen kommt oder tagelang sitzen muß, daß man glaubt, man sitze auf Feuer, wenn draußen die Sonne scheint und alle Hände voll zu tun sind, und dann noch die Nase unberufen in fremde Händel stekken, unberufen und ohne einmal zu wissen, was man, um bei der Wahrheit zu bleiben, für ein Fürwort brauchen soll, daß man da ist, das ist dumm. Und zu wissen, daß das noch einen langen, langen Schwanz haben kann, und es doch tun, das ist noch viel dümmer.» «Was meint Ihr?» fragte Uli, «was für einen Schwanz?» «He, was für einen?» sagte Johannes. «Wenn da so einer dazwischenkommt, so mir nichts dir nichts, so denkt man, er habe Freude an solchen Sachen und spricht ihn an, und am Ende, er mag wollen oder nicht, muß er darhalten, mitmachen, Läuf und Gänge haben und am Ende des Teufels Dank.» «Wenn Ihr das fürchtet, so habt Ihr ja eine gute Ausrede: Ihr seid mein Bürge, und leider Gott kann es beide Wege gehen, und manche Sache ist ja nicht ausgemacht. Wäre das nicht Grunds genug?» «Uli, gibst noch einen Gemeindsvater,» sagte der Bodenbauer. «Du hast recht, daß mir dies nicht einfiel! Aber die Sache ging mir zu rund und rasch im Kopf herum.»

Nun traf es sich, daß der Bodenbauer nicht in einem ruhigen Augenblick ankam, wo man Zeit hatte zu denken: was will der und wo kömmt er her?» Es wurde gebrüllt, gestritten, gelärmt, und als Joggeli den Bodenbauer von weitem sah, rief er: «O Vetter, Vetter, wie gut ist doch, daß du kömmst; da haben sie mich zwischeninne, als ob sie mich morden wollten, hilf mir, Vetter, rate mir.» Es waren nämlich Gerichtspersonen da der bekannten Schuld wegen. Da solche Formalitäten allenthalben anders sind, so enthalten wir uns aller nähern Spezialitäten.

Der Sohn, welcher eben erst heimkam von einer Rundreise, auf welcher er bei Freunden Rat und Trost erst halbschoppen-, dann schoppen-, endlich flaschenweise geschöpft, wollte sie vom Hause wegprügeln, Joggeli wollte nichts unterschreiben, auch keinen Abschlag geben, kein Zeugnis, daß das Ding bei ihm verrichtet worden sei. Er rühre keine Feder mehr an, sagte er, ein Narr sei, wer es tue. Wenn er gewußt, wie man sich damit verfehlen könne, er hätte sein Lebtag keine zur Hand genommen. Trinette und Elisi gränneten einander an, erst aus der Ferne, rückten sich aber näher und näher, und wäre Vreneli nicht dazwischen gestanden, so wären sie einander sicher bis auf Nagelweite nahegerückt. Weiber liefern ihre Gefechte gern in nahen Distanzen, je näher je lieber. Männer haben es bisweilen umgekehrt. Die Gerichtspersonen begehrten ebenfalls auf. Hinter dem Mist krähte der Hahn, und zwei feindselige Hunde gingen zähnefletschend um einander herum.

Auch Vreneli verließ seinen Posten unbedacht, grüßte den Bodenbauer freundlich; da, risch, die Trinette auf das Elisi, dann, ermutigt durch das Beispiel, ein Hund auf den andern, und ein Brüllen, Wälzen, Spektakel entstand von Hunden, Trinetten, Elisi bunt durcheinander, daß niemand wußte, war man ganz im Tierreich oder noch halb und halb unter Menschen. Man riß Weiber und Hunde auseinander, nahm es aber nicht so genau, ob die Fußtritte Weiber oder Hunde trafen. Bekanntlich streckt man auch die Hände nicht gern zwischen streitende Weiber oder beißende Hunde, man kriegt gern Zähne drein. Nun, am Ende stoben die zusammengebissenen Parteien heulend auseinander, und die andere Partei, welche eigentlich nicht beißen wollte, sondern bloß reden, konnte ihre Verhandlungen wieder eröffnen. Die Gerichtspersonen beklagten sich bitterlich und sprachen des Bodenbauers Vermittlung dringlichst an. Sie trügen ja keine Schuld an der Sache, sagten sie, täten nichts als ihre Pflicht, begehrten nichts, als was gesetzlich sei; da ließen sie sich nicht persönlich beleidigen, dafür sei ein Richter. Die Leute ins Unglück zu bringen, begehrten sie nicht, sie seien bereits tief genug darin; das sollten die Leute begreifen, dünke sie.

«Ja aber, Vetter Johannes, Vetter Johannes! Der Lumpenhund, der Spitzbube hat mich betrogen, ists dann recht, daß ich bezahle? Soll ich allein darunter leiden, daß der Spitzbube mich betrogen hat?» Der Vetter Johannes sagte, das könne er begreiflich nicht entscheiden, da er nicht wisse, worum es sich eigentlich handle und was die Vorgänge seien. Nun erzählen es ihm alle, aber das Ding war noch schwerer zu fassen als eine neubarbarische, das heißt philosophische Vorlesung. Endlich brachte der Bodenbauer Ordnung in das Chaos, begriff, und endlich sagte er, das sei eine fatale Sache, sie bekümmere ihn sehr. Er könne nicht begreifen, daß man da so mir nichts dir nichts mit den Gerichten komme, ehe man gütlichen Weg versucht, das sei sonst Sitte. Da mußte auf die Einrede der Gerichtspersonen Joggeli endlich sagen, es seien ihm zwei Briefe gekommen mit allerlei Redensarten, die er nicht begriffen. Er habe nicht gedacht, daß das was zu bedeuten hätte, und das Papier abseits gelegt; es könnte ihm jeder Narr schreiben und in den Brief tun, was ihm gefalle. «Ja so,» sagte der Bodenbauer, «also geschrieben hatten sie; aber angefragt vorher, wie die Sache sich verhalten, das wird nicht geschehen sein. Das wäre jedenfalls anständig gewesen, aber die Sache ist, wie sie ist, mit Prügeln macht sich das allweg nicht. Gebt eine Antwort, daß eine Einigung Zeit und Platz hat, eines Tages macht sich das allweg nicht.»

So geschah es endlich, das Gerichtspersonal entfernte sich und der Bodenbauer wollte ebenfalls gehen. Aber er mußte bleiben und sollte raten. «Ja,» sagte er, «die Sache ist schlimm. Da wird wenig anders zu machen sein als Zahlen.» Die Unterschrift ableugnen täte er nicht, von wegen es möge gegangen sein, wie es wolle, unterschrieben sei unterschrieben; ein Dritter vermöge sich dessen nichts, und wenn er auch unter der Decke sein sollte, so sei es noch nicht bewiesen. Elisis arme Kinder könnten ihn dauern, denen sei es abgestohlen; daneben, wie er Vetter Joggelis Vermögen kenne, schade das weiter niemanden etwas. Vielleicht daß, was Joggeli dem Tochtermann geschwitzt, als Weibergut könne geltend gemacht werden, und was später noch auf diese Seite fallen werde, solle er alsbald durch ein Testament bestimmen und regeln, daß der flüchtige Vater nichts mehr dazu zu sagen habe.

Ein Wort gab das andere, und endlich sah der Bodenbauer mit Schrecken zwei Dinge: daß Joggelis Vermögen nicht mehr das war, was es gewesen, und Joggeli statt ein Mann ein Kind sei, das nicht wußte, was es machte, nicht zurechnungsfähig war. «Wißt Ihr was, Vetter,» sagte er endlich, «wißt Ihr was: geht vor Eure Gemeinde und begehrt einen Beistand, der in diesen verwickelten Dingen mit Verstand Euch beistehe. Ihr seiet alt, Euer Sohn weit, und was es koste, zahltet Ihr gern.» Potz Himmel, wie fuhr da Johannes, der Sohn, auf! Ehe daß er dulde, daß der Vater gevogtet werde, schlage er Himmel und Erde entzwei, brüllte er. «Da würdest du zu tun haben,» sagte der Bodenbauer ruhig. «Mache was du willst, aber wäre ich an deiner Stelle, ich besönne mich nicht zweimal; daneben mach, was du willst, die Sache ist nicht meine, sondern ganz hauptsächlich deine. So wie ich merken mag, hast du deinen Teil auch erhalten, und den guten Vater habt ihr beerbt bei Lebzeiten. Es scheint da allweg viel weggegangen zu sein. Kommt nun deiner Schwester Vormundschaftsbehörde dahinter, so trittet sie klagend auf, beschuldigt den Vater unverständiger Handlungen usw. Dann sieh, wie es geht. Begehrt ihr es aber selbst, so behaltet ihr die Sache in Händen, könnt euch mit eurer Gemeinde verständigen, und die Sache läuft so böse nicht. Wenigstens friedlich, soviel an euch.»

Da wolle er lieber den Teufel fressen samt dem Stiel und die Großmutter als Dessert, als daß er seinen Vater wolle bevogten lassen. Wer es gut meine, könne so nicht raten, aber wer was Unsauberes in der Wäsche habe, kriegte es vielleicht auf diese Weise am leichtesten ohne Wascherlohn wieder, brüllte der brüllhafte Wirt. «Ja so,» sagte der Bodenbauer, «ist das so gemeint. Sieh, dir sagt man nur Rubigenstrub, aber doch hielt ich dich für witziger. Ich meinte es gut, dein Vater dauert mich, du aber nicht. Dir bessert es nicht, bis du von der tauben Kuh gefressen hast, und dann vielleicht noch nicht. Ich habe da allerdings etwas in der Wäsche, aber ich vermag den Wäscherlohn zu bezahlen, und wäre er noch einmal so groß; ich bin kein Wirt, der am Verlumpen ist. Und weißt, ich zahle den Wascherlohn noch dazu gerne, ich weiß, ich erhalte ihn wieder; ich würde für Uli lieber zehntausend Gulden zahlen als für dich tausend, weißt! Und jetzt behüt euch Gott und lebet wohl; wem nicht zu raten ist, ist auch nicht zu helfen!» So sprach der Bodenbauer hochaufgerichtet und im Zorn. Denn in solchen Punkten verstand er nicht Spaß. Sie hätten ihm nicht gesagt, daß er helfen solle; wenn sie dann seine Hülfe begehrten, so wollten sie es ihm sagen lassen, sagte Johannes, der Rubigenstrub, halblaut. Die Frau selig habe viel auf dem gehabt, jetzt sehe man, was er sei, sagte Joggeli, der von der ganzen Sache wenig oder nichts mehr begriff.

«Fraueli,» sagte der Bodenbauer zu Vreneli, «wenn du mir nicht so lieb wärest, so wäre ich mein Lebtag böse über dich, daß du mich da hineingezogen. Aber so habt ihr Weiber es, ihr meint, es müsse allenthalben geholfen sein, und wo eure Arme zu kurz sind, stoßt ihr die Männer hinein. Da ist nicht mehr zu helfen, das ist, was ich euch sagen wollte. Macht euch gefaßt auf alles, wo ich wohne, wißt ihr, wenn ihr was nötig habt; und solltet ihr rasch fort müssen, so hat mein Tochtermann ein klein Heimwesen, welches für den Aufenthalt euch vielleicht anständig wäre. So viel im Vorbeigang, damit ihr euch nicht etwa ängstigt und nach dem ersten Besten faßt. Sie haben den Alten ausgesogen auf eine heillose Weise, wie Spinnen eine Fliege. Vielleicht daß noch Ordnung zu machen, etwas zu retten wäre, aber Ordnung zu rechter Zeit will der dicke Büffel nicht, er weiß warum. Nun wird alles drüber und drunter gehen, vielleicht gibt es Prozesse, vielleicht Gott weiß was, kurz zählt darauf, innerhalb Jahresfrist ist das Gut verkauft und der Alte, wenn Gott sich seiner nicht erbarmt, im Spital, oder der reiche Glunggenbauer kann von Türe zu Türe sein Essen suchen.» «Nein, Gevattersmann, nein, das geschieht nicht; eher tue ich es für ihn, aber solange ich sonst noch ein Stück Brot habe, hat er auch,» sagte Vreneli. «Er war nie gut gegen mich, aber auch nicht böser als gegen andere Leute. Ich aß sein Brot, als mir niemand welches gab, so soll er es nun auch bei mir haben.» «Das ist brav,» sagte der Bodenbauer. «Es ist schade, daß du nicht eine große Bäuerin bist, du hättest den Sinn dafür und könntest Vielen Gutes tun, daneben ist noch alles möglich.»

Trotz ihrer Fassung und des Bodenbauers Anerbieten erschreckte sie die Lage der Dinge doch, so arg hatten sie dieselbe nicht gedacht, so nahe den Wendepunkt nicht geglaubt. Ein oder zwei günstige Jahre noch, und sie hätten sich erholt gehabt. Uli hätte gerne die Richtigkeit von Bodenbauers Ansicht in Zweifel gezogen. Aber Vreneli sagte: Je mehr es darüber nachdenke, desto überzeugter werde es von derselben. Die Schlingel seien nicht umsonst so oft dagewesen und sicher nicht bloß wegen der Kurzweil. Die Beiden hätten was gebraucht. Bei einem einfachen Bauernwesen habe man keinen Begriff, was zwei solche Bursche in einer Wirtschaft oder im Handel durchzubringen vermöchten. Das gehe zweispännig oder vierspännig, wenn die Weiber helfen und nichts nutz seien, wie an beiden Orten der Fall sei. Uli meinte, wenn man nie viel gehabt, so könne man sich noch drein schicken, nichts mehr zu haben, und es liege die Hoffnung nahe, wieder zu gewinnen, was man verloren. Wenn aber so große Vermögen, mit denen man es nicht hätte machen können, dahingingen, so komme ihm das Totgrämen sehr begreiflich vor. «Da ist keine Hoffnung, wieder zu Vermögen zu kommen, und das Leben mit Nichts, wo man an so viel gewöhnt war, muß eine wahre Hölle sein. Es muß einem zumute sein, als sei man eingenäht in einen Gallensack. Die Hauptsache für uns ist nun die, daß wir mit Ehren davonkommen, wenn schon mit sonst nichts als vielleicht noch mit Schulden.» Sie wollten machen, was möglich, und daneben das Beste hoffen, bis hieher hätten Gott und gute Leute sie nicht verlassen und würden es wohl auch ferner nicht. Und wenn es sein, die Prüfung bis dahin gehen sollte, daß sie in Pfändung fielen, so müßten sie sich auch darein schicken, sie hätten dabei doch den Trost, daß es weder mutwillig noch verschuldet sei, sondern hervorgebracht durch Unglück von höherer Hand, dachten sie.

Ihr Schicksal lag allerdings in der Schwebe, hing von Gottes Segen und des Bodenbauers gutem Willen hauptsächlich ab. Diesem waren sie dreihundert Taler schuldig, ihr Geld, welches sie auf Zins gehabt, war eingezogen. Dagegen hatten sie freilich eine Schrift vom Wirt von fast vierhundert Talern auf dem Papier. Aber ob sie nicht mehr wert sei als etwa österreichisches Papier oder gar nichts, das wußten sie noch nicht. Ein ganzer Zins von achthundert Talern war nächstens fällig, dazu noch der Zins für die Effekten. Nun hatten sie freilich etwas Geld vorrätig, etwas konnten sie noch machen, aber achthundert Taler sind eine Summe. Bis zur Ernte mußten sie auch leben, und ob ihnen am Zins etwas geschenkt werde, das war unter obwaltenden Umständen mehr als zweifelhaft. Freigebig war Joggeli sein Lebtag nie gewesen, dazu besaß er eine zu kleinlichte Natur. Eine solche Natur kann bei großem Vermögen und einer guten Frau noch so quasi mit Ehren durchkommen, ohne als ein Geizhals verschrieen zu werden.

Genau genommen ist es eigentlich gar keine große Kunst, bei großem Vermögen nicht schmutzig und ungerecht zu sein. Aber wenn das Vermögen geschwunden oder sonst klein ist, das Geld nirgends reicht, immer neue Forderungen kommen und dazu immer neue Verluste: da nicht zu machen, was man kann, die Schere ins Fleisch gehen zu lassen, wo man was zu scheren hat, nicht den letzten Tropfen auszupressen, wo man das Recht zum Pressen zu haben glaubt, das ist schwer. Darüber können so Viele sich nicht erheben, sondern halten sich an dem Spruche: Mache jeder, was er kann. Sie mußten dieses auch von Joggeli erwarten, der dazu alle Tage kindischer, fast ganz regiert wurde von dem Sohne, der ganz erwildet war und im Lande herumfuhr wie der Teufel im Buche Hiob. Dazu kam noch die Abschatzung der Effekten, welche Uli zur Nutzung hatte. Beim Abtreten des Gutes mußten die wieder geschätzt werden. Den Minderwert mußte er ersetzen, etwaiger Mehrwert ward ihm vergütet. Hier konnte es einige hundert Gulden auf- oder niedergehen ohne eigentliche Ungerechtigkeit, aber doch je nachdem man ihm wohl oder übel wollte. Dann kam es wie gesagt hauptsächlich darauf an, ob er die Pacht ausmachen oder früher davongestoßen werde, was bei Verkauf des Gutes oder Tod des Besitzers gegen eine billige Entschädnis freilich der Fall sein konnte, und ob die Jahre gesegnet oder ungesegnet seien.

Er überzeugte sich immer mehr, daß der Bodenbauer richtig gesehen und richtig geraten hatte. So wie der Fall mit dem Tochtermann bekannt war, schneite es von allen Seiten Forderungen und Abkündigungen, wie es geht in solchen Fällen. Es hatten gar Viele Ursache zur Angst, wenn der Glunggenbauer noch mehr solche Stücklein gemacht hätte, so könnte es ihnen fehlen. Joggeli stand noch mancher Schuld als Bürge zu Gevatter und ganz besonders bei seinem Sohne. Diesem wurden nun alle Schulden, welche ablöslich waren, und von den unablöslichen die ausstehenden Zinse eingefordert; das lief zu großen Summen auf, den Forderungen konnte auf keine Weise begegnet werden. Da machte es Johannes wie Viele, er wehrte sich mit Prozessen; das ist aber akkurat, wie wenn man, um dem Fegfeuer zu entrinnen, in die Hölle springt. Er verflocht auch seinen Vater in diese Prozesse, und namentlich verführte er ihn, wegen den fünfzehntausend Talern einen Rechtshandel zu beginnen. Das war ein Geflecht von Prozessen, Forderungen aller Art, daß es einem vernünftigen Menschen die Haare zu Berge gestellt hätte.

Dies ward bekannt. Allgemein hieß es, wenn der Tochtermann am Schwiegervater den Schelm gemacht, so sei es sich nicht zu verwundern, denn der Sohn sei noch der viel ärgere Schelm an ihm gewesen. Elisi, das nirgends anders zu sein wußte als in der Glungge, heulte und lärmte, bis endlich der Gemeindebehörde seiner Heimat, welche eben nicht zu den erleuchteten gehörte, die Augen aufgingen, so daß sie auf Bevormundung von Joggeli drang. Nun erst gab es Spektakel. Dieser Antrag kam Joggeli vor wie ein Majestätsverbrechen, und hätte er die Macht gehabt, er hätte die Antragsteller erst köpfen lassen. Begreiflich gab das einen neuen Prozeß auf die andern alle. Diese Prozesse sind die allerangreiflichsten für die Person, welche bevogtet werden soll und es nicht annehmen will. Die Antragsteller sind also genötigt, ihr Begehren gehörig zu begründen. Um das zu können, müssen sie nun alle möglichen Merkmale aufführen, daß der Besagte nicht mehr imstande sei, sein Vermögen selbst zu verwalten. Freilich werden Kinder, welche so was begehren, im Eingang sagen, wie das Begehren ihr Herz zerreiße, wie sie es aber den eigenen Kindern schuldig seien; sie werden nie anders reden als von ihrem geliebten, verehrten, unglücklichen Vater, werden dann aber dazu alle Schwachheiten, Dummheiten, welche er von den ersten Hosen an gemacht, aufzählen. Ja sie sind imstande, des Vaters Heirat mit ihrer Mutter als seine größte Dummheit, als ein Zeichen seiner momentanen Verrücktheit anzuführen. Zuweilen wird des Vaters kindischer Zustand nicht von der Heirat, sondern von der Mutter Tod weg datiert. Dann wird aber doch gesagt, daß er eigentlich sein Lebtag nie ein Mann gewesen, die Mutter die Hosen angehabt hätte, seit sie aber gestorben, sei er vollends dumm geworden. Nichts wird geschont, sein Bild nicht bloß aschgrau, sondern brandschwarz gemalt. Das alles nun muß der Betreffende lesen, sollte es verdauen und kann nicht, geschweige sich daran erbauen. Dann muß er ein ander Bild von sich entwerfen lassen, wo er wie ein Herrgott strahlt, und hat er Malice auf seine verstorbene Frau, so wird der munter ausgewischt, wobei er sie jedoch immer seine liebe Selige nennt, welche er dem lieben Gott von ganzem Herzen gönne. Hintendrein kommen Ärzte, manchmal noch der Pfarrer und manchmal noch Andere und untersuchen einen nach Stand und Vermögen gründlich und nicht gründlich: ob der zu Bevogtende dumm sei oder gescheut, entweder ganz oder halb, zurechnungsfähig oder nicht, zurechnungsfähig entweder ganz oder halb. Das ist für den Betreffenden eine äußerst interessante und lehrreiche Untersuchung, man kann es sich denken!

VIERUNDZWANZIGSTES KAPITEL

Wie Gott und gute Leute aus der Klemme helfen

Unterdessen verfiel der Zins, Joggeli wollte keinen Kreuzer daran schenken. Wenn man das Geld nötig hätte wie er, so schenke man nichts, das wäre ja das Dümmste, was er machen könnte. Dann wohl, dann hätte man das Recht, ihn zu bevogten! Wenn er schon wollte, er dürfte nicht, Johannes täte viel zu wüst; er glaube, er risse ihm den Kopf ab, sagte er. Es dünkte Uli streng, er hatte Lust, wenn auch nicht zum Prozedieren, so doch Vermittler anzusprechen, oder wie man hier sagt, eine Freundlichkeit anzustellen. Überdem, meinte er, könnte man ja eine Gegenrechnung machen. Vreneli müsse so viele Zeit mit Joggeli versäumen; sie lieferten mehr, als sie schuldig seien, und Elisi samt seinen Kindern müßten sie ja fast alleine erhalten, die Kinder seien immer bei ihnen und über ihrem Tischkasten, als ob es ihr eigener wäre. Vreneli wehrte: «Wo kein Verstand mehr ist, kann man keinen machen. Bei der Vermittlung käme nichts heraus, wenn die Männer schon einreden würden. Johannes, der Unflat, täte es nicht, der ist zu geldhungrig. Mit dem Rechnen ists ebenso. Sie würden sagen, wenn wir mehr gegeben, als wir schuldig seien, so sei das unsere Sache. Warum wir es getan, warum wir Elisi und seine Kinder nicht fortgejagt? Wenn wir die Guttätigen machen wollten, so sollten wir nicht hintendrein abrechnen wollen, das hätte keine Form. So würde man uns antworten, dann könnten wir prozedieren; vielleicht täten wir es gewinnen, vielleicht verlieren, und wollen wir das?»

So sprach Vreneli. Uli sagte, er wisse, was Prozedieren sei, die Lust dazu habe er verloren. Er habe bloß gemeint, man könnte probieren, so gleichsam an die Türe pochen. «Weißt nicht, Uli,» sagte Vreneli, «daß der Teufel ein Schelm ist? Gibt man ihm einen Finger, nimmt er gleich die ganze Hand. Und dann ist das: die Sache scheint sich in die Länge zu ziehen, wir können sicherlich dableiben noch ein Jahr und die Aussichten sind prächtig. Wir haben ja Lewat, der alleine macht uns wenigstens den halben Zins, wenn es gut geht. Zudem bedenke, ich habe lange das Gnadenbrot gegessen hier. Es war freilich oft stark gesalzen, doch nicht durch die Base, und wenn ich später auch etwas dafür geleistet, so wußten sie doch dies nicht, als sie anfingen, es mir zu geben, denn ich war ein böser Drache von Mädchen. Wenn wir es jetzt auch nicht überflüssig haben, so haben wir es doch, und wer weiß, ob wir je wieder ein Zeichen tun könnten, daß wir erkennen, was ich empfangen.» «Es wäre recht so,» sagte Uli, «wenn wir nur wüßten, wo nehmen und nicht stehlen.» Ja, sagte Vreneli, stehlen sei eine wüste Sache, das helfe es auch nicht. Aber als das letztemal der Bodenbauer dagewesen sei, habe er gesagt, sie wüßten, wo er wohne. Ja, sagte Uli, das sei alles gut, aber immer und immer wieder Bettlerwege laufen zu sollen, sei er doch endlich satt. Vreneli verstand den Ton besser als die Worte, und in seinem lebendigen Gerechtigkeitsgefühle war es ihm klar, daß Uli allerdings Mehreres habe austreten müssen, was es angegeben, daß ihm das wiederholte Hülfesuchen bei dem Bodenbauer sehr zuwider sein müßte.

Vreneli hatte Vernunft und hielt seinen Mann nicht für einen dummen Schweizermann, zu nichts nutz, als deutschen Jungen und Allerweltsbuben, bankerotten Italienern und herrschsüchtigen Weibern Kastanien aus dem Feuer zu holen, kurz es hielt ihn nicht für einen Neidgauer. «Weißt du was,» sagte Vreneli, «unser jüngstes Kind ist noch nicht eingeschrieben; das älteste bittet schon lange, einmal zur Gotte zu fahren, sie habe ihns eingeladen; nächsten Sonntag nehme ich den Fuchs, er ist ein guter alter Trappi, mit dem darf ich fahren und will suchen, was da zu machen ist. Es ist jedenfalls am anständigsten, man verrichte solche Sachen selbst.» Uli begann keinen edlen Wettstreit, er sagte bloß: «He ja, wenn du meinst.»

Vreneli fuhr wirklich am nächsten Sonntage mit dem alten Fuchs und seinen jungen Kindern. Es war ihm wie einer Henne, wenn sie zum ersten Male ihre Brut zu Felde führt, voll Stolz und Angst. Es waren aber auch drei allerliebste Kinder, mit welchen es ausfuhr. Sie hatten eine ganz absonderliche Freude, und je mehr sie sich freuten, desto wehmütiger ward Vreneli. «Ihr armen Tröpflein,» mußte es immer denken, «ja, freuet euch nur, es ist das erste Mal und wahrscheinlich auch das letzte, daß ihr mit einem Pferde fahren könnt; dann, ihr armen Tröpflein, könnt ihr einander selbst ziehen, wenn ihr fahren wollt.» Seit seiner Hochzeit war es nie da oben gewesen, eine rechte Hausfrau kömmt selten weit vom Hause auf dem Lande, besonders wenn Gott sie alle Jahre mit einem Kinde segnet, in den Schaltjahren mit zweien. Da gab es wohl Vergleichungen zwischen den frühern Reisen zu Bodenbauers und der jetzigen. Es wäre zu wünschen, solche Vergleichungen würde kein Gemüt peinlicher fassen. Die erste Reise war die, auf welcher Uli Vreneli eroberte, die zweite zur Hochzeit, die dritte also die mit drei Kindern, das jüngste war daheim geblieben. Es lag in den äußern Umständen wohl eine Demütigung. Pläne, Hoffnungen sind zu Wasser geworden, verhagelt, fremde Leute müssen um Geld angesprochen werden. Aber ists wiederum doch nicht was Schönes, eine eroberte Würde darin, daß eine Frau mit solchem Vorhaben ausfahren darf, mit unbeschwertem Gewissen und in heiterm Vertrauen, die Bitte werde nicht abgeschlagen? Sackerlot, ihr Weiber im Oberland und Seeland, in Baselland und Waadtland, wie Manche unter euch darf sich zu Wagen setzen, mit keinem Vermögen als einem Häuflein Kinder zu einem alten Gläubiger fahren und ihn ersuchen, aufs neue einzustehen, und zwar nicht etwa insgeheim, daß es unser Herrgott selbst nicht einmal vernehmen soll, sondern offen vor Weib und Kindern? Ja, das ist doch etwas Großes, darin liegt ein schönes erobertes Vermögen.

Ja, wie Manche aus aller Herren Ländern könnte mit Titeln vornen und Titeln hinten, zu Fuß, zu Wagen, zu Roß, mit oder ohne Kinder in allen fünf Weltteilen herumfahren, sie kriegte vielleicht mit Betteln einige Kreuzer zusammen, aber anvertrauen, anvertrauen auf ihr ehrlich Gesicht oder ihren ehrlichen Namen würde kein vernünftiger Christenmensch ihr drei Kreuzer! Ja, Mesdames zu Stadt und Land, so schlecht ists mit Tausenden unter euch bestellt: nicht drei Kreuzer auf euer ehrlich Gesicht oder euern ehrlichen Namen! Das ist verdammt wenig, von wegen es sind beide darnach bestellt. Doch tröstet euch, Mesdames, es ist mit den Herren oder Männern, wie man will, noch schlechter bestellt. Wie viele und hochgestellte und hochberühmte schießen im Lande herum wie eingeschlossene Fledermäuse an den Fenstern, suchen Vertrauen und finden keins; ja, nicht einen einzigen Kreuzer kriegen sie auf Gesicht oder Namen, sie mögen schießen, surren, stürmen, so viel und so lange sie wollen. Höchstens vertraut man ihnen das Vaterland an, ein Zeichen, wie hoch man dasselbe achtet! Ja, wenn man alle die sammeln und zusammenstellen würde, Weibervolk und Männervolk, welche Geld borgen möchten und gar keines oder höchstens drei Kreuzer kriegen, man könnte mit ihnen ganz Hinterasien bevölkern und Vorderasien wenigstens halb. Nun, wenn diese Völkerwanderung mal stattfinden sollte, was für die Bequemlichkeit und Ruhe Europas nicht so unpassend wäre (man denke, wie viel Stellen ledig würden in Königstümern, in Republiken, an Höfen, in Wasch- und Ratshäusern), so kann Vreneli daheim bleiben, es bekäm Geld und notabene gern. Das gern ist noch seltener als Geld.

Des Bodenbauers Frau war aber auch eine, wie man sie nicht hinter jeder Haustüre findet. Sie dachte nicht bei sich: Gibt wohl der alte Narr der Jungen da Geld? Wohl, dem wollte ich! Sie rief ihn auch nicht beiseite und sagte ihm: «Probier und gib dieser! Machsts, beim –, ich lasse mich scheiden; das wäre mir wohl, so alt wie du bist, schäm dich und denk an Kinder und Großkinder!» Die Bodenbäurin hatte tiefes Bedauern. «Nur nicht den Mut verlieren,» sagte sie, «es kommt schon noch gut; ein paar Jahre, so könnet ihr euch wieder aufhelfen. Ja freilich, helfen muß man euch. Es ist ja hundertmal nützlicher, man unterstütze brave Leute, wo man noch den Glauben haben kann, das Geld sei nicht zum Fenster hinausgeworfen, als man werfe es in Spekulationen, wo ein paar Spitzbuben reich werden, während man keinen Kreuzer davon wiedersieht. Aber freilich, die Leute sind selbst schuld, daß man nicht so Vielen aufhilft, als man wohl könnte und möchte. So Viele begehren nicht wieder zu zahlen und werden die ärgsten Feinde, wenn man sie mahnt ans Wiedergeben, es ist akkurat, als ob man ihnen ihre eigene Sache stehlen wolle. Und wie wohl käme es so manchem Handwerksmann, der was anfangen möchte und kein Geld hat, wenn das alte Vertrauen noch wäre. Früher, wenn so einer kam, redete ich meinem Mann immer zu, jetzt freilich wehrte ich schon öfter ab. Aber schämen muß ich mich, daß es bei unsern Verwandten, freilich so ganz nahe sind wir ihnen nicht mehr, so geht; darum ist es nur billig, daß wir gut machen, was sie sündigen. Haltet es dem Alten nicht für ungut, denkt, er wisse nicht, was er mache, und daß er in der Klemme ist, und da wird man gerne wüst gegen die Leute, will sich damit helfen und macht die Sache immer schlimmer. Denk an die gute Base und sieh um ihretwillen zum Alten, sie hatte auch nicht gute Zeit bei ihm und tat ihm doch, was sie konnte.»

Das war eine schöne Rede, welche die Bodenbäurin fallen ließ, in Kammern und Parlamenten hört man langweiligere und kommt dazu doch nichts dabei heraus. Der Bodenbauer gab das Geld. «Probiert aber,» sagte er, «und gebt dem Vetter das Papier, welches euch der Wirt gegeben hat, an Zahlungsstatt. Er ist auch schuld, daß Uli sich da eingelassen, und wenn er es schon nicht annimmt für immer, so ist es doch nichts als billig, daß er dem Wirt ein wenig die Faust macht. Ein Handel mehr oder weniger soll ihm nichts machen, und vielleicht trifft er einen glücklichen Augenblick, wo es wieder tropfet beim Wirt.» Vreneli nahm aber auch das Geld nicht leichtfertig, nicht mit den Worten halb Spaß, halb Ernst: «Jetzt habe ichs, jetzt könnt ihr sehen, daß ihr es wieder kriegt», sondern mit einem tiefen Seufzer. «Weiß Gott, wann wir es wieder geben können, aber es soll geschehen, wenn Gott uns das Leben läßt, und sollte ich es mit Kuderspinnen verdienen.» «Das würde dich doch noch blangen», sagte die Bodenbäurin lachend. «Wir wollen hoffen, es werde dir besser gehen. Ihr seid Beide jung, eine Zeit ist nicht alle Zeit, und wer das Unglück brav ertragen hat, der wird dann wohl auch mit dem Glück umzugehen wissen. Je schwerer es dir ist, das Geld zu nehmen, desto leichter, hoffe ich, wird dir das Wiedergeben, oft geht es umgekehrt.»

Sie waren also sozusagen wieder unter Dach, geborgen im Wohlwollen oder in der wohlerworbenen Gunst guter Leute, und konnten ruhig die Tage kommen sehen. Uli glaubte, er sei es ihrer alten Freundschaft schuldig, dem Wirt das Papier zuerst zum Einlösen zu präsentieren, ehe er es in fremde Hände zu geben versuche. Diese Zartheit rechnete ihm aber der Wirt nicht eben hoch an. «Mache du mit dem Wisch, was du kannst. Wenn ihn jemand will, so gib ihn und wirf noch die Kappe nach! Aber Geld begehre nicht von mir, und wenn du mich auf den Kopf stelltest, nicht einen halben Gulden fändest du. Wenn es der eigene Bruder wäre, jetzt könnte ich ihm nichts geben. Mit Betreiben habe keine Kosten, wenn ich dir einen guten Rat geben kann. Machst du mich unglücklich, kriegst du erst nichts. Da sind viele Hunderte vor dir, welche ihre Sache vorab wollen, wenn sie was finden, heißt das. Wartet man mir, ist mir einmal der Schwäher gestorben und hat unser Herrgott mir den Vater abgenommen, er muß ihm nicht lieb sein, er hätte ihn sonst längst begehrt, so gehts dann schon. Aber einstweilen setze man ab! Wenn ich schon wollte, beim besten Willen könnte ich nicht.» Es sei doch hart, meinte Uli, daß er sein Geld so nötig habe und es nicht erhalten könne und vielleicht gar für einen Andern Geld borgen müsse. «Kann dir nicht helfen,» sagte der Wirt, «da siehe du zu,» ging und zeigte sich nicht wieder.

Als Uli den Joggeli zahlte, kam es diesem doch selbst über das Herz, daß er es Uli wüst mache. «Ich würde dir gerne was zurückgeben,» sagte er, «aber ich mangle das Geld gar übel. Das andere Jahr aber, da will ich dir daran denken; sinn daran und mahne mich.» Das künftige Jahr soll gar oft gut machen, was im laufenden gefrevelt worden. Aber kömmt es dem Frevler immer? Mit dem Papier, sagte er, möge er nichts zu tun haben, er wollte, er hätte es sein Lebtag so gehabt. Er solle es dem Johannes zeigen, wenn es dem recht sei, so sei es ihm auch recht. Dem Johannes war es aber begreiflich nicht recht. Er fluchte gar mörderlich Uli an: Ob er auch einer von denen – schelmen sei, welche den Vater um den letzten Kreuzer betrügen wollten! Er wisse ja, der Alte wisse nicht mehr, was er rieche oder schmecke, geschweige denn was er lese, und doch käme er ihm mit einem Papier daher, welches keinen faulen Heller wert sei, er möchte es nicht für eine Pfeife damit anzuzünden.

Uli ward böse. Er habe nichts darwider, daß Joggeli durch Schelme um sein Vermögen gebracht worden seie, aber mit denen lasse er sich noch lange nicht zusammenzählen, eiferte er. Er habe hier nichts gewonnen, das Widerspiel, was er gehabt, lasse er dahinten, und warum? Weil man ihn behandle, wie es vor Gott und Menschen nicht recht sei, zum Dank, daß er den Hof in Aufgang gebracht. Das sei doch wohl nie erhört worden, daß man erst einen Pächter verleite, nicht in die Assekuranz zu tun, um den Beitrag zu ersparen, und hintendrein den Hagelschaden alleine tragen lasse, keinen Kreuzer am Zins schenke. Daß er da Papier hätte statt Geld, sei auch nicht alleine seine Schuld. Er werde sich aber hüten, von einem Wirte Papier anzunehmen, deren

Zeug sei mit Schein heutzutage nicht einen faulen Heller wert. «Wie meinst das?» schnaubte Johannes. «Nimms wie du willst, es ist mir gleich,» sagte Uli. «Potz!» brüllte da Johannes, «ich will dir zeigen, wer du bist; nackt mußt du mir auf die Gasse und vielleicht noch anderswohin!» «Meinst, ich solle dir nach?» sagte Uli, «habe keine Lust dazu, und zwingen wird mich niemand, von wegen ich habe ein reines Gewissen und saubere Finger.» «Wart nur,» sagte der Wirt, schwarzrot im Gesicht, «dir will ich den Marsch machen!» «Mach, was du willst,» sagte Uli, «aber ich denke, es gehe nicht mehr lange, so werden ich und du hier auf der Glungge akkurat gleich viel zu befehlen haben, und wenn ich dann noch was schuldig bin, so bin ich es sicher nicht dir schuldig.»

Sie griffen nicht zusammen, aber großen Zorn hatten Beide zu verwürgen. Johannes konnte dieses nicht trocken tun, er mußte Wein dazu gießen und zwar brav. Er ging daher zum Wirt, dessen Papier er soeben so hart ausgescholten. Derselbe war sein bester Freund geworden, seit Johannes öfters auf der Glungge war. Je ähnlicher ihre Verhältnisse wurden, desto mehr näherten sich ihre Herzen, Keiner konnte dem Andern mit Geld helfen, aber mit Rat, und wenn Einem kein Kniff einfiel, so stolperte der Andere über einen. Ihr Hauptwitz drehte sich um folgende drei Punkte: so viel möglich auf Borg zu kaufen, der Bezahlung auszuweichen oder die Last von einer Achsel auf die andere zu legen, wie man zu sagen pflegt.

Hier erzählte nun Johannes, wie er es dem Uli gemacht und noch ferner es machen wolle. «Du hast recht, nur ausgefahren mit dem,» sagte der Wirt. «Das ist der dümmste Mensch auf Gottes Erdboden, jedes Kind kann ihn zum Narren halten. Man kann ihm angeben, was man will, er glaubt alles, und rühmt man ihn erst, so steht er dir zweg wie ein Hund, den man streichelt. Er ist mir alle Augenblicke vor der Türe und will Geld, aber er kann noch lange kommen und wird doch keines sehen. Da wäre man ja dumm, sein Geld zu verwerfen, um Leute zu bezahlen, welche man nicht zu fürchten hat. Zu denen muß man sehen, welche wissen, wo angreifen, die hat man zu fürchten; aber die, welche man zurückschrekken kann, die kann man unbesorgt springen lassen. Einmal gibt man ihnen gute Worte, ein andermal böse, und laufen sie endlich zu einem Agenten, so steckt man dem was und die Sach bleibt jahrelang am gleichen Orte; der Lümmel kann nichts daran machen und kommt nie darüber, wo es hält. So muß man es solchen Menschen machen. Gott Lob und Dank, es gibt noch viel Solche, sonst wäre unsereiner böse bestellt.»

Was der Wirt da so bündig auseinandersetzte, ist wirklich auch so. Es gibt Leute, welche mit Taschenspielergewandtheit dem Bezahlen auszuweichen wissen, immer noch Kredit finden, eine unbegreifliche Schuldenmasse aufhäufen, ihre Last jahrelang nicht einmal zu fühlen scheinen, bis endlich das künstliche Gebäude schauerlich zusammenbricht. Hinwiederum gibt es Leute, welche verdammt zu sein scheinen, nie zu ihrem Gelde kommen zu können, beständig verlieren. Es sind dieses zumeist noch Leute, welche das Geld sehr nötig hätten, welche der Verlust tief schmerzt, wie zum Beispiel Uli. Es sind zumeist gutmütige, leichtgläubige Leute, welche man traulich zu machen weiß, eben wie Hunde mit Streicheln, Leute, welche entweder keinen Begriff vom Rechtsweg oder nicht Mut haben, ihn zu verfolgen, Leute, welche von den Agenten noch gerupft werden, statt bei ihnen Hülfe zu finden. Für die ärmere Klasse ist in diesem Punkte ein schweres Leiden. Was soll man aber zu einer Gesetzgebung sagen, welche dieser Sorte von Taschendieben ihr Handwerk erleichtert und wohlverstanden auch sichert, während sie den Kredit der ärmeren, aber ehrlichen Klasse zerstört?

Wie wenn es wirbelt in Fluß oder See, die Kreise sich immer enger und enger ziehen, bis endlich eine unwiderstehliche Kraft die Wasser und was sie tragen niederwirbelt auf den Grund, um sie loszulassen, die Wasser in Schaum aufgelöst, tot oder zerbrochen, was sie trugen, so zogen sich Joggelis Prozesse, an denen er nichts begriff, enger und enger zusammen.

So sollte er zum Beispiel einen Eid schwören, er hätte dem Tochtermann die Schuldverschreibung nicht unterschrieben, während er auf der andern Seite bevormundet werden sollte wegen Geistesschwäche, anderer Händel nicht zu gedenken. Den Eid wollte er schwören durchaus gegen den klaren Buchstaben. Aber der Sohn hatte es ihm ausgelegt mit einigen Flüchen. Die Auslegung hatte Joggeli gefaßt und hielt sie fest, und was Pfarrer und Andere sagten, es war alles an eine Mauer geredet. Vreneli machte ihm einmal Vorstellungen, ob er mit einem falschen Eide ins Grab wolle? Um sein Vermögen habe er sich gebracht, ob er nun zu guter Letzt auch seine Seligkeit verwerfen wolle? «Das verstehst du nicht,» antwortete Joggeli, «Weiber sollten in solche Sachen gar nicht reden. Meine Frau selig tat es auch immer, darum kam die Sache endlich so. Johannes hat es mir ausgelegt, daß der Eid mich gar nicht berühre, er wird das besser wissen als du. Ungerechteres könnte es doch nichts geben, als wenn ich so mir nichts dir nichts ein solch Geld zahlen sollte. Das wird mir doch kein rechter Mensch zumuten? Aber du hieltest es immer mit allen Andern gegen mich. Was ich dir zuleide getan, weiß ich nicht. Wenn wir dich nicht angenommen, als dich niemand wollte, so könntest du jetzt sehen, was aus dir geworden. Das wird wahrscheinlich der Dank dafür sein sollen. Ich sagte es der Frau selig immer, was du für eine seiest, aber sie wollte es nie glauben. Jetzt könnte sie es wieder erfahren.»

Was sollte Vreneli darauf sagen? Kömmt einmal ein Mensch in diese Verstocktheit, wird er so kindisch oder hat er sich so tief in einen Wahn festgerannt, so nützen Worte nichts mehr. Die Tränen schossen Vreneli in die Augen. «Ja, wenn die Base noch lebte, es wäre viel anders, und manches, das noch geschehen soll, würde unterbleiben», sagte es. «Ich kann nichts als beten, daß jemand anders weiser sei als Ihr und den Eid Euch nicht zulasse.»

Diesen heillosen Eid, von welchem alle Welt wußte, daß er falsch war, während man dem alten armen Tropf alle Tage einredete, er solle ihn tun, weil er ihn tun könne, so daß er allein es glaubte, er schwöre recht, während er doch am besten wissen sollte, daß er falsch schwur, bejammerte Vreneli unendlich. Es meinte, es sei da was zu machen, nicht bloß mit Beten bei Gott, sondern auch mit Vorstellungen bei Menschen, denn was man selbst ausrichten könne, das überlasse Gott dem eigenen Vermögen. Es lief herum, es lief zum Pfarrer, zu diesem, zu jenem; alle waren seiner Meinung, das Ding sei ein heilloses Spiel. Der Pfarrer meinte, am besten wäre es, wenn der Eid verschoben werden könnte, bis der Streit über Joggelis Zurechnungsfähigkeit entschieden sei. Dieser Aufschub sei sehr wohl möglich, sagte er, wenn das Gericht oder der Richter den guten Willen hätten. Diesen hatte der Richter aber nicht, er war ein Jurist von der gröbern Sorte; er fragte einer Seele gar nichts nach, und ob ein alter Mann einen falschen Eid tue, kümmerte ihn viel weniger, als daß zu den Bratwürsten, welche er besonders liebte, kein Kalbfleisch genommen werde. Der Tag der Eidesleistung blieb angesagt.

Da, einige Tage vor demselben, fand eines Morgens Vreneli den Alten, dem es das Frühstück bringen wollte, sprachlos im Bette, ein Schlagfluß hatte ihm die Zunge und eine Seite gelähmt. Im ersten Augenblick erschrak Vreneli. Dann aber hob es sein Auge auf und sagte leise: «Das hat Gott getan!» Der Arzt wurde geholt, das Möglichste zu Joggelis Wiederherstellung versucht, doch umsonst. Der Schlag wiederholte sich, am dritten Tage war Joggeli eine Leiche. Jetzt waren die Prozesse zu Ende, ein höherer Richter hatte gesprochen. Das habe Gott gewiß der Base zulieb getan, sagte Vreneli zu Uli. Es vergebe dem Vetter von ganzem Herzen alles, was er ihm gesagt und getan, aber sagen müsse es, Gottes Güte habe er nicht verdient, denn keinen Menschen hätte es gekannt, der Gott weniger nachgefragt. «Aber wie es jetzt gehen wird, was meinst, Uli? Wer will die verwickelte Strange Garn lösen, daß eine Elle groß ganz bleibt?» «Weiß Gott, wie es geht,» sagte Uli. «Ich wollte mich in alles gerne schikken, wenn nur der Wirrwarr vorüber wäre und die Ungewißheit einmal aufhörte. Aber ungeduldig wollen wir nicht werden; es ist schon vieles vorübergegangen, das wird auch zu überleben sein.»

FÜNFUNDZWANZIGSTES KAPITEL

Wie der Knäuel entwirrt wird

Ein harter Schlag war dieser Tod für Johannes. Wenn er früher auch Joggeli die Seligkeit, wie er sagte, gerne gegönnt hätte, weil es dem Vater wohl und ihm nicht übel gegangen wäre, jetzt war dieser Tod für ihn ein großes Unglück. Jetzt kam die Vermögensmasse in unparteiische Hände, ihr Bestand mußte ausgemittelt werden so wie Schuldner und Gläubiger. Er war nicht gerührt, aber tobte gewaltiglich, daß das hätte geschehen müssen; es sei gerade, als ob das ihm absichtlich zuleid getan sei, um ihn zugrunde zu richten. Noch acht Tage, so hätte der Vater geflucht gehabt; dann hätte er seinethalben gehen können, wohin er gewollt, die Sache wäre gewonnen gewesen.

Über solche Reden schalt Vreneli den Johannes fürchterlich. Er solle doch an die Mutter im Grabe denken, wenn er auch den Vater nicht achte. Es nehme ihns doch auch wunder, wo er so gottlos und frevelhaft geworden sei, als Junge sei er anders gewesen. Wäre er Bauer geblieben auf der Glungge, so wäre es nicht so gegangen, er wäre ein Anderer inwendig und auswendig. Jetzt sei es froh, daß es bald von ihm komme und hoffentlich ihn nicht mehr sehen werde. Es sei ihm immer angst in seiner Nähe, vom Himmel komme ein Blitz und schlage ein in sein gottlos Maul. «So wäre es für mich,» sagte Johannes, «und dich ginge es nichts an. Vielleicht daß es gut wäre, wenn es so ginge, dann wäre ich draus und weg und allem los. Jetzt schweige mir aber mit dem Gestürm und mache, was zur Sache gehört. Ich mag viel von dir ertragen, aber genug ist genug; ich will meinen Zorn auslassen, wie ich will, magst es nicht hören, so geh weiter!»

Vreneli ging und fiel Elisi und Trinette in die Hände, die gar jämmerlich hintereinander waren. Beide wollten geschwind von des Vaters Sachen nun erben, was da war, dann zum Krämer, dann zu Schneider und Näherinnen und sich neu kleiden lassen für das Leichenbegleit. Da tat Pressieren not, innerhalb drei Tagen mußte alles geschehen sein und in der Nähe wohnten keine Pariser Künstler, weder Schneider noch Näherin (ein Geschöpf, welches auf dem Lande auch die Putzmacherin vorstellt). Trinette wollte jetzt alleine erben, wie Elisi bei der Mutter auch alleine geerbt, was in ihrem Sinne so dumm nicht war. Aber Elisi begehrte schrecklich auf, dieweil Vater und Mutter ganz verschiedene Kreaturen seien. Es wäre so was für Lumpenhunde von Söhnen und deren Schleipfen, wenn sie den Vater, welcher das Vermögen in Händen hätte, alleine beerben könnten. Potz Schieß, wie spitzte Trinette die Nägel, akkurat wie ein Kater, dem ein anderer in sein Revier kommt.

So kamen die Gerichtspersonen und teilten den Kuchen, sie versiegelten alles. Bekanntlich hatte Achilles eine Ferse, welche verwundbar war, bekanntlich war sogar der hörnerne Siegfried zwischen den Achselbeinen so empfindlich, daß der wilde Hagen ihn von dorther erstechen konnte; die beiden Gerichtspersonen aber, welche kamen, waren mehr als Achill, mehr als der hörnerne Siegfried, sie hatten keine verwundbare Stelle, sie waren ledern, hörnern, eisern über und über. Die Weiber mochten lieblich oder grimmig tun, Johannes blitzen oder donnern, sie versiegelten kaltblütig alles gut und währschaft; es waren nicht bloß Halbgötter wie Achill zum Beispiel, es schienen wirklich ganze Götter. Es waren nämlich Männer, welche Nasen hatten, die den Braten rochen, kaltblütig ihre Pflicht taten, die Weiber auslachten, den Johannes kurz abfertigten. Wo die Mehrzahl der Erben zahm sind und nicht viel verstehen oder jung, daher blind wie Katzen vor dem neunten Tag, oder alles unter einer Decke liegt, ja da läßt sich schon was machen, da können Gerichtspersonen human, liberal, halb oder ganz blind sein, das läßt sich schon machen und ist manchmal noch was zu verdienen dabei. Aber wo es heißt «Feinde ringsum», das Erbe mit Luchsaugen bewacht, gleichsam umstellt ist wie der Bau eines eingejagten Fuchses, da läßt es sich aufpassen, wenn man nicht Schmutz an Ärmel kriegen will statt Geld in die Tasche. Ja, felsenfest und unerbittlich wird man, hat nicht einmal an der Ferse einen blessierlichen Fleck, wenn in solchen Fällen nicht eine Hand die andere waschen muß, das heißt wenn der Versucher nicht zum Andern sagen kann: «Weißt nicht mehr, was dort und dort gegangen? Jetzt mach was du willst, aber machst es nicht, wie ich will, so rede ich.»

Unglücklicherweise für Johannes und die Weiber hatten sie eine solche Handhabe an diesen Männern nicht; Johannes hatte seit langem nicht hier gewohnt, war hier nie in Geschäften gewesen, die Männer kamen daher nicht in Verlegenheit, und scharf ward nach Pflicht und Vorschrift gehandelt. Heulend legte sich Trinette auf ein Bett, da stellte sich Elisi lachend davor und schabte Rübchen, bis Johannes dem armen Tropf eine Ohrfeige gab, daß es blutend und schreiend zu Vreneli lief, welches ihnen vergeblich vorstellte, welch eine Schande es für alle sei, so zu tun, während ein Toter im Hause liege. Selbst die geringsten Leute täten leise während dieser Zeit, als ob sie die Ruhe nicht stören wollten, und hätten Respekt vor der Leiche, und sie, die vornehm und gebildet sein wollten, täten wie betrunkene Menschen! Aber es half nichts. Es ist gar wunderlich mit der sogenannten Bildung, sie ist gar oft nichts als ein simpler Kleister über eine rohe Natur. Bekanntlich aber mag der Kleister das Wetter nicht ertragen, die Sonne nicht, den Regen nicht, den Frost nicht, so daß, wie man auch kleistert und frisiert, alle Augenblicke die Nase der alten Natur wieder hervorguckt.

So schied der alte Mann von der Welt, wie er in der Welt gelebt hatte, in Mißvergnügen und Uneinigkeit. Es war ein großer Leichenzug, man sah wohl, daß man einen großen Bauer zu Grabe trug; den Gesichtern dagegen sah man an, daß im Sarge weder ein bedeutender noch geliebter Mann lag, denn nicht nur weinte niemand als Vreneli und wahrscheinlich dieses auch mehr der Base zu Lieb und Ehr als dem Vetter, sondern es war ein Geschnatter, selbst ein Lachen oft im langen Zuge, wie man es sonst hinter einem Sarge her nicht für anständig hält.

Die Hinterlassenen konnten sich kaum des Streites unter einander enthalten; sobald sie ein geneigtes Ohr fanden, schimpften sie über einander, und Johannes, sobald er ein Glas Wein im Kopfe hatte, pülverte dem Vater seinen Mißmut noch ins Grab nach. Der Vater sollte jetzt an allem schuld sein, er, der Johannes, hatte keinen Fehler. Die Andern, welche außerhalb der Hörweite der sogenannten Erben saßen, ergingen sich in Mutmaßungen, ob wohl etwas Vermögen übrig bleiben werde; daß das Gut verkauft werden müsse, darüber waren sie einig.

Sie hatten aber auch recht, die Umstände waren noch viel schlechter, als man es sich vorgestellt hatte. Auch hier wollen wir die Formen, in welchen eine solche Erbschaft ermittelt, gesichtet, so gleichsam bis zu ihren reinen Bestandteilen abgeklärt wird, nicht näher bezeichnen. Jedermann in aller Herren Ländern wird daran hauptsächlich das begreifen, daß bei einem solchen Läuterungs- oder Aufklärungsprozeß ein großer Abgang sein muß. Ja manchmal ist die Masse so konfus und seltsam, daß wenn man sie aus den chemischen Apothekertiegeln herausnehmen will, man ein Erkleckliches weniger als nichts darin findet. Die Destillation mußte um so genauer vor sich gehen, da über die eine Hälfte der Erbschaft der Konkurs verhängt, jeder Gläubiger ein natürlicher und berechtigter Wächter war.

Joggeli hatte keine Art von Verfügung hinterlassen. Im Gewirre der Prozesse hatte man weder daran noch an Joggelis Tod gedacht. Es fiel Manchem auf, daß Johannes sich den Hof nicht um halb nichts vom Vater habe abtreten lassen. Wir wissen nicht, warum es nicht geschah. Wollte Joggeli nicht, weil er mißtrauisch geworden auch gegen den Sohn, oder wollte Johannes nicht, weil er dachte, einstweilen sei der Hof sicherer in des Vaters Händen als in den seinen, und wenn des Schwagers Angelegenheiten beseitigt seien, lasse dies sich besser und sicherer machen als jetzt?

Als die Angelegenheit vom Gericht zu Handen genommen wurde, tat Johannes anfangs wie ein angeschossener Eber. Aber da der Gemeinde in solchen Fällen eine gewisse Verantwortlichkeit aufgelegt ist, da sie zunächst die damit beauftragten Personen erwählt, so hatte sie Männer erwählt, von denen sie sagen konnte: «Die werden das Bürschli schon ebha, da haben wir keinen Kummer.» Es fanden sich so wenige Zinsschriften und Geld vor und so viele Anforderungen häuften sich, daß es sich bald herausstellte, das Gut müsse verkauft werden. Begreiflich wollte Johannes nicht und sagte, er sei der Sohn und tue es nicht. «An eine Steigerung es bringen ist gesetzlich, da kannst du bieten wie ein Anderer. Oder wenn du einen Preis zahlst, mit welchem man kann zufrieden sein, und Geld schaffest, so viel man nötig hat, so kann man beraten, was zu machen,» sagte ihm ein Vorgesetzter. Aber da eben lag der Haken, wo er möglicherweise noch an andern Orten liegen mag: wo Geld nehmen und nicht stehlen?

Johannes hatte also ein Wirtshaus mit bedeutender Landwirtschaft. Je größer das Geschäft ist, welchem Menschen wie Johannes vorstehen, desto rascher geht es dem Kuckuck zu. Es ist bekanntlich wegen Wasserverbrauch ein Unterschied, ob man an eine Feuerspritze ein oder zwei oder ein halb Dutzend Röhren schraubt. Die Landwirtschaft will von allen Wirtschaften den nachhaltendsten Fleiß und eine stetige Behandlung, sonst verzehrt sie nicht bloß mehr, als sie gibt, sondern das Kapital wird alle Tage geringer, das heißt das Land schlechter. Die Gastwirtschaft von Johannes wurde alle Tage schlechter in dem Maße, als der Wirt und die Wirtin die besten Gäste wurden, wenn das nämlich die besten Gäste sind, welche am meisten brauchen und nichts zahlen. Je schlechter ihre Wirtschaft wurde, desto mehr neue Wirtschaften entstanden um sie herum, desto weniger trug die ihre also ein, desto mehr verringerte sie sich in ihrem Werte. Des Johannes Besitzung war also eigentlich eine fressende, nicht eine nährende, keine einträgliche, sondern eine austrägliche. Doch konnte Johannes nicht von ihr lassen; das Leben eines Wirtes, der alle Tage frisches Brot, Fische und Fleisch von allen

Sorten haben kann, war seiner Natur zu zuträglich, um es lassen zu können, auch hätte er für unsittlich gehalten, es zu lassen, denn auf der heutigen Kulturhöhe hält man für die höchste Sittlichkeit ein Leben der Natur gemäß. Er sagte, wenn er sie jetzt verkaufen wollte, so würde er fast die Hälfte daran verlieren. Beide Besitzungen vermochte er nicht zu behalten, besonders da sein Schwiegervater ihm nicht helfen wollte, sondern grobe Worte gab statt Geld, er hatte sie wahrscheinlich auch besser. Den Vater hätte er gemolken, gab derselbe zum Bescheid, jetzt werde er auch den Schwäher melken wollen, aber ohä, das sei ein anderer Knebel. Wenn noch was da sei, wenn er sterbe, so komme es allweg den Kindern kommod, es sei Zeit, daß einmal auch jemand an die denke. Er war einer von denen, dieser Schwäher, welche immer die schönsten Fürwörter haben, mit den Hauptwörtern dagegen desto schlechter bestellt sind. Er war einer von denen, welche gerne viel vorstellen. Er hatte ein großes Haus und das Haus voll hoffärtiger Töchter, von denen jede die Schönere sein und am wenigsten tun wollte. Dies ist freilich auch eine strebsame Richtung, führt aber selten an ein glänzendes Ziel, sondern zumeist an ein lumpichtes. Des Vaters Betragen mußte begreiflich Trinette entgelten, dadurch wurde sie nicht liebenswürdiger. Johannes sagte: Man solle sie nur ansehen, was er mit einem solchen Storch als Bäurin anfangen solle; für Wirtin, um unter der Türe zu sitzen und die Hände zu reiben, möge sie noch gehen, wenn man es nicht zu genau nehme. Aber wenn er auch nicht selbst bauern könne wegen dem Storch, so lasse er doch des Vaters Hof nicht, der käme einst seinen Kindern kommod; er müßte sich ja vor ihnen noch im Grabe schämen, wenn er denselben verkaufen ließe, den schönsten im ganzen Bernbiet! Das war auch ein schönes Fürwort, denn hätte er ihn wohlfeil erhaschen können, so würde er sich keinen Augenblick besonnen haben, ihn zu verkaufen, wenn der Profit ihm aus seinen Verlegenheiten geholfen hätte.

Wir wollen jedoch nicht in Abrede stellen, daß es Johannes hart hielt, den väterlichen Hof zu verkaufen, das adeliche Element war noch nicht ganz in ihm verflüchtigt. Kurios, daß Kinder so oft als Fürwörter gebraucht werden von Verschwendern und Geizigen, wobei jedoch zwischen beiden zumeist ein bedeutender Unterschied im Gemüte ist. Der Verschwender, der nicht ganz zum Vieh geworden, denkt wirklich an seine Kinder, aber leider zumeist hintendrein, wenn es zu spät ist, der Geizige aber wirklich selten. Ein Geiziger ward einmal um einen Beitrag zur Erziehung armer Kinder angesprochen. Das sei doch Verstand, ihm so was zuzumuten, antwortete er. Wie er es im Grabe verantworten wollte, wenn er den eigenen Kindern entzöge, um es fremden zuzuwenden. Der gleiche Geizige plagte jedoch ganz getrost durch unverständige Arbeit die eigenen Kinder bis in den Tod, so viel dachte er an sie.

Aber wenn einer weder Geld hat noch Kredit, so wird er da, wo es auf Geld ankömmt, wenig geästimiert, mag er noch so laut brüllen. Da Johannes keine annehmbaren Bedingungen weder stellen wollte noch konnte, mußte der Hof an eine Steigerung kommen. Das tat auch Uli und seiner Frau sehr weh. Vreneli war da aufgewachsen, wußte kaum, wie es anderwärts war. Uli hatte schöne Träume gehabt.

An einem schönen Herbstsonntage saßen sie nachmittags vor dem Hause. Tauben, Hühner, Kinder trippelten um sie her, in traulicher Freundschaft Keins das Andere fürchtend. Es war ein gar freundlich Sitzen da und ein lieblicher Anblick ringsum. Desto größer ward in Beiden die Wehmut, und die gleichen Gedanken stiegen in Beiden auf. «Wie manchmal wohl sitzen wir noch hier?» seufzte endlich Vreneli. «Es wird hart halten, ehe ich mich an einen andern Ort gewöhnt habe. Schöner mag es an manchem Orte sein, wo weithin das Auge sieht, an den schönen Seen oder wo die Berge glühen oder glitzern über das Land herein. Aber heimeliger wird es mir wohl nirgends werden als hier, wo es grün und so still ist, am Sonntage man wie in einer großen Kirche ist, alles versunken in heiliger Andacht und am Himmel das große Licht so mild und freundlich über der Erde und im Herzen das ewige Licht, das da leuchtet in der Finsternis, und jetzt noch Kinder und Tiere durcheinander glücklich und friedlich, fast wie im Paradiese. Uli, was meinst, bekommen wir es wieder so? Das Herz will mir so schwer werden, je näher das Scheiden kömmt; ich wähnte, ich sei gefaßt und könne mich in alles schicken, aber man kann wohl denken, wie man alles nehmen wolle, wenn es kömmt, da erst sieht man, wie schwach man ist.»

«Weiß nicht recht, wie mir ist,» sagte Uli; «bald dünkt mich, ich möge die Stunde nicht erwarten, in der ich gehen kann, bald dünkt es mich, ich sei so müde und matt, daß ich es nicht einmal ertragen möchte, auf den Kirchhof getragen zu werden, lieber gleich hier möchte ich begraben sein. Es war eine Zeit, wo ich viel daran dachte, wenn ich alleine arbeitete oder einsame Wege ging, ob es nicht möglich sei, daß ich hier Bauer werden könnte? Ich dachte: wenn die Kinder um ihre Sache kämen, Joggeli und die Base sehr alt würden, wir glückliche Jahre hätten, reich würden, bis wir zuletzt das Gut kaufen könnten; dann ward es mir so frei und leicht, wenn ich mich als Bauer dachte, und was mir da alles in Sinn kam, wie ich schalten und walten wollte, du glaubst es nicht. Gott wollte es anders, seine Gedanken sind nicht unsere Gedanken. Es ging umgekehrt; was wir langsam erworben, ging geschwind dahin, mehr dazu, und wie wir jetzt stehn, weiß Gott. Was unser Gevattersmann uns schuldig ist, das wird verloren sein, kein Mensch will das Papier ansehen. DSchrift wäre ganz gut, sagen sie, wenn man nur das Geld hätte. Mit der Schatzung wollten uns die Leute nicht so übel und auch mit dem Abzug nicht. Sie haben noch Erbarmen mit uns. Dachte das nicht, als sie so schnöde mir auswichen, als ich zum erstenmal nach meiner Krankheit zur Kirche ging. Glaubten wahrscheinlich, es werfe mich alsbald auf den Rükken, ich begehre sie um Geld zu plagen oder Gott weiß was. Jetzt, wo die Plage ihnen anderswoher kömmt, sind sie billig gegen mich, ich kann nicht klagen. In den Steigerungsgedingen wird alles, was ich in der Schatzung habe, der Zahl nach als Zugabe angeboten; gilt es gehörig und findet sich einer, welcher es so kauft um den gehörigen Preis, so kann ich noch manches verkaufen, womit ich das Inventar vermehrt habe. Ich kann bleiben bis im Frühjahr, oder wenn ich abziehen muß, soll mich der Käufer entschädigen nach Ehrenmänner Befinden. Sie hätten mich härter halten können. Da graut es mir nun bald, von vornen anzufangen, wie einem, der von einem Baume, welchen er erklettern wollte, heruntergerutscht, sich dreimal besinnt, ehe er wieder ans Klettern gehen mag; bald ists mir, wenn ich nur Berg und Tal zwischen mir und hier hätte, damit ich vergessen könnte, wie es mir hier gegangen, und wieder Mut fassen für die Zukunft, irgendwo anhängen könnte, wo mir die Hoffnung aufginge, daß wir mit Arbeit in Ehren fortdauern. Es ist mir fast wie einem, der zwischen Leben und Tod schwebt und nicht weiß, was er lieber will, leben oder sterben. Nur hier bleiben in der Schwebe, so als ein Hampelmannli zwischen Leben und Tod, zittern müssen vor jeder schwarzen Wolke, zappeln und angsten das ganze Jahr durch und doch am Ende des Jahres Gefahr laufen, mit einigen hundert Talern im Rückstande zu bleiben und mit Schmach und Schande davongejagt zu werden, das möchte ich nicht; ich glaube, ich hielte es nicht aus, am Leibe nicht und an der Seele nicht. Ich fühle hier, so wie wir jetzt stehen, eine Ohnmacht bis zum Sterben, fühle, daß unsere Kräfte nicht reichen, darum sehne ich mich fort, während es mir das Herz zerreißt, vom Hofe zu lassen, der mir fast wie eine Mutter so lieb geworden ist.»

«Ja, du hast recht,» sagte Vreneli, und Beide begannen ein Lobpreisen des Gutes, was zu machen wäre noch und wie trefflich es bereits sei, als wäre es ihr neugekauftes Eigentum; sie vergaßen gänzlich, daß sie es vielleicht in den nächsten Wochen mit dem Rücken ansehen mußten.

Auf Erden dauern schöne Träume selten lange, die rauhe Wirklichkeit läßt ihre Rechte sich nicht nehmen, und wenn die Träume am himmlischsten sich gestalten, macht sie einen Strich durch dieselben und streut Sand darauf. Johannes kam dahergerasselt und brachte einen mit, um ihm das Gut zu zeigen. Natürlich tat er, als ob er daheim sei, ging ungefragt überall herum, und wo er was Verschlossenes fand, befahl er zu öffnen, und wenn er ein hart, bös Wort fliegen lassen konnte, versäumte er die Gelegenheit nicht. Es ist nicht bald was Bittereres als dieses freche Durchstöbern eines Hauses, dieses rücksichtslose Dahinwerfen giftiger oder roher Bemerkungen. Das Gefühl, das man dabei hat, ist ähnlich dem, welches uns ergreift, wenn jemand uns die Kleider vom Leibe reißen will. Da fühlen wir es denn so recht, daß wir keine bleibende Stätte haben, sondern Pilgrime und Fremdlinge seien, welche eine zukünftige suchen müssen; gar gerne schlägt dazu das Heimweh, scheiden möchte man von hier, heim möchte man, wo einem in jedem Falle viel besser wäre.

Bald nach Johannes rasselte es wieder daher. Es waren Gläubiger vom flüchtigen Schwager, welche es wunder nahm, was etwa für sie noch zu hoffen sei. Diese machten mit der gleichen Freiheit ihre Runde, kümmerten sich um die Bewohner bloß, wenn sie was fragen, was tadeln wollten und dozieren, wie es hätte gehen sollen und wie es in Zukunft gehen müsse. Wollten Uli oder Vreneli sich davonziehen, machten sich nebenaus, so wurden sie entweder gerufen oder stießen auf die andere Partei, gerieten von einem Ärger in den andern. Es war nicht bloß, als ob sie in keinen Schuh gut wären, sondern als glaube man, sie seien mit Büffelhaut überzogen, fühlten Büchsenkugeln nicht, geschweige denn Worte.

Nun kam auch noch der Mann, welcher Uli die beiden Kühe abgekauft hatte, und hätte wieder gerne zwei teuer gekauft. Es war, als ob es heute wieder hagle in der Glungge, aber nicht Steine diesmal, sondern Menschen. Es war Uli sehr unangenehm, daß der Mann sehen mußte, wie er auf dem Punkte war, leer abzuziehen. Der Mann hätte Uli gerne noch zu einem Handel verleitet, welcher nicht redlich, indes zu machen gewesen wäre und Uli ein schön Stück Geld abgeworfen hätte. Aber Uli wollte nicht. Er glaube, sagte er, man könnte vor dem Richter nichts mit ihm machen, die Sache sei eigentlich noch nicht verkauft und er hätte so noch etwas für seinen Schaden. Aber es hätten nun schon Viele alles besehen, und wenn man schlechtere Ware hinstelle, um die Zahl der Stücke richtig zu machen, falls jemand in Bausch und Bogen kaufen wolle, sei dieser betrogen. Er habe mit Ehren nichts vor sich gebracht, mit Kniffen wolle er jetzt auch nichts. Der Mann sah sich das Gut auch an. Es gefiele ihm, sagte er, ein abträglicheres und gelegeneres hätte er nicht bald gesehen; aber es sei nicht jedermanns Kauf, weil zu viel bar Geld gezahlt werden müsse, und um alles recht in Gang zu setzen, müßten wieder einige tausend Taler sein; so viel Geld wüßte er nicht aufzutreiben, es würden Wenige sein, die so viel flüssig hätten. «Bei so einem, der dies Gut zu kaufen vermag, wäre nicht bös, wieder Pächter zu sein, wenn derselbe einen haben will; froh wäre er sicher, dich zu behalten, weil dir alles bekannt ist», meinte der Mann schließlich.

Das war eine Möglichkeit, an welche Uli gar nicht gedacht hatte. Er warf sie aber weit weg. Wenn er schon könnte, er wollte nicht, er möge die Stunde gar nicht erwarten, bis er los sei. Es sei ihm wie einem Finken, der einen Fuß in der Schlinge hätte, und Froheres könne dem Finken nicht begegnen, als wenn er sein Füßchen frei kriegen könnte, sagte Uli. «Allweg verrede dich nicht,» sagte der Mann, «dann kannst du immer machen, was du willst. Sieh dir die Sache von beiden Seiten an. Mich reute es, wenn ich hier Pächter gewesen wäre und fort müßte lebendig. Freilich, wohl zusehen muß man, wenn man solche große Dinge unternimmt; wie man es macht, so hat mans, und wie man bettet, so liegt man, aber wenns zu machen wäre, ich machte es, und wenn ich Geld hätte, ich ließe den Hof nicht aus den Händen. Solche Höfe sind rar, und wo liegt das Geld besser als in solchem Lande, welches nicht bloß sicheren Zins gibt, sondern wo das Kapital alle Jahre wächst? Mach es, wenn du kannst, ein andermal handeln wir doch dann vielleicht wieder mit einander», sagte er und ging.

Das ging Uli stark im Leibe rum, dem gleichen Uli, der vorhin gesagt hatte, er möge die Stunde nicht erwarten, in welcher er endlich ziehen könne. Es war, als habe ihm einer das Herz umgedreht und andere Augen in den Kopf gemacht. So felsenfest ist der Mensch zumeist in seinen Ansichten und Grundsätzen. Er mußte immer denken, wie schön es doch hier sei, und wenn ein Besitzer käme und der ihm recht anhalte und gute Gedinge stelle, so sei es noch möglich, daß er ihm den Gefallen tue; doch wolle er es auf Vreneli ankommen lassen, wenn es diesem ein Gefallen sei, so sei noch möglich, er tue es, es hätte auch was verdient um ihn.

Des Mannes Rede setzte sich in dem guten Uli immer fester, aber Vreneli sagte er nichts davon, wahrscheinlich wollte er es angenehm überraschen. Er dachte es sich immer fester in den Leib, wie da sicher ein reicher Herr kommen werde, das Gut zu kaufen, so ein reicher Neuenburger vielleicht oder gar ein englischer Narr, welcher Geld hätte wie Bettler Läuse und es ebenso ästimiere wie Bettler Läuse. Apropos von englischen Narren! Es gibt deren, welche hinter dem Narren den Schelm verbergen, hinter dem ungezogenen Jungen den Fuchs, hinter einem liederlichen, ärgerlichen Wandel politische Kniffe und Umtriebe, und die noble Nation verschmäht es nicht, sich durch Jungen, welche eines solchen Wesens sich nicht schämen, dargestellt zu sehen, durch ungezogene Jungen, welche, wenn sie ausgescholten oder aus der Schule gejagt werden, sich mit Gassenbuben die Zeit vertreiben, so recht wie Buben.

Aber Uli sah sich umsonst um nach englischen Narren und englischen Equipagen, nach reichen Neuenburgern; nicht einmal ein Basler, welche auch schrecklich viel Geld haben, jedoch immer noch das Geld mehr lieben als das Land, wollte kommen. Es kamen wohl Leute, aber zumeist solche in Halbleinen und mit Stäben in den Händen, fast wie die Kinder Israel sie hatten, als sie dem gelobten Lande zu wollten. Noch am Morgen, als am Nachmittag die Steigerung abgehalten werden sollte, sah er sich umsonst nach Neuenburgern oder sonstigen Herrenbeinen um; es kamen keine, sonst Leute genug, welche die Nase allenthalben hinsteckten, um dann einen Vorwand zu haben, an die Steigerung zu gehen, um da vielleicht einige Maß Wein zu erbeuten. Denn gebräuchlich ist es, daß jedem, der ein Gebot tut, eine Maß Wein vorgestellt wird; so kann der Unverschämte, der keinen Batzen im Sack hat, leicht zu einer Maß Wein kommen, der Unverschämteste zu mancher.

Als Mittag vorüber war, ward es endlich leer auf der Glungge. Vreneli sagte, es danke dem lieben Gott, daß dies überstanden sei; das Gschaue und immer Gschaue hätte ihm fast das Herz abgedreht, und wenn es schuld wäre, daß die Glungge verkauft werden müßte, es hätte sich totgegrämt. «Willst nicht hingehen und hören, wie es geht?» sagte Vreneli zu Uli. «Du hast kürzere Zeit dort, siehst, wie es geht, und kannst mir Bericht bringen, wenn es vorüber ist.» «Nein,» sagte Uli, «um keinen Preis brächte man mich dahin; ich glaube, das Wasser schösse mir in die Augen oder ich könnte mich vor Zorn nicht halten, wenn ich so von hundshärigen Käufern den Hof müßte verlästern hören, wie er verwahrlost sei und in zwanzig Jahren nicht zurecht zu machen. Sie redeten ja schon hier so, die Halunken, um sich gegenseitig abzuschrecken, und Keiner kümmerte sich darum, wie tief mir das ins Herz ging.»

Gegen Abend bekam er doch große Neugierde und ward sehr ungeduldig. Es ist allerdings ein Eigenes, einsam und in aller Stille zu verharren, wenn man weiß, es geht in der Nähe Wichtiges und Entscheidendes vor. Man wird von einem eigenen Bangen ergriffen und fast unwillkürlich dem Orte der Entscheidung zu gezogen. Uli widerstand dem Zug, das Grauen vor dem, was er hätte hören müssen, war stärker als der Zug; aber als es dunkel ward, sagte er zu seiner Frau: «Was meinst, wenn wir den Hans schicken würden, zu hören, wie es geht, und uns Bericht zu bringen?» «Machs,» sagte Vreneli, «wenn du nicht selbst gehen magst. Aber er solle wiederkommen zur Zeit und nicht meinen, er müsse warten, bis alles aus sei und der Letzte fort. Nimmts uns dann noch mehr wunder, so kann er ja wieder gehen.»

So lautete die Ordre. Hans schwoll die Brust, als er sie empfing samt zehn Kreuzern zu einem Schoppen. Er wusch sich tapfer, und stolz marschierte er ab, stellte er doch mal einen Abgeordneten oder so gleichsam einen Repräsentanten vor. Zudem war sein Vater ein St. Galler gewesen, seine Mutter eine Waadtländerin, und in einem Keller im Aargau ward er weiland geboren; man kann sich das Gefühl nun denken und die Beine, welche er zu machen sich anstrengte auf diesem wichtigen Gange.

Es verliefen zwei lange Stunden, es zeigte sich kein Hans.

Vreneli schickte den Benz nach, denn Uli war sehr ungeduldig aus den Ställen, wo er sich herumgetrieben hatte, in die Stube gekommen und hatte gedroht, Hans noch diese Nacht fortzujagen, möge es seinethalben wohl oder übel gehen im St. Gallerlande. Benz war einstweilen noch ein ehrlich Emmentalerblut, freilich sehr ungebildet, aber pünktlich tat er, was man ihm auftrug. Ist auch was wert! Benz lief ab wie ein Pudelhund und gar nicht so stolz gebeinelt wie Hans, der früher lange um Zürich herum gedient hatte, drängte sich nicht vor wie Hans, der an einem Tische saß mit breiten Ellbogen und vom Schlaraffenland erzählte, wo sein Großvater, der ein Appenzeller sei, ein großes Gut hätte, nebenbei große Geschäfte mache im Lehrfache, großes Geld verdiene, neben ihm Keiner aufkommen könne, von wegen weil er dieses Fach verstehe. Benz stund in eine Ecke, wo niemand seiner sich achtete, horchte gut, blickte scharf, und nach einer halben Stunde lief er wieder ab. Viel Leute seien da, berichtete er, doch die Meisten mehr um zu saufen als um zu bieten. Johannes brülle die Stube voll, aber man achte sich seiner nicht viel; einer mit einem Bocksbart und Bollaugen sei da und schiebe zuweilen ein Gebot ein, aber es scheine ihm nicht recht Ernst zu sein. Ein alter Bauer sitze in einer Ecke, er habe nichts gesehen als seinen Kopf, der sehe aus fast wie ein hundertjähriger Weidenstock, aus diesem komme hie und da ein Gebot wie aus einer verrosteten Kanone. Allem an werde der Meister, er benehme sich, wie es einer mache, wenn er es zwingen wolle. Gefallen tue der ihm nicht, er mache eine Miene, daß er glaube, der fresse Kinder, wenn er nicht Kalbfleisch bekommen könne. Allweg könne es nicht lange mehr gehen, eine Unsumme sei bereits geboten; es werde zuletzt darauf ankommen, wer das nötige Geld zeigen könne.

«Und Hans, wo ist denn der?» frug Vreneli. «Oh, der sitzt hinter einem Tische,» sagte Benz, «und berichtet den Leuten vom Zuchthaus in St. Gallen und wie Viele dort Platz bekommen könnten, man hätte ihm auch einen angeboten, aber einstweilen hätte er doch noch keinen begehrt, und vom Großvater im Schlaraffenland, wie der ein Gut hätte, auf welchem der Misthaufen so groß sei als das ganze Glunggengut und wo der Großvater bloß für Besen Jahr für Jahr so viel ausgebe, als die Thurgauer in einem Jahre verprozedierten und die Rechtsgelehrten mit Leugnen und Lügen verdienten, was sie so wohl könnten, daß es ihnen ihr Lebtag nachgehe, sie möchten zu Ehren kommen, wie sie wollten, und kämen sie in die Tagsatzung.»

Dieser Bericht ging Uli ins Herz. Er hatte immer noch gehofft, aber was sollte er so von einem hundertjährigen struben Weidstock erwarten? «He nun so dann, so wissen wir jetzt, wie es ist. Das Beste ist, wir gehen ins Bett, so wachen wir morgen auf,» sagte er und ging. Vreneli sah noch nach Feuer und Licht, und als es ebenfalls nieder wollte, begann das jüngste Kind Spektakel. Dessen ist man in einer Haushaltung gewohnt, und wenn die Mutter treu ist, schläft der Vater um nichts weniger ruhig, wenn er nämlich sonst ruhig schlafen kann, wenn schon ein Kind schreit. Wie müde auch die Mutter ist, sie nimmt das Kind und pflegt es nach seinen Umständen; sie beklagt sich darüber nicht, ihr ists ganz ordinäre Pflicht, welcher sie mit Liebe obliegt. Uli hatte in frühern Nächten wachend viel geträumt, seine Träume hatten jetzt ein Ende; er konnte schlafen und das Kind störte ihn im Schlafen nicht.

SECHSUNDZWANZIGSTES KAPITEL

Der neue Bauer in der Glungge erscheint

Endlich war das Kleine wieder entschlummert. Vreneli hatte es abgelegt, zugedeckt, wollte eben auch die Ruhe suchen, da pochte es draußen. Der Lümmel, dachte Vreneli, wäre der doch jetzt im Wirtshause geblieben oder drüben in sein Bett gekrochen, was braucht der jetzt so spät mit seinem Gestürm uns unruhig zu machen! Unwillig öffnete es die obere Tür, aber draußen stand nicht Hans, sondern ein alter Mann mit einem Kopf, der wirklich einem hundertjährigen Weidenstock glich. «Möchte hier über Nacht sein,» sagte rauh der rauhe Kopf. Erschrocken sagte Vreneli: «Es ist wohl spät, mein Mann ist nieder und schläft.» «Selb ist mir eben recht», sagte der Mann, «deswegen brauchst du nicht zu erschrecken. Bin kein Vagabund, sondern der neue Glunggenbauer. Im Wirtshaus ist mir zu viel Lärm, will probieren, wie hier ein Schlafen ist.» Da blieb Vreneli nichts übrig, als Platz zu machen vor der Türe dem großen Mann, hinter dem ein Hund dreinkam wie ein großes Kalb. Um Uli nicht zu wecken, führte es ihn in die jenseitige Stube und frug, ob es ihm mit etwas aufwarten könne. «Ein Kaffee wäre mir recht,» sagte der Mann, «wenn es dir nicht zu viel ist,» und dazu betrachtete er Vreneli mit zwei so scharfen Augen, daß Vreneli nicht wußte, was das bedeuten sollte.

Doch Vreneli war keine erschrockene Frau bekanntlich, war eine Frau von dem Selbstgefühl, welches Frauen eigen ist, daß ihnen nichts Unanständiges begegnen werde und daß, je ungestörter sie mit einem Menschen eine halbe oder eine ganze Stunde zubringen könnten, sie um so besser wüßten, wie sie mit ihm dran seien. Wichtig schien es wirklich Vreneli, zu wissen, woran man mit dem neuen Bauer sei, und manierlich mit ihm zu sein, damit er nicht Ursache zum Gegenteil hätte. In diesem Punkte traute es Uli wirklich nicht ganz, denn auch ihns kostete es Mühe, freundlich mit ihm zu sein. Es zwang sich, hieß ihn, sichs bequem zu machen, fragte ihn, wie er den Kaffee liebe, stark oder schwach, legte buchene Scheiter ans Feuer, damit tannerne durch ihr Sprätzeln niemanden wecken möchten, fragte, ob es dem Hund auch was reichen solle und was derselbe liebe? Der Alte gab ganz kurzen Bescheid. Er sprach fast, als ob er seine Sprache aus einem Exerzierreglement gelernt hätte. Rasch war das Kaffee fertig, sauber, appetitlich, wackeres Hausbrot samt einer schönen Schnitte Käs stunden dabei. Oder ob er Butter liebe, frug Vreneli, dieselbe sei aber nicht mehr recht frisch. Mit der Milch seien sie gegenwärtig nicht am besten bestellt. Zucker hätten sie keinen im Hause, entschuldigte es sich, dergleichen brauche ein Pächter nicht.

Als alles da war, der Alte es sich behaglich gemacht, zog es einen Korb mit dürren Bohnen an sich, hülsete sie, um die Finger nicht müßig zu lassen. Ob sie schon lange da seien? frug der Alte. «Ihr werdet euch da gewärmt haben?» «Wäre gut,» meinte Vreneli, erzählte dann ruhig, welch Unglück sie gehabt und wie sie jetzt davon müßten, ehe sie sich erholt. Wenn es ihm naß ward in den Augen, so trocknete es sie so unvermerkt als möglich.

«So gehts,» sagte der Alte, «wüste Leute tun wüst, drum gehts ihnen bös.» Wen er damit meine? frug Vreneli. «Den Glunggenbauer und seine Frau, wen sonst? Hätten die bräver getan, so wäre der Hof schwerlich verkauft worden,» entgegnete der Alte. Da wurde Vreneli warm, stund ein für Base und Vetter, absonderlich für die erste, und ließ die Tränen laufen ohne Scheu. «So, warst noch dazu verwandt,» sagte der Mann, «und machten es euch so?» «Ja,» sagte Vreneli, «und daß ich unehlich war, ließ mich die Base nie entgelten, sie war mir eine Mutter und ich ihr Kind und oft werter als das eigene Kind.» «So, und wo warst du daheim?» sagte der Alte. Vreneli nannte kurz den Ort. «So,» sagte der Alte, «deine Mutter wird geheiratet haben?» «Sie starb bei meiner Geburt, und wäre die Base nicht gewesen, die Großeltern hätten mich vielleicht nicht taufen lassen. Aber Bericht, warum und wie, wollte mir die Base nie geben, kann also auch nicht Auskunft geben. Doch Ihr werdet müde sein und Ruhe Euch anständig; Euer Bett ist gemacht, ich will es Euch zeigen.»

«Also seither warst hier?» frug der Alte. «So so, und jetzt, wohin?» Dafür sei gesorgt, sagte Vreneli kurz, sie hätten sich noch guter Leute zu trösten, welche sie nicht im Stiche ließen, wenn sonst auch alles fehle. «So,» sagte der Alte, «das ist allweg kommod. Sie sind rar, diese Leute, aber noch rarer sind die, welche die guten Leute, wenn sie sie auch finden, auch gut behalten können.» Das käme immer auf den Verstand an und wie man tue, sagte Vreneli. «Mit Schein weißt du was davon, weil du deiner Base nicht davonliefest, als sie dich erzogen hatte, wie es die Meisten machen. He nun so dann, so will ich ins Bett, so kannst du auch hinein.»

Somit stund er auf, Vreneli erschrak fast vor dem Mann und seiner gewaltigen Gliedermasse. Wenn in einem Walde er ihm begegnet wäre, hätte es ihn für einen übergebliebenen Riesen gehalten und die Flucht genommen. Auch sein Hund erhob sich, dehnte sich, stund auf die hintern Beine, legte seine vordern Tatzen auf Vrenelis Achseln und leckte ihm das Gesicht. Ein kleiner Schrei entfuhr Vreneli, als das Untier ihm so nahe kam, doch fiel es nicht in Ohnmacht.

«So,» sagte der Alte, «das ist seltsam, das hat er noch keinem Menschen gemacht als mir. Niemanden wollte ich raten, ihn nur von ferne anzurühren. Kurios!» «Ich gab ihm zu fressen,» sagte Vreneli, «und manchmal sind die Hunde dankbarer als die Menschen.» «Er frißt alle Tage dreimal, aber deswegen ist er noch nie an jemanden aufgestanden, es mag ihm das Fressen geben, wer will.» Kopfschüttelnd suchte der Alte sein Lager, nachdem ihm Vreneli gute Nacht gewünscht und ihn ermahnt, recht auszuruhen und am Morgen nicht zu früh aufzustehen.

Als Vreneli sich niederlegte, schlief Uli fest, und Vreneli weckte ihn nicht. Als es erwachte, war Uli fort, ohne daß er um den Gast im Hause wußte. Er hatte die Kehr, das heißt die Reihe war an ihm, das Wasser auf seine Matte zu lassen; die versäumt kein Bauer und wacht, bis das Wasser aufgelaufen, um zu sehen, wie es überall seine Pflicht tue, und damit nicht etwa ein guter Freund und Nachbar in Versuchung gerate, an ihm zum Schelme zu werden und das Wasser zu stehlen. An der Sonne sah Vreneli, daß es sich verspätet, hantierte nun um so rascher, trieb mit kundiger Hand das Räderwerk des großen Haushalts. Es glaubte den Gast noch im Bette, sorgte für Stille, um so lange als möglich nicht von ihm gestört zu werden. Am Herde hantierend, fühlte es plötzlich was Kaltes in der Hand; erschrocken und mit einem kleinen Gix drehte es sich um, da war der mächtige Hund, der liebkosend seine kalte Schnauze Vreneli in die Hand gestoßen hatte, und unter der Türe, dieselbe fast ausfüllend, stund des neuen Bauern gewaltige Gestalt.

Eben willkommen war sie nicht, doch Vreneli besaß die Freundlichkeit, welche Mißliebiges überwindet, dasselbe nicht tagelang ablagern läßt, bot freundlich einen guten Tag, hieß ihn zum Frühstück kommen, frug, wie es ihm gefalle hier usw. Neugierig streckten die Kinder eins ums andere ihre Gesichtchen durch die Türe, welche ins Nebenstübchen, wo sie schliefen, führte, fuhren dann mit Schreien und Lachen zurück, wenn sie den fremden Mann und den großen Hund sahen, der sie noch mehr interessierte als der Mann. Der Mann war ernst, doch nicht unfreundlich, gab gut Lob ihrer Wirtschaft, frug nach Uli, und als endlich die Kinder sich dem Hund zulieb in die Stube wagten, war er freundlich mit ihnen, besonders mit dem kleinen Vreneli. Der Hund ließ mit ruhiger Ehrenhaftigkeit der Kinder Streicheln sich gefallen, nahm ihnen das Brot ab, welches sie der Mutter für ihn abgebettelt hatten. Vreneli mußte von den Kindern erzählen, mußte abwehren, daß sie nicht zutäppisch wurden.

Da ging die Türe auf. «Vater, Vater, sieh, was das für ein Hund ist, hast du auch schon so einen gesehen?» schrien die Kinder. Uli stand da wie Lots Weib, als es Sodom und Gomorrha brennen sah, und glotzte den Mann an mit offenem Munde. «Das ist der neue Bauer,» sagte Vreneli, «er war hier über Nacht. Als er kam, schliefest schon, und heute warst fort, ehe ich es dir sagen konnte.»

Uli glotzte noch immer, so daß Vreneli es recht ungern hatte, daß Uli so unmanierlich tat. Der neue Bauer sah Uli auch an, und seltsam zwitzerte es ihm um den Mund und in den Augen. Endlich frug er: «Dünkt es dich etwa, du hättest mich schon gesehen, und weißt nicht wo?» «So ists,» sagte endlich Uli, «aber es wird nicht sein.» «Wen meinst?» sagte der Mann. «Es wird nicht sein,» sagte Uli. «Wir haben einen, der noch unser Vetter sein soll von der Frau her, der wohnt weit weg; bei dem war ich einmal, es ist schon lange her. An den mahntet Ihr mich im ersten Augenblick, aber der ist ein wüster und struber Mann und es ist besser, man rede nicht viel von ihm.» «Wirst doch nicht den Hagelhans im Blitzloch meinen?» frug der Bauer. «Wohl, gerade den,» sagte Uli, «meine ich, kennt Ihr ihn?» «Allweg, den kenne ich,» sagte der Mann, «von wegen gerade der bin ich, der Hagelhans im Blitzloch und jetzt der neue Glunggenbauer.»

Ja, jetzt gab es Gesichter, man kann sichs denken, und lange gings, bis Vreneli sich faßte und sagte: «Seid Gottwillche, Vetter, und zürnet nicht! Böse gemeint wars nicht, und daß ein Mensch, absonderlich ein Mann, wenn er nicht gebartet hat, daheim strüber und wüster aussieht, als wenn er gsunntiget ist, selb versteht sich und ist nichts Böses. Es wäre uns grausam leid, wenn Ihr es uns nachtrüget und entgelten ließet, was Uli in der Unachtsamkeit gesagt hat.»

«Ihr guten Tröpfe,» sagte der Mann, «Hagelhans hat schon ganz andere Dinge gehört; wenn er, was er gehört, nachtragen und eintreiben sollte, so müßte er den ewigen Juden ablösen; Hagelhans ist aber nicht so wüst, als er scheint, und wenn er den Menschen schon nicht die Hände unter die Füße legt und jedem Narr flattiert, lebt, wie es ihm gefällt, so hat er das Recht dazu, ihm ward auch nicht flattiert; jede Katze meinte, sie könne ihm den Talpen geben, und jeder Hund, er könne seine Schnauze an ihm abwischen. Übrigens kam ich nicht in böser Absicht her, sondern eigentlich wegen euch. Daß ihr mich zum Gevatter nahmet, darauf hielt ich euch nicht viel und noch viel weniger, als ich hörte, daß die Bäurin hier dazu geraten. Sie ist viel schuld an dem, was ich geworden; den Hans hielt sie für nichts gut, als um ihn zum Besten zu haben, die alte Blindschleiche war glatter und ihr lieber; sie hat es erfahren, wie weit man mit einer solchen kömmt. Wenn er nicht tot wäre, ich redete noch ganz anders von ihm. Deine Mutter, Gott verzeihe ihr ihre Sünde, hat es mir noch viel ärger gemacht. Möglich, daß ich es ärger nahm, als es war, als es nachher den Schein gewann, möglich, daß der Teufel seine Hände im Spiele hatte. Dachte oft darüber, seit das Blut kälter ward; daß der Hund dir flattiert, ist wunderlich. Du trafst es gut, als du kamest,» sagte er zu Uli, «ein andermal wärest du übel weggekommen. Ich hörte nicht ungern Bericht von der Glungge, freute mich darüber, wie es ging, dachte oft: weißt jetzt, wer schuld ist, daß es dir nicht besser geht! Aber daß ich deswegen einen Tritt versetzt, hätte ich ihr nicht zu Gefallen getan. Ich wußte wohl, die Alte vernahm gerne etwas von mir, hätte vielleicht gerne mich gesehen, aber jetzt war es an mir, den Kaltblütigen zu machen. Doch kam mir seit jener Zeit das vergangene Leben oft in die Gedanken und manches anders vor als bisher. Als ich in jener Nacht dich antraf, wo ich eigentlich auch zu Markte wollte, den Tod der Alten und deinen Zustand vernahm, da kam mir Mitleiden und es dünkte mich, ich möchte auch mal was tun und zeigen, daß der Hagelhans innen besser sei als außen schön. Daß du ehrlich warst und aufrichtig, gefiel mir, so habe ich die Leute gerne, so sie nötig, obgleich ich Schelmen und Lumpenpack nicht fürchte. Hagelhans weiß, wie man mit Pack umgeht, und kennt das Pack. Aber eins hing am andern, daß nichts zu machen war, bis endlich das Gut zum Verkaufen stund. Das ließ ich nicht gerne aus der Familie; hatte ich es einmal, konnte ich machen, was ich gut fand. Das Blitzloch ist nicht bös, die Glungge ist aber doch was anders; daß die mal in meine Hände kommen würde, hätte ich nicht gedacht, das freute mich sehr; wäre sie vor Zeiten mein gewesen, wer weiß, wie alles gegangen, Der Lumpenhund, der versoffene Sohn, wollte mir die Freude verderben, konnte es aber nicht, mußte sie bloß einige tausend Gulden teurer haben, macht aber nichts.»

«Vernahm es beim Wässern,» sagte Uli. «Wenn Ihr dem Johannes gesagt hättet, wer Ihr wäret und daß Ihr es eigentlich, wie es scheint, für ihn wollt, hättet Ihr das Geld sparen können.»

«Wer sagt es, daß ich es für ihn will? Mit dem Lumpenhund will ich nichts zu tun haben, bin kein Narr, der, wenn ein Haus brennt, Holz herbeischleppt, damit das Feuer nicht ausgehe. Das Gut ist mein und fragen wollte ich: willst mein Pächter sein einstweilen, bis mir was anderes einfällt?»

Da waren Beide wie aus dem Himmel gefallen, daran hatten sie nicht gedacht. Hagelhans glich so wenig einem Engländer, nicht einmal einem Neuenburger. Vreneli schossen die Tränen in die Augen, und Uli sagte endlich: dSach wäre ihm wohl recht und hart halte es Beide, hier fortzugehen, aber er sei zu arm, um so was mehr übernehmen zu dürfen, und Bürgen wüßte er ihm keinen zu stellen. Dem Bodenbauer, der wie ein Vater an ihm gehandelt habe, sei er bereits mehr schuldig, als er ihm bezahlen könne. Ihn nun noch einmal ansprechen wolle er nicht, die Sache könnte fehlen, dann müßte er sich sein Lebtag ein Gewissen daraus machen.

«Wenn der Bodenbauer vermag, dir Bürge zu sein, so vermag ich vielleicht, dir das Gut ohne Bürgen zu verpachten; bin ich doch sogar Gevattersmann und habe meiner kleinen Gotte noch gar nichts gegeben, nicht einmal einen Einbund. Ihr werdet mich doch oft schmählich herumgerissen haben, du und die Base,» sagte er zu Vreneli und blitzte scharf ihm in die Augen.

«Nicht einmal,» sagte Vreneli. «Ich hatte es von Anfang ungern, daß man so einen fremden, unbekannten Menschen ansprach, dem es wie eine Bettelei vorkommen mußte. Aber sie wollte es haben, und als alles ging, wie es ging, hatte sie es ungern und man sprach nicht davon.» «Und jetzt wegen der Pacht, was meinst?» «Ach Gott,» sagte Vreneli, «was soll ich meinen? Mein Lebtag war ich hier; wie mirs ums Herz sein muß, hier fort zu müssen, kann man denken. Aber hier zu sein zwischen Leben und Sterben und in beständiger Angst, die Leute müßten an uns verlieren, das ist ein ängstlich Leben, welches ich in die Länge nicht aushielte und Uli es nicht zumuten möchte, um am Ende doch auf die Gasse zu kommen.»

«So, hast ein schönes Zutrauen zu mir,» sagte der Alte. «Indessen man nimmt es, wie es ist, bis es besser kömmt. Einstweilen habe ich nicht im Sinn, euch auf die Gasse zu bringen, und wie man es macht, so hat mans. Nach dem, was ich gesehen habe, wirtschaftet ihr Beide nicht übel jedes an seinem Orte, habt ziemlich Ordnung und könnt es vielleicht noch besser lernen, denn im Blitzloch siehts besser aus. Das geht mir einstweilen über den Zins, besonders wenn es mich noch ankäme, selbst Glunggenbauer zu werden. Ich könnte dich zum Hausknecht machen, mag aber nicht. Hausknechte erfaulen gerne, verlassen sich auf des Herrn Geldseckel, und scharf gibt die Frau nicht acht, wieviel Mehl und Butter sie zu einer Suppe braucht, geht es doch über des Herrn Buckel aus; es gibt selten etwas Gescheutes aus solchen Leuten, besonders wenn ihr Dienst lange währt, und Lust zum Sterben habe ich einstweilen noch nicht.»

«Ihr habt ein schlecht Zutrauen zu uns, daß Ihr glaubt, wir können zu fremder Sache nicht so gut sehen als zu der eigenen,» sagte Vreneli. «Mensch ist Mensch,» sagte der Alte. «Aber warum sagst du nicht Vetter?» Vreneli wurde rot und sagte: Kinder, wie es eins sei, wüßten eigentlich nie recht, ob sie Verwandte hätten oder nicht. «Wie sagtest du der Bäurin hier?» frug barsch Blitzhans. «Base und manchmal Mutter, wie sie auch eine an mir war,» sagte Vreneli.

«Ho,» sagte Hagelhans, «so ist es dir einstweilen erlaubt, mir Vetter zu sagen; vielleicht, wenn du siehst, wie ich es meine, sagst du mir einmal auch noch Vater. Also in den Schulden bist, dem Bodenbauer bists? Du weißt, ich habe den Hof sehr teuer samt Schiff und Gschirr und aller Bsatzung. Wie ich mir habe sagen lassen, hat man dich hart gehalten, und doch habest du den Hof verbessert, was mir zugut kommt. Das mußt dem Alten und dem Jungen nicht für übel nehmen; wer ertrinken will, hält sich an jedem Rohr, denkt nicht, daß es ihm nichts hilft, als daß er das Rohr ausreißt. Wer es aber hat und so es macht, der ist ein Hund und ist zu achten als ein Hund. Willst es mit mir probieren, so wollen wir zusammen hinauf zum Bodenbauer, die Sache richtig machen mit ihm, denn er hat seine Arbeit und ich habe besser Zeit, ihm nachzulaufen, als er mir. Ich heiße nicht umsonst Hagelhans, aber schlechter ist doch Mancher am kleinen Finger als ich am ganzen Leibe. Nicht daß ich mich rühmen will, aber wenn mich schon alles fürchtet, so hat doch niemand Ursache, mich zu hassen, als vielleicht – –. Doch redet mit einander. Ists euch anständig, so gehen du und ich diesen Nachmittag zum Bodenbauer, bleiben dort über Nacht und machen die Sache. Wenn Hagelhans was anfängt, so fährt er gerne gleich aus bis zhinterst. Jetzt will ich in die Schreiberei, mach daß wir was essen können, wenn ich zurückkomme, halte nicht viel auf Warten. Bhüt euch Gott unterdes.»

Da saßen sie nun, Uli und Vreneli, sahen einander an, wußten nicht, hatten sie ein Gespenst gesehen oder einen guten Engel. Unerwartet wie ein Hagel vom Himmel war der grauliche Mann in ihr Leben hineingeplumpst, aber nicht zerstörend, sondern Gaben verheißend. Er war wie eine Gestalt in der Finsternis, von der man nicht weiß, ist sie Freund oder Feind, die wohl ein Losungswort gibt, von dem man aber nicht weiß, hat man es richtig gehört, ist es das rechte oder nicht.

«Was sagst dazu?» fragte endlich Uli. «Weiß nicht,» sagte Vreneli. «Glauben tue ich, er meint es jetzt gut, aber wie lange das Gutmeinen währt, das weiß ich nicht. Es ist mir gar wunderlich um ihn herum, bald wohl, bald angst, bald graut mir vor ihm, bald dünkt mich, ich müsse ein großes Erbarmen haben mit ihm. Die Base selig redete immer mit Schrecken von ihm als wie von einem halben Ungeheuer, und doch glaube ich fast, die letzten Worte, welche wir nicht verstehen konnten, haben ihm gegolten, er lag ihr doch im Sinn.» «Aber glaubst, es sei ihm Ernst, er stelle uns nicht etwa Fallen?» frug Uli. «Glaube es nicht,» sagte Vreneli, «daß er an so was denkt. Es möchte mir fast scheinen, als sei er so ein alter Menschenfeind, der wieder das Verlangen nach Menschen bekömmt. Daneben aber schadet in acht Nehmen nicht, und daß er zum Bodenbauer begehrt, gefällt mir, es ist ein Zeichen, daß er uns nicht so ungesinnet zu übernehmen begehrt.» «Aber,» sagte Uli, «ich kann es doch fast nicht

glauben, wir wären ja viel zu glücklich, wenn das sich jetzt so machen sollte, und wie es scheint viel besser, als es früher war, gerade als wir meinten, wir seien auf dem Äußersten.»
«So geht es mir freilich auch,» antwortete Vreneli. «Aber das erstemal wäre es nicht, daß so was geschieht, daneben kann man immer vorsichtig sein. Du hast gehört, wie er schon lange was im Kopf gehabt, er sagte aber nicht was, aber nicht Gelegenheit gehabt bis zur Steigerung.»

«Da hätte es bald Streit gegeben», sagte Uli. «Johannes hoffte, es werde ihn niemand abbieten, und hatte, wie man sagt, einen Käufer an der Hand und die Aussicht, eine schöne Summe zwischenauszunehmen. Als nun Bott um Bott aus der Ecke kam von einem alten Mann, dessen sich niemand geachtet, fing Johannes Händel an. Jeder Lump und Stöffel könnte ihm den Hof herauftreiben um Wein oder aus Bosheit. Der alte Hund solle schweigen oder er werfe ihn zur Türe hinaus. Der Alte rührte sich nicht, bot kaltblütig weiter. Johannes wollte ihm auf den Leib, da stund der Alte auf, der Hund auch, und der Alte sagte: Büebli, laß dich nicht gelüsten, du bist am Unrechten. Ich bin der Hagelhans im Blitzloch, vielleicht habt ihr auch schon von dem gehört. Da kann der Schreiber sehen, daß ich nicht bloß bieten, sondern auch zahlen kann, und zwar bar, so viel man will und so schnell man will. Er legte vor den Schreiber eine Brieftasche, und nachdem derselbe hineingesehen, ward er höflich und sagte, ja, so sei es. Und jetzt, frug Hagelhans und streckte seine Glieder, daß er anzusehen war fast wie ein alter Turm aus der Römerzeit, und jetzt, will mich noch jemand hinaustun oder mir das Bieten wehren?» Aber niemand hatte Lust dazu, weit um ihn stund niemand mehr. Die Einen hatten von ihm gehört und hielten ihn so gleichsam für des Teufels Halbbruder, die Andern erschreckte der große Mann mit dem knurrenden Hunde. Johannes fluchte alle

Zeichen, daß der Teufel den hergebracht und daß er ihn nicht gekannt. Es sei eigentlich ein Vetter von der Mutter selig her, habe keine Kinder, und wenn er es gewußt, so solle ihn der Teufel nehmen, den hätte er ins Garn jagen wollen, daß es einen prächtigen Fisch für ihn abgegeben hätte. Solche Kühe seien das lustigste Metzgen, sie fielen gut ins Gewicht, hätten zumeist mehr Fett, als man glaube. Es müsse den Teufel tun, wenn er den Alten nicht um den Finger wickle, ehe die letzte Halbe getrunken sei. Doch Johannes kannte Hagelhans nicht, mußte das Feld räumen, wenn er sein Fell ganz erhalten wollte, und natürlich halfen alle, welchen mit barem Gelde gedient war, daß dem Alten das Gut baldmöglichst zugeschlagen werde. Jetzt wird er gegangen sein, um Kaufbrief und Zahlung zu besorgen.»

«Weißt, was es kostet?» frug Vreneli. «Gräßlich Geld,» sagte Uli, «sechzigtausend Gulden. Kein Christ bringt da den Zins vom Gelde heraus, und wer weiß, ob er nicht meint, mit Gutmeinen könne er uns locken, daß wir es um diesen Zins übernehmen.» «Zweifle,» sagte Vreneli, «er würde, wenn er das wollte, nicht zum Bodenbauer begehren. Und was hülf es ihm, wenn er uns schon hineinsprengte; er weiß ja, daß wir nichts haben, begehrt keinen Bürgen, und wo nichts ist, hat ja selbst der Kaiser sein Recht verloren. Mich dauert nur der Johannes und seine Kinder, daß die um das Gut kommen und für immer. Jetzt ist kein Pardon mehr für sie, sie müssen herunter bis zum Bettlerbrot. Er hat uns schlimm behandelt, aber ich kann mir nicht helfen: seine Mutter tat mir Gutes, und nichts kann mich mehr erbarmen, als wenn Familien auf diese Weise zugrunde gehen. Hundert und vielleicht mehr Jahre geht es, bis vielleicht wieder ein Glied derselben festen Fuß faßt, wurzelt, aus dem abgehauenen Stamme ein Sprößling hervorwächst, der wieder sein Haupt erhebt über das niedere Gesträuch.»

«Und deine Kinder, erbarmen dich die nicht auch?» frug Uli, den jetzt eben kein großes Mitgefühl plagte. «Nicht halb so viel,» sagte Vreneli, «die werden gewöhnt, wie sie es ihr Lebtag haben können, lernen arbeiten, kommen hoffentlich einst mit Ehren durch, und wer weiß, was aus ihnen wird, was recht Gutes, so Gott will. Was jene an Gut haben, verprassen ihnen die Eltern, zu was Besserm helfen sie ihnen nicht. Was meinst, wer ist mehr zu bedauern, wenn sie nichts erben, ihre Kinder oder unsere Kinder?» Er meine es nicht so, sagte Uli, sondern er meine, jene Kinder gingen sie nichts an, die ihren wohl. Böses wünschen wolle er ihnen nicht, aber sagen müsse man doch: wenn es ungeheißen komme, unverdient sei es nicht. «Uli, Uli, nicht so,» sagte Vreneli; «sind nicht vielleicht auch noch Leute, die sagen könnten, Gott strafe unsere Kinder um der Eltern willen?» Uli stutzte, gab Vreneli die Hand und sagte: «Du hast recht! Wie schnell man doch so was vergißt! Umsonst sollst du mich nicht gemahnt haben.»

Hagelhans kam zurück, Vreneli war mit dem Essen noch nicht fertig. «Jetzt ist das Geschäft mein, jetzt will ich mir es recht ansehen, da gibt es was zu schaffen.» Die Sache hätte man in Ehren gehabt, so gut man gekonnt, sagte Uli, dem die Bemerkung ins Fleisch gegangen war. Aber Joggeli hätte nicht gerne Geld ausgegeben für Handwerksleute, er selbst hätte es sonst zu brauchen gehabt. Er hätte auch nicht immer alles aufputzen können; wenn man das Meiste mit fremden Leuten machen müsse, so graue es einem am Ende des Jahres über die vielen Taglöhne. Daneben sei das Haus so alt nicht, noch währschaft, mit Wenigem komme man weit. Der Alte sagte nicht viel darauf, guckte überall herum, und als sie zum Essen kamen, sagte er Vreneli: «Was sagst du dazu, wenn ich ein neues Haus da baue, eins, das einer hoffärtigen Frau besser ansteht als diese alte Hütte?» Vreneli meinte, das werde ihm nicht Ernst sein, wäre Sünde. «Denn das hieße das Geld in Bach geworfen, das alte ist noch hundert Jahre gut.»

Den Alten hatte der seltsame Baugeist ergriffen, der unwiderstehlich fassen soll, wer sich ihm einmal ergeben hat. Das alte Haus schien ihm Reparaturen nicht wert, zu klein, zu unkommod, zu viel Hüttchen aller Art darum herum, so übel anzusehen, so unbequem; man müsse, sagte er, was zusammengehöre, unter ein Dach ziehen. Er sprach, als ob morgen der Bau beginnen müßte, daß Vreneli endlich sagte: Wenn es an seiner Stelle wäre, so wollte es sich einstweilen damit nicht so plagen; sollten sie dableiben, so wollten sie ja zufrieden sein, sie begehrten es nicht besser. Dann dünke ihns, man hätte ihm einstweilen stark genug zu Ader gelassen, er sollte froh sein, frisch Atem zu fassen. «Das, Base, wenns erlaubt ist, dies zu sagen, verstehst du nicht», antwortete Hagelhans. «Kommt einer mal in Zug, dem Geld den Lauf zu lassen, so ist ihm nicht wohl, bis der letzte Kreuzer durch die Finger ist. Der Anfang ist schwer im Sparen und Ausgeben; wenn Hagelhans was anfängt, so fährt er zu bis ans Ende, halbwegs bleibt er nicht. Doch wegem Weg, wenn wir zum Bodenbauer wollen, so mach dich fertig, es ist Zeit.» Er sei fertig, sagte Uli, er wolle anspannen lassen, wenn er es befehle. «Was anspannen?» sagte Hagelhans. «Du wirst doch nicht einer von denen sein, welche meinen, daß wenn sie drei Schritte vor das Dach hinausgehen, es gefahren sein müsse? Das wäre mir nicht anständig.» Es sei wegen ihm, daß er fahren wolle, die Rosse hätten eben nicht viel zu versäumen, sagte Uli. «Meinetwegen braucht es sich nicht,» sagte Hagelhans. «Ob unsere Beine müde werden vom Fahren oder müde vom Laufen, kommt auf eins heraus, und wenn du nicht zu vornehm bist, so schämst dich nicht und nimmst mit mir den Weg unter die Füße.» Dagegen war nichts zu sagen.

SIEBENUNDZWANZIGSTES KAPITEL

Die dritte Reise zum Bodenbauer

Uli mußte sich anstrengen, Schritt zu halten mit dem Alten, der einherschritt wie ein aus einem Hünengrabe erstandener Recke, dem die Leute aus dem Wege gingen und nachsahen mit Verwundern. Uli dachte im Stillen, besonders wenn die Rede des Alten heraufquoll wie ferner Donner: Eigentlich sei es kein Wunder, wenn seiner Zeit die Mädchen eben nicht sonderlich durch ihn angezogen worden seien von wegen seiner Liebenswürdigkeit, dazu sei er doch wohl zu groß und unghürig. Sein Tun in früheren Jahren mochte seiner Gestalt entsprochen haben.

Wenn man zusammen wandert, so gibt ein Wort das andere, unvermerkt rutscht man der Materie zu, von welcher man gerne spricht, die Alten gerne von Jugendzeit und Jugendstreichen. Uli hörte mit offenem Munde zu. Er glaubte auch was verrichtet, manchen tüchtigen Streich ausgeteilt zu haben, aber gegen Hagelhans war er ein bloß Kind gewesen. Der hatte Schlägereien gehabt, daß das Blut durch die Straße floß, Schabernack geübt und zwar groben, wo er konnte. Er hatte eine eigene Freude daran gehabt, den lieben Gott zu machen und zu züchtigen und zu plagen mit grober Hand, wen er für schlecht hielt oder wer ihm sonst nicht gefiel; denn es ist Vielen schwer, zwischen Beiden zu unterscheiden auf die rechte Weise. Er hatte Geld verklopft, ein Pferd hätte es kaum gezogen, dafür aber auch einen Namen gehabt, mit dem man die Kinder zu Bette jagte; das Wort «Wart, Hagelhans nimmt dich!» war ein Zauberspruch. Wenn er in einem Wirtshause erschien, so wars, als sei der Kindlifresser gekommen: allgemach schoben die Leute sich zur Türe hinaus, der

Wirt räumte so unvermerkt als möglich alles Zerbrechliche weg, und die Stubenmagd tänzelte so graziös als möglich um ihn herum, wie ein Pudelhündchen um einen Löwen, doch wohlweislich immer sechs Schritte ihm vom Leibe. Hans rühmte sich alles dessen eben nicht, er sah zu wohl ein, wie er den Menschen vorkommen mußte und wie schreckhaft er sich aufgeführt, aber er erzählte doch mit einem gewissen Behagen, ungefähr wie man überstandene Krankheiten erzählt, erlebte Gefahren, Gespenster- oder sonst Geschichten.

So kamen sie an das Ziel ihrer Reise, Uli wußte fast nicht wie. Bodenbauers waren eben beim Nachtessen, als die Beiden klopften und auf ein lautes «Herein» in die Stube traten. Als der große Mann mit seinem großen Hund in die Stube kam, ging es fast wie ehedem in den Wirtshäusern; es erschraken alle, selbst den Bauer überfloß ein gewisses Erschrecken. Unwillkürlich wurde das naturgemäße Manöver ausgeführt: hinter dem Vater, dem Schild und Schwert der Familie, barg sich alles. Befangen streckte der Bodenbauer dem Hagelhans die Hand zum Willkomm und sagte: «Ihr seid es, aber ich hätte eher den Kaiser von Rußland bei mir erwartet als Euch. Sah Euch an die zwanzig Jahre nicht, und es hieß, Ihr ginget nie vom Hause.» «Man sagt manches in der Welt,» sagte Hans, «was nicht wahr ist,» bot der Bäuerin die Hand, und die schlotterte wie ein Mädchen, wenn es die Hand zum erstenmal einem Jungen geben soll. In Hans wachte offenbar der alte Schalk auf und hatte seinen Spaß an diesem Schreck und Schlottern. Uli machte den Vermittler, stellte Hagelhans als den neuen Glunggenbauer vor und sagte, sie kämen, um mit Johannes über die Sache zu reden.

Die Bodenbäuerin wurde ganz bleich, als sie das hörte. Nun, auf das Geld habe ich so stark nicht gerechnet, dachte sie, das ist verloren und ich will nichts dazu sagen; aber die armen Leutchen dauern mich, die sucht doch unser Herrgott einmal um das andere wohl stark heim. Erst das Hagelwetter, jetzt noch Hagelhans als neuer Bauer, der schindet sie lebendig. Auch Johannes konnte sich ähnlicher Gedanken nicht erwehren, vergaß jedoch die Pflichten der Gastfreundschaft nicht, hieß sich setzen und essen. Besondern Platz zu machen am Tische für die Gäste brauchte er nicht, denn kaum war die Tür frei, so war der ganze Haufe verschwunden, an das Essen dachte Keiner mehr. Sie hatten manchmal vom Hagelhans im Blitzloch reden hören als wie von einem greulichen Kobold und manchmal gewünscht, wenn sie ihn doch einmal sehen könnten, aber nur von weitem. Jetzt hatten sie ihn gesehen, nur zu nahe. Hagelhans hatte die alte Sünde nie ablegen können, sich den Leuten als den zu geben, für welchen sie ihn nahmen, wendete oft größere Mühe an, sein Gutmeinen zu verbergen, als Heuchler anwenden, gutmeinend zu scheinen. Merkwürdig war, wenn er gegen diese Sünde kämpfte, wie bald das Gutmeinen hervorbrach und dann wieder desto greller die Bosheit, wie wenn am gewitterhaften Himmel bald die Sonne scheint, bald die Blitze zucken durchs schwarze Gewölke.

Er habe die Glungge nicht gerne in fremden Händen gesehen, und da er niemand hätte auf der Welt, der nach ihm frage, so habe er auch niemanden zu fragen, wenn es ihn gelüste, einige Kreuzer mehr oder weniger wegzuwerfen, bemerkte er dem Bodenbauer. Er würde gerne noch einige Handvoll nachwerfen, wenn er wüßte, was jetzt die alte Glunggenbäuerin im Himmel dazu sage und was sie für ein Gesicht mache, daß Hagelhans Glunggenbauer geworden! Nun könne er nicht alsbald aus dem Blitzloch fort, sondern müsse einen Pächter haben auf der Glungge. Man sei halt geschlagen mit solchen, aber der, welchen er gefunden, scheine ihm von den weniger schlechten zu sein, und noch dazu sei er Götti von einem Kinde des Pächters und solle sogar dessen

Vetter sein; da müsse man begreiflich ein Einsehen tun, auf die Gasse begehre er die Leute nicht zu bringen. «Uli ist dir schuldig und du warst sein Bürge. Nun wirst du nicht ferner Lust haben, die Finger in die Tinte zu stoßen; ich habe aber auch nicht Lust, einen Pächter anzustellen, den mir einer, sobald es ihm beliebt, auspfänden und bloß machen kann; ich mache dies lieber selbst, wenn es sein muß. Du hast den vorigen Akkord machen helfen, und jetzt mußt auch unsern machen helfen. Uli, der Vetter, hat das Zutrauen zu dir, weil der vorige so gut gewesen, und ich habe nichts dawider. Er soll nicht meinen, daß ich ihn übernehmen will. Aber vergessen muß man jedenfalls nicht, daß der Hof mich sechzigtausend Gulden kostet, nicht gerechnet, was ich verbauen muß; daneben mag ich es den Leuten gönnen, daß sie wieder aufkommen.»

Du alter Schelm, dachte Johannes, bist immer der gleiche Unflat, aber diesmal fängst du uns nicht; ehe wir eintreten, muß ich mit Uli reden. Die Bodenbäuerin hatte sich erholt, erfüllte ihre Pflicht als Wirtin wieder, und als man mit Essen fertig war, unterhielt sie sich mit Uli. Da sagte der Bodenbauer zu Uli: «Komm doch geschwind mit mir in den Stall, während es noch Tag ist; möchte dir ein Füllen zeigen und fragen, was du meinest, ob ich es fällen oder zum Hengst geraten lassen soll.»

«Weißt was,» sagte Hagelhans, «schick die Frau mit Uli hinaus, er ist hübscher als ich und lieber geht sie mit ihm in den Stall, als daß sie bei mir in der Stube bleibt. Hätte übrigens auch noch ein Wort mit dir zu reden.» Die Bodenbäuerin kriegte einen Kopf so rot wie ein Kupferkessel, aber eine Antwort wollte ihr nicht kommen.

Draußen erst brach es ihr los im Halse, und hageldick flogen ihr die Schimpfwörter aus dem Munde, daß die Kinder sagten: «Mutter, Mutter, um Gottes willen, was hast du? So tatest du nie, mache die Haken auf am Göller, du erstickst ja! Herr Jeses, Herr Jeses, was hast?» «Das Ungeheuer, der Unflat, der Utüfel, was er ist! Daß doch einen Solchen Gottes Erdboden trägt! Ich habe von dem schon gehört, als ich ein junges Mädchen war, aber gesehen habe ich ihn nicht. Da war nichts Schlechtes, was man ihm nicht nachredete, der Schlechteste war er, der je in einer Menschenhaut über die Erde lief. Den schönsten Mädchen lief er immer nach, und wenn sie nichts von ihm wollten, verfolgte er sie schrecklich, sie waren ihres Lebens nicht sicher vor ihm. So machte er es der Glunggenbäuerin, noch viel schlechter soll er es deiner Frauen Mutter gemacht haben. Man erzählte Sachen, ich darf sie nicht denken, geschweige aussprechen. Er quälte sein Lebtag alle Menschen; Teufel und Hagelhans sind wie Brüder, wer besser sei, weiß man nicht. Und jetzt muß der Unflat mir noch ins Haus kommen, mich beschimpfen, und wir sollen helfen euch ihm ins Netz jagen und unglücklich machen. Nein beim Hagel, der Utüfel muß doch auch erfahren, was man auf ihm hält und daß man ihn kennt und daß nicht alle Leute sich vor ihm fürchten und daß er nicht machen kann bis zu allerletzt, was er will, der Unflat, der Utüfel! Daß ihr mir aber auch nicht ds Herrgotts seid, mit dem alten Unflat euch einzulassen, sonst halte ich mein Lebtag nichts mehr auf euch. Wir haben, wenn es sein muß, für euch zu arbeiten und zu essen. Was er an der Mutter nicht alles ausüben konnte, das wird er mit der Tochter treiben wollen, das Untier!»

So begehrte die Bodenbäuerin draußen vor dem Hause auf, daß man mit keinem Hämmerlein hätte dazwischenkommen können und es Uli ganz angst wurde, daß er nicht hineinging, bis es dämmerte und Johannes mit seinem Gaste herauskam. «Wie habt ihr das Füllen gefunden?» fragte Hagelhans, und der Spott zuckte ihm in jeder Runzel. «Geht und seht selbst, Ihr versteht Euch besser darauf als ich,» schnellte die Bäuerin und fuhr ins Haus, als ob sie auf einem Hexenbesen säße, der Rest ihr nach bis an Uli, der nicht wußte, sollte er auch gehen oder sollte er bleiben.

«Kannst es ihm jetzt sagen,» sagte Hagelhans zum Bodenbauer. «Uli,» sagte der Bodenbauer, «wir haben einen Akkord abgeredet, ich soll ihn ausfertigen lassen, wenn du damit zufrieden bist; ich denke aber Ja, ich hätte ihn mir nicht besser erdenken können, wenn ich schon gewollt hätte. Du bekömmst den Hof auf zehn Jahre, die gleichen Zugaben, brauchst hundert Taler weniger Zins zu zahlen und kannst einen Zins immer verzinsen, wenn du das Geld zum Betrieb brauchst. Auszurichten hast du nichts als den Bauer zu speisen, wenn er da ist, und will er das Stöcklein beziehen, welches er sich vorbehalten, so macht sich dies dann besonders. Das ist die Hauptsache, damit, denke ich, kannst du wohl zufrieden sein.»

Uli wußte nicht, was er sagen sollte, war das, was er hörte, ein Glück oder eine Mäusefalle. Endlich frug er: «Und mit den Schulden, wie ist dies?» «Der neue Bauer übernimmt sie,» sagte der Bodenbauer. «Ich wollte zuerst sie nicht abtreten, aber als er es nicht anders haben wollte, machte ich es mit ihm, daß er sie die ersten fünf Jahre nicht absagen darf, bis dahin wirst du dich hoffentlich erholen können.» Da Uli mit der Sache immer noch tat wie mit einem vortrefflichen Bissen, mit dem man aber den Mund zu verbrennen fürchtet und ihn daher erst von allen Seiten anbläst, so sagte der Alte, der den Handel wohl merkte und dem der Spott im ganzen Gesichte herumfuhr wie ein Schwärmer durchs Gras: «Wenn du nicht weißt, was du willst, so besinne dich. Gehe das Land auf, das Land ab bei jedem Babi zRat, dann sage ab oder zu, wenn ich noch lebe! Gut Nacht!» Uli mußte mit, da sie in einer Stube schliefen, konnte es aber lange nicht zum Schlafen bringen.

So hatte es aber auch der Bodenbauer. Der Bodenbauer war den berüchtigten Gardinenpredigten ganz entwöhnt. Mann und Frau lebten so einig, verstunden sich so gut, daß ein Blick, ein Wort genügte, sich zu verständigen. Aber wohl, diesen Abend brach eine los, daß der Mann lange seinen Ohren nicht traute, nicht wußte, kam sie wirklich von seinem Weibe oder von einem bösen Geiste.

«Mit einem solchen Utüfel und Untier machst du gemeine Sache,» brach es bei der Frau los, «um zu deinen paar Batzen zu kommen und die armen Leutchen um alles zu bringen, nicht bloß um das Geld! Das wird die Leute wundern, wenn sie vernehmen, was der Bodenbauer, vor dem sie so lange Respekt gehabt, für einer sei, und lange Zeit werden sie nicht wissen, ist er zu einem Esel geraten oder zu einem Schelm und untreuen Manne. Mich selbst nimmt es wunder, für welchen von beiden man in Zukunft ihn halten solle.» Das ist so gleichsam der Text, über welchen die Bodenbäuerin predigte. Die Predigt war viel länger und bündiger.

Endlich konnte der Bodenbauer sagen: «Frau, du gibst dir viel zu viel Mühe, die Sache ist anders, ganz ds Gegenteil!» Potz Himmeltürk, bisher war der Bodenbauer im einfachen Plotonsfeuer gewesen, jetzt kam er unter Vierundzwanzigpfünder. Wer mal dabeigewesen ist, wenn die krachten, der weiß, was dreinreden hilft. Endlich sagte der Bodenbauer, als ihm schien, die Munition sei am Ausgehen: «Du tust wie ein trunkenes Fraueli, weiß gar nicht, was dich ankömmt. Habe dich nie so gesehen als sechs Wochen nach der Hochzeit, da du einmal eifersüchtig wurdest auf deine eigene Großmutter. Wann du ausgeredet hast, so sags. Ein Wörtlein möchte ich endlich doch auch dazu sagen.» Aber es surrete lange noch bei der Bodenbäurin, ehe sie sagte: «Nun, so rede! Es würde mich doch wunder nehmen, was du dazu zu sagen hast?»

Der Bodenbauer setzte der Frau die günstigen Bedingungen der Pacht auseinander und frug, ob da böser Wille sein könne. «Du Tropf,» sagte die Frau, «daß du das nicht einsiehst, das ist gerade so wie beim Teufel; er verspricht alles, um nichts als nur arme Seelen in seine Klauen zu kriegen.» «Du hast unrecht, Frau,» sagte der Bodenbauer. «Der Mann hat sich in meine Hand gegeben und mir Sachen gesagt und aufgetragen, daß ich weiß, woran ich mit ihm bin, und daß vielleicht nicht Viele herumlaufen, welche bräver sind als der verrufene Hagelhans, und daß Uli ein glücklicherer Mann werden kann als bald einer.» «Was hat er dir denn gesagt?» frug die Bodenbäurin. «Ich mußte ihm versprechen, es niemanden zu sagen, bis er es mir erlaube», sagte der Bodenbauer. «Ho, mir doch wirst du es sagen können», sagte die Bodenbäuerin. «Darf nicht,» sagte der Bodenbauer, «er hat noch extra gesagt, dir solle ich es nicht sagen, und ich habe es ihm in die Hand versprechen müssen.»

Potz Himmel, wie ging da das Feuer frisch auf, und wer mal selbst solch Ehespektakel erlebt hat, kann sich den Gang des Stückes denken und wie manchen Aufzug es gab. Doch vielleicht ist selbst dem Erfahrensten das Ende überraschend. Der Bodenbauer hielt sein Wort; was er versprochen hatte, nicht zu sagen, das sagte er nicht. Das ist selten! Es mag der Welt unglaublich, ja unnatürlich scheinen, und doch ist es ganz einfach und naturgemäß. Der Bodenbauer hatte seiner Frau keine eigenen Geheimnisse zu verschweigen, darum konnte er fremde bewahren. Wer aber eigene Geheimnisse hat, sucht gerne mit dem Ausplaudern fremder Geheimnisse die seinen zu verdecken, die Weiber abzulenken.

Wir wollen offen sein und gestehen, der Schluß befriedigte die Bodenbäurin durchaus nicht. Die Bodenbäurin verarbeitete eine schlaflose Nacht, nicht eigentlich wegen der Neugierde, sondern, wie sie sagte, daß der Mann sie so wenig liebe, ihr so wenig traue, daß er nach fünfundzwanzig Jahren ihr nicht sagen möge, was ihm gesagt worden sei. Als es endlich gegen Morgen ging, kam es ihr, denn sie war vernünftig wie selten eine, Versprechen sei eigentlich Versprechen und Ausnahmen seien Ausnahmen und Löcher ins Versprechen, und wo mal ein Loch sei, sei die Sache nicht mehr ganz. Ihr Mann hatte dem Hagelhans was versprochen, er habe aber auch ihr versprochen Treue und sonst noch viel. Sie begehre, daß er ihr halte, und sie glaube, er habe es getan; warum solle sie ihn verführen, daß er jemand anders nicht halte? Genau genommen sei das schlecht von ihr, und wenn er ihr abfalle, so geschehe es ihr ganz recht; dem Einen recht, dem Andern billig. Es tat der Bäurin sehr leid, daß es so lange gegangen war, ehe sie dies begriff, und als am Morgen der Mann erwachte, da bat sie ihn dringlich, daß er ihr doch nicht zürne. Da hätte er es bei einem Haar gesagt, denn er war noch schlaftrunken und die unerwartete Liebe war fast wie ein englischer Zapfenzieher, welcher alles öffnet. Zu rechter Zeit noch erwischte er das entspringende Wort beim Bein und sagte bloß: «Zähle darauf, die Sache kömmt gut. Mache Uli guten Mut, und einst werden die Leute das Maul offen vergessen und nicht Babi sagen können vor lauter Verwundern.»

Am Morgen wußte die Bodenbäurin nicht recht, wie sie mit Hagelhans umgehen solle. Hagelhans schlug ihr seine großen Augen ins Gesicht, so gleichsam als ein Blasenpflaster, welches wieder herausziehen konnte, was nicht drin sein sollte. Die Bäurin merkte gleich, was das sein solle, und sagte: «Habt nicht Kummer, ich habe einen wüsten Mann; eigentlich sind alle wüst, aber meiner vor allen, sagt mir nichts, als was er gerne will. Nun, ich bin auch nicht halb so neugierig, es wäre mir ein Leid, wenn ich alles wissen müßte, was mich nichts angeht. Es gibt dagegen Sachen, welche man gerne wüßte und wo dies wohl zu verzeihen ist. Wenn man zum Beispiel jemanden für gutmeinend halten soll, den man für einen Unflat gehalten, so wäre einem ein Warum doch vielleicht erlaubt.»

«Auf ein Warum von der Frau paßt nichts besser als ein Darum vom Mann. Das ist der wahre Mannsbrauch», sagte Hagelhans. «Wie weit kam Mancher mit solchen Bräuchen?» antwortete die Bodenbäuerin mit sanfter Stimme, aber dem bekannten Weiberblick, welchen sie an die Worte heften, welche zünden sollen, gleich wie das berühmte griechische Feuer ehedem auch mit Pfeilen geschossen wurde. Da tat der Hagelhans seine Augen wieder weit auf und sagte: «Habe er es dir nun gesagt oder nicht gesagt, so bedenke, daß wenn ein Wort von dem geschwatzt wird, was ich ihm gesagt, aus allem nichts wird, du aber dein Lebtag reuig wirst, so wahr ich Hagelhans heiße. Jetzt mache, was du willst.» Die Weiber haben zuweilen ein eigen Geschick, zu treffen aufs Geratewohl, daß man meinen sollte, sie kennten das Ziel und hätten scharf gezielt, und ist doch all nichts. Die Bodenbäuerin beteuerte umsonst, sie wüßte wahrhaftig nichts, Hans traute nur halb. «Mach, was du willst,» sagte er, «aber zähl darauf, was ich gesagt, das halte ich.» Der Bodenbauer, der jetzt mit Uli das Füllen besehen hatte und mit ihm in die Stube kam, machte dem Gespräch ein Ende.

Hagelhans pressierte mit dem Aufbruch; die Sach sei gemacht, Gschwätz trag nichts ab, die Zeit, welche vorbei sei, sei vorbei und nicht mehr zu gebrauchen, sagte er. Er nahm Uli mit fort, trennte sich aber bald darauf von ihm und marschierte dem Blitzloch zu. Wann er wiederkomme, wisse er nicht, sagte er, sie sollten alle Tage seiner gewärtig sein.

Uli ging heim, als wäre er trunken. Also war er wieder Pächter auf der Glungge und unter Bedingungen, wo es ihm fast nicht fehlen konnte, und doch wußte er nicht, sollte er sich freuen oder nicht; es war ihm etwas Dunkles im Hintergrunde, von dem er nicht wußte, war es gut oder bös. Bald kam ihm sogar der Johannes verdächtig vor, der erst so bedächtig getan und dann so stark eingeredet, und am Morgen sogar die Frau; es war gleichsam, als hätten sie kalt und warm aus einem Munde geblasen.

Mit großer Spannung harrte seiner Vreneli, lief ihm weit entgegen, als es ihn von ferne sah. «Und du bangst noch?» sagte es, als es alles vernommen, «bist du so mißtrauisch geworden? Hast den Glauben so gutmütig auf jeden faulen Stock abgestellt, und jetzt ist dir kein Stein gut genug dafür. Sieh, Bodenbauers sollten wir aus ihren Werken erkennen, wegen einigen Talern verkaufen die uns nicht, und Vetter Hagelhans ist zu alt, um Bosheit mit uns zu treiben, sonst was wäre an uns nichts zu gewinnen. Glaube mir, das ist ein Anderer als Joggeli! Hagelhans kann einen Menschen totschlagen, aber den Wurm zertritt er nicht. Warum er es gut meint, weiß ich nicht, aber gut meinen tut er es, dafür wollte ich meine Hand ins Feuer halten. Den wildesten Menschen kömmt es manchmal an wie Heimweh, wenn sie alt werden. Sie hätten niemanden, klagen sie, und suchen jemanden, der Anteil an ihnen nimmt und dem sie zeigen können, daß sie doch noch Menschen sind. Vielleicht daß es Hagelhans auch so kam; dazu sind wir nicht ganz fremd, sondern verwandt, freilich nur entfernt, aber böse haben wir ihn nie gemacht und er ist Vrenelis Götti. So habe ich alles Vertrauen, und wenn er kömmt, will ich zu ihm sehen, als ob er mein Vater wäre. Mag kommen, was da will, so ist die Pacht gut, und zehn Jahre, denk, da läßt sich was machen, und daß die Sache recht gemacht wird, darauf kannst du zählen, der Bodenbauer ist lauter wie Gold. Was meinst, soll ich Eierkuchen backen heut abend und Nidle stoßen recht dick? Lange haben wir nichts Gutes gehabt, und das ist ein kleines Mählchen wert. Ei, wie werden die Kinder sich freuen, wenn sie wissen, daß wir dableiben, den Anken riechen auf dem Feuer und die Nidle stoßen sehen. Möchte ja selbst springen und jauchzen wie ein Kind, weiß gar nicht, wie leicht es mir ums Herz ist!» So jubelte Vreneli kindlich, und große Freude war auf der Glungge selben Abend.

ACHTUNDZWANZIGSTES KAPITEL

Wie die Welt im Argen bleibt und gebesserten Menschen es gut geht mitten in der argen Welt

Als die Leute vernahmen, daß Uli frisch gepachtet und gut und welche Freude darüber gewesen sei auf der Glungge, da wunderten sie sich sehr. Anfangs hatten sie Mitleid gehabt mit Uli und gedacht, der wüste Mann werde ihn handlich plagen, er könne sie übel erbarmen; verdient hätte er es nicht, wenn er schon einige Zeit von dem Kraut, welches nichts koste, man nenne es Hochmut, wohl viel gehabt.

Als sie nun aber vernahmen, daß es umgekehrt gegangen, Uli besser zweg sei als vorher, ja daß Hagelhans gar noch Vetter sei und Götti von einem Kinde, da hielten sie alles für ein abgeredet Spiel, um Joggelis Kinder und Kindeskinder zu verstoßen. Ob es so sei oder nicht, untersuchte man begreiflich nicht, sondern man hielt es einfach für grimmig schlecht. So viel Gutes sie dort genossen und die Alte ihnen mehr getan als den eigenen Kindern, und jetzt es ihnen so machen, wo sie in der Not seien, das sei über das Bohnenlied. Da könne man wieder sehen, wie schlecht die Welt werde und daß gar keine Religion mehr sei; ehedem hätte sich der schlechteste Hund geschämt, so was zu machen.

Als man nun gar sah, wie Hagelhans oft auf die Glungge kam und wie da eine Einigkeit war, die Kinder dem Alten nachliefen, der Alte kein Geld sparte zu allerlei dem Hofe vorteilhaften Arbeiten, Uli Geld hatte und seinen Viehstand ordnete, wie er ihm am vorteilhaftesten war, da ward es den Leuten gar zu kraus. Sie rührten im Moder der Vergangenheit, rührten halbverweste Bruchstücke herauf aus der Vergangenheit, setzten daraus grausame Geschichten zusammen, daß einem die Haare zu Berge stunden, und flochten daraus Verhältnisse, alte und neue, zwischen Hagelhans und Vreneli, an denen niemand hätte Freude haben sollen als höchstens der Teufel. Und doch hatten gar viele Leute Freude daran und unter andern auch die, welche so bitter klagten, wie die Welt immer schlimmer werde.

Am bittersten mißgönnten begreiflich Elisi und Trinette Vreneli ihr sogenanntes Glück, das heißt daß sie die Pacht wieder hatten und da im Schweiße ihres Angesichts ihr Brot essen durften. Hätten sie gearbeitet und geschwitzt wie Uli und seine Frau, sie besäßen den Hof noch eigentümlich und nicht bloß das Recht, ihn zu bearbeiten; aber so weit denken solche Weiber nicht. Je weniger sie taugen, je tiefer sie in selbstverschuldetes Elend sinken, desto giftiger nagen in ihren Herzen Neid und Rache, Haß und Zorn; das sind die Schlangen, welche schon hienieden die Herzen zu Höllen machen, während sie Tempel des Friedens Gottes, der über allen Verstand geht, sein könnten.

Sobald Elisi das Gebräu der Leute zu Ohren bekommen, machte es sich auf die Füße, um Vreneli alles, was es wußte, in die Nase zu reiben. Elisi hatte begreiflich den Verstand nicht, zu begreifen, daß durch Hagelhanses Dazwischenkunft ihm einige tausend Gulden zugut kamen, sondern bloß den Sinn, Vreneli so weh als möglich zu tun, weil Vreneli auf der Glungge bleiben konnte und Elisi nicht.

Doch, wie es geht in der Welt, die Sache ging ganz umgekehrt, als Elisi gedacht. Vreneli war von früh an gewohnt, Elisi zu ertragen, alle seine Tücken und Bosheiten mit Gelassenheit geschehen zu lassen, ohne sich viel darum zu kümmern. Freilich hatte es Vreneli viel gekostet, ehe es zu dieser Gelassenheit gekommen war. Solange Elisi im Glück war, mußte Vreneli von Zeit zu Zeit neu ansetzen, dieselbe sich zu bewahren; nun, da Elisi im Unglück war, ward es Vreneli leicht, in Geduld anzunehmen, was Elisi tat und sagte, und je ärger es es trieb, desto größer war sein Erbarmen mit der unglücklichen Person. Wer drinnen sei wie Elisi, der Mann mit dem Schelmen davon, der größte Teil des Vermögens drauf, einen Rudel Kinder ohne Zucht und Hoffnung, sei geschlagen genug, sagte es. Wenn man Verstand habe und Gottvertrauen und den Leuten lieb sei, so mache sich alles; man habe Trost in Gott, Hülfe von guten Leuten und Hoffnung auf die Zukunft. Aber wo weder Verstand noch Liebe, weder Religion noch Kraft sei, da sei der Mensch geschlagen und ohne Hoffnung weder für die Erde noch für den Himmel. Und wenn der Mensch noch so boshaft, neidisch, zänkisch sei, dann mache er sich zu allem andern noch ein schwer Leiden selbst, dazu alle Leute bös, daß er das Schlimmste gewärtigen müsse von ihnen.

Das ist eben die Weise der edlern Naturen, daß das Unglück ihnen die Personen heiliget, wie widerwärtig sie an sich auch sein mögen, so wie den Muhammedanern die Wahnsinnigen heilig sind. Umgekehrt haben es die gemeinen Naturen, für das Edle haben sie keinen Sinn; ists im Glanze, kriechen sie vor ihm im Staube und lecken ihm die Füße, ists im Unglanz, werfen sie es mit Kot, treten sie es mit Füßen. Vide Weltgeschichte bis auf die allerneuste Zeit! Vreneli dachte bei Elisi immer: Vater, vergib ihm, es weiß nicht, was es tut.

Was Vreneli schmerzte, war das Benehmen der Leute überhaupt. Mißgunst trat überall zutage, und diese erzeugte das heilloseste Streben, für edles Handeln schlechte Gründe zu ergrübeln. Das ist eine heillose Weise, die, wenn sie dem Tun nichts anhaben kann, demselben einen schlechten Sinn unterschiebt. Diese Weise vergiftet das Leben der edelsten Menschen, zerstört Erfolge, lähmt alle, welche über das Urteil der Menge sich nicht erheben können. Vreneli war sich so klar bewußt, jedermann das Glück zu gönnen, mit beiden Händen und ganzem Gemüte bereit zu sein, Anderer Glück zu fördern und ihr Unglück zu wenden, und hatte davon so manchen Beweis geleistet, daß es ihm wirklich wehe tat, diesen Sinn der Welt in all seiner Bitterkeit erfahren zu müssen. Indessen will es Gott so und es ist gut so; das sind die kühlen, frostigen Frühlingswinde, welche den zu raschen und zu üppigen Aufwuchs der Pflanzen, welcher denselben so gefährlich ist, hemmen. Dieses Sumsen und Reden soll den Christen demütig bewahren, daß er sein Glück nicht als ein verdientes betrachtet, sondern als einen Segen Gottes. Um Gottes willen soll er nach seinen Fehlern und Flecken spähen, sie ausreißen und ausreiben mit schonungsloser Hand, und gälte es das rechte Auge und wäre es die rechte Hand, an welcher das Ärgernis klebte, damit die Menge nicht sage, Gott teile seinen Segen blindlings aus, sei darin den Großen der Erde gleich, welche sehr oft ihre Gnaden an die Unwürdigsten verschwenden. Um Gottes willen soll er sich als einen Verwalter der Gaben Gottes betrachten und treu sein, soll durch Güte und Milde versöhnen, soll feurige Kohlen sammeln auf der Feinde Häupter, soll zeigen, wie der Christ das Sprüchwort «Es gibt keine Schere, die schärfer schiert, als wenn der Bettler zum Bauern wird» Lügen strafet. Der Christ wird nie hochmütig, schämt sich nie derer, welche früher seinesgleichen waren, verleugnet sie nicht um so greller, je mehr er fürchtet, man möchte seiner Herkunft gedenken und die frühern Genossen ihm vorwerfen; im Gegenteil, um so mehr Erbarmen hat er mit denen, deren Schmerzen er aus eigener Erfahrung kennt, und um so brüderlicher hält er Herz und Hand offen, je tiefer er fühlt, daß Gott ihn zu einem Werkzeuge erwählet und den wahren Lohn ihm nach der Treue zumißt, in welcher er in seinem Amte steht.

Wären nun die Emporkömmlinge Christen auf diese Weise, demütig statt hochmütig, milde statt hart, dann würden sie nicht bloß die Menschen versöhnen mit sich, sondern es würde auch Mancher denken: An dem habe ich mich versündigt, habe Schlechtes von ihm geredet, ihn nicht bloß verurteilet, sondern leichtfertig und unverhört ihn verdammt, und mit welchem Maße ihr messet, mit diesem soll euch wieder gemessen werden, heißt es ja. Ein andermal werde ich anders sein, mich nicht ärgern an Gottes Güte, die er über Andere ausgießt, dem Kain gleich, mich nicht versündigen an Andern durch ein lieblos Verdammen, um nicht selbst verdammt zu werden.

Vreneli suchte diese Versöhnung, und zwar nachhaltig und standhaft. Es meinte nicht, daß wenn es einmal einer armen Frau ihr Säcklein gefüllt, mit einer andern freundlich gesprochen habe, nun alles gut sein solle, alle Mäuler umgewandelt, nun nichts mehr als Lob und Preis allenthalben. Für Schlechte schlägt die öffentliche Meinung plötzlich um von einer Stunde zur andern, macht Purzelbäume, die schrecklich sind; ins Gute aber wandelt sie sich langsam um, und wenn man meint, jetzt sei alles wieder gut, so reibt einer die alten Flecken wieder auf, macht neu den Verdacht, und lange geht es wieder, bis Achtung und Vertrauen sich wiederum eingestellt.

Was Vreneli seine Langmut erleichterte, war der Friede und das Behagen, welche sich bei ihnen eingestellt. Uli war ein Anderer geworden. Den alten heitern Sinn und die emsige Rührigkeit hatte er wieder, verband sie aber mit Ruhe und Besonnenheit. Da war keine Ängstlichkeit mehr, kein

Zappeln und Hasten; er meinte nicht, daß heute alles gemacht sein müsse, als ob morgen kein Tag mehr sei, zog dem Himmel keine schiefen Gesichter mehr, wenn es nicht regnen wollte, wenn Regen Uli passend dünkte. Er hatte in sich die Ergebung gewonnen, welche es nimmt, wie Gott es gibt, welche macht, was sie kann, aber nie meint, dieses oder jenes müsse so und nicht anders gehen, müsse erzwungen sein. Er hatte die Erfahrung gemacht, daß wo der Herr nicht das Haus behütet, umsonst die Bauleute arbeiten, wie wenig früh Aufstehn und spat Niedergehen und sein Brot mit Sorgen Essen helfen, wenn der Herr nicht dabei ist mit seinem Segen. Zum Innern kam dann auch das Äußere, welches alleine aber nie die Ruhe gibt ohne innern Grund. Er konnte sich wieder helfen mit dem Gelde. Flut und Ebbe wechselten nicht so, daß alles, was eingegangen, wieder abfloß, es blieb wieder etwas zurück, setzte sich so gleichsam festes Land an, auf welches er mit immer größerer Sicherheit seinen Fuß stellen konnte. Es schien, als ob der Hof ersetzen wolle, was Uli eingebüßt, als ob er vergelten wolle, was Uli an ihm tat.

Zudem half Hagelhans, der immer öfter da war, mit gar manchem nach, fast unvermerkt. Es tut einem Hof bald dies, bald jenes not oder täte ihm wohl, aber niemand will es machen. Der Pächter scheut die Ausgabe oder denkt, wenn er von der Pacht müsse, entschädige ihn niemand. Der Besitzer denkt: ich kriege gleich viel Pachtzins, sei das gemacht oder nicht gemacht, schiebt die Arbeit auf von einem Jahr zum andern Jahr oder schlägt gar sie ab. Es gibt keine Form des Pachtakkordes in der ganzen Welt, wo solche Nachteile, die erst der Pächter leidet, welche aber später auf den Besitzer zurückfallen, vermieden werden können. Von Joggeli hatte Uli gar nichts mehr erhalten können, er selbst hatte es je länger je weniger vermocht; jetzt griff Hagelhans mit beiden Händen zu, daß es Uli manchmal graute und er sagte: Es dünke ihn, mit dem könne man noch warten bis das andere Jahr, es sei schon so viel geschehen, und zu viel möchte er ihm doch nicht zumuten. «Wenn ich es zahle, was geht es dich an?» fragte Hagelhans. «Warum aufs Jahr versparen, wozu jetzt Geld und Wille da sind?» Das waren zwei schlagende Gründe, gegen welche nicht viel zu sagen war.

Nur am Hause selbst wollte er nicht reparieren, nur das Nötigste in den Ställen und an den Bschüttilöchern. Was man an die alte Hütte wende, sei verloren, sagte er. Er hatte immer fester einen Neubau im Kopf; hier aber stieß er auf Vrenelis Willen, welches nichts weniger als diesem geneigt war. Vreneli hatte eine große Gewalt über den Alten; es herrschte zwischen ihnen die Traulichkeit, wo Vrenelis ganzes Wesen in Ernst und Scherz seine Macht üben konnte. Es suchte ihm das Bauen auszureden, und als das nicht möglich war, doch Zeit zu gewinnen. Die Gründe, wie lieb ihm das alte Haus sei, wie es in einem neuen sich nicht zu gebärden wüßte, wie es sich für einen Pächter nicht schicke, in einem solchen Hause zu wohnen, und ihm viel Kosten nach sich ziehe, ließ er nicht gelten. Hingegen leuchtete ihm das ein, daß wenn man zu rasch baue, man schlecht baue, und daß allemal das Land das Bauen entgelten müsse, denn während man baue, richte man sein Augenmerk auf den Bau, brauche den Zug für das Bauen, und gröblich werde das Land vernachlässigt. Es wäre daher zehnmal besser, man setze erst das Gut recht in Stand, führe nach und nach in müßigen Zeiten das nötige Material herbei; so komme man vor und nach mit allem zurecht, keines schade dem andern und der Pächter laufe nicht Gefahr, sich und seinen Zug zugrunde zu richten. Es müsse sagen, es würde ihm Kummer machen für Uli, wenn er wieder so in ein Gewirre hineingestoßen würde. Derselbe habe gar ein ängstlich Gemüt; wenn man ihm schon jetzt nichts anmerke, so könnte so leicht es ihm wieder kommen, wenn man ihn in Versuchung führe, ehe er so recht erstarket sei.

Der Alte war seit Jahren nicht gewohnt, daß jemand ihm widersprach; was er wollte, das wurde ausgeführt, und um so unerbittlicher, wenn er sah, daß jemand ein schief Gesicht dazu machte, das hatte sein Gesinde oft erfahren. Der fremde Wille von Vreneli würgte ihn im Halse wie ungewohnte, seltsame Kost, und doch würgte er ihn herunter mit manch seltsamem Gesicht und ergab sich darein, aber nicht wie Joggeli es getan hatte, unter Knurren und Murren und beständigem Widerstreben, sondern als er ihn endlich hinunter hatte, sagte er: «Nun, dir zu Gefallen, daß du es nur weißt. Aber darauf zähle ich dann auch, daß wenn ich finde, der Hof habe seinen Teil und die Sache sei beisammen, du kein Wort mehr sagst. Hasse nichts mehr als das beständige Wiederkauen.»

Vreneli zögerte noch, seine Hand in die dargebotene zu schlagen und das Versprechen abzulegen, denn das alte Haus war ihm ans Herz gewachsen; aber da tat Hagelhans seine großen Augen auf, und Vreneli schlug ein.

Über einen andern Punkt kamen sie dagegen nie zum Einschlagen, da war beständiger Streit, doch nie ein feindseliger. Hagelhans haßte den Johannes, aber mehr noch Elisi; wenn er es sah, ward es ihm wie Andern, wenn sie Mäuse oder Kröten sehen. Johannes ließ sich auf der Glungge nicht mehr sehen, seiner Väter Gut hatte er den Rücken gewendet auf immer. Elisi hingegen hatte es wie die Katzen, welche nicht an den Personen, sondern an den Häusern hängen sollen, es konnte nicht von der Glungge lassen. Obgleich einige Stunden davon entfernt, erschien es doch alle Augenblicke auf derselben als wie vom Himmel herab, gebärdete sich daselbst als des Hauses Tochter und behandelte Vreneli auf die alte Weise, als ob dasselbe um Gottes willen da sei, sagte ihm das Unverschämteste und forderte von ihm, was ihm beliebte.

Man wußte nicht recht, war es Dummheit, war es Bosheit, war es eingefleischter Hochmut oder war es die Art von Anhänglichkeit, die sich bloß durch Kratzen, Beißen, Klemmen zu äußern vermag. Vreneli ertrug dieses mit klarem Gemüte wie die Eiche die Fledermaus, welche in ihr nistet, der Berg den Morast, der an seinen Fuß sich schmiegt. Hingegen Hagelhans vermochte das nicht, gerne hätte er es, gleich einer Made im Käs, mit dem Fuße zertreten. Er befahl Vreneli, mit Elisi abzubrechen, es einmal vom Hofe wegzujagen wie einen Hund, daß es das Wiederkommen bleiben lasse, das Mensch wolle er nicht mehr antreffen. Es könnte ihn ankommen, er stecke ihm eine, daß es mehr als genug daran hätte für immer. Aber Vreneli wollte das nicht. Der Base Kind jage es nicht vom Hofe weg. Lieb sei ihm Elisi nicht und werde es nicht, aber es erbarme ihns, an allem sei es nicht schuld und sollte jetzt nirgends mehr sein in der Welt. Die Base drehte sich noch im Grabe um, wenn sie wüßte, wie es ihren Kindern erginge. «So drehe sie sich meinethalb,» sagte Hagelhans, «aber das Mensch lässest du mir nicht mehr ins Haus und jagst es mit dem Besen vom Hofe, das tust.» «Und das tue ich nicht,» antwortete Vreneli. «Und das tust du,» sagte Hagelhans, und seine Augen glühten lichter und wurden rund wie Pflugräder. «Und das tue ich nicht,» sagte Vreneli, und seine Augen wurden rund und flammten, «und das tue ich nicht, und risset Ihr mir den Kopf vom Halse. Recht ist recht und schlecht ist schlecht, und da hat mir niemand was zu befehlen als mein Gewissen und Gott.» So hatte zu Hans noch niemand gesprochen. Erstaunt sah er die glühende Frau an, sagte endlich: «Sollte ich wohl vor dir mich fürchten müssen?», ging, sagte von Stunde an nichts mehr von Elisi, aber wo er Vreneli einen Wunsch anmerkte, ward er erfüllt.

Es klopfte einmal an einem recht wüsten, windigen Regentage, wo Vreneli die Küchentüre zugemacht hatte, damit der

Wind ihm nicht ins Feuer komme, an der Türe. Vreneli öffnete, draußen stand seine Freundin, welcher es zu Gevatter gestanden, pudelnaß, mit einem ebenso pudelnassen Kinde auf den Armen. «Mein Gott, bist du es,» sagte Vreneli, «bei solchem Wetter; was denkst doch, daß du bei solcher Zeit zur Türe aus gehst und noch dazu mit einem Kinde?» Nun begann die Frau sich weitläufig zu entschuldigen, daß sie nicht früher gekommen, aber bei gutem Wetter habe sie Arbeit gehabt und diese nicht versäumen wollen. Vreneli dachte dazwischen, ihns zu mahnen an das Gutjahr hätte es nicht gebraucht; es sei ihm leid, daß die Freundin so unverschämt geworden, aber die Armut werde dies machen. Aber, fuhr die Frau fort, sie hätte nicht länger warten wollen, ihm zu danken, es hätte sonst glauben können, es sei ihr nichts daran gelegen, und doch könne sie nicht sagen, wie schrecklich es sie gefreut, daß es so an sie gedacht, sie hätte einen ganzen Tag das Wasser in den Augen gehabt.

«Weiß nichts,» sagte Vreneli, «was meinst?» «Vexiere nicht,» sagte die Frau, «du oder der Bauer, wird ja auf eins herauskommen, haben uns ja Bescheid machen lassen, es sei hier eine Behausung leer. Wenn wir keine hätten oder noch nicht zugesagt, so sollten wir kommen; sie sei gut, wohlfeil und das ganze Jahr Arbeit. Ich kann dir nicht sagen, wie das mich freute, daß du an mich dachtest und daß ich in Zukunft doch auch jemanden haben soll, dem ich klagen darf, was mich drückt, und Rat holen, wenn ich nicht mehr weiß wo ein und aus.» «Daran bin ich wahrhaftig unschuldig,» sagte Vreneli, «weiß kein Wort davon.» «Verschäm dich dessen nicht,» sagte die Frau, «sonst dauert es mich. Für einen Narren gehalten wird mich doch niemand haben,» setzte sie erschrocken hinzu, «das wäre doch schlecht, mein Gott!»

«Habe nicht Kummer,» sagte Vreneli, «und wäre es so, so läßt sich aus Spaß Ernst machen. Aber mir fällt ein, was es sein könnte. Ich erzählte einmal unserm Bauer von dir, wie du mich erbarmet, wie ich gedacht, wenn es zu machen wäre, so möchte ich dich in die Nähe; dein Mann sei gut zur Arbeit, und eine vertraute Person käme mir in hundert Fällen so kommod. Jetzt ist ein Häuschen, welches der Bauer zu vermieten hat, leer; was gilts, er hat dran gedacht, was ich ihm gesagt, und er ists, der dir Bescheid gemacht hat.» «Ists noch ein Junger?» fragte die Frau. «Fragst wegen mir oder fragst wegen dir?» frug Vreneli mit einer Miene, von welcher man nicht recht wußte, ob Zorn oder Spott in ihr stach. Die Frau erschrak und wußte nicht, was sie sagen sollte. «Sieh,» sagte Vreneli, «das macht mich am bösten, daß wenn ein Mensch tut, was recht ist, Andern zulieb zu leben sucht, so sucht man gleich was Schlechtes dahinter, und fast ohne daß man es weiß. Es ist ein alter Mann, ein Bölimann, ein Kindlifresser von außen, hat aber ein gutes Herz, und wenn er mal weiß, daß man treu ist und es gut mit ihm meint, so tut er einem zu Gefallen, was er kann und mag. Er ist darin ganz das Gegenteil vom frühern Bauer. Doch das kannst am besten selbst erfahren. Er ist da, dort drüben im Stock, gehe hin und machs mit ihm ab.» Vreneli zeigte der Frau den Weg zum Bauer, «unterdessen mache ich dein Kind trocken und lege es ins Bett.»

Die Frau wollte nicht gerne gehen, meinte dies, meinte das, aber Mutter Vreneli konnte auch befehlen, besonders wenn wunde Flecken berührt worden waren. Es ging nicht lange, so kam die Frau wieder daher mit gröblich langen Schritten, platzte fast zur Türe herein und schrie: «Wenn ich geschwollen werde am ganzen Leibe, so bist du schuld; mein Lebtag hab ich noch kein Ungeheuer gesehen als heute, es zittern mir alle Glieder.» Hagelhans war wahrscheinlich im Négligé gewesen, hatte langen Bart gehabt und die Stimme tief unten herauf genommen, als er den kurzen Bescheid gegeben, sie solle die Sache mit Vreneli machen, wie es sie mache, sei es ihm recht, daneben machen daß sie fortkomme, sie sei eine Stürme. Das habe ihr doch noch niemand gesagt, und das habe er in einem Ton gesagt, daß es gerade gemacht, als ob es donnere. Es sei ihr gewesen, als zittere der Boden unter ihren Füßen, sie hätte gemacht daß sie fortkomme, und ihr sei immer gewesen, als sei hinter ihr eine Hand, fasse sie am Hals und wolle ihn umdrehen.

«Und was dünkte dich,» frug Vreneli boshaft, «ists ein Junger oder ein Alter?» «Verzeih mir Gott meine Sünde,» sagte die Frau. «Ich bin eine arme Sünderin, aber die schlechteste doch nicht, aber wenn ich den sehe, wäre es mir immer, der Leibhaftige wäre da und wolle mich nehmen.» Vreneli hatte Mühe, die gute Frau zu beruhigen und sie zu bewegen, das Anerbieten anzunehmen. Wer weiß, wenn ihr die Behausung nicht so anständig gewesen, die Bedingungen nicht so eingeleuchtet hätten und Vreneli nicht so lieb, ob sie sich hätte bewegen lassen, so hatte der Alte ihr das Herz wackeln gemacht. Sie freute sich endlich doch der Sache, ging reich beschenkt weg. Aber sobald sie Vreneli nicht mehr sah, kam ihr die Angst wieder, sie lief, als ob der Leibhaftige ihr auf der Ferse sei.

Vreneli war äußerst dankbar für des Vetters zuvorkommende Güte. Einer vertrauten Person bedurfte es. Eine solche Person bildet die Brücke, welche die Meisterfrau mit der ihr untergeordneten oder sie umgebenden Welt verbindet, so wie der König mit sämtlichem Gesindel in Zusammenhang steht durch seinen Justiz- und Polizeiminister. Nun kömmt es immer darauf an, daß der König genau die Beschaffenheit der Brücke kenne. Zwischen einer faulen und einer soliden ist bekanntlich ein bedenklicher Unterschied. Mit Bedauern bemerkte es freilich, wie weit, wenn auch die Herzen eins bleiben, die Wogen des Lebens die Menschen in ihren Anschauungen des Lebens auseinandertragen können. Die Einen werden in Niederungen abgesetzt, wo sie keinen freien Blick haben, sondern nur anschauen und auffassen, was die Fluten an ihnen vorüberführen, während Andere auf Hügel getragen werden, wo sie weite Umschau haben, schauen können, was sie wollen, und ein sicher Urteil sich bilden in dem Vergleichen des Vielerlei über jedes Einzelne. Oft geschieht es, daß dabei die Herzen auseinandergerissen werden, oft bleiben sie in Liebe eins, wenn die Treue über dem Dünkel steht, das Gefühl über der Meinung. Vreneli fühlte mit Schmerz diese Verschiedenheit des Standpunktes, doch tröstete ihns das Bewußtsein der Überlegenheit, welche es von je auf die Freundin geübt. Die wolle es anders machen, dachte es, die müsse es lernen, wie es gute Leute gebe, welche das Gute wollten und das Rechte übten, weil sie es liebten und nicht aus Hinterlist und als Deckmantel der Sünde.

Zum Vetter ging es hinüber, um ihm zu danken für seine Güte. Dieser frug nach Uli, er habe ihn heute nicht gesehen und möchte mit ihm reden. Er sei fort, sagte Vreneli, wahrscheinlich komme er heute wieder, doch wisse es es nicht bestimmt. «Wo ist er hin?» frug Hagelhans, «ist doch heute kein Markt hier herum?» «Darf es Euch, Vetter, fast nicht sagen,» antwortete Vreneli. «So laß es bleiben,» sagte der Vetter, «werde gleichwohl schlafen können.»

«Vetter, es ist nichts Böses,» sagte Vreneli. «Damit Ihr nicht böse werdet, kann ich es Euch wohl sagen jetzt, da die Sache abgetan sein wird. Vorher wollten wir nichts davon sagen, dieweil, je mehr man von solchen Dingen redet, man um so weniger sie tut von wegen all den Wenn und Aber, welche dazwischengesprochen werden. Schon lange drückte uns was und besonders Uli. Ihr wißt, wie er einen Prozeß gewonnen, der im Grunde ungerecht war, und was das Mannli ihm gesagt. Wir durften nie nach ihm fragen, wie es ihm ging, und

Uli ging immer mit Angst auf einen Markt hierherum und nur, wenn es sein mußte; er mußte immer fürchten, dem Manne zu begegnen. Er sagte oft, er wollte fast lieber einen Stich in den Leib als das Mannli vors Gesicht. Was hätte es uns geholfen, wenn wir seine Armut vernommen, während wir nicht helfen konnten? Wir fürchteten nur noch unglücklicher zu werden. Jetzt geht es uns Gottlob wieder gut, wir haben Geld mehr als wir brauchen, aber keine rechte Freude daran gehabt. Es drückte uns immer das Gefühl, es sei ungerechtes Geld, und zwar so lange, als jemand unschuldig durch uns um seine Sache gebracht worden. Nun wißt Ihr, wie letzthin Uli so viel Geld aus dem Lewat gelöst. Als er es versorge, sagte er mir: Was meinst, wenn ich es probierte und abmachte mit dem Mannli? Das war ein Wort wie aus dem Himmel; was ich sagte, könnt Ihr denken. Aber wir wurden rätig, es im Stillen zu machen, niemanden davon zu reden. Vor der Welt sind wir es nicht schuldig, darum hätten die Einen uns ausgelacht, Andere abgeraten, und die Dritten wären böse darüber geworden.»

«Meinst mich?» meinte der Alte und machte Vreneli die bekannten Augen. «Werdet nicht böse, Vetter,» sagte Vreneli, «heute, wo Ihr mir eine so große Freude gemacht, möchte ich das nicht auf mein Gewissen laden. Aber wenn Ihr mich fragt, so muß ich Ja dazu sagen: ja, an Euch haben wir gedacht. Nicht daß wir glaubten, Ihr seiet unter allen der Wüsteste, wir haben das Gegenteil erfahren, aber Euch sind wir noch Geld schuldig; freilich ists nicht fällig, aber Schuld ist Schuld. Wir meinten, es müßte Euch ärgern, wenn wir unser Geld brauchten für etwas, was wir nicht gesetzlich schuldig sind, und unbezahlt ließen rechtmäßige Schulden. Ihr hattet das Recht zu sagen, wir sollten zuerst bezahlen, was wir von Gottes und Rechtes wegen schuldig seien; dann, wenn dies geschehen, könnten wir mit unserm Gelde machen, was wir wollten. Aber wir dachten, es könnte uns, ehe dieses möglich sei, so viel dazwischenkommen, dann blieben unsere Gewissen immer beladen, oder wir könnten Sinn ändern, was so gerne geschieht, wenn man Gutes aufschiebt, denn es scheint dann von Tag zu Tag schwerer, bis es unmöglich scheint und man es zu vergessen sucht, wie ich schon oft erfahren; dann bleibe unsere Schuld vor Gott, und vielleicht bete der unglückliche Mann Tag um Tag gegen uns vor Gott, und wenn das einmal weg sei, hätten wir um so frohern Mut, größern Segen, könnten um so leichter auch Euch bezahlen, was Ihr so guttätig uns vorgestreckt. Darum wollten wir vorher niemanden was sagen. Uli hielt es hart, zu gehen, einen schweren Tag hat er heute zu bestehen. Er erwartete, der Mann werde ihm wüst sagen, statt zu danken, und das ist ungut zu ertragen, wenn man es gut meint. Aber darauf kömmt es nicht an, wie er tut, dSach ist die gleiche, und etwas ist ihm auch zu verzeihen, denn viel zu leiden darunter hatte er allweg. Anders, als daß er selbst gehe, wußten wir es nicht zu machen. Zudem glaubte Uli, es gehöre auch dazu, daß er sage: ich habe gefehlt, verzeih mir.»

«So, meinst, das gehöre zur Sache?» sagte Hagelhans in seltsamem Tone. «Seid doch ja nicht böse,» sagte Vreneli, «es wäre mir so leid, und schlimm wäre zu sein dabei, wenn man auf der einen Seite bös macht, was man auf der andern gut machen möchte. Glaubt nur, wir wollen schaffen früh und spät, zu kurz sollt Ihr nicht kommen, und was ich Euch an den Augen absehen kann, will ich tun und Euch auf den Händen tragen, so gut es mir möglich ist; aber zürnet nicht und seid nicht böse.»

«So, willst das?» sagte Hagelhans, «und meinst, man solle sagen: ich habe gefehlt, verzeih mir? Kannst vielleicht noch recht haben; wenn es von dem Herzen ist, so ist es um eine Bürde leichter. So höre, ich will dir auch was sagen. Ich habe auch gefehlt, und du bists, die mir verzeihen muß. Ich habe gegen deine Mutter gröblich gefehlt und sie ins Unglück gestürzt. Sie trieben es zwar auch arg mit mir, die Alte von hier hielt mich zum Besten. Als ich meinte, ich hätte die Sache mit ihr richtig, ließ sie sich mit Joggeli verbinden. Einige Jahre später trieb es deine Mutter noch ärger, meinte, ich sei eigentlich nichts als ein Tanzbär, der tanzen müsse, wie sie geige. Ich hatte es mit ihr mehr als richtig, aber das Schätzeln mit Andern konnte sie nicht lassen, hatte um so größere Freude, je wüster ich tat. Ich mußte glauben, ich solle nur der Deckmantel sein, sie nehme mich den Eltern und meinem Gelde zulieb; der Mann könne ich sein, aber daß sie dann meinetwegen meine, sie müsse alle Andern hassen, das nicht. So dumm, als man ihn hielt, war aber Hagelhans nicht, war, wenn man ihn böse machte, ein Utüfel, und was er vornahm, ging ans Leben, war das Ärgste, welches zu ersinnen war. Als ich des Spiels endlich satt war, trieb ich deiner Mutter ihre Leichtfertigkeit fürchterlich ein, stellte ihr Fallen, sprengte sie hinein, gab sie der öffentlichen Schande preis. Als dein Vater galt ein hübscher, aber liederlicher Bursche, der um Geld tat, was man wollte, und solange die Rache in mir frisch war, und das war sie manches Jahr, redete ich es mir selbst ein und glaubte daran; dann trieb ich alles aus meinem Kopf, bis der Rat der Alten, mich zum Götti zu nehmen, alles auffrischte. Sie wußte wahrscheinlich am allerbesten den Zusammenhang der Dinge, glaubte, was deiner Mutter niemand geglaubt, wenn sie es auch gesagt hätte, was sie aber nicht tat, denn sie war ein wildes, trotziges Mädchen, und das war, warum sie mir so wohl gefiel, warum ich so lange sie nie vergessen konnte im bittersten Hasse, in welchen die Liebe sich verwandelt hatte. Was die Alte dir sagen wollte, war sicher mein Name, an mich wollte sie dich weisen, wollte dir sagen, ich sei dein Vater. Gut war es, daß du sie damals nicht verstundest; jetzt glaube ich es selbst auch und gerne, Vreneli, du seiest meine Tochter, und will es dir auch bekennen. Magst es nun sein oder nicht sein, ich habe den Glauben; hier macht die Liebe die Sache aus, und die habe ich, mein Hund hat sie auch, und der irrt sich nicht. Für meine Tochter will ich dich halten mein Leben lang, und Vater sollst mir sagen. Bin ich auch ein struber, will ich doch ein guter sein, darauf zähle.»

Den Eindruck, welchen diese Worte auf Vreneli machten, kann man sich denken. Daran hatte es wirklich nicht gedacht, obschon es große Liebe zum Alten hatte und großes Erbarmen mit ihm. Es empfand sein gutes Herz und begriff, daß ihm früher, weil man nur sein ungeschlacht Wesen beachtet, arg mitgespielt worden sein mochte. Es freute ihns von ganzem Herzen, an ihm gut machen zu können, was die Base und Andere an ihm gesündigt, ihn wiederum zu versöhnen mit den Menschen.

Nachdem es seinen Empfindungen den Lauf gelassen, endlich den ersten Eindruck verwürget hatte, sagte es: «Aber Vater, eins: wir wollen es niemanden sagen.» Da fuhr Hagelhans auf, daß selbst der Hund erschrak und winselnd eine Ecke suchte: «So schämst du dich meiner?» «Nein, Vater, o nein,» sagte Vreneli. «Aber hört mich an, bis ich fertig bin, wie ich es meine. Uli und ich haben erst eine große Krankheit überstanden, kommen langsam vorwärts; wir möchten das plötzlich reich Werden nicht vertragen, könnten uns nicht darein finden. Laßt uns die Freude, nach und nach aufzukommen durch eigene Kräfte! Ein schöner Anfang ist gemacht, ich zweifle nicht am Fortgange; nehmt die Zinsen, ists nötig, könnt Ihr uns nachhelfen. Ulis Leben ist die Arbeit; was würden die Leute dazu sagen, wenn er fürder arbeiten wollte wie ein Knecht, was würden sie überhaupt für einen Lärm und Geschrei anfangen! Wir möchten tun, wie wir wollten, wäre es nicht recht. Lebten wir sparsam, so würden sie schreien, ließen wir es rutschen, würden sie wieder schreien. Niemanden könnten wir es treffen, und vielleicht würden wir wirklich das Rechte auch nicht treffen. Sind wir in einigen Jahren in guten Stand gekommen, so lernen wir auch so nach und nach mit dem Gelde ohne Ängstlichkeit umgehen. Wenn dann später noch mehr dazu kömmt, ist der Sprung nicht so groß, die Leute gönnen es uns besser und wir schicken uns besser dazu. Ich fürchte wirklich, Uli würde irre, wenn er so auf einmal vernehmen würde, ich sei Euere Tochter, das Geld käme ihm wieder in Kopf. Jetzt hat er nur so eben rechte Freude daran, überläßt Gott, was kömmt, und was kömmt, darf er brauchen.»

«Dein Mann soll es also auch nicht wissen?» grollte Hagelhans und seine Augen brannten. «Eben meine ich: nein, und zwar von wegen mir meine ich es. Zürnen mußt mir nicht, Vater. Wir kamen zusammen und hatten Beide nichts, Keins dem Andern was vorzuhalten; was wir hatten, verdienten wir, was sein war, war mein, das Meine sein, wir hatten Beide daran geschafft. Beim Armwerden, beim Reichwerden hatte Keins dem Andern etwas vorzuwerfen, und wenn schon Uli hier oder dort eine Schuld trug, so hatte ich meine Fehler auch. Jetzt geht es vorwärts mit uns, Beide haben wir gleiche Freude, gleichen Teil daran. Werde ich auf einmal zu deiner reichen Tochter, zu der du mich machen willst, so hat das ein Ende, und wer weiß, und eben da traue ich mir nicht, ob ich nicht dächte, das Vermögen käme von mir, stolz würde und Uli es fühlen ließe, oder ob Uli nicht mißtrauisch würde und meinte, weil ich jetzt reich sei, so sei ich reuig, daß ich ihn genommen, und verachte ihn. Wo dieser Wurm sich eingräbt, da sind Friede und Liebe hin. So lange Uli nichts davon weiß, muß ich mich halten als das alte arme Vreneli, und nach ein paar Jahren, wenn wir selbst warm sitzen, macht es dann schon weniger aus. Der Sprung ist nicht so groß, wir sind Beide vernünftiger geworden, und wenn er weiß, daß ich bereits die Probe bestanden, so wird er mir nicht mißtrauisch und hinterstellig. Darum, Vater, soll er einstweilen nichts wissen und die Sache beim Alten bleiben. Es ist uns so wohl jetzt, so wie Fischlein im Wasser. Warum ändern?»

«Magst was recht haben,» sagte Hagelhans. «Lieber wäre es mir, die Sache wäre offen und abgetan. Auf alle Fälle, es mag geben was es will, so ist gesorget; der Bodenbauer weiß davon, hat das Nötige bei sich. Ich habe Respekt vor dir, du bist aber auch die Erste, vor der ich ihn habe. Aber Blau Blitz, was wärest du für ein Hagelweib geworden, wenn du zbösem geraten! Seltsam, daß die Alte hier dich so gut und tüchtig erziehen mußte, während ihr die eigenen Kinder so arg mißrieten, daß sie dem Hagelhans sein Meitschi zu einer solchen Frau machen mußte, dem Joggeli seine Kinder aber zu solchen Taugenichtsen. Nun, sei das wie es wolle, so habe ich Ursache, ihr zu danken, und will ihr verzeihen, was sie an mir getan. Und wer weiß, ob sie nicht an mich dachte, als sie dich erzog, und dachte, ich werde ihr einst verzeihen, wenn ich wüßte, was sie hintendrein für dich getan, und wer weiß – doch zu hart nachsinnen hilft nichts, danken wir Gott, daß es jetzt so ist.»

Das brauchte Hagelhans seinem Vreneli nicht zu sagen, sein Herz war Jubels voll. So lange hatte es niemanden gehabt auf der Welt, jetzt auf einmal einen Vater! Es hatte nicht gewußt, wie Schweres es sich aufgab, als es den Vater bat, einstweilen ihr Verhältnis zu verheimlichen. Es ist schwer, es zu bergen, wenn das Herz voll Jammer ist, aber unendlich schwerer noch ist das Bergen, wenn das Herz voll Freude ist.

Wäre Uli nicht selbst voll Freude heimgekehrt, Vreneli hätte sich verraten, nun aber nahm er Vrenelis Freude für innigen Anteil an seiner Freude. Er hatte nämlich das Mannli glücklich gefunden und in so großer Not, wie er gefürchtet. Anfangs hatte derselbe große Augen gemacht, als Uli vor ihm stand, und dessen Frau, als sie vernommen, wer er sei, hatte die Schleusen ihrer Galle aufgezogen und Uli mit Schmähreden überflutet, daß er fast den Atem verlor, geschweige daß er zur Rede gekommen wäre. Indessen alles Irdische hält nicht ewig aus, selbst der Atem eines zornigen Weibes nicht; endlich konnte Uli sagen, warum er da sei. Anfangs sah man ihn an, als ob er Hörner habe am Kopf, denn so was war seit Langem nicht erhört worden in Israel. Als man aber lauter verständliche Worte hörte, die blanken Taler sah, welche er auspackte, klaren, lautern Ernst sah im Handel, da fehlte wenig, sie hätten ihn für einen Engel angesehen und hätten ihn angebetet. Er kam ihnen eben in die bitterste Verlegenheit hinein, sie waren hinausgedrängt auf die äußerste Spitze, hinter sich eine Wand, vor sich einen Schlund, und jetzt kam einer und schlug eine silberne Brücke; sie mußten ihn für einen Engel halten. Es machte Uli unendlich glücklich, als er ihr freudiges Erstaunen sah, ihr unaussprechlich Glück. Mit den reichsten Segnungen beladen kehrte er heim und ward nicht müde, Vreneli zu versichern, wie er erst jetzt mit rechter Freudigkeit arbeiten wolle und den Glauben habe, es werde ihnen gut gehen, bei ihnen und ihren Kindern werde Gottes Segen bleiben. Sie hätten ihm angewünscht, sein Lebtag habe er es nie so gehört, es käme ihm noch jetzt das Wasser in die Augen, wenn er daran denke, und den Glauben habe er, daß frommer Segen von Gott erhöret, von seiner Hand reich und gütig verwaltet werde zu Heil und Frommen der Gesegneten.

Uli wurde durch seinen Glauben nicht getäuscht. Der Herr war mit ihm und alles geriet ihm wohl, seine Familie und seine Saat. Offen blieben ihm Herz und Hand, und je offener sie waren, desto mehr segnete ihn Gott. Hagelhans blieb mitten unter ihnen, als Vater geliebt, aber nicht als Vater bekannt. Vreneli hatte die größte Mühe, seiner Güte Schranken zu setzen, ihre Kräfte durch seine Freigebigkeit nicht zu lähmen. Es naht der festgesetzte Zeitpunkt, wo Hagelhans sagen will, wer er ist, wo Uli aus einem wohlhabenden Pächter ein reicher Bauer werden soll. Vreneli sieht der Sache mit Bangen entgegen, es bebt vor der neuen Prüfung; ob sie wohl Beide darin bestehen werden, frägt es oft am Tage sein Gewissen. Wir glauben, sie werden es. Der Gott, der ihnen durch so manche Not, über so manchen hohen Stein geholfen, wird ihre Füße halten, wenn sie einmal auch wandeln sollen auf geebneten Wegen durch ein reiches Gelände.

Anmerkungen

Kursivschrift bezeichnet die von Gotthelf in Klammern beigefügten, in unserer Ausgabe gestrichenen Erklärungen berndeutscher Ausdrücke.

Seite

38 Müntschi: *(Kuß)*.

39 Schweine ringen: mit einem Rüsselring versehen, der das Wühlen im Boden verhindert.

57 Treiber Jehu: nach 2. Könige 9, 20.

59 geemdet: *(Grummet)*.

79 Voressen: *(Ragout)*.

82 blampen: schwanken.

101 Gschickli: *(kleines Heimwesen)*.

128 vergeben: *(vergiften)*.

132 gsunntiget: *(in Sonntagskleidern)*.

145 Samstag: Erstdruck «Sonnabend». – Die Menschheit steht unendlich mehr unter der Herrschaft des Glaubens: vgl. den Aufsatz «Der Glaube» im Kalender 1840. – von Verstand oder Bildung: Erstdruck «vom».

148 und für unehrlich hielt es: Erstdruck «ehrlich».

150 unrechte Zeit: *(Unzeit)*.

166 Fründ wie Hünd: *(Freunde wie Hunde)*.

174 pralatzgeten: *(plapperten)*.

180 wie bar Geld: Erstdruck «wie das Geld».

184 durfte ich ihn nicht: Erstdruck «dürfte». – katzangst: Erstdruck «katzenangst».

206 er sei ein Bub: Erstdruck «er sei Bub».

208 ein Seminardirektor: wohl ein Seitenhieb auf den Berner Seminardirektor Grunholzer, einen Parteigänger des kirchenfeindlichen Radikalismus.

209 das erstemal ist eins: *(einmal)*.

231 Kamaschen: *(Überstrümpfe)*.

Seite

242 f. St. Galler: Erstdruck «Galler».

252 Stündlerin: *(Besucherin von religiösen Versammlungen)*.

259 Höseler: *(lauter Ausdrücke, einen leiblich und geistig unbedeutenden, schwachen Mann zu bezeichnen)*.

267 Strauß: David Friedrich Strauß, der Begründer der wissenschaftlichen Bibelkritik in Deutschland, dessen Berufung nach Zürich 1839 zum «Straußenhandel» führte.

288 Pfi Tüfel: Erstdruck «Pfui Tüfel».

295 Ghürsch: Erstdruck «Gehürsch»: *(verwickelten Ding)*.

317 Dischinieren: *(Frühstücken)*.

327 Grüsel: *(grausige Gestalt)*.

341 f. ein übermütiger englischer Junge: Seitenhieb auf den als arroganter Snob bekannten Sohn des Ministers Peel, der 1847 der englischen Gesandtschaft in Bern angehörte und sich in einer Audienz beim neuen Bundespräsidenten Ochsenbein als Gesandter aufspielte. Vgl. S. 432.

351 Mist: Erstdruck «Dünger». – Bschüttiloch: Erstdruck «Jaucheloch».

376 das zweite Gras: *(Grummet)*.

377 schitterte: *(nahm sehr ab)*.

383 Schinder: *(Abdecker, ein solcher...)*.

419 geflucht: *(Eid geleistet)*.

420 Schleipfen: *(Weiber)*.

424 ebha: *(in Schranken halten)*.

432 A propos von englischen Narren: vgl. zu S. 341.

467 Bschüttilöchern: Erstdruck «Jauchebehältern».

470 Gutjahr: *(Neujahrsgeschenk der Paten)*.

Inhaltsverzeichnis

Schweizer Autoren im Diogenes Verlag

Rainer Brambach
Ich fand keinen Namen dafür. Gedichte
Wirf eine Münze auf. Gedichte
Für sechs Tassen Kaffee. Erzählungen. detebe 161

Rainer Brambach / Jürg Federspiel
Marco Polos Koffer. Gedichte

Rainer Brambach / Frank Geerk
Kneipenlieder. Gedichte

Ulrich Bräker
Werke in 2 Bänden. Herausgegeben von Samuel Voellmy und Heinz Weder. Vorwort von Hans Mayer. detebe 195/1–2

Friedrich Dürrenmatt
Der Richter und sein Henker / Der Verdacht. Zwei Kriminalromane. detebe 171

Jeremias Gotthelf
Ausgewählte Werke in 12 Bänden. Herausgegeben von Walter Muschg. detebe 170/1–12
Dazu 1 Band
Gottfried Keller über Jeremias Gotthelf. Mit einem Nachwort von Heinz Weder. Chronik und Bibliographie. detebe 169

Gottfried Keller
Zürcher Ausgabe. Gesammelte Werke in 8 Bänden. Herausgegeben von Gustav Steiner. detebe 160/1–8
Dazu 1 Band
Über Gottfried Keller. Herausgegeben von Paul Rilla. Chronik und Bibliographie. detebe 167

Walter Vogt
Husten. Erzählungen. detebe 182/1
Wüthrich. Roman. detebe 182/2
Melancholie. Erzählungen. detebe 182/3

Robert Walser
Der Spaziergang. Erzählungen. Nachwort von Urs Widmer. detebe 43

Urs Widmer
Alois. Erzählung
Die Amsel im Regen im Garten. Erzählung
Vom Fenster meines Hauses aus. Prosa
Das Normale und die Sehnsucht. Essays und Geschichten. detebe 39/1
Die lange Nacht der Detektive. Kriminalstück. detebe 39/2
Die Forschungsreise. Ein Abenteuerroman. detebe 39/3
Schweizer Geschichten. detebe 39/4
Nepal. Ein Stück in der Basler Umgangssprache. detebe 39/5
Die gelben Männer. Roman. detebe 39/6

Diogenes Taschenbücher

Alphabetisches Verzeichnis

◎ Simenon, *Sonntag* 135/5
Simenon, *Bellas Tod* 135/6
Simenon, *Der Mann mit dem kleinen Hund* 135/7
Simenon, *Drei Zimmer in Manhattan* 135/8
Simenon, *Die Großmutter* 135/9
Simenon, *Maigrets erste Untersuchnung* 155/1
Simenon, *Maigret und Pietr der Lette* 155/2
Simenon, *Maigret und die alte Dame* 155/3
Simenon, *Maigret und der Mann auf der Bank* 155/4
Simenon, *Maigret und der Minister* 155/5
Simenon, *Mein Freund Maigret* 155/6
◎ *Über Georges Simenon** 154
Siné, *Katzenjammer* 94
Slesar, *Das graue distinguierte Leichentuch* 77/1
Slesar, *Vorhang auf, wir spielen Mord** 77/2
Slesar, *Erlesene Verbrechen* 77/3
Slesar, *Ein Bündel Geschichten* 77/4
Slesar, *Hinter der Tür** 77/5
◎ Spark, *Memento Mori* 29/1
Spark, *Die Ballade von Peckham Rye* 29/2
Stoker, *Draculas Gast* 73
◎ Thoreau, *Walden oder Leben in den Wäldern* 19/1
◎ Thoreau, *Über die Pflicht zum Ungehorsam** 19/2
◎ *Das Tintenfaß, Nr. 24** 83
◎ *Das Tintenfaß, Nr. 25** 100
◎ *Das Tintenfaß, Nr. 26** 122
◎ *Das deutsche Tintenfaß, Nr. 27** 136
Topor, *Tragödien** 23
Topor, *Der Mieter** 126
◎ Tschukowskaja, *Ein leeres Haus* 8
◎ Tschukowskaja, *Untertauchen* 148
◎ *Über Gott und die Welt** 46
Ungerer, *Der Sexmaniak* 6
Ungerer, *Fornicon* 17
Ungerer, *Spiegelmensch** 49
Ungerer, *Der erfolgreiche Geschäftsmann* 123
Verne, *Reise um die Erde in 80 Tagen* 64/1
Verne, *Fünf Wochen im Ballon* 64/2
◎ Verne, *Von der Erde zum Mond* 64/3
Verne, *Reise um den Mond* 64/4
◎ Verne, *20000 Meilen unter Meer* 64/5–6
◎ Verne, *Reise zum Mittelpunkt der Erde* 64/7
Verne, *Der Kurier des Zaren* 64/8–9
◎ Verne, *Die fünfhundert Millionen der Begum* 64/10
Verne, *Die Kinder des Kapitäns Grant* 64/11–12
◎ Verne, *Die Erfindung des Verderbens* 64/13
Verne, *Die Leiden eines Chinesen in China* 64/14
Verne, *Das Karpathenschloß* 64/15
Verne, *Die Gestrandeten* 64/16–17
◎ Verne, *Der ewige Adam* 64/18
Verne, *Robur der Eroberer* 64/19
◎ R. Walser, *Der Spaziergang* 43
Wells, *Der Unsichtbare* 67/1
Wells, *Der Krieg der Welten* 67/2
◎ Wells, *Die Zeitmaschine* 67/3
◎ Wells, *Die Geschichte unserer Welt* 67/4
Wells, *Das Land der Blinden* 67/5
West, *Schreiben Sie Miss Lonelyhearts* 40/1
West, *Tag der Heuschrecke* 40/2
West, *Eine glatte Million* 40/3
Whistler, *Die vornehme Kunst sich Feinde zu machen** 34
◎ Widmer, *Das Normale und die Sehnsucht** 39/1
Widmer, *Die lange Nacht der Detektive** 39/2
Widmer, *Die Forschungsreise* 39/3
Widmer, *Schweizer Geschichten* 39/4
◎ Widmer, *Nepal* 39/5
◎ Wilde, *Der Sozialismus und die Seele des Menschen* 3
◎ Wollschläger, *Die bewaffneten Wallfahrten** 48
◎ Wollschläger, *Karl May* 112
◎ Wollschläger, *Die Gegenwart einer Illusion** 113

detebe-Kassetten

◎ Balzac, *Die Menschliche Komödie in 40 Bänden* K 10
◎ Busch, *Studienausgabe in 7 Bänden* K 13
◎ Chandler, *Sämtliche Romane und mehr in 9 Bänden* K 4
◎ Čechov, *Das erzählende Werk in 10 Bänden* K 2
Chaval, *Gesammelte Cartoons in 3 Bänden* K 9
◎ Faulkner, *Gesammelte Erzählungen in 5 Bänden* K 16
Hammett, *Sämtliche Romane in 5 Bänden* K 3
◎ Hottinger, *Morde in 3 Bänden* K 1
Hottinger, *Geschichten für den Connaisseur in 6 Bänden* K 14
◎ Jägersberg, *Lehrstücke in 4 Bänden* K 19
◎ Keller, *Werke in 8 Bänden* K 17
◎ D. H. Lawrence, *Sämtliche Erzählungen und Kurzromane in 8 Bänden* K 6
◎ McCullers, *Werke in 8 Bänden* K 11
◎ Maugham, *Gesammelte Erzählungen in 10 Bänden* K 5
◎ Maugham, *Der Menschen Hörigkeit in 2 Bänden* K 15
◎ Molière, *Komödien und Materialien in 8 Bänden* K 7
O'Connor, *Gesammelte Erzählungen in 6 Bänden* K 8
◎ Schopenhauer, *Zürcher Ausgabe in 10 Bänden* K 12

Titel mit * sind Erstausgaben oder deutsche Erstausgaben
Titel mit ◎ sind auch als Studienausgaben empfohlen

Diogenes Kinder Taschenbücher

Alphabetisches Verzeichnis